主编 凌翔

当代作家作品

明朝有意抱琴来

王杭丽 著

北京日报出版社

图书在版编目（CIP）数据

明朝有意抱琴来 / 王杭丽著. — 北京：北京日报出版社，2022.6
ISBN 978-7-5477-4193-1

Ⅰ.①明… Ⅱ.①王… Ⅲ.①长篇小说—中国—当代 Ⅳ.①I247.5

中国版本图书馆CIP数据核字（2021）第256953号

明朝有意抱琴来

出版发行：	北京日报出版社
地　　址：	北京市东城区东单三条 8-16 号东方广场东配楼四层
邮　　编：	100005
电　　话：	发行部：（010）65255876
	总编室：（010）65252135
印　　刷：	北京军迪印刷有限责任公司
经　　销：	各地新华书店
版　　次：	2022 年 6 月第 1 版
	2022 年 6 月第 1 次印刷
开　　本：	710 毫米 × 1000 毫米　1/16
印　　张：	29.5
字　　数：	410 千字
定　　价：	88.00 元

版权所有，侵权必究，未经许可，不得转载

目录

第一章	毒计	001
第二章	复生	005
第三章	清河王妃	009
第四章	结发为夫妻	012
第五章	性命难保	015
第六章	谁是凶手	018
第七章	奸细是她	022
第八章	险象环生	026
第九章	嫣然醉	029
第十章	谁派的杀手	032
第十一章	又中蛇毒	036
第十二章	烧烤	041
第十三章	惊鸿仙子	044
第十四章	从天而降	047
第十五章	拒不认错	050
第十六章	本王认输	053
第十七章	又生毒计	056
第十八章	魔高一丈	059
第十九章	琴仙出世	062

第二十章	藕粉丸子	065
第二十一章	咬舌自尽	068
第二十二章	贬为庶人	071
第二十三章	出卖	075
第二十四章	当年往事	078
第二十五章	撒娇	081
第二十六章	亲密接触	084
第二十七章	又逛青楼	087
第二十八章	打横抱起	090
第二十九章	闭门思过	093
第三十章	神威大将军	096
第三十一章	霸气护短	099
第三十二章	刀山火海	102
第三十三章	北齐王子	105
第三十四章	成功报复	108
第三十五章	人间蒸发	111
第三十六章	中计	114
第三十七章	湄湄	117
第三十八章	身陷囹圄	120
第三十九章	来者不善	123
第四十章	为爱痴狂	126
第四十一章	最毒妇人心	129
第四十二章	雪上加霜	132
第四十三章	自作自受	135
第四十四章	胡笳十八拍	138

第四十五章	禁足	142
第四十六章	绝世高手	145
第四十七章	情不知所起	148
第四十八章	忘情丸	151
第四十九章	圆月弯刀	154
第五十章	雪狼	157
第五十一章	雪谷惊魂	160
第五十二章	虽千万人，吾往矣	163
第五十三章	擒贼先擒王	166
第五十四章	金风玉露丸	169
第五十五章	离间计	173
第五十六章	踏平北齐	176
第五十七章	合纵连横	179
第五十八章	坠入悬崖	182
第五十九章	神秘男子	185
第六十章	谁是奸细	188
第六十一章	贼心不死	191
第六十二章	真相大白	194
第六十三章	因果	197
第六十四章	终身软禁	200
第六十五章	往事不如烟	204
第六十六章	恶有恶报	207
第六十七章	小心肝	210
第六十八章	踏雪寻梅	213
第六十九章	心有灵犀	216

第七十章	风云又起	219
第七十一章	画中美人	223
第七十二章	陷阱	227
第七十三章	绝杀计中计	230
第七十四章	请君入瓮	233
第七十五章	四国风动	236
第七十六章	三国来犯	239
第七十七章	不破三国终不还	243
第七十八章	同生共死	246
第七十九章	何方神圣	249
第八十章	故人	252
第八十一章	"炼狱"归来	255
第八十二章	深藏不露	258
第八十三章	火烧粮草	261
第八十四章	扭转乾坤	264
第八十五章	乾坤元魂阵	267
第八十六章	幽若谷	270
第八十七章	古阵诀	273
第八十八章	飞花剑主	276
第八十九章	丧心病狂	279
第九十章	一一清算	282
第九十一章	錾雷阵	285
第九十二章	凤凰于飞	288
第九十三章	山雨欲来	291
第九十四章	剑下亡魂	295

第九十五章	琴笛破阵	298
第九十六章	弦断琴绝	302
第九十七章	奉陪到底	306
第九十八章	来空大师	309
第九十九章	困兽犹斗	312
第一百章	调虎离山	315
第一百零一章	将计就计	318
第一百零二章	绝地反击	321
第一百零三章	美人计	325
第一百零四章	针锋相对	328
第一百零五章	弑父夺位	331
第一百零六章	来生再见	334
第一百零七章	拼死一搏	337
第一百零八章	穷途末路	340
第一百零九章	天要亡我	343
第一百一十章	败也萧何	346
第一百一十一章	百年平安	349
第一百一十二章	情深似海	352
第一百一十三章	江山不如你	355
第一百一十四章	报应不爽	358
第一百一十五章	鸿门宴	361
第一百一十六章	始作俑者	364
第一百一十七章	冤冤相报	367
第一百一十八章	命中注定	370
第一百一十九章	绝杀局	373

第一百二十章	阴阳酒壶	376
第一百二十一章	生死一瞬	380
第一百二十二章	虚惊一场	383
第一百二十三章	一波又起	386
第一百二十四章	再入虎口	389
第一百二十五章	由爱故生怖	393
第一百二十六章	非死不得出	396
第一百二十七章	凤舞九天	399
第一百二十八章	焚心似火	402
第一百二十九章	死局	405
第一百三十章	王府闹鬼	408
第一百三十一章	死得其所	412
第一百三十二章	阴魂不散	415
第一百三十三章	咎由自取	418
第一百三十四章	峰回路转	421
第一百三十五章	狼子野心	425
第一百三十六章	宁死不从	428
第一百三十七章	尘埃落定	431
大结局	沧海一声笑	434
拓跋翰番外	心口的朱砂痣（一）	437
拓跋翰番外	心口的朱砂痣（二）	441
拓跋翰番外	心口的朱砂痣（三）	445
拓跋翰番外	心口的朱砂痣（四）	449
拓跋盈番外	明日落红应满径（一）	453
拓跋盈番外	明日落红应满径（二）	457

第一章　毒计

南楚国，太和六年，春。

神威大将军府虽然四处张贴着喜字，张灯结彩一片辉煌，似乎到处都是喜庆的模样，然而今夜乌云压顶，不见一丝星光，让人觉得心悸。

"啪、啪、啪"的掌掴声轮番响起，撕裂静谧的夜。

"我再问你一遍，你到底喝不喝？"一个穿着烟水绿华服的中年女子端着一碗黑色的汤药，叉腰呵斥着。

"不！我不喝！就算你打死我我也不喝，我明日就要出嫁了，你这个心狠手辣的坏女人为什么还不肯放过我？你们为什么一定要置我于死地？"一个身着粉衫的瘦弱女子畏畏缩缩地蹲在墙角哭泣。

"你在胡说什么？苏湄若，你给我搞清楚，心狠手辣的女人是你母亲，她当年生下你就把你抛弃了，这么多年要不是我可怜你，一直好吃好喝地供着你，恐怕你早就不知死到哪个角落里去了！"

"你住口！你有什么资格说我娘亲！当年要不是你使坏把我娘逼走，她又怎会刚生下我就远走塞北，爹爹又怎会……"叫苏湄若的女子话还没有说完，那中年女子已经上前一步，伸出肥大的手掌朝她劈头盖脸地打来，她下手极狠，不过转眼间，苏湄若原本白皙的脸上已经鼻青脸肿，唇角血流不止。

"娘，别打了，小心手疼！您快让她喝下这碗汤药，然后才能继续按我们的计划行事啊！"一个白衣胜雪的女子斜眼看着苏湄若，言语之间无不讽刺。

那中年女子似乎反应过来了什么，"还是雪儿你机灵，我是被这小贱人给气坏了！"说完，她一只手端起汤药，另一只手用力想要撬开苏湄若紧闭着的嘴。

然而，无论她怎样用力，苏湄若的嘴也不曾被她撬开分毫。

那中年女子怒了，呵斥道："呵，小蹄子，你还来劲了！你不喝也得喝！来人！"

她一说完，她手下的丁管家便像哈巴狗一样走了上来，一副小人得志的嘴脸，"夫人有何吩咐？"

"丁管家，你快去把这死丫头的嘴撬开，我要把我花了万两黄金才托人从西域买来的'曼陀罗'灌到她的嘴里。快去！一刻也耽误不得！"

那丁管家立刻上前，使尽全身的力气硬生生地撬开了苏湄若的嘴，然后中年女人将那一碗黑色的汤汁，尽数灌进了苏湄若的嘴里。

看着苏湄若不得不挣扎着喝下那碗汤药，这母女俩得意扬扬。

"苏湄若，你放心地去吧！等你死了，我的雪儿明日就会代替你嫁给清河王！"那中年女子笑得猖狂。

"是呀，姐姐，这么多年，不过是母亲和我怜悯你，才一直没有要了你的命！姐姐你放心，虽然客观看来你比妹妹我是长得美了一点，可这凤冠霞帔明日穿在我的身上想必也一定会叫清河王心动的！"一语落地，苏湄雪抚摸着菱花镜前的凤冠霞帔，难以控制地笑了起来，这笑容，和她悉心打扮的面容截然相反，令人恐怖。

苏湄若想吐，却根本吐不出来。她两眼猩红，怒视周遭，呲目欲裂，她拼尽浑身的力气，用头撞向那中年女子——她父亲的姨娘，一字一句从唇齿间蹦出，"管氏，苏湄雪，你们一定会不得好死的！我就是做鬼也不会放过你们的！"

"小贱人，你都是要死的人了，还猖狂什么！"管氏一把推开苏湄若，她的脑袋重重地撞向木桌，眼睛圆睁着，失去了知觉。

"雪儿，丁管家，快！快把她的尸体抬到灵堂去！"

苏湄若怎么也不会想到，她醒来竟然会出现在这样一个地方。她环顾四周，只见空旷的大厅里，有白色的布料从房梁垂下，一阵风吹过，白布"呼呼"作响。

她这是在哪里,她从未来过这个地方!她不会在拍电影吧!她才不是学表演专业的好嘛!

不对呀,她记得之前她作为学校古琴乐团的弹拨首席,和同学一起随团去丹麦演出,然后呢,在演出的休息时间,她因为一时贪玩好奇,就去附近的街道走走看看,可是方向感向来不好的她就走得迷路了。

她努力思索脑海中的画面,断断续续终于把前因后果连成一片。

她想起,她走进了一片森林,那片森林的名字叫"时光隧道"!她反反复复怎么也绕不出那片恍如迷宫的森林。

绕到最后,她放弃了,就索性随地一躺,结果,她睡着了!

然后,一觉睡醒,就莫名其妙地到了这个地方,难道这就是传说中的"穿越"吗?

天哪!我苏湄若是从小就爱看穿越小说,可我不想真的穿越啊!我怎么这么倒霉呀!苏湄若几乎要抓狂。

要知道,她可是来自21世纪,中央音乐学院古琴专业的第一高手,年年拿奖学金、年年随团去世界各地演出的她可是前程似锦啊!没想到就是这一次去丹麦的演出,她竟然会莫名其妙地走进一个时光隧道,然后,就这样穿越了!

"妈呀!小姐,你,你又活过来了!"大概是听到她起身的动静,门口跌跌撞撞地跑进来一个小丫鬟,一双红肿的大眼睛瞪得滚圆,身披白色的麻布孝服。

苏湄若紧皱着眉头,她叫自己"小姐"?她再次环顾四周,雕花气派的大门,木质的横梁,还有她眼前这小丫鬟穿的一身古装,再看看自己身上也是一身白色的宽袍大袖,她确定,自己真的穿越了!

忽然,她被自己身后的一个牌位上的字给吸引住了——爱女苏湄若之灵位!她这才发现,自己刚刚居然是在一口棺材里醒来的!她刚想问眼前的小丫鬟到底是怎么一回事,可这小丫鬟却已经连滚带爬地跑了出去,喊叫不停,"夫人,二小姐,快来人啊,大小姐居然复活了!"

"啊……"突然,苏湄若双手紧紧捂着头,脑袋像要炸裂了一般,痛不欲生，一股不属于她的记忆，却像被施了魔咒一样，源源不断地涌入她的脑海。

这一刻，她幡然醒悟。她想起昨夜那恍惚迷离，却又匪夷所思的梦！

这一刻，她的脑海中有一个声音不断向她传来，那声音是她昨夜梦中的声音，依然带着哭腔，"我死了，可是现在你却代我活了，你要替我报仇，我死得好惨啊，就是她们害死我的！你记住，就是管氏和苏湄雪害死我的！"

苏湄若这才明白，原来她不仅穿越了，还重生到了与她同名同姓的神威大将军的嫡女苏湄若的身上！

她极力思索昨夜的梦境，各种蛛丝马迹加在一起，终于拼凑出了整件事情的来龙去脉。原来，原主明天就要出嫁，而要嫁的那个对象，就是有着"南楚第一美男子"之称的清河王，而她这个同父异母的妹妹苏湄雪，还有她的父母却十分中意这清河王，一心想把苏湄雪嫁给他。所以，她们逼她喝下来自西域的含有"曼陀罗"的剧毒汤药，害她身亡。

可惜呀，也许是上天要派她来替原主报仇吧，这一刻，她觉得自己简直就像是一个斗士。

她能让管氏和苏湄雪就这么轻易地如愿吗？

不，她们做梦！

第二章 复生

"采蓝,你说苏湄若她醒了?可我看她分明就是和原来一样躺在棺材里!说!是不是你这死丫头在装神弄鬼!"一个中年妇女的声音响起,苏湄若一动不动地躺在棺材里,猜测那应该就是害死原主的姨娘管氏。

"不!夫人,我真的没有骗你!方才我的确看到大小姐活过来了!"是刚刚那个小丫鬟的声音。

"娘,别听这疯丫头胡说!怎么可能?娘,方才我们明明都看到她确实吐血身亡了,所以,肯定是采蓝这疯丫头眼花看错了!"一个清脆年轻的声音响起,苏湄若想那应该就是管氏的女儿苏湄雪。

那小丫鬟大概是走上前了,苏湄若虽然闭着眼,却明显感到眼前有一个单薄的人影不断向她逼近,小丫鬟的声音像是见鬼了一样,完全失去了理智,"不可能!怎么会这样?刚刚我明明看到大小姐醒了!这,这到底是怎么回事……"

"好了,采蓝,你快下去吧,别添乱了,这天下怎么可能会有起死回生的事!我南楚国可没有扁鹊、华佗再世的神医!"管氏的语气充满不屑和不耐烦。

那叫"采蓝"的丫鬟似乎还是不能相信眼前的"事实",一边走还一边念叨,近乎疯迷的状态,"不!我不可能看错!大小姐她真的活过来了!大小姐她真的活过来了!她明天要嫁给清河王了……"

听到最后一句,管氏瞬间怒了,变成咬人的疯狗,她挥手"噼里啪啦"地朝采蓝脸上打去,嘴里不停叫骂,"死丫头!你是不是疯了!我告诉你,你从小服侍的大小姐苏湄若已经死了!明天要嫁给清河王的是我的雪儿!来人,把她撵出府去!"

哼!就连一个无辜的小丫鬟都不放过!这个管氏实在是欺人太甚!

听到这里，苏湄若实在是忍无可忍，她"腾"的一下坐起，看向管氏的眼神冷得可以结冰，嘴里不紧不慢地吐出来两个字："谁敢？"

那……那是苏湄若的声音，只是那种口气完全像变了一个人一样！顾不得再想其他，管氏朝大厅中央摆放着的那口棺材看去，只见原本一丝不动躺在棺材里的苏湄若，此刻正跨出棺材，移动脚步，一步步朝她走来！

这一刻，管氏终于相信采蓝所说的，苏湄若真的死而复生了！怎么会？来自西域的剧毒"曼陀罗"，一旦喝下，从来没有人复活。她眼前的这个人到底是谁？难道是苏湄若找她索命来了吗？

她鼓起勇气看向苏湄若，眼前的苏湄若虽然容貌未变，可是神情却大大不同了！从前的她，如何敢和自己对视！从前的她，胆小如鼠，从来没有这样犀利如刀的眼神！夜风直贯灵堂，她惊得步步后退，终于，退无可退，她一屁股跌坐在了地上，睁大双眼看着眼前的苏湄若，神情犹如见鬼一般，"你！你是谁？你是鬼吗？"

"怎么？才不见这么一会儿工夫，姨娘便不认得我了？"苏湄若居高临下地俯视着她。

苏湄雪却比管氏要稍微镇定几分，她一步步地向苏湄若走来，语调冰冷，"苏湄若，就算你用了什么妖术死而复生了又怎么样？整个神威大将军府都知道你已经死了这个事实，所以，你别白费功夫了！清河王是我的，明天要嫁给他的人是我，而不是已经死了的你！"

苏湄雪怎么都不会想到，她刚刚说完，脸上已经重重地挨了两个巴掌！一时间，她被打蒙了，她怎么都想不通她那往日胆小怕事的姐姐竟然会动手打她！她捂着脸，伸手指着苏湄若，"苏，苏湄若，你算什么东西！你竟然敢打我……"

这一次，苏湄雪还没说完，脸上又挨了两个巴掌！动手的依然是苏湄若，她冷眼看着苏湄雪，眼神凌厉，"苏湄雪，你有什么好惊讶的，我打的就是你！刚才那两个巴掌是打你口不择言，现在这两个则是打你毫无尊卑！你别忘了，我苏湄若才是父亲的嫡女，而你只不过是管姨娘所生的庶出之女罢了,所以你刚刚那句话应该是我问你才对,苏湄雪,你算什么东西!一个小小的庶出之女也敢对着嫡出的姐姐指手画脚、大呼小叫!这四个巴掌,希望你能长长记性,你听懂了吗?"

管氏看着自己的爱女,竟然被苏湄若这个平日里被她拿捏惯了的丫头噼里啪啦接连打了四个巴掌!她顾不得自身的恐惧,直接跳了起来,走到苏湄若眼前,指着她破口大骂,"苏湄若,你个死丫头,竟然敢打我的雪儿,看我不替她报仇!"说完就要伸手朝苏湄若脸上打去。

然而,她前一秒刚刚伸出手,后一秒就被苏湄若一把抓住,"姨娘,现在可不是三伏天,你的火气也太大了吧。姨娘怕是老糊涂了吧,我可是圣上钦点的清河王妃,明日就要嫁给清河王了,而你现在却要殴打未来的清河王妃,姨娘,与其有这样的空闲,不如伸手摸摸你脖子上是有几个脑袋?你是不要命了吗?"说到最后,她甩开管氏的手,管氏直接跌坐在地上。

管氏气得咬牙切齿,"苏湄若,一个月前你父亲过四十寿宴,特地邀请了清河王来赴宴,可是你竟然中途跑到府内后院凉亭去弹琴,你根本就是存心的!因为你知道清河王最爱听琴,所以你就设法勾引他,故意让他听到你的琴声,然后引他前来和你说话,他被你的花言巧语哄得高兴了,便进宫请皇上下旨让他娶你做王妃!苏湄若,你真是好手段!"

苏湄若嫣然一笑,可在管氏和苏湄雪的眼里,却觉得那笑又美又毒,简直像罂粟花一样,"勾引?姨娘,注意你的措辞,这南楚谁人不知,当年你用下三烂的手段勾引了我的父亲,让他和你有了一夜露水姻缘,然后你怀孕生出了和你一样性情的女儿,他没有办法只能把你带回来。我娘待你如亲姐妹一般,可你是怎样对她的!当年,你设毒计挑拨离间,让我娘和父亲两两猜忌生出滔天误会,致使我娘生下我就远走塞北!这么多年,你怎样对我的你心里最清楚,当面一套背后一套。你连在大婚前夜下毒谋杀我这样的事都做得出来,还有什么是你做不出来的?论手段,姨娘才是天下第一啊!"

不知道为什么,管氏本能地觉得她眼前的这个苏湄若绝对不是以前的那个苏湄若！以前那个她怎么可能有胆子对她说出这样一番话！

"怎么？姨娘还不走，难道还想再杀我一次吗？"苏湄若上前一步。

管氏就算再不甘心，可是此刻也无力回天了，只能以后再做谋算了，想到这里，她扶起一直捂着脸的苏湄雪，离开之前留下一句，"苏湄若，我们走着瞧！今日算你命大，不过你记住，你今日没死在我手里，日后也总有死在我手里的时候，你自求多福吧！"

苏湄若好像听到了什么笑话一样，"该自求多福的是姨娘和妹妹，湄若在清河王府恭候你们大驾光临！"

第三章　清河王妃

　　黑夜来得快，去得也快，天光转眼破亮，又是一轮旭日照常东升。苏湄若揉着睡眼惺忪的双眼，在丫鬟们的催促下起床洗漱，沐浴更衣。

　　没想到，古人的床还挺舒服的，苏湄若迟迟不愿离开这床，也或许是她昨夜大战管氏母女二人太累了，所以她觉得此刻自己严重睡眠不足。唉，要是她能料到自己要穿越就好了，这样她就能带一堆面膜过来，补救一下自己的黑眼圈。

　　"小姐，您今日可真美，比天上的嫦娥还要美呢！"伺候苏湄若着装打扮的丫鬟彩云忍不住夸赞，将苏湄若的思绪从遥远的21世纪拉了回来。

　　"不是我美，是你这张小嘴可真甜。"苏湄若伸手轻轻刮了刮她这小丫鬟的鼻子。彩云感到有点奇怪，她家小姐平时总是一副文文弱弱的模样，今天这是怎么了，简直就像换了一个人一样。

　　苏湄若看着镜中的自己，唇不点而红，眉不画而翠，瓜子脸、杏仁眼、樱桃小嘴，标准的古典美女的模样和气韵，在她穿越过来的这个时代果然是很吃香的！

　　可是，在21世纪的现代，她这副长相就显得太过古典了。她一直都记得，从小到大她有不少玩得好的同学，总为她可惜，"湄若呀，你这副长相要是生在古代的话，那可真是吃香了，可惜啊，你生错时代了。"不过她却十分中意自己这副长相，因为她从小就醉心古典文化。再说了，世界本来就是多元的，怎么可能会只有一种局限的美呢?

　　"小姐，你在想什么呢？快戴上这个凤冠吧，时辰快到了，我们就要走了。"

　　"哦，那你快给我戴上吧。"可是说完之后她就后悔了，以前看宫廷

009

剧，看那些女人戴着凤冠，走起路来却是平平稳稳的，然而此刻戴在她自己的头上，刚戴上去，她就生出想把它给扔了的冲动！

这个东西是什么玩意儿，怎么会这么重？一想到这里，她就无比同情并佩服这些戴凤冠的古代女人，他们是怎么把这么重的东西若无其事地戴在头上的，脖子都要断了！

她嘟囔道："彩云，我能不能不戴这个凤冠呀？实在太重了，我的脖子都……"她还没有说完，彩云已经用手掩住她的嘴巴，嘴里直念"阿弥陀佛"，"小姐，我的小祖宗，你在胡说什么呢？小姐你忘了吗？这可是清河王派人送来的婚服，你不能不穿，你必须要穿，快点小姐，赶快戴上，我们还要去大厅拜别夫人呢。"

听彩云这么说，苏湄若知道是没有办法逃避了，她瞬间觉得自己是这个世界上最倒霉的人儿，只好听了彩云的话重新戴上了这顶凤冠，然后，在她的搀扶下，尽量做出以前在影视剧里看到的正正经经的样子。

苏湄若一步步走到大厅，尽管十分不想看到管氏和苏湄雪，可没有办法，她出嫁前的这样子还是要装的。

管氏和苏湄雪正坐在大厅里，两人的脸色都有些阴沉，一看到苏湄若来了，管氏的那张脸就更阴沉了，只不过她依然表里不一地伸出手来，拉起了苏湄若的手，啧啧叹道："湄若，今日你可真美，一定能让清河王为你倾倒。虽然世人都知晓那清河王风花雪月惯了，府中姬妾无数、美女如云，可是他等会儿见了你这个样子，必定会为你收敛的。只是你即将嫁人，姨娘我不得不嘱咐你几句，这清河王府可比不得这将军府，湄若啊，你可不能再由着性子胡闹啊。"

苏湄若本来还在心里奇怪，这个人昨夜明明还那样迫切地想要置她于死地，今天怎么会像变了一个人一样，竟然这么热情地拉自己的手，果然是话里有话！

她不动声色地把管氏的手给拿开了，唇边的笑容绽放得一点破绽都没有，"姨娘放心，湄若一定谨记姨娘的教诲，定不会让姨娘失望，时辰快到了，我该走了，姨娘有空也多去清河王府坐坐呀，带着湄雪妹妹一起去啊。"说完,她的目光看向苏湄雪,苏湄雪的眼神很冷,想要开口却又不敢说什么,只是别过头去装作听不到她说的话。

苏湄若回过神来,头也不回地走了,就这样离开了神威大将军府,坐上了去往清河王府的马车,代替原主开始本来属于她的人生。

这一刻,坐上了马车的苏湄若突然很期待她未来在古代的生活,她的这个夫婿——传说中的"南楚第一美男子"到底长什么样子呢?是貌比潘安还是貌胜嵇康?世人又说他最会风花雪月,整日最爱舞文弄墨,弹琴听曲。一想到这里,她就激动得不行,毕竟古琴专业的她倒是很想和她这个夫婿比一比琴艺呢。

直到皓月升空,她的夫婿清河王才招待好了所有的宾客,回到了房间。

他人还未走近,苏湄若已经闻到了一股酒味,她向来有洁癖,嫌弃得不行,本能地掩袖捂鼻。

然而,她这一个看似小小的举动,却惹恼了清河王,下一秒,她的手就被一只强有力的大手给握住了,"怎么?王妃这是嫌弃本王?看不出王妃身形虽然娇小玲珑,不过这胆子倒是挺大啊,竟敢嫌弃本王!"

苏湄若暗叫不好,因为她感受到了那只手渐渐加强的力度。虽然她戴着盖头,可是能在这个时候走进这屋子里的,还能自称"本王"的人,想都不用想,就是她那个未曾谋面的夫婿清河王刘轩!

她极力平复自己的心情,哈哈打趣道:"不不不,王爷说笑了,妾身怎敢嫌弃王爷?只是我对酒向来比较敏感,刚刚你一走进来有点熏到我了,所以我才本能地掩袖捂了一下鼻子,王爷千万不要误会!"不过苏湄若一说完就后悔了,她这样说,不是明摆着表里不一地嫌弃他吗?

完了完了,说错话了,看来只能"听天由命"了!

第四章　结发为夫妻

果然，这个传说中的清河王有些生气了，握住苏湄若的手又加了几分力道，他冷哼了一声，"王妃这么说，明明就是嫌弃本王！说！苏湄若，你凭什么嫌弃本王？"

苏湄若听了心里直摇头，这个王爷看来是个认死理的人，她坐到现在早就被头上这顶破凤冠勒得快要说不出话来，她心生一计，嘟囔道："王爷既认定我嫌弃你，那好吧，王爷你现在掀开我的盖头，让我把头上的这顶凤冠摘下，我的脖子都快断啦！然后我便告诉你原因。"

清河王被她的口气给逗笑了，万万没想到，这世上除了他皇兄，竟然还有人敢和他谈条件，他忽然很好奇，这个被红盖头掩盖着的女子到底是个怎样的女人，为何他一直听闻神威大将军的嫡女胆小懦弱？可她方才所言根本不是一个传说中胆小如鼠的女子能够说出来的！

"好，王妃放心，本王这就为你掀盖头，本王向来怜香惜玉，又怎忍心让你的小脖子就这样断了！来来来，让本王瞧瞧，阔别一月，王妃是胖了还是瘦了？"说完，他潇洒地一拂袖，就掀开了她的盖头。

苏湄若一把摘下凤冠，随性站了起来，三千青丝如瀑布飞流直泻，烛影摇红中，刘轩看得有些呆，他隐隐觉得，他的王妃和他上次所见的仿佛不是一个人，虽然一样的容貌，可眼前这人的气韵和神态，却完全不是他一个月前在神威大将军府后院中看到的那个弱女子。

苏湄若摘了那破凤冠，站起来感觉整个人都神清气爽了很多，浑身上下都轻盈了不少，她这才把目光投向她的夫婿。

天哪！古代的王爷竟然长得这么帅呀！她眼前的这个清河王刘轩长得有多帅呢？她在脑海中费尽心思想，到底要用什么样的词来形容他呢？

长身玉立、丰神俊朗、玉树临风，不不不，这些词都太低级了，不足以形容!

　　看着苏湄若一直盯着他看，刘轩一把将她拉进怀里，挑眉一笑，"本王长得有这么好看吗？王妃为什么一直盯着本王看？王妃快说，刚才为什么嫌弃本王？时辰已经不早了，我们早些歇息吧，王妃要看，一辈子都可以看呢，王妃说是不是？"

　　苏湄若这才反应过来，刚才自己一直花痴地盯着他看，在心里暗叫"哎哟"一声，一脸羞涩地钻进被窝里去了。

　　她这一举动逗乐了清河王，他哈哈大笑，也随即翻身进了被窝，"王妃这是害羞了，不要害羞，是女人都会有这一天的，王妃莫怕，本王会很温柔的。"

　　听到刘轩这么说，苏湄若在心里直骂他流氓！哼！这个人看着长得这么帅，满脑子在想什么东西呢！突然，没来由的一下，她感到心跳加速，她用棉被捂脸轻声哼道："就是王爷这么没正经，所以我刚才才会嫌弃王爷！"

　　刘轩借着酒意随手将衣服一脱，翻身倾覆在她的身上，动作优雅漂亮，轻轻抬起她的下巴，眼神像漫天璀璨的星光，刹那间点燃了苏湄若的心，"本王最讨厌那些俗礼，王妃既已经是本王的人了，不必再拘谨，王妃只需记得，从今以后，你我结发为夫妻，恩爱两不疑。"

　　结发为夫妻，恩爱两不疑。这一刻，苏湄若有些恍惚，从小饱读诗书的她很多年以前就在书上看到过这句诗，那时候少女时代的她就在幻想，未来与她结发为夫妻，恩爱两不疑的人会是怎么样的，而那个人又会与她有着怎样浪漫的相遇？她与他又会在何时何地拜天地？

　　可没想到，她还没等到那个让她"生当复来归，死当长相思"的良人，她竟然已经离奇穿越了，并且嫁给了这个帅气的王爷，看来这一切都是命运精彩的安排吧。

　　想到这里，她的心中起了一阵顽皮之意，"看在王爷你长得这么帅的分上，那我就答应你了！"

　　刘轩没有说话，只是用深情热烈的吻回应她，两人很快被这把燃烧着的烈火给吞噬了。

帘外红烛摇曳，幽幽摇曳出了一室旖旎的风光。

"王妃，为何你我一月不见，本王却觉得你变了一个人似的？"刘轩紧紧抱着苏湄若，呼吸急促。

"一别一月，王爷不是也变了吗？唉，岁月催人老，有变化不是很正常的吗？"苏湄若打着哈欠。

"哦？本王变了，那王妃便说说，本王哪里变了？本王倒要看看，王妃这张小嘴能吐出多大朵花来？"

"王爷有两大变化：第一，王爷长得更帅了！第二，王爷的话变得更多了！好了，报告完毕，请问王爷，妾身可以睡了吗？"

"王妃可知，本王长这么大，从来没有人敢说本王话多！王妃，你说本王该拿你怎么办？"刘轩放开了苏湄若，以一种别样的目光打量着她，苏湄若觉得，那目光简直和恐怖片里的吸血鬼有得一拼！

"那王爷，你把我凉拌加个蛋吧！"苏湄若以棉被捂脸。

"不用凉拌，也不用加个蛋，只需这样就好了。"刘轩一说完，便挥手把苏湄若捂脸的棉被扯开，用不知何处拿来的一把镂空雕花的短匕首，以迅雷不及掩耳之势将他的一缕头发削下，然后再以同样的方式把匕首对准了苏湄若的一缕青丝，她吓得躲闪，这恐怖王爷是要她的小命吗？然而只见她眼前刀飞发落，他迅速将两缕头发合在一个打了个结。

这一连串的动作都快如鬼魅，苏湄若只惊得张大了嘴巴，等她反应过来的时候，她的脸上感到了阵阵酥麻，定睛一看，原来是身边这人拿着他们已打成一结的头发，在她的脸上不停地游走。

"王妃，你记住了，从此刻开始，我们这才是真正的结发为夫妻，恩爱两不疑。"

第五章　性命难保

穿越到南楚的第三天，苏湄若终于弹到了她最爱的古琴。毕竟穿越之前，她可是21世纪的中央音乐学院古琴专业的学生，一天不碰琴就手痒痒。没想到她一穿越回来竟然能亲手弹到这么好的琴——刘轩深藏的名琴"猿啸青萝"，是后世拍卖价格高达上千万的千古名琴！

"王妃，还记得一个月前我受邀去赴你父亲的生日宴，中途烦闷便出来透气，没想到却听到了一阵琴声，我循声而去，原来是你在凉亭抚琴。你琴艺精湛堪称我南楚国手，可是本王纳闷的是为何从来没有听说过你有这样惊人的琴艺？而你妹妹那三脚猫的舞姿却能在这长安城中声名远播。你告诉本王，这到底是为何？"苏湄若正啧啧赞叹着眼前的这把名琴，刘轩一连串问出的话语打断了她的欣赏。

苏湄若闭眼，在脑海中回放原主的记忆，一幕幕闪过眼前，她睁眼告诉了刘轩真相，"王爷不知，我母亲在生下我以后因为管氏的挑拨和父亲产生了误会，她便独自远走塞北，而管氏从来只是用心照顾她的亲生女儿苏湄雪，至于我，她没有让我饿死已经算是万幸了。我会弹琴，完全是自己偷偷背着她学的，大概是我有天分吧，无师自通全靠自己琢磨，竟然也能弹得一手好琴。"

她停了一停，不顾刘轩的表情有多惊讶，继续开口，"一月前我父亲的生日宴上，我因为想起母亲心里烦躁，所以才去后院凉亭弹琴，弹琴最讲究动情，没想到我的动情却引来了王爷，这大概就是命中注定的缘分吧……"

她还没说完，刘轩已经走上前将她一把拥入怀中，满地的夕阳光影中，他本就高大的身影被拉得更长，他紧紧地抱着她，似乎要将她嵌入怀里一样，他身上有种莫名好闻的清香，怀抱和清香都让苏湄若变得恍惚，她好像已经忘记了时间，早已不知今夕何夕。

"都过去了，从今以后，再也没有人可以欺负你！王妃，来，我们来玩点有趣的事吧，和本王比试比试琴艺怎么样？一别一月，看看我们谁的琴艺又精进了。"刘轩的声音像春天的微风，一下子吹进苏湄若的心田。

不过刚刚这家伙在说什么，要和她斗琴？开什么玩笑，她可是21世纪的中央音乐学院古琴专业年年拿第一的学生，而每个能够考进中央音乐学院古琴专业的人，基本上百分之九十九点九都是从小学琴，并且每天练琴时间高达八小时以上的人，那水平要想赢了刘轩应该是轻而易举的事情吧！

"好！那我先弹一曲《平沙落雁》，请王爷品鉴。"苏湄若本能地坐到琴前，手指在七弦琴上飞舞跳跃，倏忽之间，似见天高地阔、风静沙平，云程万里间大雁飞鸣……

当刘轩正深深沉醉在苏湄若美妙如天籁一般的琴声中时，突然，琴声戛然而止，只听得"扑通"一声，有人跌坐在地上！

他暗叫不好，睁眼，看见苏湄若竟然晕倒了！他将她打横抱起，大喊道："来人！"

苏湄若感觉自己做了一个冗长的梦，梦里回到了21世纪，她和她的室友们在一起排练、演奏、上课，过着美好充实的大学生活，蒙蒙眬眬间她被一阵激烈的怒吼声吵醒了。

醒了才知道，原来刚才那些熟悉的画面都是梦，她已经回不到21世纪了，除非在梦中。

吵醒她的声音她十分熟悉，是清河王刘轩的声音，只不过没有了她晕倒前的悠然从容，变得焦急万分，"何院判，你把你刚才说过的话，再一字不落地给本王重复一遍！"

那何院判蜷缩成一团跪在地上，畏畏缩缩地开口，"王爷，王妃她中了来自西域的'竹叶青'，若是两日之内没有解药，怕是，怕是……"

"怕是什么？快说！"刘轩的声音再次响起。

那何院判磕头如捣蒜一般，"是是是，王爷，若是两日之内，王妃没有服下解药，怕是性命不保啊！"

"你说什么性命不保？那你有没有解药救王妃？"

"王爷饶命啊，'竹叶青'为天下奇毒，以'五毒'之液混合曼陀罗花汁液而成，若是两日之内不服解药，中毒者便会全身上下长满红疮奇痒无比，最后不治身亡。微臣虽然为南楚的院判，可是对此也束手无策！要解王妃此毒，只有一个办法，除非能对症下药，找到'竹叶青'的独门解药'嫣然醉'！"

什么？全身上下长满红疮奇痒无比，最后不治身亡！我一定是命最苦的穿越者了，才穿越来没几天就中了下场这么惨的毒！苏湄若在心里愤愤地想，一副命不久矣的样子倒头就睡。

刘轩看到她这副模样又是好笑又是心疼，走到她的床边，想掀开她紧紧捂住双颊的棉被，"王妃你这是做什么？何院判不是说了两日之内找到解药服下便没事了吗？看看你现在这个样子，成何体统，哪还有半点王妃该有的样子？"

"若早知要中这样的毒，我才不要穿越来做这什么破王妃呢！"苏湄若依旧死死捂着棉被，语调带着哭腔。

刘轩拿她也没办法，只是伸手弹了弹她被鸳鸯棉被紧紧捂住的额头，"越发胡言乱语了，快别捂着了，小心捂出病来！"他停了停，转头看向何院判，继续问道："那要去何处找'嫣然醉'这个解药呢？"

空气中传来沉默的声音，半晌过后，何院判开口了，"回王爷，微臣想起来了，传闻长安郊外十里处，有一间'无忧药坊'，那无忧坊主的夫人，常年寄居西域，想必他那里会有'嫣然醉'！王爷此时若派人去取，只消半日便能回来。届时王妃服下，必然没事了。"

"好，本王这就命人去取'嫣然醉'。"

"何院判，那王妃又怎么会无缘无故中了这来自西域的奇毒'竹叶青'呢？"刘轩的眉头紧紧锁着。

"王爷，微臣斗胆问一句，王妃在晕倒之前，可曾碰过什么？或者吃过什么？"

第六章　谁是凶手

刘轩和苏湄若互看了一眼，苏湄若思索了一下开口，"我并没有吃什么，不过我晕倒之前弹了王爷的'猿啸青萝'琴，我一曲还没有弹完便感觉头晕目眩，然后醒来就发现我已经在床上躺下了。"

"王爷，可否容微臣看一看那把'猿啸青萝'琴？"何院判若有所思。

刘轩自然同意了，忙命人把"猿啸青萝"琴拿上来。

眼前的"猿啸青萝"依然是苏湄若晕倒前所弹的那个样子，肉眼根本看不出它有何异样。

不过，在医者看来就大不相同了。何院判走到这把琴前，蹲下身，用手轻轻去触碰琴弦，连忙放到鼻子前轻嗅，结果他闻了以后，脸色大变，"王爷，微臣确定王妃所中的毒，就是来自这把'猿啸青萝'琴，一定是有人将'竹叶青'的毒碾成了碎末，并将它们细细地抹在了这七根琴弦上。而只要王妃一弹，手必沾染此毒，自然，就神不知鬼不觉地中了这剧毒！"

刘轩似乎难以相信他所说的，"何院判，你确定吗？你确定王妃所中的毒就是来自本王最爱的这张'猿啸青萝'琴？"

"王爷，微臣家传三代行医，代代皆为我南楚太医院首席院判，定不会诊错！王爷若不信，微臣可当场证明给你看！"说完何院判从医箱里取出一排银针，那些银针粗细不同，他挑出了最细的一根，将银针放在琴弦上，只见银针刚刚一触及琴弦，就立刻变成了黑色。让人难以相信，这竟然是一根银针！

"王爷请看，微臣所言非虚。"

刘轩怒极反笑，负手而立，"好啊，看来本王是对这府中诸人素日太宽厚了，竟然在王妃嫁过来第三日就发生这样的事情，竟然有人敢在本王的眼皮子底下动手脚，来人！"

"王爷有何吩咐？"刘轩的两个贴身侍从风驰和电掣走了上来。

"你们现在就去给本王查，看看究竟是谁给他这么大的胆子，竟敢在本王的爱琴上动手脚，竟然还敢伤害王妃，你们两个务必今天就要给本王查出凶手是谁，快去！"

风驰和电掣看得出来，这一次他们的王爷真的动怒了，立刻没了踪影。

苏湄若想到了一个疑点，"王爷，你有没有觉得很奇怪？今天是我嫁过来的第三日，可这府里怎么就会有人想要我的性命呢？而这个下毒的人明显就是早有预谋。王爷请细想，此人十分了解王爷和我的性情。王爷最爱听琴，南楚人人都知道，这没什么好奇怪的，可是他又怎么能够料定我也爱弹琴呢？毕竟，除了王爷以外，从未有人知道我擅长弹琴！所以，这一切，王爷你不觉得奇怪吗？你不觉得此事很蹊跷吗？这个人分明就是算准了王爷今天一定会叫我弹琴，而我也一定会答应，这一切都是有预谋的，这根本就是蓄意的谋杀！"

"王妃分析得有理，此人十分熟悉你我二人性情，想来王妃的心里已经有答案了，那人是谁？"刘轩坐在苏湄若的身边，抚摸着她的青丝，心内诧异：传闻他的这位王妃未出阁之前胆小懦弱，可眼前这人方才所说的话头头是道，无一不在理，根本就不是传说中的样子，他的这位王妃到底是个怎样的人呢？

苏湄若闭眼，脑海中闪出一个答案，却不动声色地开口，"不，王爷，我也只是猜测，您不是已经让风驰、电掣去查了吗？且看他们查得怎样再说吧。"

"好，那我们就一起等待真凶。"刘轩紧紧搂住苏湄若的肩膀。

等到傍晚的时候，刘轩派出去购买"嫣然醉"的侍从雷威回来了。不过，他去时一个人，回来时依旧一个人，两手也空空如也。

刘轩怒了，伸手一个茶杯飞到雷威眼前，四溅而出的茶水溅了他一身,"怎么回事?我让你去买的'嫣然醉'呢?"

雷威双膝跪地,磕头不断,"王爷恕罪,当属下赶到无忧药坊时,坊主说就在属下前去一刻之前,已经有人花了大价钱将他那里所有的'嫣然醉'全部买走!属下问他还有何处可以买到'嫣然醉',那坊主叹气说,整个长安城只有他家有'嫣然醉',可是已经卖光了,所以,如果要找'嫣然醉',恐怕要去西域才能找到。"

"什么!有人竟然先你一步提前买光了所有的'嫣然醉'!好哇!果然如王妃所说,这一切是早有预谋。"

"王爷,你先别生气,王爷且细想,既然这个人已经提前去买光了所有的'嫣然醉',那么就像我说的这一切他早已算好,他算到你必然会请何院判来为我诊治,也算出何院判必然会让你派人去买'嫣然醉',而他又提前买光,这一切迹象表明,凶手与买解药的人根本就是一伙儿的,所以你只要等风驰、电掣查出凶手是谁。也许一切都有答案了。"

"王妃可真是心细如发。王妃说得不错,下毒的人和买药的人分明就是一伙的,我们只要等风驰、电掣查出结果,一切便可迎刃而解,既如此,本王也怪不得你,起来吧。"刘轩把目光转向雷威。

"多谢王爷,属下告退了。"雷威灰溜溜地走了。

一刻钟后,风驰、电掣匆匆赶来,"王爷,属下二人已查出凶手是谁。"

"是谁?"

风驰电、掣异口同声道:"回王爷,属下二人查了一天,最后在阮侧妃的侍女阿双的房间里,找到了这包'竹叶青',经过审问,阿双已经承认了是她下毒要害王妃,可是问她幕后主使是谁,她却怎么也不肯说。这丫头骨头很硬,受不住刑已经咬舌自尽了。"

"阿双是阮妃的贴身侍女,若无她的指使,那丫头又有几个胆子敢这样做!走,去水云居。"

看到刘轩带着风驰、电掣就要离开,苏湄若一把上前,挽住刘轩的袖子,撒娇道:"王爷,我也要去,中毒的是我,你怎么能不带我去呢?"

"王妃，本王可不是要去吟诗作画赏月亮，等会场面也许会吓到你，你……确定要跟本王去吗？"

"我确定，再说了，有王爷在，我又怎么会被吓到呢！若我有危险，王爷自会保护我的，不是吗？"苏湄若可怜兮兮地瞧着刘轩。

"王妃莫要这样看本王，好好好，本王答应你，若你有危险，本王自会护你周全，走吧，收回你的眼神，风驰、电掣还在这里呢，看看你像什么样子！"

"王爷放心，属下二人什么都没看见，王爷、王妃请，属下这就为你们带路！"听刘轩那样说完，风驰、电掣立马走到前方，装作一副什么都没看到的样子。

第七章　奸细是她

当苏湄若和刘轩，还有风驰、电掣四人赶到水云居的时候，发现原本居住在里面的主人已经不见了踪迹。

"怎么回事？阮妃去了何处？你们二人是怎么伺候的？"刘轩看着两名瑟瑟发抖的侍女怒声质问。

"王爷饶命啊，方才阮妃说要吃厨房做的燕窝羹，让我们去吩咐厨房做一碗，我们两个便出去了，可等我们回来的时候，阮妃已经不见了踪迹。"其中一名年纪稍大的侍女哭哭啼啼地回答了刘轩的问话。

"你们两个蠢货，这分明就是阮妃的调虎离山之计！"刘轩闭眼，深深呼出一口气。

"王爷请勿动怒，属下二人这就去找阮妃，根据时间来判断，阮妃必定刚走不远。"风驰、电掣二人抱拳道。

"好，你们这就去找，务必要把她尽快给本王找到。"刘轩睁眼，声音已经恢复了平常的镇静。

时间一分一秒过去。刘轩不停地负手在水云居里踱步。

可苏湄若却比他要镇静得多，她的目光在这间屋子里不断游走，发现这屋内的布置甚是清雅，看这布置，这个屋中的主人应该是个清雅之人才对，又怎么会做出这样的事呢？她摇头。

看她摇头，刘轩觉得好奇，开口问道："都这个时候了，王妃摇头是做什么？"

"王爷，我是觉得奇怪呀，看这个水云居的布置如此清雅，按理说它的主人应该也是清雅的人呀，她又怎么会让她的侍女下毒害我呢？哎，真是奇怪呀。"苏湄若一边回答，一边给自己倒了一杯茶喝。

反正都中了天下奇毒"竹叶青"，就算这茶真的有毒，那她再中点毒应该也没关系吧。

"常言道,知人知面不知心,她心如蛇蝎才会这样做的,王妃还是太善良了。"

是她太善良了吗?苏湄若并不知道,她只是有种强烈的预感,接下来会有一场大戏要上演。

果然,过了没多久,风驰、电掣来了,和他们一起来的还有一个仪容邋遢,面容憔悴不堪的女子。不用多想,这便是水云居的主人——清河王的侧妃阮氏。

"玉蝶,是你做的吗?是你吩咐你的侍女阿双下毒,意图杀害王妃的吗?"刘轩俯视着地上的这个女人。

"不,王爷不是我!是阿双,是那贱婢背着我要杀害王妃的,我什么都不知道啊!你不能冤枉我啊!"阮玉蝶梨花带雨地哭成一片,似乎是在告诉众人,此刻她有多么委屈。

"哦?既然与你无关,那你为何要逃跑啊?你这不是此地无银三百两吗?还不快说实话,你以为你还逃得掉吗?你以为那阿双咬舌自尽了,你便没事了吗?"

刘轩"腾"的一声站起,带着怒气走到她的面前。

"不!王爷,我说了我就没命了,他们一定不会放过我的。"阮玉蝶伸出手拉住刘轩的衣袍。

"玉蝶,不要再挑战本王的耐心了,本王再给你最后一次机会,如果你现在说出是谁让你这么做的,本王会饶你一命。可是如果你若再敢吞吞吐吐,支支吾吾,本王现在就要了你的命!"

"好!希望王爷能遵守承诺说到做到,我告诉了王爷,请放我一条生路。"

阮玉蝶说到这里站了起来,擦干脸上的泪水,"王爷可知道是谁买走了所有的'嫣然醉'吗?想必王爷不会想到这个人,是岐山王派人先你一步去'无忧药坊'出了高价买走所有的'嫣然醉'!说到这里,王爷应该明白了吧,这一切都是岐山王在背后筹谋,是他要害王妃的命!这一切，都是岐山王干的！"

苏湄若只觉得后背发凉，脑中轰然一片，天哪！我才穿越过来第三天，连岐山王是谁我都不知道，他为什么要害我？她本能地觉得阮玉蝶说的话有很多疏漏，开口问道："可是我与岐山王素未谋面，更从无得罪一说，他又为何要害我呢？阮妃，你说的是实话吗？"

阮玉蝶继续冷笑，"没想到传闻胆小懦弱的王妃竟如此聪慧，真是深藏不露！不错，岐山王的确与你素未谋面，可是常言道，英雄难过美人关，若他被一个美人所迷惑，而那美人又想除你而后快，那么自诩英雄的岐山王又怎么会不这样做呢？"

"哦？不知那美人是谁？竟有这么大的魅力，迷惑住了岐山王。"苏湄若上前一步，毫不躲闪地和她对视。

"王妃真想知道？可我好怕说出来王妃会伤心！"阮玉蝶故作摇头地叹息。

"不要再废话了，王妃问你就快说！"刘轩冷冷地瞪着阮玉蝶。

"那个美人就是王妃你的妹妹，苏湄雪。"阮玉蝶说完故意用一种委屈的眼神看着苏湄若，好像她有多可怜似的。

果然！果然是她，果然是苏湄雪和她的好母亲干的！苏湄若其实早就猜到了这个答案，只不过一直没有说而已。

"阮妃不必用这样的眼神来看我，既然苏湄雪能做出这样大逆不道的事，那她就不再是我苏湄若的妹妹了！"苏湄若眼角一丝冷笑，丝毫不是阮玉蝶所想象的反应。

"阮玉蝶，既然你已经说出来幕后主使，那本王便放你一条生路，不过你也是参与者算不得无辜，所以，从现在开始，你不再是本王的侧妃，从此以后，你便在无妄阁待着思过吧，记住，这一辈子你都不能踏出一步！"刘轩看也没有看阮玉蝶一眼，就吩咐侍从将她带走。

"王爷，不要！与其一生被囚于无妄阁，你不如给我个痛快，一刀杀了我吧！"

"王爷，你会后悔的！这个女人明日不服下'嫣然醉'必会惨死，而岐山王早就布下了天罗地网只等你去跳！王爷，你太糊涂了！"

……

渐渐地，再也听不到阮玉蝶的叫骂了，她应该是被侍从拖到无妄阁去了吧。

"王妃，还有一天，时间不多了，本王这就去岐山王府向刘渊讨回'嫣然醉'，你乖乖地在清河王府等本王回来！"刘轩忽然紧紧抱住苏湄若。

第八章　险象环生

"不！王爷，你不能去！阮妃不是说岐山王早就布下了天罗地网只等你去跳……"苏湄若摇头。

"王妃放心，本王虽然向来最爱舞文弄墨、弹琴听曲，可你难道真的以为本王就没有武艺防身了吗？刘渊那小子，本王从来没把他放在眼里过，他纵是布下了天罗地网，又有何惧？"刘轩说这话的时候虽然语气还是轻飘飘的，可却多了不可一世的霸气，听在苏湄若的耳中，让她的心有些震动。

苏湄若把目光深深投在刘轩的脸上，眼前的清河王依旧帅气逼人，是那个南楚的"第一美男子"，可是她第一次觉得，她眼前的这个男人深不可测。清河王刘轩，绝没有世人想象中那么简单！

"王妃看够了吗？"刘轩轻轻地刮了刮苏湄若的鼻子。

"看够了，王爷，让我陪你一起去吧……"

苏湄若还没说完，刘轩已经打断她，看着她直摇头，"这一次，王妃莫要任性，岐山王府刀剑无眼，若是一不小心伤到了你该怎么办？听话，你不能去，本王带风驰、电掣和府中精卫去就好了，这是我们男人之间的事，你不要参与进来，你安心在家等本王为你取来'嫣然醉'。"

"那好吧，王爷千万小心，我在王府等你回来。"说完，苏湄若上前抱了一下刘轩，刘轩感到诧异，这是他的王妃第一次主动抱他，这个举动让他喜不自胜，他摸摸她的脸颊，"好，王妃放心吧，本王向王妃保证，等会儿一定会毫发无伤地回来。"

刘轩说完轻轻地在苏湄若的脸颊上留下了一吻，轻柔舒缓却一下子温暖了苏湄若的心。

"王爷，岐山王派人送来了一封信，说要王爷亲自过目。"突然间，雷威跑了进来，递上一封信给刘轩。

"七弟，若想让你的王妃活命，今夜子时，一个人来岐山王府，不得带一人，否则，我会毁了所有的'嫣然醉'！"

刘轩一字一句读完，脸色早已铁青一片，"我一个人，也能把他给收拾了。"

可是他的贴身侍从风驰、电掣却不这么认为，"王爷，岐山王这是摆明了布下了天罗地网等你去跳，王爷不可轻率前去，还需详细筹谋一番再去，王爷千万不能在子时单枪匹马去，否则凶多吉少。"

"本王知道你们是在担心我，可是王妃的毒不能再拖了，今夜子时，本王必须要去，本王又何尝不知道，刘渊他早就布下了天罗地网，可无论是怎样的天罗地网，这次本王都必须去，一刻也耽误不得了，现在就出发。风驰，你去取本王的离魂剑来，电掣你去把本王的'白龙骢'牵来，今夜，本王要一人一剑一马，踏平岐山王府。"

子时。等到刘轩赶到岐山王府的时候，岐山王府一片歌舞升平，岐山王刘渊悠闲地背靠在椅子上，一手搂着一个美女，左拥右抱地看着厅中美人的歌舞。怀中的美人不时地为他倒着来自西域的葡萄美酒，笑吟吟地送到他的嘴边。

"哟，这不是七弟吗？没想到七弟的胆子倒是挺大，竟然真敢在子时单枪匹马来我这岐山王府！七弟，来，快坐，快坐，快和三哥一起看看这美人的歌舞。"刘渊懒洋洋地出声。

刘轩并不为所动，他冷冷地看着那些美人，最后把目光扫视到他的这个三哥身上，"三哥，你应该非常清楚，今日我来到底是为何，不多说了，快把'嫣然醉'交出来！我知道是你派人出了高价去'无忧药坊'买走了所有的'嫣然醉'。"

"哎哟七弟，听听你说的这叫什么话！我若不交又怎么样呢？"刘渊说完拍了两下掌，只见庭院中从四面八方，走出了原本匍匐潜藏着的弓箭手，那一排排的羽箭对准了一个方向，那方向就是刘轩所在的地方！

刘轩早就知道他布下了这样的埋伏，所以十分淡定地坐下来，也倒了一杯来自西域的葡萄美酒，一口饮尽杯中酒，"好酒好酒，真是要醉了，倘若不是今夜这样的时刻，我可真想和三哥好好地喝两杯！"

"刘轩，你是疯了不成？都这个关头了你还有心思喝酒，怎么，不想救你那王妃了？"刘渊一把推开怀中美人，一步步走到刘轩的面前，哈哈大笑。

"救！当然想救，所以三哥叫我来到底要怎样才会给我'嫣然醉'呢？"刘轩一边磨搓着夜光杯，一边缓缓问出。

"很简单，只要你刘轩现在砍下右手来，我便把所有的'嫣然醉'都给你，怎么样？七弟，你是个聪明人，以你的一只右手换你新娶娇妻的命，这笔买卖应该很划算吧。"

"哦？我不知三哥竟对我的右手有兴趣，且让我想想。"

"七弟，我是可以让你想想，不过你那王妃却不见得如此了，你要知道只要明日太阳一出，她若还不服下'嫣然醉'，必死无疑！这'竹叶青'可是天下奇毒，想必何院判也已经告诉你了，若是患者两日之内没有服下解药'嫣然醉'，则必会全身长满红疮奇痒无比，然后无药可医活活痒死，唉，一想到你那王妃才嫁给你三天，就要这样凄惨地死去，连本王这颗心都好痛啊！七弟，你该不会是铁石心肠吧！"

"我想好了，我答应你三哥，不过，我也有一个条件，我们兄弟俩也没有好久没有喝酒了，我们好好喝两杯，然后再履行约定，怎么样？"

"好！刘轩，你也看到了，今日我早已布下天罗地网，你休想要什么花招，耍了也没有用，只要你一有什么动作，我的这些护卫们就会即刻将你乱箭射杀！就算你是当今天子的一母胞弟又如何？我只要上书说是你故意闯到我府上意图对我不轨，圣上也不能说什么了，而我的这些护卫们都是证人！你说是不是？"

第九章　嫣然醉

　　刘轩听着他的计划，脸上没有表现出分毫情绪，可心里却是冷笑不止，手上的动作也依然很平静，在刘渊面前的杯子里先倒了一杯葡萄美酒，随即在他自己的杯子里也倒了一杯，动作不慌不乱，让刘渊有些难以想象，"三哥，来，我们好好喝两杯。"

　　然而，谁也没有想到，就在刘渊准备伸手去拿酒杯的时候，刘轩以快如鬼魅的速度，抽出背后的离魂剑，将剑锋对准刘渊的脖子，喝令那些侍卫，"怎么？你们还不赶快退下！还不放下你们手中的弓箭！难道是想看岐山王因你们而死吗？"

　　"刘轩，你要干什么？快放开，快放开我！"刘渊此刻的声音瑟瑟发抖，与方才还在大放厥词的他形成了一个鲜明的对比。

　　"三哥，你这么害怕是做什么？方才，三哥不是还趾高气扬说要让我砍了自己的右手吗？怎么才这么一会儿工夫，便吓得成了缩头乌龟？"刘轩的剑锋渐渐向刘渊的脖子处又逼近了一分，把刘渊吓了个半死。

　　"七弟，你不能这样对我，你到底想干什么？你想要'嫣然醉'，我给你就是了，快放下你的离魂剑！"刘渊的声音几乎是在哀求。

　　"我说刘渊啊，你可知我这把剑为什么会叫离魂剑？"面对刘渊的哀求，刘轩恍若未闻。

　　刘渊几乎要哭了，"我怎么知道？"

　　"好，你不知道，那我便告诉你！因为我这把剑乃是用千年玄铁炼成，只要一碰到人头，'唰'地一用力，那个人就会马上人头落地，所以，它叫离魂剑，寓意刀一碰头，人即离魂，你听明白了吗？"说到最后，刘轩的剑锋又朝刘渊近了一步。

　　"听明白了，七弟，你到底想干什么呀？我求求你放过三哥吧！都是三哥一时糊涂，听了苏湄雪那个贱人的话，所以才对你的王妃下手，真的不关我的事啊，都是我一时被美色所迷。你放心七弟，我再也不敢了。"

"你想让我放过你也行，不过你得答应我三个条件。"

"别说三个条件，就算三千个三万个我都答应你，快说，是什么条件。"刘渊感到了一线生机，口气变得更软了。

"第一，现在就交出解药，把你买的所有的'嫣然醉'通通都交出来；第二，从今以后，不许碰我的王妃苏湄若一根汗毛，否则我必不会饶你；第三，我不管苏湄雪是怎么样说服你去伤害苏湄若的，但是她嫁给了我，就是我的女人，所以管好你的苏湄雪，不管她以前和管氏是怎么对待苏湄若的，我不追究了，但是从现在开始，她要是还想使坏的话，我绝不会轻饶！听清楚了吗？"

"听清楚了，来人，你们还不赶快去取'嫣然醉'来，快去把所有的'嫣然醉'都取来给清河王。"

没多久，所有的"嫣然醉"都拿来了。而刘轩也收剑入鞘，骑着他的"白龙骢"凯旋归去。

纵然"竹叶青"是天下奇毒，可一碰到"嫣然醉"就施展不了毒性。苏湄若在服下"嫣然醉"后，便痊愈了。由于这次中毒事件，她提出要外出散心，刘轩拗不过她，便答应她从长安街逛起，一路北行。

苏湄若和刘轩一起来到这长安街的时候，惊得目瞪口呆！

天哪！这长安街卖的东西也太多了，看到长安街上的那些东西，她想起她在21世纪和父母一起去杭州旅游去逛河坊街的情景，可是眼前的长安街，东西可比河坊街多了十倍还不止！这满街的琳琅满目中，以金钗步摇、胭脂水粉最多。苏湄若猜想，估计是这长安城中豪门女子颇多，而商家们就依着女孩们的喜好来卖东西。

苏湄若的目光，被不远处的一支雕刻着海棠花的步摇给吸引住了，她挪动步子向前，刘轩看出她喜欢那支步摇，便拿起步摇毫不犹豫地插在她的发髻上，俯身低低地在她耳边轻语，"王妃婉约灵动的气质与这支步摇十分相宜,来,本王替你买下了!"

小摊的老板是位老婆婆,她见状笑吟吟开口道:"这位姑娘可真是好眼光!这支步摇上的海棠花可是我家老伴儿整整雕了三日才雕成的哪!这位公子,你还不赶快给你这位美丽娇妻买下这支难得一见的步摇。"

还未等两人反应,猝不及防间一匹红鬃烈马不知从何处向苏湄若冲来,来势汹汹,等苏湄若回过神来的时候,只觉得"吾命休矣"!

然而她想多了,因为她的夫婿身手矫健不似常人,在千钧一发之时已将她拉入他的怀抱,顺利地避过了这看似来者不善的一人一骑。

那马上之人抬头一看到刘轩,急忙下马,赔笑道:"原来是七哥,实在抱歉,小弟因有要事着急赶路,没想到竟然差点冲撞了七哥和七嫂,实在是对不住,我向你们赔礼了。"

什么?这人叫刘轩"七哥",难道他们是兄弟?毕竟刘轩生于皇室,有诸多兄弟也很正常,不过,苏湄若眼前的这人身材虽然高大,却给人一种倾颓之感,面容不算英俊,只是中上之姿而已,至于气度更是与刘轩相去甚远。这两人当真是兄弟吗?就算是,想来也必不是一母同胞。

刘轩紧紧地抱着苏湄若,语调冷峻不似往常,"九弟,你该庆幸你今日所冲撞的是我,若是太子殿下,恐怕你此刻已不在我面前。"

那位九弟听完,脸色有些变了,然而口中语气却还是和方才赔笑一样,"七哥说的是,多亏七哥大人有大量,不与小弟我一般见识。七哥,你和七嫂继续玩,小弟实有要事,先走一步了。"

"既然如此,九弟请便。"

他一走,刘轩便一把将苏湄若拥入怀中,"湄若,你没事吧?可被吓到了?刚刚还好我没有慢一步,否则后果不堪设想。"

第十章　谁派的杀手

"王爷放心,有您的保护,妾身怎会有事?"苏湄若掩嘴偷笑。

"我说你这丫头啊,以后走路多留个心眼,方才如果本王不在,那你该怎么办?"刘轩伸手在苏湄若的额头上弹了一下。

苏湄若轻轻一闪,便躲过了,她伸手牵牵刘轩的衣袖,撒娇道:"王爷,我刚刚被吓到了,现在全身发软毫无力气,走不动路了,不如王爷背我吧,好不好?"

她的语气是吴侬软语,一下子就让刘轩全身酥麻,刘轩闭眼转身想要当作没听到,却又立刻转了回来,睁眼摇头,"本王算是怕了你了!苏湄若,你可真是本王命中的天魔星!从今日起,本王给你起个雅号,就叫作——琴仙小魔妃!"

"王爷真是有才,这个雅号也是起得如此不一般啊,王爷,我现在可以上来了吗?"

"上来吧,如果你不怕等下摔死的话。"

"王爷就爱开玩笑,我相信王爷身手矫捷,必不会出问题。更何况,王爷乃是怜香惜玉之人,又怎舍得让我摔死呢?"

……

两人就这样一路说笑打趣着,不知不觉间,天色已晚,而两人也已经走到了长安郊外。

苏湄若有些冷,把头深深地埋进了刘轩宽厚的肩背。

刘轩正要打趣她,却在隐隐约约间听到远处传来了阵阵马蹄声,那马蹄声极为整齐,显然是训练有素。

"嗖"的一声,一支羽箭朝他们飞啸而来!那羽箭飞过他,跃过苏湄若,最后定到两人身后的一棵苍松上!

羽箭飞树之后，有百名黑衣蒙面男子骑着马出现了。这些男子全部一身黑衣劲装，戴着黑巾蒙住了半张面孔，一个个眼神冷酷，显然都是训练有素的杀手。其中领头的一名男子一马当先，看向刘轩的眼神格外冷酷。奇怪，他的眼神让苏湄若觉得好像在哪里见到过一样。

刘轩仍旧和往日一般从容，他将背上的苏湄若放下："湄若，你别怕，有我在，你不会有事的。来，今日好好让你开开眼界，让你看看为夫的身手！"

他刚一说完，就已掏出身后的绝世兵器离魂剑，足尖轻点，已朝那犹如马蜂窝一般密集的杀手堆中行去。

刹那间，羽箭速度如风，赫然化作夏日惊雷后的倾盆暴雨，密密麻麻，铺天盖地向刘轩射去！可是他身形矫若游龙，一会儿飞到青松上，一会儿落到柏树上，那些箭雨怎么都扫射不到他！

苏湄若虽然不懂武术，可她还是能感受到刘轩的杀气和剑气。这一刻，他满身杀气似乎要在无形间割裂这无尽黑夜，他每一招使完，茂密如林的箭雨都会在他纵横凌厉的剑气中被逼退，被逼退之后，只听得有数十人倒地的声音，倒地之前，是惨叫如鬼魅的哀号。哀号之后，便再无动弹之声。

不过转眼间的工夫，这近百名杀手差不多纷纷倒地，只剩了两三人与领头的那一人。

刘轩的声音傲啸在黑夜中，"怎么？你们还不逃命，想和他们落得一样的下场吗？还不快滚，回去不要忘了向你们那自作聪明的主人复命，既要杀本王，也该布个好局，和你们这些虾兵蟹将打，简直就是浪费本王的宝贵时间。"

然而，意想不到的事总是会在不经意间发生，方才倒下的那百名黑衣人中，有一个人竟然没有死。那个人用刀一把抵住苏湄若的脖子，笑声如鬼魅，"清河王，怎么样？你想要你这位王妃活命吗？"

刘轩控制自己的情绪冷静下来，他以离魂剑指那黑衣人，"放了她，否则本王保证你绝对会在她之前死！"

那黑衣人似乎是一副豁出去的样子，"呵呵，我死了没什么好可惜的，杀手的命本就不值钱，可是清河王，你这王妃若死了可就大不同了，毕竟她才嫁给你没几天啊。"

那领头的人终于出声，"刘轩，你想让你的王妃活命很简单，你走过来，当着我们的面自尽，那我们就放了她，我保证，她能平平安安回到清河王府。"

"想要本王的命，有本事你们来取，可是对着一个弱女子动手又算得了什么好汉？"

"我可不是什么好汉，所以才会对她动手，我数到三，如果你再不走过来自尽的话，那么你这王妃便要香消玉殒了，记住，是你刘轩害死她的！"

"好，我答应你，我走过来，希望你说话算话。"刘轩一步步地向前朝领头人走去，苏湄若大喊着："不要！王爷不要！"

"三、二、一！动手吧，刘轩！"那领头之人的声音充斥着得意，似乎难以相信清河王会为了一个女人自尽！

刘轩拿起剑正要准备动手的时候，却听他的身后传来一声闷响，有人倒地了！

他本能地朝后一看，不是苏湄若，是那个拿刀对着她的黑衣人！

原来，是他的手下风驰、电掣赶来了。那领头人旁边的两个黑衣人，也就在弹指间的工夫被风驰、电掣给解决了，只剩了那领头一人，风驰、电掣还想动手，却被刘轩伸手止住了。

"王爷，不能放虎归山了，这紧要关头，你可千万别仁慈！"风驰、电掣两人都单膝跪地。

刘轩的笑有些意味深长，"不，本王就是要放虎归山。"

那领头人愤然出声，"刘轩，今日不死，算你命大，不过日后你可没有这样的好运气了！"说完，他策马而去。

"王爷，属下不明白，你明明就知道是谁派来的人刺杀你，你为什么不杀了他？"

"不，这场游戏才刚刚开始，要是就这样轻易地杀了他多可惜，那不就没人回去通风报信了吗？那本王又该如何请君入瓮？"风驰、电掣听刘轩说完，好像恍然大悟一般。

"王爷睿智！那王爷我们接下来该做什么？"

刘轩平静地收剑入鞘，不带一丝波澜，"静观其变。"

风驰、电掣对视一眼，默契地点头。

然而这一切，在苏湄若看来却是一头雾水。什么通风报信？还有什么请君入瓮？这三个人的对话，她简直一脸蒙好嘛！

大概是她那困惑的眼神逗乐了刘轩，他走过去，拍拍她的脸，"怎么了？王妃这是吓傻了！"

"谁吓傻了！我只是听不懂你们在说什么！"

"这些事，王妃不必懂，王妃只要天天能弹琴给本王听，天天开心就好了，其他的事，王妃不必操心。"

第十一章　又中蛇毒

苏湄若听了他的话，似懂非懂地点点头，"遵命王爷，那我们现在去哪里呀？我的肚子都已经饿得咕咕叫了呢。"

"今夜本王带你去吃个特别好吃的东西，保证你从来没有吃过。"说完他便将苏湄若打横抱起。

苏湄若吓得大叫了起来，"王爷，你干什么啊？快放我下来！"

"王妃这是在叫什么？你方才不是说累了要本王背你？怎么现在你没说，本王先抱你了，你还不乐意了？要知道这天下有多少女子想对本王投怀送抱，本王看都不看一眼，王妃可是本王自愿抱的第一人啊！"

听他这副油嘴滑舌的腔调，苏湄若在他怀里又羞又气，"王爷说这话想唬谁？世人谁不知道，清河王红粉知己无数，王爷这话不知道对多少佳人说过呢，我才不信！"苏湄若说完还向刘轩做了个鬼脸。

刘轩见状哈哈大笑，"王妃都是哪里听来的鬼话，什么红粉知己无数，那都是很早以前的事情了！自从本王迷上了王妃的琴声以后，早就和那些庸脂俗粉划清界限了。"

"那敢问王爷府上姬妾无数、美女如云，这又是怎么说呢？"

"王妃若是在意，本王这次与你游玩回去，便将她们通通遣散，怎么样，以此来表达本王对王妃的一片真心，王妃意下如何？"

"王爷真舍得为了我一人遣散那些莺莺燕燕，王爷可要想清楚了，她们可比我会唱、会跳、会吹、会拉，也许还比我善解人意，温柔可人，王爷日后可别后悔才好！"

听到她这话，刘轩笑得合不拢嘴，"我竟不知王妃是如此伶牙俐齿，本王甚是好奇，到底是谁传出神威大将军的嫡女胆小怕事、不善言辞的？王妃放心，本王虽然长了一张不够专一的脸，可实际上却十分专一，那些莺莺燕燕就算再会唱会跳会吹会拉,始终不及你的天籁琴声。本王平生最爱听琴,又怎会听厌?所以王妃大可放心。"

两人不知道走了多久,刘轩抱着苏湄若走了很久很久。苏湄若从小到大,从未有过这样的体验,从来没有被一个男人这样一路打横抱起走一路,她感到了从未有过的安心和踏实,也许这就是女人想要的安全感吧,似乎只要这个人在,她就可以在自己的小世界里任性妄为,哪怕天塌了都不要紧,因为,他会替她挡掉所有的风雨!

大半个时辰以后,他们终于到达了目的地,然后苏湄若怎么都不会想到,她的夫君竟然会带她来这么一个荒郊野岭!

看她不以为然地撇撇嘴,刘轩一本正经地说道:"王妃可别小看这个地方,这地方有很多野味,你乖乖地坐在这里,等我回来给你抓好吃的来。"

临走之前,刘轩特地吩咐风驰、电掣保护好苏湄若。

风驰、电掣从这几日发生的种种,早已看出王妃在王爷心目中的地位,许诺一定好好保护王妃。

苏湄若一天下来早就困得直打哈欠,没过多久就睡着了,她本以为她会有个好梦,然后好梦正酣时被刘轩带回来煮好的野味给熏醒,可是万万没有想到,让她美梦惊醒的竟然是她平生最怕的东西——蛇!

她感到脚上一阵酥酥麻麻,她本能地伸手去碰,本以为是蚊子苍蝇什么的,可没想到手刚一碰到就感受到了一阵冰凉,那是前所未有的感觉,然后那冰凉的东西滑过她的手边,便迅速往草丛中蹿去。她睁开眼,"啊"的一声尖叫起来,发现那是一条浑身绿色的蛇!等她反应过来,那蛇早已不知去向,只是它游过的地方依旧"沙沙"作响!

"王妃,你怎么了?"听到了她的尖叫声,原本坐在离她十米开外盘腿休息的风驰、电掣起身跑到她的身边。

苏湄若此刻还心有余悸,她指了指蛇爬行的方向,再指指自己被咬的脚踝,"风驰电掣,是毒蛇咬了我!"

苏湄若虽然最怕蛇,可她对于蛇也有基本的常识,她知道那蛇不是一般的蛇，而是剧毒无比的"竹叶青"！她大概是最近和"竹叶青"这三个字有仇，刚刚中完了西域的奇毒"竹叶青"，现在又被"竹叶青"的蛇给咬了，她真是点背到家了！

苏湄若抬头看她的脚踝，发现脚踝处红肿一片。她在脑海中飞速运转着初中科学课本上学过的知识——被蛇咬了应该怎么办？

她想起来了，第一步应该用刀划破被毒蛇咬过的地方，然后把毒血放出，包扎！

"风驰，把你的剑给我！"

"王妃你是要做什么？"

"我要用你的剑划破被毒蛇咬过的地方，然后把毒血放出……"

"不行王妃，你这样做太冒险了，还是让属下帮你把毒汁吸出来吧，这样比你划伤自己的脚要好。再说是因为我们两个的疏忽，才害得王妃被蛇咬了，待会儿王爷回来必会怪罪，所以属下必须将功赎罪！"苏湄若还没说完，风驰已经打断了她。

苏湄若知道他说得真切，可是她从小对于身体上的接触都是有些洁癖的，眼前这个她都不熟悉的男子竟然要为她用嘴吸脚踝上的毒，想想都让她害怕！她本能地拒绝，坚定地摇头，"谢谢你的好意，不过还是不行，不用多言，把你的剑给我，快！"

听他们的王妃已经这样开口了，风驰也不能再多说什么了，只好把剑给她。

苏湄若拿到剑后，深深吸了一口气，闭眼下定决心，剑锋刚要划到脚踝处时，一道熟悉的声音传来，"住手！你这是干什么？"

是刘轩！

听到他的声音焦急，风驰、电掣双膝跪地，"王爷，是属下二人失察，坐在离王妃十米开外盘腿休息，一时没有觉察，竟然让王妃被'竹叶青'咬了，请王爷恕罪！"

"你们二人的胆子倒是越来越大了，竟敢把本王的话当成耳边风！本王走之前是怎么再三交代你们的？你二人又是如何答应本王的！"

"王爷，也怪不得他们，毕竟这深山野林荒草丛生，有毒蛇也是难免的，他们二人也不能未卜先知，王爷你说是不是？"苏湄若伸手牵牵刘轩的衣袖，嘟着一张樱桃小嘴看着他。

她这副神情动作，刘轩也不好再追究他们二人的失职。他将捉回来的山鸡、野兔，随手一抛，扔到二人手中，口气已和缓了许多，"既然王妃为你们说情，本王也不好再追究了，就当给王妃一个面子。现在，本王就罚你们去生火，将这些野味烤成美味珍品，若是待会儿本王和王妃吃了觉得不好吃，本王再重重治你们的罪！"

风驰、电掣听完，知道自家王爷这是放过他们了，遂朝苏湄若投来了感激的眼神，不过这一动作却尽收在清河王的眼底，刘轩"咳"了两声，"你们二人还不快下去，还杵在这干吗！"

两人说着"是是是，王爷，属下这就告退！"，便飞也似的逃了。

两人一走，刘轩把目光投向苏湄若的脚踝，发现只有一个方法能够救她，遂坐到苏湄若的身旁，也不多说，一把将她的右脚抬起，搁到自己的大腿上，俯身张嘴对准那个伤口把毒吸了出来。

苏湄若被他这一举动惊得目瞪口呆，她开始全身乱动，不想让他再做这样危险的举动，然而她一动，就被一只大手死死按住肩膀，刘轩用了十足的力量，她根本动弹不得。

"哇"的一口，刘轩将为她吸出的毒汁全部吐了出来，"湄若，你别怕，我已经把毒都给你吸出来了，你已经没事了，放心吧。"

可苏湄若看到他嘴唇发紫，原本英俊的眉目被痛苦之色扭曲得皱了起来。他这个傻瓜，为她把毒汁尽数吸出来了，她是没事了，可他自己呢？

一想到这里苏湄若有些生气，觉得眼前这个人太不把自己的安危当回事了，"王爷，你说你这人是不是傻啊？你为我把毒吸出来了，可你看看你自己现在的嘴唇，那颜色和紫藤萝花有得一拼！"

刘轩对她所说的话恍若未闻，笑而不语，从怀中掏出一个精致的小白瓶，白瓶上用小篆书写着"舒心丸"三个字。幸亏苏湄若从小在父母的逼迫下学书法，否则的话她此时看到这几个字会觉得在看天书一样。

"王妃莫要为本王担心，本王只要服下两颗'舒心丸'，便能立刻恢复如常，王妃若不信，等下就会知道本王所说绝非虚言。"

苏湄若撇撇嘴，她才不相信眼前之人所说的呢！竹叶青是毒性何等强的毒蛇，这"舒心丸"瓶里装的像她在21世纪吃的麦丽素一样的东西，就能让他马上恢复如常了？她是不信的，开什么玩笑！

看到苏湄若撇嘴的表情，刘轩猜到了她心里的想法，他特地当着苏湄若的面在她面前掏出了两颗药丸，然后塞到嘴巴里。

结果，他刚吃完就晕倒了！

第十二章　烧烤

"王爷，王爷，你怎么了？你不要吓我啊！你为什么这么傻要为我吸竹叶青的毒？你如果有个什么三长两短，可叫我如何是好！"说到最后苏湄若几乎要哭出来了。

结果，她刚一说完，刘轩已经"腾"的一声从地上坐起，唇边的笑意怎么也掩盖不住，眼神更是耐人寻味，"王妃，本王若是再不醒来，王妃的泪水怕是要淹没本王了吧。"

苏湄若看他此刻生龙活虎地打趣她，哪里像是有事的人？气得转过头去不理他，没好气地出声，"王爷太坏了，刚才分明就是故意戏弄人家，没想到王爷竟然以自己的性命开玩笑，我可不想理你了。"

"好了好了，王妃莫要生气了，本王这就给你赔罪，王妃不知，方才本王此举，不过是想博得王妃红颜一笑罢了。王妃放心，本王从小习武，身体底子自然比常人要好，所以王妃放心，本王现在一点儿事都没有。"说完刘轩还真的像戏文里写的一样，朝苏湄若作了个揖。

这一举动逗乐了苏湄若。

"王爷，王妃，我们烤好了山鸡和野兔，你们快趁热吃吧。"伴随着电掣声音而来的，还有那阵阵逼人的香气。

苏湄若从来没有闻到过这样诱人的烧烤香！她在21世纪的现代化社会，根本没有机会吃到这样原生态烤出的野味，她闭眼闻着香气，感觉口水都快流下来了。

而她这副神态，刘轩早就看在眼里了，他细心地用早已准备好的叉子将肉叉下，然后把那些肉放到盘子里端到苏湄若的眼前，他伸手刮刮她的小鼻子，"好了，小馋猫，你可以吃了，本王都给你弄好了。"

苏湄若朝刘轩扮了个鬼脸，"谁是小馋猫？王爷才是馋猫呢！不过呢，我还是要谢谢王爷。"说完她故作矜持地尝了一口，然而，一尝完她就对刚才的故作矜持行为后悔了，因为，古代的烧烤实在是太美味了！那是食材本身最原始自然的味道，没有添加任何的作料，只是添加了一些盐，竟然都可以如此好吃！她第一次在心里发出感叹，原来生活在古代可以吃到这么具有幸福感的烧烤！

"慢点吃，又没人跟你抢，瞧你这样子还不承认是小馋猫！唉，真是可惜这里没有笔墨纸砚，不然本王啊，非得把王妃这副样子给画下来，然后好好挂在书房里欣赏欣赏。"刘轩看她吃的这番样子，忍不住打趣。

"因为实在是太好吃了，我可从来没吃过这么好吃的野味，王爷你怎么不吃？"苏湄若想起由于刚刚吃得太高兴了，这才发现只有她一个人在吃，而刘轩坐在她旁边看着她吃。至于风驰、电掣，更是十分恭谨地站在离他们一步开外的地方，两个人抱剑而立，一副雷打不动的样子。

"你先吃吧，王妃，本王经常能吃到这些东西，所以还是留给你吃吧，等王妃吃不完了，本王再吃吧。"刘轩情不自禁地摸了摸此刻苏湄若如瀑布飞泻的秀发，忽然想起那日她嫁给他时也是这样三千青丝飘散出来的样子，那份从容自在，在那一刻深深惊艳到了他。

"哦，我终于知道王爷为什么还不吃了，原来是想吃我的残渣啊！"苏湄若故意打趣道。

听到她说这话，风驰电掣两两对望一眼，额头直冒冷汗，这王妃还真是口无遮拦，在王爷面前什么都敢说！

"看来真的是本王太纵容你了，王妃已经无法无天到什么话都敢说了！不过你也没有说错，本王就是想吃你剩的肉！"刘轩说到最后，自己也笑了。

苏湄若从来没想到，她的这个古代夫君竟然会这么幽默，她几乎要噎着了，"王爷幽默风趣，我可真不是你的对手。"

苏湄若和刘轩两人就这样互相戏弄着，风驰、电掣就静静在一旁看他们的王爷和王妃互相打趣，两人相视一笑，他们的王爷好久都没有这么开心过了。自从王妃嫁入王府以后，王爷也变得开心了许多。王爷一开心，他们自然也跟着开心。

"王爷，我吃不掉了，这些通通归你了！"苏湄若在确定自己真的再也吃不下去以后，将手上的盘子推到刘轩的怀里，她自己就摸着小肚子，直接向后一躺，准备在这醉人的月色下，拥月而眠了。

看她这一连串的行为，刘轩感到万分诧异，眼前这女子的行为也太豪放、太潇洒了吧。尤其是他转念一想，这女子不是别人，还是他的王妃，还好此刻没有外人在此，否则的话要是被传出去，他这清河王还要不要在南楚混了！外界众人一定议论纷纷，说"清河王管妻无方，月黑风高下竟然纵容王妃旁若无人一般躺在荒郊野外，这成何体统……"

一想到这里，他忍不住伸手推了苏湄若一把，"苏湄若，看看你这样子，还不快起来，白白地叫风驰、电掣笑话，让本王在下属面前还有何颜面！"

"哎哟，我说王爷，这都什么时候了，吃饱了当然是要睡了，这可是符合自然的生活规律！再说了，风驰电掣可是您的贴身侍从，他们又不是外人，所以又有什么关系呢？"一语落地，苏湄若还十分应景地打了个大哈欠。

面对苏湄若这一番话，刘轩真是又好笑又好气，"苏湄若，你可别嘚瑟太久，等我们这次一回去，本王必定要好好管教管教你，省得你再这么无法无天下去，不知道还会做出多少胆大包天的事情来！"

"依我看来，王爷现在还是快吃吧，这不我们还没回去嘛，所以，我依然要无法无天，王爷别说话了，别打扰我的好梦！"说完她便真的呼呼大睡了起来。

刘轩突然发现自己活到现在，第一次真正地感受到了什么是挫败感！他堂堂南楚国万人之上的清河王，此时此刻面对这个搞怪刁钻的王妃竟是一点办法都没有！若换了别人，十个脑袋都不够砍，可眼前这女子却偏偏让他着迷，叫他一点办法都没有！

一想到这里，他只能一边叹息，一边默默吃着他的王妃剩下的野味。

风驰、电掣看到他们素来霸道的王爷此刻竟然面露挫败感，控制不住地笑了起来，不过下一秒，他们的王爷就龇牙咧嘴，压低声音，生怕吵醒此刻已进入梦乡的女子，"笑什么笑？有什么好笑的？"

第十三章　惊鸿仙子

　　由于苏湄若在这次出行中，不小心中了竹叶青的蛇毒，所以刘轩决定取消原本带她一路北行的计划，决定先带她回府好好休养，等过段时间再带她游山玩水。

　　苏湄若虽然还想一路玩，不想回王府，可她这个夫君向来腹黑霸道，而且又是打着"为她好的名义"，所以她也不能多说什么，只能就这样随了他的意，乖乖地和他一起打道回府。

　　苏湄若回府后总觉得日子过得闷得慌，想找些乐子来给平静如水的生活增添一点儿乐趣。

　　这一日，她坐在王府后院中的秋千上一边荡秋千，一边晒太阳，阳光正好微风不燥的天气让她动了出去玩的心思，她开口问她的贴身侍女，"彩云，你说这长安街，现在这个时候哪里最好玩啊？或者有什么有趣的事情发生，都跟我说说吧，让我解解闷。"

　　彩云认真思索了半日，开口笑道："王妃，我听说今日天香楼要举办一年一度的花魁大赛。往年她们举办的花魁大赛都是出了名的精彩，基本南楚所有的世家子弟都会前去捧场，一起见证花魁的诞生，不知道今年会怎么样。"

　　花魁大赛？青楼？苏湄若想起在21世纪看的古代小说还有那些古装剧里，出场频率十分高的花魁。这些面容姣好的花魁要比赛？想想就让人激动万分！苏湄若对于今日天香楼的这场花魁大赛万分好奇，恨不得此刻就能天降一对风火轮助她奔赴现场，"太好了彩云，那我现在就去这天香楼，去看一下她们的花魁大赛有多精彩！"

　　"王妃，你！你不会真的要去吧？不行啊，你怎么可以去那种地方呢？若是被王爷知道了，他肯定会不高兴的……"彩云还没说完，已被苏湄若连声打断，"放心吧彩云，只要你不说，我悄悄地乔装改扮出去，王爷肯定不会知道的！再说他今日一大早就进宫去了，一时半会儿肯定回不来，所以，你就放心吧，必不会出差错！"

彩云听了她家王妃这样说很想阻拦，可她知道根本拦不住，奇怪，自从她这从小服侍的小姐出嫁以后就完全像变了个人似的，行为日渐古怪，越来越让她摸不着头脑！算了别想了，现在对她千叮咛、万嘱咐才最重要，"王妃，那你可千万要小心啊，尽量早去早回，如果被王爷知道的话，我可就吃不了兜着走了！"

"哎哟彩云，你就放心吧！你说你这小小年纪，话怎么这么多呀！真是的，别啰唆啦，我要准备去了！"苏湄若说完在彩云的帮助下，麻溜地换好了一身男装，乔装改扮后悄悄地从王府后门走了。

可她不知道的是，此时此刻，她的夫君刘轩正在回府的路上。

天香楼是南楚最大的青楼，每到夜幕降临客人便络绎不绝，而每年夺冠的花魁，每一个都名动四方。

今日的天香楼格外热闹，因为是一年一度的花魁大赛，长安城里无数世家公子和纨绔子弟都来捧场。

苏湄若塞了重金给老鸨，所以坐到了第一排的黄金位置，毕竟可以最近距离地观赏各大花魁表演！

"各位，请安静，我们天香楼的花魁大赛要正式开始了。感谢诸位公子今日能来捧场，实在令我这天香楼蓬荜生辉！诸位都是我天香楼的常客，必是知晓我们往年花魁大赛的规矩，今年自然也不例外。待会儿这些花魁会为诸位带来各自最精彩的表演，她们表演的可都是她们最擅长的，表演完以后呢，我会再将她们一一请出，由在座的各位来选出谁是今年的花魁！最后在座的诸位公子哪位出的价格最高，便能和这位花魁相处一夜。"

那老鸨打扮得花枝招展，语调也和她的妆容一样媚俗，她刚说完，台下已经有人不耐烦了，"知道了，知道了！快别废话了，快让姑娘们亮相，为我们表演！"

"哟，这位公子看来已经是等得不耐烦了，好好好，来，有请第一位，香香姑娘为各位带来飞天舞。"

老鸨一说完，那叫香香的女子，便已莲步姗姗地来到了舞台正中央，一身红衣潋滟，像跳跃着的火苗，燃烧了全场所有的人。

苏湄若虽然不懂舞，可目光却忍不住地一直紧随着她的舞步。尤其是她最后一个动作，好像整个人被一股无形之气给提了上来，整个人如一团火焰一般在云端飞舞，仿佛真要就此飞翔九天而去！全场鼓掌声、尖叫声久久不绝，"香香姑娘的舞真是百闻不如一见……"

"第二位，楚楚姑娘为各位带来琵琶表演《塞上曲》。"

"第三位，婉茹姑娘为各位带来古筝表演《出水莲》。"

……

"第十位，秦烟姑娘为各位带来惊鸿舞。"

这位秦烟姑娘一出场，便夺走了所有人的目光，这些目光是在前九位女子表演时都没有出现过的！因为她与前九位姑娘所化的妆截然不同，她披头散发，头上并无半点珠翠，薄施脂粉，只着了一身素衣，洁白的舞衣宛如天空的云朵，她好像就是九天玄女，一不小心在偶然间入了凡尘，一舞过后便要重归九天，清丽脱俗，舞姿更是空灵飘逸，无限和婉……

秦烟的舞，连苏湄若这么一个女子看了都要被她醉倒，更别提身边的那些男人了！苏湄若从小爱看历史，自然知道秦烟所跳的惊鸿舞乃是唐玄宗的爱妃梅妃所创，这一刻她生出一种错觉，若是梅妃在世，跳的惊鸿舞，不知可否与秦烟相较？

秦烟一跳完，全场寂静，足足过了十秒钟，才终于有人回过神来，发出了雷鸣般的掌声，"好！好！好！秦烟姑娘的惊鸿舞实在太妙，我看秦烟姑娘可是担得起'舞中国手'四个字！依我看啊不用评了，今年天香楼的花魁便非秦烟姑娘莫属了，诸位觉得如何？"只见一位衣着华丽的公子站了起来，那公子并没有坐在别处，恰恰就坐在苏湄若的旁边。

第十四章　从天而降

那公子一说完，就有不少人附和，"对对对，何公子说得对啊，这还要评什么呀？今年的花魁，这不明摆着就是秦烟姑娘吗？看看前面那几个涂脂抹粉、花枝招展的样子，再看看秦烟姑娘，简直就是清水出芙蓉，远胜方才那些庸脂俗粉！"

虽然前九位表演过的女子有好几个面露不服之色，可是却奈何不了众意，最后压轴出场的秦烟夺冠，是众望所归，所以老鸨也不能说什么了，便挥挥手让其他九位姑娘退下，唯独留秦烟在那里。

"各位公子，既然我已经如了诸位的心愿，让秦烟姑娘夺了今年的花魁，那不知诸位公子又愿意出价几何来抱得美人归一晚呢？"老鸨笑盈盈地说着，可是不知道为什么，苏湄若觉得那张笑脸十分恶心，这样把一个女子当作物品一样来拍卖，真是让人可气又可恨！

"我出黄金一百两！"

"我出黄金二百两！"

"我出黄金五百两！"

这句话就是出自坐在苏湄若旁边，众人称之为"何公子"的人，他站了起来，手中折扇"啪"地打开，"怎么样，诸位，我看你们还是别和我抢了吧，说句实话，本公子对秦烟姑娘可是志在必得！"

他一说完，众人便开始窃窃私语。

"你们说这何公子怎么这样霸道啊！"

"你还不知道啊，他爹可是现在圣眷正浓的礼部尚书何威，他是何尚书的独子何天明，至于何夫人啊，更是整日把他当宝贝似的！"

"原来如此，那我们还是算了吧，别和他抢，免得惹祸上身。"

……

苏湄若看身边的何天明,觉得甚是可笑,他折扇摇摇,得意扬扬,那双色眯眯的眼睛早就盯着台上的秦烟了,似乎是要把她吃了一样。

苏湄若见不得这样仗势欺人,她从小就向往武侠小说中的"路见不平、拔刀相助",她"腾"的一下从凳子上站起,特意变了变声音,"我出黄金一千两,何公子,我看你还是把人让给我吧。"

"这位公子,你方才说你要出黄金一千两,此话当真?"台上的老鸨激动万分地跑到苏湄若的旁边,她几乎难以置信,这个人说的是真的。

何天明不高兴了,原本潇洒轻摇着的折扇"啪"地收回,向他旁边的这位男子看去,打量着他,眼前这人个头娇小,衣着也不见得有多华贵,竟然会开下黄金一千两的海口,他皮笑肉不笑地摇摇头,"这位公子啊,你该不会是坑人的吧,你当真出得起黄金一千两?"

何天明一说完,台下果然有些人就被他煽动了,开始窃窃私语,"是啊,'他'看上去如此普通,怎么可能出得起黄金一千两?"

苏湄若淡定地回怼他,"何公子,爱美之心,人皆有之,既然何公子愿意为了秦烟姑娘出黄金五百两,那我又为何不能为她出黄金一千两呢?"她这样一句话看似轻飘飘的,却好像雷霆万钧,震得何天明根本不知该如何回答。

忽然,何天明把目光投向了'他'的胡子,他惊喜地发现,眼前这个小个子根本就不是男人,他一定是女儿身,他起身,脸几乎要贴到苏湄若的脸上,一把将苏湄若脸上的胡子给扯下来,哈哈大笑道:"没想到,你根本就不是男人,原来竟然是个清秀佳人!不如这样吧,本公子出黄金一千两,让你和秦烟姑娘两个人今夜一起与本公子同房如何啊?"说完还伸出折扇想抵住苏湄若的下巴。

苏湄若"啪"地一挥手,打开他的折扇,然后"啪"的一个巴掌扇到了他的脸上,怒道:"哪来的无耻之徒?滚!"

她这一个巴掌使出了全身的力气,比她当时打苏湄雪要重得多!

何天明被他打傻了,幸亏他是个男人站住了,否则若是女人的话必会被她打飞!他的家丁听到动静闻讯赶来,纷纷道:"少爷,你这是怎么了?"

"好你个小蹄子,竟然敢打我!不过你这辣椒一样的火暴脾气,本公子却很是喜欢。来人!"那些家丁立马上前一步,"少爷有何吩咐?"

"你们,把这小蹄子给我绑了,带走!"

"是!少爷,我们现在就把她绑了!"何天明一说完,他的那些家丁就像疯狗一样上前要将苏湄若带走。

苏湄若虽然使尽全身力气拼命挣脱,可却挣脱不得,她怒视着何天明,咬牙切齿道:"何天明,我保证,你会死得很惨!"

"哦?那本公子倒要看看你这小蹄子是如何让我死得很惨的!你们还不快把她给我带走!"

"谁敢动本王的女人?"苏湄若听到那熟悉的声音传来,跳动不止的心终于安定了下来,那声音霸道、不怒自威,是刘轩!

众人一听这道声音都有些惊慌,都在想这男人是谁。

刘轩着一身青袍,那颜色越发显得他身影英挺如竹,他走得不快,悠然如闲庭信步,可是却隐隐让人觉得有杀气从他身上传出,而他的怒意更是在无边蔓延!

何天明听他竟然自称"本王",可是他却不认识眼前的这个人,遂叫嚣,"你算哪根葱,竟敢来坏本公子的好事……"

他还没说完,刘轩已经从身后掏出了离魂剑,"唰"的一声搁在了他的脖子上,只要他一动,便会人头落地,那何天明立马吓得跪地求饶,"哎哟,公子饶命啊,一切好说!"

刘轩掏出怀里的令牌给他看,那道令牌上清清楚楚地写着"清河王"三个字,何天明和众人这才知道,原来刚刚这个自称"本王"的人不是别人,就是有着"南楚第一美男子"之称的,当今圣上的胞弟,清河王刘轩。

这何天明已经吓得磕头如捣蒜,"王爷饶命啊,都怪小人有眼不识泰山!"

"饶命?刚才你不是还十分嚣张吗,怎么现在成了这副窝囊废的样子?"刘轩并没有放下手中的离魂剑,语气冰冷到没有一分温度。

"王爷饶命啊,小人并不知道这位姑娘的身份,所以才一时糊涂险些酿下大错,求王爷大人不计小人过,就放小人一马吧!"何天明不停地磕头,语气几乎带着哭腔。

第十五章　拒不认错

全场屏息，静得落针可闻，世人都知道，清河王可是当今圣上唯一的胞弟，圣上对他一直是圣眷优渥，可这何天明今日竟然这样冒犯他的女人，众人心里都在替何天明叹息，看来今日此人是命中注定逃不过这一劫了！

刘轩用冷冷的目光扫视着何天明，搁在他脖子上的离魂剑并未动半分，冷笑开口，"刚才你是用右手拿着折扇想去碰我王妃的下巴是吗？"

他刚说完，全场哗然，什么？眼前这个女扮男装的"清秀男子"竟然是他清河王的王妃！看来何天明这下是彻底完蛋了！

何天明听完更是直接瘫坐在地上，"王爷，我还没有碰到王妃，你就来了。"

"哦？没有碰到，可若是本王晚来一步，那又会怎么样呢，你说？"

何天明早就吓得不敢说话，更不敢抬头看他，他知道今日是在劫难逃了。

"唰"的一声，刘轩将搁在他脖子上的离魂剑收了下来，只不过他很快又掉转方向，这一次他把剑放在了何天明的右手上，"你爹勤勤恳恳一心为圣上分忧，怎么就生出了你这么个东西！这样吧，本王看在你何家三代单传的分上，也不会要了你的命！不过你这只手是别想要了，可是如果本王就这样把你这手直接砍下来，似乎太血腥了一些，毕竟王妃还在这里，本王不愿吓到她。不如这样，今日本王就废了你这右手上的五根手指吧。希望你以后看到这只断了五指的手，能记起本王今日说过的话，有些人是你这辈子都不能碰的，哪怕一丁点儿都不能碰，听清楚了吗？"

一听到要断他的手指，何天明几乎号啕大哭，他使出浑身解数用力抱住刘轩的脚，不住地磕头，"不要啊！王爷，求求你放过我吧……"他还没有说完，就已经"啊"的一声尖叫出声，几乎要痛死过去！

因为刘轩已经用离魂剑把他的右手五指给削了下来，离魂剑乃绝世神兵，他这一剑又使了些力，一剑之下五指尽断，血淋淋一片，不堪入目！有胆小者早就"啊"的尖叫出声昏死过去！

苏湄若早就别过头去不敢看。这一刻，他眼前的这个男人简直宛如阿修罗，让她不得不害怕，虽然她的确恨透了何天明。

"好了，今日之事就算两清了。但是，何天明，从此以后你最好夹着尾巴做人，记得今日本王说过的话！如果还有下一次的话，可不只断你五根手指那么简单了！"

说完，刘轩收剑入鞘，这才把目光投向苏湄若，看她的神情是有些吓傻了，也顾不得众人都在场，直接将她打横抱起，打道回府。

一路上，苏湄若紧闭双眼，并不说话，假装睡去，不过她这个小心思早就被刘轩给看穿了，"唉，都这个时候了，王妃竟然还有心思睡觉，本王真是甘拜下风！"

苏湄若猛然睁大眼睛，嘟嘴道："王爷有所不知，我这不是还心有余悸吗？"

"怎么，本王替你处置了登徒子，你还不感谢本王？"

感谢他？他刚才明明把她吓得半死好吗！苏湄若又闭眼睡了过去，装作听不到！

然而，她的这一举动似乎惹恼了刘轩，"王妃，你莫要嘚瑟，等一回府，看本王怎么罚你！"

什么？他要罚她？她明明就是受害者好吗？苏湄若用一种委屈的语调撒娇，"王爷竟然还要罚我，湄若今日可明明就是受害者！"

听到苏湄若这样跟他撒娇，刘轩的气消了一些，不过还是坚持刚才的话，"不！王妃，本王今日必须要好好地罚你一通！看你下次还敢不敢偷偷跑出府到青楼那种地方去了，让你好好长长记性！"

听他这样坚定，苏湄若知道今天她是逃不过这顿罚了，唉，既然如此，那么她就只能继续在他怀里装作睡着！

刘轩健步如飞，没过多久就到了清河王府，一回府就将苏湄若放下，像变了一个人一样，居高临下地看着苏湄若，语气异常冰冷："苏湄若，你还不快跪下给本王听罚！"

他这句话一说出来就吓到了众人，风驰、电掣和彩云都感觉十分纳闷，毕竟王妃嫁入府后，王爷对她百般宠爱，连话都从来没有对她大声说过一句，今日这是怎么了？

苏湄若看到风驰、电掣和彩云都在，可刘轩竟然叫她当面跪下，这一刻，她骨子里的倔强让她冷冷地回应，"我不跪！"

刘轩再次在她的身上感到了挫败感，从来没有一个人敢这样违背他的命令，从来都没有！可这个女人……他尽量按捺住自己的情绪，"那好，本王问你，今日之事，你到底认不认错？"

苏湄若这一刻有些蒙，她还是搞不懂为什么刘轩会这么生气，她做错了什么，她不就是乔装打扮去了青楼吗？骨子里的倔强再次让她冷冷回应，"今日之事，湄若没有错，又为何要认错？"

这次刘轩彻底被她激怒了，他本来想着给她一个台阶下，只要她稍微服软说她做错了，他便不再追究，不会真的忍心罚她，可这个女人太倔强了，简直是敬酒不吃吃罚酒！这一刻，他身为男人骨子里本身的征服欲在不停地作祟，他由心底生出了一种今日必定要让她乖乖就范的感觉！

他不怒反笑，在脑海中做了个决定，"王妃，本王再问你最后一次，你到底认不认错？"

苏湄若依旧面不改色，"我没错，王爷又为何要让我认错？"

"好，好，好！王妃，本王当真是小瞧了你！既然如此，本王也不再勉强你！"他转头看向风驰，冷声吩咐，"风驰，去拿鞭子来！"

听到"鞭子"两个字，苏湄若吓得有点腿软，他不会是要用鞭子来打她吧？

风驰、电掣更是一脸的难以置信，看来他们的王爷是真的怒了。因为上次王妃被毒蛇咬替他们求了情，所以他们两人拉着彩云一起为王妃求情，"王爷，王妃乃千金之躯，又前后两次中了'竹叶青'的毒，王妃她又如何能经受鞭打之苦？请王爷三思！"

第十六章 本王认输

风驰、电掣不说这话还好,一说刘轩更气了,没想到他的王妃才嫁过来没多久,就这么轻易地得了他两个贴身属下的心,他怒指二人,"好啊,本王现在都指挥不动你们了是吗?现在就去!若再敢废话一个字,本王连你们一块责罚!"

风驰听了没有办法,只能去拿了。他颤抖着双手将鞭子递给刘轩,他知道王妃今日是在劫难逃了!

刘轩一把夺过鞭子,看向苏湄若的眼神不起波澜,然而平静之下却是滔天怒火在熊熊燃烧,"王妃,今日本王必须要好好管教管教你,让你知道有些事是不可以做的。不过等下若是打痛了,你跟本王求饶,本王立马放了你,一切都看你!"

苏湄若以冷冷的目光和刘轩对视着,身形娇小的她丝毫不畏惧刘轩此刻的滔天怒意,"王爷要打就打,悉听尊便,讲这么多废话干什么?等会儿我要是皱一下眉头,我就不叫苏湄若!"

听到苏湄若这样说,风驰、电掣的脸色都变了,头上更是冷汗淋漓,可此时此刻他们早已顾不得了,根本不敢擦,这王妃真是胆大包天啊!从来没有人敢这样和他们的王爷说话,他们只能闭上眼睛,不忍心看见接下来的惨状!

至于彩云,更是一个劲地哭泣,嘴里不停地说,"不要,王爷,放过王妃吧,求求王爷了!"

可是她的哭泣根本没有用,刘轩恍若未闻!

刘轩伸手抬起苏湄若的下巴,手上的力道渐渐加重,"好!既然王妃如此有骨气,那本王不得不好奇王妃这小身板的骨头到底有多硬!"话音刚落的瞬间,他松开了苏湄若的下巴,高高地举起鞭子,就要往她身上狠狠抽去!

苏湄若早就闭上了眼睛,不就是挨几下鞭子吗,又能怎么样呢?她骨子里的倔强让她决定坚决不求饶!

然而,苏湄若并没有等到意料之中火辣辣的疼痛,相反,她听到了一声冗长的叹息,叹息过后是鞭子落地的声音,只不过,并没有朝她打去,她睁开了双眼,只见刘轩一把抱住她,而那根鞭子早就被他扔掉了,"王妃这倔强真是让本王恨得牙痒痒!罢了罢了,今日之事,本王认输,本王实在是下不了这个手,舍不得打你!刚刚那一刻,本王在内心天人交战,想着若是这鞭子真的抽到了你,若是真的打痛了你,那本王的心会有多痛?算了,你这磨人的小妖精,本王是怕了你了!你真是个小傻瓜,本王又怎会真的忍心打你,只不过是想吓吓你罢了!"

一听到这里,苏湄若忍不住"扑哧"一笑,啧啧道:"王爷方才那个举动呀,可真是应了一个成语,王爷可知是什么?"

刘轩刮刮她的鼻子,一脸宠溺,"是什么?王妃说来听听。"

"哎呀,王爷这反应能力啊,我可真是不敢恭维!王爷方才所为,那可不就是'多此一举'吗?"

她嘚瑟地一说完,刘轩高举右手想要往她脸上打去,可到最后却硬生生收住了掌风,变成了轻轻拍她的小脸,"本王决定了,今夜就罚你为本王弹一整晚的琴,本王不说停,你就不准停!反正王妃弹得一手好琴,弹一个晚上应该也没有什么大碍!"

他在开什么玩笑?她这王爷夫君可真是想起一出是一出!弹一个晚上的琴,她的手简直要断了好吗!他真当她是"琴仙"啊!她苏湄若是凡人,可不是真的"琴仙"!

想到这里,她开始忍不住向刘轩求饶了,"哎哟,王爷您就大人不计小人过,放过我吧,弹一个晚上的琴,我这手还要不要了!要真弹一晚上,没准儿我明日一早就乘风归去,去天上做神仙了!"

刘轩看她这个样子,早就乐呵呵笑个不停,"方才王妃要是早这么求饶,本王不就不会做这个决定了吗?现在可不行,晚了!本王已经说了,今夜你必须为本王弹一夜的琴，本王不说停，你就不准停！好了，本王心意已决，王妃无须多言。"

良夜深沉，清河王府。

苏湄若为刘轩弹起了琴，这是她第二次在古代弹古琴。不过这次弹琴，却让她有些郁闷。她本以为，她弹完第五曲，她这霸道夫君会让她停下，没想到他依然气定神闲地坐在窗前，一边喝着小酒，一边看着她优雅动人地为他抚琴，简直是快活逍遥胜似神仙！

弹完第五曲不叫停，那弹到第十曲总可以了吧！可结果，依然是她想多了！等她弹完第十曲，她这夫君依然没有叫停，也根本没有让她停下的意思，似乎真的要让她弹整整一个晚上，不许停！但她不想弹了，所以起身了。她刚一起身，刘轩就把酒杯重重地搁在桌上，"苏湄若，你给本王站住！你好大的胆子，谁准许你停下不弹了？"

这一次，苏湄若无法再像白天那样倔强了，她蹦蹦跳跳地跑到刘轩的身边坐下，把头靠在他的肩膀上，使出浑身解数和他撒娇，"王爷，您就发发慈悲饶了我吧，我再也不敢了！虽然您给我起了'琴仙'的雅号，可王爷您想啊，我要是真为你弹一夜的琴，我明日一早可就真的会变成'琴仙'飞到天上去了！王爷，你如果以后还想听到我的琴声，你就放过我吧，好不好，算我求你了！"说到最后，苏湄若几乎哭了出来，从怀里拿出手帕擦擦眼角的泪水。

她这一副梨花带雨的样子，刘轩看在眼里又好笑又心疼，他越来越摸不透他这古灵精怪的王妃了，白天是那样倔强地不肯求饶要跟他顶嘴，现在却哭成这样！

他伸手拿手帕为她拭去眼角的泪水，动作轻柔，语调亦如动作，"好了好了，王妃好好的哭什么？你若不想弹便不弹好了，本王哪里是这样铁石心肠的人？王妃细想想，自嫁到我这清河王府，本王何曾亏待过王妃，哪一日不是好吃好喝好玩地供着？可是看看你今日，竟然趁着本王不在，女扮男装偷偷跑到青楼里去看什么花魁大赛！你自己想想，你成不成体统？王妃，你真该好好反思一下今日的所作所为！"

第十七章　又生毒计

刘轩一边说着，苏湄若一边不停地点头，"是是是，王爷教训得对，妾身再也不敢了！王爷放心，妾身保证，以后一定乖乖听王爷的话，这样总行了吧。"

"王妃现在的样子，本王甚是喜欢，因为乖巧听话。王妃知道吗？今日幸好是圣上让本王早些回府，所以本王一回府看到王妃不在府中时就问彩云，这才知晓，你竟然女扮男装去了天香楼看花魁大赛，本王便立马赶去，王妃是聪明人，细想若是本王今日晚一步到会发生什么事情？"

"那我自然是被何天明那浑小子给抓去了呗。"苏湄若有些困了，慵慵懒懒地打着哈欠。

刘轩看她这一副慵懒的态度，忍不住伸手在她的额头上弹了一个爆栗子，苏湄若"唉哟"了一声，刘轩当作没听到，继续一本正经地说道："王妃倒是说得轻松，你以为被他抓去就完事了？他识破了你的女儿身，你觉得那个浑小子接下来会做出什么样的事情来？幸好本王及时赶到了，否则本王非把他抽筋剥皮不可！所以王妃，本王决定了，为了保证你的安全，从明日开始，不对！从今夜开始，以后本王去哪儿就要把你带到哪儿，若是本王进宫去了你就给本王乖乖待在府里，哪里都不准去，听到了吗？倘若你还有下次的话，本王一定会重重罚你！"

他的意思是，如果他不在的话，她苏湄若就等于被软禁了！哎哟，听到这里苏湄若只想哭！这对于爱自由的她来说，简直是一个天大的"噩耗"！

长沟流月去无声，一转眼已是秋天。

苏湄若这几个月一直都和刘轩寸步不离，如果刘轩进宫，她就乖乖待在府里。他们每日弹琴、听雨、闻香、望月、品茶、踏青、寻幽,两人琴瑟和鸣,日子过得逍遥似神仙。刘轩也说到做到,为她遣散了清河王府无数姬妾,对于这一点,苏湄若是感动的,毕竟他是堂堂清河王,竟然真的做到了弱水三千,只取她一瓢饮!

按南楚祖制,每年的中秋节,当今圣上都会要求每位王爷带着正妃一同入宫赴中秋夜宴。这一次,刘轩要带苏湄若一同前去,往年,他都是孤身一人,而今年,他终于可以带着他最心爱的女子前去了。

中秋夜宴前夕,岐山王府。

"王爷,明日您都准备好了吗?"苏湄雪坐在岐山王刘渊的身旁,一边为他按摩,一边娇声问他。

"放心雪儿,本王已经把一切都准备好了,这一次,苏湄若可没这么命大了!明日本王,必定叫她有去无回!"刘渊一边自斟自酌着西域美酒,一边轻轻抬起苏湄雪的下巴不断摩挲着。

"多谢王爷费心!若王爷真能为雪儿取了那苏湄若的命,雪儿会用一生来报答王爷的恩情!"

"雪儿,你既已做了本王的侧妃,你我夫妻二人自然要同心同德,你不喜欢的人,本王当然也不喜欢,你想杀的人,本王自然会帮你动手解决。"

"王爷说的极是!那么王爷,明日您就陪雪儿一同看好戏吧,这一次我倒很好奇,我那姐姐到底有没有这样的好运了!上次'竹叶青'没有杀了她,我就不相信明日她还有这样好的运气!"苏湄雪笑得猖狂,那笑容与她自身温婉的气质很不吻合,让刘渊有些诧异。

这个女人到底为什么会这么恨苏湄若?他真是不解!他想起自从几个月前被刘轩找上门来,他差点儿成了刘轩的剑下亡魂!第二日,他就带着满身怒气去找了苏湄雪,并狠狠给了她两个巴掌!若换了一般的女人,一定会止不住地向他求情说自己冤枉,可是她却只是哭泣,然后一路尾随到他的岐山王府,他不见她,她就在门外跪了一天一夜,直到晕倒！

他再怎么铁石心肠，也奈何不了这样的她！再加上他本来就很喜欢她！第二天，家丁向他汇报她晕倒了，他想也没想，就把她抱了进来，也是那一天，他决定要娶她做侧妃。

南楚每年的中秋夜宴，都摆在水意南风殿，因为那里临水而建，亭台楼宇掩映在碧波浩渺间，不绝如缕的丝竹声，往往会从水上飘飘传来，回环往复，荡漾在每个听者的心扉，久久不散。

今年也不例外。

今年来赴宴的，也依然是往年的那些人。清河王刘轩带着正妃苏湄若前去，其他王爷也如此，都遵循祖制只带正妃前去这场中秋家宴，不过标新立异的人也总是有的，岐山王刘渊就让人大跌眼镜，因为，与他一同出席的是他的侧妃，这个人也不是别人，正是苏湄雪！

皇帝在看到苏湄雪的那一刻十分不高兴，脸色阴沉如黑云压城，他盯着岐山王，"三弟，莫不是你如今贵人事多把祖制通通抛到脑后去了，今日竟然带着一个小小侧妃前来赴宴！朕问你，你是何居心？"

"皇兄有所不知，今日臣弟的正妃身体不适，所以才带了侧妃苏湄雪前来。而且皇兄您看，今日赴宴的这些哥哥弟弟们，都带了自己的正妃前来，倘若臣弟今日孤身一人前来，岂非成了另类？"刘渊起身行礼禀报。

"是啊皇兄，这三哥也是不想让自己太孤单了，所以才带了他的侧妃前来。而且皇兄不知，这三哥的侧妃苏湄雪，和七哥的正妃苏湄若是亲姐妹呢，她们都是神威大将军之女，所以今日这家宴，依臣弟看来，特别有意义！"刘渊一说完，一个慵懒的声音就响起了。

苏湄若听到这个声音，着实被惊了一下，她夹着藕粉丸子的手顿住了。这道菜让她觉得十分喜欢，毕竟她从小爱吃甜食，可听到这个声音，她再也吃不下去了！因为这个声音让她十分难忘，难忘到这辈子都不会忘！

第十八章　魔高一丈

　　因为这个声音的主人，不是别人，正是那日苏湄若和刘轩去逛长安街，却差点儿被来者不善的一人一马撞到的那个人！

　　那天她清清楚楚地记得，这个人叫刘轩"七哥"，而刘轩称他为"九弟"，看来他就是南楚的汝南王刘衡了。奇怪，听到他的声音，她觉得十分熟悉，似乎在哪里还听到过！到底是在哪里呢？

　　忽然，脑中"轰"的一声，她想起来了，是他！就是他！那日她和刘轩被一群黑衣杀手追杀，而他就是那个领头人！虽然他当时黑衣蒙面，可是声音却不会改变！她当时就隐隐约约觉得那人十分熟悉，只是那时她心系刘轩的安危，无暇顾及太多，所以不曾想到。

　　身旁的刘轩却很镇定，他似乎察觉到了苏湄若异常的反应，他紧紧握住她的手，似乎在悄悄告诉她不要害怕，两只手接触到的那一刻，苏湄若觉得整个心都安定了下来。无论何时，有他在，她永远都是安全的，她的心也都是安定的！

　　皇帝听刘渊和刘衡说完，也只是冷冷一笑，并不接他们的话，只是以极其阴沉的目光扫了他们一眼。

　　"皇兄，每年都看这样的歌舞，相同的表演再好看、再精彩，看久了也是会让人觉得乏味的，臣弟想诸位兄弟恐怕也都和臣弟想的一样，不如今日咱们弄点特别的吧。"突然，刘渊向皇帝举杯，笑吟吟地说道。

　　"哦？那依岐山王看来，需要弄什么特别的节目呢？"皇帝并未举杯，只是淡定反问。

　　"臣弟听闻七弟的王妃苏湄若弹得一手好琴，七弟更是给他的王妃娶了一个'琴仙'的雅号，不知是否名副其实呢？又不知我等是否有这样的荣幸，可否听弟妹一曲天籁之音呢？"

"三哥说得对，臣弟也早就听闻七嫂弹得一手好琴，还请七嫂今日一定要赏脸啊，让我等好好大饱耳福，可千万别推却！"刘渊一说完，刘衡立马随声附和。

呵呵，这两人分明就是串通一气，有备而来，简直让人可恨！苏湄若看了刘轩一眼，刘轩向她使了个眼色，然后转头看向刘渊，淡淡一语，却隐含着雷霆万钧之力，"看来三哥可真是长了一对'顺风耳'，竟然连我府中的家事都知晓得一清二楚，臣弟佩服！不过，臣弟也一直听闻三哥的侧妃苏湄雪最擅跳'翘袖折腰舞'，据说当年名动南楚，风靡整个长安城，冠绝一时，今日不知能否有幸看三哥的美人一舞呢？"

"七弟说得有理，朕也一直听闻神威大将军的二女儿苏湄雪跳的'翘袖折腰舞'冠绝一时！不过神威大将军的嫡女苏湄若会弹琴，朕倒是从未听闻！既然如此，大家今日难得聚在一起，不如就让你二人一同表演吧。依朕看来，先让苏湄雪跳舞助兴，再让大家静心听苏湄若弹琴吧，好了，你二人先准备准备。"

刘渊听到这话，郁闷地应了那句俗语——哑巴吃黄连，有苦说不出！而他身边的苏湄雪却早已按捺不住了，她怎么也想不到刘轩此人竟如此难缠，她伸手拉拉他的衣袖，摇头，可刘渊却恍若未闻，他用一种只能被他们两个人听到的声音，轻轻在她耳边低语，"事已至此，本王也无能为力，事情已经没有回旋的余地了，但是雪儿你放心，本王早就做好一切准备！你只需安心跳舞即可，反正有苏湄若陪你。"

苏湄雪听他这样说，垂首不语，她知道是没有希望回转了，看来今日是必须跳舞的。一想到这里，她恨恨地看了眼刘轩和苏湄若，刘轩当作没看到，而苏湄若却以更冷漠的眼神回应她，那眼神似乎在告诉她，难道忘了几个月前，大婚前夜给她的巴掌了！

苏湄雪的翘袖折腰舞跳得怎么样呢？至少在苏湄若这种并不懂舞蹈的人看来，提不起丝毫兴趣！就她这样的舞，还能冠绝一时？这一刻的苏湄若，在心里深深地为今年天香楼的花魁秦烟姑娘感到惋惜，秦烟的惊鸿舞，毫不夸张地说，只要五秒钟就可以让她折服！

其实苏湄雪穿了一身很漂亮的舞衣，可惜，她此刻的心很乱，怎么也连贯不了那些动作，腰肢也不够柔软，翘袖的幅度也没有到位，至于折腰更是一团糟！

渐渐地，苏湄雪不知怎么了，舞步越来越乱，最后竟然"扑通"一声摔倒在了地上，脚还扭伤了，她捂着脚，一脸委屈的样子，甚是可怜。然而，并没有几人会同情她，因为，她根本就是咎由自取！

皇帝有几个妃嫔看了都在掩嘴偷笑，其中一个似乎笑得再也憋不住了，"哎哟，跳成这样竟还敢自称'名动南楚，冠绝一时'，真不知道是哪个瞎了眼的在那里乱嚼舌根！就这样的舞蹈也配称作舞？真是太可笑了！"

还有一个妃嫔也忍不住开口了，讽刺的语气更甚，"贵妃姐姐说的可不是嘛！这样的舞蹈也配称作舞？今日臣妾可真是大开眼界了！"

皇帝看了她们一眼，"爱妃们无须多言，只能说看来有时候传言终究是传言，作不得数的！"他看向刘渊，只见刘渊早已将跌倒的苏湄雪扶起，不过脸色却阴沉如乌云密布。

第十九章　琴仙出世

皇帝继续开口,"看来有时候传言非真,三弟,你家侧妃的脚没事吧,快让她好好坐下休息吧。依朕看来,你的侧妃在舞蹈方面真是没有什么天分,倒不如在其他方面多下下功夫吧。"他说完转头看向刘轩,"不知七弟的王妃琴弹得如何?可别叫朕失望啊。"

"来人,去库房取'松石间意'琴来。"皇帝的声音清楚洪亮,却叫苏湄若心里一惊。

什么?松石间意?难道就是那张有着"天府奇珍"之誉,传说中后世拍卖价格达到上亿元的松石间意琴!苏湄若听到这里,简直难以置信,这两兄弟的琴可都是价值连城啊,她可真是运气好,几个月前弹了刘轩的"猿啸青萝",今日又有幸能弹到这皇帝珍藏的"松石间意",看来她一定是走狗屎运了!

"湄若,这是皇兄对你的恩典,还不快去谢谢皇兄!"刘轩悄悄在苏湄若耳畔低语。

苏湄若这才回过神来,她起身面朝皇帝的方向行礼,"多谢皇上,不知皇上想听什么曲子?"

"好琴自然要配真正会弹琴的人来弹,你只管挑你擅长的弹来,朕没有要求。"皇帝的声音不疾不徐地响起。

松石间意琴很快取来,那张琴真是美得不可方物,通体黑漆,琴面蛇腹断纹,底面细密流水断纹,背面项间右刻行书"松石间意",整张琴大气到非同凡响!苏湄若早已按捺不住自己坐到了琴前,手随心走,心随指动,指随意游,松涛声连绵不绝,她弹了一曲《梅花三弄》。

因为此曲老少皆宜,而她又最擅长弹这首曲子。她想起她在中央音乐学院读书时,因为最擅长这首曲子的演奏,被老师和同学们起了一个

"苏梅花"的绰号。大学那几年，室友叫她去上课，或者同学说起她都会说"苏梅花你来啦""苏梅花，我们该上课去了……"

如今想来，那些纷繁过往，恍如隔世。她十岁的时候，就在学这首曲子了，如今她已二十一岁了，整整十一年的时光就这样弹指飞去，可她对这首曲子的喜爱却从来没有断过。她把她这么多年对于这首曲子的理解，还有她的人生经历都用心诠释到这首曲子里面了，流年飞逝，这首曲子她早就弹过无数遍了，每一个音，每一句转折，每一个乐符的节奏，她都烂熟于心。

在场之人无不听得如痴如醉。此时虽然是在金秋，可在场之人的思绪却无不被带回那飞雪寒冬的时节，寒梅正开得清绝艳极，众人在琴声之中寻寻觅觅，终于在蓦然回首间看到了那最动人的一抹清丽，梅花傲立枝头，凌寒独自开，即使被积雪打压，又何曾有过半分妥协？众人久久沉浸在苏湄若的琴声间，竟连琴声何时停止都不知道。

"好！好！好！古人说'此曲只应天上有，人间难得几回闻'，今日朕总算是明白了这句诗的含义，朕从未听过如此动人让人难忘的琴声。现在看来，七弟给你起'琴仙'这个雅号，你当之无愧！只是朕感到奇怪，你的琴弹得如此之好，可为何却从未听闻？而你妹妹那样的舞却被传得天花乱坠！实在是让朕觉得百思不得其解！"

"皇上说得可不是吗？清河王妃这样的琴声，实在是令人惊艳，今日臣妾算是有缘得听天籁了。"说话的女子语调温柔，端然生华，她坐在皇帝旁边，头戴凤冠身着华衣，把目光投向苏湄若，那是极其欣赏的眼神。苏湄若看她这样的穿着，料定她必是后宫之主。

"皇后说得是，来人，将'松石间意'琴赐给清河王妃。"皇帝的声音不紧不慢地响起，他一说完，之前那个笑话苏湄雪舞姿的贵妃便啧啧道："哎哟，皇上可真是偏心，之前臣妾说喜欢这把'松石间意'琴，可皇上都舍不得让臣妾弹一次，可现在却二话不说就把它赏给了清河王妃，不过臣妾也不忌妒，因为依臣妾看来，清河王妃当真担得起'琴仙'这个雅号，人不仅长得标致，这琴弹得也是一样的动人。这'松石间意'

给了清河王妃,才算没有辱没这把好琴!"

苏湄若听到皇帝要把"松石间意"琴赏赐给她,她自是喜不自胜,又听到这皇后、贵妃对她这样一番称赞,这一次没等到刘轩提醒,她就已经上前,向皇帝行礼,"多谢皇上赏赐,多谢皇后和贵妃娘娘称赞。"

"清河王妃快快起身,无须多礼,今日是中秋家宴,都是自家人,用不着行这么多礼。"皇帝挥袖,示意苏湄若起身。

苏湄若回到座位上去,继续吃起了那道她最爱的甜点藕粉丸子。对于她今日如此爱吃这道甜点的表现,刘轩感到十分好奇,总隐约觉得哪里不对,可是也一时看不出什么,也只能任由他这向来任性的王妃吃了。谁叫他早已把她惯坏呢!

"好了,听了清河王妃的琴声,接下来还是再看看舞蹈表演吧。"皇帝一说完,殿外的那些身着绿衣的舞女纷纷入场,看来早已恭候多时,这一次她们跳的是《绿腰》。

苏湄若从小醉心诗书,她很小的时候就在书上读到过白居易的《琵琶行》,她清楚地记得里面那句"轻拢慢捻抹复挑,先为霓裳后绿腰"。还有唐代诗人李群玉写的绿腰诗,他写得极曼妙,让她初次读到就难以忘记:

　　　　南国有佳人,轻盈绿腰舞。
　　　　华筵九秋暮,飞袂拂云雨。
　　　　翩如兰苕翠,婉如游龙举。
　　　　越艳罢前溪,吴姬停白纻。
　　　　慢态不能穷,繁姿曲向终。
　　　　低回莲破浪,凌乱雪萦风。
　　　　坠珥时流盼,修裾欲溯空。
　　　　唯愁捉不住,飞去逐惊鸿。

她记得,她当年看完那首诗就生出了想穿越回那个时代去亲眼一观的冲动,今日,她终于有幸能欣赏到这绝妙的绿腰舞,真是太幸运了。

第二十章　藕粉丸子

不知道是不是苏湄若产生了错觉，她总觉得领头那个舞女的目光一直紧紧锁视着她，看得她心里一阵发毛。然而那些舞女一个个姿态婀娜，神情妩媚，苏湄若被她们的舞姿所迷，也就没有多想。

那领头的舞女蒙着面纱，她一步步向苏湄若靠近，旋转的舞袖，飞扬的裙裾，都不断地向她在靠近，突然，苏湄若感觉眼前一阵晕眩，奇怪，她的身上怎么这么香？这一刻，她终于觉得这个舞女不对，那是谁的笑如此鬼魅？是苏湄雪和刘渊吗？

渐渐地，苏湄若的眼前越来越恍惚，只觉得她眼前那个领头绿衣舞女的人影瞬间幻化为无数个，那些人影仿佛无数条"竹叶青"的毒蛇不断向她涌来。

苏湄若头晕目眩，再也坚持不住，终于倒下了。

在她倒下那一瞬，她记得自己似乎陷入了一个无比踏实温暖的怀抱，她听到刘轩的声音如狂风暴雨，这样千钧一发的时刻，从来也只有他在，只听到他的声音如一夜东风急来，"太医何在？快来人……"

当苏湄若醒来的时候，感到自己浑身都不能动弹，全身上下没有一点力气，那种自上而下的无力感，从未有过，好像被人抽干了所有的力气一样。

她醒来发现她的床边密密麻麻围满了人，刘轩坐在她的床边守着她。而不远处，皇帝、皇后和贵妃也都在，还有她最不想看到的刘渊和苏湄雪也在。

她一醒，苏湄雪就马上走到她的床边来，一脸掩面哭泣地问她，"姐姐，你好些了吗？方才姐姐晕倒了，真是吓死妹妹了！"苏湄雪这副惺惺作态的样子真是让苏湄若无比恶心,她闭眼,连看都不想看她一眼。

刘轩与她心有灵犀,自然明白她的意思,用千年寒冰一样的目光打量着苏湄雪,"苏湄雪,你有什么可哭的?何必在此惺惺作态,快走开,我的王妃看见你就恶心,别忘了你以前的所作所为!"他转头,看向何院判,"何院判,王妃她到底怎么了?方才为何会晕倒?"

苏湄雪只能不甘地退下,不过她心里却很得意,因为她自认这场局布置得天衣无缝。

何院判以手抚须,看向皇帝和刘轩,摇头叹息,"启禀皇上、清河王,清河王妃她中了一种叫作'花非花'的毒,此毒天下少见,而且此毒毒性极霸道、极阴狠,若是中毒之后的十个时辰之内,不服下它的解药'雾非雾'的话,患者便会如鲜花凋萎一样,瞬间青丝变白发,红颜变成八十老妇而死。"

"那何院判,清河王妃又为什么会中'花非花'这样的毒?"皇帝不假思索地问他。

何院判在脑中思索,过了半晌,才恍然大悟,拱手问刘轩,"请问王爷,不知王妃今日可吃了什么?或是闻到了什么香?"

"来人,把今日清河王妃所吃过的东西通通都给朕拿过来,让何院判一一检验。"皇帝的命令自然无人敢违,他一说完没过多久,就有人把苏湄若今日吃过的所有东西都一一端了过来。

何院判将他的那套宝贝银针从医箱中拿了出来,他一碗一碗试过去。

清蒸鲈鱼,银针没变色;桂花酥,银针没变色;鸡汤煨豆腐,银针没变色……当试到最后一碗藕粉丸子的时候,银针的颜色变了,瞬间变成了一根黑色的针,惊呆了在场之人!

何院判面色凝重,将那碗藕粉丸子端起,闻了一闻,脸色大变,"皇上,有人在这碗藕粉丸子里下了'花非花'的毒,若是王妃吃了,必然会中毒。只是奇怪,如果下的量足够多的话,王妃在当时吃完这份藕粉丸子后,便会立即晕倒,可王妃却是后来才晕倒的,这一切只有一个可能,下毒之人心思歹毒,不只下了这一种毒!他们一定还下了其他的毒,而且是与'花非花'相克的毒！据微臣推断，王妃应该还闻到了一种叫作'龙舌花'的香，此香与'花非花'最为相克，一闻到便会加重'花非花'的毒，患者会立即晕倒，而且毒性也会比原来增强十倍！"

何院判在说的时候，苏湄若就想起了她晕倒前那个领头的绿衣舞女，她飞扬的裙裾离她越来越近的时候，她就闻到了她身上独特的香气，而当时她就觉得那香气让她有些头晕！难道是她？苏湄若的眉心跳跃不断如蹿起的火苗，刘轩捕捉到了，握住她的手，"湄若，你怎么了？你是不是想到了什么？你真的闻到了'龙舌花'的香吗？"

"对，我想起来了！我记得在昏倒之前，有一群跳绿腰的舞女，其中那个领头的绿衣舞女戴着面纱，可是她却不停地朝我靠近，当时我就闻到了她身上传来一种特别的香，我就觉得有些晕眩。如今何院判这样说，想来那'龙舌花'香应该就是从她身上传来的，下毒的人可真是有一颗'七窍玲珑心'啊！"说完苏湄若用讽刺的目光冷冷地扫视了刘渊和苏湄雪一眼。

"好啊，来人，马上给朕去查，一切相关的人都务必给朕查来！朕倒要看看是哪个吃了熊心豹子胆的，竟敢在朕的中秋家宴上捣乱，意图谋害清河王妃！清河王是朕一母同胞的亲弟弟，清河王妃自然是朕名正言顺的弟妹！朕倒要看看，是谁如此胆大包天，竟然敢动朕的至亲之人？"此刻的皇帝怒不可遏，在他办的中秋家宴上下毒，这不明摆着公然打他的脸吗？不管这个凶手是谁，他都绝不放过！

大概过了半炷香的时间，就有侍从来报说已经查到了两名嫌疑人，一个是御膳房的厨娘柳儿，另一个就是那个跳绿腰舞的领头舞女可心。

那柳儿和可心被带到皇帝面前，皇帝居高临下地看着她们，一字一句问出，每一字都带着天子之怒，"你们赶快给朕从实招来，说！是谁指使你们谋害清河王妃的？"

第二十一章　咬舌自尽

那柳儿和可心两个女子的反应截然相反。那柳儿泪眼婆娑，一副楚楚可怜的样子，好像她什么都没有做，跪在地上，只是不停地哭，不停地大喊，"冤枉啊皇上，奴婢冤枉，奴婢什么都不知道，就被他们抓来了。"

那可心完全不是，她虽然也跪在地上，只是下巴始终骄傲地抬起，眼神冰冷，一副冷冷睥睨的样子，与刚才晚宴上跳绿腰舞时婀娜妩媚的样子判若两人，她此刻的神情表示她丝毫没有把皇帝刘熙放在眼里！

皇帝看到她们二人的反应怒不可遏，怒指二人恨恨道："来人！给朕打，给朕狠狠地打，看她们说不说实话！"

他话刚一说完，立刻有侍卫三两步上前，狠狠地抽了两人几鞭子，每一鞭都用尽了全力，几鞭下去，两人衣衫早已应声而裂，瞬间皮开肉绽。

那柳儿早已惨叫连天，那可心却硬生生忍住了钻心裂肺的疼痛，始终不吭一声，只是咬牙坚持，任凭下唇青紫一片。

皇帝见她们竟然还不肯说实话，更加暴怒，冷笑道："继续打，不准停！打到她们说实话为止！"

话音刚落，鞭子声便如夏日的暴雨倾盆直下，一声声让现场的人都不忍听闻，更不忍目睹。

不知道打了多久，那柳儿突然之间像发狂了一般，一张早就血泪斑斑、模糊不堪的脸骤然抬头，先看了不远处的岐山王一眼，然后一路淌血爬到皇帝脚边，哭泣声不绝，"皇上，我说，我什么都说！是岐山王，他抓了我全家人，用他们的性命作要挟让我毒害清河王妃，是他给了我'花非花'，他告诉我只要下一点，放在清河王妃的饮食里面，就不会被查出来，就能神不知鬼不觉地毒死她！他告诉我一切都不用担心，事成之后就会放了我全家人，还会赏我黄金千两！皇上，这一切真的与我无关啊，是岐山王，这一切都是他悉心策划并暗中指使的！"

可心听到柳儿这番话，似乎难以置信这个女人竟然会出卖王爷，她转头看向岐山王和苏湄雪，不过她看二人的目光却是天壤之别，她看向苏湄雪的眼光如能噬人，恐怕此刻的苏湄雪早就被她挫骨扬灰了，而她看向岐山王的目光却带了一种少女的贪恋，她的笑容绽放在血污不堪的脸上，恍如茫茫雪地上的一枝泣血红梅，惊了刘渊的心，"对不住了，王爷，可心再也不能为您做事了，我们只有来生见了，这一生，可心从来没有后悔遇见王爷。"说完，她的嘴角就流出了一片鲜血，等到侍卫上前，却发现已来不及了，她已经咬舌自尽！

刘渊闭上眼睛，脑中思绪如一团乱麻，他不敢相信可心就这样咬舌自尽在他的面前。她方才在夜宴上分明还跳着那样惊艳的绿腰舞，可不过转眼间，却是玉骨委尘沙，一宵冷雨葬名花！从此，天上人间，再也没有这样倾心对他的可心了！

皇帝站了起来，走到刘渊的面前，狠狠两个巴掌打在他的脸上，还踹了他两脚，"刘渊，你好大的胆子，看来是朕对你太过纵容了，竟不知你现在已经如此目中无人，竟敢做出这样的事！"

刘渊明显被皇帝给打蒙了，他捂住头，停止了对可心的思绪，像换了一个人一样，大声嚷嚷道："哎哟，别打了皇兄，你别听这疯丫头的一面之词，我都不认识她，又怎会唆使她下毒害清河王妃？皇兄明察啊，臣弟是被冤枉的！"

那柳儿听了这话，知道刘渊准备翻脸不认账，她拼尽全力站了起来，一步一步艰难地跑到刘渊的面前，用力撕扯着刘渊，这一刻，她豁了出去，完全已经失去理智，"王爷，明明一切都是你在暗中策划，既然事情已经败露了，大家谁都逃不过，不如与我一起同归于尽……"

那刘渊还没等她说完，已经抬脚踹向她，一脚将她踢开，用手指着她，愤愤道："大胆贱婢！谁给你这么大的胆子竟敢污蔑本王？说！是谁，是谁让你污蔑本王的？"

事到如今，他竟然还这样为自己辩驳，柳儿整个人像疯了一般，她一会儿看向皇帝，一会儿看向刘轩，一会儿又看向病床上的苏湄若，最后把目光锁定在刘渊和苏湄雪的身上，她伸手不停地指着两人，声音大到在场的每一个人都能清清楚楚地听见，"我告诉你们，就是他们两个人，就是岐山王和他的侧妃苏湄雪，因为他们两个人恨毒了清河王妃，所以一直想要除她而后快……"

她还未说完，刘渊已经上前一步，伸手使劲掐住她的脖子，在场之人都看得出他只要再用力一点，就能把她给掐死！可有一个人动作比他更快，刘轩早就拿出了他的神兵利器离魂剑，将剑锋对准刘渊的脖子，刘渊见状知道他不是闹着玩的，立刻松开了手，看向刘轩，连说话都在不停的颤抖，"七弟啊，你这是要干什么啊？你可千万别听这疯丫头胡言乱语，怎么可能！我与你无冤无仇，我与你的王妃就更加无冤无仇了，我又为何要害她呀？"

"哦？是吗？那我怎么记得，我的王妃当初才嫁给我第三日，就中了一种叫作'竹叶青'的西域奇毒，那日我也是请了何院判来为她诊治，最后我的人去长安郊外十里的无忧药坊，去买只有那家店才有的独门解药'嫣然醉'，可是我的侍从回来禀报，早已有人故意提前派人买走了所有的'嫣然醉'！"

说到这里他特意停了停，不顾众人早已惊诧的表情，继续道："也是那一日，我查出了是你派人买走的药！看来三哥是年纪大了多健忘啊，还记得那夜我一人一剑一马到你王府取'嫣然醉'，离去之前我是怎么对你说的吗？我明明白白地告诉你，以后不许再动我的女人苏湄若一根汗毛！如今看来三哥是全把我的话当作耳旁风了！看来三哥真不了解我，本王平生最恨别人一次又一次挑战我的底线！"

第二十二章 贬为庶人

刘轩一说完就把剑锋向刘渊的脖子狠狠逼近几分,刹那间刘渊的脖子上已是鲜血直冒,刘渊吓得直接跪在了地上求饶,"哎哟,七弟,你就饶了我吧。"

刘轩一字一句说得轻松,语调悠悠,仿佛只是和老友在叙旧,可众人听到他说出这样的往事,却无比骇然,皇帝更是怒不可遏,"刘渊,朕从前可真是小看了你!想不到你竟如此胆大包天!若非七弟今日说了出来,朕还被你这伪君子蒙在鼓里!"

"刘渊,我也不想同你废话,你如果想死的好看一点就赶紧识相地交出'花非花'的解药'雾非雾',否则的话本王不知道会对你做出什么事来!"

"七弟啊,不是我不给你,是我真的没有'雾非雾',我早就把它们毁了!"

"是吗?既然如此,那么我就先断了你两根手指以解我心头之恨!"说完刘轩看也不看他一眼,直接准确无误地将离魂剑对准他的右手,"唰"的一声,只见他右手的中指和无名指已经断了,他惨叫不停,众人都不敢再看。

"我再问你一遍,解药你是交还是不交?刘渊,这是你最后一次机会了,如果你再不说实话,这一次,我可不只断你两根手指那么简单了!"

不知道为什么,听到刘轩这一番话,刘渊似乎完全变了一个人,他站了起来,仰天长笑,丝毫不见了方才的软弱,似乎刚才他的行为都是假象,这一刻才是真正的岐山王刘渊!

"刘轩,你当我是傻瓜吗?我若这样将解药交给你了,你一样会杀了我!既然如此,我又为什么要交给你?既然我活不成,你的王妃当然也别想活命！不如这样吧，我们来做一场公平的买卖，我把解药交给你，但是你必须放我和苏湄雪一条生路！否则的话，十个时辰以后，你的王妃会和我们一起下黄泉，黄泉路上有你王妃这样的大美人陪葬，你三哥我也不虚此生了！"

果然，这才是真正的刘渊！这一刻，刘轩看向和他一母同胞的皇兄，只见他的皇兄微微点了点头，刘轩转头打量着刘渊，"好！我答应你，如果你现在就交出'花非花'的解药'雾非雾'，我可以放你和苏湄雪一条生路，我可以不把你们赶尽杀绝！"

他刚一说完，皇帝就十分默契地接了他的话头，"不过你们死罪可免，活罪难逃！朕决定，即日起革了你岐山王的头衔，将你和苏湄雪二人贬为庶人，永世不得回我南楚，听清楚了吗？"

刘渊哈哈大笑，笑声极其狂妄，傲视着在场诸人，"皇兄，七弟，这天下如此之大，难道除了南楚以外就没有我二人的容身之处了吗？如今天下早已形成四分之势，东秦，北齐，西梁，这三国何处不能让我们容身？"说完，他止住笑声，从怀中掏出了一个白瓷净瓶，丢给刘轩。

刘轩立刻接住。

刘渊的语气有些讽刺，"七弟，你可要好好看清楚了，这就是'花非花'的解药'雾非雾'，你快给你这王妃服下吧！"说完他不再回头，只留下一句，"皇兄和七弟尽管放心，我们二人永世不会回南楚，天下自有我们的去处！鹿死谁手，不走到最后一刻，又怎会知晓最终的答案？我们走着瞧！"说完他就带着苏湄雪一同离去了。

苏湄雪怎么都不会想到，今夜竟会生出这样的变故！她和刘渊费心筹谋多日，本以为万事俱备，这一次一定能将苏湄若置于死地，然后她就能和刘渊高枕无忧地生活了！可是没想到，事情竟然会变成这样！刘渊明明就打点好了一切，可为什么柳儿和可心还会被他们抓住？今夜之事，到底问题出在哪里？他们明明计划得天衣无缝，难道……

一想到这里，她愤愤不甘地看了刘轩和苏湄若一眼，那眼神极其怨毒。刘轩怒视着她，似乎在用眼神告诉她——倘若她还不滚的话，他会立刻要了她的命!

那个眼神让她一生难忘,苏湄雪心里有些害怕,罢了,和刘渊先平安离开再说!

他们两人一走,刘轩将那个白瓷净瓶送到何院判的手中,"何院判,请你再查验一下,这个白瓷净瓶的解药是否真的是'花非花'的解药'雾非雾'?否则本王难以安心!"

何院判打开白瓷净瓶,闭眼闻了闻,转瞬睁眼,喜出望外,"王爷放心,此白瓷净瓶里装的的确是'花非花'的解药'雾非雾',只要现在让王妃服下,不出半个时辰王妃便能恢复如常!"

"好,有劳何院判了!"刘轩说完便从何院判手中接过解药倒出两颗,递给苏湄若。

"七弟,既然解药已经找到,你且放宽心,朕和妃嫔们就回去了,不打扰你们了。"皇帝拍怕刘轩的肩膀。

刘轩拱手行礼,"多谢皇兄关怀,皇兄请便!"

神威大将军府,早已乱作一团,整个大厅人心惶惶。

"哐"的一声,茶杯翻地的声音,噼里啪啦碎了一地,吓得跪在地上的众人更加瑟瑟发抖。

管氏的声音颤颤发抖,"翠儿,你刚才说什么?你再说一遍!"

那叫翠儿的侍女,跪在地上早已抖得不行,却还是硬着头皮回答了她的话,"夫人,二小姐和岐山王双双被贬为庶人,还被皇上下令永世不得回南楚!"

管氏想站起来,却一下子跌坐在地上,大声呵斥,"怎么可能?我的雪儿是岐山王的侧妃,她怎么可能会被贬为庶人?一定是皇上搞错了,一定是你听错了!"

"是真的,夫人,听说是因为岐山王和二小姐共同合谋指使御膳房的厨娘柳儿和舞女可心下毒害大小姐,然后她们当场被抓了个正着,那柳儿因为受不住刑供出了岐山王和二小姐,所以皇上震怒,一气之下才把二小姐和岐山王双双贬为庶人！"

"又是苏湄若这个小贱人，我真后悔当年没有将她掐死！好哇，我的女儿因为她被贬为庶人，永世不得回南楚，我当然不会放过她，我们走着瞧！"

第二十三章　出卖

岐山王府，每个人脸上的表情都一样，都是一片愁云惨雾。因为，今夜之后，岐山王府将不复存在！

"王爷，我不明白，这一次，你筹谋得如此周密，到底是哪里出了差错？为什么柳儿和可心会被抓住？为什么今夜之事会失败？王爷难道您没有想过这个问题吗？"苏湄雪到底不甘心，终于还是问了出来。

"我又何尝不疑惑，按理说我和九弟早已达成共识，这一次务必要杀了苏湄若给刘轩致命一击，让他痛不欲生！可到底为什么会出错呢？这一次的计划只有我们三个人知道，你我之外，只有九弟知道，然而……"

突然，刘渊似乎陷入了什么回忆，他明白了！他猛地一拍桌案，从椅子上站起来，紧紧抓住苏湄雪的手，"我知道了，雪儿，我知道问题到底出在哪里了！一定是他！一定是九弟他背叛了我！不行，我现在要去找他问个清楚！"

苏湄雪想拦却拦不住，刘渊此刻的表情她从来没有见到过，恐怖到让她害怕！难道今夜一切，真的是汝南王刘衡所为吗？可是，刘衡到底为什么要出卖刘渊和她呢？

汝南王府，密室，室内漆黑一片，只有零星的一点烛光，映照出此刻室内的黑衣人。

汝南王刘衡，此刻手里拿着一炷香，对着面前的一个牌位在祭拜，那牌位上清清楚楚地写着一行字——慈母洛贵人之墓。

"母亲，您九泉之下可以安息了，儿子已经为您彻底报完仇了！母亲，这么多年，您终于可以瞑目了！这么多年，我等这样一个机会已经等了太久！今夜，天不负我，终于让我得偿所愿！"

"王爷，王爷，刘渊来了，他说要见您。"突然，密室外有声音不断传来，惊扰了祭拜亡母的刘衡。

果然，该来的还是会来。不过，怕什么呢？他在牌位前，插完那炷香以后就走了出去。

他一走进王府大厅就发现刘渊正一脸怒气地瞪着他，他故作好奇，"哟，三哥，这是怎么了？一脸怒气冲冲的样子。"

"别装了，九弟，你可真是好手段，不得不让三哥佩服！我今日才知道，原来你这一副好手段竟悄悄藏了这么多年！多年来，真是难为你成天伪装成一副对一切都懵然无知的样子！"

刘衡反问，"哦？不知道三哥何出此言？"

"事到如今，你还有什么可装的！刘衡，今夜之事，是不是你干的？是不是你暗中捣鬼出卖了我？今夜的计划明明就只有你和我，还有苏湄雪三人知道，我们三人早已达成共识，要置苏湄若于死地，让刘轩痛不欲生！本来我的安排是天衣无缝的，柳儿和可心一下完毒以后，你就负责派人把她们暗中接走，可是她们竟然还是被抓住了！而刚才在宫里，你却半途不见了踪迹！所以，如果不是你干的，那又会是谁？"

"没错，三哥，就是我出卖了你！不过我很好奇，既然你已经知道了真相，又何必再来问我？"

"就是因为我猜出了是你干的，所以我才要来问你，你为什么要这么做？我刘渊自认从来没有亏待过你！这么多年，我一直都把你当作我的亲弟弟一样对待，可是你为什么要这样背叛我？"

"亲弟弟？三哥，你这么聪明的人，怎么会说出如此愚蠢的话来？"刘衡好像听到了天底下最大的笑话一样，无比讽刺地大笑出声。

刘渊觉得这一刻，多年来他一直视为亲弟弟的这个人让他特别陌生，"你笑什么？你刚才这话什么意思？你最好给我说清楚！"

"那好，我问你，三哥，你可还记得我的母亲是谁？"突然，刘衡停止了刚才放纵的笑，完全像变了一个人一样冷冷地看着他。

"你的母亲……"刘渊的话说了一半却停住了，因为他在脑海中极力思索：刘衡的母亲到底是谁，她又长什么样子？可为什么他大脑里一片空白，丝毫想不起来了！

"你早就忘了是吧？那我现在告诉你，我的母亲是洛贵人，她是你那母妃——当年圣宠多年艳冠后宫的佟贵妃的贴身侍女，可是后来她因为被父皇指名更衣伺候，所以，父皇在第二天就封了她洛贵人！三哥，你想起来了吗？"刘衡无比讽刺地一口气说完。

洛贵人，洛贵人……这一刻，刘渊在脑海中极力思索这个名字。终于，他想起来了，洛贵人，就是那个看上去胆小懦弱的女人！可是，他觉得有些不可思议，刘衡现在提到他的母亲又与他出卖自己有何关系呢？他开口纳闷地问，"我想起来了，你的母亲是洛贵人，可那又如何，与你出卖我又有何干？"

"又有何干？三哥，你说得可真轻松！既然你想起来我的母亲是洛贵人了，那你可知道她是怎么死的？你知道她死得有多惨？你知道究竟是谁杀了她吗？"

"当年宫中不是传言，你母亲洛贵人是失足落水才死的吗？"刘渊被他问得一头雾水。

"失足落水？想不到这么可笑的谎言，三哥你也会相信。我今天明明白白告诉你，我的母亲之所以死得那么惨，全是拜你那个母妃所赐，失足落水不过是你母妃编造的谎话罢了！"他停住了话语，走到刘渊的面前，冷冷地看着他，那眼神没有一丝温度，刘渊从来没有看到过，"我的母亲洛贵人当年是被你的母妃命人以藤为鞭，将她活活抽打致死的！"

"不！你骗我！怎么可能？我的母妃怎么会做出这样的事情？她又为何要用这样残忍的手段杀你母亲？母妃当年的确嚣张跋扈，可是她断然做不出这样丧心病狂的事！"刘渊怎么都不肯相信他说的是真的。

第二十四章　当年往事

"怎么不可能？三哥，你忘了吗？我的母亲原本是你母妃身边的贴身大宫女，后来就是因为她被父皇点名为他更衣了一次，父皇喜欢上了我母亲，就封她为洛贵人。从此，你的母妃在宫中对我的母亲百般刁难，但是这些我的母亲全都忍了，从未和父皇提及！"

"可是没想到，你那丧心病狂的母妃最后竟然会用如此残忍的手段来杀害我母亲！三哥，你永远都无法想象我有多痛苦！你可知我母亲临死之前遭受了多大的痛苦？那年我才九岁，那天我在母亲宫里玩，母亲给我做了我最爱吃的藕花酥，母亲看我吃得香，她也开心地笑了。可是突然，有宫人来报，说佟贵妃驾到……"

"我的母亲大概是有预感吧，她吩咐随身侍从保护我离开，我懵懵懂懂地走了！但是我怎么也不会料到那竟然会是我此生最后一日看到母亲！那时也许是出于母子天性，我后来觉得事有蹊跷就半途回来了，三哥，你猜我回来后看到了什么？"突然，刘衡停止了讲述，转头看向刘渊，眼神冰冷。

"你看到了什么？"

"我看到，你那心如蛇蝎的母妃命令太监以藤为鞭，疯狂地抽打我的母亲！你知道我母亲她有多痛吗？你知道她叫得有多凄惨吗？而你那该死的母妃却觉得很快乐，竟然还在那里大声放肆地笑！那一刻，我真的很想冲到我母亲面前去护住她然后杀了你母妃，可是母亲派人一直跟随保护我的两个侍从，却死死地拉住了我，并用力捂住了我的嘴，悄悄在耳边告诉我说'九皇子，您不能去，您如果去的话，佟贵妃一定也会杀了你的'。"

"是啊，三哥，那时候你的母亲佟贵妃是多么盛气凌人，又是何等的嚣张跋扈，南楚后庭谁人不知，她的风头直接盖过了皇后，就算是皇后也要让她三分，别提我母亲只是一个小小的贵人了，更不用说当时的我了！所以那时我含泪咬紧牙关忍住了，但是也是在那一刻，我发誓，总有一天，我要为我惨死的母亲报仇！总有一天，我要让你那心狠手辣的母妃也受受我母亲临死前遭的罪，总有一天，我不会放过她那宝贝儿子，就是你！"

"所以，是你杀了我母妃！"听他说到这里，刘渊想起了当年看到母妃躺在棺材里的样子。

他记得，他母妃的脖子上有深深的瘀痕，明显是被人活活掐死的！而且他母妃的身上还有几道很深的鞭痕，那些鞭痕触目惊心，明显就是母妃死前被人所打！对于母妃这样惨死，他感到万分诧异，他不明白为何父皇最宠爱的佟贵妃竟会落得如此下场！他当时就请求父皇严查此事，可他的父皇却告诉他，他的母妃是被刺客所杀，而那名刺客早就咬舌自尽了，此事根本无从查起，然后这件事就这样不了了之了！

那时他就对父皇特别寒心，也是那时他才清醒过来，他父皇对他母妃的那些宠爱都是假的，不过是因为母妃的父兄得力罢了，而自古帝王多疑，他母妃的父兄再得力，一旦功高震主，自然就难逃被除去的命运！而他母妃的死，他那醉心帝王之术的父皇又怎么会上心去查呢？

"对，三哥，现在你倒是聪明起来了。不错，你的母妃佟贵妃就是被我杀死的！我逮到了一个机会悄悄潜入她的漪澜殿，只不过用了一点小计就支开了她身边所有的奴才，然后我用鞭子狠狠地抽了她一顿，最后我就一点一点地把她掐死！那一刻，我看到她挣扎着眼神里的恐惧，我的心里真是无比畅快！因为这么多年，我终于为我的母亲报仇了！这么多年，自从我母亲离世以后，我费尽心思接近你，每天跟在你屁股后面，就是为了等那一天，也是为了等今天！"说到最后，刘衡又纵声狂笑了起来，此时此刻的他犹如鬼魅，仿佛此时已不在人间，而是身处在魑魅魍魉遍布的地狱。

刘渊闭上了眼睛，这一切看来都是命中注定！是他的母妃先欠了他的母亲，然后，他今日才会落得如此下场！他睁眼，退后一步，"所以，你费尽心思用了十多年筹谋，就是为了等今天这一切？所以，你帮我去西域寻来'竹叶青'？所以，你之前为我去长安郊外追杀刘轩和苏湄若？所以，你今夜故意先配合我演戏？"

"对！三哥，你说得没错，我用了数年的时间就是为了等待今天！我花了数年的时间费尽心思得到了你的信任，为你不惜一切做了那么多不顾自身性命的事，就是为了换取你对我无条件的信任！终于，让我等来了这个千载难逢的好机会，今夜终于让皇兄震怒，一气之下把你贬为庶人，永世不得回南楚！可是他还是太仁慈了，如果是我的话，我必会将你碎尸万段！"

"刘衡，你混账！欺人太甚！"听到这里，刘渊再也忍不住了，伸手朝刘衡打去！

可他没有料到，刘衡竟然轻轻松松地就避开了他的攻击！他竟然不知道刘衡潜藏了这样惊人的一身武艺！

刘衡轻轻松松地就把他打翻在地，"刘渊，你还当自己是那个盛气凌人的岐山王啊，你已经被贬为庶人了，竟然还敢动手打本王！你信不信，本王现在就可以要了你的贱命？"

"我不会放过你的，刘衡，走着瞧吧。"刘渊知道他所言非虚，他现在的确已经被贬为庶人了，若要斗倒这个人，只能往后再一点点筹谋了。

"赶快滚，本王这辈子都不想再看到你！和你的苏湄雪滚得越远越好！记住，你二人永世不得回南楚！过了今夜，你二人永远都是孤舟飘叶，注定凄苦一生！"

第二十五章　撒娇

刘渊心情十分复杂地走在回岐山王府的路上。一路上，他一直在想着与他密切相关的女人，第一个自然是他的母妃。他的母妃纵然被千万人说不好，说他母妃是如何嚣张跋扈、欺压众人，又是如何的盛气凌人，不把皇后放在眼里，可是，他自幼被母妃捧在手心上，她是这世上第一关爱自己之人，这世上也只有他母妃，对他真正无私，一心为他着想！

这一刻，他突然想到了苏湄雪，他又怎么会不知道，苏湄雪费尽心思嫁给他做他的侧妃，不过是想借他之手除掉苏湄若罢了！苏湄雪最初爱上的根本就不是他，而是他的七弟，拥有一副好皮囊而被世人称赞的"南楚第一美男子"——清河王刘轩。她不过是知道自己这辈子不能嫁给刘轩了，所以才转而对他投怀送抱！可是他却也认了，纵然他知道，她不过是在利用他对她的爱，可他依然无悔，因为爱情，从来就是这样不管不顾。

人人都说中秋的月是团圆的，可今夜的月对他来说却怎么也团圆不了，因为噩耗接二连三地降临！夜风甚大，吹起他的衣袍，他伸手环住肩膀，此时此刻，他发现自己原来这样形单影只！他想起了另一个女人，他的可心。

可心，可心，你这个傻瓜，你为什么要这么傻？你为什么要留下我一个人孤单地在这世上活着？

他忆起十岁那年在长安郊外游玩，阳春三月天气晴好，他在那一日遇到了可心。多少年过去了，他还清楚地记得他第一次看到可心的样子。

那年可心才八岁，本该是无忧无虑的年纪，本该待在父母身边享受宠爱，可她却饿得头晕眼花，面黄肌瘦，但是饥饿却没有淹没那双美丽有神的大眼睛，她当时的眼神让他一生难忘，那种眼神坚定隐忍，就像一头时刻噬伏着的豹子,他瞬间对她来了兴趣,所以就让家丁给了她一些钱让她去买些吃的。

然而可心却一路跟着他,他不解地问,"你干吗跟着我?"

"因为你给了我钱让我去买吃的,就等于救了我一命,我娘从小教我无功不受禄,我既然拿了你的钱,当然就要回报你。"

"哦?那这位小妹妹,你准备如何回报我呢?"他走到她面前蹲下身,十分好奇地问她。

"我会扫地、会拖地、会洗衣服、会洗碗……"可心把她会做的事一口气说出来,仿佛如数家珍。

她还没说完,与他同行的家丁侍从都早已笑岔了。不过,他却听得很认真,他上前拍拍可心的肩膀示意她别害怕,"那好,你跟我走吧,不过从今以后,你要乖乖听我的话哦!"

"好!一言为定!"他答应带她走,那一瞬可心的脸上绽放出了比三月春花还要曼妙动人的笑容,霎时之间温暖了他。那时小小的他第一次觉得,原来这个世界上,有人竟可以笑得和他那艳冠后宫的母妃一样好看,虽然眼前的这个小女孩面黄肌瘦,按道理来说,根本无法与他的母妃相提并论,可是她的笑太明媚,就这样猝不及防地打动了他。

就这样,他把可心带回了府。然后他开始慢慢有意识地去培养她,让她为他做事,让她成为一枚最有用的棋子!他为她费尽财力请来了南楚最好的舞师,亲自教导她习舞。可心很聪慧,一点就透,没过几年,她的舞已经能够跳得让人神魂颠倒了!

就这样,可心练就了用她绝美的舞姿在不经意间杀人于无形的本领,裙裾飞扬间,轻飘飘地就把他想要杀的人轻松解决了。

可是今夜,他的可心走了,天上地下,再也没有可心,再也没有女子会像可心这样待他!

这一切,都是拜刘轩所赐,不!还有那个临阵倒戈出卖他的刘衡!一想到这里,他近乎崩溃,满腔的怒火和不甘如火山爆发喷涌而出,可挣扎到最后,却也只能在天上这轮圆月下发泄,"刘轩,刘衡,我绝不会放过你们……"

果然如何院判所说，苏湄若服下"花非花"的独门解药"雾非雾"以后就好多了，浑身上下那种疲软之感渐渐没有了，慢慢恢复到正常。

　　这一夜，刘轩一直守着她。

　　"湄若，你可好些了？"静谧之时，刘轩轻轻地叹息。

　　"王爷放心吧，我已经好多了。"苏湄若把手放在刘轩的手掌心上，希望他可以安心。

　　"都是我不好，是我没有保护好你，让你又中毒了。"刘轩说完，把苏湄若的手放到自己的唇边，轻轻地吻了一下，那一吻，如蜻蜓点水，又像蝴蝶轻轻拂过花丛，苏湄若的手不自觉地抖了一下，可内心却满是甜蜜。

　　"自然是王爷的错，自从嫁给王爷以后，我这已经是第二次中毒了，不对，我漏了！加上那'竹叶青'的蛇毒，是第三次了！两次是人为，一次是天灾，王爷这个夫君啊，可真是不合格！"苏湄若故意娇嗔。

　　"是是是，王妃批评得是，都是本王的错，王妃中了三次毒，都怪本王没有保护好你。可是王妃你细想，这三次中毒回回不都是本王让你——化险为夷吗？"

　　"王爷怎么说？"苏湄若对于他第一次为她独自一人孤身前往岐山王府，去取"嫣然醉"的经过感到十分好奇，想趁这个机会让他自己主动说出来。

　　"第一次，你中了西域的奇毒'竹叶青'，本王当夜为你一人一剑一马去了刘渊的岐山王府，逼他交出所有的'嫣然醉'；第二次，本王为你吸出了'竹叶青'的蛇毒，这第三次，本王为你断了刘渊的两根手指，逼他交出'雾非雾'来。你说要是没有本王，王妃现在你还能在这里和本王说话吗？"说完他刮了刮苏湄若的鼻子，一脸的宠溺。

　　"哇！原来王爷这么厉害啊，听完王爷方才的描述，妾身已经秒变为你的'小迷妹'了！"苏湄若说完特别应景地鼓起了掌。

　　不过刘轩对她刚才说的这个称谓却是云里雾里，他目透疑惑，"方才王妃说什么？'小迷妹'？这是什么意思？"

第二十六章　亲密接触

苏湄若猛然反应过来，她刚才一不小心就把21世纪的网络流行语脱口而出了，他眼前这个古代王爷哪怕智商再高，听到后自然也是一头雾水！一想到这里，她瞬间笑得合不拢嘴，"哎呀王爷这反应能力，可真让人着急！'小迷妹'就是说我特别崇拜你呗！"

"原来如此，你这个小机灵鬼，可真是一个不折不扣的'小魔妃'，说出来的话都这么让本王伤脑筋！"刘轩情不自禁地伸手捏捏苏湄若的小脸蛋。

"真是奇怪了，以前我总是听世人传闻，说王爷整日里只知舞文弄墨，听曲看舞，是'南楚第一风花雪月的闲人'！没想到王爷竟然深藏了这么好的一身武艺，可真让人刮目相看哪！"

"王妃可知，世人最擅长人云亦云，他们只是表面看到本王每日风花雪月，所以他们就这样一传十、十传百，并不奇怪，本王对于他们的评论也无所谓！"

"王爷说的也有道理，可是我还是想不明白一件事。为什么你那三哥岐山王刘渊一定要置我于死地呢？难道仅仅是因为他英雄难过美人关，过不了苏湄雪那一关，所以便要杀我？"

"不，湄若，其实刘渊之所以费尽心思要杀你，并不仅仅是因为苏湄雪，最大的原因不过是他想利用你的死来震慑本王，他迫不及待地想打倒本王，让本王痛不欲生，可是，本王怎么能轻易如他所愿呢？"刘轩的语调却是嘲弄。

果然就像宫廷剧里放的一样，皇家的争斗最是复杂，苏湄若听他这样解释只觉得脑壳疼。

"真是太复杂了，你说你们这本来好好的兄弟，再不济也是井水不犯河水的，为什么非要弄成这样呢？真是的！人与人之间和平相处不是很好吗？"苏湄若打着哈欠，懒洋洋地出声。

刘轩摸摸她的脸，"好了，好了，王妃快睡吧，看这哈欠打的。"

"我睡了，那王爷去哪儿？"苏湄若伸手牵牵刘轩的衣袖。

"王妃放心，本王今夜哪儿也不去，就守着你，看着你睡。"刘轩说完为她盖好被子，在她的身边坐下。

这一刻苏湄若感到无比心安，一句"哪儿也不去，就守着你"远比"我爱你"要踏实得多！因为"哪儿也不去，就守着你"是真正的实际行动，是无声无息却最动人、最深情的陪伴，可是"我爱你"终究只是口头上的一句甜言蜜语，很多时候，它会脆弱到被现实的风轻轻一刮，就烟消云散，无影无踪。

她瞬间想起一个人，那个她在21世纪学生时代谈的男朋友，校园爱情虽然甜蜜动人，却也无比脆弱，经不起现实的惊涛骇浪，曾几何时她的那个男朋友对她说过最多的一句话就是"湄湄，我爱你"，然而每一次她真正需要他的时候，他都缺席，反而怪她太任性，所以最后两个人只能转身陌路，各奔天涯！

"多谢王爷愿意守着我。"苏湄若回过神来，控制不住自己偷偷地凑了上去，在刘轩的左脸上亲了一口，然后动如脱兔一般又睡了下来，好像刚才的一吻只是在梦中发生的。

这女子刚刚对他做了什么，这还是他生平第一次被女人主动亲吻，而且这女人还是他最爱的人！这一刻，他开心得像个孩子一样，低头一看，他的王妃宛如睡美人一样，又像六月池塘的莲花，安静地宛在水中央，没有任何动静，难道刚刚那个吻真的只是一场梦吗？如果真是梦，他想要就这样一直把这个梦做下去，但愿此生永远都不要醒！

"小傻瓜，你竟然偷亲本王……"刘轩的声音渐渐低了下去，恍如梦呓。说完他将头放在苏湄若的身上，竟也渐渐睡去了，他感到从未有过的踏实。

苏湄若在府中休养了半月，又感觉有些闷了，她十分想出去透透气，给平静如水的生活制造点乐趣，便又动起了偷溜出府的念头。

这一次，她依然想乔装改扮一番，女扮男装去逛长安街。

"彩云，快，给我女扮男装乔装打扮一下，我要出门。"

"王妃，我的小祖宗，你又要女扮男装偷溜出府了？王妃，万万不可啊！难道你忘了王爷上次雷霆大怒，你差一点就要挨鞭子了呢，这才几天，你竟然还敢去？不行王妃，这一次说什么都不能让你去！"彩云说完一个劲儿地直摇头。

"哎哟彩云，你就放心吧，王爷他上次不过是想吓唬吓唬我罢了，最后我不是一点事都没有吗？所以这次就算被他知道，我肯定也不会有事的！彩云，你说我这整日待在王府，我都快闷坏了，难道你忍心看着你从小服侍长大的小姐，就这样被闷坏吗？"说完她可怜兮兮地看着彩云，还把头靠在彩云的肩膀上。

彩云听她这样说，又看她做出了这样的举动，瞬间没了辙，"那好吧，王妃，这一次你可千万要小心啊！虽说王爷今日又进宫去了，可他说不定又会和上次一样提前回来呀，所以你还是得早去早回！"

"放心吧彩云，快快快，为我乔装改扮，我这就要去了，早去才能早回呀！"苏湄若看到彩云答应了，想到终于可以出了这重门深锁的清河王府，到外面的世界去透透风，激动万分，开心到忍不住吐舌头。

"好了，王妃，你可以去了。"苏湄若看向镜中的自己，白衣翩翩，折扇轻摇，俨然一个世家公子的模样，不得不感叹，彩云可真是生了一双巧手。

第二十七章　又逛青楼

苏湄若一边哼着小曲，一边悠然自得地走在长安街上。无数街头小吃和胭脂水粉的店铺依次排列，作为吃货的她自然要大吃一番，吃完街头小吃后，她开始东逛西逛。

苏湄若逛着逛着，忽然一抬头，被眼前的芙蓉苑三个字给吸引了，这芙蓉苑名字取得这么文雅，又会是什么地方呢？她转头问身边一个卖胭脂水粉的店家，"请问老板，这'芙蓉苑'是什么地方啊？"

那老板一听她问这个问题，立马用诧异的目光打量着她，摇头笑道："小兄弟，你竟然不知道这'芙蓉苑'是什么地方！这地方啊，可以说是个男人都知道，这可是名气响当当的青楼啊！这'芙蓉苑'可是咱们南楚除了'天香楼'以外最大的青楼了！据说里面的姑娘啊，个个都是芙蓉，芙蓉什么来着，据说各个都应了那句诗，我想想那是什么诗！什么芙蓉，芙蓉……"苏湄若看他冥思苦想了半天，嘴里直念叨着"芙蓉"二字。

她叹了一口气，闭眼接道："是不是'芙蓉如面柳如眉'啊？"

"这位小兄弟，你可真是好记性啊，看你这气质就是腹有诗书啊！对，没错，就是这一句！因为那里面的姑娘每一个都长得'芙蓉如面柳如眉'，所以那老鸨就给她们家青楼命名为'芙蓉苑'。"

归来池苑皆依旧，太液芙蓉未央柳。芙蓉如面柳如眉，对此如何不泪垂。

这是千古名篇《长恨歌》中的诗句，出自唐代大诗人白居易，没想到这芙蓉苑的老鸨还挺有情调的，竟然取了这么文雅的一个名字。苏湄若感到十分好奇，对这位老板道了声谢便转身向芙蓉苑走去。

一到里面，苏湄若就觉得芙蓉苑的布置与天香楼完全不同，天香楼如其名，就像牡丹一样，雍容华贵，一派金碧辉煌的气象，可是这芙蓉苑却不是，它更像小家碧玉，是六月的荷亭亭玉立，一派自然曼妙的风光，简直不像青楼！

大厅里有上等的黄叶梨花桌椅，有笔墨纸砚，有茶台，有瓶花，还有雅置厅堂，整个布局十分雅致，简直让人难以置信，这竟然会是一个青楼。这一刻，苏湄若觉得好像走错了地方，该不是刚刚那个老板骗她的吧？

不过，是她想多了，这儿的确是芙蓉苑，也的确是南楚除了天香楼以外最大的青楼。因为看她一进来，这里的老鸨便出来和她打招呼了。

然而这老鸨却和天香楼的老鸨完全不同，这老鸨并没有打扮得花枝招展，反而只是简单家常的一身素衣穿着，头上的珠翠也不多，看她一进来便笑着招呼她，"这位公子是新面孔，公子是第一次来我们这里吧。"

苏湄若特意变了变声音，"是，我是第一次来'芙蓉苑'。"

"既然公子第一次来，那我便叫我们这里最出众的头牌姑娘芙蓉出来吧，我看公子面容清俊，是翩翩少年，也只有芙蓉姑娘能配得上伺候你。"那老鸨笑吟吟地对她说。

这老鸨的笑与天香楼那位老鸨完全不同，天香楼那位老鸨的笑只让她觉得十分厌恶，可是眼前这老鸨笑起来却给人如沐春风之感，并没有让人觉得会生厌，她在心里打了一个小算盘，"不，还请你给我找两位姑娘来，因为本公子今日想体验一下左拥右抱的感觉！"

"好，那我就把我们这里最出众的两位姑娘请过来，就让芙蓉和莲花两位姑娘来陪伴公子吧。"

没过多久，芙蓉和莲花两位姑娘便轻移莲步，来到了苏湄若的身旁，分别在她身侧一左一右坐下，刹那间苏湄若觉得自己变成了一只插翅难逃的鸟，被她们一左一右架住，困在其中，怎么也飞不出去！

不过这一刻她却觉得很快乐，毕竟人生路上总是需要体验各种不同的风景，这一刻女扮男装的她，生出了一种错觉，仿佛自己真是一个翩翩公子，两大美人在怀，又有美酒、美食、好茶、好风景，还有赏心悦目的歌舞看，真是至尊享受！

苏湄若觉得这芙蓉和莲花两位姑娘，和天香楼今年夺冠的花魁秦烟有得一拼！这芙蓉、莲花二人的穿着令她十分惊艳，芙蓉着了一身粉衫，莲花则恰恰相反，她是一身青衣，两人一粉一青，简直一双芳菲，翩翩走来就像一对亲姐妹一样，又恍若夏日莲花池中的一双并蒂芙蓉，美不胜收……

"公子，你长得这么清秀，简直不像一个男人！"

"公子，你应该会弹琴吧，看这手指如此修长，是天生的一双弹琴的手啊！"

"公子，你的皮肤可真好，真应了那个词——吹弹可破！"

……

这两人公子长公子短的，一句句早把苏湄若说晕了，她想回答她们的问题都不知该从何回答起了，只能任由她们说下去，而她索性不开口，就偶尔张口喝一喝她们递上的美酒，还有她们送到嘴里的葡萄。

然而这一切，她享受了没多久，就会被打破！

清河王府，众人因清河王的提前回府而变得人心惶惶。

刘轩今日进宫，本来皇帝想留他一同进午膳，可是他提出王妃前不久中过毒，想早点回去陪她，他的皇兄自然答应了，恩准他早点回府去陪他的王妃。

他一到府中就直奔后院，空荡荡的房内只有彩云一个人，他的王妃早就不知去向，他奇怪地问道："彩云，王妃去哪里了？"

彩云一听到他的声音，整个人早就吓得瑟瑟发抖，直接跪倒在地上，不住地磕头。

"你这是干什么？本王在问你话，王妃去哪儿了，快如实回答本王！"

第二十八章　打横抱起

"王爷恕罪，王妃说整日待在府里太闷了，她想出去透透气，所以，所以……"

"彩云，你可千万不要告诉本王，王妃她又乔装改扮去逛青楼了！"刘轩的声音犹如乌云密布的天空。

彩云抬头看他，一个劲地摇头，"不，王爷，王妃虽然乔装改扮出府了，但她没有去逛青楼，她只是跟奴婢说想去长安街逛逛，至于具体去哪里，奴婢也不清楚，不过奴婢猜想她应该不会去青楼的。"

"岂有此理，本王这就把她给抓回来！"

当刘轩路过芙蓉苑的时候，他直觉感到王妃就在这里，一进去，老鸨便已满面春风地迎了上来和他打招呼，"哟，这位公子是生面孔，您快里边请！"

刘轩淡淡地回应，"不必了，我只是来找一个人。"说完，他把目光紧紧锁在了此刻距离他不到十米的苏湄若身上！

苏湄若早已惊得目瞪口呆，她怎么都不会想到，她怎么点儿这么背，两次逛青楼都被刘轩给找到了，他竟然两次进宫都提前回来了！这一刻，她结结巴巴地开口，脑海中的思绪乱成一团，不知该怎么解释，到了嘴边，只是断断续续地问了一句，"你，你，你怎么来啦？"

刘轩瞪了她一眼，也不答她的话，从怀里掏出银子给老鸨，然后对她说，"不好意思，这位公子我现在要带走，银子我先替她付了，这些应该够了吧。"那老鸨看到这么多的银子，难以相信眼前这人竟然出手如此阔绰！她打量着来人，只见这男人器宇不凡，眉宇之间满是霸气，看来是不好惹的人物，连连赔笑道，"够了，够了，想来公子自然和那位小公子认识，所以公子请便吧。"

苏湄若一听这话气不打一处来，这个老鸨竟然如此见钱眼开，刘轩给了她这么点银子，竟然就把她轻轻松松地收买了！真是可恶！

听老鸨这样说，芙蓉和莲花两位女子早已"识相"地从苏湄若身边走开了。

刘轩一把上前，看也不看直接将她打横抱起，也不管众人此时的表情如何惊讶！

"不对，刚刚那个长相清秀的公子并不是男人！"芙蓉和莲花十分默契，对看了一眼，异口同声地告诉老鸨。

"我们确定，刚才那个清秀的公子，她一定是女人，她绝对是女扮男装出来的！"

"你们怎么会这么说？从哪里看出来的？"老鸨不解地看着她们，不知道她们为什么会如此肯定。

"因为我们看了她的手，让我起疑的是她右手指甲保养的长度，那很明显就是一双弹琴的手！只有弹琴的人才会把右手指甲留成那样刚刚好的长度！所以，就凭这一点，我敢断定，她一定是女人！"那个叫芙蓉的粉衣女子一边思索一边开口。

"芙蓉说得有道理，这样看来那刚才闯进来给我银子的公子，应该是她最重要的人，还好让他们走了，否则我们这'芙蓉苑'啊，估计要倒大霉了。"老鸨拍了拍胸口，如释重负。

一路上，苏湄若还没有反应过来，她仿佛还沉浸在方才那对并蒂姐妹花温香软玉的怀抱中呢，怎么顷刻间就被眼前这个男人打横抱起了呢？

她终于反应过来，心生一计，故意调皮地大喊，"刘轩，你这个臭流氓，快把我放下来！"

刘轩一听，剑眉深锁，他怀中这女人逛了一次青楼怕是要疯了吧！竟然胆大包天到敢直接叫他的名字了！这个女人真是他命中注定的克星，他忍住心中的怒火，努力做到面不改色，一字一句咬牙切齿道："爱妃别闹，快乖乖和本王回家去！"

"不！我不回去，回去王爷肯定会收拾我的，我又不傻，才不上王爷的当呢！"苏湄若闭眼，嘟着嘴。

"哟，王妃现在倒是知道害怕了，刚才怎么还一副胆大包天的样子直接高声叫唤着本王的大名，现在这是怎么了？"刘轩看了怀中之人这个反应，实在哭笑不得，感觉满腔的怒火都在她这个动作中消散了大半，让他不知道从哪里骂起。

"王爷答应我，回府以后，不许骂我，不许打我，不许教训我，否则，否则……"

"否则你就怎样啊？说！"刘轩看向她的眼神，满是坏笑。

"否则我这辈子都不会再理你了，哼！"苏湄若睁大双眼朝他扮了个大鬼脸。

"王妃的胆子是越来越大了，看来真是本王把你给宠坏了，如今你已经无法无天了，竟然敢和本王谈条件？本王告诉你，没门！苏湄若，今天本王非得好好收拾你一顿，可绝对不会像上次一样轻易放过你了，你给我等着吧！"

完了！这次是真的把他给惹生气了，苏湄若伸手将刘轩的脖子环住，开始撒娇，"哎哟，王爷，你可别生气了！你就大人不计小人过，不要和我这小女子一般见识了嘛！"

第二十九章　闭门思过

"王妃莫要撒娇，撒娇这次对本王没有用。所以，王妃还是省省力气吧，等下回府有你好受的。"此刻的刘轩不像往常，苏湄若的撒手锏撒娇这次竟然对他失去了效果！

"王爷，你真的要这样对我吗？我知道王爷是吓唬我的，你才舍不得罚我呢对不对？"苏湄若继续使尽浑身解数撒娇。

"不，爱妃，本王可没有吓唬你，这一次本王非得要让你好好长长记性不可，让你不听我的话，竟然又女扮男装去逛青楼了！"刘轩依然面不改色。

"哼！那谁叫王爷进宫不带我去，你要是时刻跟我在一起，我不就没有机会偷偷溜出府去逛青楼了吗？我还不是因为在王府里待着太闷了吗？凭什么王爷可以随时随刻出府去潇洒，而我就不可以？我不过偶尔去一次王爷就这样生气，这不公平！"苏湄若见撒娇没用，索性来个态度大反转，一口气将心中不满全说了出来，然后又继续闭眼装睡。

刘轩听到这番话，吃惊地看着怀里的这个人，天哪！这像是一个大家闺秀说出来的话吗？他这个王妃可真是让他越来越摸不着头脑了！

"王妃方才说的这些话，可真令本王惊诧万分！这天下自古以来，男人和女人自然是有分别的，女人出嫁了自然要以夫为天，要听丈夫的话，应以柔弱为美。王妃，难道在闺中之时没有看过《女则》吗？"

"对！我就是没有看过《女则》，我最讨厌看那些东西！敢问王爷，为什么女子以柔弱为美就是好的，难道女子有自我意识、追寻自己个性做自己就不好了吗？世界如此之大，风景万千，同样，天下女子又怎能都一样？"苏湄若睁眼毫不惧色地与他对视着，痛快说出这番来自21世纪的言论。

这一刻的苏湄若让刘轩打心底里佩服了一番，他有生以来破天荒头一遭，听到有女人敢在他面前说出这样的话。看来，他的这位王妃可真不是一般人！

"王妃方才所言，本王从来没有听过，可是不知道为什么，本王竟然打心底佩服你！王妃不爱看《女则》就别看，本王自然不会勉强你去做你不愿意的事！好，从今以后本王答应你，本王去哪里都带着你，好不好？除非是真的不能带你去的场合，这下王妃可满意了吧。"

"这还差不多，不过王爷，那等下回府你还要罚我吗？"苏湄若摸准了刘轩的脾气，为自己的"诡计"得逞暗暗叫好。

"王妃向来聪慧，你倒是猜猜，本王等下会不会罚你？"刘轩一脸坏笑地盯着她。

"我猜嘛，王爷自然已经气消，当然是不会罚我了呀！"苏湄若得意地说！

刘轩哈哈大笑，"王妃，时至今日，本王不得不承认，你可真是本王命中注定的克星，无论你做出怎样惹本王生气的事情，本王都拿你没有办法，到最后都舍不得罚你。"

说到这里，刘轩停住了，苏湄若在心里暗自庆幸，果然这个家伙吃软不吃硬，没有什么是靠一招撒娇搞不定的！

然而刘轩的声音再次响起，却令她大跌眼镜，"不过，待会儿回府以后，本王还是要罚你，就罚你抄《女则》十遍。王妃可不许说不，因为以后若是王府诸人都像你这般女扮男装偷溜出府去逛青楼，回来以后本王竟然一点惩罚都没有，那我这清河王府岂非要乱套？"

苏湄若感觉这一刻的自己可真是哑巴吃黄连，有苦说不出！唉，算了算了，抄《女则》就抄《女则》吧，不就是抄十遍吗？反正她从小练书法，怕什么？

不过半炷香的时间，他们便到了清河王府。府中诸人看到他们的王爷将王妃打横抱回来，他们感到不可思议！毕竟王爷刚刚去找王妃的时候，怒不可遏的神情让人发抖，怎么转眼间就这样了呢？果然，这王妃就是他们王爷命中注定的克星!

不过风驰和电掣,还是隐隐约约为他们的王妃感到担心,毕竟上一次王爷盛怒之下都差点要对王妃动鞭子了呢,不知道这一次会怎么样。然而,事实证明他们想多了!

"好了王妃,快去书房给本王好好闭门思过吧,记得抄十遍《女则》,不抄完不准吃饭,不许睡觉!"刘轩把苏湄若放下的第一句话就是让她赶快去"闭门思过"抄《女则》。

"是,王爷,妾身遵命,妾身这就听王爷的话乖乖去闭门思过抄《女则》。"苏湄若觉得自己真悲催,一回府就要去抄那鬼东西!

对于她这样的表现,刘轩十分满意,毕竟他这王妃难得一次没有任性闹脾气,难得这么听他的话,他的虚荣心得到了极大的满足!

突然,刘轩的贴身侍从雷威急匆匆地跑了进来,上气不接下气地说,"王爷,属下刚刚得到宫中密报,说……说……"

"说什么,吞吞吐吐地做什么?"刘轩皱眉。

那雷威上前一步,在刘轩耳边低低一语。

苏湄若看到刘轩的眉头一点点地变成紧锁的状态,脸色也慢慢变得阴沉。

"王爷,你这是怎么了?"苏湄若忍不住开口了。

听到她的声音响起,刘轩才反应过来,脸色也逐渐恢复如常,他伸手摸了摸苏湄若的脸,"湄若,你父亲要回来了。宫中传来密报,皇兄命你父亲神威大将军苏子睿昨日从边疆启程回来了,估计十日之后便能回京了。"

什么?这个原主的父亲要回来了!

看苏湄若半天没有反应,刘轩忍不住伸手在她眼前晃了晃,"王妃这是怎么了,你父亲要回来了,你怎么一点反应都没有?"

"哦,没什么,我只是在想父亲为什么突然之间要回来了,感觉此事有些奇怪!"

"王妃和本王想到一块儿去了,本王也觉得奇怪,看来一定是有什么特别重要的原因,才让你父亲不得不回来。"

第三十章　神威大将军

十日后,南楚的神威大将军苏子睿回京了。跟随他一起回京的,还有一个重要的人,北齐二王子拓跋翰。

按照礼节,苏湄若作为神威大将军苏子睿的嫡女,是要去迎接他回京的。可是苏湄若根据原主的回忆得知,她这个父亲从小到大对她一点儿都不好,既然如此,她又为何要替她去接他呢?刘轩向来宠爱她,所以也就随她去了,只对外说清河王妃身体不适,不能去迎接神威大将军回京,对此,众人也无话可说。

神威大将军府,管氏哭哭啼啼,让风尘仆仆归京的苏子睿心烦。

"老爷,您可终于回来了,您若再不回来家里可就要乱套了!老爷知道吗?雪儿她,我们的雪儿她已经被贬为庶人,永世不得回南楚了,我就这一个女儿呀,可如今我们母女俩却要骨肉分离……"

"好了好了,你不要哭了,我这刚回来你就这样哭哭啼啼,到底是怎么一回事?快说清楚!"

"老爷,你不知道,你走了以后那苏湄若就像变了一个人一样,她嫁给了清河王以后更不把我和雪儿放在眼里了,雪儿就是因为她才会被皇上下旨贬为庶人,永世不得回南楚的!"管氏哭得更肆无忌惮了。

是他的嫡女苏湄若害了他的雪儿?苏子睿心里有点纳闷,他走之前他这个嫡女苏湄若还是一贯的胆小如鼠,懦弱怕事的她又怎么可能会害他那活泼机灵的二女儿呢?他对管氏说的话不得不起疑,他捋着胡须开口,充满疑惑,"你给我说清楚,到底是怎么一回事,不要吞吞吐吐!"

"是,老爷。大半个月前,宫内办中秋家宴,清河王刘轩带苏湄若去了,岐山王刘渊带雪儿去了,可是苏湄若不知道为什么在看歌舞表演的时候晕倒了,皇上命何院判为她诊治,何院判诊出是有人在她的饮食中下了'花非花'的毒她才晕倒的，结果当夜就在皇宫找到了那下毒者，因为受不住拷打那下毒者竟然说是岐山王和雪儿指使她这么做的！皇上大怒，就下了把岐山王和雪儿贬为庶人并永世不得回南楚的命令！"管氏一边讲述，一边用手帕不断擦泪。

"可是老爷，我怎么都不会相信，我们的雪儿会做出这样的事。她从小尊敬她姐姐，就算这件事情是真的，那也是岐山王命人这么做的，和雪儿又有什么关系？雪儿分明就是被刘渊给连累了！"说到最后，管氏已经泣不成声。

苏子睿被她哭得心烦，连连罢手，"好了好了，事情的来龙去脉我已经知道了，你不要再说了！既然皇上圣意已决，我们又有什么办法，又有谁可以扭转乾坤！要怪也只能怪雪儿她命不好，嫁给谁不好，偏偏要嫁给岐山王！"

管氏不敢相信他眼前这个男人听到这件事的反应竟然是这样！他过去对她可是言听计从啊，这次回京怎么像变了一个人似的！不行！看来她必须要加一把火，"老爷，我知道苏湄若是你的嫡女，而雪儿只不过是你的庶出之女，你自然会偏心苏湄若一些。可是老爷你忘了吗？雪儿她自幼最敬重你，你不能不为她讨回公道啊！老爷，你去跟圣上求求情，让雪儿回到我的身边吧，好不好？老爷，我已经是年过半百的人了，不能没有女儿啊！"

大概是她说的话勾起了苏子睿的恻隐之心，他想起了昔日那个承欢膝下乖巧的小女儿，虽然摇头叹息，可语气却回转了不少，"我知道了，若有合适的机会，我会向皇上求情的。好了，我现在要去一趟清河王府，去看一下湄若。"

苏子睿不知道，他说的最后这句话正合管氏的心意，她见状添油加醋道："是啊，老爷，你是得去看看她，你可要好好问问她，那天中秋夜宴她中毒到底是怎么一回事，毕竟雪儿是因为她才被贬为庶人的！"

"我知道了，你放心吧，我自会问清楚。好了，我这就走了。"说完苏子睿大步流星地走了出去。

可惜他没有看到身后管氏的神情,她站起来,脸上早就没有了泪水,目光怨毒,完全和刚才那个泪人判若两人。

"报告王爷王妃,神威大将军苏子睿来访,他说他想见王妃。"苏湄若正在清风阁为刘轩弹琴,却见风驰急急忙忙闯了进来,一句话打断了她本清越婉转的琴音。

"哦?神威大将军来了,你快请他进来,告诉他本王和王妃这就去大厅。"

风驰告退后,刘轩看着苏湄若,忍不住打趣她,"王妃,你说我这岳父大人怎么说来就来了?不得不说,本王现在可是非常紧张,得好好想想待会儿要怎么面对岳父大人!"

刘轩口中的这句"岳父大人"不知道为什么,听到苏湄若的耳朵里总觉得有些莫名的可笑,"没想到王爷这女婿竟然如此幽默,哎哟,好了好了,王爷可别贫了!"

"是是是,本王遵命,来来来,本王这就陪王妃去见岳父大人吧。"刘轩伸手牵过苏湄若的手,往大厅走去。

苏湄若看到苏子睿的时候有些诧异,看来这原主的父亲年轻的时候长得也是玉树临风吧,虽然眼前这位男子已经年逾五十了,可是精气神却十足,眉宇间更见英挺,大概是因行任出身,他整个人非常的挺拔,一个人站在那里,就让人莫名想起寒冬飞雪中的一棵青松,始终不会被风雪所击垮。

"臣苏子睿叩见清河王。"苏子睿的声音更是中气十足。

他刚要行礼,刘轩已经上前一把将他扶起,"将军不必多礼,再说将军乃是本王的岳父,是一家人,何须多礼,快请坐。来人,上最好的云峰茶来。"

"王爷真是太客气了,臣受之有愧,其实今日臣来,主要是想问小女几件事情。"苏子睿神情庄重,一坐下来就开门见山。

第三十一章 霸气护短

"哦？不知岳父大人想问湄若什么事情？"

"是啊，父亲，你要问女儿什么呀？"苏湄若想了想还是得叫他一声，于是就紧跟着刘轩的话语开口了。

"我一回来就听你娘说，雪儿因为你大半个月前去宫中参加中秋夜宴中毒了，当晚查出了下毒者，那人说是刘渊和你妹妹指使的，所以皇上大怒，下令将他们二人贬为庶人，永世不得回南楚，这件事的真相当真如此吗？"说到最后，苏子睿的语气充满了疑惑。

"娘？父亲，你方才口中的'娘'是管氏吧，我必须要纠正你，管氏不是我的娘，她是苏湄雪的娘，却不是我苏湄若的娘！我娘当年在生下我以后因为管氏的挑拨离间，她一气之下远走塞北，这一切你都忘了吗？"说到这里，苏湄若突然停住，她想看看此时此刻她的这位"父亲"会有何反应！

果然，他的脸上毫无愧色！她讽刺的语调继续响起，"没错，大半个月前中秋夜宴上，王爷带我入宫，我也确实中毒了，后来何院判查出是有人在我的饮食藕粉丸子里下了'花非花'的毒，更可恨的是，下毒者为了让我的毒加重十倍，竟然暗中指使一名身染'龙舌花'香的舞女靠近我，你知道'龙舌花'香是什么吗？它是'花非花'的克星！那个舞女故意接近我，所以我当场晕倒！后来那两个下毒的人被抓了，她们受不住拷打，所以就供出了是刘渊和苏湄雪共同指使她毒害我的！皇上大怒就下了这样的命令，这一切都是他们咎由自取！"

苏子睿简直难以相信，他的嫡女苏湄若竟然能对他说出这一番话来！在他印象中，他的嫡女自幼就胆小怕事，遇事唯唯诺诺，怎么能有勇气对他说出这一番话来？难道他眼前的这个人并不是他的女儿？可他再三打量，这长相千真万确，分明就是他的女儿啊！

"可纵然如此，雪儿再怎么说也是你的亲妹妹。你作为长姐，怎么也应该为她求情才对！"苏子睿说出这句话的时候，不知为何竟然有些心虚。

"父亲，我不知道你怎么能够说出如此可笑的话来！苏湄雪和刘渊心思歹毒，费尽心思这样害我，想要置我于死地，你居然还要让我为她求情！为谋害我之人求情，天下又岂会有这样的道理？父亲，你怕是老糊涂了吧，您方才所言，真是太可笑了！"苏湄若像听到了最大的笑话一样，不可置信地看着她眼前这个所谓的父亲。

这个老头子，简直就是不分青红皂白，连最基本的判断是非的能力都没有！可见原主生前是受了多少委屈，她既然穿越到了她的身上，自然是要一点点地为她讨回公道！

"你！你这个逆女，你简直大逆不道！"苏子睿听了这话非常生气，从来没有人敢这样对他说话！而这个人竟然是他那素来胆小的嫡女！他伸手想要往苏湄若脸上打去！

可是，下一秒，他的手就被另一只强劲有力的手给抓住了，他抬头一看是他的女婿清河王刘轩，刘轩此刻的眼神十分冷酷，让他陌生，甚至让久经沙场的他感到了害怕，他征战沙场多年，从未像现在这样感到害怕！

"岳父大人，本王看你是气糊涂了！你别忘了，如今苏湄若已经嫁给了本王，那她就是本王的女人，除了本王以外，谁也不能对她动手，没有任何人能碰本王的女人一下！"刘轩的语调稳如泰山，听在苏湄若的耳中，是心安。

"王爷，你不要忘了，臣才是苏湄若的父亲，若是没有臣，这世上又怎么会有她？方才她口出狂言，臣作为她的父亲，自然要好好管教一番！不知王爷为何要伸手阻拦？"苏子睿万万没有想到他伸手要打苏湄若的这个举动，竟然会让刘轩的反应这么大！看来他女儿苏湄若在这清河王心中的地位不是一般的高！

"岳父大人，本王不想再重复一遍刚才说过的话！从今以后，请你记住，苏湄若是本王的女人，本王不会允许她受到一点伤害，本王就是护短！"刘轩说完一把将苏湄若拉到他的怀里。

这一刻的苏湄若觉得自己是这个世界上最幸福的人儿，因为他的怀抱如此坚定、踏实而又温暖！从她嫁给他以来，每一次只要在他的怀抱里，她就知道自己一定是安全的，她就明白，他一定会护她周全！因为，他能够替她挡掉所有的风雨！这一刻，她觉得无比心安！

刘轩似乎感知到了她的情绪，这也许就是有情人的心心相印吧！身无彩凤双飞翼，心有灵犀一点通，李商隐写的情诗，用来形容此刻的他们，却是再适合不过了！刘轩将她抱得更紧了一些，仿佛是用实际行动在告诉她——有我在这里，你什么都不必怕……

苏子睿看到他们这一番样子也没有了办法，"好，既然如此，看来臣从今以后也管教不了这个女儿了，所以，若是她日后得罪或冒犯了王爷，还请王爷多多担待！"

"岳父大人请放心，本王自从决定娶苏湄若的那一刻起就下定决心，这一辈子会好好地宠她、疼她、爱她，护她在手心，绝不会让她受半分委屈！而她也聪明伶俐，从来都让本王很省心，所以岳父大人方才所说的情况必不会发生，岳父大人只管安心便可！"刘轩的语调满是肯定。

"既然王爷金口玉言，那臣便可安心而去，臣告退！"苏子睿听到这一番话，不得不惊讶。没想到这世人口中姬妾无数、美女如云，向来爱慕美色的清河王刘轩，竟会如此痴迷他这个女儿！这一切都早已出乎他的意料，这一切让他难以置信却又不得不信！可惜，清河王看上的不是他的二女儿，竟然是他这个从小不受宠的嫡女！

第三十二章　刀山火海

走出清河王府的苏子睿，一路上在回想着刚才的场景，如果时光倒流，他的二女儿苏湄雪嫁给清河王的话那该多好！也许现在他的雪儿就不会被贬为庶人，永世不得回南楚了，也许他就不会连他这个宝贝女儿如今在哪里漂泊都不知道了！看来这一切，都是命中注定，是命吧！

"王爷，你方才为什么要护着我？"等到苏子睿一走，苏湄若开口，恍若梦呓，她觉得刚才发生的一切，都像一场梦一样。

"怎么？王妃这是吓傻了还是在做梦？方才本王可是对你父亲说得清清楚楚，你苏湄若既然嫁给了我，就是我刘轩的女人，别人自然是不能欺负你的！而本王就是要护短，不管那个人是谁，就算那个人是你父亲，本王也不允许他碰你一根汗毛，你懂了吗？"

苏湄若听到这里，眼睛不知道怎么了，不断有泪水泛出，眼眶湿润，忽然间，她竟然控制不住自己，任眼泪滴答而落，湿了他的青衫。

看她这般难以抑制地哭泣，刘轩感到十分诧异，"王妃，你这是怎么了？好好的你哭什么？"

"我这是高兴的哭，没想到王爷竟是如此肉麻的人，说了这么一堆肉麻的话，这些话全都变作沙子混进我的眼睛里！以前也不知道王爷用这话，哄过多少女子开心！"

"王妃，天地日月可鉴，我刘轩对天发誓，本王刚才所说的这番话，只对你一人说过，绝对没有对第二个人说过，怎么样，王妃这下该相信我了吧。"刘轩一边为她擦拭着泪水，一边叹气，没想到他这王妃竟然如此孩子气。

"王爷可不许骗我，我看我们还是拉钩吧。拉钩证明你以前从未对其他女子说过这话，而今日之后，这辈子也不能对别的女子说这番话！不知王爷,敢不敢和湄若拉钩?"这一刻的苏湄若嘟着嘴,索性孩子气到底吧。

"好好好,拉钩就拉钩,来来来,本王的小魔妃,我们现在就来拉钩!没办法,谁让本王娶了一个如此孩子气的王妃!"刘轩的口气虽然极其无奈,却依然听了苏湄若的话乖乖地和她拉了钩。

三日后,清河王府一片寂静,天边冷月如钩,梧桐细雨声声慢,带着凄凉意味。

苏湄若在大厅里坐立不安。为什么刘轩还没有回来?他已经入宫一天了,可人却还未归,而宫里也没有分毫消息传出!她自从嫁给他以来,从来没有发生过这样的情况,到底发生了什么事?难道是他的皇兄为难他了?

"王妃,你莫要担心,王爷向来睿智,必不会出事,你就放心吧。"看苏湄若如此坐立不安,电掣忍不住上前劝慰她。

"不,风驰、电掣,不瞒你们,我有一种预感,王爷他一定是出了什么事情!我今天早上一起来就感觉心口堵得慌,右眼皮也一直在跳,这虽然是身体的反应,可它却是在告诉我一定是有什么事情要发生了!王爷啊王爷,你到底什么时候才能回来呢?"苏湄若端起茶杯想喝一口,却始终没有心情。

突然,空中有一支羽箭飞来,那支羽箭射得非常准,直接穿过苏湄若刚刚放下的那只茶杯,定在了茶杯后的木椅上!

"哐"的一声,茶杯碎裂,茶水自然四溅,幸好风驰、电掣武艺超群,早已抢先一步将苏湄若从座位上拉起!

"王妃,你没事吧?"风驰、电掣异口同声。

苏湄若抚住心口,闭眼定了定神,睁眼已恢复如常,方才的惊魂一瞬已经过去了!她刚要开口说"没事",却发现那支羽箭上写着一张字条,她走近一看,只见上面清清楚楚地写着一行字:苏湄若,如果想让刘轩活命,就一个人速来汝南王府,否则他人头落地。

"王妃，你这是怎么了，脸色为何如此难看？"风驰、电掣也被刚才那一箭给吓到了，这样精准的箭术，天下罕见，不得不让他们佩服，刚才若差一分就会伤到王妃！可是射箭之人分明就是此中高手，也分明早就控制好了距离，更可怕的是他对清河王府整个内部构造了如指掌，所以才可以一箭射中那个地方！

苏湄若把纸条拿给他们，闭眼唏嘘，"你们自己看吧。"

"王妃你可千万不能去，这恐怕是个圈套，也许王爷等一下就会平安回来，他们分明就是居心叵测！"

"是啊，王妃你可千万去不得！王爷进宫之前再三吩咐，让我们二人护你周全，不能离开你半步！所以，你绝对不能去。"

"王妃是聪明人，你且看他在这张纸条上写着让你一个人前去，这就代表汝南王分明早已布下了天罗地网，就等你去跳！所以王妃，你绝对不能去，你一定要忍住，一定要等到王爷回来！"

"可是，我不能让王爷有危险！万一王爷真的在汝南王的手上，那该怎么办？不，风驰、电掣，我要去！因为我赌不起，王爷只有一条命，哪怕我此去是和他同生共死，我也要去，哪怕我此去是刀山火海，我也要去！"苏湄若睁眼，一脸坦荡。

"好！既然王妃心意如此坚决，那属下二人陪你一同前去，王妃你放心，我们二人会一路尾随你，护你周全！"风驰、电掣仔细想想，王妃说得也有道理，毕竟他们赌不起，王爷的命只有一条，而倘若王爷真的在他们手里，那他们就不能再拖时间了！

第三十三章　北齐王子

当苏湄若赶到汝南王府的时候，发现整座王府内空空荡荡，没有一个人。第六感告诉她，这是个圈套，看来她中计了，她想往回走，可是已经晚了。

就在她刚刚转身准备往回走的时候，身后突然出现了密密麻麻的人群。中间有两个人特别显眼，一个她认得，就是刘轩的九弟，此地的主人，南楚的汝南王刘衡。

另一个人她却不认得，她仔细打量，发现那个人的长相和刘衡完全不同，也和刘轩完全不一样，那个人必不是中原人，身材格外高大，鹰钩鼻，眼神深邃。不过他的脸色却有些苍白，苏湄若本能地看向他身上穿的衣服，本着了一身白衣，然而此时此刻，那身白衣上尽是血迹，斑斓一片令人不忍直视，而那些血迹分明是被拷打过的痕迹！

难道他是……倏地，苏湄若的脑中"轰"的一响，她蓦地想起刘轩前两天告诉她，半月前在南楚和北齐的交战中，她的"父亲"神威大将军苏子睿活捉了敌军的首领，北齐的二王子，拓跋翰。那么现在，站在她眼前的这个长相迥异于中原人的男子不是别人，就是被苏子睿抓回京的北齐二王子拓跋翰！

想到这里，苏湄若心惊胆战！按道理说，这个人此时此刻应该是在南楚的头号天牢里才对！可他又怎么会出现在这里？难道……不好！看来今日这一切，都是他们早就预谋设计好的圈套，就等她往里面跳！

果然，刘衡的声音响起了，一声声在她听来像鬼魅，"七嫂啊，你和七哥可真是鹣鲽情深，好一对恩爱夫妻！没想到，本王不过就写了那样一封信送到你府上，你竟真敢独自一人前来赴约，看来七哥那样钟爱你也不是没有道理的！就连本王也甚是佩服你的胆量，若本王是他也必会

105

为你倾倒！"

"敢问汝南王，你到底想干什么？刘轩他到底在哪里？请你说清楚！"苏湄若此刻告诉自己必须要冷静再冷静。

"七嫂你放心，七哥他此刻很好，不过他并不在我的府上。"

"那他到底在哪里？你到底想怎么样？"

"你放心，七哥他此刻正在宫里快活呢，估计他现在逍遥自在胜似神仙呢！"刘衡的话语中满是讽刺。

"你说什么？你最好给我说清楚，什么快活似神仙？"听到他说"快活"二字，苏湄若一头雾水。

"也罢，苏湄若，本王也懒得跟你兜圈子了，实话告诉你吧。今日那封送到你府上告诉你刘轩有难的信的确是本王所写，目的就是利用你对他的感情骗你来此。而刘轩他现在一时半会儿根本回不来，因为本王早就安排好了一切，嘱托好盈贵妃将他困住了，所以你就不要指望今日刘轩能从天而降来救你了！"说到最后，刘衡纵声狂笑。

盈贵妃是谁？苏湄若从来不知道这个人！对于刘衡此刻说的话，她感到半信半疑，她开口，语调冷静，"所以，你今日费尽心机把我骗到这里，到底是想干什么？话已经说到这个分上了，又何妨说得再清楚一点？"

"自然是想为你介绍一段好姻缘。"说完，刘衡把目光看向身边的拓跋翰。

拓跋翰朝着苏湄若的方向不断往前走，他每走一步，苏湄若便惊得后退一步，他当作没有看到，继续上前，苏湄若又后退，就这样她退无可退，只能死死抵住身后的墙角，闭眼转头不去看他。

拓跋翰看向她的目光如野兽一般，"久闻你琴艺超绝，刘轩更是给你取了一个'琴仙'的雅号，苏湄若，本王子对你仰慕已久，在北齐的时候我就十分喜欢听琴，所以，我想让你为我弹一辈子的琴，好不好？"

苏湄若听到他说的这番话，瞬间，浑身都好像起满了鸡皮疙瘩！她一遍遍告诉自己要控制情绪，她按捺住想痛骂他一顿的冲动，努力绽放出一个如花笑靥，"哎哟，北齐王子，你在开什么玩笑呢？我已经嫁给了清河王刘轩，自然这一辈子都是他的人了，弹琴自然也是只能为他一个人而弹了，又怎能为你去弹一辈子的琴呢？你确定不是在跟我说笑吗？"

苏湄若刚一说完，拓跋翰已经伸手将她的手紧紧握住，口气猖狂，"苏湄若，实话告诉你吧，我今天对你是志在必得。自出生以来，就从来没有我拓跋翰想要却得不到的东西，也从来没有人敢拒绝我，所以你最好还是乖乖地和我回北齐，切莫再做无谓挣扎！"

苏湄若听到他这句"志在必得"，十分吃惊，她尽量缓和语气，笑道："王子可真会说笑，您贵为北齐的二王子，要什么样的女人没有，何必看上我这有夫之妇呢，您说是吧？"

这一次，她一说完，拓跋翰倒是放开了她的手，不过马上他伸手紧紧握住她的下巴，强迫她与他对视，"苏湄若，虽然你说得没有错，可是本王子就是看上你了，你说怎么办？我们北齐人可不像你们南楚人一肚子坏水，我们北齐的好男儿从小在马背上长大，最是快人快语，从来不藏着掖着！我今天就把话撂在这儿了，我拓跋翰喜欢你，要带你回北齐！就算你不想去也不行，我就是要带你走，再过半个时辰我们就出发了，你好好做做准备。"

天哪！这人是疯了还是脑子有病？苏湄若简直不敢相信，这天底下怎么会有这样的人，第一次见面就说喜欢自己，也不管她乐意不乐意就要把她带到他的家乡！

第三十四章　成功报复

这一刻，苏湄若脑中乱如麻，她思索着到底该怎么办，有了！

她换了一种截然不同的口气，吴侬软语胜似三月江南初开的桃花，柔美得不像话，"王子也说了要让我好好准备准备，不知能不能让我先回清河王府一趟拿重要的东西，再与你一同去北齐！你不是想听我弹琴吗？那我自然是要带我最好的琴去了！"

"苏湄若，你别痴人说梦了！你以为我会这样上你的当？你别妄想能去通风报信！我实话告诉你吧，此刻在宫中困住刘轩的可不是别人，那人是我的亲姐姐拓跋盈，她在五年前就嫁给了你们南楚的皇帝刘熙，她虽然成了他的盈贵妃，可与我却始终是打不断的血脉至亲！这一次我们早已联手筹谋好了一切，所以你逃不出去的！我看你还是省点力气吧。"拓跋翰十分得意。

听完他所说的，苏湄若在心里苦笑，看来他们真是筹谋已久啊，如此周全又狠毒的计划，让人防不胜防！她想到了门口的风驰、电掣，为何他们还不进来？难道……

她还沉浸在思考中，拓跋翰已经在她失神的刹那出手了，"啪"的一声，她倒在了他的怀里。他将她打横抱起，路过刘衡的时候，刘衡开口，"怎么样二王子，这一下你该好好谢谢我了吧，让你抱得美人归！"

"汝南王大可放心，我答应你的自然作数。等我平安回到北齐，便将你的诚意告知父王，期待我们在不久的将来合作愉快！你费心救我出天牢，又让我抱得美人归，本王子答应你的自然也不会食言！青山不改，绿水长流，我们后会有期！"

"好！有二王子这句话，本王也放心了，你此去北齐只管放心，本王早已为你打点好沿途所有关卡，你只管一路向北走就好！不用半个月，你们就能到了！"

"多谢汝南王费心，今日一切，拓跋翰都记在心里了，我们就此别过，告辞！"

南楚皇宫。

空翠殿内檀香袅袅，茶韵悠悠，一派清静。

可坐在大殿深处的清河王刘轩却心急如焚，他想要立刻回府，可是今日这盈贵妃不知道为什么，无论他怎么说，她就是不肯放他走！还说今日一切，都是他皇兄的安排，让他陪她闲话家常，喝茶品香！

刘轩总觉得府中出了什么事，而今日这盈贵妃又这样千般万般地阻挠他回府，他们一定有什么阴谋！难道这些阴谋都是为了对付此刻独自在府的苏湄若？一想到这里，他拍案而起，再也按捺不住，一字一句质问盈贵妃，看向她的眼神也无比冷漠，"不知盈贵妃今日为何要千般万般地阻挠本王回府，莫不是你们有什么阴谋不成？"

那盈贵妃一听这话，惊得花容失色，手中的龙泉青瓷杯"啪"的一声掉落在地，碎了一地，她从紫檀榻上站起来，盛气凌人，"王爷可真会说笑，本宫能有什么阴谋？不过是想着你难得进宫一趟，所以留你好好话话家常，喝茶品香。这事也早就禀告过皇上了，皇上他也早就同意了！如果你现在要走的话，你就是抗旨不遵，清河王出身皇家，自然明白抗旨不遵的后果！"

"盈贵妃莫要拿'抗旨不遵'四字来吓唬本王！就算冒着抗旨不遵的危险，本王此刻也必须要走，盈贵妃还是莫要做无用功了！告辞！"说完，刘轩便起身头也不回地走了，只留下拓跋盈呆立在原地，"清河王，你竟敢抗旨不遵！你！你难道不要命了吗？"

看他走了，拓跋盈的贴身侍女馨儿一边收拾茶盏一边问她，"娘娘，清河王此去会不会乱了二王子的计划？"

"你放心，他刘轩乱不了！弟弟早就和汝南王刘衡站在统一战线上了，他们布下了重重机关，如果刘轩现在去的话，就只会死路一条！而且，就算他赶到，想必弟弟也早就带着苏湄若回北齐了！所以，就算他现在赶回府,也破坏不了弟弟的计划。"说到最后,拓跋盈鬼魅地笑了起来。

五年了!整整五年!从她被她的父王献给刘熙以后,她就像从一只草原上自由飞翔的雄鹰,硬生生变成了一只囚鸟,永困于这南楚后庭,怎么都飞不出这层层朱门深闭的牢笼!而这一切,都是拜刘轩所赐!

这么多年,她终于等到了这个机会,可以好好地报复刘轩一把了!

突然,她像失去理智一样,跌坐在地上,也不说话,只是放纵地笑着,笑到最后,笑声中满是凄厉。

这凄厉的笑声听在侍女馨儿的耳中格外刺耳,她不解,抬头问她,"贵妃娘娘,你笑什么?你这是怎么了?"

"没什么,我只是想到弟弟马上就要带着刘轩的女人走了,心里感觉特别的解气!"

"这又是为何?奴婢不明白。"

"馨儿,你知道吗?五年前,父王告诉我,他要把我送去南楚,他问我在南楚皇室中可有想嫁的人。我想了想,说想嫁给刘轩,因为纵然我身在北齐,却也听到过他的名声,我对他倾慕已久!"

"可是,父王后来告诉我,刘轩他不愿意娶我为妻,因为他不想娶一个异族的女子!馨儿,我不明白,我拓跋盈是'北齐第一美人',家世、容貌、才华都是首屈一指,北齐有多少好男儿想求娶我!可是,他刘轩竟然不愿娶我,你说这是何等的屈辱!"说到这里,拓跋盈控制不住自己的情绪,她撕心裂肺的哭泣响彻了整座空翠殿!

"娘娘,那后来呢?"馨儿为她擦拭脸上的泪水。

"后来,父王告诉我,既然刘轩不愿娶我,那他就把我献给他的哥哥,南楚的皇帝,父王问我可否愿意,我说我愿意。我为什么不愿意呢?从我嫁给刘熙的那一天开始,我就在心里发誓,总有一天我要让刘轩后悔,没想到这一天让我等到了,而且这么快就来了,我只不过等了五年就等到了这个千载难逢的机会……"

说到最后,拓跋盈已经陷入疯狂状态,整个人开始语无伦次,馨儿只觉得她伺候了五年的这个盈贵妃让她感觉好陌生,她似乎从来没有认识过她。

第三十五章　人间蒸发

当刘轩赶回清河王府的时候，他的心里瞬间浮上一种不好的预感。

他本能地走向本来苏湄若会在的地方，可等他走到后院，院中一草一木如旧，可苏湄若却不知何处！他记得往常他从宫里回来，她都会在后院的秋千上等他归来，阳光下，她的笑容也格外迷人，可此时此刻，秋千仍在随风而荡，那秋千上的人儿又去了哪里？

风驰、电掣呢？他一直吩咐保护苏湄若的两个人怎么也消失了？这一刻的刘轩像疯了一样，从出生到现在，他从没有如此失态过！他发了疯一样地找苏湄若，找风驰、电掣，可这三个人却像人间蒸发一样，怎么也找不到！

"王……王爷，我们……我们在这里。"就在他将整座清河王府找了个翻天覆地后，终于得到了一丝转机，那最熟悉的声音让他回头。

他不敢相信眼前横躺在地的两个人竟然会是他最得力的干将风驰、电掣！两人分明是受了重伤，身上被刀剑所刺的伤口不计其数，甚至现在都还流血。

"风驰、电掣，是谁将你们伤成这样？王妃呢？本王吩咐你们一定要寸步不离地保护她，她去哪里了？"刘轩走上前将二人扶起。

"王爷，属下二人对不起你，辜负了王爷的嘱托。夜里王妃坐在大厅喝茶，突然有一支羽箭破空射来，恰好射在了王妃所喝的茶杯上，而那羽箭上藏着一封信，信上写'苏湄若，如果想让刘轩活命，就一个人速来汝南王府，否则他人头落地'，所以……"

"所以你们是说，王妃看了这样一封凭空而来的信就独自一人去了？"刘轩打断了风驰的讲述，双手紧握成拳。

"属下二人有预感，这根本就是汝南王刘衡的圈套，所以再三恳请王妃不要去！可是王妃担忧你的安危，她怕你真的在汝南王手上，王妃说她赌不起，因为王爷的命只有一条……"

"这个鬼丫头素来机灵，怎么重要关头就失去了理智！这分明就是刘衡的阴谋！"

"王妃执意要去，当时属下二人被王妃说动，所以一路尾随她而去，看着她进了汝南王府，然而半天没有出来，属下二人便冲了进去，不想刚一进去就中了埋伏，是刘衡派人将我们打成了重伤，然后他又命人将我们二人抬了回来，还说要我们转告王爷，这辈子都别想找回王妃了，因为王妃已经被北齐二王子拓跋翰带到北齐去了！"

"拓跋翰？不可能！半个月前，拓跋翰率领北齐将士与我南楚作战，却因为战术错误当场被苏子睿所擒，一路带回京，他此刻明明应该在我南楚天牢里，他是怎么出来的？"一听到"拓跋翰"这三个字，刘轩更觉此事不妙，绝非那么简单！

"王爷，一切都是汝南王在背后搞的鬼！是汝南王早就跟拓跋翰暗中勾结，也是他费尽心思救出了拓跋翰，而王爷之所以没有及时回来，更是因为他和盈贵妃串通一气，让盈贵妃在宫里拖住了王爷！王爷可别忘了，那盈贵妃可是拓跋翰的亲姐姐！这一切都早有预谋，他们早就精心筹划了多日，就等着今日！"

"你说得不错，还好你提醒了本王，否则本王差点忘了，那盈贵妃是拓跋翰的亲姐姐，她虽早已嫁给皇兄，可她骨子里却始终流淌着拓跋氏的血液！本王早就料到这个女人今日费尽心思拖住我是有阴谋的，果然如此！今日这事怪不得你们二人，要怪也只能怪刘衡和拓跋翰，今日一切，本王自会向他们讨回来！你们二人好好养伤，本王这就去找刘衡问个清楚，看看他到底是想干什么。"

"王爷，您不能去！那汝南王心机深不可测，今日属下二人才算真正领教了，王爷此去必定有危险，他早就在汝南王府设下重重陷阱只等你去自投罗网，王爷切莫冲动！"

"你们放心，他心机深重，自然早就算到本王会去，所以他不会对本王怎么样，他也不敢对我怎么样，本王会像上次一人一马踏平岐山王府一样，今日我要去好好地会会这个阳奉阴违的九弟！"

汝南王府，黑衣侍从阴森森的声音响起，"王爷，你说这清河王会来吗？"

"你放心，七哥如此钟爱他的王妃，他又岂有不来之理？"

"那王爷，我们等会儿要不要……"说完，他在脖子上比了个人头落地的手势。

刘衡站了起来，连连罢手，"不！不用，不必心急！今日本王就是要让他刘轩有来有回，这场精彩大戏才刚刚开始，又怎么能提前失了主角？"

他刚一说完，只听到"轰隆"一声巨响，恍若平地惊雷，瞬间炸裂府中诸人！

那声音响得如同夏日的焦雷一般，好像是从他头上滚过，可是他抬头一看，天色并未变，他回过神来才发现，刘轩竟然已经带着满脸怒气站在了他的面前，而他手中的离魂剑也已经直接对准了他自己的脖子，原来刚才那"轰隆"一声是刘轩直接踹门而入所发出的响动！

"七哥，你这是怎么了？满脸怒意，谁惹你了？"刘衡看他来者不善，连忙从椅子上站了起来，挥手示意侍从纷纷退下。

"九弟，不要明知故问！既然做了就痛痛快快地承认！说！你把本王的王妃弄去哪里了？"刘轩说完，手中的离魂剑向他的脖子又逼近了一分，只要再近一分，顷刻之际他便会人头落地，血溅当场。

第三十六章　中计

"七哥，你的王妃可不是我带走的，是北齐的二王子拓跋翰把她带到北齐去了！这一切可与我无关，你这离魂剑怕是指错人了！"

"好一个与你无关！刘衡，此时此刻你还要装蒜吗？倘若不是你这逆臣勾结拓跋翰，将他放出天牢，他又怎么会带走我的女人？刘衡啊刘衡，这些年你可真是隐藏得太好了，今日本王才终于看穿你那虚伪造作、恶心至极的真面目，好一个世人口中'温良恭俭让'的汝南王！"

"不错！今日一切的确是我与他早就合谋好的！是我刘衡动用了我的人把他从天牢救出，也是我刘衡和拓跋翰的姐姐盈贵妃商量好，命她千方百计在宫里拖住你，还是我刘衡送了那封告知你有难的信给你的王妃苏湄若送去，没想到你这女人好胆量，竟然真敢独自一人来救你……"

他的话还没说完，刘轩已经一剑刺向他的胸膛，在他胸前狠狠划了一道，刹那间衣衫碎裂鲜血直流，然而刘衡的侍从却不敢上前半步，因为此刻的清河王宛如地狱修罗，浑身上下的杀气震得他们根本挪不开步子，"刘衡，你到底想干什么？我刘轩自认从来没有做过对不起你的事，这么多年我们井水不犯河水，你为什么要这么做？告诉我，这一切到底是为什么？"

刘衡捂住胸口，冷冷地看着他，目光极其怨毒，"为什么？当然是为了让你刘轩痛不欲生！这么多年过去，你刘轩也风光得太久了，这么多年就因为你是当今圣上一母同胞的亲弟弟，所以你就能处处受到优待！凭什么？都是父皇的儿子，我们身上流着相同的血，可为什么我刘衡就偏偏要低你们一等？就因为我生母出身低微而你们的母亲出身高贵，所以你们就能处处压过我、处处高我一等？你告诉我为什么？这又是为什么？"

"就算你想让我痛不欲生，为什么不直接冲着我来！你怎么能用这么卑鄙下作的手段去设计伤害一个弱女子！我告诉你，刘衡，我会去北齐把苏湄若找回来！但凡她要有半点损伤，我必在你身上千倍万倍讨回来！"说完，他又在刘衡的胸口上毫不留情地划了一剑，划完之后收剑入鞘，上马绝尘而去。

此举惊呆众人，没想到这清河王的身手如此之好，动作迅疾如脱兔，令他们难以接招！这和世人传说中的整日只知舞文弄墨、看舞听曲的浪荡公子，实在相差甚远！

"王爷，你怎能就这么让他走了？属下这就去为你报仇！"那黑衣侍从气不过，也想不通为什么王爷不设陷阱对付他。

"不，随他去，反正他永远也不可能追回他的王妃了，一想到这里本王就甚是解气！比起让他刘轩痛不欲生，这两剑又算得了什么？"刘衡笑得放纵，这让黑衣侍从十分不解。

当苏湄若醒来的时候，发现她正在一辆马车上。奇怪，为什么她的头躺在一个软软的东西上面，恍惚之际她还以为回到了她熟悉的那个21世纪，回到了寝室睡在了她最喜欢的那个枕头上！可她伸手一摸才惊觉，那根本不是枕头，而是一个男人的腿！

她抬头一看，"啊"的一声尖叫了出来！这个男人不是别人，就是在她晕倒之前那个口口声声说要带她回北齐的拓跋翰！方才在梦里她分明梦到刘轩赶来救走了她，可梦醒之后为何此人还阴魂不散？

"苏湄若，你叫什么叫？怎么？本王子是老虎会吃了你，还是什么妖魔鬼怪会害你不成？"拓跋翰像盯着猎物一样盯着她，十分不满她的大呼小叫。

"拓跋翰，我怎么会在这里！你要带我去哪里？你到底要干什么？"苏湄若一边开口，一边在不动声色间站起，尽可能地离他远一点，她坐到了他的对面。

"我不想干什么，我只不过是想把你带回北齐而已！"拓跋翰说得轻飘飘，可听在苏湄若的耳朵里面，却犹如晴天霹雳。

"拓跋翰，我已经说过了，你贵为北齐王子，要什么样的女人没有！

再说你长得风流倜傥、英俊潇洒，想嫁给你的女子估计都能排成好几条长队！你何必非要看上我呢？再说我已经嫁做人妻，这天下哪有再娶有夫之妇的道理，你说对不对？"苏湄若使出浑身解数来辩驳他。

"苏湄若，你们汉人向来伶牙俐齿，我说不过你，不是你的对手，所以也不跟你废话！不过我还是要再次跟你重复一遍，从小到大没有我拓跋翰想要却得不到的东西！苏湄若，我喜欢你，我就是要让你跟我回北齐，不管你愿不愿意，你都得乖乖地跟我回去！现在，你听清楚了吗？"说完，拓跋翰一把将她拉入怀中，俯身，他把嘴唇对准她的额头，准备落下深深一吻。

"拓跋翰，你简直混蛋！"苏湄若说完，伸手一个巴掌打在了拓跋翰的脸上。

这一巴掌她用尽了全力，声音响脆，震惊了马车外的随从和侍女，这女人可真是胆大包天，竟敢打他们千金之躯的王子！看来这女人是不要命了！

拓跋翰对她的这个举动感到一惊，这女人果然不一般！"苏湄若，从来没有一个女人敢动手打我！没想到你这外表像是美人灯，仿佛风一吹就能把你刮走，原来你表里不一，竟然是个烈性女子！真不错，本王子最喜欢像你这种辣椒一样的艳烈美人了！此时此刻，你可真是叫我拓跋翰爱不释手！"

"所以王子最好还是不要轻举妄动，否则我还是会打你的！"

"我劝你还是省省力气！要是换作别人刚才敢那样打我，恐怕此刻早就人头落地了！"

第三十七章　湄湄

说到这里，拓跋翰停住了，他一晃身子坐到了苏湄若的旁边，继续悠悠开口，"你现在之所以还能在本王子面前放肆，只不过是因为我不舍得摘了你这颗美丽的脑袋罢了！但是，苏湄若，我警告你，你若是再敢这么肆意妄为的话，我保证会掐断你的小脖子！不信，你可以试试看！"

拓跋翰怎么都不会想到他刚刚说完这话，他身旁的这个女子会号啕大哭起来，那哭声犹如一个婴儿刚刚降生在这个世界上，所以哭得那样让人揪心！对于这样的哭声，拓跋翰瞬间慌了阵脚，他感到束手无策，"苏湄若，你干吗？你有什么可哭的？我拓跋翰一没打你二没骂你，再说刚才明明就是我被你打了个巴掌，要哭也是我哭！"

没想到他不说还好，一说苏湄若哭得更厉害了，"我不过是想试试王子，王子竟然就说要掐断我的脖子，我怎么能不哭？王子说多么喜欢我，可是我不过就这么试试你，你竟然就要杀我！你的喜欢太经不起推敲了，我可承受不起！"

"你这傻瓜早说不就好了吗？你也知道我不过是吓唬你的，我费尽心思要把你带回北齐，怎么舍得杀你？我怎么忍心掐断你的脖子？好了好了，别哭了！"拓跋翰趁机将她一把抱在了怀里，掏出怀中锦帕为她细细擦去脸上的泪水。

苏湄若虽然表面上还在抽泣，可这心里早就乐开了花，为自己的"诡计"得逞而开心！果然，很多时候，女人的泪水比一切话语都有用，看来她眼前的这个男人是典型吃软不吃硬的男人，既然这样，那她只管对症下药。

夜幕降临，皓月当空，不知不觉间苏湄若竟然在拓跋翰的怀里睡了一个下午，等她再次醒来的时候，已经是晚上了，星光璀璨，闪了她的双眸，可惜这样好的星光和这样美的月色，她竟然不能和刘轩同赏！

拓跋翰命人准备晚餐，原来他们已经来到了长安郊外，迷人的夜色下，拓跋翰命人准备的野味烧烤也在晚风中显得格外迷人！

看到这些野味烧烤，苏湄若的记忆被深深触痛了！几个月以前，相似的地方，相似的夜晚，相似的烧烤，可是她身边的那个人现在在哪里？在她的记忆中，她从未吃过比那一晚更好吃的烧烤。

一想到这里，她的心就开始隐隐作痛！刘轩，刘轩，你到底在哪里？快来救我，我不要去北齐，我一点儿也不想去！我想回到南楚，我想每天和你弹琴、品茶、闻香、听雨、望月、赏花、寻幽！

想到这里，苏湄若的泪水再也藏不住了，"嘀嗒嘀嗒"如三月江南落不尽的春雨，面对她这副梨花带雨、无限凄婉的样子，拓跋翰摇头叹息，"苏湄若，你好端端的，怎么又哭了？实话告诉你吧，我拓跋翰天不怕地不怕，就怕女人哭，你到底想干什么？"

"都是这个烟太大了熏到我了，所以我眼中的泪水才止不住了。"苏湄若仔细想想，只有这个理由最适合解释她此刻的哭泣，说完故意用左手捂住鼻子，而右手则不停地在空中摇摆。

拓跋翰立马将她打横抱起，抱到离烧烤处足有二十米远，把她放下以后没好气地说，"那你早说不就好了，又哭什么呢？这有什么好哭的？真是不懂你们女人，遇上一点事情就哭鼻子！"

"王子，属下已经将野味烤好了，您快趁热吃吧。"两个胡人装扮、身形高挑的女子不知什么时候走了上来。

"好，给我吧。"拓跋翰双手接了过来，不过他并没有自己先吃，而是将它们捧到了苏湄若的面前，挑眉一笑，"来，吃吧。"

眼前的野味虽然满是诱人的香味，可不知为何，苏湄若并不想吃。因为，她终究还是触景生情，想到昔日刘轩也递给过她这样的野味。相同的动作，一样的夜晚，却物是人非事事休，欲语泪先流！

就在她沉湎过去回忆往事之时，身边的拓跋翰怒了，语调冰冷，仿佛完全变了一个人，他一把将苏湄若拉进怀里，动作粗暴，丝毫不见刚才的温柔,"怎么?苏湄若,你迟迟不吃,是怕我下毒?你大可放心,我费尽心思要把你带回北齐,可舍不得就这样下毒害死你!"

"不,不是!我只是想到了一些事情。"苏湄若犹如大梦初醒,回过神来接过拓跋翰递给她的野味,狼吞虎咽地吃了起来。

毕竟大半天没有进食,再加上一路颠簸,苏湄若的胃早已饿得空空如也,所以这一刻,她不顾形象地吃了起来。拓跋翰刚才的怒意此刻一扫而空,"没想到,南楚的清河王妃吃起东西来竟是这样狼吞虎咽,与你这仙子模样的外表实在是大相径庭!本王子很好奇,你是饿坏了还是一贯如此?若是饿坏了那情有可原,可要是一贯如此,那可真叫本王子害怕!"

"这一切都是拜你所赐!若不是拓跋王子非要把我带到北齐去,害我今日大半天没有进食,我又怎会像现在这样狼吞虎咽?"苏湄若津津有味地吃着野味,慢条斯理地回答他的问题。

"苏湄若,你的小名叫什么?"拓跋翰并没有接话,只是换了一个话题。

听到他问她的小名,苏湄若不解,但想了想还是告诉了他,"我家人都叫我湄湄。"这一刻,苏湄若突然再也吃不下去了,她想起了21世纪的爸爸妈妈。

"那从今以后,我就叫你湄湄好不好?"拓跋翰的声音像春风,像清晨的露珠,也像山顶上的云雾一般缥缈又轻柔。

第三十八章　身陷囹圄

听到拓跋翰叫的这声"湄湄",苏湄若陷入了回忆。她是家里的独生女,从小她就是被爸爸妈妈精心呵护捧在手心里的小公主。爸爸妈妈一直叫她"湄湄",总是对她说:

"湄湄,你要好好练琴啊!"

"湄湄,你是爸妈眼中的骄傲啊!"

"湄湄,爸爸妈妈最大的心愿,就是希望你以后能嫁给一个像爸爸妈妈一样宝贝你的人,这样我们也能放心了!"

……

那一声声"湄湄",让她忆起了她如梦的往昔,只可惜,她再也回不去了。她这辈子,只能在梦里回去,只有在梦中,一切如旧,也只有在梦里,她会和大学室友一起穿着汉服去踏青,兴尽之时开始弹古琴,无忧无虑。然而她忘了,好梦最易醒,每每梦醒她才惊觉,自己已是一个天涯沦落人,早已和前尘作别,无端穿越来到这个不知今夕何夕的时代,经历那些无法预料、不为人知的风云激荡……

"湄湄,你在想什么?怎么半天没有反应?"寂然之时,一语入耳。

"我在想,王子为什么不吃,为什么就我一个人在吃?"苏湄若收回无边无际的情绪,她刻意一问,扭转话题。

"湄湄,看你吃我会觉得更好吃。我们北齐在是马背上得来的天下,常年在马背上狩猎,对于这些野味早已没有新鲜感了,所以,你只管吃吧。"

"湄湄,你跟我去了北齐后,这些东西你经常能吃到,而我北齐御厨精心烹调的自然是比你现在所吃的要美味千百倍!"

"湄湄,你知道吗?我们北齐的风光丝毫不逊于南楚,你们南楚有秀丽清婉的江南山水，可是却没有壮阔的西域风光，而这些我北齐都有，所以湄湄，我笃定你一定会爱上北齐的！"

拓跋翰一口一个"湄湄"叫得十分顺口亲热，听到苏湄若的耳中却始终觉得有些奇怪和别扭。不管这个拓跋翰到底是不是真的喜欢她，她都不想留在北齐，她从来没有想过要和拓跋翰在一起！

她知道，有那么一个人一定会来救她，会为她穿越千山万水，会穿破重重阻碍，会排除千难万险，不顾北齐的狂风暴沙，一定会来到她的身边，把她救走！这个人是刘轩，天下虽大，然而能来救走她的，也只会是他！

对于身边的这个异族男子，苏湄若对他始终还是有几分害怕，那是从心底蔓延而出的害怕！因为眼前之人神通广大到从层层重兵把守的南楚天牢里逃出，他又怎么会是一个简单的人呢？所以，就算他拓跋翰把她的小名叫得再自然亲近，苏湄若对他始终心存戒备！

此刻的拓跋翰分明感受到她眼中的戒备之意，他起身负手而立，居高临下地看着他，目光渐渐变冷，"苏湄若，我知道你怕我，你放心，只要你不想着逃跑，我是不会伤害你的！你快吃吧，吃完我们还要继续赶路。"说完他就拂袖离去，那一拂袖却满是怎么都掩藏不了的怒意。

苏湄若一个人待在原地，仔细回味他说过的话，只要她不跑，他就不会伤害她，可如果她跑了呢？这一刻，苏湄若感到前所未有的懊丧，如果她从小学的不是古琴，而是武术该多好啊，她空弹得一手好琴，在这关键时刻，逃脱不了敌人的魔掌，只能受制于人！她真想仰天长叹一声，呜呼！何其悲哉！

"苏姑娘，我们王子是真心喜欢你，我们服侍他这么多年，从来没有见他对哪一个女子这样上心过，你不要辜负他，不要再惹王子生气了！"

"是啊苏姑娘，王子对你已经相当容忍了，不说别的，单凭你今日下午在马车上打了他一巴掌，换作别人的话，按他的脾气，早就把那个人碎尸万段了！可是对于你，他却一个手指头都没有动！所以，你不要再挑战王子的底线了！"

两道女声响起在苏湄若的耳畔,她转头一看,原来是拓跋翰的两个贴身侍女在和她说话,她们两人一唱一和,王子长王子短,几乎要把她们的王子拓跋翰夸到天上去了!

这一刻,苏湄若忽然有些恍惚,的确如她们所说,她今天下午动手打他了,但是他既没还手也没骂她,看来他对她还是有几分喜欢的吧。如果不是真心喜欢,堂堂一个北齐王子,又岂会容忍一个女子这样大胆放肆?

可纵然如此,她还是不会喜欢他,她依然不能原谅他因为一己之私就这样把她骗去汝南王府,霸道地打晕她要让她跟他去北齐!她从来都没有见过他,是他硬生生打破了她原本幸福美满的生活!

一想到这里,苏湄若没好气地瞪着两个侍女,愤愤道:"就是你们口中的这个王子,打破了我本来美好的生活,非得让我和他去北齐,简直是不可理喻!我今天下午打他那一巴掌还算轻的!"

"你!你这女人真是不识好歹!"其中一个白衣侍女不可置信地看着她,愤然站起,冷哼一声就走了。

另一个侍女也瞬间爆炸,跳起用手怒指着她,"你!你最好保佑你自己,否则你再惹怒王子的话,你肯定吃不了兜着走!"

反正刘轩一定会来救她,在那之前她努力不惹怒拓跋翰不就安然无恙了吗?

想到刘轩,她感到迷迷糊糊,竟然原地躺下了,夜风虽然冰冷刺骨,可此刻的她却困意满满,终于,她撑不住了,就这样席地而卧,真正以天为盖地为庐,拥今夜漫天星光与醉人月色一同入眠!

"湄湄,你是不是疯了?你不怕着凉冻坏吗?"拓跋翰焦急的声音传来。

苏湄若不记得后来他说什么了,只感觉跌入了一个踏实温暖的怀抱,那怀抱,像极了刘轩,是刘轩吗?他终于来了吗?

第三十九章　来者不善

对于这北齐王室，以前苏湄若倒是听刘轩提起过。

如今这天下四分大势，东秦，北齐，南楚，西梁，四分天下。而在这四国之中，南楚和北齐的国力是最强的。剩余的两国，东秦依附于北齐，而西梁则依附于南楚。

多年以来，四国一直保持着井水不犯河水的状态，然而和平总是会被打破。

就在半年前，北齐不断地挑衅南楚边境，到后来竟然发兵攻打！此举惹怒了南楚的皇帝刘熙，他立马派神威大将军苏子睿前去迎敌！

因为北齐二王子拓跋翰战略失误，最后被苏子睿生擒，一路被押解到南楚的天牢！也是刘轩告诉苏湄若，本来刘熙打算用拓跋翰来要挟北齐之主拓跋威，命他有生之年不得再向南楚起战火。

可惜，南楚的汝南王刘衡早已和拓跋翰暗中勾结，所以他成功逃脱了天牢的重重防守，竟然要重回北齐了！

不过这北齐王室内斗不止，北齐之主拓跋威生有二子，长子名叫拓跋琮，苏湄若记得刘轩不止一次地说过，拓跋琮此人有勇无谋，只是一个匹夫，论起心机谋略远不如他的弟弟拓跋翰！

虽然拓跋威还没有册立太子，但是北齐的明眼人都明白，这未来承继大统的非拓跋威的第二个儿子拓跋翰莫属！所以，拓跋翰的这位亲哥哥整日如坐针毡，时时刻刻针对拓跋翰，时时刻刻不忘置他于死地！他本以为这次拓跋翰被南楚的神威大将军苏子睿生擒，此生必定再无重返北齐王室的可能，万万没想到，拓跋翰竟然平安归来了，并且还带着一个绝色美人。

拓跋翰告诉苏湄若，大概再过三日，他们就能平安抵达北齐王城了。

这一路上，令苏湄若没有想到的是，拓跋翰没有对她做出过分的举动，平日里他虽然霸道地强迫苏湄若必须坐在他的边上，却始终没有对她作出非分之举。对于这一点，苏湄若感到十分欣慰，看来拓跋翰此人倒还算是个君子，并不是小人。

平时他们身处一辆马车上，拓跋翰总是看兵书。而苏湄若在他旁边静静地坐着陪他一起看兵书。苏湄若从小就喜欢看书，对于未知的事物又有着天生的好奇，所以她看到这个她看不懂的兵书时，自然是费尽心思想看懂！

"拓跋王子，为什么这上面的字我一个也不认识啊？这写的都是什么呀？"苏湄若按捺不住心中的好奇，还是问了出来。

"湄湄，这是我们北齐的文字，你是南楚人，自然是看不懂的。不过没关系，现在我一个个教你，你那么聪明，自然一学就会。"拓跋翰看她这托腮好奇的样子，忍不住伸手去抚摸她的脸颊。

拓跋翰的手刚刚一碰到，苏湄若就不动声色地避开了。她还是不能接受，除了刘轩以外的男人碰她的脸颊，哪怕一秒钟也不行！

拓跋翰冷哼一声，倏地一把握住她的下巴，指上一分分加力，语调亦如指上力道，"苏湄若，总有一日，我会让你心甘情愿地投怀送抱！"

苏湄若故作听不懂，长叹一声，"那也要看王子你等不等得到这一天了！"

"你别想激怒我，我不会轻易上你的当！好了，我教你认北齐字吧。"拓跋翰恢复如常。

这一刻的拓跋翰完全像换了一个人一样，变得极为耐心，告诉她这个字是什么，那个字是什么，教完以后还总会考考她。

苏湄若从六岁开始就学古琴，记忆力非常好，看书也几乎过目不忘，所以拓跋翰一教完她就立刻掌握了，自然，每次她都能成功回答出他的问题。

拓跋翰没有想到，她竟然如此聪慧，超出他的预料。不过，他在心底也更加笃定，这个人就是他一直以来在等的那个人！

不知不觉间，三天时间一晃而过，拓跋翰与苏湄若到了北齐，苏湄若的心底却倍感焦灼，她一直在祈愿，刘轩能尽快来救她。

　　北齐的风光与南楚截然不同，南楚是柔蓝烟绿、疏雨桃花，而这里却是黄沙漫天、一望无际。这里是阳关古道，是西出阳关无故人的所在。

　　"湄湄，走，我现在带你去拜见父王，抓紧我的手，不要害怕，父王一定会喜欢你的。"不知何时，拓跋翰已经紧紧抓住了苏湄若的手，牵着她一步一步往眼前的巍峨高殿里走去。

　　"二弟，一月前你被南楚的神威大将军苏子睿当场抓获，一路押解回南楚，怎么如今还带回了一个绝色佳人？我看你根本没被抓去天牢，反而是去逍遥快活了吧！"突然，一道讽刺的男声响起。

　　苏湄若打量着说这话的人，只见此人与拓跋翰面容虽有几分相似，不过气度跟这拓跋翰相差太远。看来这个人就是刘轩口中有勇无谋的北齐大王子拓跋琮。

　　"一别一月，大哥，别来无恙！我在南楚经历的一切自会和父王禀明，无须大哥操心！"拓跋翰看也不看他这位大哥，也不理会他这大哥的挑衅，带着苏湄若抬脚就走。

　　"站住！二弟，你这话说的就不对了吧，什么叫作不劳我操心！我劝你要有自知之明，一月前你逞能带兵与苏子睿交战，被他当场擒获，一路押解回南楚天牢，这可是让我们北齐丢尽了颜面！父王就算再偏爱你这个嫡子，这一次，也定会重重治你的罪！所以，就算你平安回来又怎么样，你依然逃脱不了被他治罪的命运！大哥劝你，等会儿见了父王，还是自求多福吧，别怪我这个做哥哥的没有提醒你！"拓跋琮的语气器张跋扈。

　　这一次，别说是拓跋翰，就连苏湄若都听不过去了，苏湄若用充满鄙夷的眼光注视着拓跋琮。

　　那拓跋琮似乎不敢相信，这个女子竟然敢这样看他，他伸手怒指她，"别以为你长了一张天仙一样的脸就可以这样放肆地看本王子，你再敢用这种目光看我，信不信我……"

第四十章　为爱痴狂

拓跋琮一语未毕，怒指苏湄若的那只手已被拓跋翰高高举起，"大哥，我警告你，这个女子不是别人，她可是我拓跋翰放在心尖上的人！所以，你要是敢碰她一根手指头，我一定百倍奉还！大哥是从小看我长大的，应该知道我拓跋翰从来说得出，做得到！"说完，拓跋翰终于放开了他的手。

拓跋琮哪里是拓跋翰的对手？拓跋翰这看似轻轻的一放，他差点被摔个四脚朝天，他怒视着拓跋翰，"二弟，你不要太得意了，你这次战场失利被押回南楚丢尽了我北齐的颜面，父王不会放过你的！你好自为之吧！"

"大哥，就算我拓跋翰一月前因为战略失策不敌苏子睿，被他一路押回南楚，可是你别忘了两点：第一，我如今已经平安归来！第二，一个月前听闻是南楚赫赫有名的战神苏子睿率军来犯，你当场吓得都不敢出声！我没记错的话，当时父王好像还罚你在金銮殿前跪了整整一日吧！还记得父王说你是什么吗？他说你简直就是个窝囊废，简直玷污了拓跋这个姓氏！怎么？难道这一切你都忘了吗？"

果然，拓跋翰一说完，拓跋琮脸色大变，他咬牙切齿，"拓跋翰，你不要欺人太甚！再怎么说我也是你的长兄，你竟敢这样以下犯上！若不是父王急召你，我今日非要好好教训你一番不可！"

"那也要看你有没有这个本事！"拓跋翰说完便看向苏湄若，对她温柔一笑，"走吧，湄湄，我们别理这个疯子。"

这句"疯子"似乎彻底惹怒了拓跋琮，此时此刻的他根本不像一个北齐的王子，反而像一个市井泼妇，大喊大叫，"拓跋翰，你给我站住说清楚！谁是疯子！"苏湄若听了觉得甚是好笑，难怪刘轩不止一次地感叹拓跋琮其人不是拓跋翰的对手，这两兄弟必定不是一个母亲所生，真是天壤之别！

一想到这里，苏湄若"扑哧"笑出声来，拓跋翰看到她这个笑容清雅绝伦，不由心中一动，"湄湄，你笑什么？有什么好笑的？说出来让我也笑笑！"

"我在笑，为什么你那哥哥与你的差别会如此之大，你们兄弟二人为何会相差这么多？"

"拓跋琮？他算我哪门子兄弟！他不过是一个摆夷贱奴所生，而我是父王的正宫所出，我是嫡子！所以你记住，拓跋琮从来都不是我的兄弟，我和他身上流着不一样的血液！"拓跋翰此刻的语调如碎雪寒冰，冷冷飘来，让苏湄若的心不由得一惊。

看来古人，尤其是皇室中人真的十分重视自己的出身，苏湄若听了他这话也不知道该作何回答，于是选择了垂首不语。

两人一路上久久不语，只是拓跋翰的手一直紧紧握住苏湄若，从未松开分毫。苏湄若恍若未觉，只是细细打量着这北齐的宫殿。比起南楚，这北齐的宫殿也毫不逊色。不知道为什么，此刻的苏湄若竟然产生了一种错觉，她觉得眼前北齐的重重殿宇，与南楚相比竟然有过之而无不及，甚至在这一望无际的辽阔风光下，更显得巍峨挺拔，直入云霄！

不过她分神的一刹那，拓跋翰已带她来到了金銮殿。

金銮殿中，那北齐之主拓跋威并没有着朝服，只是穿了一身家常的便服，这一刻的他，仿佛不是那高高在上的北齐之王，而只不过是一个在等久别的儿子归家的父亲！

"参见父王，儿臣已平安归来，请父王放心！"拓跋翰拉着苏湄若一同上前跪地行礼。

"平安回来就好，我儿快快请起！"拓跋威开口了，声音中带着疲惫与沧桑。

"谢父王。儿臣一月前因为战术失策一时大意，低估了南楚的苏子睿，所以才被他所擒，一路押回南楚，不过父王放心，若他再犯北齐，儿臣已想好了御敌之计，所以父王不必忧虑！"

"好，你刚刚回来先好好休息吧，这些事日后再说。翰儿，你身边的这位姑娘是……"

"父王，他是儿臣的心仪之人，恳请父王为我们赐婚！"拓跋翰一说完，立马拉住苏湄若一同跪下叩头。

此刻的苏湄若犹如被烈火焚身，看来这人真的疯了！

"翰儿，朕看这位姑娘长得眉清目秀，这婉约清雅的气质不像是我北齐女子！不知这位姑娘是哪里人？"拓跋威看向苏湄若，似笑非笑。

"父王慧眼如炬，儿臣也不敢欺瞒父王，她的确不是我北齐人，她是南楚人，可是父王，她虽是南楚人，却是儿臣这么多年真正的心仪之人，所以还请父王恩准！"

"真是胡闹！翰儿，你是糊涂了不成！你是我拓跋威唯一的嫡子，你要娶的王妃必须是我北齐名门望族之女，所以，朕绝不答应！"拓跋威猛地站了起来，生气地一拂袖。

苏湄若抬头看向这北齐之主拓跋威，只见此人身材傲岸，虽然两鬓头发早已斑白如雪，可是那精气神却还在，如傲立雪中的苍松。

"不！父王，儿臣心意已决，恳请父皇恩准！"拓跋翰说完重重地磕了一个头，这一刻的苏湄若感到恍惚，眼前之人怕真是疯了不成，竟然敢这样冒犯他的父王！

"好了翰儿，你刚从南楚回来，先去歇着吧，这件事日后再议！你带这位姑娘退下吧！"拓跋威的声音突然有些疲惫，看着他的这个儿子觉得从来没有这么陌生过，第一次，他敢如此忤逆他！

"多谢父王，儿臣告退！"拓跋翰说完带着苏湄若起身离去。

一出金銮殿，拓跋翰开始叹气，如钱塘八月海潮久久不息。

苏湄若甚是不解，奇道："王子为何要叹气？"

"湄湄，你知道吗？我突然好恨我这个身份，从来没有像现在这么恨过！若不是我的身份，我又何必要这样征询父王的意见？大可直接娶你拜天地……"

第四十一章　最毒妇人心

拓跋翰还没说完，苏湄若故意咳嗽打断他的话，不过听在拓跋翰的耳朵里，却以为是她受了风寒，他连忙为她轻拍后背，声音焦急，"湄湄，你这是怎么了？"

"我没事，王子不用担心。"

"湄湄，你放心，我一定会说服父王的，我一定能娶你为妻！"

苏湄若只当作没听到。

北齐，琮王府。

拓跋琮正在大发雷霆，众人跪了一地，纷纷磕头，"王子息怒，王子息怒啊！若是王子因为二王子那两句话就气坏了身子可真是太不值当了！"

"息怒？你们说得倒是轻巧！一个月不见，这个拓跋翰他真是要反了！他竟敢说我是疯子，父王这还没立他为太子呢，要是立他为太子了，那他岂不是要把本王子给吃了？不行，我拓跋琮绝不能再这么坐以待毙了！"

"大王子，你先喝口茶歇歇，莫要再生气了！你要对付二王子，有的是机会啊！不必心急！"一个白衣胜雪的女子坐到了拓跋琮的身边，为他奉上了一盏茶，然后为他轻轻按摩。

"不知雪儿有什么策略？"拓跋琮喝了她奉上的茶，听到她的声音，积压在心头满腔的怒火顿时消了大半，这个女子总是有这样的魔力，往往三言两语就能控制住他的怒火，也许前世她便是他的克星吧。

"王子请想，纵然拓跋翰文韬武略样样精湛，可只要是人，那就必定有弱点，既然你要对付他，那你只要找到他的弱点然后对症布局，一切不就成了吗？"那白衣女子在他身旁巧笑倩兮地说。

"雪儿果然聪慧！不知你是否已经有了好计划呢？"拓跋琮一把将她拉入怀中。

"依雪儿所看，此事很简单，王子方才不是说那拓跋翰带回了一个女子吗？那我们只要从这女子身上下手，一切事情不就变得很简单了吗？王子一想便知，拓跋翰能够在那种自身都难保的情况下把一个女子千里迢迢从南楚带回北齐，仅凭这一点，就足以证明这女子是他心尖上的人！"

"妙！真是妙啊！不过雪儿，那女子的身份可不一般，我已经派人调查过了，那女子是南楚鼎鼎有名的清河王的王妃苏湄若。所以要想动她的话，恐怕还得从长计议，你我必定要好好筹备一番，毕竟这清河王刘轩可不是好惹的，何况如今二弟又把她给带到北齐来了。"拓跋琮凝神思索。

"王子你说什么？拓跋翰带来的女子是苏湄若？王子方才所言，可是真的？你派出的人调查的身份确定不会有错？"一听到这里，这白衣胜雪的女子，似乎完全没有了刚才的镇定，反而急得像热锅上的蚂蚁团团乱转。

拓跋琮自与她相识以来，从未见过她这副模样，他不解，"雪儿，你这是怎么了？你为什么听到这个名字，神情如此紧张？你难道认识苏湄若吗？"

"岂止是认识，我当时之所以会那样狼狈地到北齐，完全就是拜这个女人所赐！事到如今，我也不瞒王子了，苏湄若不是别人，她是与我同父异母的长姐，我与她都是南楚神威大将军苏子睿的女儿！"苏湄雪闭眼，长长呼出一口气，这么久以来，她终于有了一个机会说出自己的身世，她终于可以告诉眼前之人她到底是谁，终于可以做回"苏湄雪"！

"什么？为何我从未听你说起过！你竟然就是神威大将军苏子睿的二女儿苏湄雪！"这一刻拓跋琮惊诧到了极点。

他万万没有想到，眼前这个女子竟然是南楚鼎鼎大名的战神将军苏子睿的女儿！

直到今日，他依然还清楚地记得他们初见时的样子。

因为地理位置的原因，北齐常年风雪不断，他记得那日他去山上打猎，归途之中看到了她，她单薄的身姿早就淹没在风雪之中，浑身上下早已冻僵，若不是她看向他的眼神如火苗跳跃，他会以为她已经死了！

她的眼睛很漂亮，明亮的眼神更是犹如一道光照进了他的内心深处，他没有犹豫，不顾属下的再三阻挠，坚持将她带回了王府。

那时他一边亲手喂她喝粥，一边问她，"你叫什么名字？"

她的目光怯怯，垂首低语，"我叫雪儿。"

从那以后，他就把她留在了府里，慢慢地，他发现自己在不知不觉间竟然喜欢上了她！他们北齐男儿向来豪迈直接，从来不遮掩自己的喜好，于是他进宫向他的父王提议，请求册封她为侧妃，他父王拗不过他，只好答应了他。

就这样，雪儿以侧妃的身份一直陪伴在他左右。对于她的身世，他也曾问起，然而那时她的回答却是"从前之事，我早已忘记！昨日种种，皆已化作前尘，烟消云散！如今，我既然嫁给了王子，自然和你好好过日子最重要"。

那时他听了她的回答甚是开怀，所以，他没有再三追问她的身世！

可无论如何，他都不会料到，原来她竟有那样的前尘！

"王子，我有一个妙计，保证既能为你除了苏湄若，又能让拓跋翰伤心欲绝，最重要的是还能替你除了清河王！王子，你想不想听听我的妙计？"苏湄雪的声音如夏日的焦雷，"轰隆"一声炸裂拓跋琮的思绪。

"这样说来此计可以做到一箭三雕！既然如此，我自然洗耳恭听！雪儿直说便是！"听到苏湄雪这样说，拓跋琮十分兴奋。

"非常简单，只要王子即刻千里修书一封给刘轩，说苏湄若在你的手上，如果要救她，必须一个人前来，否则她必死无疑！我了解刘轩，他一定会为苏湄若孤身犯险而来，到时候，王子布下天罗地网，纵然他武艺惊世，又怎么能逃出王子提前精心策划好的危局呢？到时候，他与苏湄若共赴黄泉，拓跋翰自然会因为苏湄若之死而痛不欲生，而你除掉南楚的清河王，如此一来，父王必定对你赞赏有加！"

第四十二章　雪上加霜

听了苏湄雪的建议，拓跋琮喜不自胜，来回踱步，看向苏湄雪的眼神充满了欣赏，直到这一刻，他才知道身边这女人到底有多厉害！

"雪儿，你可真是人如其名冰雪聪明！你真是我拓跋琮的大福星啊！你放心，我立刻修书一封派人送给刘轩！如此一来，一箭三雕！既除了南楚的心腹大患刘轩，又能让我那痴情的二弟痛不欲生，还能替你除掉你讨厌的苏湄若！真是妙计，高招！"拓跋琮说了一半，看向苏湄雪，目光带着可惜，"雪儿你若是男儿身，必能成就一番伟业！可惜啊，你是女儿身！"

"不，雪儿不觉得可惜！雪儿只愿能帮王子成功坐上那个位置，然后和王子一起俯瞰北齐江山就心满意足了！"苏湄雪轻轻环住拓跋琮的腰际，一抹笑意浮上芙蓉面庞。

"会的，雪儿智谋过人，我们就坐等俯瞰北齐江山的那一日吧！"拓跋琮一把将她带入怀中，深情地吻了下去。

当刘轩收到那封信的时候，他正准备带心腹去北齐。

那封信上写着一行字，字虽不多，可每一个字都深深刺痛他的心："刘轩，若要救你的王妃，孤身一人前来北齐，否则，你就等着为她收尸吧！"

他把这封信捏成一团，丢到院中，不想丢到了正闻讯赶来的风驰、电掣的手上。两人看他这满腹盛怒的样子，心中已猜了大半，捡起那团信件一看，脸色大变，一脸迷惑，双双跪地，抱拳恳求，风驰道："王爷，你千万不可去！这封信来路不明，根本就是北齐王室的阴谋诡计！无论是野心勃勃的拓跋威还是他那两个儿子，都一心想要你的命！"

电掣道："是啊，王爷，你千万要冷静！就算要救王妃，此事也得从长计议！"

"不！本王已经等不了了，一刻都等不了了！本王要单枪匹马，救回王妃！"刘轩坚决摇头。

风驰道："王爷，就算你要去，你也应该立刻进宫向皇上禀明此事，让他征派数万大军给你，然后你再去北齐命他们交出王妃！"

电掣道："是啊王爷，你绝对不能就这么如他们所愿，一个人单枪匹马救王妃！王爷，你比谁都清楚，这次来带走王妃的是北齐的二王子拓跋翰，其人勇猛善战，文韬武略样样拿得出手，他绝不是一个可以小觑的泛泛等闲之辈！所以王爷真要救王妃的话，必须要做好万全的准备才能去，绝不可如此草率前去！"

"来不及了，风驰、电掣，你们不必再说了！本王心意已决，今日便出发。"风驰、电掣劝说的间隙，刘轩早已将离魂剑取来，挂在腰间，身上衣着也从翩翩白衣变成了一身黑衣劲装。

"属下自知难以说服王爷！既然如此，恳请王爷无论如何也要带上属下二人前去北齐。"风驰、电掣头一次看见他们的王爷如此执着，也深知他们的王爷对于王妃的情感不同寻常，知道无论再费多少唇舌，也阻拦不了王爷的决心，所以只能提出这个请求。

"好！你二人赶快收拾一番，收拾好以后即刻和本王一同去北齐，救回王妃！"这一刻，刘轩被这两位属下深深打动了，此时此刻，他根本拒绝不了他们，那个"不"字怎么也说不出口。

苏湄若自从和拓跋翰回到北齐以后，拓跋翰就一直把她安排在自己王府的后院。那后院中，拓跋翰早就有准备，把所住的屋子布置得颇具南楚风情。贵妃榻、琉璃宫灯、黄叶梨花木桌、琴棋书画、瓶花香炉……一切布置，让苏湄若总是产生恍惚的错觉，似乎她现在还在清河王府，还和刘轩每日一起过着逍遥自在的神仙日子。只是，每每回过神来，不过徒增几分怅然罢了。

"湄湄,今日父王召我进宫说有要事相商,我得进宫去了,今日不能陪你了。但你放心,我会尽快赶回来的!"拓跋翰摸摸苏湄若的耳垂,语调轻柔,如窗外浮云悠悠。

"好的,你去吧。"苏湄若依然对他不冷不热,而拓跋翰很明显已经习惯了,也不说什么就走了。

然而,拓跋翰走了不到一盏茶的时间,王府便出现了一个不速之客!这个人,苏湄若本以为她这辈子都不会再见到,竟然到了北齐还能见到!每次这个人一出现,准没有好事,这一次同样也不例外!

来人姿容未变,身形未变,气质也未变,只是,她眸中神色却比从前更冷了,寒冷如冰,自然,她整个人也更像她的名字了,果然是冷如雪!

来人,不是别人,正是苏湄雪!

"哟,姐姐,妹妹不得不承认,你可真是好手段啊!在南楚的时候,哄得清河王对你百般宠爱,怎么现在到了北齐竟然也能哄得拓跋翰对你百依百顺啊?妹妹真是不解,你到底是有什么绝招?为何我从前在家中从未发觉!难道就因为你这张天仙一样的脸吗?"苏湄雪明显来者不善,她带了一堆侍女而来!

那些人看向苏湄若的眼光更是虎视眈眈,对于苏湄雪的到来,苏湄若心里一惊,然而脸上却不露痕迹,语调不慌不忙,"承蒙夸奖,彼此彼此!二妹不也是好手段吗?皇上下令把你和刘渊贬为庶人,永世不得回南楚,怎么妹妹如今却到北齐来了?"

第四十三章　自作自受

苏湄雪走近了一步,看向苏湄若的眼神带着无限怨毒,"不妨告诉姐姐,我不仅到北齐来了,我现在还是大王子拓跋琮的侧妃!所以,你我二人现在身份有别,你见了我还得行礼!因为这里是北齐,可不是南楚,可不是你清河王府!"

苏湄若看到她这副小人得志的样子,气不打一处来,她冷冷一笑,如冰天雪地中独立的冷梅,"让我向你行礼?苏湄雪,你也配吗?我记得当日你被皇上贬为庶人之前,可是南楚岐山王最心爱的侧妃!怎么才短短数月不见,你竟然一女侍二夫!不过,像你这样的人做出这样的事,仔细想想也没什么好奇怪的。毕竟你苏湄雪可是连谋害亲姐姐这种事都能做得出来的人,所以敢问你还有什么事是做不出来的?"

"苏湄若,你住口!这里是北齐,容不得你撒野,容不得你胡言乱语,更容不得你放肆!你不肯向我行礼是吗?好!那我就偏要让你磕头行大礼!"说完苏湄雪看了看身旁的侍女,那两个侍女立马会意,走到苏湄若的身边,一左一右架住了她,皮笑肉不笑地说道:"苏姑娘,得罪了,我们也是奉命行事啊。"话音刚落,两人就一同把苏湄若按倒在地。

苏湄若拼命挣扎,然而那两人身材较高,她又怎么会是那两个人的对手!

苏湄雪看到苏湄若奋力挣扎的样子,丧心病狂地大笑出声,"苏湄若啊苏湄若,你也有今天啊!从小,你一出生就是嫡女,而我是庶出之女,就因为这个原因,清河王刘轩他注定不会娶我,凭什么?如果不是你,我早就嫁给刘轩了!你知道我爱他多少年了吗?我从十岁那年第一次看到他就爱上了他,我等啊等,盼啊盼,终于等到适婚的年纪!我满怀期待以为他会娶我!"

"可是，他竟然因为在父亲的寿宴上在府内后院听到了你的琴声，便钟情于你，发了疯一样地要娶你！不！我不甘心！我这么多年的等待怎么可以就这样轻易成空？所以，我和母亲合计要在你大婚前夜毒死你！然而，你竟然命大到连西域最烈的毒'曼陀罗'都毒不死你！为什么你在大婚前夜没有被毒死？为什么？"

"苏湄若，你知不知道就是因为你没有死，才如愿嫁给了刘轩！而我苏湄雪，却只能因为庶出的身份嫁给岐山王做他的侧妃！苏湄若，为什么你在中秋夜宴上还是没有被毒死，我们那么精心筹备的计划，却还是没能置你于死地！所以，皇上大怒贬我和刘渊为庶人，永世不得回南楚！这一切都怪你！是你害我一路颠沛流离到北齐！是你害得我今生今世都不得回南楚！是你害得我再也不能见我的母亲！这一切都拜你和刘轩所赐！我不会放过你们的，我先除掉你，再想办法除掉刘轩！"苏湄雪一口气说到此处，整个人早已陷入癫狂的状态。

苏湄若听到她这些近乎疯狂的陈述，闭眼摇头，眼前之人早已为情所困走火入魔了，恐怕今生今世都不能醒过来！

"苏湄若，不过今日你没有这样的好运了！因为我会毁了你这张美若天仙的脸，然后再把你的人头割下来送给刘轩，一想到他那痛哭流涕的表情，我就觉得好解气！让他痛不欲生可比直接杀了他要有意思多了，你说是不是？"苏湄雪的笑声如鬼魅。

"苏湄雪，你简直就是个疯子，不可理喻！你做梦！"苏湄若睁眼，别过头去，冷哼一声。

"怎么？你不相信吗？那你看我敢不敢！"苏湄雪说完，瞬间停住了那疯狂的笑声，从怀中掏出一把匕首，那匕首镂云雕月，堪称一件美观的艺术品，可此刻，在苏湄若看来，却是夺命的利器！

苏湄雪把匕首一点一点地向苏湄若的脸靠近！

"苏湄若，你好好看着！现在我就用它把你这张恍如月下天仙一样美丽的脸蛋，一点一点地毁了……"

然而，她还没说完，她握紧匕首的右手就被一只强有力的手给高高举起，那人仿佛地狱修罗，怒目嗔视着她，盛怒之下，苏湄雪感到这只手有种被捏碎的剧痛，她看向来人，骇得步步后退，"拓跋翰，你干什么？你快放开我！我可是你大哥的侧妃，你竟敢这样对我！"

看到拓跋翰赶来，原本两个一左一右架住苏湄若的妇人，不得不放开退后。她们向来清楚，这个二王子从来都不是好惹的，他更是未来的北齐之主！这一刻，两人都在心里后悔，为什么刚才会听信大王子这个侧妃的鬼话，竟然敢来找这二王子心上人的麻烦！看来这一次，她们是吃不了兜着走了！

"苏湄雪，你以为我不知道你的伎俩吗？你该庆幸，今天本王子及时赶来了，若是你伤了我女人一根汗毛，我保证会在你身上千百倍地讨回！你敢伤她脸一分，我就还你十分！你敢断她一根头发，我就敢断你十根！我拓跋翰向来言出必行，不信你大可试试看！"拓跋翰的眼神和话语都携带着雷霆之怒。

"你的女人？拓跋翰你是不是疯了？她明明就是南楚清河王刘轩的女人！我是你大哥的侧妃，你敢伤我……"苏湄雪还没说完，她"啊"的一声尖叫，凄厉到犹如鬼神附体。

苏湄雪紧紧捂住右脸，苏湄若这才反应过来，原来刚才拓跋翰拿起苏湄雪的那把匕首，在她的右脸上狠狠划了一刀。苏湄雪的芙蓉面庞瞬间鲜血直淋，足以令苏湄雪的玉容从此再也没有颜色！苏湄雪，算是彻底破相了！

"苏湄雪，我拓跋翰平生最恨被人挑衅！要不是看在你是我大哥侧妃的面子上，你以为你现在还能在我面前这样放肆地说话吗？如果是旁人，我早把她碎尸万段了！这一刀，是希望你能长长记性！从今以后，离我和我的女人远一点，否则下次可不是毁你容貌这么简单了，听懂了没？"

第四十四章　胡笳十八拍

苏湄雪怎么都料不到，眼前的这个男子竟然会这样毁了她的容貌！她用手捂住右脸，左手不停地指着他，语气失控，"拓跋翰，你会后悔的！我会叫拓跋琮来找你算账的！"

"那也要看他有没有这个胆量来找我算账！还不赶快滚！难道你左脸还想挨一刀吗？"拓跋翰冷笑。

苏湄雪带人愤愤离去。

突然，拓跋翰好像想到了什么，"站住！"

苏湄雪和一干人被他的杀气所震，只能停住了脚步，脚下似乎有千斤之力，不能提起！

苏湄雪转头冷笑，一字一句咬牙切齿地问："拓跋翰，你还想干什么？"

"你放心，这一次我不找你的麻烦！刚才是谁把苏湄若按在地上的？还不赶快站出来！"

"王……王子，是……是我们两个人。"那两个刚才按住苏湄雪的高大侍女站了出来，这一刻，她们两人没有了方才的嚣张跋扈，早就匍匐在地，不停磕头。

"原来是你们两个人！好！"

"好"字刚落地，拓跋翰已经抽出悬挂在房中的宝剑，唰唰唰几声，手起刀落之间，只在弹指一瞬，两人的双手被他废了！在场之人无不目瞪口呆，都震得不敢说话，看来这一次，他们的二王子拓跋翰真的发怒了！

"刚刚是你们二人用手按住了本王子的女人，那现在我就废了你们这双手，这样也很公平！你们给我听好了，从今以后，不准再踏入我翰王府一步，不准再靠近苏湄若一步，听清楚了没有？"

那两个侍女早就被吓得浑身颤抖不发一言，埋首啜泣，"知道了王子！"

"好，那就赶快滚吧！"

苏湄雪离去之前，狠狠地瞪了拓跋翰一眼，"拓跋翰，你会后悔的，走着瞧吧。"

苏湄雪前脚刚走，拓跋翰就紧紧抱住苏湄若，语调低低，恍如梦呓，"湄湄，你没事吧？"

"我没事，王子放心吧。"苏湄若不懂他为何会有这样的神情。

拓跋翰继续用那种恍如梦呓的声音说道："你没事就好！幸好，我及时赶来了，否则后果会怎么样，我都不敢想象！你知道吗湄湄？我刚刚走出王府的时候，心里就有一种不祥的预感。我的预感告诉我，我绝对不能把你一个人放在王府，万一有人要来害你怎么办？我不在你身边，放眼整个北齐，谁又会保护你？所以，我又回来了，哪怕等下进宫被父王责骂一顿也无所谓，比起你的安危，其他一切都太微不足道了！"

听到这里，苏湄若不是不感动的，可是再感动，那也不是爱情。自从她穿越到这个陌生的时代以来，她的心早已被那个叫作刘轩的男子给占满了！不知不觉间，原来她早就把自己的整颗心给了他，注定，这一辈子都不会再给别人了！

她了解自己，她一直都是这样彻底决绝的人！要么不爱，要么就要爱一生，绝没有中途退出的可能！

"谢谢王子能来救我，现在我没事了，你赶快进宫去吧，苏湄雪应该不敢再来了。"对于拓跋翰，此时此刻，她只能说出这句话，其余的她说不出口。

拓跋翰渐渐回过神来，听到她这句话，有些失落，他本以为，她会被他感动，然后说出他想听的话，"好，那我进宫去了，你在这里乖乖等我回来。"说完他情不自禁地摸了摸苏湄若的脸，手势温柔，目光亦是如此。

苏湄若避开他温柔的眼光，颔首不语。

等拓跋翰从宫里回来已经夜幕降临。他明显喝过酒了，浑身上下的酒气，让向来对酒颇为敏感的苏湄若不得不伸手捂鼻。

这一举动，似曾相识，她蓦地想起了嫁给刘轩的那一晚，闻到刘轩身上的酒气，她也是一样的动作，可是刘轩却不乐意，一把抓住她的手，霸道地问她，"你敢嫌弃本王？"

往事从来不会如烟云随意飘散，想到这里，她笑了起来，却不自知。

"湄湄，你笑什么？"拓跋翰跌跌撞撞地在她身旁坐下，一张口满是酒气。

他的声音将苏湄若从如海往事中唤回，她轻笑，"没什么，我只是在想王子为什么会喝这么多酒。"

"酒逢知己千杯少！不，我是举杯消愁愁更愁！湄湄，听说刘轩给你起了一个'琴仙'的雅号，你来北齐这么久还没有好好地为我弹过一曲！今日难得我有兴致又有时间，你来为我弹一曲好不好？"这一刻的拓跋翰像一个孩子，对着苏湄若撒娇。

"好！不知王子想听什么？"苏湄若来到琴前轻轻抚了一下，琴音铮铮如流水，这把琴也是好琴，虽然比不得刘轩的"猿啸青萝"，也比不得刘熙的"松石间意"，却也是极好的琴了。

"你是'琴仙'，你想弹什么就弹什么吧！湄湄，你无论弹什么，我都喜欢听！"拓跋翰的声音满是醉意。

弹什么呢？苏湄若抬头看着窗外的夜空，忽然想到，如今在这北齐之地，还有什么曲子会比《胡笳十八拍》更应景呢？这一刻，她想到了蔡文姬，不知她当年是否也是在这片土地上悲唱胡笳？

心随意走，意随指动，《胡笳十八拍》，高亢的琴声就这样从她的指尖流了出来！苏湄若边弹边唱，她恍惚觉得，自己此刻已化身蔡文姬，这一字一句，唱的都是她的心境啊！

　　我生之初尚无为，我生之后汉祚衰。
　　天不仁兮降乱离，地不仁兮使我逢此时。

干戈日寻兮道路危,民卒流亡兮共哀悲。
烟尘蔽野兮胡虏盛,志意乖兮节义亏。
对殊俗兮非我宜,遭恶辱兮当告谁?
笳一会兮琴一拍,心愤怨兮无人知。
戎羯逼我兮为室家,将我行兮向天涯。
云山万重兮归路遐,疾风千里兮扬尘沙。
人多猛暴兮如虺蛇,控弦披甲兮为骄奢。
两拍张弦兮弦欲绝,志摧心折兮自悲嗟。
……

第四十五章　禁足

然而，苏湄若唱得太投入，没有注意到拓跋翰的脸色正一点一点变青，一点一点变难看！

拓跋翰自幼学习汉人典籍，对于汉人诗词向来颇有研究，此时此刻，他又怎么会听不出来她唱的是《胡笳十八拍》？他又如何会不知道这《胡笳十八拍》讲的是怎样一个故事？他又如何会听不出她的曲中之意？

她自比蔡文姬，她是在变相地怨他，她恨他将她掳来北齐！

"够了，苏湄若，不要再弹了，不要再唱了！"拓跋翰酒醒大半，走到苏湄若的琴前，用力按住她的手，迫使她停下！

"为什么？王子不是想听我弹琴吗？难得我也有情致，自然要好好弹完此曲！"苏湄若有些恍惚，她还沉浸在《胡笳十八拍》的琴歌中，久久不能回神。

"你以为我是北齐人就听不出来吗？你未免太小看我拓跋翰了！这是蔡文姬写的《胡笳十八拍》！苏湄若，你放肆！你竟然敢弹《胡笳十八拍》！"说完拓跋翰高举右手，就要往苏湄若脸上掴去！

苏湄若的眼中没有丝毫退缩，毫不畏惧地与他对视，那神情中的倔强深深刺痛了拓跋翰，他无奈地放下手，深深叹一口气，"罢了，我还是不忍对你动手。但是苏湄若，你给我听好了，你不要再来触碰我的底线！从现在开始，你给我老老实实待在这间屋子里，哪里都不准去！"

苏湄若就这样被拓跋翰软禁了起来。虽然下人依然殷勤地服侍她，一日三餐也照旧丰盛，不曾怠慢分毫，可是她却因为心情抑郁而病倒了。

"太医，这是怎么回事？她为何久久不醒？"苏湄若在梦中听到拓跋翰焦急的声音。

"王子，苏姑娘她怕是抑郁过度，加上北齐和南楚的气候相差太多，苏姑娘初来此地，想来还未能完全适应，所以才会如此。"

"那你有何办法能医好她？她到底何时才会醒来？"拓跋翰的声音依然焦急。

"王子放心，微臣现在开一剂药方，苏姑娘服下以后便能立刻醒来。不过王子，待会儿苏姑娘醒来以后，王子还是要带她多出去走一走，也许她这病便能不治而愈，切不可再将她囚于一室了！"

苏湄若睁眼醒来，看见拓跋翰守在她的床边，眼睛里布满血丝，明显是有很久没有好好休息过了，此刻神态更是脆弱得像一个孩子。

看到苏湄若醒来，拓跋翰欣喜若狂，他将苏湄若的双手捧在自己的唇边，闭眼呢喃，低低轻语，"湄湄，你终于醒了，对不起，都是我不好，我不该因为一首《胡笳十八拍》就生你的气，我不该囚禁你，你放心，从今天开始，不！从现在开始，你想去哪里就去哪里好不好？"说完拓跋翰一把抱住她，像紧紧抱住一个失而复得的珍宝，他不敢松手，他怕一松手，他怀里的这个珍宝就会像流沙逝于掌心一般，悄然无踪。

苏湄若因为《胡笳十八拍》的事对眼前这个人耿耿于怀，所以对他说的话置若罔闻，转过头不去看他，继续装睡。

而拓跋翰却仿佛没有察觉到这一点，依然紧紧抱着她，语气依旧恍如梦呓，"湄湄，我知道你已经醒来了，你是不是还在生我的气？湄湄，你别再生我的气了，一切都是我的错！等会儿我带你去狩猎好不好？带你好好看一看我北齐的大好山水！"

一想到能出去，苏湄若瞬间清醒了很多，她终于可以不用再待在这间屋子里了，她终于可以迈出脚步，去自由地感受新鲜的空气了！然而她还是坚持不开口，所以只是轻轻颔首，示意她同意了。

拓跋翰看到她微微颔首的这个动作，喜不自胜，"湄湄，我这就去准备，你先好好歇着，我们过半个时辰就出发。"

祁山是北齐的重要地带。北齐是以马背得来的天下，所以祁山也是北齐王室建立以来所有王子每年必去的一个狩猎之地，祁山，更被北齐王室视作神圣之地。

"湄湄，这匹马很温顺，这是我特地给你选的良驹，你看你喜欢吗？"拓跋翰含笑看着苏湄若。

苏湄若看着眼前这匹白马，通体全白的毛色精光发亮，低头吃草的样子似乎极其温顺，可她还是感到害怕，毕竟她从小到大从未骑过马，她本能地退后一步，看着拓跋翰挤出一丝无奈的笑容，"拓跋王子，不怕你笑话，我苏湄若不会骑马，也从未骑过马，所以只能多谢你的好意了。"

"我忘了，你是南楚人，你们南楚的女儿不会骑马也很正常。既然如此，来吧，坐在我的前面，和本王子共骑一匹马！"说完，拓跋翰也不等苏湄若答应，直接一把将她拉上马背，把她放在身前，这一切动作迅疾如闪电，等苏湄若反应过来的时候，拓跋翰早已带着她，一骑绝尘而去，直奔祁山！

拓跋翰的骑马功夫让苏湄若大开眼界。他今日着了一身黑衣，挺拔的身形被衬得多了几分英气，自由驰骋的模样让苏湄若产生了恍惚的错觉，这一刻，她以为身后的男子是刘轩，带着她骑马去狩猎！

可转眼一看四处的风景，这里风吹草低见牛羊，天苍苍野茫茫，又哪里是南楚秀丽奇绝的风光？

"王子，王子不好了！可汗要你立刻回宫觐见，说有要事相商！"突然，一道男声从苏湄若的身后传来。

拓跋翰当机立断，一把抓住缰绳，马儿嘶鸣一声后却也停下了，身后的侍从紧紧跟了上来，下马跪地，"王子，可汗命属下前来向你禀报，可汗有要事相商，要你立刻回宫，不得耽搁！"

"到底发生了什么事情？神情为何如此紧张？父王又为何要我立刻回宫？出什么事了？"

第四十六章　绝世高手

拓跋翰下了马，将苏湄若也一把抱下了马。

那侍从先是颇为难地看了苏湄若一眼，然后又把目光转向拓跋翰，语意萧索，"王子可知道，近日有一黑衣蒙面人，接连十日连挑我北齐十道关卡！此人明显来者不善，可汗甚是担忧，所以他派属下前来急召王子入宫，商讨此事到底是何人所为，他又意欲何为，这样我们也好早做准备！"

"接连十日以一人之力连挑我北齐十道关卡，好功夫！这样的身手，真是令本王子佩服！只是，这普天之下四国之内有几个人能有这样的身手？我思来想去，这样的人绝不可能超过五个人！北齐的苏子睿，东秦的上官爵，西梁的东方玉，还有二十年前名动四国的'飞花剑主'柳如烟，这四个人都具备这样的身手，可是他们如今做官的做官，归隐的归隐，绝不可能会冒着与我整个北齐为敌的风险去做这样的事！"

"那依王子之见，是猜到了这第五个人是谁？"那侍从是北齐可汗拓跋威的贴身侍卫，何等机警之人，他自然能听出拓跋翰的话外之音。

"至于这第五个人，我一时半会儿想不到谁会有这样的身手。难道……是他？不可能！"拓跋翰自言自语了片刻，忽然把目光不自觉地看向苏湄若，那道目光冰冷到没有温度。

苏湄若骤然一惊，拓跋翰从来没有用这么冷的目光看过她，她感到不安，开口问道："不知王子为何会用这样的眼神看我？"

拓跋翰没有任何犹豫，紧握住她的下巴，毫不怜香惜玉，依旧目光冷峻，语调冰冷，"苏湄若，有人要来救你了，怎么你不高兴吗？"

这一刻，苏湄若猛然领悟这一切！她终于懂了，拓跋翰为什么刚才会用那么冷的眼神看着她！原来他怀疑那个接连十日连挑北齐十道关卡的黑衣蒙面人是刘轩！

是你吗，刘轩？真的是你要来了吗？你终于要来救我了吗？

拓跋翰看到苏湄若这一副沉思的样子，心中更加来气，他怒了，原本紧握住苏湄若下巴的手更用力添了几分力道，他冷笑，一字一句逼问道："怎么说不出话来了？苏湄若，你就这么想和刘轩回南楚！你就这么想让刘轩来为你送死？"

"我不明白你到底在说什么！王子有话不妨一次说清楚！堂堂七尺男儿，又何必拿我的下巴出气！"苏湄若咬牙忍住下颌的剧痛，狠狠瞪着拓跋翰。

拓跋翰这才意识到他用力过度，连忙松开紧握住她下巴的手，然而语气依然未变，冰冷之外，更添了几分讽刺，"湄湄，难道你还不明白？事到如今，你还敢在我面前演戏！这个连挑我北齐十道关卡的黑衣蒙面人，不是刘轩还会是谁？"

"是他又怎么样？他要来救回他的妻子，他要来救回他的王妃，又有什么好奇怪的？王子何须如此大惊小怪！"苏湄若冷冷地看着他，眼中并无半分怯懦之色。

"苏湄若，我跟你说过，不要再试图挑战我的底线！你放心，就算刘轩真的来了也无济于事，因为我拓跋翰会成全他这颗送死的心！"说完他看也不看翻身上马，犹如老鹰捉小鸡一般将苏湄若提到他的怀里，向着北齐王城的方向，一骑绝尘而去。

琮王府。

王府的主人，北齐的大王子拓跋琮，正在屋内来回踱步，他负手而立，每走一步就叹一口气。

"王子，你这是怎么了？为何一直来回踱步又叹息？王子转得我眼都花了！"苏湄雪被他转得心烦意乱，忍不住开口。

"雪儿啊，近日有一黑衣蒙面人，接连十日连挑我北齐十道关卡！这是何等惊世的身手？我实在想不出，这天下之大四国之内，究竟是谁有这么大的胆量和能耐！据我所知，天下能有这样身手的人绝不超过五人！你的父亲南楚的神威大将军苏子睿算一人，二十年前名动四国的'飞花剑主'算一人，再加上东秦的上官爵和西梁的东方玉也就四人，可是，这些人都不会做出这样的事！"

"王子难道没有想过，也许还有第五人有这样的身手！"苏湄雪刺绣的手明显为之一僵。

"我想不出这普天之下还有谁会有这样大的能耐，父王为此坐立不安，听说他已经把二弟叫去议事了。可笑，他遇上这样大的事却从不找我去商量！"拓跋琮恨恨道。

"王子，听你方才的描述，我已经猜到这个人是谁了！"苏湄雪放下手中针线，似笑非笑地看着他。

"雪儿竟如此聪慧，快说，是谁？"拓跋琮眸中神色大亮。

"这个人就是……"苏湄雪走到了拓跋琮的面前，在他耳边轻声呓语，说出一个名字。

那个名字很简短，可此刻听在拓跋琮的耳中却犹如被雷劈一般！他用尽全力定了定神，不可置信地看着苏湄雪，"雪儿，不！这不可能！绝不会是他！怎么可能会是他？"

"怎么不可能！王子，你别忘了你那二弟可是把他的王妃给掳到了北齐，这个时候，除了他还会有谁会对北齐有这样大的敌意？"苏湄雪的口气充满了讽刺。

"可是我虽远在北齐，却也听说南楚的清河王不仅是南楚头号风雅之人，更是南楚第一闲人！整日里只知道舞文弄墨，听琴看舞，最是风花雪月之人！他怎么可能会有这么好的武艺？你要知道，能够做到接连十日连挑我北齐十道关卡的人，他的功夫堪称绝世！我不相信刘轩那个富贵闲王会有这样惊世的身手！"拓跋琮坚定地摇头否决。

"王子你有所不知，这不过是清河王刘轩刻意给世人制造的假象罢了！我见过他可不只一面，女人天生敏锐的直觉告诉我，他绝不会像看上去那么简单！依我看来，我若是猜得不错，这么多年，清河王刘轩根本就是在伪作浪荡公子！"苏湄雪突然大声放纵地笑了起来。

第四十七章　情不知所起

"你此话当真？"听到苏湄雪这放纵的大笑，拓跋琮紧锁眉头。

"王子，您若不信，雪儿可以对天发誓！我苏湄雪刚才所言，绝无半句虚言！这下王子该放心了吧。"苏湄雪恢复了常态，语气平静到不起丝毫波澜，即便她明知，刚才这一番话，又将在北齐掀起腥风血雨，可是她依旧装作平静。

"不瞒你说，本王子正愁没有机会请君入瓮。之前听从你的建议写了那一封信给刘轩，见他久久没动静，我还以为他是吓破了胆，没有这个胆量前来！没想到，他竟然会胆大到以一人之力连挑我北齐十道关卡，就为了救他的王妃！没想到，他倒是自己送上门来了，他这个举动，是与我整个北齐为敌！这一回，他不死也得死，可怪不得我拓跋琮了！"拓跋琮一口饮尽杯中茶，旋即随手一扬，将杯子打翻在地。

"所以王子，你准备怎么做？"苏湄雪的笑中满是春风得意。

拓跋琮起身，在苏湄雪的耳边轻轻低语，"雪儿，我突然想到了一个绝妙之计，这个计策若想奏效，还需要你好好配合我才行，你只需这样做……"

翰王府。

所有侍从婢女皆胆战心惊，目露忧色。因为此处的主人拓跋翰刚从宫里回来，回来时脸上乌云密布，寒意深深。

"通通滚出去！"拓跋翰重重地拍了拍桌子，语调亦是雷霆万钧。

听到他这一声暴怒的命令，那些侍从婢女纷纷逃命似的狂奔了出去。

苏湄若起身，也和众人一样，向门外走去，然而她刚一抬脚，就被拓跋翰一把拉住，他看向苏湄若的眼神充满了暴怒，一字一句咬牙切齿道:"苏湄若,你给我站住!我什么时候让你出去了?"

"王子若是有话请快说,别摆出这一张臭脸,我没有义务看你的脸色!"苏湄若看也不看他,自顾自地坐下给自己倒了一杯茶。

"苏湄若,实话告诉你,我和父王已经确认了,那个接连十日以一人之力连挑我北齐十道关卡的不是别人,就是清河王刘轩!他来了,他来救你了,怎么你不应该欣喜若狂吗?"拓跋翰笑得讽刺。

"对!我当然欣喜若狂,因为,他终于要来救我了!王子明明知道,又何必再来问我,要逼我亲口说出,简直多此一举!"苏湄若仍旧假装一副若无其事的样子,继续喝着茶。

不料,她这一举动,大大惹怒了拓跋翰,他伸出手将她的茶杯扔了老远,"当"的一声,碎了一地,拓跋翰怒不可遏地伸手指着她,"苏湄若,我问你,你到底有没有良心?你的心是石头做的吗?这大半个月来,我拓跋翰是怎么对你的,你就没有一点被我打动?"

"大半个月前,你和汝南王刘衡暗中勾结,我不知道你们二人达成了什么样的协议,不过我清楚是他帮你逃出天牢,也是他帮你将我骗出,然后你把我打晕带到了北齐!拓跋翰,你丝毫都没有问过我愿不愿意跟你来北齐!我早就告诉过你,我已经嫁给了刘轩,我不可能喜欢你,所以哪怕你对我再好,我都不会被你打动的!"苏湄若从椅子上慢慢站起,傲然与拓跋翰对视着。

听到这里,拓跋翰闭上了眼,双拳紧握,语调绝望,"苏湄若,难道这大半个月来你就从来都没有想过要留在北齐吗?"

"不瞒王子,我苏湄若从来没有想要留在北齐,一分一秒都没有!"苏湄若慢慢地闭上了眼,深深呼出一口气,她终于说出了真心话,顿时觉得心头那块一直紧压着的大石头终于落下了,整个人如释重负。

"苏湄若,你终于把实话都说出来了是不是?我真恨自己,为什么对你这么仁慈!"这一刻,他的眼中全是被深深伤害的痛苦,完全判若两人,苏湄若不懂他的神色为何会变得如此。

"拓跋王子,通过这大半个月的相处,我知道你并非一个小人,客观来说，你也不是很坏。可是我不懂，你明知道我已经嫁给刘轩，是有夫之妇了，与你根本不可能！你从一开始把我带到北齐就不是明智之举！一步错，步步错！你早该料到，刘轩一定会来救我的！"苏湄若又为自己倒了一杯茶，也为拓跋翰倒了一杯。

"湄湄，你真的一切都忘了吗？你还记得五年前吗？五年前，你父亲把你带到玉门关镇守，那日你与侍女外出散心，却不料被两个无耻强盗盯上了，那时我刚好路过，于是我出手救了你……

"那是我第一次见你，你长得真好看，好看到让我以为见到了我们北齐古老传说中的'月之神'，你虽然穿得简单，只是一身素衣，纵然面容憔悴，身形也单薄如风，可却怎么也掩盖不了那种如月的风华。那时我就在心底对自己说，我一定要娶你……

"我问你的闺名是什么，你告诉我，你叫苏湄若，你是南楚神威大将军苏子睿的嫡女。还记得我当时对你说的话吗？我说我日后一定会来南楚向你父亲提亲，可是还没有等到我来提亲，你就已经嫁给了清河王刘轩，你让我怎么接受？"

苏湄若静静听着他的讲述，恍然大悟！为何她大半个月前在南楚汝南王府初见他时，他的眼神中会有那样炽热的光芒！为何他又一定要将她带到北齐！原来如此！原来这一切，都不过是因为情不知所起，一往而深！原来他和原主在五年前有过这样一段过往！可惜，他们终究是有缘无分之人，终究还是错过了，一旦错过，就不可能回头，一旦错过，就是一生！

"王子，你又何必如此执着于过去呢？五年了，我已嫁作人妇，而你一定会找到更让你心动的人！放下吧王子，此生已往，何必再忆？"苏湄若叹了口气。

第四十八章 忘情丸

"不，湄湄，虽然五年过去了，可是我却从来都没有忘记过我们的初见！我第一次见到你就爱上你了，我是真的爱你，你为什么要嫁给刘轩？你为什么不等我来向你父亲提亲？为什么？我不甘心！我不甘心！"拓跋翰似乎失去了理智，双手抓住苏湄若的肩膀不放，一直晃着。

"王子向来是聪明人，你难道不明白吗？就算我等到你来向我父亲提亲，你以为我父亲会同意让我嫁给你吗？不可能！你是北齐的二王子，不仅如此，明眼人都知道你是北齐王室未来的接班人，你是要继承大统的，你所要娶的自然是北齐的女子，而我只是南楚的一个将军之女，与你终究是不可能的！我们之间的差距，是天南海北，我们之间的那一条鸿沟，更是注定永远都无法逾越！"

"湄湄，就算刘轩来了又怎么样？他是救不走你的！因为，就凭他接连十日连挑我北齐十处重要关卡，使我北齐军中人心涣散，就已经得罪了我整个北齐！就连我北齐的臣民都不会放过他，更何况我与父王！"拓跋翰松开了苏湄若的肩膀，神色也恢复如常。

他将苏湄若给她倒的茶一饮而尽。

"不要！你！你们不能伤害他！"听到拓跋翰这样说，苏湄若怎么会不明白，刘轩这一次怕是在劫难逃，他们不会放过他的！

"你让我不要伤害他？苏湄若，不可能！我现在来就是告诉你，死了这条心吧，刘轩是救不走你的！不仅如此，还有可能会为你把他的命断送在北齐！所以，你这一辈子注定离不开我，你这一生都逃不出我的手掌心！你死心吧。"他话一说完，伸手摸了摸苏湄若的面颊，动作轻柔，可苏湄若却觉得如被火烧一般，眼前之人，令他感到了前所未有的可怕。

"拓跋翰，你应该明白强扭的瓜不甜，你何必强人所难？我的心始终都不在你身上，你又何必勉强我！"

"你不必多言，大半个月前在南楚我就对你说过，从小到大没有我拓跋翰想要却得不到的东西，你，也一样！"拓跋翰说完，用力掰开苏湄若的嘴，将一颗黑色的药丸毫不留情地丢到她的嘴里！

苏湄若拼命挣扎，想吐出来，可是拓跋翰根本不给她这样的机会！苏湄若纵然本能地拒绝，可依然于事无补，吞下那颗药丸后，她拼命喘气，怒目喷视着拓跋翰，大声质问，"拓跋翰，你刚才给我吃的是什么？"

"没什么，不过湄湄，吃了这个东西，从今以后，你就只记得我了，你就只会记得只有我拓跋翰才是要和你共度今生的人！至于刘轩，你就会把他给忘了，慢慢地把他一点一点忘了，就像他从来都没有来过你的世界一样！忘了告诉你，这是我们北齐王室秘传的一种蛊毒，名叫忘情丸，解药也只有我和父王才有！所以，你就不要白日做梦妄想有人能替你解毒，这世间除了我以外，还有谁能为你解开此毒？就算华佗再世，也不能！"这一刻的拓跋翰感到前所未有的畅快。

"你为什么要这么对我？你到底想怎么样？"苏湄若不可置信地看着眼前这个陷入癫狂的男子，也是第一次，她终于明白，男人在爱情中忌妒是很可怕的一件事！

"湄湄，别用这样的眼神看我，我要的也不多，只要你肯乖乖待在我的身边，我就心满意足！可是你总是不听话，既然这样，那我就只能让你吃它了。不过你如果让我高兴的话，说不定我哪天一高兴就会给你吃解药。一切全看你！"拓跋翰说完将苏湄若一把拉入怀中，他紧紧地抱着她，那种力道仿佛要把她整个人深深嵌入一般。

苏湄若无奈地闭眼，心里犹如下了一场大雪，在那千山鸟飞绝，万径人踪灭的绝境中孤身一人踽踽独行，却被朔风寒雪迷蒙了双眼，怎么也找不到归途！这一颗心，终于沉到了谷底！

良久，苏湄若开口，神色与口气满是鄙夷，"拓跋翰，没想到你竟是如此卑鄙的小人！我真是错看了你！"

"那是因为，我的耐心已经被你消磨光了。苏湄若，你可怪不得我！"拓跋翰猛地松开了她，拂袖离去。

北风忽来，吹起院中无数落花漫随天际而去，苏湄若看着他渐行渐远的背影，随手拂起一片落花，瞬间觉得自己也是这潇潇落花中的一片，就这样被北风毫不留情地吹落，没有任何选择，毫无任何自由！

不！她绝不能就这样坐以待毙！

当苏湄若阔别大半个月见到刘轩的时候，她怎么都不会料到，自己被拓跋翰牢牢抱在怀里，拓跋翰给他吃的那颗忘情丸让她全身乏力，没有任何力气，也几乎发不出声音。

然而，刘轩依然认出了她。

四目相对的那一刻，苏湄若的眼眶红了！真的是他！他为她接连十日连挑北齐十处关卡！他为她不惜得罪整个北齐！他为她孤身一人前来！

刘轩瘦了，也黑了，他一路风尘仆仆，从千里之外的南楚，一路追踪到北齐，又怎么可能不瘦不黑呢？

刘轩看到苏湄若被拓跋翰禁锢在怀里的时候，"唰"的一声，拔出左侧的离魂剑，没有任何犹疑地指向拓跋翰，完全不顾他的身后是百万北齐的雄兵，掷地有声道，"拓跋翰，若你识趣，就立刻放了我的女人。"

"你的女人？刘轩，你连自己的女人都保护不了，你有什么资格再做她的男人？你看她在我北齐，我把她养得白白胖胖的，她又何必要跟你回去？你也看到了，今天我身后是北齐的百万雄兵，接连十日来连挑我北齐十处关卡，你这一举动不仅得罪了我们整个北齐王室，更激怒了所有北齐的臣民！你想就这样轻而易举地带她走？刘轩，你简直是在白日做梦！"拓跋翰的口气充满鄙夷。

第四十九章　圆月弯刀

刘轩穿了一身黑衣大氅，在此刻的狂风中猎猎飞扬，他手中的离魂剑依旧指着拓跋翰，字字铿锵，句句有力，"拓跋翰，这十日来连挑北齐十处关卡的人就是我刘轩，你是聪明人，当然明白我为什么会这么做！是你先不仁，抢走了我的王妃，既然如此，就不要怪我做出这个举动了。"

"刘轩，你的王妃现在为什么会被我搂在怀里，你知道最大的原因是什么吗？"拓跋翰停顿了一下，忽然纵声狂笑，无比讽刺，"是因为你有一个好弟弟，还不是你的九弟汝南王帮我一起筹谋这一切的吗？若没有他，我又怎能逃出你南楚重重重兵把守的天牢？若没有他，我又怎么会抱得美人归？这一切的罪魁祸首是他，而不是我！"

"拓跋翰，你说的这一切，我当然知道！不劳你费心，刘衡的账我自然会慢慢跟他算！至于你我之间，现在就该好好把账算清楚！废话别说了，我只问你一句，拓跋翰，你敢不敢跟我单枪匹马一战？"刘轩上前一步。

他这番话很明显是为了激怒拓跋翰，苏湄若本以为拓跋翰不会中计，没想到拓跋翰听了他这话竟然立马放开了她，他站起来，一步一步走到刘轩的面前，"好！刘轩，我就跟你单枪匹马一战。"说完他转身看向侍从，大喝道："去拿我的圆月弯刀来！"

这一刻，刘轩却若有所思，"拓跋翰，几日前我在南楚曾收到了一封来自北齐的信，是你派人送给我的吗？"

拓跋翰反问，"你说什么？我拓跋翰从来没有派人给你送过什么信！"

刘轩冷笑道："是吗？那除了你，这北齐还有谁会给我送信！"

拓跋翰眸中神色一亮，似乎想到了什么，"敢问这封信上写了什么？"

"信上说要我一个人单枪匹马来北齐救走我的王妃,否则她性命不保!我没有多想就来了。"

拓跋翰也开始冷笑,"好了,你不必多说了!刘轩,我已经猜到是谁干的了!"

"拓跋翰,你敢不敢和我做一个约定。若是我赢了,就让我带回我的王妃!"

拓跋翰冰冷地打断,"如果你输了呢?"

刘轩面不改色,"不可能,我不会输!因为我一定要救回我的女人!"

拓跋翰有片刻的失神,不过很快便又扬起了头,只不过他这次看向刘轩的眼神与先前已大为不同,"既然你如此自信,那么我答应你。刘轩,如果你赢了,我可以让你把苏湄若带走,可是如果你输了,你就永远都带不走她了,不仅如此,我还要带你去见父王,把你交给他处置!怎么样?你敢不敢跟我赌这一把?"

刘轩目光坚毅,"三个字,没问题。"

"王子,圆月弯刀取来了。"有侍从将一把通身漆黑的弯刀捧到了拓跋翰的眼前。

"刘轩,在比之前,我最后想跟你说一句,我手中的这把圆月弯刀可是我北齐王室代代相传的神兵利器!所以,待会儿你可要小心了。我这刀可从来不长眼,无论是多强的对手!三年前,我被东秦的司马大将军上官爵亲率十万大军追踪,就是用了这把圆月弯刀,擒贼擒王,硬生生逼退了他十万大军!今日,也一样!"

刘轩看也不看他,伸手抚摩他的离魂剑,"我自然知道王子手中的这把圆月弯刀绝非破铜烂铁!可你又知不知道我手上这把剑为何名叫'离魂'?"说到这里,刘轩停住了,抬头饶有兴致的看着拓跋翰。

拓跋翰被他那道目光看得发毛,却还是故作镇定道:"为什么?我愿洗耳恭听。"

刘轩朗朗一笑,似乎这一路上的追魂夺魄,这一路从南楚千里追踪到北齐所经历过的风雨变幻,都在这朗朗一笑间了,"因为剑一碰头,人即离魂，所以它叫离魂剑！"

"那也要看你有没有让我离魂的本事！"拓跋翰一说完就出招了，圆月弯刀本就是一把出众的利器，在他自如的运用下更是灵活百变，丝毫没有显露出外表那样的笨拙，刀刀绝杀直刺向刘轩！

苏湄若在不远处看得心惊胆站，她不得不替刘轩担心！虽然她对刘轩的身手再清楚不过，可是，拓跋翰也不容小觑，何况他又有祖传的圆月弯刀在手，更是如虎添翼！

不过事实证明，苏湄若担心有些多余！一别大半月，刘轩的功夫明显大有进益！他看似剑剑相让，他看似招招在躲避拓跋翰的刀锋，可是他明显是用了以退为进的战略！

拓跋翰刀刀看似绝杀的招数都一一落了空，刀法不免开始变得急躁，而这时刘轩明显一改招式，由退为进，由守变攻，招招夺命，直逼得拓跋翰束手无策！

苏湄若想要起身为刘轩拍手叫好，可是她因为吃了"忘情丸"，浑身上下毫无力气，只能在心里为他叫好。

然而，所有的变故突然发生在这一瞬！

苏湄若被两个从天而降的黑衣蒙面人一左一右带走，那两人的动作快如鬼魅，就连不远处身手敏捷却打斗正酣的拓跋翰和刘轩都没有看到！

苏湄若知道这两个人绝非善类，而且很明显就是冲着她来的，她急中生智，用最大的力气喊了一声"救命"！

那两个字是她用尽平生最大力气喊出的，而不远处的刘轩和拓跋翰很明显听到了，两人同时收招，又同时回首，却发现苏湄若已经不见了！

刘轩大怒，拔剑怒指拓跋翰，直接对准他的咽喉，"好你个拓跋翰，你把苏湄若偷偷弄去哪儿了？"

拓跋翰也不示弱，用圆月弯刀挡开了他的离魂剑，"刘轩，你未免把我想得也太小人了！我拓跋翰从不屑干这样卑鄙的事，我知道是谁干的。走，当务之急，是把苏湄若找到再说，找到了你我再好好一决胜负！"

第五十章　雪狼

拓跋翰和刘轩跟着那两个黑衣蒙面人的方向一路追去，却发现越追越不对劲！那两人分明是要把他们二人引向一个绝境。眼前是万丈悬崖，再追下去已经没有路了！

"不对！拓跋翰，我们不能再追了，这二人明显是故意设计我们，这未必不是他的调虎离山之计！"

"你说得不错，背后策划主导这一切的人心思狠毒，他的用意昭然若揭，不光是想把你置于死地，他一样也是冲着我来的！"

忽然，一阵疾风忽来，他们眼前掠起黄沙万千，定睛一看，却发现是两人一马，朝他们飞驰而来，那马上坐着的是拓跋琮，而他身后的那个女子，头戴面纱，身上却穿着和苏湄若一样的服装，头上更是梳着一模一样的发式！

"拓跋琮，若你识相，立刻放了苏湄若，我可以饶你不死！"拓跋翰拿起手里的圆月弯刀，直接对准了拓跋琮。

拓跋琮怒不可遏地伸手指着拓跋翰的鼻子，"拓跋翰，纵然父王一贯偏爱你，可你也未免嚣张过了头！再怎么说我拓跋琮也是你大哥，你刚才说的是什么话？"

拓跋翰冷笑，"拓跋琮，你做出这样的举动，还配做我的大哥吗？再说你不过是贱奴所生，而我是正宫嫡出之子，你我二人身上流着的从来都不是相同的血，你又算是我哪门子的大哥？"

拓跋琮目光犀利，从唇齿间迸出一句，"拓跋翰，你欺人太甚！"

刘轩似乎明白了什么，他拔出离魂剑，怒指拓跋琮，"拓跋琮，原来是你！是你给我送来那封信的对不对？这一切都是你在背后捣鬼！"

拓跋琮啧啧道；"没想到南楚世人口中最会风花雪月的头号闲人清

157

河王，不仅身手了得，还聪明过人。不错，就是我派人给你送的那封信，可惜啊你还是照样中计了！"

"不要废话，拓跋琮，赶快放人！"刘轩气得咬牙切齿。

"看在你从南楚到北齐这一路千里追踪的分上，我就大发善心，放了她吧！苏湄若，回你该回的地方去吧！"说完拓跋琮就极其粗鲁地把马背上的女子给扔了下来。

"湄若，没事了！我来了，我来救你了！"刘轩喜不自胜，想要将苏湄若抱在怀里。

"刘轩你小心，她不是苏湄若！"电光火石间，拓跋翰察觉出了这女子的异样！她戴着面纱，虽然穿着和苏湄若一样的衣服，梳着一样的发式，可她的眼神和气质却与苏湄若千差万别！

苏湄若气质婉约，而眼前这人气质冷艳，苏湄若的眼中更是何曾有过这样犀利如冰的眼神？

果然，听到拓跋翰的这句话，这个假扮苏湄若的女子目露凶光，从怀中掏出早就准备好的匕首，直接向刘轩刺去！

刘轩被拓跋翰一提醒，早已反应过来，他刚才是兴奋过度一时冲昏了头脑，眼前这女子怎么会是苏湄若呢？他反手一掌将她手中的匕首打翻在地，呵斥道："你是谁？为什么要假扮苏湄若？真正的苏湄若在哪里？说！"

那女子摘下了面纱，拓跋翰和刘轩这才看清，两人却双双对视一眼，神色大惊！

那女子也姓苏，不过是苏湄若同父异母的妹妹，是一次又一次千方百计要害苏湄若的妹妹，苏湄雪。

苏湄雪此刻已经完全陷入癫狂，她不敢相信刚刚发生的这一切！为什么？明明算无遗策，可是在最紧要的关头，却还是被拓跋翰给搅和了！这一切还是被拓跋翰看出了破绽，她失败了，还是没能杀掉刘轩！为什么？

"刘轩，你为什么还没有死？告诉你们，这辈子你们都别想找回苏湄若了！她已经被我扔到雪谷里去喂雪狼了……"

"你说什么？你再说一遍！"还没等她说完，刘轩已经上前一步，将她的脖子狠狠掐住。

"你们知道吗？苏湄若她就是仗着她这张美若天仙的脸蛋行事嚣张，上一次我没有成功毁了她的容貌，这一次天助我也，恐怕她就没这么走运了！那些雪狼凶恶无比，会一块一块地把她的肉给吃了，只要一想到她那张美丽的脸蛋就要被毁了，我这心就解气，我从来没有这样解气过，哈哈……"

拓跋翰听到这里再也听不下去了，他比任何人都清楚，雪谷在北齐是怎样恐怖的一处存在，几乎令人闻之色变！而那些雪狼，苏湄雪也绝对没有夸张，此刻的拓跋翰难以置信，这个世界上竟然会有如此恶毒的女人，会将自己的亲姐姐丢到那种地方去！

他怒不可遏，抬手两个巴掌狠狠打在了苏湄雪的脸上，看向苏湄雪的眼神如能噬人，恐怕此刻的她早已死了千万次了，"苏湄雪，你最好祈祷湄湄她没事，否则我会把你千刀万剐的！"

一看到心爱的女人被打翻在地，拓跋琮下马扶起苏湄雪，对着拓跋翰大喊，"拓跋翰，你干什么？苏湄若根本就没有被雪儿丢进雪谷，她这么说不过是想气气你们罢了！"

说完，拓跋琮转头看向苏湄雪，掏出怀中的锦帕为她擦拭唇边的血迹，轻轻叹息，"雪儿，你为什么这么傻？你为什么不告诉他们实话？你根本就没有把苏湄若丢到雪谷喂雪狼！"

"不！王子，我后来改变主意了，我吩咐他们将苏湄若丢到雪谷喂雪狼，我相信她此刻一定血肉模糊，没想到她也有今天啊！"苏湄雪说完像疯子一样大笑起来。

刘轩没有任何犹疑，一剑刺向苏湄雪的胸膛，毫不留情，"苏湄雪，从前你和你母亲管氏一起虐待苏湄若，我可以不追究，从前你劝说我那无脑的三哥，让他一次又一次地下毒伤害苏湄若，我也可以既往不咎，可这一次我不会放过你！你给我听好了，如果她有一分伤，我就在你身上讨回十分！"

他拔剑，转头看向拓跋翰，"拓跋翰，带路！雪谷在哪里？"

第五十一章　雪谷惊魂

　　雪谷位于北齐最北之处，常年冰天雪地，人迹罕至，常有雪狼出没，是北齐乃至四国都谈之色变的地方。传说雪谷每一只雪狼都有七尺男儿那么高，动作快如闪电，一般人根本难以捕捉。久而久之，雪谷的雪狼便越来越多，终于到了一发不可收拾的地步。

　　等刘轩和拓跋翰赶到雪谷的时候，发现苏湄若躺在地上，已经奄奄一息，本就单薄的身姿在冰天雪地的雪谷里，更加显得如一朵随时会被摧残的海棠花一般，摇摇欲坠。

　　然而，在她的身侧，却一左一右站着两个让刘轩无比熟悉的身影，是风驰、电掣！刘轩颇感欣慰地看了他们二人一眼，那是多年以来一路追随他的得力助手，忠心爱将！他独闯北齐，他们二人便紧紧相随，这千钧一发的重要关头，还是他们救了他心爱的人！

　　风驰、电掣，两人此刻一身鲜血，两人本着了一身白袍，可此刻白袍上面血迹斑斑。而风驰手上的长剑更是折断了一半，刘轩和拓跋翰二人环视周遭，才发现原来那半截断剑此刻就扎在不远处的一匹雪狼身上！

　　"湄若！"

　　"湄湄！"

　　刘轩和拓跋翰两人一左一右朝苏湄若奔去。

　　终究，还是刘轩快了一步。他将苏湄若一把抱在怀里，她的手、额头、脸庞，此时此刻都是那样的冰冷，他无比心疼怀中的这个女子，如果他早一步来该多好！他轻轻地吻了苏湄若的额头，那一吻如暖阳破冰，苏湄若全身的知觉渐渐被这一吻唤起，恍恍惚惚间，她听到刘轩的声音像三月江南绵绵无尽的春雨，"湄若，没事了，我来救你了，我带你回家，好不好？"

是谁？是谁的怀抱如此坚定？是谁的声音如此熟悉？苏湄若醒了，仿佛做了一场很久的噩梦，大梦初醒后，她终于看到了那个令她朝思暮想的人，她不敢相信，此刻她心心念念的这个人竟然真的出现在她的面前！

苏湄若睁大眼，想要看清，发现真的是他！身形依旧挺拔如崖岸孤松，面目依旧清俊，她小心翼翼地伸手去摸刘轩的脸，发现她果真能摸到！是真的！现在发生的这一切都是真的！她开口，眼泪却不争气地拼命落下，"王爷，你终于来了！你若再不来，湄若这辈子都不知道能不能再见到你！"

苏湄若说完也不顾满脸的泪水，犹如一个孩童一般扭糖似的紧紧抱住刘轩，仿佛她只要一松手，此刻与她紧紧相拥的这个人就会不见，这一切又将变成她无数次的梦中之景！

"好了，王妃莫再哭了，本王知道你受委屈了！你放心，本王自会替你处理一切！"刘轩掏出怀中锦帕为她拭泪，可那泪却越拭越多，仿佛永远都擦不完。

"王爷，属下二人还好及时赶来，半途杀了那两个将王妃丢到此处的人。却不料半途有雪狼出没，属下二人拼尽一身武学，终于斩杀了这匹雪狼，救下王妃，也算对得起王爷了！"风驰、电掣跟跟跄跄地起身，跌跌撞撞地跪倒在刘轩的身旁。

刘轩伸手一把将二人扶起，深深叹出一口气，"若无你二人，本王此刻又如何还能见到王妃？是你二人救了王妃！今日你二人舍命相救，此情本王铭记于心，永生不忘！"

"王爷您别这么说，属下二人惭愧，还是让王妃受到了惊吓！"风驰、电掣二人连忙抱拳。

不远处的拓跋翰静静伫立一旁，宛如一尊被凝固的雕像。他冷静看着这一切，心头没由来地升起一阵怒火，他开口，语调犹如这雪谷常年不化的积雪一般冰冷，"刘轩，不要忘了方才我们的约定，找到湄湄以后，你我二人还要再战一场，你只有打败我，才能将她带走，若是输了，你可得乖乖束手就擒,和我去见父王!难道堂堂南楚的清河王,竟要失信于我?"

刘轩把苏湄若放到风驰、电掣的手上,起身,拔出离魂剑,"好!拓跋翰,现在就让我们光明正大地再打一场,这一场打完,你也该死心了!"

"那就让我们拭目以待,看看真正该死心的究竟是谁?""谁"字一落地,拓跋翰已从身后抽出了圆月弯刀,一招一式向刘轩逼近!这一次,他比刚才在百万雄兵面前打得更激烈了,因为他知道只有赢了才能将苏湄若永远留在北齐!如果他输了,怕是真的要将她送回刘轩的身边了!

苏湄若虽然不懂武学之道,却也看得出拓跋翰此刻已拼尽全力,整个人杀气腾腾,招招都是绝杀,不留半分余地!

"看来,拓跋翰是在逼王爷使出所有招式。"风驰、电掣突然摇头。

"我并不懂武学,依你们看来,王爷的胜算有几分?"苏湄若站起,她不得不为刘轩捏一把汗。

"王妃,实不相瞒,这北齐的二王子拓跋翰自幼天资聪颖,所以北齐可汗极其器重他,从小为他遍请四国武学名师,所以王爷这次也算是棋逢对手了!"

"所以,你们的意思是王爷的胜算并不大?"

"那倒也不是,王妃有所不知,高手比武,胜负往往只在瞬息之间。所以,不比到最后,恐怕难见分晓!属下二人现在也说不好,现在看去只能说两人旗鼓相当,看不出谁占上风!"

"当"的一声,有利刃破空的声音向他们传来!

不好!苏湄若朝刘轩所在的方向看去!却发现,他整个人已与手中的离魂剑人剑合一,所有的剑气瞬时化作漫天飞雪,白雪片片,纷纷向拓跋翰的圆月弯刀斩去!

"啊!"伴随着拓跋翰的一声痛呼,那圆月弯刀竟然就这样碎裂在离魂剑下!拓跋翰大惊,怎么都不肯相信圆月弯刀已被离魂剑劈成两半!

可是他再怎么不肯相信,这却是斩钉截铁的事实!

第五十二章　虽千万人，吾往矣

拓跋翰看着眼前那把北齐王室代代相传的圆月弯刀，顷刻间变成了一把断刀，无比愤慨！他目露凶光，如一头垂死挣扎的豹子，正紧紧盯着刘轩，准备随时扑去！

刘轩收剑入鞘，淡然一笑，"拓跋翰，你输了，按照我们之前的约定，我现在就把苏湄若带走，而你不得阻拦。"

"好！愿赌服输！刘轩，你带她走吧，永远都不要再来我北齐，永远都不要再让我看到你们！下次再相见，我绝不会再留情！"拓跋翰闭眼，脑中却有千万个声音在对他说——不行，拓跋翰，你绝不能就这样轻易放走他们，日后必定祸患无穷！

"王子，传可汗口谕，让你务必留住清河王，即刻把他带到宫里，绝不可如此轻易放他离去！"突然，一道男声传入，一骑马蹄飞来。

随那道男声和那骑马蹄一同而来的，是如蚁穴一样密集的北齐百万大军！

"刘轩，现在你可怪不得我了。少不得要把你带进宫，去父王那里坐一坐了，清河王，请吧。"这一刻，拓跋翰在心里暗叹，真是天助我也！

"拓跋翰，你以为我会上你的当吗？今日这一切难道不是你安排好的吗？我不会去的，回去转告你那父王，就说我刘轩祝他万事顺遂、长寿无疆！"

"刘轩，你别口出狂言！你以为你今日真的走得了吗？你且看看你身后的人再大放厥词！"

刘轩转头一看，方才战场上的百万北齐雄兵，此刻都已密密麻麻堵住了整个雪谷！每个人手上都拿着镀金羽箭，每个人的姿势也都一样，弦已拉至满弓，他知道，只要拓跋翰一声令下，他、苏湄若、风驰、电掣，四人都将在顷刻间被万箭穿心！

刘轩上前一步，再次拔出离魂剑，剑锋直指拓跋翰，"拓跋翰，我必须要提醒你一点，此刻站在你面前的这个人是南楚天子的胞弟，清河王刘轩。我若今日葬身在此，你猜我皇兄会不会为了我挥师北上，御驾亲征，踏平你北齐？"

"踏平我北齐？刘轩，你别用这个理由来威胁我！南楚有什么可怕的？你皇兄更有什么可怕的？况且，你深藏不露的武艺如此惊人，你那皇兄恐怕还不知道吧，我今日若替他除了你这个心腹大患，岂不是更好？恐怕刘熙他感谢我都来不及！"拓跋翰狂笑出声。

"皇兄是何等睿智？我对他的了解难道还不如你这个异族之徒？你若不信，大可一试！"刘轩的剑锋未动分毫，又上前一步。

"既然如此，刘轩，不如我们做一个交易！我可以放了你，父王那边我自会去交代，但是你得留下一个人。"说完，拓跋翰把目光投向苏湄若，他的目光中满含深情，然而苏湄若却只是冷冷地看着他，那冰冷的目光一下子刺痛了他！

"拓跋翰，我知道你的心思！如果你想让我留下我的女人，那我奉劝你还是打消这个念头。因为不可能，今日纵然你带着北齐百万雄兵意图迫我就范，虽千万人，吾往矣！"

虽千万人，吾往矣！这句话只有短短的七个字，可是所具备的力量却让苏湄若恍惚以为可以摧天灭地！她蓦地想起，她少时在看金庸的《天龙八部》，看到乔峰曾说过这一句"虽千万人，吾往矣！"，那时少女时代的她还在幻想能够说出这样一句话的男人，到底是怎样顶天立地的英雄！没想到，世事弄人，她就嫁给了一个亲口能为她说出这句话的人！

"刘轩，识时务者为俊杰。我已经给过你选择了，既然你要自寻死路，那可就怪不得我了！准备！"拓跋翰说完，便缓缓地举起右手，然而他刚一举起，就放下了。

因为苏湄若站了出来，一步一步向他靠近，笑靥如花，"王子且慢！"

"湄湄，你可是想通了？来，快回到我的身边来，只要你肯留下，我就立马放了刘轩，我保证，绝不动他一根汗毛！"看到苏湄若正一步一步娉娉婷婷向他走来，拓跋翰欣喜若狂。

苏湄若走到拓跋翰的面前落定，神色波澜不惊，语调亦如是，"敢问王子，若强行将我一生留在北齐，王子会娶我吗？"

"当然，我会娶你！"

"那为何我留在北齐这么久，你的父王却还没有同意让你娶我呢？"苏湄若含笑反问。

"湄湄，你要相信我，再给我一点时间，我一定会说服父王的。"

"那么再问王子，你父王同意让你娶我，那么我到时候又将以什么身份嫁给你呢？王子应该比任何人都清楚，你是拓跋可汗早已选定的接班人，你的父王又怎么会允许让你娶一个南楚的有夫之妇做王妃呢？"

"湄湄，就算父王不同意让你做我的王妃，你也可以做我的侧妃！我心匪石，不可转也，我对你的心思永不会变，你又何必那么在乎名分呢？"

"王子，你不觉得你方才所言太可笑了吗？不仅仅是北齐的人，四国的人都清楚，你拓跋翰未来是要继承北齐大统的，就算我嫁给你做了你的侧妃，他日你荣登九五，敢问王子，到那时你打算封我为什么？贵妃？夫人？嫔？还是才人？贵人？美人？"说到这里，苏湄若突然无比讽刺地笑出声，那笑容极凄艳，浮在她苍白的脸上，犹如冰天雪地间的一朵泣血寒梅。

"湄湄，你到底想说什么？"拓跋翰感受到了她的异常，不安地问道。

"王子，你为何还不明白？我想说的就是，我苏湄若此生绝不为人侧室！再说我从小无拘无束惯了，向来最讨厌宫廷争斗，尔虞我诈、勾心斗角，那根本就不是我想要的生活！我随性自在，又怎么能受得了宫廷拘束？王子口口声声一遍又一遍地说如何如何爱我，敢问到了那时，王子所有的耐心被我耗尽，红颜未老恩先断，不过是斜倚熏笼坐到明，王子你可还会像今日一般爱我这个来自南楚的女子？"

第五十三章　擒贼先擒王

"我会！不管你到那时会变成什么样，我拓跋翰永远都会像今日这样爱你！"拓跋翰的声音焦灼不堪，看向苏湄若的眼神更是疯狂。

"不！你不会的！所以，恳请王子还是放了我吧。你只有放我离去，才是真正地爱我！"

这一刻的拓跋翰怒火中烧，如一匹发了狂的烈马，他从怀中掏出一把短刃，抵在苏湄若的脖子上，一步一步后退！终于，退无可退，他只要再退一步，就会跌入身后的万丈深渊！他看向离他只有半米之遥的刘轩，冷冷一笑，"刘轩，你再上前一步，我就只好一剑杀了她或者把她推向这万丈深渊！"

"你敢！拓跋翰，你到底要干吗？"

"我不想干吗，我不过就是想看看，你到底爱苏湄若爱到什么程度？我想知道，你敢不敢为她而死？你们这对鸳鸯临死关头是怎样的鹣鲽情深？"

"拓跋翰，明人不说暗话，你究竟怎样才肯放过她？"

"很简单，刘轩，我就是想看看你到底有多爱她！这样吧，不如一命换一命，只要你现在拿起你的离魂剑立刻在我面前自尽，我就会放了苏湄若和你那两个手下，不仅如此，我还会派专人送他们回南楚，怎么样？"

"若我自尽，你当真会放了他们吗？拓跋翰，你已经不是第一次失信了，我又凭什么相信你？"

"你若自尽，我便立马放人！刘轩，你若不信，我可以对天发誓！如果你自尽了，我若没有按照约定放了苏湄若和你两个手下，我拓跋翰就天打五雷轰，不得好死！怎么样？现在你该相信了吧！"拓跋翰眯起双眼，一字一句从唇齿间迸出。

"拓跋翰，你可要说话算话！既然你发了这样的毒誓，那我就相信你一回！"刘轩说到这里，把目光投向苏湄若，缱绻之色浮上眉梢，"湄若，抱歉，我们只能来生再见了！"说完他意味深长地看了苏湄若一眼，那一眼，在拓跋翰看来不过是他们生离死别的前奏！

然而刘轩的这一眼，苏湄若却看懂了，她仿佛在万千迷障中终于走出！她瞬间明白了，她懂他的意思！

"不！不要！刘轩，你千万不要相信拓跋翰这个卑鄙小人。就算你现在自尽了，他也不会放过我和风驰、电掣的！"苏湄若拼命挣扎着，想从拓跋翰手中逃出，可却始终挣脱不得，她又怎么会是拓跋翰的对手呢？

"王爷，王妃说得不错！您可千万不能听信拓跋翰的鬼话……"风驰大声嘶吼，难以相信他们一向睿智过人的王爷竟然会听信这一个小人的话！

刘轩对得力属下的呐喊置若罔闻，他一步一步走上前，抽出离魂剑，搁到自己的脖子上，他只要一用力，即刻就会血溅雪谷，魂归九泉！

苏湄若叫得撕心裂肺，"不！不要……"

拓跋翰万万没有想到刘轩会真的选择为苏湄若而死。这一刻，他心头一片酣畅淋漓，不过他为了万无一失，还是看了一眼位于他右侧的属下，那属下立马会意，递给他一柄长弓和一支镀金羽箭。

拓跋翰放开了苏湄若，将弦拉满，对准了刘轩的方向！

箭在弦上，银芒即将破空！

苏湄若急中生智，上前拼命咬住拓跋翰拉弓的右手。她这一咬，使尽了全身力气，拓跋翰右手吃痛，那本分毫不差直接对准刘轩心口的羽箭，自然偏了准头，"嗖"的一声，从刘轩身侧擦过，而刘轩没有半分损伤！

看到本来已经将要成功的计划被硬生生毁于一旦，拓跋翰怒不可遏，一个耳光狠狠甩在了苏湄若的脸上，他恨得咬牙切齿，"贱人！"

而这电光火石间，刘轩已经上前将离魂剑搁在了拓跋翰的脖子上！差点被拓跋翰打飞的苏湄若也被刘轩顺手一带，风驰、电掣二人成功地接住了她。

什么是真正的惊心动魄？苏湄若这次终于体会到了！她活了二十多年，直到刚才那一刻，她才真正切身体验到了什么是惊心动魄！方才那一瞬，她与刘轩二人生生死死，所有起落皆在一瞬，若是慢了一秒，偏了分毫，此刻他们二人必已不在人世！

"刘轩，你这一招'置之死地而后生'可真是高明！拓跋翰佩服！"拓跋翰冷笑。

"拓跋翰，要怪也只能怪你太不了解我和苏湄若了！可笑如你，竟然事到如今，连对手的性格都没摸透！试问你又如何能成功杀我？"

"你说得不错，终是我棋差一招！不过，我还有一点不明白，你怎么能算准我会用羽箭射你？若非如此，你又怎么能从我手中救走苏湄若？"

"拓跋翰，我虽从未见过你，可我了解你的为人，你生性多疑，又怎么可能会相信我真的会自尽！所以，我早就料到你必有此举，而我与湄若早就心有灵犀！所以，方才生死关头，我才能一击就中！你明白了吗？"

"明白又如何？刘轩，你别忘了，这里可是北齐，是我拓跋翰的地盘，由不得你嚣张，更容不得你放肆！"

"哦？是吗？不容我放肆，我刘轩依然连挑了你北齐十座关卡！用不着你来提醒我这里是北齐，你别忘了，现在你拓跋翰的命可掌握在我的手上，我手中的这把离魂剑它想让你生你就生，它若是想让你死，你立刻就得去死，明白吗？"

"刘轩，你别乱来！你如果杀了我，你们也不能活着走出北齐！这两败俱伤的事，聪明如清河王应该不会做吧。"

刘轩的离魂剑在它的脖子上晃了一晃，"那可不一定，你拓跋翰不仅掳走了我的妻子，将她囚在北齐这么久，今日还三番四次地挑衅我，已经大大破了我的忍耐底线！所以，这一刻我倒真想杀了你，若是不杀你，又怎么能解我的心头之恨呢？"

第五十四章　金风玉露丸

"刘轩，明明就是你自己无能，被自己的九弟出卖，所以你的妻子才会被我带到北齐，这如何能怪得了我？"拓跋翰形色猖狂。

"拓跋翰，你给我闭嘴！实话告诉你，我并不想杀你，因为现在我还不能杀你！你如果想活命的话，命手下将弓箭收起，让我们平安返回南楚，我就可以不杀你！怎么样？你是想活命还是下地狱，只在你一念间！"刘轩拔剑的右手更紧了几分。

"你说话算话？"拓跋翰的眉间有火苗跳跃，那分明就是求生的渴望。

"当然！南楚清河王一向言出必行，又怎么会像你这样三番四次的失信于人？"

"好！我答应你的条件，今日就放你们回南楚！刘轩，好一招'不入虎穴，焉得虎子'！刚刚我还真以为你会为了苏湄若而选择自尽，不过我也怕你临时反悔，所以才准备射你一箭以防万一，没想到还是被你的女人给搅和了！我不但小瞧了你，还小瞧了你的女人！"说完拓跋翰狠狠地看了苏湄若一眼，而苏湄若也用同样冰冷的眼神回应他。

四目相对，这段时间所有的温情都已不再了，都在这一个眼神中烟消云散！

"拓跋翰，你知道你今日为何会输吗？今日你带着百万北齐雄兵而来，按道理来说，你绝不可能会输！可事实你却输给了我一人，是因为你忽略了最基本的御敌之术！"

"什么御敌之术？"拓跋翰迫不及待地问出口。

"那御敌之术，可不是什么'置之死地而后生'，也不是'不入虎穴，焉得虎子'，而是'擒贼先擒王'！还有最重要的一点，是你根本就不了解我和苏湄若，你输给了自己的狂妄自负！好了，话已至此，不必再多言了，赶快让他们退下吧。"

"众军听令，全部撤退，不得阻拦清河王一行回南楚！违者杀无赦！"拓跋翰的声音响彻整个空旷苍茫的雪谷。

北齐的百万雄兵纵然再不甘，可无奈他们王子的命此刻就在南楚清河王的手上，也只能听从拓跋翰的命令，全部撤退！

刘轩一直把离魂剑搁在拓跋翰的肩膀上，一路前行。

只一炷香的工夫，已走出茫茫雪谷。

"我说刘轩，现在已经都出雪谷了，你可以把我放了吧？"拓跋翰见他们已出雪谷，忍不住开口了。

"你放心，我自然会说话算话。只是，你刚才打了我的女人一巴掌，这一巴掌我无论如何都要替她打回来，所以我在替她报完这个仇以后才能把你给放了，你应该没有意见吧？"刘轩说完，也没有等拓跋翰反应过来，已经挥手在拓跋翰脸上狠狠打了一个巴掌。

"啪"的一声，在空旷的雪谷激起无尽回声！拓跋翰若是女子，恐怕此刻早已晕过去了！刘轩这一掌拼尽了全力，饶是拓跋翰从小习武，也费了好大劲才定住心神勉强站住！

打完以后，刘轩将离魂剑收剑入鞘，他神色如常，"好了，拓跋王子，从此我们恩怨两清，再也不见，告辞！"刘轩一说完就上前挽住苏湄若的手，准备带她离开此地。

看着他们渐行渐远的身影，拓跋翰突然意识到，今日一别，他再也不会见到苏湄若了！他终究还是心有不舍，追上前开口，"刘轩，能不能让我和苏湄若再说两句话？"

"拓跋翰，你要干什么？"刘轩警惕地将苏湄若一把护在身后。

"你放心，有你在这里，我不会动她的，况且我又能对她怎么样？我只是想起有两句重要的话要对她说，你不会小气到连两句话都不肯让我跟她说吧？"

"朗朗乾坤下，谅你也干不出什么来，长话短说。"刘轩冷哼一声便走开了。

拓跋翰上前，情不自禁地伸手要摸苏湄若刚才被他打过的右脸，那白皙面庞上清晰的五道手指印刺痛了他！他刚才是对她做了什么？为什么会控制不住自己？

苏湄若嫌恶地避开他的手，怒目嗔视，"拓跋翰，你还想干什么？"

拓跋翰的声音像在说梦话一样，他整个人的神态也仿佛如在梦中，"你放心湄湄，我不会对你再做什么了。对不起，刚才我一时冲动没有忍住才动了手，你的脸还痛吗？"

"拓跋翰，这一切还不是拜你所赐！现在又何必再来作无谓的道歉，再说我痛与不痛又与你有什么关系？"苏湄若斩钉截铁地说完，便别过头去，她不想再看到这个人！

"对不起湄湄，是我不好，刚才我也不知道是怎么了。"他停了一停，伸手把苏湄若的脸颊摆正过来，"我要给你一个很重要的东西。还记得之前我说我给你吃了蛊毒'忘情丸'吗？"

"当然记得！王子难道还想给我吃第二颗？"一提起这个，苏湄若就来气！

"傻丫头，那是我骗你的！我爱你，怎么可能会舍得伤害你，又怎么会给你吃那样不堪的东西？前段时间因为你弹了《胡笳十八拍》，我一气之下把你禁了足，你为此闷闷不乐。为了让你开怀，所以我给你吃了金凤玉露丸，现在我把这瓶金凤玉露丸都给你，它是我北齐不传之药，专治忧思忧虑，极其珍贵。不过纵然它珍贵稀缺，赠予你我还是乐意的。"

苏湄若听到这里不敢相信自己的耳朵，眼前这个人竟然没给她下毒，可是她仍旧不相信，开口诘问，"那为什么我吃了那药丸以后，浑身上下都没有力气了？"

"那是因为，所有人吃了第一颗都会有这样的反应，吃第二颗就不会再有了。"说到这里，拓跋翰停住了，将怀中的金凤玉露丸掏出，放到苏湄若的手里，再次开口，语气轻飘飘的，神情更是恍惚，"湄湄，我知道你们汉人有一句诗词说'金风玉露一相逢，便胜却、人间无数'，可惜，我与你终究还是错过了。不过也不知为什么，方才我竟然在突然之间就想通了，若我真将你一生困在北齐，那不是爱你，而是害你！所以，我祝你们凤凰于飞，和鸣铿锵！"

第五十五章　离间计

苏湄若听拓跋翰说出"凤凰于飞，和鸣锵锵"这句话，着实被惊到了，因为这八个字出自《诗经》，可这北齐王子明明不是汉族人，却如此精通汉文，实在让她感到诧异。她微微一笑，"多谢王子，王子保重，后会无期。"说完她就转头往刘轩身旁走去。

"等等！湄湄，能让我抱你一下吗？"

苏湄若怔在了原地，刘轩已将她一把护在身后，他看向拓跋翰的眼神冰冷，"拓跋翰，你不要得寸进尺！她是我的女人，这普天之下，只有我能抱她！"

拓跋翰似乎恍然大悟一般，他骤然惊觉方才说的话有多么唐突，自嘲道："对不起，湄湄，是我唐突了！"

苏湄若只是轻轻一摇头，刘轩将她一把打横抱起，看着拓跋翰，似笑非笑道："拓跋王子，告辞！"

不知为何，就在刘轩四人走后没多久，雪谷突然下起了暴风雪，而这漫天风雪中，北齐的拓跋王子，一直目送着四人离去的身影，久久难以回神。

"王子，该回去了，可汗还在等您消息呢！"飞雪片片，弥漫了整个空旷的雪谷，贴身侍从的声音响起。

"是啊，该回去了，她走了，一切也都过去了……"拓跋翰仿佛做了一个冗长的梦，雪飘人间的寒冷让他终于醒转，只是梦醒之时难掩惆怅，连带着语调亦是惆怅无错。

浩浩荡荡的百万北齐雄兵跟着他们的拓跋王子回宫，风雪越烈，铁骑渐渐无影无踪。

当拓跋翰回宫的时候，发现金銮殿里一片杀气蔓延。

他的父王——拓跋可汗正黑着脸，怒视着从漫天飞雪中归来的他。而他的哥哥拓跋琮，则以一副看好戏的神情颇为玩味地看着他。

"儿臣恭请父王圣安！"拓跋翰俯身行礼。

没等他站起来，拓跋可汗已经随手抄起身边的青瓷茶盏，毫不留情地向他掷去，"拓跋翰，你这个逆子！你居然还有脸来向朕请安！被你这样气着，朕哪里还会有安生？"拓跋可汗"腾"的一声从龙椅上站起，重重地拍了桌案，随手一把将如山的奏折全部推倒在地，不停地喘着气，声声都是天子的雷霆之怒！

身边的贴身太监见状，连忙上前扶助他，"可汗息怒，身子最要紧，若是气坏了身子可怎么办？"

"都给朕滚开！"拓跋可汗猛地一甩手，那两名太监被他甩的老远，立马退出了金銮殿，不敢再靠近相劝。

"父王此刻如此震怒，可是为了儿臣放走了清河王刘轩一事？"拓跋翰站了起来，冷静开口。

"原来你还知道！"听到儿子这样明知故问，拓跋可汗的怒气不由得更添了几分。

"我说二弟，此时此刻你竟然还敢明知故问！父王就是为了此事而震怒，你可真是胆大包天，竟然敢公然忤逆父王的命令！这一次，可把父王给气坏了！"拓跋琮的声音讽刺地响起，无异于火上加油。

"不知此事与大哥又有什么关系？还轮不到你来指手画脚、挑拨离间！"拓跋翰冷冷睨了他一眼，那一眼让拓跋琮根本不敢还口，他只是伸出手指，怒指着拓跋翰，忍不住说了一句，"拓跋翰，你！"

"那你倒是给朕好好解释一番，为何要违抗朕的命令放走清河王？你应该知道，刘轩既然能以一人之力接连十日连挑我北齐十大关卡，你就该明白此人的身手堪称世所罕见！此番放他回去，无异于放虎归山，日后必定后患无穷！"

"父王，你且想一想，清河王刘轩是南楚天子刘熙一母同胞的亲弟弟,他向来圣眷优渥,他也比别的王爷得到了更多的优待,如果我们真的把刘轩给杀了或者把他给囚了,父王你觉得那刘熙会如何?"

"还能如何?他难不成还会为他这胞弟挥师北上,踏平我北齐?"拓跋可汗冷哼。

"父王,别的不说,第一,此举势必会加剧南楚与我北齐两国关系的紧张程度!第二,刘熙说不定一怒之下真的会率大军前来攻打我北齐!一月前我北齐与南楚刚刚经历了一场大战,我北齐急需休养生息,恢复民生!父王,我们绝不能再这样打下去了,所以儿臣今日,还是放走了他,儿臣此举是在救我北齐!"

"你说的这些朕自然知晓!可是翰儿,你有没有想过?今日之事若是传出去,四国众人会如何看待你?又会如何看待我北齐?"

"儿臣不管别人怎么看,儿臣今日所为是为我北齐百年江山社稷考虑!"拓跋翰跪下重重磕了一个头,在空旷的金銮殿中响起了回声。

"翰儿,刘轩今日能从你带着百万北齐雄兵的手上逃出去,平安回到南楚,这件事不用多久就会传遍四国!到时候天下人都知道,刘轩竟然能以一人之力逼退你堂堂北齐二王子和我北齐的百万雄兵!他孤身一人,一剑曾当百万师,而你们却拿他没有任何办法!你难道没有想过,到了那时天下人会如何看待我们北齐?"说到这里,拓跋可汗似乎再也撑不住了,直接跌坐在了龙椅上,一脸倦容,早已斑白的两鬓此刻被殿内烛光一照,就显得更明显了。

"父王多虑了,儿臣明白四国人都会知道今日之事,儿臣此举恰恰是告诉他们,我北齐王室绝不以强欺弱、胜之不武,这样反而彰显了我北齐王室仁心仁德!"拓跋翰的声音坚定、自信,这一刻,跌坐在龙椅上的拓跋可汗神色微变。

"二弟,你倒是巧舌如簧!口口声声说是为了我北齐,我看你分明就是为了那个女人才不杀刘轩,放他们回去的吧!"拓跋琮眼看就要借机挑拨成功,却发现拓跋翰正一点一点地扭转乾坤,他知道,他必须要再加把力了!

第五十六章　踏平北齐

"琮儿，你刚才说什么？那个女人是谁？与刘轩又有什么关系？"听到拓跋可汗问出这句话，拓跋琮的心里早就乐开了花，脸上也得意扬扬，他方才之所以说出那番话，为的就是让拓跋可汗问出这句话。

他上前一步，一字一句开口，"父王有所不知，二弟此次从南楚带了一位月下谪仙一样的美人回来，而那个美人不是别人，正是清河王刘轩的王妃，是他的结发妻子，是南楚神威大将军苏子睿的嫡女苏湄若！二弟钟情苏湄若已久，所以才携美而归，金屋藏娇！"

"岂有此理！朕看你这逆子是被美色迷昏了头了，将我北齐百年江山社稷全忘到脑后去了，竟然能干出如此荒唐之事！怪不得刘轩会连挑我北齐十处关卡！"拓跋可汗起身，看向拓跋翰的眼神犹如火山爆发！

"父王英明！父王请细想，刘轩自娶了这位王妃，向来把她捧在手心上，对她爱若珍宝！他又怎么能忍受二弟这夺妻之恨呢？所以，他才会以一人之力连挑我北齐十道关卡，以宣泄他心中的仇恨！他这是在告诫我们，不要轻易碰他刘轩的东西！二弟，你说大哥分析得对不对？"说完，拓跋琮意味深长地叹了一口气，摇头直看向拓跋翰，他倒要看看，这一次拓跋翰还能作何解释！

听到拓跋琮这番话，拓跋可汗的脸上早已气得铁青一片，他颤颤巍巍地走到他宝贝了二十多年的儿子面前，他高高举起右手，就要往拓跋翰脸上打去！可却在关键时刻硬生生收住了掌风，长长呼出一口气，闭眼摇首，语意萧索，"你这个逆子，你为什么要这么做？"

"父王，您是过来人，自然知晓情之所钟是很难改变的！所以，您又何必质问儿臣？父王请放心，儿臣自会替你解决刘轩这个后顾之忧！儿臣今日虽然放他离去，可并不代表就准备这样放过他了！"拓跋翰及时转移了话题，听到他这句话，拓跋可汗的怒气平息了几分，他想到了更重要的事！

拓跋翰将他扶住，一步一步搀着他坐回龙椅，"父王，儿臣之前被掳去南楚关押在南楚的天牢里，父王可知是何人救我出天牢？"

"还能是谁？难道不是你姐姐把你救出来的吗？"拓跋可汗想到了他那个远嫁南楚的长女，颇为感慨。

"父王是糊涂了吗？后宫不得干政，姐姐纵然得刘熙盛宠，却也没有这样大的本事！"

拓跋可汗奇道："除了你姐姐，还有谁会救你出来？"

"此次救儿臣出天牢的是南楚的汝南王刘衡，他不仅将儿臣从天牢中救出，还将苏湄若从清河王府骗出，所以儿臣才能将她带来北齐。"

拓跋翰这番话大大引起了拓跋可汗的兴趣，看来这向来太平的南楚王室也并非表面那样平静，恐怕一切平静都是表象，内里早就波涛汹涌了吧！他含笑发问，"汝南王又为何要帮我儿呢？"

"父王有所不知，汝南王的生母只是一个宫女出身，所以他从小备受欺凌！而他也正因如此，早在多年前就和整个南楚王室翻脸！可惜，那些蠢货都不知道，包括南楚的天子刘熙，也一直被他表面深藏的城府蒙在鼓里！在他们眼中，他可一直都是温良恭俭让的汝南王！然而事实上刘衡因为身世原因，与南楚王室早就暗中划清界限，所以他比任何人都希望有人能替他毁了这南楚的江山，所以他才会和儿臣合作。"

"真是天助我也！想不到南楚王室还有这号风云人物！我北齐多年来屈居这常年暴风雪不断的穷山恶水之地，所有好的天时地利，都让南楚给占尽了！这天下也该换一换主人了……"拓跋可汗笑得猖狂，他仿佛已经憧憬到不久以后他将一统四国的盛景。

"父王英明！"拓跋翰和拓跋琮双双跪下叩拜。

苏湄若从没有觉得这样安心过。

仿佛这段时间她在北齐所经历的这一切都是一场梦，一路上她总是会不自觉地回头，看着北齐的风光正一点一点地退出她的视线，而在前面迎接她的则是南楚的青山、绿水、垂柳、红枫、石桥，还有南楚的白云清风，凡此种种，无一不让她动容，因为那全是她心心念念的风光。

这么多天全是一场梦，终于，这场噩梦过去了，梦醒时她最爱的人在身边，对她来说，生活的每一分每一秒又都是鲜活的、自在的，令她深深沉醉的。

"王爷，因为南北气候差异，饮食习惯的不同，所以王妃才会厌食贪睡。微臣自会为王妃好好调理一番，请王爷放心……"迷迷糊糊之中，苏湄若似乎又听到了那个年迈的声音，她知道，那是何院判的声音。

突然，一道令她熟悉得不能再熟悉的声音响起了，"务必要好好给王妃调养好，你先下去吧。"那是刘轩的声音，唤醒了她沉睡的梦境。

苏湄若醒来已是正午时分，周遭一切是那么熟悉，雨过天青色的纱幔依旧飘逸不染尘埃，室内布局亦如她离开时一样，甚至连那一束残荷也未改变分毫，依旧带着醉人的残缺美，静静伫立在瓶内，震撼着她。

暖阳一分分透过茜纱窗，低低斜照进来，而刘轩就在那团光影下含笑看着她。

她被他看得不好意思，含羞垂首，低低一语，"王爷好好的，这样瞧着我做什么？"

刘轩上前，一把将她抱在怀里，"王妃可知？你不在的这段时间，本王生平头一次觉得人生甚是无趣，每一刻都是煎熬！还好，我把你毫发无伤地救回来了。"

苏湄若突然想到一个很重要的问题，她认真地一字一句问出，"王爷，我很想知道，若是我已经丧命在北齐，王爷一去见到的只是我的尸体，王爷会如何？"

她刚一说完，刘轩已经放开了她，声音冷静镇定，"那么，本王会为你踏平整个北齐。"

第五十七章　合纵连横

苏湄若看刘轩竟然将这样一句雷霆万钧的话轻飘飘地从口中说出来，忍不住"扑哧"一声笑出来，她摇头，啧啧叹道："还好我毫发无伤，还好那拓跋翰并没有将我怎么样，否则这北齐万千臣民可就遭殃了。"

刘轩这才反应过来，他伸手一把托起苏湄若的下巴，"王妃比从前越发胆大包天了，竟敢戏弄本王！苏湄若，你敢寻本王开心！今日要是不让你知道本王的厉害，我就不姓刘！"说完，刘轩就伸出双手朝着苏湄若的两个胳肢窝挠去，他们同床共枕那么久，他自然知道他这王妃最大的软肋，就是怕痒！

苏湄若从小最怕痒，此刻被刘轩挠得边笑边求饶，"王爷饶命啊，妾身错了，妾身再也不敢逗您开心了！"

"算你还机灵，好了，本王今日且放你一马。"刘轩停住了手，拍拍她的面颊，柔声道；"湄若，今日你在府内好好休息一日，明日本王带你去缥缈峰登山如何？本王记得你之前一直想去，是不是？"

苏湄若向来喜欢登山，她对缥缈峰早已心向往之，她记得她被拓跋翰掳去北齐前曾对刘轩提起过此事，没想到，刘轩竟然还记得，想到这里，她的心里顿时涌起一阵温暖，目光有些温柔，"没想到王爷的记性这么好！好！明日我们就出发去缥缈峰登山！"

"你这傻丫头，好好的，怎么流泪了？怎么王妃嫁给本王这么久，竟然才发现本王记性过人？"刘轩颇为无奈地将他这小孩子心性的王妃搂在怀中，却是满脸的春风得意。

汝南王府。

本是待客的大厅，此时却一片狼藉，一地的花瓶碎片，一切能砸的基本都被砸了个遍，下人无不瑟瑟发抖，看着他们的王爷刘衡此刻像疯了一样，服侍他多年，他们却从来没有见到过这样的汝南王！

"王爷，您消消气啊，您这是干什么？若是气坏了身子可就不值当了！"刘衡的贴身侍从硬着头皮上前劝道。

不过下一秒他就后悔了，因为他刚一说完，刘衡已经抬脚将他踹飞，怒指着他，双眼猩红一片，大声咆哮，"滚！都给本王滚！你好大的胆子！你竟敢来看本王的笑话！"

"你叫我消气？本王如何能消气！我精心策划了这么久，费尽心思把拓跋翰从天牢里救出，又将苏湄若骗到这里，让他带走！"

"我本以为，他一定会把苏湄若给藏好，让刘轩穷尽此生都找不到！没想到，刘轩一个人以一人之力竟逼退他百万雄兵，单枪匹马把苏湄若给救回来了！"

"呵呵，我费尽心思想要让刘轩痛不欲生，想要借拓跋翰的手彻底击垮刘轩，没想到最后，竟是大梦一场空！"

"这种感觉你们能明白吗？不！你们不能！你们怎么会明白我？我刘衡所有的努力都白费了，我所做的一切全部化为泡影！"

"刘轩，你为什么没有死在北齐？你为什么要把苏湄若救回来！还有你拓跋翰，竟然无能至极，在你自己的地盘上居然还能让刘轩平安回来！我真是瞎了眼和你这样的蠢货结盟……"

这一刻，汝南王府所有的侍从无不面面相觑，不敢相信眼前这个已濒临疯狂状态的人，竟然是他们一向冷静睿智的王爷！更不敢相信，这一番话，竟然出自他们一向温良的汝南王之口！

"汝南王殿下，属下奉北齐二王子拓跋翰的命令前来送信，请您速速开门！"突然，一阵高亢的叫喊声，让所有汝南王府的人沸腾了！

门外那人，竟然自称是北齐二王子拓跋翰的手下！

"我倒要看看，这拓跋翰还有什么招数可以使？你们还傻愣着干什么！还不赶快去开门！"刘衡说这话的时候渐渐恢复了常态。

立刻有侍从前去开了门，"吱呀"一声，似一位沉疴老人衰老的叹息，那叹息声后，只见一个留着长胡须的黑衣男子进来了。

他径自走到刘衡面前，掏出怀中的信件，双手递给刘衡，语调铿锵有力，"汝南王殿下，我家王子说了，这封信务必要亲手交到您的手里，所以属下日夜兼程赶来，终不辱使命！"

刘衡接过，似笑非笑，"不知你家王子还有没有说什么？"

"我家王子还说，他要和汝南王继续愉快地合作，而具体怎样合作，他都写在这封信里面了！他说汝南王是聪明人，一看便知！"

"哦？那我倒要好好看看这封信了，看看你家王子还能想出什么招！"说完刘衡拆开了这封信。

信的内容很简短，可每一个字都令他欣喜若狂，他看完信件，一步步上前，走到拓跋翰心腹的面前，伸手拍拍他的肩膀，笑道："你放心，你回去告诉你家王子，就说本王自然明白该怎么做了，祝我们合作愉快！"

"好，既然汝南王已心领神会，那属下就告辞了！"那侍从说完便转身骑马而去。

"王爷，这拓跋王子在信中写了什么，居然让您这么高兴？"刘衡的贴身侍从此刻一脸茫然，他对刚才发生的这一切充满不解。

"你们日后自然会明白的！这个拓跋翰，本王可真是小瞧他了，没想到他动起心思来，招招都是连环计，招招都是绝杀局！他这一计实在高明，这一次本王倒要好好看看刘轩该如何破此死局了，你们便和本王一同看好戏吧！"刘衡的声音恍如鬼魅，为整座汝南王府更添几分诡异。

第五十八章 坠入悬崖

苏湄若记得，从前在书上读到过范成大写的一首《缥缈峰》，传说是他在登临缥缈峰后所留下的一首绝句：

满载清闲一棹孤，长风相送入仙都。莫愁怀抱无消豁，缥缈峰头望太湖。

那时读到她就沉浸在诗中久久难以回神，她好奇这缥缈峰到底是怎样的一处所在，没想到，她此刻竟然要亲临诗中景致了！

缥缈峰的山顶常年云雾环绕，仿佛伸手便能摘下云朵。苏湄若自嫁给刘轩以后，常听刘轩说起此处，她从小又爱登山，所以就对缥缈峰心向往之！终于，她离目标越来越近了。

一路上，苏湄若像一只兔子一样蹦蹦跳跳，刘轩宠溺的声音不时响起，"哎哟，小疯子，你慢一点，缥缈峰就在那里，它又不会逃走，你至于这么急吗？"

"王爷你不知道，我已经好久好久没有登山了，自从嫁给你以后，我就没有登过山了！我当然要快一点啊，重温往日时光！"

"是是是，你说得对！王妃这张小嘴啊，本王可从来不是你的对手！"刘轩配合她叹气。

"那是自然，王爷怎会是我的对手？没想到，王爷竟然如此有自知之明！"苏湄若说完突然转身，朝刘轩扮了个鬼脸。

刘轩却抓住了这个机会，身形微动，脚步轻移间便已来到她的身边，伸手捏捏她的鼻子，一脸坏笑，"哦？是吗？那王妃这么厉害，怎么还会被那拓跋王子给抓去北齐待了大半个月？怎么还等着本王来救你，没能自己逃出呢？"

苏湄若嘟嘴，哼了一声，"我若像王爷一样拥有如此惊人的身手，那还用说吗？我早就逃出来了，还用得着王爷去救我吗？再说了，要是王爷大半个月前没有被盈贵妃在宫里给拖住，王爷若是早早地赶回来，我又怎么会被拓跋翰给抓去？"

"王妃说得是，如此看来，一切都是本王的错！好了好了，不说这些已经过去的事了！你看，缥缈峰就要到了，就在前面，看那缥缈峰顶的云雾！"刘轩伸手指着前面那座恍若与天相接的高峰，携了一抹笑意看向苏湄若。

"哇！原来这就是传说中的缥缈峰啊，真是百闻不如一见……"苏湄若再次向不远处的缥缈峰狂奔而去！

她等不及刘轩了，一步一步往上爬去，尽管缥缈峰山峰很高，可她从小就是爬山能手，只爬了一个时辰就爬到了山顶！

苏湄若此刻站在峰顶上极目远眺，此身仿佛如在重重云端之间，而那万丈云海就在脚下，远处群山若隐若现，恍如瑶池仙境一般。再往远处看去，三万六千顷湖光山色尽收眼底，仿佛南楚的山水风光一览眼底。此时此刻，她觉得自己仿佛要乘风归去，山风浩荡，吹得她一身衣袂飘飘，与风共舞……

而不远处的刘轩正含笑望着她，眸中神情尽是宠溺，汪洋如星辰浩瀚无边，令她沉醉，久久难以回神。

然而，苏湄若并不知道，危险正向她悄悄靠近！她身后，不知何时出现了一个黑衣蒙面的男子，那男子只是轻轻地伸手将她一推，她便什么都感知不到了，只觉得好像坠入了无尽深渊。

那一刻，一身素衣翩跹的她，生平第一次觉得自己像是一只白色的蝶，就这样飞入沧海，茫茫无踪……

她坠崖了！

"湄若！"刘轩的声音响彻整座缥缈峰，可惜，苏湄若听不到了。

他怪自己太大意，竟然没有看到那黑衣蒙面的男子，不怀好意地将她推入万丈深渊，他施展轻功，一跃至山顶，使出绝招与黑衣人交了手。

不过十招，黑衣人已渐渐身处下风，刘轩一把掐住黑衣人的脖子，咬牙切齿，"说！是谁派你来杀本王的女人的？"

"刘轩，你别白费功夫了！因为，你永远……永远都不会知道答案……"话还没有说完，那黑衣杀手已经口吐鲜血，气绝于地。

刘轩本能地掰开他的嘴，发现他齿内藏毒，看来他是一个职业杀手，可恶！

刘轩起身，看那缥缈峰下是万仞绝壁，苏湄若被他推入深渊，怕……他克制自己不去想不好的结果，深吸一口气，施展从小练成的轻功，纵身一跃，往那万仞绝壁中行去。

不管怎么样，他都要找到苏湄若，他都要救她！

苏湄若醒来，发现自己除了头晕以外，并没有什么大碍，这让她感到万分诧异！因为记忆分明的瞬息里，她记得自己明明被一歹人推入这万丈深渊！她早已做好"吾命休矣"的准备了，此刻怎会一点事情都没有呢？

她迷迷糊糊地睁眼，抬头，发现自己正躺在一个无比踏实熟悉的拥抱中，那个怀抱她如此熟悉，是刘轩！

刘轩一把将她紧紧抱在怀里，英俊的眉目皱着，白衣染了尘埃，他紧紧闭着双眼，可手上抱她的力量却没有放松半分，她靠在他英挺的胸膛前面，清晰地感受到他的呼吸声，此刻不知是不是她的幻觉，他的呼吸声竟是那样急促！

"王爷，我记得，刚才我被一个人给推下来了，你是怎么找到我的？"

第五十九章 神秘男子

刘轩将苏湄若放开了，捏捏她的鼻子，一脸的宠溺，"傻瓜，你夫君是什么人？本王可是能单枪匹马去北齐将你从百万雄兵手中救出的清河王！刚刚推你入这万丈深渊的家伙，我一看到他在背后对你动手，立刻追了上去和他打了一架，他自然不是我的对手，很快败下阵来，我问他是谁派他来杀你，可他却自尽了！"

"本王猜测，他是训练有素的职业杀手，明显是有人出了高价给他，所以他才来杀你！后来本王纵身一跃，半途接住了你，本王从小习武，这万仞绝壁对我来说，如履平地，所以王妃自然没有事了。"

刘轩说得简单，三言两语就概括了事情的经过，可是，在苏湄若听来，却是那样惊心动魄。这一刻，她主动抱住了刘轩，如果没有这个男人，恐怕她早已尸骨无存，又如何还能在这心心念念的缥缈峰看风光无限好？

她闭眼，不停想象方才那追魂夺魄的经过，抱住刘轩的力道不由得又紧了几分，她知道的，无论什么时候，只要有他在，她就一定是安全的！无论是她被拓跋翰掳去北齐，还是刚才有人将她推入这万仞绝壁，只要刘轩一出现，她就能马上化险为夷！

"王爷，你没事吧？"苏湄若的语气轻飘飘的，那语气犹如这缥缈峰上汇聚的云雾一般悠悠不散，让刘轩心里一紧，"傻瓜，我没事。你难道忘了为夫的身手不成？"说完，他颇为打趣地看着苏湄若。

"是是是，王爷天下无敌，我不过随口一问罢了。"苏湄若停了停，秀眉微蹙，"王爷，一定是有人要杀我，你说是谁非要置我于死地不可？"对于方才的惊魂一瞬，苏湄若依然心有余悸。

"湄若，你别怕，只要有本王在，他们就动不了你，任何人都动不了你！刚才那杀手，本王在与他交手的时候发现，其实他武艺过人，若非本王方才急于救你，招招都使出了绝杀，恐怕不能及时把你救下！所以，本王若没有猜错，一定是有人花了重金让他来杀你！"

"王爷，我突然想到一个问题，也许只要这个问题解决了，今日之事的幕后黑手就能立马原形毕露了！"苏湄若莞尔一笑，眸中神色也为之一亮。

"王妃快说！"刘轩其实心里已猜了个大概，但他还是想听苏湄若先说，看看他们是否心有灵犀又想到一块儿去了。

"我在想，今日知道王爷你要带我来缥缈峰登山的人并不多，除了咱们王府的几个亲信之外，谁都不知道，那么究竟是谁走露了这个风声呢？"

听苏湄若说到这里，刘轩的脸色渐渐变得铁青，他眉头深锁，双拳紧握，"王妃和本王想到一块儿去了！本王也怀疑是府里出了奸细，是有人故意将本王今日要带你来缥缈峰的消息泄露给了要杀你的人，所以那人才会派杀手来，若非有人通风报信，刺杀的时间又怎会如此吻合！"

"可是王爷，咱们王府怎么会出现这样的奸细呢？"苏湄若百思不得其解，毕竟平时刘轩和她一直都宽以待人，王府的贴身侍从办事也一直稳妥周到，她不敢相信怎么会有这样的内应！

刘轩冷笑，"王妃不必紧张，人心不足蛇吞象，吃里扒外的东西永远都存在。不过今日，知晓本王要带你来缥缈峰的人只有四个，风驰、电掣，还有雷威和彩云，而这四人里面，风驰和电掣绝对不可能，他们从小服侍本王，本王信得过他们的人品！"

"所以，王爷的意思是，嫌疑人就是雷威和彩云？"

"不错！本王的确怀疑他们两人之中，其中有一个必是被人收买的内应！"

"王爷分析得有理，既然我们已经确定了范围，一切就不难办了！等我们今日回去好好问一番便是了，他们既然能做出这样的事，必定会留下痕迹，不怕我们破不了！"

"王妃向来聪慧，一点就透！不说了，刚刚缥缈峰的景致王妃还没有看够吧，本王现在带你爬上去再好好看个够！"刘轩换了一种语气，听在苏湄若的耳里,就像是原本狂风暴雨的天空忽然变晴,又是万里无云好风光!

"救……救我……"刘轩和苏湄若两人正要起身离开此地时,却听见一道男声响起,那声音虚弱、无力,他们循声而望,发现离他们十米之处,一片苍郁的草丛里正躺着一名年逾五旬的男子!

那男子虽然年逾五旬,可精气神却是极佳!两鬓的头发也没有斑白,依旧乌黑一片。他们看到男子的嘴里正念叨着什么,刘轩和苏湄若两人对视一眼,默契地一同走向那男子,分别在男子身侧的一左一右蹲下,刘轩先开口,语调平稳,"你这是怎么了?"

那男子笑了,吃力地挤出一丝笑容,面容苍白,"救我!我被蛇咬了……"

听到他说被蛇咬了,苏湄若本能地站起,对于蛇,她有与生俱来的恐惧!所有动物里面,她从小最怕蛇,况且她还被蛇咬过!

她蓦地想起,几个月前她初嫁给刘轩,他带她去长安郊外,刘轩半途走开去打猎,结果她一时没注意就被极品毒蛇竹叶青给咬了!现在想起,虽然这件事已经过去了很久,可依旧心有余悸!

刘轩知道她怕蛇,将她搂在怀里,用一脸玩味地笑容打量着她,"王妃别怕,今日本王在此,再厉害的蛇也碰不了你!"

苏湄若见他打趣自己,哼了一声,别过头去不理他!都什么时候了,这个人竟然还有闲心打趣她!

刘轩环视四周,发现那男子的右侧上方确实有一条被打死的蝮蛇!他想了想,从怀里掏出了一个青瓷净瓶,那瓶上写着"九华丸"三个大字。他倒出一颗药丸,递给了男子。

第六十章　谁是奸细

"你放心，只要服下这一颗九华丸，蛇毒便会迎刃而解，而你只要休息半个时辰便能恢复如常。"刘轩的语调平静。

那男子看了一眼这颗药丸，细细打量着刘轩和苏湄若二人，奇道："小兄弟，你方才给我的这一颗药丸，莫非就是传说中能解百毒的'九华丸'？恕我冒昧问一句，你是何人？怎么会有如此珍贵的'九华丸'？要知道，这'九华丸'可是隐居东秦二十载的神医丹鹤，用了整整十年时间花费无数心血制成的，世间只有三瓶！他自己留了一瓶，他向东秦王室进献了一瓶，而你这瓶，就是第三瓶！我与你素未谋面，你为何要用如此珍贵的药丸救我？"

听了他这话，苏湄若的心里早已翻起万重浪！而刘轩却依旧镇定，"救人一命胜造七级浮屠，再说今日也是有缘和你在此相遇，你我既是有缘人，我又怎会不舍得花这一颗'九华丸'来救你呢？"

那男子接过药丸服下，片刻后抱拳，"多谢小兄弟救命之恩！我看小兄弟年纪轻轻却气度不凡，谈吐更非一般，而你身边的这位女子气度高洁同样不凡，你们二人站在一起，宛如一对璧人！不知小兄弟是谁，日后我也好报答你！"

"萍水相逢是缘，日后也未必会再相见！今日伸手救你不是为报答，所以，就此别过，告辞。"刘轩并不想把自己的真实身份透露给他，所以带着苏湄若转身就走。

不料那男子却立刻站了起来，"这位小兄弟如芝兰玉树一般，且让我来猜一猜你的身份！看你这衣着，风华气度，想必一定是南楚皇室中人，而你年纪轻轻，却拥有天下极其珍贵的'九华丸'，若我猜得不错，想必你就是南楚天子刘熙的胞弟，清河王刘轩。"

刘轩猛地转头，这一次，他仔细打量着眼前这男子，只见他穿了一身藏青色的长袍，眉宇英挺，虽然中了蛇毒，可是他整个人浑身上下的霸气却怎么也掩盖不住！这个人绝不是一般人，居然三言两语就能猜出他的身份！刘轩含笑开口，"不错，在下正是清河王刘轩，不知阁下究竟是谁？怎会有如此好的眼力？"

"清河王，今日幸会！日后，我与你必定会再见面的，所以我的身份留待日后再揭晓吧！今日你救了我一命，我欠你一个人情，他日必会还你，告辞！"说完，那男子便走了，虽然年逾五旬，可他脚步却轻盈如风，完全与年龄相悖。

"奇怪，这个人到底是谁？"刘轩蹙眉，喃喃自语。

苏湄若也在好奇，这个人仅仅凭着一瓶"九华丸"，就猜出了刘轩的身份，这样的人心思缜密到令人害怕！

"王爷，你说他到底是谁？如何能仅凭一瓶九华丸，就猜出了你的身份！恐怕此人绝非等闲之辈！"苏湄若的声音隐隐透着担忧。

"本王并不知晓他是谁，但我猜，我们必定很快能再见面！所以，湄若，我们一同拭目以待吧！"

刘轩和苏湄若怎么都不会想到，就是因为他们救了这样一个人，所以才有了后来所有的恩怨情仇！如果他们没有救这个男子，也许日后四国所有的纷争，都不会有！

可惜，人生从来没有如果。所谓的"如果"二字，不过是世人美好的安慰罢了！

刘轩和苏湄若两人一回府，便把雷威和彩云二人叫了来。

两人一进大厅，却见他们的王爷和王妃脸色不如往常。两人的反应截然不同，雷威依旧和往日一般淡定从容，而彩云却显得有些奇怪，她从进门开始就一直紧紧地握着自己的手帕，在这凉爽的天气额头却直冒冷汗，异于平常！

刘轩和苏湄若对视了一眼，果然有问题！

"你二人还不赶快给本王跪下！"刘轩率先开口，威严的声音响彻整个大厅。

雷威很坦然镇定，他跪下，双手抱拳，"不知王爷召属下前来有何要事？"

而那彩云却已经吓得直接跌倒在地，支支吾吾地开口，眼睛却始终不敢看向二人，"王……王爷，发生了什么？"

"今日本王带王妃去缥缈峰登山，王妃刚刚爬到山顶，就被一名黑衣杀手推入了万仞绝壁，幸好本王及时救了王妃，否则后果不堪设想，王妃今日恐怕就要葬身在缥缈峰了！今日知道本王要带王妃去缥缈峰的只有四个人，风驰、电掣，然后就是你们二人，风驰电掣从小服侍本王，绝不会出卖本王！你二人直接说吧，究竟是谁将这个消息泄露出去，而这幕后黑手又到底是谁？还不快将一切从实招来？"刘轩说完，猛地一拍桌案，茶水四溅。

雷威语气依旧镇定，他长长地向刘轩磕了一个头，"王爷，雷威十岁那年因为天灾丧父丧母，家破人亡，是王爷在雷威最困难的时候救了雷威的性命，那时雷威就发誓要一生效忠王爷！所以王爷，今日雷威可以很坦荡地告诉你，雷威从来没有做过这样的事！"

他刚一说完，刘轩已经上前将他一把扶起，雷威的话深深触动了他的记忆，是啊，雷威十岁那年，是刘轩路过救了他！从此，雷威为他兢兢业业办事，从来不马虎！他怎么能怀疑他呢？他开口，语气颇为自责，"雷威，是本王糊涂了，我不该怀疑你的，本王相信你！"

苏湄若看着彩云，彩云刚才进来看向她的眼神就不对，整个人畏畏缩缩，她和刘轩都不笨，没想到审都没有审，答案就已经出来了！

她难以置信地看着彩云，这个她从神威大将军府带来的贴身丫鬟，没想到，竟然是出卖她的人！她走到彩云的面前，伸手抬起彩云的下巴，手上不自觉地加了几分力道，迫使彩云抬头看她，她深深呼出一口气，呼出无尽失望与鄙夷，"彩云，真的是你做的吗？你太让我失望了！"

第六十一章　贼心不死

"王妃饶命！不！不是我！彩云从小服侍王妃，我怎么会做这样的事？"彩云跪倒在地，哭得梨花带雨。

不过，她的哭泣根本没有打动刘轩和苏湄若，他们二人一致认为此刻的她只不过是在演戏，刘轩走到她面前，居高临下地俯视着她，声音不温不火，却是风雨欲来之前最后的宁静，"彩云，本王最后再问你一次，是不是你做的？你可要想清楚再回答！如果你想不清楚的话，本王自会命人好好地让你想想清楚！"

听完刘轩此话，彩云停止了哭泣，擦干了眼泪，抬头看向刘轩，眼中一闪，开口却依旧坚持和刚才一样的说辞，"不！王爷，不是我做的！不是我，真的不是我！你们不能就这样冤枉我！"

刘轩冷笑，无尽鄙夷，"彩云，本王不得不提醒你，若非看在你是王妃贴身丫鬟的分上，你以为你此刻还能在这里大喊冤枉吗？既然你如此冥顽不灵，那可就怪不得本王了！看来要让雷威带你去地牢里好好想想清楚，也许等会你挨挨板子受受鞭刑，便能想起一切了！雷威，还愣着干吗？还不赶快将她带走，严加审问！"

雷威会意，立刻上前，可就在他的手刚要碰到彩云的衣服时，彩云却跳了起来，"不！我不去！王爷，我说！我什么都说！"

刘轩早就料到她会如此，"那还不赶快从实招来！说！是谁让你去通风报信的？"

彩云闭眼，深深吸了一口气，抬头看向刘轩，凄然摇头，"王爷，我是王妃的贴身丫鬟，从小服侍王妃，彩云一直把她当作亲人，若非被人以全家性命相要挟，我又如何会做出这样的事？"

虽然苏湄若在心中早已猜出那人是谁，可依旧开口，一字一句问道：

"是谁？是谁以你全家性命威胁你？"

"王妃，你只要细想，从前在神威大将军府，是谁一直处处刁难你？"

果然是她！苏湄若恨得咬牙切齿，嘴里吐出两个字："管氏。"

"王妃猜得不错，就是管氏！她抓了我全家人，威胁我如果不把你的一举一动告诉她，她就会立刻杀了我的家人！王妃，彩云也是没有办法啊！彩云不能眼睁睁地看着我的家人因为我而死！所以，昨日我才去向她通风报信，将王爷要带你去缥缈峰的事告诉了她！可是我万万没有料到，她会如此丧心病狂，竟然派杀手去杀你！"彩云说到最后，早已泣不成声。

彩云语声凄厉，听在苏湄若的耳中不是滋味，她长长叹了一口气，将她扶起，"好了彩云，既然你已经如实相告，我和王爷自然不会为难你！你放心，管氏不会把你的家人怎么样的。"

"可是王妃，她抓了我的家人……"

"彩云，你服侍我多年，难道还不知道我的为人吗？我与王爷自然会为你讨回公道，到时候你只要配合我们，我保证，你的父母会安然无恙！"

彩云看着眼前这个她从小服侍跟随的大小姐，总觉得小姐自从嫁给清河王以后就大变样了，若是从前，她绝对不会说出这样的话！管氏欺侮小姐多年，也该风水轮流转了，想到这里，她跪下重重地给苏湄若磕了一个响头，"好！王爷和王妃若能将彩云的家人救回，彩云从此愿为王妃上刀山下火海，万死不辞！"

"王爷，你听听，这丫头怕是疯魔了，什么上刀山下火海都来了！彩云，你这小妮子就放心吧，我既不会让你上刀山，也不会让你下火海，只要待会儿，我们将你一同带去神威大将军府，你将所有知道的关于管氏的恶行全部说出来，我保证，管氏不但会身败名裂，暴露真面目，你的家人自然也会得救！"苏湄若将她一把扶起。

彩云的脸上绽放出了一抹动人的春色，那春色并不撩人，却饱含杀机，"王妃放心，彩云一定会把所有知道的统统说出来。这么多年管氏实在欺人太甚，她欠王妃的，也该有个结果了！"

"王爷，管氏一而再、再而三地要置我于死地，这一次是可忍孰不可忍，我们也该去和她好好地算一算账了！不知王爷意下如何？"苏湄若看着刘轩。

刘轩笑着捏捏她的面颊，"王妃之命，本王又岂敢不从？走吧，爱妃，好好地去会会管氏！"

神威大将军府。

"报！将军，清河王带着王妃一同来了！"一名家丁单膝跪地，气喘吁吁地跑到正厅通报苏子睿。

苏子睿正在大厅喝茶，看兵书，没想到，这个时候他的女儿女婿竟然来了。虽然他觉得很不符合常理，却还是对家丁说，"那还愣着干什么？还不快去请他们进来！"

与此同时，神威大将军府的后院。

丁管家慌慌张张地闯进管氏的屋里，管氏被她吓了一跳，没好气地喝骂，"丁管家，你这慌慌张张的是做什么？瞧你样子，成何体统，还有没有点规矩？"

"夫人啊，这都什么时候了，你还有空讲规矩啊！大事不好了，那清河王带着苏湄若来了，此刻已到府内去找老爷了，我看他们来势汹汹，怕是有不测啊，所以才赶着来向夫人禀报！"

"什么？你确定没有看错吗？"管氏抹胭脂的手明显为之一僵，她在听到"苏湄若"这个名字的时候，怎么都不敢相信。她不是花了重金请出"听风楼"的"地字第一号"杀手去杀她吗？她怎么可能还会活着？

"听风楼"是南楚的第一杀手组织，每一位杀手的武功都深不可测！"听风楼"每隔十年都会精心培养出最出色的四位杀手，分别是——天字第一号、地字第一号、玄字第一号、黄字第一号！

第六十二章　真相大白

"丁管家，苏湄若绝不可能出现！你可知我昨日花了黄金千两，请出了'听风楼'的'地字第一号'杀手婆婆前去解决苏湄若，他刺杀十年，从来不曾失手，苏湄若怎么可能逃过这一劫？难道有神仙从天而降助她不成？"管氏冷笑。

"是真的，夫人，我已经确定了！来的人就是清河王和苏湄若，夫人可要早做准备！只怕他们今日前来，就是冲着夫人来的！若是被老爷知道了，那后果就不堪设想了。"丁管家说完一直看着管氏。

管氏冷静下来，定了定心神，再开口，已完全换了一副模样，"丁管家，慌什么？咱们这就去会客。我倒要看看他们能折腾出什么！"说完，二人大摇大摆地一路往大厅行去。

当管氏来到府内大厅的时候，她的心头浮上了不好的预感，看来今日她是难逃一劫了！因为，来的不仅仅是清河王刘轩和苏湄若，还有彩云！看到彩云的那一刻，她瞬间明白了，一定是彩云那个死丫头把一切都交代了，所以他们才会来找她兴师问罪！

她绕过刘轩和苏湄若，径自向着苏子睿走去，她看到苏子睿的那张脸早已铁青一片。她只假装没有看到，走上前刚想要行礼，却见苏子睿已从凳子上"腾"的一下站起，如风一样迅疾，蹿到她的面前，什么也不说，怒瞪了她一眼，直接伸手两个巴掌狠狠地扇在她脸上！

这一下猝不及防，管氏被打得眼冒金星，匍匐在地，随后似泼妇骂街一样大声叫喊，"哎哟，我是做了什么呀老爷，你这是干吗呀，好好的怎么动起手来了？"

苏子睿听她这样撒泼，几乎气结，"你做了什么？都到了这个时候了，你竟然还好意思问出这样的话！管氏，你可真是厉害，我这么多年是错看了你，没想到你竟是这样的蛇蝎毒妇！"

管氏站了起来，她转头看向刘轩和苏湄若，看着苏湄若的眼神如欲喷火，她跳起来指着苏湄若破口大骂，"苏湄若，我知道了，是你！一定是你这死丫头，在你爹面前挑拨离间说我的坏话，苏湄若，你有没有良心啊？这么多年，是谁把你养大的……"

管氏绝对想不到，她还没有说完，还没等刘轩和苏湄若动手，苏子睿已经将她一把拉回来，狠狠摔在地上，苏子睿伸手怒指着她，咬牙切齿，气得发抖，"你这贱人事到如今还不知悔改，竟然还想伤害湄若！我真恨自己瞎了眼，这么多年竟没有瞧出你这副蛇蝎心肠！"

管氏用难以置信的目光看着苏子睿，"老爷，我不知道苏湄若给你灌了什么迷魂汤，引得你完全变了一个人似的！她到底用了什么法子，竟然让你如此相信她！我做了什么了？苏湄若，你说！"

苏湄若今日大开眼界，这个管氏可绝对不是一般人啊，她从未见过脸皮如此之厚的人！她一步一步走到管氏的面前，睨了她一眼，"管氏，你做了什么？你不是应该最清楚的吗？怎么现在反倒问起我来了！从前在家中，你和苏湄雪如何待我，我都可以既往不咎，可是在我大婚前夜，你却将下了天下奇毒'曼陀罗'的汤药逼我喝下，幸好老天保佑我命大不死，才能嫁给王爷！"

苏湄若说到这里，府内众人的神色无不惊诧，难以相信平素看似慈眉善目的夫人，竟然会做出这样的事！苏子睿更是跌坐在了椅子上，虽然他不是那么喜欢这个嫡女，可也是他的亲骨肉，没想到管氏竟然能胆大包天到这个地步！他鄙夷地啐了管氏一口，"贱人，看看你造的孽，还敢说自己冤枉吗？"

苏湄若继续开口，"爹，您可别气，这还远远没完呢！管氏，我只问你，苏湄雪在嫁给岐山王刘渊以后，接二连三地害我，你作为她的母亲，又怎会不知？而我从北齐回来，你抓了彩云一家人，以她全家人的性命相要挟，让她把我的风吹草动都——汇报给你，她告诉你王爷今日要带我去缥缈峰登山,所以,你派了杀手将我推入万丈深渊,是不是?"

"苏湄若,我听不懂你在说什么!我不知道,我什么都不知道,我没有做过,你别血口喷人!"管氏瞬间像条疯狗一样乱窜乱跳,哪里还有半点将军夫人应有的气度。

彩云再也按捺不住,"夫人,举头三尺有神明!你偷偷抓了我全家人,用他们的性命来威胁我,让我把王妃的行踪告诉你,否则你便不会放过我的家人!所以,我昨日才来给你通风报信,可我万万没想到,你竟然会丧心病狂到派杀手将王妃推入缥缈峰下的万丈深渊!夫人,你真的太恶毒了!事到如今,你还有什么好装的?既然敢做,又如何不敢当?"

管氏扑上前去,抓住彩云,伸手想往她脸上打去,却被苏湄若伸手止住。苏湄若按住她的手,冷笑道:"管氏,你若不是做贼心虚,又为何要打彩云,管氏,我劝你今日还是老实交代吧,否则只会让你更难堪!"

"苏湄若,你欺人太甚,你以为你嫁给了清河王,我就不敢把你怎么样了?"说完她伸手就要朝苏湄若的脸上打去。

可还没等到她的手伸到半空,刘轩已经一把将她的手用力按住,"啊"的一声,管氏杀猪般地号了起来,"快放手!痛!"

刘轩开口,语调冰冷,没有温度,"管氏,我警告你,苏湄若是我的女人,本王绝不允许任何人碰本王的女人一根汗毛,尤其是你!你该庆幸今日本王在此及时止住了你,否则的话,你敢动她一根手指,本王就动你十根,你敢打她一巴掌,本王就还你十巴掌,你若想挨打,大可试试看!"

第六十三章　因果

　　管氏吃痛，却依旧咬牙道："清河王，不管怎么说，我都是苏湄若的继母，她对我如此不敬，我自然要好好教育她！可你却如此偏袒她，又是何道理？"

　　她还没说完，已被刘轩冷声打断，"继母？管氏，亏你还有脸把这个词说出口！你对她所做的一切，可对得起这个词？管氏，湄若方才也说了，过去的事我们可以既往不咎，但这一次，你派杀手恶毒地推她入万丈深渊，我们绝不会放过你！"

　　刘轩话一说完就放开了管氏的手，管氏一下没站住，跌坐在了地上，她做出了一个令所人瞠目结舌的举动，堂堂南楚国神威大将军的夫人，竟然此刻在地上遍地打滚，口中哭天喊地，"哎哟，我不活了，清河王仗势欺人，还有没有天理？有没有王法了啊？"

　　刘轩和苏湄若看着管氏这副样子，纷纷摇头。苏湄若实在忍不住了，长叹一声，看着满地撒泼的管氏，啧啧道："我苏湄若今日可真是大开眼界了！看姨娘这副样子，我才明白，原来这世界上竟然还有如此厚颜无耻之人！明明自己恶事做尽，明明蛇蝎心肠，明明自己仗势欺人，却还要把一切过错推到别人身上。管氏，真是不知道这个世界上怎么会生出你这种人物？"

　　那管氏听了苏湄若这话，气得眉毛倒竖，越发变本加厉地在地上打滚撒泼，口中一直嚷嚷个不停，"苏湄若，我听不懂你们在说什么！我什么都没做过！该死的是你们，是你们！你们都该死……"

　　她还没有说完，苏子睿已经将她一手拎起，愤愤问道："管氏，我最后再问你一次，你有没有做过？今日湄若在缥缈峰遇难，到底是不是你派去的杀手？你最好给我从实招来，若再敢有半句隐瞒，小心我揭了你的皮！"

一听这话，管氏知道，她眼前的这个男人是真的怒了，这一次，她没有否认，她看向苏子睿，像疯子一样的狂笑，眼神与语调一般讽刺，"老爷，没错，彩云和苏湄若都没有说错，我在得知刘轩把苏湄若从北齐救回来的时候，就抓了彩云的家人，以她全家人的性命来要挟她，必须将苏湄若所有的行踪都汇报给我，否则我就杀了她的家人！"

苏子睿痛心疾首，他不敢想象眼前这个女人竟然恶毒如斯！他闭眼摇头，"那你到底为什么要这么做？"

"为什么？老爷，这还不清楚吗？因为我恨透了苏湄若，我想要她死，我想把她撕成碎片！所以，我出了黄金千两请了'听风楼'杀手婆婆去杀苏湄若。杀手婆婆，十年以来纵横江湖，刺杀从未失败，为什么他没有将苏湄若杀死？亏他还是'听风楼'天地玄黄的头号杀手，真是可笑啊！连一个弱女子都杀不了，真是白白浪费了我的千两黄金啊！"管氏说到后来，语速越来越快，整个人像是在狂风暴雨中肆意发泄一般。

听她提到"听风楼"，众人无不色变，这是南楚第一杀手组织，没想到，管氏为了杀苏湄若，竟然丧心病狂到要和"听风楼"有所瓜葛！

刘轩上前一步，冷冷瞟了管氏一眼，无尽唾弃，"管氏，你可知，为何湄若此刻能安然无恙地站在这里揭露你的累累罪行？而杀手婆婆又为何会失败？"

刘轩此问引起了所有人的好奇，而管氏自然是最好奇的，一字一字迸出，尽是不甘，"为什么？"

"因为，本王及时赶到，救下了湄若，不仅如此，那杀手不敌我也早已自尽！"刘轩负手而立，轻轻一语却震慑了众人！谁能料到，这个平素最好弹琴听曲、风花雪月的王爷，竟然潜藏了这样惊世的身手！

管氏摇头，目露凶光，"不！你清河王明明是我南楚第一风花雪月之人，如何会有这样的身手？你骗我！不过，苏湄若今日没死，他日也一定会死在我的手里！我不会放过她的……"

她还没说完，苏子睿已经一把掐住了她的脖子，一字一句从唇齿间进出，那啸傲半生的杀气在四处蔓延，"管氏，你为什么要这么做？湄若哪里对不起你了，你竟要这样丧心病狂地害她？"

"老爷，你现在口口声声'湄若湄若'，难道你忘了你还有雪儿这一个女儿吗？"管氏突然安静了下来。

"雪儿是我的宝贝女儿，我又怎么会忘？"提到苏湄雪，苏子睿的脚步有些踉跄，险些摔倒在地，亏得刘轩眼尖，及时扶住了他。

"不！你忘了！如果没有苏湄若，我的宝贝女儿雪儿，如今又怎会和我骨肉分离？这一切都是苏湄若害的，是她害得我和雪儿如今再也不能见面！是她害得雪儿被皇上贬为庶人，永世不得回南楚！老爷，我是雪儿的母亲啊，你说我怎么能不恨，我当然要为我的女儿讨回公道！既然我的女儿一辈子回不了南楚，我自然要让苏湄若也消失在南楚！可惜，苍天无眼，婆婆竟然失手了，没有叫她下地狱……"管氏再次疯狂了起来。

"你住口！"苏子睿怒不可遏，听到这里再也听不下去了，伸手狠狠两个巴掌搧在了管氏的脸上，管氏被他打倒在地上。

管氏起身，擦了擦唇角的血迹，"苏子睿，你可真是好笑，你不是向来不喜欢苏湄若的吗？怎么今日处处帮着她？你怕不是疯了吧！"

苏子睿知道此刻的管氏已经与疯子无异，不再理她，走到刘轩面前，长长叹了一口气，"王爷，管氏犯的错不可饶恕，王爷请放心，臣定会好好处置她！现在天色已晚，时辰也不早了，王爷还是和王妃早些回府安歇吧。"

第六十四章　终身软禁

刘轩淡然一笑，拱手道："岳父，虽说管氏是你的内人，怎么处置她也是你的家事，本王也不该多问。只是，她一而再、再而三地要置湄若于死地，实在可恶！所以本王不得不为湄若讨回公道！只要湄若同意，我们即刻就走。"他停了一停，看向苏湄若，神色平静，"王妃，你说呢？该怎么处置管氏？"

苏湄若看着管氏，此刻她已经和一个疯子没什么区别了，衣着邋遢，形容憔悴，发饰也早已凌乱不堪，至于行为举止，更是怪异！她一会儿在地上哈哈大笑，一会儿眼神充满警惕地看着四周，一会儿又双手抱膝。不知怎的，她忽然觉得，管氏也是一个可怜之人，真是应了那句话——可怜之人必有可恨之处！

她叹了一口气，轻轻摇头，"罢了，得饶人处且饶人，爹，管氏随你处置吧，女儿相信爹爹一定不会偏袒她。不过，爹爹必须让管氏立刻放了彩云的家人。"

苏子睿看着这个女儿，不知为何，生出恍惚的错觉，他总觉得这个女儿自从嫁给清河王以后，和从前不同了，"湄若，爹替管氏谢谢你。你放心，彩云的家人今夜便能平安回去。时辰不早了，你和王爷快回府安歇吧。"

刘轩和苏湄若带着彩云走后，苏子睿挥手示意下人都下去，只留了两三个心腹。他看着管氏冷笑，"管氏，从今以后，你将终身囚禁在将军府，从今夜开始，你给我好好待在你的房间里，不准踏出一步！一日三餐，我自会派人给你送来，你这一生，都要在忏悔中度过，你永远都没有兴风作浪的机会了！"

"不，苏子睿，你凭什么囚禁我？你不让我踏出房间一步，那我倒要看看，我若踏出了你能把我怎么样？"管氏一边说一边站了起来，神情嚣张，与刚才判若两人。

苏子睿走到她面前，用一种极为悠然的语调说着，而那语调却满是杀气，"管氏，我现在说的话，你最好一字不落地给我听好，你如果敢踏出房间一步，我就会立马砍了你的腿！"

"什么？你疯了？苏子睿，你这个疯子！"管氏难以置信地大喊大叫起来。

苏子睿继续开口，"我没有疯，疯的是你，你听清楚，如果你左腿迈，我就砍你的左腿，若是右腿迈，我便砍右腿，不信你大可试试看！嫁给我这么多年，你应该知道我苏子睿向来是说得出做得到！所以，如果想留住你的腿，那就不要踏出一步！"

"疯了，全都疯了，你们都是疯子！苏子睿，求求你放我走吧，你放我走好不好？"管氏想到她这一生都要在那一间狭小的屋子里度过，她觉得还不如此刻死了算了，一了百了！对于苏子睿的为人，她再清楚不过，他向来言出必行！一想到这里，她闭眼向墙角撞去，准备一死了之！

可苏子睿和她同床共枕多年，自然明白她的为人，看也不看就将她一把拉回，"管氏，你想就这么轻易地死，太便宜你了！当你一次又一次地伤害湄若的时候，就该料到一旦事情败露，就会有今天！怎么你现在想全身而退，我告诉你，门儿都没有！你这一生都注定要在忏悔中度过，你给我好好滚回房间闭门思过去吧！"

说完苏子睿再也不看她，摆了摆手，"来人，将管氏带下去，关在后院里，严加看守，不准她迈出一步，也不准她自尽，否则我拿你们是问！"

立刻就有侍从将管氏带了下去，管氏大喊大叫，想挣扎逃开，可却怎么也挣扎不了。毕竟苏子睿的手下跟随他行军打仗多年，个个身手了得，她一介手无寸铁的妇人自然是挣脱不了的。

"苏子睿，你会后悔的！"

"苏子睿，你这个魔鬼！"

"苏子睿，我不会放过你的，更不会放过苏湄若！"

……

渐渐地，管氏的叫骂声，再也听不到了。

管氏被带走后，苏子睿跌坐在了椅子上，手重重地在桌子上敲了一下，这一刻，他难以抑制自心头浮起的万般思绪，他自言自语，在夜风中听来格外凄清，"如烟，我对不起你，这么多年我没有保护好我们的女儿，我不是一个称职的父亲，我差点让她丢了性命。还好，她没有事，如烟，你会怨我吗？"

苏子睿彻夜难眠，他一直躺在床上，反反复复地想着一个人。

那个人不是别人，是苏湄若的母亲，是他苏子睿的结发妻子，是二十年前名动四国的"飞花剑主"柳如烟。

这么多年，她远走塞北，却从来没有消息传来！这么多年，他在塞北遍寻她的足迹，可却始终都找不到！当年她在生下苏湄若后，却因为与他发生了争执，一怒之下就远走塞北！

所以，他对苏湄若这个女儿一直都不是很喜欢，因为他每次一看到她，都会想到她那个始终不肯驯服的母亲！可他万万没有想到，就是因为他刻意表现出对苏湄若这个女儿的不在意，管氏竟会趁机百般欺辱苏湄若！这让他无比后悔……

看来一切都得说个清楚。他还是得亲自去清河王府一趟，去和他亏欠许多年的这个女儿说一声抱歉。

清河王府。

刘轩和苏湄若二人趁着天光大好，在院中弹琴品茶，闻香听风，好不惬意。

突然，家丁急匆匆的一道声音传来，"王爷，神威大将军来了，他说他有事要找王妃，现在已经快到正厅了。"

"哦？找王妃？真是风水轮流转啊，昨日我们去找他，今日倒掉了个头。也不知我那岳父大人找你又有什么事情。"

"哎哟,他能有什么事啊,我可真不想去,好好地打扰我们的雅兴!他什么时候来不好,偏偏要这个时候来。"苏湄若嘟着一张小嘴,颇为不甘地从"猿啸青萝"琴前离开,她正在弹最爱的《梅花三弄》,而且弹到了那一段最激烈的"风荡梅花",却硬生生被打断了,心中正为此懊恼。

第六十五章　往事不如烟

"好了好了，王妃别嘟嘴了，和本王一起去吧。常言道，躲得了初一躲不了十五，你以为你今日躲过了，那明日呢？后日呢？走吧！"说完也不等苏湄若答应，直接霸道地牵过她的手，往正厅行去。

"我说王爷，你走这么快干什么啊？你难道是去赶飞机呀，慢一点不行吗？"苏湄若情急之下脱口而出"飞机"这个词，说完她就后悔了，刘轩这个古人一定是听不懂的，她还得大费周章和他解释一番，这不是没事找事吗？

果然，刘轩以一脸蒙的状态看着她，"王妃说什么，赶飞机？飞机是什么？本王可从来没听过这个词，王妃倒是好好解释一番！"

苏湄若牵了牵刘轩的衣袖，撒娇道："没什么，我的意思是说王爷你为什么走得这么快，飞机是我一不小心造出来的一个词，所以王爷你就无须纠结了！"

刘轩忍不住刮了刮她的鼻子，"你呀，真是不折不扣的小魔妃，满脑子装的都是些什么稀奇古怪的玩意儿。"

苏湄若故作深沉地叹了口气，"谁叫我苏湄若是古灵精怪的水瓶座，我水瓶座向来天马行空，能想常人所不能想，能做常人所不能做！"

刘轩再次被她说晕了，捏了捏她的脸蛋，"看，本王没说错，王妃的确是小魔妃，又在嘀嘀咕咕说些本王闻所未闻的东西了！什么水瓶座，什么天马行空？"

苏湄若这才意识到，就在几秒钟前她又把21世纪的词汇脱口而出，她朝刘轩扮了一个鬼脸，脸上充满了嘚瑟，"王爷，妾身若是小魔妃，敢问王爷又是什么呢？"

刘轩再次伸手捏她的脸蛋，一脸坏笑，"本王自然还是那个风流倜傥，英俊潇洒，迷倒南楚无数少女的清河王啊！"

这一刻，她突然想起，从前不知在哪本小说上看到这样一句话——其实很多时候，男人比女人要自恋多了，只是他们隐藏得很好，不被人所知罢了。现在看来，的确如此！她翻了一个白眼，唇角上扬，"不对，王爷才不是呢。"

刘轩奇道："那王妃说，本王是什么呢？"

苏湄若用翩翩衣袖遮着脸，眼波一横，如烟波流转，"我可真是佩服王爷你的智商，妾身是小魔妃，王爷自然是小魔王！"

刘轩气结，"原来王妃说了半天，兜了个圈不过是想调侃本王！王妃的胆子是越来越大了，你怎么不直接说本王是牛魔王？"

"妾身不敢，不过王爷倒还是挺有自知之明的。不错不错，孺子可教也！"说完，苏湄若看到刘轩的脸色有些变了，她连忙挣脱了他的手，向正厅跑去。

一路跟随他们的风驰、电掣，笑得合不拢嘴，刘轩回头怒瞪了他们一眼，咬牙切齿道："你们两个也反了不成，有什么好笑的？再笑，看本王等会儿怎么收拾你们！"

风驰、电掣连忙摆手，"王爷恕罪，属下再也不敢了。只是王爷，还是快去追王妃吧。"

刘轩冷哼了一声，"用不着你们提醒，本王心中有数。"说完他朝着苏湄若的方向，大步流星地去追了。

当苏湄若和刘轩赶到正厅的时候，不敢相信眼前的这个男子竟然是叱咤四国的神威大将军苏子睿！昨日他还精神抖擞，可今日却形容憔悴，双眼布满血丝，很明显一夜未眠，衣冠也不整，双鬓的头发一夜之间更是白了许多。

苏湄若先开口，"爹，你怎么来了？"

刘轩紧随其后，"岳父，家丁说你有事要找湄若，发生了什么？"

苏湄若和刘轩二人的声音，打断了这一刻深深沉浸在往事之中的苏子睿。

他起身，向刘轩行了一礼，"王爷，湄若，你们来了。"

他这礼还没行完，刘轩已经一把拉住了他，语调颇为和气，"岳父快别如此见外，今日又不是在朝堂，是在我府中，我们是一家人，无须对我行此大礼。"

听了刘轩此言，苏子睿颇为感慨，"王爷太客气了，只是这规矩不可废！管氏之所以会一而再、再而三做出那些大逆不道的事情，就是因为我素日太纵着她，让她荒废了规矩，所以才会如此。"

苏湄若知道他这话明显意有所指，她起身为他倒了一杯茶，送到他的面前，开门见山地说，"爹，你有什么话就直说吧，你今日前来，到底所为何事？"

苏子睿接过茶盏，深深叹了一口气，又将茶盏放回桌子上，他看着苏湄若，眸中满是歉意，隔了半晌他才开口，苏湄若从来没有听他用这样的语调说过话，"湄若，这么多年，让你受苦了，爹对不起你，更对不起你娘啊。"

"爹，你这是怎么了？"苏湄若有些恍惚，她从来没有看到过一个年过半百的男人，会这样失魂落魄。

苏子睿的神情渐渐恢复如往常，只是那语调依旧悠悠如梦呓，"湄若，你还记得你娘的样子吗？"

苏湄若摇了摇头。

"不怪你不记得，这都怪我，这一切都是我的错，这都是我一手造成的悲剧！当年，我若是留住了她，今时今日的一切都会不一样！我比任何人都了解她，她是多么刚烈骄傲的一个女人！若是我当年控制住自己的脾气，不与她发生争执，也许她就不会一气之下远走塞北了，她就不会抛下刚出生的你就这样一走了之！"苏子睿的口气充满了自责，他用双手抱住了头，痛苦地闭眼，似乎在克制自己不要去想那些痛苦的记忆。

苏湄若看着这个她古代的"爹"，突然很同情他。他是战无不胜的南楚战神，他是南楚百姓的希望，他是令四国闻风丧胆的"神威大将军"！

第六十六章　恶有恶报

可是所有人都忘了，苏子睿不过就是一个年过半百的男子，纵然行军打仗盖世无敌，可却是一个至今都不知结发妻子身在何处的可怜人！

苏湄若在他的身边坐下，温柔低语，"爹，当年到底发生了什么，你为何会和娘发生那样大的争执，娘又为何会决绝地远走塞北？"

苏子睿以手捂面，开始了讲述，"二十年前，你娘是名动四国的'飞花剑主'柳如烟，我与你娘不打不相识。因为我们二人在武学上甚是投缘，从切磋者变成了爱慕者，我喜欢你娘，她也喜欢我，然后她就嫁给了我。自那以后，我们一直夫唱妇随，从来没有红过脸。成婚后，我们二人每天在府内那棵桂花树下舞剑，交流各自的武学秘籍，直到那一个人出现，这一切都变了。"

"那个人是谁？"尽管苏湄若已经猜到了，可她还是迫不及待地问出了口。

"那个人就是管氏。"苏子睿冷冷一笑，重重地咬住"管氏"两个字，他再次提到这个人，无限鄙夷，"当年，我与你娘一同镇守玉门关，那年玉门关碰上了百年难遇的大旱，每日都有无数饥荒者被活活饿死。你娘心善，看到一个女子快饿死了，就出手救了她，而那女子就是管氏。"

"从此管氏便伺候你娘，留在了我神威大将军府内，一开始倒还风平浪静，可万万没想到，这个女人心机深重，竟然在我的酒里下了药，勾引我和她发生了关系。你娘知道以后，生了很久的气，那也是我们第一次闹矛盾。"说到这里，苏子睿的语气充满了自责，假如时光倒流，他一定会狠下心赶走管氏！

"爹，那你为何不赶走管氏？你明知她居心叵测！"苏湄若听到这里，感觉肺都要被气炸了！

"我当时的确想把管氏逐出府，可管氏告诉我，她已经怀孕了，我再三考虑，管氏怀的也是我的孩子，所以我狠不下心赶走她。"

"所以，爹，娘就是因为你留下了管氏而与你决裂远走塞北？"

"不，这不是最根本的原因。"苏子睿忽然抬起案前茶盏，将杯中茶一口饮尽。

"那最根本的原因是什么呢？"

"最根本的原因是管氏怀孕之时，你娘也已经怀上了你，并且已将近临产，而你娘在生你的时候，因为怀孕期间受了管氏的气，所以生得特别辛苦，我当时因为被管氏费尽心思拖在了她的房里，没有去看你娘，你娘彻底心灰意冷，所以，她在生下你以后，和我大吵了一架，三天以后就远走塞北，我还记得她和我说的最后一句话。"

"娘说什么？"

"她说——苏子睿，我柳如烟这一辈子都不想再见到你，如果时光倒流，柳如烟宁愿从未认识你！"说到这里，苏子睿整个人陷入了崩溃的状态。

"爹，既然你明明知道，一切都是因为管氏，一切都是她在背后捣的鬼！那你为什么还要留着管氏呢？"

"当年，我也不知道是为什么，我虽然爱你娘，可却心性甚高，我不愿意跟她低头认错，所以才伤了你娘的心，让她再也不肯回头！而管氏也正是摸准了我二人的性格，所以才能布下此局，彻底让我们二人决裂！"

"而管氏后来生下了苏湄雪，雪儿她从小机灵可爱，所以我看在孩子的分上，没有把她怎么样。再加上管氏这么多年将我的神威大将军府管理得井井有条，我也就没将她驱逐出府。"苏子睿说到这里，感觉已是杳杳半生时光，弹指而去。

"可是爹，事到如今，经过昨夜的事，你该彻底看清管氏的真面目了！她有多恶毒，她有多可恶，你都看到了吧。"苏湄若深深地为原主的母亲柳如烟打抱不平！

苏子睿回过神来，"湄若你放心，父亲看清了！直到昨夜我才终于看清了她的真面目，当年，我以为她不过是因为忌妒我与如烟之间的感情，她不过是忌妒我对如烟好，所以才使计令我们反目，逼得如烟远走塞北！"

苏子睿停了一停，继续开口，"可没想到，她竟然是这样蛇蝎心肠的毒妇，不过湄若，你从此大可放心，她再也不会兴风作浪了！我昨日已经下令将她永远囚在将军府，她这一生都注定要在忏悔中度过。我告诉她，如果她胆敢迈出一步，我就会砍了她的腿，她昨夜想要自尽，可我拦住了她，她做了那么多伤天害理的事，我怎能让她就这样轻易地死去？岂不是太便宜她了？"

"爹，后来你有去塞北找过娘吗？"苏湄若总有一种预感，原主的母亲柳如烟，一定还在塞北！

苏子睿苦笑，眸中神色甚是绝望，"我怎么会没有找过呢？如烟是我这一生唯一爱过的人！当年我与她被无数人艳羡，称作神仙眷侣！可惜，我怎么也找不到她！我走遍了塞北所有的角落，我将塞北甚至翻了一个底朝天，可苍天弄人，我始终都没有找到！我找了她整整十八年了，可是她就像人间蒸发了一样，无论我这十八年如何苦心寻觅，都找不到她半点踪迹！"

"为何会这样？娘既然远走塞北，又为何你翻遍塞北，却找不到？"

苏子睿闭眼，仿佛过了许久，才睁眼开口，"也许，是你娘故意躲着我不见吧，她聪慧过人，若不想见我，自然有的是办法躲着不见我，自然能让我找不到她！"

"爹，虽然你现在还没有找到娘，可总有一日，一定能将她找到，只要她还在这个世界上，就不怕找不到她！爹，女儿愿意陪你等这一天！"不知为何，苏湄若这一刻失魂落魄，她忽然为眼前这个"爹"深深难过，无尽唏嘘。

第六十七章 小心肝

太和六年的雪，就这样不经意地来了。

仿佛昨日还是秋风萧瑟，今日便已雪飘人间。鹅毛般的大雪纷纷扬扬，如春天的柳絮落了满地，又仿佛九天玄女手中无意抖落的白花一般，就那么素手一扬，洒满了整个人间。

苏湄若盯着庭院中的漫天飞雪出神。她想起，从前在家中母亲告诉她，她出生在一个大雪纷飞的日子，不知是冥冥之中注定好的还是巧合，她从小最喜欢的季节是冬天，因为只有冬天才会下雪。而百花之中，她最爱的花恰好又是梅花。

在这恍惚出神之际，她忆起，她在穿越之前，每一年冬日，她都会去踏雪寻梅。她有时会叫上三五知己，而更多的时候，她喜欢一个人去。对她来说，除了从小陪伴她的乐器古琴以外，这浮世之中，她最好的知己就是梅花。

"王爷，你看这飞雪漫天真美，不如我们去踏雪寻梅吧。"苏湄若突然从无尽悠远的记忆长河中回过神来，看着庭院中纷纷扬扬的雪，悠悠开口。

刘轩正在室内围炉煮茶，闻得她此言，起身捏捏她的脸蛋，笑着调侃道："本王记得王妃昨日费尽心思折磨本王，先是替你爬到梅树上收集了梅花上的雪水，然后再替你采了庭院中的梅花，酿了一壶'梅花醉'，怎么今日又要去踏雪寻梅了？我说苏湄若，你怎么这么能折腾？本王年纪大了，实在是跟不上王妃你的脚步啊！"刘轩说完，故意仰天长叹一声，惹的一旁伺候的风驰、电掣笑得合不拢嘴。

苏湄若撇了撇嘴，"王爷一惯只会笑话我。王爷青春正茂，若是不带我出去，别人定然以为你是还未娶妻的翩翩公子呢！"

刘轩听了直摇头，"王妃这张巧嘴，本王自然不是你的对手，恐怕这天下，放眼四国之内，也没有几人是你的对手！"他停了一停，将苏湄若的手一把握进掌心，"好了，本王不逗你了，说吧，王妃想去哪里踏雪寻梅？不管你想去哪里，本王都会带你去的，王妃直说便是！"

苏湄若说了半天，为的就是他说出这句话，一脸"诡计得逞"的嘚瑟，眉梢间掩饰不住由心而发的喜悦，"王爷博学多才，可曾听闻孤山的梅花，是天下一绝？不如，我们就去孤山踏雪寻梅吧，王爷以为如何？"

刘轩听她说出"孤山"二字，目光诧异，这女子果然不一般！然而，他存心逗逗她，故意装作没听到她的话，转头看向身边的贴身侍从，吩咐道："风驰、电掣，你们二人快去那炉子旁看看本王和王妃一起煮的'岁寒三友'茶，好了没？若是好了，赶紧给我们端过来。"

风驰、电掣立马应声去了。

苏湄若急得不行，她坐下，别过头不理刘轩。

这副神态惹得刘轩哈哈大笑，他坐到她身边，将她的身子掰转过来，"王妃这是生气了！好了，本王这一次真的不逗你了，王妃都说了，本王博学多才，又岂会没有听闻孤山的梅花，是为天下一绝？"

苏湄若立马开心得像个孩子，"那王爷是答应了？"

刘轩无可奈何地刮了刮她的鼻子，"孤山的梅花为天下一绝，传闻当年林和靖在孤山种了一片梅花，养了一群仙鹤，他一生未娶，以梅为妻，以鹤为子。不瞒王妃，本王对于孤山的梅花也是心仪已久，可惜一直都未去成。今日王妃提出，看来是与它的缘分到了。所以王妃，我们不如明日就出发去孤山。"

"王爷，常言道择日不如撞日，不如我们今日就出发吧。"

刘轩伸出手指，弹了弹她的额头，一脸宠溺，"瞧瞧你这一副若是今日不去，梅花明日便会谢了的样子，可真是叫人哭笑不得！好好好，本王答应你，今日就去！"

"谢谢王爷，王爷待我真好，湄若真是太幸福了！"苏湄若说完，情不自禁地上前抱了抱刘轩，虽然这已经不是第一次主动抱他了，可她听到他的心跳，还是会脸红、会紧张。

刘轩对于她的这个举动甚是开怀，他趁机将她紧紧抱在怀里，他俯身一语，却是最动人的情话，"唉，谁叫王妃是本王的小心肝呢！"

听到"小心肝"这三个字，苏湄若的脸蓦地一红，虽然她嫁给刘轩已经很久了，但是她每次听到他的情话，依旧会羞涩，她低低嘟囔一句，"王爷真是肉麻，说的叫人害羞。"

刘轩看苏湄若此刻的脸上早已绯红一片，红晕阵阵若彩霞斑斓，他有意逗她，低头在她耳畔，一脸坏笑，"怎么，难道本王说错了吗？王妃不是本王的小心肝？王妃嫁给本王这么久了，还这么害羞做什么？你我可是喝过交杯合卺的夫妻，这一生自然要凤凰于飞、和鸣铿锵……"

听到这里，苏湄若再也听不下去了，她挣脱刘轩的怀抱，"好啦，我知道了，王爷可别肉麻了。也许有一天，我会回到自己的世界里去，那时候王爷可不要难过啊……"不知为何，这一刻的苏湄若突然想到，她当初既然是因为误闯了丹麦的"时光隧道"森林而穿越到这里的，那么，会不会有一日，她也会因为一些机缘巧合而重新穿越回去呢？而那时，她与刘轩必定此生再也不能见！

一想到这里，苏湄若忽然怔住了，她的心头浮起几分莫名的伤感，刘轩十分不解她为何会这样说，他将她拉回来，霸道地发问，"苏湄若，你站住！你给本王说清楚，什么叫作你要回到你自己的世界里！你嫁给本王以后，我刘轩就是你的世界，这里就是你的家，你要回哪里去？"

第六十八章　踏雪寻梅

苏湄若看着眼前这个男人，堂堂南楚国一人之下，万人之上的清河王，此刻竟然像个孩子一样，忍不住掩袖一笑，"是是是，王爷说得对，是湄若说错话了，方才那番话，王爷就当作什么都没听到吧。王爷是我的世界，这里是我的家，我自然是哪里都去不了，所以，王爷就请放心吧。好啦，我该去整理整理，收拾收拾行李，我们今日就要出发了，王爷快放开我吧。"

刘轩和苏湄若此去孤山，只带了一个侍从为他们驾车。二人同坐在一辆马车上，说笑逗趣，时间很快过去了，等他们到孤山，已经是两天之后了。

苏湄若做了一个冗长的梦。

飞雪催开寒梅。

那寒梅正开得盛极。

梅下是谁的琴声孤高脱俗？又是谁的箫音循着琴声而来，破空而起？琴箫合鸣甚是默契，那是前世便已相识的知音吗？所以今生流年飞渡，终于穿破所有阻碍，在梅下合鸣，恍如世外仙音……

那梅下抚琴的女子一身月白素衣，一件月白狐裘斗篷，而她的那把名琴正是刘轩的"猿啸青萝"。

那女子是谁？苏湄若在梦中恍然，原来那就是她自己！而那破空而起的箫声是刘轩吹来的。他一身白衣胜雪，翩翩公子，踏着怡人月色，和着未化的雪花，含笑向那在梅下抚琴的她走去……

刘轩走到她的身旁，拨动了那一曲《凤求凰》，那样热烈奔放、炽热疯狂的琴声，似乎催化了冰雪，让梅花以一种更加饱满动人的姿态盛放着，亦催醉了静立在他身旁的苏湄若……

忽然之间，梦境流转。苏湄若回到了另一个世界，那个世界无比熟悉，那个世界是柏油马路，高楼林立，还有都市中每一个脚步仓促、深陷迷茫焦虑的人……

那是她从小生长的地方，那是她从小生活的城市。她想起，她每年都去孤山赏梅的场景。漫天风雪中，并没有行人，她独自走着，看白茫茫大地一片真干净，她觉得整个天地间都静极了，只有她一个人，与梅花来了一场最美的相遇。

她一直都认为，只有真正爱梅、懂梅的人，才会去踏雪寻梅，只有踏雪寻梅的人，才算得上是梅花真正的知己！若连这点都做不到，不论说自己多么钟爱梅花，那也只是在附庸风雅罢了！

世人大多都自诩爱梅花的高洁与孤芳，爱梅花的清雅与出尘，可是又有几人知晓梅花的孤独有多深，梅花的寂寞有多浓，梅花的傲骨又有多烈……

"小懒虫，快醒醒！你心心念念的孤山到了，还不快看你最爱的梅花去？"刘轩的声音含笑传来。

苏湄若醒来，不敢想象眼前看到的这幅画面，她发现刘轩正打横抱着她，而此刻她眼前的那些场景，无比熟悉，在她的梦中曾反反复复出现了无数次！

她看着眼前的孤山，发现与她在21世纪去的孤山有一些差别。眼前的这个孤山，更多的是天然的雕饰，仿佛没有任何人工的痕迹，漫山遍野的梅花自由地盛放着，笑对严寒，以那样饱满自然的状态开着，酣畅淋漓。

"王爷，快，快放我下来，我要去看梅花了！"苏湄若欣喜若狂，恍如童年时吃到巧克力一样开心，像个稚童。

刘轩放她下来，看她欢欢跳跳的像只兔子一样跑去，忍不住在她身后叮嘱，"湄若，你慢一点，你放心，你的梅花谢不了……"

这一刻，苏湄若早听不见刘轩的叮嘱了，她甚至都分不清今夕何夕，她都不能确定这一切究竟是现实，还是身在梦中却犹不自知。

这一刻的她，仿佛回到了从前在家的青春烂漫时光。飞雪漫天时，她一人去孤山踏雪寻梅，效仿古人。这一刻，她深深沉醉在漫天的飞雪中，她凭本能来到一株朱砂红梅前，低头轻嗅那一朵红梅的香。她恍惚，整个天地间仿佛再也没有其他的色彩，只有这一抹红，也再也没有其他的味道，只有这一缕清幽极致的梅香，阵阵袭来，荡漾在她的心扉……

她忽然想起，在她的少女时代，一直憧憬着有朝一日，能在红尘中寻觅到一位灵魂伴侣，然后每年冬日，都能陪她一起踏雪寻梅。没有想到，这个梦想，她在21世纪的现实世界里遥不可得，可在穿越之后却得到了，刘轩毫不犹豫地陪她实现了这个梦想。看来，这一切都是命中注定，她与刘轩，这一世所有的因缘际会，也许在朦朦胧胧的前生就已开启！

"湄若，你在出什么神？"苏湄若神游天际之时，刘轩低沉的声音在她耳畔传来。

苏湄若回过神来，笑意潺潺若山间清泉，又如一抹皎洁月华破空照下，令刘轩心神摇荡，"王爷可知，湄若在未出阁时，就一直憧憬未来的另一半每年能与我一同去踏雪寻梅，没有想到这个梦想竟然这么快就实现了！"

刘轩伸手将她的双手放在自己的心口，苏湄若本已冻僵的双手瞬间被焐热了，"说的什么傻话？"

第六十九章 心有灵犀

苏湄若感觉不仅手被焐热了，整颗心此刻也犹如火烧，她垂首，低低一语，"既然是傻话，那王爷为何还要听？"

刘轩伸手抬起她的下颌，目光坚毅，"王妃放心，从此，每一年，本王都会带你来此处踏雪寻梅，不仅仅是此处，这天下任何赏梅胜地，只要是你想去的地方，本王都会带你去！"

忽然，一阵大风刮过，自耳畔呼啸而去，冰天雪地里独有的寒意层层袭来，苏湄若素来怕冷，她不由自主地抱住了双手。

刘轩见状，连忙将他身上的狐裘大衣解下，披在了苏湄若的身上，苏湄若本想避开，可却怎么避不了她这一剑曾当百万师的夫君，只得开口说道："王爷我不冷，你自己穿着就好，我不用……"

苏湄若还没说完，已被刘轩打断，"湄若，本王是从小习武之人，身体健壮，而你身姿单薄，自然要保暖。本王命令你，不准脱！"

苏湄若忍不住嘟嘟嘴，用一种委屈的语调开口，"王爷为何如此霸道？"

刘轩被她逗笑，"怎么王妃嫁给本王这么久，才发现本王是个霸道之人？"说完他替她仔细地系好狐裘大衣的带子。

苏湄若想起一事，看着刘轩娇俏一笑，"王爷，你可知我昨夜在马车上梦到你了？"

刘轩一把抓住她的手，一脸激动，"哦？不知王妃你梦到了什么？"

苏湄若看着比她足足高一个半头高的刘轩，心生一计，她踮起脚尖，在他耳畔轻轻低语，却如东风夜放花千树，一下子绚烂了刘轩的世界，"妾身梦到王爷弹了一曲《凤求凰》给我听……"

刘轩神情迷醉，脱口而出一句，"凰兮凰兮从我栖，得托孳尾永为妃。交情通意心和谐，中夜相从知者谁？"

苏湄若听他随口吟诵出司马相如的《凤求凰》，侧目看着眼前之人，此人果然不一般，不是一般的精通诗书啊！

刘轩回过神来，弹了弹苏湄若的额头，笑道："本王知道王妃为何会做这个梦了，原来王妃是想本王效仿司马相如，对他的卓文君高弹一曲《凤求凰》！可惜此处无琴，不过王妃大可放心，我们一回府，本王立马为你弹《凤求凰》，怎么样，王妃开心吗？"

他洋洋洒洒一口气说完，苏湄若才猛然惊觉，原来自己已被他一语戳破心事，她羞得慌忙别过头去，声音如蚊子一般，"王爷你就会逗我。"

刘轩开怀一笑，"好了，不逗王妃了。不过啊，本王昨夜确实也做了一个梦，也梦到了王妃，王妃可想知道我梦到了什么？"

苏湄若立马转过头，看向他，认真地点头，坚定道："当然想知道，王爷快说！"

刘轩的眸中似被什么照亮了一般，如星辰般璀璨，"湄若，你真的要听吗？本王都不敢说，本王怕吓到我的小心肝。"

听他这么说，苏湄若的好奇心被他成功引起了，她趁势牵起刘轩的衣袖，不停地撒娇，"王爷快告诉我！你快说吧，我保证不会被你吓到！"

刘轩哈哈一笑，似乎早就料到苏湄若会这么说，他靠近她几分，一把揽住她的双肩，附到她的耳畔，低声一语，"本王梦到我们琴瑟和鸣、凤凰于飞，一直携手，走到白头……湄若，你可知这个梦叫我有多开心。"

刘轩靠近苏湄若时，身上独有的那种仿佛杜若一般的清爽气息，和着此刻孤山的梅香，几乎让苏湄若就此醉去，"湄若只希望，这个梦能成真。"

刘轩极高兴，眸中大放光彩，紧紧地将她一把拥入怀中，"湄若，原来你和我存着一样的心思，你可知，你这句话叫我有多开心！本王活到现在，从来没有像现在一般开怀过。"

苏湄若觉得此刻的刘轩，简直像个孩子一样，情不自禁地笑叹，"王爷此刻倒真像个孩子！"

刘轩甚是开怀，用一种近乎孩子般的口吻问道："湄若，快告诉我，本王此刻不是在做梦吧？这一切不是梦吧？"

苏湄若笑着叹气，"瞧瞧！王爷净说些孩子话！当然是真的，难道王爷你现在抱的不是湄若吗？"

刘轩仿佛恍然大悟，纵声一笑，"看我这傻瓜，净问的傻话。"他停了停，稍稍地松开了一些距离，在苏湄若耳畔笑问："湄若，走了这么久，你一定累了吧？雪路难行，不如本王抱你赏梅吧。"

苏湄若低头，连声摆手，"不用了，王爷，湄若不累，自己走就好……"

还未等她一语说完，刘轩已二话不说，一把将她打横抱起，"小傻瓜，你方才若是说'好'，本王就不抱你了，你既然敢拒绝本王，那本王就偏要抱你。怎么样，上当了吧！"

苏湄若哼了一声，"王爷明明就是耍无赖，我可不理你了！"

刘轩连忙笑着赔不是，"好了好了，小傻瓜，本王方才不过是逗你一笑罢了！"他停了停，英俊的脸上浮起一阵促狭的笑意，"本王就是想抱你，不过本王可不是耍流氓，试问这天底下有哪个男子不想抱着心爱的女子？"

他这话说得苏湄若脸颊绯红一片，她早已闭眼，"王爷能言善道，我不是你的对手，我先睡一觉。"

刘轩听她说要睡觉，哈哈大笑，"王妃，行走在这样的冰天雪地间，你能睡着？湄若，你确定不是在逗本王？"

苏湄若倏地睁开了双眼，看着他英俊的面容，撇撇嘴，一字一句说道："那我就偏要睡！王爷看我睡不睡得着？"

刘轩无可奈何，只能叹一口气，"好好好，王妃睡便是，你只管把本王的双手当作床。"

苏湄若闭眼，笑出了声。

第七十章　风云又起

刘轩听到苏湄若的笑声，也难以抑制地笑出了声。

两人的笑声飘散在寒风中，为这雪日平添了几分温暖。

不知过了多久，刘轩的声音在苏湄若耳边悠悠响起，"湄若，本王的手都酸了。你，还在睡吗？"

苏湄若闭眼笑道："那王爷便放我下来吧。"苏湄若停了一停，睁眼，噘嘴低语："难道我很重吗？"

刘轩被她此问逗乐了，"王妃真是小傻瓜，你这恍如弱柳扶风般的女子，风吹吹便要乘风归去了，怎么会重呢？"他忽倏地止住了笑声，换了一种极为认真的口气，"只是因为，本王抱紧了怕你痛，可若是抱松了又怕你摔着，本王这双手进退为难，所以它们酸了……"

不知怎的，苏湄若的眼中忽然有了泪意，她本能地伸手擦去即将滑落脸颊的泪珠，却来不及，那一滴滴泪花，终究还是绚烂盛放在刘轩的怀里。

刘轩低头看着她，柔声一语，"傻丫头，你好好的哭什么？"

苏湄若故意挠挠眼睛，"我没有哭，沙子进眼睛就这样了。"

刘轩又是叹气又是笑道："王妃，你又在说傻话了，这冰天雪地的哪来的沙子？"

苏湄若看着他，娇嗔一语，"都怪王爷你！是你说的话变成了沙子，飞进了我的眼睛，然后它们就这样了。"苏湄若止住了眼泪，猛然想起刘轩已经抱了她一路，"王爷，你快放我下来吧，你的手都酸透了吧。"

说完苏湄若挣扎着想下来，可刘轩却根本不给她这个机会，在她耳边低语，却是最蚀心的蛊毒，"既已酸了一路，何妨一酸到底？湄若，为你我甘之如饴。湄若，你知道吗？此刻本王多想时光静止，将这一刻凝结成永远，本王多想与你就这样走到白头，走到天荒地老，就这样一直抱着你……"

苏湄若觉得，刘轩的情话似乎已熏暖了寒风，寒风不再凛冽，又仿佛熏醉了冰雪，冰雪已尽消融，还有孤山漫天遍地的梅花，也被他的情话熏倒，在冰天雪地间开得更美了。

这一刻，苏湄若的心头浮起了一阵恍惚的错觉，似乎整个天地间，就只有她与刘轩两个人……

这一次孤山踏雪寻梅，苏湄若在多年以后回想起来，都觉得恍然如梦一般。

梦幻？只有那逝去的时光与寒风冰雪，还有孤山上的冷梅才知吧……

"王爷，皇上派人来传旨，说让你即刻进宫面圣，命令属下二人立刻来找你回去！"忽然，两道熟悉的声音遥遥传来，在风雪中响起。

那是风驰、电掣的声音！

刘轩将苏湄若放下，冷声开口，"那皇上有说如此急召本王进宫面圣，到底所为何事？"

风驰、电掣双双抱拳，"王爷有所不知，东秦之君杨逞进宫了，是他提出一定要见王爷，所以皇上也没有办法，才令属下二人即刻来孤山找王爷！"

"杨逞来我南楚做什么？无事不登三宝殿，怕他此次前来不是那么简单！"刘轩摇首苦笑。

"王爷，这杨逞又是何方神圣啊？"苏湄若好奇地开口。

"王妃不用管他是谁，走吧，我们该回府了。这梅，只能明年再带你来看了！"刘轩把她放下，牵起她的手往马车走去。

苏湄若恋恋不舍地不停回望，却只能暗暗在心底叹气。终究，美好的事物往往逃不过彩云易散琉璃脆的命运……

刘轩本能地觉得此次被他皇兄急召进宫有些不妙，可无奈皇命难违，他也只能一回府换过衣服就进宫面圣。

他一进宫，发现殿内站满了文武大臣。他上前行礼，声音不卑不亢，"臣弟来迟，还请皇兄恕罪！"

南楚皇帝挥手，语气平静，"清河王快快请起。"

刘轩起身，看着刘熙，"不知皇兄急召臣弟进宫，究竟有何要事？"

刘熙似乎难以回答这个问题，转头看向大殿下方左侧的男子，"东秦之君，还是你替朕说吧！"

刘轩这才注意到刘熙口中的这个"东秦之君"杨逞，然而他抬眼看向他的一刻，内心惊诧万分，因为这就是上次在缥缈峰下中了蛇毒，被他以一颗九华丸所救的男子！

杨逞看向刘轩的神情，却并不惊讶，他上前一步，微微点头，笑道："故人许久不见。"

刘轩回过神来，也点头一笑，"国君风采依旧。"

刘熙看着二人这一来一回，奇道："原来东秦之君与朕的弟弟认识。"

杨逞淡然一笑，"是啊，清河王于我可是有救命之恩。不久前，我在缥缈峰下被蝮蛇所咬，中了蛇毒，多亏清河王路过，给我吃了一颗九华丸，这才解了蛇毒。所以，今日我是特地来谢谢清河王的，还请皇上和南楚所有的文武百官做个见证！"

右手边的一个武将听杨逞这样说，再也按捺不住，笑出声来，大声道："东秦之君，这有何难？我南楚文武百官和皇上自然会为你做见证！"

听到他这话，杨逞只是微笑示意，旋即大声道："来人，呈上来。"

话音刚落，便有侍从将三个盒子从殿外抬到了大殿。

"这三个盒子里，是我送给清河王的三样大礼，第一个和第二个盒子里，分别是天山雪莲花和千年童仙木！"他一说完，侍从便配合他打开了这两个盒子。

盒子掀开的一刹，殿内哗然一片，众人开始窃窃私语。天山雪莲花和千年童仙木都是举世难得的神花和奇药，没想到，这东秦之君出手竟然如此阔绰！

"至于这第三个盒子，恐怕还是要清河王亲自去打开。"杨逞似笑非笑。

众人十分不解，不明白杨逞所说的话是何意，为何要让清河王亲自去打开第三个盒子？

刘轩看向那第三个盒子，不知为何，他感到一阵不妙，但他还是镇定地走到了第三个盒子前。

第七十一章　画中美人

　　刘轩走到第三个盒子面前，停住，他发现，这个盒子与众不同，比前两个盒子都要珍贵，用的是上好的黄叶梨花木，盒子的边框上还镶嵌着珍珠，从这一盒子上，足以看出东秦之君的重视态度。

　　他将盒子打开，发现盒子里面放着一卷画轴，他小心翼翼拿出画轴，在大殿上徐徐打开，所有人的目光都随着那卷画轴看去……

　　画中是一个美人，明眸皓齿，裙裾飞扬，醉卧海棠花下，身旁放着一张七弦瑶琴，嫣然无方令三春失色。

　　众人的神色无不惊讶，纷纷沉醉于画中美人，交头接耳。

　　突然，听到一声轻呼，大臣们终于回神。

　　拿着画轴的清河王刘轩脸色大变，这画中人不是他的王妃苏湄若吗？

　　站在他对面的汝南王刘衡则是勾起一脸玩味的笑容，至于送这幅画的人，东秦之君杨逞更是一副看好戏的神情，在暗暗挑衅着刘轩。

　　大殿中一时气氛诡异万分，稍有头脑的大臣都已觉察出端倪，众人皆默不作声。

　　右手边的一个武将此刻看到这画轴，瞬间如被追魂夺魄一般，啧啧称奇道："东秦之君倒真是有眼光，居然画出了这么个绝色美人。"

　　听他这样说完，汝南王突然放声大笑，令众人十分诧异，"有眼光的何止是东秦之君，清河王的眼光才是得天独厚！"

　　明眼人都听得出他话里有话，众人侧目，只是都选择不出声。

　　坐在龙椅上的皇上也好奇不已，众臣的反应勾起了他的好奇心，可惜他离画轴距离有些远，看得并不真切，他情不自禁地站起身，仔细向画轴看去，却惊到无以复加，"这……这不是清河王的王……"他猛然停住了，看向刘轩。

223

刘轩会意，慢慢收起画轴，放回盒子，转头对着杨逞说道："不知东秦之君送本王此画何意？"

杨逞的目光平静不见波澜，"爱美之心，人皆有之，既然我已送了清河王两件大礼，清河王是否应该回一份礼给我？"

刘轩挑眉一问，"不知东秦之君想要本王送何物？"

杨逞忍不住笑出声，"明人不说暗话，就请清河王将画中美人送予我，让我带回东秦，也可一解相思之苦。"

此刻大殿内仿佛被人放了一把无形的大火，火药味铺天盖地，瞬间席卷而来。

皇上见状，轻咳了一声，打破沉闷，却也不发一言。

那右手边的武将并不知晓画中人的身份，加上他素来直言不讳，上前一步，看向刘轩，大声笑道："清河王，既然东秦之君已经开口了，不如你就把这个美人送给他吧！"

听闻此言，众人脸上皆是惊骇，唯独那汝南王一脸戏谑，"送美人很简单，只不过一切要看清河王的意思了。"

满朝无人作声，只有那武将，依然傻傻追问，"汝南王此话何意？敢问这画中美人究竟是谁？"

汝南王等的就是他这句话，他看向刘轩，幸灾乐祸道："这美人啊可不是别人，就是清河王的王妃，我南楚的'琴仙'苏湄若！"

汝南王一语道破玄机，彻底捅破这层纸，大殿之上，无人再敢开口发一言，大臣们面面相觑。至于刚才那口无遮拦的武将，此刻更是脸色发白，头上冷汗直冒，不停地看着刘轩，暗道：看来今日难逃此劫了！

刘轩冷冷地看着汝南王，一字一句从唇齿间迸出，滔天的怒火也随之迸出，"怎么九弟？我刘轩难道连自己的王妃都认不出吗？竟要你来提点一二！"

众人都知道，这一次，刘轩是真的怒了。虽然盛传清河王温润如玉，可就是这样一个翩翩君子，能单枪匹马去北齐，从百万北齐雄兵手中将他的王妃救出！这样一个人，又怎么会好惹？又岂会是一个简单的人物？

汝南王依旧不依不饶,"七哥,据我所知,这画中人可是和你的王妃长得一模一样啊,难道七哥是心虚不敢承认吗?"

刘轩朗朗一笑,负手而立,"九弟,怪不得父皇从前总说你整日只知遛狗逗鸟,不知道在诗书上好好下功夫!今日看来,果然如此!难道你不知天下美人总有相似这个道理吗?"他停了一停,深邃的目光一扫全场,"来,敢问诸位,凡是见过苏湄若的人,大可告诉我,这画中美人可是本王之妻?"

他这话中满是骇人之气,众人纷纷摇头笑道:"清河王说得对,天下美人总有相似,这画中美人不过是长得和清河王妃有几分相似罢了!又怎么会真的是清河王妃呢?"

渐渐地,附和之人越来越多,到了最后,几乎人人都赔笑道:"是啊,汝南王一定是弄错了,这怎么可能会是清河王妃呢?"

汝南王的脸色越来越难看,冷哼一声,"一群乌合之众。"

杨逞倒是颇为镇定,看来他小看了这个清河王,笑呵呵开口,"清河王,我可从未说过这画中美人是你的王妃,一切都是汝南王看走眼了,才闹出了方才这场风波。不过,我对这美人当日惊鸿一瞥,此生再也难忘记,所以,还是要烦请清河王替我费心寻觅这美人,早日将她找到,也好早日将她赠予我,以解相思愁!"

刘轩语调平静,"东秦之君真是好眼光,你放心,本王自会替你好好寻觅!"

皇上摆了摆手,笑道:"好了,既然一切说清楚了,诸位爱卿,今日这朝就散了吧。"

众人纷纷告退。

刘轩举步向殿外走去,汝南王的声音大声传来,"七哥的反应能力,实在令我佩服!不过,那画中美人究竟是不是你的王妃,七哥应该比我更清楚吧?"

刘轩转身,盯着汝南王,眼神冷漠,语调讽刺,"九弟,我不想再重复一遍。你若识趣,便不该再挑衅!"

汝南王冷然一笑，"七哥，你以为今日之事便这样罢了吗？我提醒你一句，好戏还在后头，我们走着瞧！"

大殿上还没有走的官员，此刻都纷纷驻足，把目光投到二人身上。

清河王与汝南王不知何时开始，竟然如此不合了！如今看来，二人已是一山不容二虎！

第七十二章　陷阱

清河王府。

苏湄若和往常一样，煮茶，闻香，弹琴，刘轩进宫面圣去了。

不过刘轩这次进宫回来，却与平常大大不同。

还没等他进屋，她的贴身侍女彩云已经匆匆忙忙地进来，上气不接下气，"王……王妃，不……不好了！"

苏湄若正在弹琴，被她这么一打断，瞬间没有了弹琴的兴致，她颇为不满地看了她一眼，没好气地道："好好的这是怎么了？彩云，有话说清楚，不要着急！"

彩云一脸担忧，"王妃，王爷正气急败坏地往你这里走来，怕是大事不好了，王妃可要早做准备！"

苏湄若听了，十分纳闷，奇道："你说王爷气急败坏，他为何气急败坏？"她想了想，决定以不变应万变，"好了，我知道了，彩云，你先下去吧。"

彩云前脚刚走，刘轩后脚便踏了进来，他一脸怒气，一言不发地看着苏湄若。

苏湄若自从嫁给他以来，从没有看到过他这副样子，走上前，柔声问，"王爷，好好的你这是怎么了？你今日进宫面圣可是遇到什么事了？"

刘轩听到她的声音，似乎回过神来，他忽然猛地一伸手，将苏湄若一把拉入怀中，紧紧地抱着她。

苏湄若感受着他急促的心跳，虽然他抱过她很多次，却从来没有像这次一样抱得那么紧，那种力道似乎要把她整个人都深深嵌在他的怀里，压迫得她几乎都喘不过气来，"王爷，你到底怎么了？"

刘轩闭眼，深深地叹了一口气，声音犹如六月江南绵绵无期的梅子雨天气一般阴沉,"湄若,你可还记得当日我与你在缥缈峰下救的那个中蛇毒的男子?"

"我记得他。"苏湄若纳闷,不知道刘轩怎么会突然提起这个事情。

"你可知那男子的真实身份是谁?他,就是东秦之君杨逞!"刘轩一字一句开口,听在苏湄若耳中却犹如被雷击一般,整个人怔在原地,久久难以回神!

苏湄若怎么都不会想到,原来那男子竟然会是堂堂东秦的一国之君杨逞!那日在缥缈峰下,她就觉得,那男子绝非常人,毕竟他仅凭一颗九华丸便猜出了刘轩的身份!

可她怎么都不会料到,他的真实身份竟然如此骇人!她颤颤开口,"所以王爷,方才你进宫,在朝堂上是看到他了吗?"

刘轩放开了她,摇首苦笑,"不错,今日本王在朝堂之上见到了他,他送了本王三件礼物以报答当日我对他的救命之恩!"

苏湄若奇道:"他送了王爷什么礼物?"

"第一件天山雪莲,第二件千年童仙木,至于第三件,王妃素来聪慧,不妨猜一猜!"刘轩说完,以一脸玩味的笑容看着苏湄若。

苏湄若被她看得有些不知所措,女人天生敏锐的第六感告诉她——这第三件礼物必定和她有关。她嫣然一笑,"王爷这样看着我,难道,这第三件礼物与我有关?"

刘轩低头,摸了摸她的耳垂,似笑非笑道:"王妃果然冰雪聪明,一点就透!没错,这第三件礼物确实与你有关。这第三件礼物是一卷画轴,他竟然送了本王一幅美人图,而那画中美人不是别人,就是你!他把你画成醉卧海棠花下抚琴的仙子,还要本王将此画中美人赠予他,惹得大殿之上人人哗然!"

苏湄若难以置信,东秦之君竟然把她画出来送给刘轩?她不解地问,"为什么?他为什么要这么做?"

刘轩冷笑,"若是本王猜得不错,这恐怕又是九弟的手笔!这个刘衡真是胆大包天,他不仅和北齐的二王子拓跋翰有所勾结,今日之事看来,他和杨逞也早就暗中谋划好了，所以才有今日朝堂之上的一切。"

苏湄若本来越听越迷糊，却在听到"刘衡"这个词的时候，猛然醒悟过来！又是此人！又是汝南王！刘衡他一次一次地不肯放过她，一次又一次地给刘轩添堵，究竟是意欲何为？

刘轩看到她眉头深锁，知道她的担忧，出言安慰，"王妃放心，本王已替你解决了此事。毕竟，天下美人总有相似，所以刘衡这一次，又是空欢喜一场，不知他此刻在汝南王府该是何等震怒呢！可惜，本王不能目睹他的惨状了！"

苏湄若被刘轩此言逗笑，"多亏王爷智慧过人，应变能力如此之快，怕是杀得他们措手不及呢！只是可惜，方才我没有看到这场好戏！对呀，天下美人总有相似，又如何能确定那杨逞送来的画中美人就是我呢？"

刘轩似乎想起了什么，他坐下，将苏湄若也一把拉到他身边坐下，"王妃可知，方才在大殿上，当本王说出'天下美人总有相似'这句话时，九弟的脸色可难看了。然后本王又问殿上的大臣，这画中美人和本王的王妃的人是同一人吗？王妃你猜怎么着？"

苏湄若笑道："王爷快别卖关子了！"

"那些大臣通通都站在本王这一边，都说怎么可能会是清河王妃呢？这一下，可把九弟气得够呛。不过那杨逞倒是十分镇定，说到最后，他狡猾地来了一句——'我可从没有说画中美人就是你的王妃呀，一切都是汝南王看走了眼，才导致了这场风波'。"

苏湄若听到这里，笑得直捂肚子，嚷嚷道："后来呢？王爷快说！"

"后来，那九弟脸色大变，如今，怕是他们二人要狗咬狗了吧。"刘轩说到这里，觉得十分解气，他很久没有这么畅快过了！

苏湄若听完，也觉得甚是解气，几乎要为他的机智拍手鼓掌！她一脸崇拜地看着他，赞不绝口，"王爷真是聪明过人，这下我们且看他们如何狗咬狗！"

刘轩给自己斟了一杯茶，一口饮尽，"不过，今日九弟离去前和我说：'七哥，你以为今日之事便这样罢了吗？我提醒你一句，好戏还在后头呢，我们走着瞧！'看来他们早已预谋，又要给本王设置重重难关了！"

第七十三章　绝杀计中计

汝南王府，密室。

汝南王刘衡一脸愤怒，而东秦王杨逞却截然相反，一脸悠然地参观着他的密室，对他在密室中的种种设计，不停地啧啧称奇。

刘衡忍不住了，开口道："敢问东秦王，方才在大殿上你到底是什么意思？你我二人不是早就达成了共识？为何到最后被刘轩那样一激，你就全把责任都推向给了本王？我刘衡真是想不到，到了关键时刻你竟是这样缩头缩尾的人！"说完，他冷冷地瞪了杨逞一眼。

杨逞走到他身前，拍拍他的肩膀，潇洒一笑，"汝南王何须动怒！你也看到了方才的情况，那时我只能把责任推向你。虽然刘轩方才没有中计，不过你不必忧心。"他停了一停，完全像变了一个人一样，目光森冷，语调阴毒，"汝南王大可放心，如你所说，我们早已达成达成共识。所以，我自然有的是办法再对付刘轩！"

刘衡的理智渐渐恢复过来，神情也已恢复常态，脸上一片风轻云淡，丝毫不见了方才的剑拔弩张，语气更是仿佛在月下闲庭信步一般，"哦？不知东秦王又有什么妙计了？"

杨逞微微一笑，可那笑中却满藏杀机，"汝南王，方才那幅画不过只是这场大戏的前奏而已。明眼人都知道，那幅画中的美人就是他刘轩的王妃苏湄若。所以，我们接下来的第二步，就是从苏湄若下手。"

刘衡听到这里，似乎渐渐明白了，"所以你的意思是，要把苏湄若……"说完，他比了一个手起刀落的手势。

可是他却怎么都料不到，那杨逞看到他这个动作，连忙近身"嘘"了一声，摇头，"汝南王，我堂堂东秦一国之君，又岂是那般不懂怜香惜玉之人？怎么说苏湄若也是一个小美人儿，美人可不该这样死。"说完，他停了一停,一脸玩味地看着刘衡,"再说了,这个美人可不是一般人,她可是北齐二王子拓跋翰的心头肉!要是她死在了我的手里,那拓跋翰又岂会再与我合作?到那时别提合作了,他不率领那百万北齐雄兵将我东秦踏平,我就高喊阿弥陀佛了!"

刘衡忍不住大笑,"没想到东秦的一国之君竟然如此会开玩笑!拓跋翰堪称一代枭雄,我与他深交多年,对他的为人再清楚不过了。他虽爱美人,可在他心里,排第一位的一定是江山!若是能用苏湄若的命换他真正想要的,我想他一定会乐意的。"

杨逞却冷笑,"汝南王到底年轻,看人不够准啊!只怕你并不完全了解拓跋翰此人,他多疑敏感却又骁勇善战,绝非那么简单,我敢打赌,苏湄若在他心里远远比你想象得要重要。"

刘衡不解,诧异道:"此话怎讲?你又如何能这般肯定?"

杨逞长叹了一口气,"难道你忘了,我们三人当日在达成合作的时候,拓跋翰可是再三提醒我们,不可伤了苏湄若一根汗毛?"

他这话似乎一语点醒梦中人,刘衡瞬间醒转,"还是你记性好,本王差点忘了这件事!我一心只想着要置刘轩于死地,却将拓跋翰的交代抛诸脑后!看来这个女人还是不能动!"

杨逞却摇头一笑,"汝南王,要动也是可以的,只是要看到底是怎么动了。"

刘衡挑眉,"那你准备怎么动她?"

杨逞的语气平静如水,神态也不见波澜,可是那平静之下却是无尽的旋涡在翻涌,"很简单,刘轩不是给她起了一个'琴仙'的称号吗?要知道,苏湄若这'琴仙'的称号不仅仅是名动南楚,整个四国都知道了,我东秦自然也不例外。既然如此,那你说,若是我告诉刘轩,愿出黄金万两来求,听他的女人为我弹一曲,刘轩会怎么应对?他无论怎么应对,这一次都必输无疑,因为这是场注定无解的死局!"

刘衡神色一动,他打量着眼前这个年逾五十却深不可测的男子,他是东秦王杨逞,却绝对堪称一个狠角色,弹指瞬息不动声色间,却能轻易翻手四国风雨！他此次来南楚，原来真正的目的就是搅动四国风云！

刘衡自认也是心机深沉之人，可眼前之人心思之缜密，依旧让他打心底佩服，他赞不绝口，"本王今日终于大开眼界，东秦王此招堪称绝杀，这分明就是一道计中计，刘轩这一次逃不过了！东秦王，那就让我们一起等着这场大戏的开幕，看这回刘轩还能怎么嚣张！"

"汝南王，拭目以待吧。"杨逞的声音如密室内不停跳跃涌动却又明明灭灭的烛火一般，幽深难测。

自从上次在金銮殿上，发生了那场画中美人风波以后，刘轩越发感受到苏湄若在他心里的重要性。他和苏湄若依旧过着往常的生活，整日形影不离，每日焚香、弹琴、煮茶、踏雪、寻梅，逍遥自在。

这样的日子，苏湄若总会生出错觉，仿佛此身不在人间。她一定是在哪一个醒不来的梦里，才找到了这样的灵魂伴侣，才和他每日过着她从小到大就深深憧憬着的最喜欢的日子！

每次恍惚以为在做梦的时候，她总会傻傻地问刘轩，"王爷，你说我现在所经历的这一切是真的吗？我每日和你在一起过的日子难道不是梦吗？我总觉得我深陷在哪一个梦里，只是我倔强地一直不肯醒来！"

每次听到她这样孩子气的提问，刘轩的回答都一样。他有时会刮一刮她的鼻子，有时会摸摸她的耳垂，有时拍拍她的脸蛋，更多的时候，他直接将她抱在怀里，然后认真地看着她，一脸宠溺道："湄若，你又在说傻话了，你放心！你当然不是在做梦。不信，你摸摸本王，看看本王抱着的什么？"

苏湄若每次听他这样说，会将头深深贴近他的胸膛，感受他的怀抱，他的心跳。

直到苏湄若清晰地听到那犹如鼓点般涌动着的心跳，还有那强劲有力的拥抱，她才会确定自己真的不是在做梦！

一切如花美眷，似水流年的惊艳，都是真的，不是幻象，不是臆想，是她千真万确存在的痕迹。

第七十四章　请君入瓮

彩云易散，琉璃易碎。

一场风波，无端端地打碎了刘轩和苏湄若平静的生活。

而这场风波，不过是"四国之乱"的前奏罢了。

事情发生在那场画中美人风波之后的十日。

那日，东秦国主杨逞将要离开南楚回东秦，他进宫向南楚皇帝刘熙辞行。按照礼数，所有南楚的皇室中人和文武百官，都要在大殿之上为他送行，而刘轩作为天子胞弟自然是列席其中。

"清河王，不知我那位心仪的画中美人，你可找到了？"杨逞看向刘轩，笑得满面春风。

他此言一出，大殿之上众臣皆面面相觑，殿内的气氛瞬间凝重了很多。

众人看向刘轩，他语调平静，不见波澜，"东秦王眼光绝佳，这位美人并不好找，不过本王已经派人为你寻找了，相信总有一日会找到的。一旦找到，本王会立刻遣人将她送去东秦，以解你相思愁。"

杨逞早已料到他会这样回答，似笑非笑，"那就多劳清河王，不过，我即将离开南楚回东秦，不知清河王可否圆我一个心愿？"

刘轩本能地感觉不妙，却还是开口，"东秦王请说，如果本王能做到，自然义不容辞！"

杨逞一字一句不疾不徐，缓缓出声，"听闻清河王的王妃弹得一手好琴，被你称作'琴仙'，不仅仅名动南楚，更是名动整个四国，就连我东秦国内也到了无人不晓的地步。所以，我愿出黄金百万两，只为听清河王妃一曲！不知清河王能否答应？可否圆我此愿？"

杨逞的这段话恍若平地惊雷，瞬间炸裂整个朝堂，众人看了看清河王的脸色，心里纷纷摇头，不由得叹气，这个看上去和颜悦色的东秦王，绝对是一个狠角色！

他给出了一道根本无解的命题，如果清河王答应了，那以后南楚世人会如何看待清河王和他的王妃？可如果他不答应的话，那势必会引起东秦王的不快，到时杨逞又会如何以此为由来变相刁难南楚！

这个问题实在太棘手了，众人都看着刘轩，不知他会如何回答。

过了半响，刘轩上前几步走到杨逞的面前，依然是春风满面的笑容，可那春风和煦之下，却深藏波涛汹涌，"多谢东秦王对我王妃的抬爱，只是我王妃在嫁给本王的那一夜，就明确告诉本王，她这一生只会为本王一人弹琴，她的琴声只为本王而起！所以，不要说东秦王愿意出黄金百万两来听她一曲，就算你把整个东秦江山都送给她，她也难从命！所以东秦王，请恕本王只能对你说一句抱歉了。"刘轩说完，平静地对他施了一礼。

在场之人无不哗然，明眼人都知道，刘轩不过是编了一个听上去还不错、难以寻觅到破绽的理由，可东秦王又岂会识不破？不过，他这理由却是最好的理由，这样一说，众人的注意力又都重新都聚焦在了杨逞的身上。他们都很好奇，杨逞会如何来应答。

杨逞挑眉，目光变得阴冷，语调亦是如此，与此刻殿外的大雪相得益彰，"我倒不知原来琴仙的琴，竟只会为清河王一人而起！那倒真是可惜了，不知她这一生会因此错过多少琴中知音？不过清河王，请你记得你今日所说的每一个字。否则，我怕你今日拒绝，来日会后悔，到那时后悔，可就没有用了。"

刘轩负手而立，笑声朗朗，"多谢东秦王的提醒！不过本王也告诉你，本王从来不会后悔说出的话及做过的事，所以你大可放心。"

没等东秦王杨逞反应过来，南楚皇帝刘熙已经开口，"清河王，你要考虑清楚，不过就是让你的王妃为东秦王弹一曲罢了，你又何必如此较真？非常时机遇事自当非常处理，曾经说过的那些话，自然不必再较真了！人活于世，任何时候，必须懂得变通。"

刘轩看着他的皇兄，难以相信这个从小保护他的亲哥哥此刻竟然会说出这样一番话来，他用尽全力忍耐心底的愤怒，冷笑道："皇兄，臣弟方才已经说清楚原因了，所以，请恕臣弟难以从命！"

杨逞转头看向刘熙，洒脱一笑，"既然清河王如此执着，我也绝不会勉强。"他停了一停，向刘轩走近了几步，用一种好奇的眼光打量着他，"不过清河王，你要时刻记着你今天对我说过的话，每一个字都要牢牢记得。"

"用不着东秦王一而再、再而三地提醒本王，本王说过的话，自然记得，也自然作数，更不会后悔！"刘轩瞟了一眼杨逞，目光如碎雪寒冰。

说完，杨逞转身对着刘熙，目光深邃，让人看不透，"好了，时辰也不早了，我也该起程回东秦了。我们后会有期！"

刘熙出于帝王的敏锐，心头浮起不详，他有预感，这一次刘轩真的得罪了杨逞，这件事恐怕也不会如此简单地收场，看到杨逞走后，他挥手，"除了清河王，其他人通通都散了吧。"

众人走后，刘熙一步一步下了台阶，走到他这位弟弟面前，看向他的眼神如欲喷火，"刘轩啊刘轩，枉你聪明一世，竟糊涂一时！你难道不明白你今日如此明目张胆当着众人的面拒绝东秦王，他会如何懊恼，这事他必不会与你轻易罢休！"

刘轩依旧挺直了腰板，无畏道："皇兄说的臣弟自然明白，可就算如此，臣弟也绝不会答应他！皇兄有没有想过，若是臣弟方才答应了他，不要说是我南楚的文武百官和世人会如何看待我，此事必定会传扬出去，到时天下人都会知道，清河王竟然因为区区黄金百万两，就同意让他的王妃为东秦王弹琴！敢问皇兄，到了那时天下人会如何议论湄若？臣弟绝不能如此不顾她的声名！"

第七十五章　四国风动

刘熙气结，伸手指着刘轩，控制不住心头无尽的怒火，只能任由它们喷薄而出，"刘轩，朕看你是被这个女人迷昏头了，果然是色令智昏！朕告诉你，若是他日杨逞以此为由，做出任何对我南楚不利的事，朕第一个拿你是问！"

刘轩身形挺拔，傲若青松，仿佛再大的暴风雪也无法让他弯折，"皇兄大可放心，若杨逞日后做出任何不利于我南楚的事，不用皇兄吩咐，臣弟第一个就会冲上去，为皇兄扫除障碍，所以，皇兄无须忧虑！"

刘熙看着他这个从小看到大的亲弟弟，突然觉得这一刻的刘轩甚是陌生，这么多年，他到底暗藏了多少实力？他还有多少本事是他这个做皇兄的不知道的？

殿内静得仿佛都能听见殿外的落雪声，过了许久，刘熙开口了，他看向刘轩的目光复杂难测，"朕差点忘了，你当日以一人之力连挑北齐十道关卡，此举不仅使整个北齐人心惶惶，军心涣散，就连整个四国都被惊动了。"

刘轩神态如常，并不作声。

刘熙忽然用一种充满玩味的笑容打量着刘轩，"后来，你又以一人之力将苏湄若从拓跋翰率领的百万雄兵手中救出，一战成名。所以，就算来日杨逞要对我南楚做什么，有你这样的弟弟，朕，又有何惧？"

"皇兄放心，臣弟必不会负皇兄所托！"刘轩行了一礼。

东秦。

殿外大雪纷飞，殿内黑云压城。

"陛下，拓跋可汗来了，他说现在即刻要见您！"一名侍从突然急慌慌地跑进来。

　　杨逞的脸色有些复杂，北齐的拓跋可汗拓跋威此刻怎么会来？他与他并无甚交集！他不由得感到诧异，然而还是挥了挥手，"去请拓跋可汗进来。"

　　那侍从连忙去请，然而杨逞怎么都不会料到，这位拓跋可汗，竟然是他的故人。

　　来人不是别人，正是与他相交多年的拓跋翰！

　　"故人许久不见，东秦王别来无恙？"拓跋翰的声音响彻整座大殿。

　　杨逞打量着拓跋翰，只见他穿着北齐历代可汗的服饰，本就气宇轩昂，如此一来整个人的气质比从前更提升几分，他按捺住心底的诧异，从龙椅上站起，一步一步下了台阶，啧啧调侃道，"我与王子你不过半年未见，却不料，再见王子已是北齐的一国之主了！当真是应了那句古话——士别三日，当刮目相看！"

　　拓跋翰笑得潇洒，浑然是老友相见的语调，"东秦王，别拿我开玩笑了。父汗暴毙，去得突然，所以，我自然而然地继承了他的王位。这一切，我也没有想到，会来得这么快！"

　　不知为何，杨逞觉得此刻的拓跋翰让他有些陌生，虽然容貌及说话的语气还和从前一样，可他总觉得他变得有些不同了。他为何会把他父汗的死说得如此轻松？而那拓跋威暴毙，去得突然，不知又暗藏了多少不为人知的血雨腥风？

　　他看着拓跋翰，似笑非笑道："不知拓跋可汗为何会突然暴毙？我记得半年前与王子相聚，我去北齐还看到他身体硬朗，精神绝佳，望之如四十许人，怎会突然之间就暴毙了？怕不是有什么蹊跷吧？"

　　拓跋翰仰天长叹，"东秦王向来是聪明人，自然明白，人，终有一死！而我父汗，不过是命中注定要暴毙而死，所以，他逃不掉的。"

　　杨逞何等机警之人，他当然明白拓跋翰并不打算多说此事，他错开话题，"你今日来找我，可是为了之前的合纵连横？"

　　拓跋翰忍不住赞叹，"不愧是东秦王，我还没说来意，这就猜到了。不错，今日我来就是与你商议合纵连横之计！"

杨逞上前两步，拍了拍他的肩膀，"你放心，我自会如时按计划行事，这一次保证能叫我们四人各偿所愿！"

"各偿所愿"四个字似乎撩拨起了拓跋翰的情绪，他负手，语调决然，"这一场合纵连横，你和西梁王要的是南楚的江山，刘衡要的是刘轩的命，而我就简单很多，我只要苏湄若一人而已。"

"可汗，我就知道你一直都是爱江山更爱美人。所以，你放心，我们这次的计划虽然凶险，却保证不会伤害你的苏湄若一根汗毛！"杨逞的声音悠悠响起。

拓跋翰却摇头一笑，"东秦王，你只说对了一半。"

杨逞反问，奇道："哦？那我说错的另一半是什么？"

拓跋翰看着他，一字一句纠正，"只是因为，那美人是苏湄若我才爱，若是别人，我绝不会如此。"

杨逞再次拍了拍他的肩膀，"不过，我可真是想不通，那苏湄若究竟有什么样的魅力，竟能让你这草原上的雄鹰心甘情愿为她折腰？"

拓跋翰陷入了沉思，他想起与苏湄若的初见，语调温柔如三月江南的初雨，空蒙一片，"其实我也不知道为什么，我只是肯定，我在遇见她以后才相信，这世上原来是有一见钟情的！当我第一眼看到她，我就知道，我拓跋翰这辈子最爱的人出现了，我不会再爱其他人。她美丽、娇俏，却又可爱，就像一朵月下的海棠花一样……"

杨逞静静地听着拓跋翰的陈述，过了好久，才开口，"可汗真是一个痴心人，此情可感可叹！你放心，这一次我们的计划，必定不会出差错！只要那该死的清河王刘轩一死，苏湄若就是你的了，到了那时，你就能永远把她留在你的身边了。"

他这一句话打断了拓跋翰沉浸在往事烟云中的回忆，拓跋翰开口，语调恢复如常，眉宇间尽是不可一世的霸气，"没错，合纵连横一旦成功，刘轩必死，汝南王自会得偿所愿。只要刘轩此人一死，整个南楚必定人心惶惶，到时整个南楚便会土崩瓦解，而你与西梁王瓜分南楚便指日可待了。那时苏湄若也会回到我的身边，这一次我不会再让她走了，这一次，也不会再有任何人能把她从我身边夺走！"

第七十六章 三国来犯

"可汗大可放心,这世上能以一人之力连挑北齐十道关卡的人都已归隐了,除此之外,只有一个刘轩能做到。所以,只要他死了,这世上,便再也不会有人把苏湄若夺走了!"杨逞轻飘飘地开口,却像一把最烈的火,彻底燃烧了拓跋翰心中的怒气。

"东秦王,你回东秦之前已经完成了第一步,这第二步,也该开始了。"

"你放心,我已做好了万全的准备,明日,便正式启动这第二步!可汗只管和我一起看好戏。"

消息传到南楚的时候,是在东秦王杨逞返回东秦的第十日。

整个南楚人心惶惶。无论是长安街上还是酒馆里,人们都在议论纷纷。

"你们听说了吗?那东秦王联合了北齐和西梁三国一同来犯我南楚了,现在神威大将军苏子睿正在玉门关拼命御敌!"酒馆里布衣男子一边喝酒,一边开口。

"当然听说了,现在南楚谁不知道这件事啊?听说这一次,东秦出动了一百万大军,北齐和西梁各出动了五十万人马,他们出动了总共两百万大军来对抗我南楚的一百万大军,你们说说咱们南楚的胜算能有多少?"有人立马应了他的话。

"虽然他们人多,不过你也别小看咱们神威大将军,那苏将军可是战神!他自行军带兵以来,大大小小打了几百场仗,可从未打过败仗,这一次,一定也不会例外!所以,就算他们出动两百万大军又如何?"

"此言差矣!这次无论是东秦,还是北齐和西梁,他们出动的全部都是精英中的精英,我南楚这一回啊,只怕是凶多吉少!"

布衣男子突然想起什么，忍不住开口问出，"那你们说东秦王为何要出兵联合北齐、西梁一同侵犯我南楚？他前段时间还来我南楚觐见，怎么会突然之间就起兵了？"

一个灰袍男子看了看四周，挥了挥手，四周的人纷纷会意，都聚了过来，他一字一句小心翼翼地轻声道："我告诉你们，皇宫里传来的消息说是因为东秦王在回东秦之前，曾经向清河王提议，他愿出黄金百万两来听他的王妃为他弹一曲，可是你们猜清河王怎么着？"

众人七嘴八舌地问，"清河王怎么说？"

那灰袍男子长叹一声，摇头道："这清河王竟然拒绝了！这才惹得东秦王大为不快，所以才会造成如今的局面！"

众人一听，难以置信地议论，"真的假的？按你这么说，这一场战乱都是因为清河王没有让他的王妃弹琴而导致的！"

"不会吧，你这消息是真的还是假的？"

"就是啊，那东秦王好歹也是堂堂东秦的一国之君，怎么会如此失去理智？就因为清河王拒绝了他，便要来攻打我南楚？"

"依我看啊，这件事绝对没有这么简单，一定还有其他的原因，只不过我们这等小民无从得知罢了！"

"消息是千真万确，不会有错！不过你们说得也有道理，也许这件事的确还有其他的原因，只不过不为人知罢了。"

"唉，算了，这是他们大人物之间的事，又岂是我等草民可以置喙的，不过作为饭后谈资闲说说罢了。"

"来来，我们还是该喝酒的喝酒，吃菜的吃菜，划拳的划拳，人生在世，及时行乐才最重要。"

……

消息传到南楚朝堂之上的时候，殿内也是一片人心惶惶。

刘熙的脸色比鬼还要难看，他紧绷着脸，目光只紧紧盯着一个人，那个人不是别人，是他的胞弟刘轩。

而文武百官则密密麻麻跪了一地，纷纷不敢抬头，生怕多说一个字，就会更加惹怒天子。毕竟，天子之怒可不是他们这帮小官员能承受得起的。

刘轩此刻，却在人群之中格外耀眼，他不同于众人瑟缩于地，他挺直了腰板，与他的皇兄对视着，眸中神色丝毫不见畏惧。

刘熙被他的眼神看得心烦，更加恼羞成怒，一字一句咬牙切齿，"清河王，朕当日早就提醒过你，让你千万考虑清楚，不要拒绝东秦王的要求。可是你坚决不听，现在倒好，你看看，果然如朕所料，东秦王就以你拒绝了他的要求为由，联合了北齐和西梁三国的力量来犯我南楚！你说，朕此刻应当把你如何？"

刘轩却是一脸的冷笑，无比讽刺的语调紧随其后，"皇兄，事到如今你真的以为，东秦王仅仅是因为臣弟拒绝了湄若为他弹琴的要求，才联合北齐和西梁来犯我南楚吗？"他这句话的声音虽然不大，可却仿佛是夏日黄昏最烈的雷，轰隆隆瞬间炸裂整个朝堂！

众人之中，有胆大的官员开始窃窃私语，"是啊，清河王说的有道理啊，他们根本就是蓄谋已久啊……"

刘熙怒吼，"通通给朕住口！"

他一说完，讨论的官员纷纷止住了嘴，闭口不谈。

刘熙虽然明白他这弟弟所说的不无道理，可他依旧冷冷开口，"就算他们真的如你所说蓄谋已久，可是说到底都是因为你拒绝了杨逞的要求，所以他才会以此为由，光明正大地犯我南楚！清河王，说到底还是因为你的拒绝直接触发了这场战争，这是导火索！所以，你的责任不可回避！"

"皇兄，臣弟当日就说过，若是日后杨逞做出任何不利于我南楚的事，臣弟绝不会退缩！所以今日，臣弟恳请皇兄恩准臣弟带兵去玉门关，去助苏将军一臂之力，不破三国终不还！"刘轩的声音响彻整座大殿。

众人难以置信，此刻眼前说这话的人，竟然是被世人一直传作整日只知舞文弄墨、弹琴听曲的风流清河王！不曾料到，清河王竟有这样的胆识！想到这里，众人看向他的眼神纷纷多了几分崇敬和赞叹！

"这可是你说的，不破三国终不还！但是，倘若你做不到呢？"刘熙开口，语调沉沉，此言一出，殿内的气氛瞬间压抑了几分。

第七十七章　不破三国终不还

"臣弟没有失手的可能，不破三国终不还！"刘轩再次重复，语调坚定。

听刘轩再次说"不破三国终不还"，刘熙的脸色瞬间变了。看来，他眼前的这个弟弟，这么多年是在装疯卖傻！他早该料到的，他这十年根本就是在伪作浪荡公子！

世人只知，南楚的清河王是第一风花雪月之人，整日沉浸在风花雪月、美人歌姬中，整日只知舞文弄墨、弹琴听曲，可又有多少人知道，那些根本只是假象而已！他刘熙，堂堂南楚的天子，竟然被他骗了这么多年！

刘熙从龙椅上站起，一步一步走下台阶。他有意放慢脚步，那一步一步的声音，让密密麻麻跪了满殿的大臣战战兢兢。

满殿之中唯有刘轩依然如故，他挺直了腰板，宛若一棵大雪始终压不倒的青松，萧萧傲立，卓然于众。

刘熙走到了刘轩的面前，似笑非笑道："清河王，你终于说出这句话来了。好一个'不破三国终不还'，看来这么多年，你一直都在伪作浪荡公子，欺瞒朕！"

刘轩依然很镇定，他开口，语调不见一丝波澜，"皇兄，臣弟当日就说过，若是杨逞做出任何对南楚不利的事，臣弟一定会让皇兄高枕无忧！所以，臣弟今日才请旨，请皇兄恩准臣弟领兵去玉门关，不破三国终不还，还我南楚一个太平！"

刘熙此刻内心在天人交战。末了，他长长地叹了一口气，"罢了，朕准你去，朕将虎符赐予你，准许你自行调配兵力。记得你说过的，'不破三国终不还'，可别让朕失望！"

刘轩喜不自胜，对着他行了大礼，"臣弟，多谢皇兄！"

刘熙伸手扶起了他，不动声色地开口，"清河王不必与朕客气，不过，若是你没能完成朕的嘱托，又该如何？"

对于刘熙问出了这句话，刘轩一点都不觉得诧异，他这向来多疑敏感的皇兄倘若今日不问出这句话，才会真的令他诧异！他拂了拂衣袖，淡然如一朵出世之云，"皇兄放心，臣弟今日愿在这金銮殿上，当着我南楚满朝文武百官的面，立下军令状！若臣弟不能平定此次三国之乱，辜负了皇兄的嘱托，那臣弟也无颜再见皇兄！到了那时，臣弟自会以死谢罪！"

刘轩此言一出，大殿哗然。与他交好的兵部尚书和吏部侍郎纷纷站出来，齐声开口，"清河王，此事非同小可，你得三思！切勿莽撞立下军令状啊！"

刘轩却转身，对着二人朗朗一笑，若清风徐来，"二位大人不必再劝，本王心意已决！"

如此一来，二人也不好再开口，纷纷摇头，重新跪在了地上。

不过，有人欢喜有人愁，这大殿之上，众人都在为清河王惋惜，只有一人见刘轩立下军令状，兴奋难耐，此人不是别人，就是搅动这场三国之乱的汝南王刘衡！

刘衡幸灾乐祸地开口，语调慵懒，"清河王，方才你这军令状，我们可都是听见了，到时候你就是想赖也赖不掉了！"

刘轩转头，冷冷看着刘衡，那眼神太冷，看得刘衡凭空害怕，"用不着汝南王来提醒本王，不过本王倒是很好奇，怎么本王还没去，汝南王已经确定本王会输？"

明眼人都听得出刘轩话里有话，众人的眼光齐刷刷地看向汝南王，他冷哼一声，默不作声。

众人又将目光纷纷投向了刘熙，只见他目光平静，他似乎早已料到他一母同胞的弟弟会这么说，幽幽开口，"清河王，你要记得你今日在金銮殿上立下的军令状，你要记得'不破三国终不还'，千万不要辜负朕对你的信任和嘱托,否则你就以死谢罪!"

刘轩向前一步,将头深深埋在地上,一字一句从唇齿间迸出,"臣弟,自当竭尽所能,不负皇命!"

刘轩回到清河王府,已经夜幕降临,皓月临空了。

他刚进王府,便听到了一阵淙淙清越之声,时而若流水潺潺,时而若松涛阵阵。那琴声,宛如天籁,无论多少次他听到,都会让他忆起他第一次听见的悸动。那琴声,不是别人所弹,只能是他的王妃苏湄若所弹!

苏湄若在弹她最爱弹也最擅长的《梅花三弄》。她正弹到曲中最激烈的时刻,那是风荡梅花,漫天飞雪间,天地苍茫一片,万物凋敝,唯有雪中一枝清丽的梅,从不退缩,从不妥协,兀自独立严寒,绽放出生命的奇迹。

此刻月华如水,庭院中的雪依然在下,而院中那棵梅树上的梅花在雪与月的映衬下,更加显得清艳不可方物。万物讲缘,大抵是冥冥之中注定好的,此景与此曲极为相和。雪夜弹梅花,何等清雅,又是何等的贴切!一曲毕,他久久难以回神,依旧闭眼倾听,只是却被苏湄若看到了。

苏湄若看到了那个熟悉的人影,蹑手蹑脚地走到他的面前,轻轻踮起脚尖,捏捏他的鼻子,忍不住"扑哧"笑出声来。

刘轩这才被她熟悉的笑声惊醒,他猛然回过神来。

刘轩看她这一脸恣意的笑容,才反应过来刚刚竟然被他的王妃给捏了鼻子,他一把将苏湄若打横抱起,一脸坏笑,"王妃的胆子是越来越大了,竟敢戏弄本王!看我不把你……"他说到这里,不再说下去了,只是打量着她。

苏湄若撇了撇嘴,嘟囔道:"王爷,不是我戏弄你,谁叫你被我的琴声听得入迷了。我自然要测试一下王爷究竟听得有多入迷,所以才会捏捏你的鼻子。"

245

第七十八章　同生共死

刘轩听了她这话，冷哼一声，"王妃惯会巧舌如簧，本王才不会就这样轻易上你的当！"

苏湄若却被他这句话给逗笑了，伸出双手一把环住他的脖子，撒娇道："王爷聪明过人，又怎会上我的当？"她停了一停，打趣道："王爷，今日你为何那么晚才回来？难道宫里是有什么仙女绊住了你？竟让你沉醉不知归路！"

刘轩听了她这话，简直哭笑不得，他把苏湄若放下，伸出双手往苏湄若的胳肢窝下挠去，"听听你说的这满嘴胡话，看这一次我饶不饶你！"

苏湄若从小最怕痒，被他挠了两三下，已经忍不住连连求饶，"王爷饶命啊，我可再也不敢乱说啦！哎哟，王爷大人不计小人过，手下留情，快别挠啦。"

刘轩看到她这样，连忙停住了手，啧啧笑道："下次再这样胡说八道，我绝不饶你！"说完他将她拥入怀中，换了一种口气轻轻道："好了，不逗你了。今日皇兄召我进宫是有要事相商，我已和皇兄请旨，要去玉门关帮助你的父亲御敌，'不破三国终不还'！"

刘轩虽然是用一种十分轻柔的口气说出，可听在苏湄若的耳中却是惊心动魄！什么？这个人竟然要去玉门关！苏湄若摇头，难以置信地看着他，一字一句出声，"王爷，我虽整日待在王府，却也知晓如今这天下，最危险的地方就是玉门关，东秦王联合北齐和西梁，一共派了两百万精英大军与我南楚的一百万大军在对抗！王爷，你不能去，那里实在太危险了！"

刘轩轻轻刮了刮她的鼻子，"王妃可真是个小傻瓜，本王是什么身手，王妃难道忘了吗？之前本王将你从拓跋翰和百万北齐雄兵手中救出，本王又曾以一人之力连挑北齐十道关卡,北齐无一人能抵我锋芒!所以这一次,就算他们派出两百万大军又如何?本王照样有信心。"

苏湄若知道这一次,无论如何都劝不了刘轩。她垂首,默不作声。过了许久,才深深叹了一口气,"既然王爷一定要去,那我也只能支持你!但是,我有一个请求,请王爷务必要答应我。"

刘轩奇道:"什么请求?王妃快说,只要能答应的,本王一定答应你!"

苏湄若看着他,认真地一字一句道:"我想和你一起去玉门关杀敌。"

刘轩怎么都不会想到,他这个看上去如弱柳扶风一样的王妃,竟然有这样的胆识,竟开口要和他一起去玉门关杀敌!他不可思议地打量着她,啧啧笑道:"王妃,你是在和本王说梦话吗?玉门关那是什么地方?那是时时刻刻都有鲜血流淌,都有人命消失的地方。那是男人的地方,不适合王妃这种弹琴的女子去,所以,你还是乖乖待在王府里等本王凯旋吧。"

苏湄若却嘟了嘟嘴,"不!王爷,我要去,我不想一个人留在这里,我不想每分每秒为你担惊受怕!因为,我想跟你同生共死!"说到最后,苏湄若的语气近乎崩溃,几乎要哭出声来。

刘轩自然听出来了,一把将她抱入怀中,轻轻拍拍她的肩膀,柔声哄道:"好了好了,看看你现在的样子,哭得像个小花猫一样。既然你要和本王同生共死,那本王就带你去,这样可好?"

苏湄若眼波欲流,"谁是小花猫?王爷才是小花猫!这还差不多。"苏湄若停了停,似乎想起了什么,"王爷,这次去玉门关,我把你的'猿啸青萝'琴也带去吧,这样我还可以为你弹琴解忧,王爷意下如何?"

刘轩忍不住伸手捏捏她的脸蛋,"湄若啊,有时候本王真想把你这个美丽的小脑袋给剖开来,看看里面装的是什么,为何你的想法总是与常人不同?此去危险重重,数不清的刀光剑影在等着本王,试问本王哪里来的闲心听你弹琴?"

苏湄若哼了一声,"你没空听是你的事啊,可是我想弹是我的事啊,既然我想弹你就阻止不了我,所以我还是要带去的,我不过是跟你说一声罢了！"

刘轩摇头，长叹出声，"你可真是本王命中注定的魔星！王妃请便，你开心，本王才会开心，所以，本王的'猿啸青萝'归你了！"

苏湄若看着此刻的刘轩，不知道为什么，被他这番话深深打动。曾几何时，也有一个她心仪多年的男人对她说过同样的话，可是没过多久，那人就将对她所说过的承诺全部抛到九霄云外去了！

忽然，她心中顿起一阵顽皮之意，她踮起脚，附在刘轩耳畔说了一句，"王爷，你闭上眼睛。"

刘轩被她说得摸不着头脑，不过他向来知道他的王妃古灵精怪，满脑子的鬼主意，于是他也不知为何，就这样乖乖地闭上了双眼，"王妃你又想干什么？"

"你不许睁开眼睛，等我说睁开你才能睁开！"苏湄若说完就再次踮起脚，在刘轩的右脸上轻轻一吻。

刘轩如被雷击，他怎么都不会想到他这王妃竟然做出了这样的举动，他低低道："王妃，你可真是个小魔妃，说出来的话不一般，做出来的事，更让人出乎意料！"

苏湄若这一刻却只是静静垂首，娴静若处子一般，好像方才她从来没有吻过刘轩，仿佛刚才的一切都没有发生过。过了许久，苏湄若才开口，语调悠悠如天际流云来来去去，"因为王爷方才说的话让我感动，所以我才情不自禁。"

刘轩看着她，突然，一把将她的双手放在他的胸前，"原来如此，本王不过实话实说罢了，没想到，竟然感动到了王妃。"

时间一分一秒流逝，四目相对，却是沉默。

终于，刘轩打破了沉默。

这一吻，吻得他心猿意马，这一吻，吻得他暂时抛开眼前无限的烦恼。

他再次将她打横抱起，往床上走去。

纱幔轻扬，烛光摇曳，散落无边无际的旖旎风光。

二人在这一天留下了最浪漫的回忆。

第七十九章　何方神圣

刘轩和苏湄若来到玉门关，已是十日之后了。二人一路上看到无数衰草枯杨，一片惨淡萧瑟，无数房屋被毁，无数难民流落街头，举家逃亡，死的死、伤的伤，不胜唏嘘，这是战争的残酷，他们也无能为力。二人只能祈愿这场四国风云早日停歇，还天下一个太平，还百姓一个安稳。

"臣苏子睿，参见清河王。"一别近一月，可苏子睿却仿佛老去了许多，面色苍白，面露愁容，语调也有些无力，整个身影变得更是佝偻。

刘轩和苏湄若二人看了不忍，二人连忙伸手一同扶起了他，刘轩叹息，"岳父不必多礼，本王来了，岳父大可放宽心。"他停了停，问道："岳父，如今的战况如何？你必须得把你所知道的通通告诉本王，这样我们才能对症下药，才能找出打赢这场战役的关键点。"

苏子睿摇了摇头，过了半响才长长叹出一口气，"王爷，不瞒你说，这一场四国之战，是臣平生所遇战事最难打的一次！这一次，怕是不妙！"

"岳父何出此言？岳父可是我南楚的'战神'，自行军打仗以来，从未战败，这一次为何会如此说？"刘轩不敢相信，眼前这位南楚鼎鼎大名的"战神"，竟然会说出这样的话！不过，从未打过败仗的他今日却这样说，足以证明，这一场仗住定是一场持久战，不好打！

苏子睿坐在椅子上，闭目长叹，"这一次，是东秦联合了北齐和西梁三国，一同来犯我南楚，然而王爷可知，这三军之中最棘手的是哪一军？"

刘轩脱口而出，"北齐向来与我南楚兵力相抗，何况他们又是在马上得来的天下，最棘手的自然是北齐。"

苏子睿睁眼，摇头苦笑，"不！王爷你猜错了，最棘手的是最让人难

249

以相信的西梁!"

听到"西梁"二字,刘轩神色凝重,"为何会是西梁?四国之中,西梁的国力与兵力都是最弱的,怎么可能是西梁?"

"王爷,臣最初对西梁的看法和你一样,可是,臣万万没有想到,这一次西梁军竟会如此英勇善战,而行军带兵的西梁王更是令人害怕!"苏子睿在说到"西梁王"的时候,几乎咬牙切齿。

刘轩自然感觉到了,"西梁王为何如此令人害怕?"

"不瞒王爷,臣可以肯定,这西梁王一定与臣认识,否则他怎会料事如神般地三番五次打破臣的御敌之计?"

刘轩和苏湄若听到这句话,都觉得惊心动魄。刘轩反应过来,不可置信地开口,"岳父的意思是说这西梁王与你是故人?"

苏子睿的语气轻飘飘的,"是不是故人,臣不确定!但有一点臣可以肯定,此人一定十分熟悉臣的作战风格,所以才能战无不胜!"

"可是,西梁王又怎会与岳父认识?"刘轩忽然想起,苏子睿与西梁王从未谋面,又谈何故人?

"是啊,王爷说得在理!那西梁王萧逸与臣从未相识,臣也从未见过他,可是他这次带着西梁五十万大军而来,作为与我军对抗的主力,之前我们已经交手了三次,可是三次,臣都输了。"想起自己的战败,苏子睿无尽感慨。

"这西梁王是何方神圣?本王倒是很想去会一会!"刘轩停了停,忽然想到了什么,神色一动,"岳父,那西梁王长什么样子?"

苏子睿仔细想了想,静静描述,"他戴着面具,是个很年轻的男子,只是那双眼睛幽深难测,臣觉得十分熟悉,好像似曾相识,可臣想破脑袋,都想不出到底在哪里见过。只是,臣可以明确地肯定一点,此人臣一定见过。就算一个人戴了面具,可是那双眼睛是永远都不会变的!"

苏子睿这一番话,听在刘轩耳朵里却是平地惊雷!这个人戴面具,眼睛却让苏子睿觉得十分熟悉,这个人恐怕不仅仅认识苏子睿,更是他刘轩的故人吧!难道……他的脑海里,猛然浮现出一个名字!

可他转念一想,却又立刻否定了,不可能!这绝不可能!那人这么久都没有音信,怕是早就离开人世了,又怎么可能会是他呢?不可能!

"岳父,常言道擒贼先擒王,当日本王能从北齐百万雄兵和拓跋翰手中,以一人之力单枪匹马救出湄若,就是因为本王用了擒贼先擒王的战术。所以这一次,我们一样可以效仿。"刘轩负手而立,一脸自信。

苏子睿听得他此言,整个人神色大变,似乎又变回昔日那个受南楚万人敬仰的"战神",意气风发,"好一招擒贼先擒王!若真能将西梁王擒住,这样一来,群龙无首,那西梁的五十万大军就不足为惧了,没了西梁王指点,他们不过是一盘散沙罢了。"

"将军,西梁王派人送来一封信件,说要交到清河王的手上。"突然,苏子睿的副参将宋羽走了进来。

刘轩连忙接过,将手上的信件拆开一看,信上的字虽不多,可一字一句间却不知埋藏了多少惊涛骇浪:

"清河王故人无恙,今夜子时来我西梁军营中一见,记得只你一人单枪匹马而来。"

那字迹龙飞凤舞,遒劲苍硬的笔锋令他目眩,目眩之余,他更觉得十分熟悉。难道……难道真的是他?

苏湄若看完,连连摇头,"王爷,你不能去,这分明就是陷阱!那西梁王分明就是在故弄玄虚,他的目的就是让你中计!若你真听了他的话,单枪匹马前去,定会中了他的重重埋伏,他早就布下天罗地网等你去,所以你千万不能上他的当!"

刘轩却笑笑不语,转头看向苏子睿,"岳父有何高见?你觉得本王该去还是不去?"

苏子睿眉头紧锁,脸上疑云密布,末了,叹了一口气,"臣认为,这世间事该来的始终都避不了。这是一个擒贼先擒王的绝佳机会,臣以为,王爷该去……"

第八十章　故人

苏子睿的话还没说完，已被苏湄若连声打断，苏湄若实在想不通，连她都能看得出来这是个圈套，她这战无不胜的父亲难道还看不出来吗？她冷笑道："爹，你今日是怎么了？就连女儿都能看得出这是个大圈套，你难道看不出来吗？王爷怎么能去？"

刘轩伸手弹了弹的额头，故意拉下脸斥道："湄若，不得无礼。"

苏子睿笑道："湄若，你放心，既然王爷要去，自然会做好所有准备才去，又怎能真的单枪匹马而去？"

刘轩默契一笑，"岳父自然知道该怎样为本王做好万全的准备，今夜子时，本王就单枪匹马去会会这个西梁王。也许他真是故人也未可知，看看他到底是何方神圣，竟能屡屡挫败我南楚的'战神'。"

苏子睿领首，"王爷说得对，臣这就去准备，王爷大可放心！"说完苏子睿转身而去。

偌大的军帐中，只剩了刘轩和苏湄若两人。

苏湄若还在气恼他为何执意要去，她想不通，别过头并不理他。

刘轩伸手扳过她的脸，将她扶在椅子上坐下，柔声哄道："好了，王妃不要生气了。本王都说了，会做好万全准备再去的，王妃大可放心。"

苏湄若瞪着他，没好气地道："王爷，方才你也听到了，爹作为南楚的'战神'，三次败在了西梁王的手上，可见此人勇猛善战，心机深沉，他绝不是好惹的善茬。我真是不懂你为何执意要去！明知前方是龙潭虎穴，却还是要去硬闯！"

刘轩长身一起，"本王执意要去，是因为不入虎穴，焉得虎子。这招虽险，胜算却大，只有将自己真正置于死地，才能在绝境之时寻觅到柳暗花明的时机！对付西梁王这样的狠辣角色，要么不出击，要么务必一击必中！王妃，你明白了吗？"

苏湄若这才恍然，原来如此！刘轩说得没错，不入虎穴，焉得虎子，只有将自己置之死地而后生，才能一击必中！

"那王爷你要答应我，你必须要平安无事地回来，一定要毫发无损地回来，好吗？"苏湄若突然孩子气地扭头问他。

刘轩被她这副孩子气的模样逗笑了，他拍拍她的脸蛋，又对她作了一个揖，调侃道："是，本王遵命，王妃放心吧。"

看他这副油嘴滑舌的腔调，苏湄若朝他扮了一个鬼脸，"王爷惯会取笑我。"

刘轩却恍若未闻，一把将她抱在怀里，在她耳畔轻轻道，犹如春风拂来，"没办法，谁叫王妃总叫本王爱得心痒痒，不取笑你又取笑谁呢？"

苏湄若忍不住伸手捶在他胸膛，一脸恼怒之色，刘轩哈哈大笑，继续调侃道："本王竟不知，王妃何时学会了这一手绝佳的挠痒痒的功夫？真是太舒服了，王妃快给本王多挠几下……"

子时。

月明星稀，时有野狼嚎叫响彻边关，看来今夜注定是一个不眠之夜。

西梁的军帐位于南楚军帐的三十里处。刘轩一路上使了从小就练成的轻功，不过一炷香的工夫就到了。

他一进账，就看到一道熟悉的人影，一个戴着面具的男子在等他。

他一到，那男子便转头看向他，那双眼睛让他觉得似曾相识，看来眼前之人十有八九就是他猜到的那个人。

那男子开口，语调嘲讽，"清河王，我已恭候你多时，你终于来了。一别数月，清河王别来无恙，故人许久不见，清河王的风采却是依旧啊，和我心中那副讨厌的样子相差不大！"

一个人的容貌会变，可声音却永远都不会变。刘轩此刻心里十分震惊，可依旧定了定心神，"劳烦三哥挂念，只是一别数月，三哥为何戴了面具不敢以真面目示人了，难道是做了亏心事，心虚到不想见人吗？"

那男子听刘轩说完，纵声狂笑，笑声凄厉，又仿佛鬼魅一般，在这夜色中更加显得恐怖，过了良久，他语调深沉，"三哥？刘轩，你睁大眼睛给我好好看看，我还是你的三哥吗？"话音刚落，他就将脸上的面具摘下，随手一扬，面具褪去后的那张脸，令刘轩目瞪口呆。

南楚皇室中，刘轩是长得最好的，公认的"南楚第一美男子"，但是他几个兄弟，除了他的九弟汝南王刘衡长相逊色以外，其他人无一不是美男子，无论是他的胞兄刘熙，还是他此刻眼前这个同父不同母的三哥岐山王刘渊，甚至包括他那两个早逝的哥哥，每一个都风流倜傥。

可是，他眼前的这人，一张脸上遍布伤痕，有被刀砍的，有被剑刺的，完全已经看不出那本是张英俊无双的脸！纵然他此刻身形依旧，可是终究不同了。那张脸被帐内忽明忽暗的烛光一照，更加显得恐怖！若是不认识他的人，八成以为是见到鬼了！

"怎么了？刘轩，你惊得说不出话了？还是三哥这张脸吓到你了？"刘渊的声音鬼魅莫测。

刘轩渐渐回神，他深深吸了一口气，尽力平复心底暗涌翻滚的情绪，一字一句问出，"三哥，这几个月，你到底经历了什么？"

刘渊却好像听到了最好笑的笑话一样，"我经历了什么？刘轩，真是不懂你怎么还有脸能问得出口！我刘渊现在这个样子还不都是拜你所赐！若不是你，我怎么会被刘熙废为庶人，永世不得回南楚！若不是你，我又怎么会落到如今这样的地步！若不是你，我又怎会变成如今这副人不人、鬼不鬼的样子！这一切都是你害的！刘轩，风水轮流转，你欠我的，如今也该你还清了！"

刘轩嗤之以鼻，"刘渊，你落得今日这般地步，怪不得别人，要怪只能怪你自己！当日，若非你被美色所迷，被苏湄雪哄得团团转，对她言听计从，你又怎会听信她的话再三加害苏湄若？若非如此，我与你始终井水不犯河水！"

第八十一章 "炼狱"归来

刘渊纵声狂笑了起来，他轻蔑地看着刘轩，不屑道："刘轩，你有什么资格教训我？我今日所有全部拜你所赐。"他停顿了一下，似乎想起了什么，眉心如火苗一跳，"不信，你再看看我身上。"

他这话说得莫名其妙，刘轩也不作声，只是看着他，看看他还能折腾出什么，不过下一秒，刘轩却惊呆了。

眼前这人竟然将身上的衣服全部脱了。然而比这更惊讶的是，他一脱去上衣之后，只见那裸露的上半身，本白皙如玉的肌肤却密密麻麻遍布着伤痕，那些伤痕，一看就是被人用刑所致！有刀伤，有剑伤，有鞭痕，有烙痕，一道道纵横交错，宛如无数条致命的毒蛇一样，盘根错节，看得人汗毛倒竖，在这深夜更加显得让人窒息。

刘轩侧目，闭眼问出，"当日皇兄虽然将你贬为庶人，不得回南楚，可却从未下旨加刑于你，你这满身的伤到底从何而来？你是得罪了谁，竟然对你下此狠手？"

"是啊，刘轩，你那道貌岸然的皇兄当日的确没有加刑于我，他将我贬为庶人，可是他难道没有想过吗，他这一道旨意，意味着我堂堂南楚的岐山王，将失去拥有的一切！而失去一切的人，无论曾经多么风光，到最后都注定变成无能之人，这世上，凡是无能者皆会被人践踏！"刘渊紧握双拳，控制不住地挣扎着。

刘轩看着此时此刻的他，唏嘘不已，"是你自己野心太大，你若肯真的放下所有，去过闲云野鹤的生活，一切都不会落得今日这番田地！终究还是你自己毁了你自己，怨不得他人！"

刘渊走近几步，打量着刘轩，愤愤道："刘轩，你有什么资格教训我？你别站着说话不腰疼！当日我和苏湄雪一同被刘熙贬为庶人，我们二人便离开了南楚。我想去西梁，可苏湄雪却一心想去北齐，我们意见不合产生了分歧，后来我们大吵了一架，然后她去她的北齐，我去我的西梁。没想到，我千辛万苦，一路跋山涉水终于来到西梁，却被当作奸细，直接关入了大牢！"

刘轩说到这里，语调渐渐变慢，他想起了曾经的那一幕幕，时至今日想起它们，他的心依旧是带着害怕的。那时时刻刻都有老鼠出没的牢房，他每晚都冻得瑟瑟发抖，几乎每夜都彻夜难眠。

这并不是最可怕的！最可怕的是那些刑讯的声音，永远没完没了，一直在他的耳边如云雾缭绕一样，久久不散。他看着牢房的同伴来来去去，浑身上下遍布血迹，一片血肉模糊。

他没想到，自己也很快经历了那炼狱一样的时刻！他忽然停住了笑，望向刘轩的眼神充满了讽刺，"刘轩啊刘轩，你可知道被关在大牢里的滋味？不！你不知道！你怎么会明白？你可是南楚养尊处优的头号闲人清河王，怎会知道我经历过的炼狱有多恐怖？"

"那就让我告诉你！我被关在西梁的大牢里，他们日日夜夜拷打我，问我是不是奸细，他们企图对我屈打成招！清河王，你知道鞭子抽在身上有多疼吗？你知道那烧红的烙铁烙在胸膛有多疼吗？不！你不知道！你怎么会知道？可是我知道，我经历过那些如同身处地狱一样的折磨。"

刘轩并不知道该怎么接他的话，静静地立在当地，等他继续说。

过了半响，刘渊开口，语气充满了讽刺，"到了最后，我实在是受不了了，我说我是南楚派来的奸细，但是我要见你们西梁王，因为我会告诉他战败南楚的唯一方法。那些小人高兴坏了，他们难以相信自己竟然抓到了这样重要的奸细！他们去告诉了西梁王，他接见了我，我告诉他战败南楚的秘密，他很高兴，然后他封我为万户侯。你说可不可笑，我刘渊堂堂南楚一人之下、万人之上的岐山王，到头来竟然摇身一变，成了西梁的万户侯！"

刘轩听他讲述那些犹如梦魇一般的经历，看着眼前这个已经陷入癫狂的三哥，突然觉得很心痛，曾几何时，他也是玉树风流，冠绝南楚的男子，可如今，却变得这样疯魔！说到底，他还是被自己的心魔给毁了。他长长叹了一口气，"就算你当上了万户侯，以你的性格，你又怎会善罢甘休？所以我猜，接下来你一定是利用你在西梁的权力，狠狠报复了那些把你抓去严刑逼供的人，是不是？"

刘渊渐渐回过神来，神情恢复如常，"真不愧是兄弟，果然了解你三哥。我得到权势后的第一件事，就是将那些把我抓去拷打的人一个一个抓来，然后用他们曾经对待我的方式一一报复他们。"

说到这里，刘渊的神色不再平静，整个人又陷入了刚才的癫狂状态，"他们向我求饶，可是我怎么会放过他们？最后他们受不住刑，有的咬舌自尽了，有的撞墙了，更多的是被我折磨死了！"

刘轩看着眼前这个人，感到十分陌生，虽然他从前在岐山王府也曾做过很多荒唐的事，可他方才所述的这件事，实在令人难以想象！一个人，究竟要有多恨，多疯狂，才能失去理智做出这样丧心病狂的事？

刘渊见刘轩一直看着他，颇为不快，"刘轩，别这么看着我，我只是做了我该做的而已。是他们该死！我还觉得太便宜他们了！"他停了一停，换了一种眼神打量刘轩，语调如千年古井般深沉，却令人刺骨，"刘轩，你知道我今天为什么能站在这里吗？"

刘轩料到他会问这话，大声说出心中的猜测，"如果我猜得不错的话，你一定找准机会杀了西梁王，然后取而代之。所以，你现在才会站在这里，对不对？"

第八十二章　深藏不露

刘渊将上衣一件一件穿好，此刻的他早已恢复如常，恢复了往日的冷静，"刘轩，不得不说，这么多年我一直都小瞧你了，原来你竟是如此深藏不露！"

刘轩却极为不屑，冷睨了他一眼，"三哥说笑了，我再怎么深藏不露，又哪里比得上三哥今日带给我的震撼！"

刘渊没有接他的话，沉浸在往事中，"不错，如你所料，我在西梁得到万户侯这个位置，成为一人之下、万人之上的人上人，可仅仅如此便够了吗？不！远远不够！"

刘渊似乎大梦初醒，"自从我被刘熙贬为庶人离开南楚的那一刻，我就明白在这世上只有权势才是最重要的，其他什么情爱、富贵都不过是过眼云烟！所以我必须要有足够的权势，别人才不会、也不能欺辱我！"

刘轩冷笑，"所以，你就恩将仇报，杀了封你做万户侯的西梁王？"

刘渊重新戴上那张瘆人的面具，"不！你怎么能说我是恩将仇报？他早就该死，在他的带领下，西梁国一年不如一年，越来越差，民不聊生，怨声载道！西梁的百姓早就需要换一个人来统治了，而这个时候我刘渊恰恰出现了，七弟你说，这一切是不是命中注定希望我去带领他们一统四国呢？"

听他口不择言竟说出"一统四国"这样的话，刘轩忍不住咆哮，"刘渊，你别痴人说梦！一统四国，你也配？"

刘渊却出奇意料的并不恼怒，只是"嘘"了一声，他继续笑道："七弟，别动怒！继续刚才的故事，我趁西梁王不备，一刀杀了他，然后我用刀剑自毁容貌，戴上面具。从那以后，这世上再没有岐山王刘渊，有的只是被毁容貌戴着面具，从地狱归来重生的西梁王！"

刘轩震惊,他再次看刘渊的脸,却发现他已戴上面具,什么都看不见!他只能在脑海里回想,刚刚他看到的一道道恐怖的伤痕!他难以想象,那些伤痕竟然是眼前这个人亲手一刀刀、一剑剑划下的!他摇头苦笑,"你为何要自毁容貌?你是不是疯了?刘渊,你简直就是个疯子!"

"你说得没错,刘轩,我就是疯子,但你别忘了,我究竟为何而疯?从我被刘熙贬为庶人开始,从他让我永世不得回南楚开始,我就已经疯了,彻底疯了!再说这世上,谁不是疯子?男人为权势名利而疯,女人为男人的爱而疯!谁又不是疯子?这天下四分,风云不停,世道早已疯,人在其中,又有谁能真的独善其身?"

刘轩负手而立,"刘渊,是你一步步把自己逼入绝境,没人可怪,又何必怨天尤人!莲出淤泥而不染,是你自己选择堕入尘埃,又能怪得了谁?"

刘渊却像听到笑话一样,"莲出淤泥而不染?刘轩,你是傻子还是呆子?这污浊人世,怎么可能会有这样的人!我用刀剑在我的脸上划下一道道伤痕,毁了那张原本英俊的脸,就是时时刻刻要告诉我自己,究竟是谁害我落得如此田地!就是要时时刻刻提醒自己,不能忘记这血海深仇!更是时时刻刻提醒着自己,总有一天我要杀回南楚,将刘熙碎尸万段!"

他一口气说完,忽然把目光投在刘轩身上,"不只他,还有你刘轩,不只你刘轩,还有那背叛我的无耻小人刘衡!"

刘衡背叛了他?刘轩猛然反应过来,他想起来了。当时刘渊之所以会被皇兄废为庶人,是因为皇兄派人查到了在湄若饮食中下毒的那两个人。而那两人中,厨娘柳儿熬不住刑将刘渊供出来了!

他当时就在奇怪,依照刘渊的心机,他一定会提前部署、安排好那两个人平安离开,可最终那两个人却被查到了!现在想来,唯一的可能就是当时他将这个任务交给了刘衡,可是刘衡却不知为何背叛了他,临时倒戈,所以下毒的柳儿和可心才会被抓,所以才间接导致他所做的事情全部败露,他才会被皇兄贬为庶人,并下令永世不得回南楚!

原来如此!原来他与刘衡之间还有这样的交易!可刘衡又为何要背

叛他？想到这里，刘轩开口，语调讽刺，"我明白了，当初是刘衡背叛了你，所以才导致你的所作所为暴露。可是你与刘衡从小玩在一起，亲密如兄弟一般，他又为何会背叛你？"

刘渊一提到"刘衡"这个名字，郁结于心的满腔怒气难以抑制地又上来了，他咬牙切齿，"刘衡此人心机深重，诡计多端，我不会放过他的。"他忽然停了下来，看向刘轩面露讥笑，话锋一转，"不过刘轩，你也不必得意，刘衡的账日后我自会慢慢和他清算，而今日，我与你之间的账也该好好算一算了！真是没有想到这么久了，你还是这么不怕死，竟然真敢单枪匹马来我西梁帐中！就冲你这份勇气，我给你个机会，说吧，你想怎么死？"

刘轩负手而立，好奇地凝视着他，"哦？不知西梁王是想让我怎么死？"

刘渊冷笑，"明人不说暗话，今日你以为你真的还能走得了吗？别做梦了！当日你单枪匹马一人闯我岐山王府，来取'竹叶青'的解药'嫣然醉'，最后你全身而退是因为我当日不敌你！"

刘轩追问，"那今日又如何呢？"

"今日自然不同了，今日我帐外有西梁的五十万大军，只要我一声令下，你就会被射成马蜂窝，死无葬身之地，可容不得你嚣张！刘轩，我劝你最好乖乖束手就擒，这样我还可以念在我们曾经的兄弟情谊上，赏你一个全尸！否则的话，我保证会将你碎尸万段！你若不信，大可试试看！"刘渊说完一挥手。

只听帐外传来一阵阵人声，那些声音如同海浪一般，此起彼伏，将刘轩困在原地，而帐外的灯火瞬间通明，无数火把几乎只在刘渊挥手的一瞬间，纷纷燃起！

第八十三章 火烧粮草

看来，刘渊今日早就布下了天罗地网，只等他来跳！

刘轩环顾四周，看了看帐外夜色。

夜空如墨，一片漆黑中有星星，寥寥数点若荧火微光，照着这尘世。

月上中天，却是残月。他在心里盘算，按理说，算算时间应该也快到了，为何这西梁帐中还没有动静？

那意料之中的动静，何时会来？

刘渊看刘轩，转头再看夜色，冷笑道："刘轩，你这死到临头了，还在看什么？别做梦了，没人会来救你，今夜你注定插翅难逃！我费了那么大的功夫终于吸引了苏子睿的注意，借他的口来告诉你，就是为了这一刻，就是为了请君入瓮！"

刘轩转身，玩味地看着他，不疾不徐道："哦，是吗？我今夜是否插翅难逃，一切还是未知数！提醒你一句，三哥，你别得意过头，以免承受不了后果！"

刘渊冷哼道："不妨告诉你，你现在若是踏出帐外一步，我西梁五十万大军在等你，就算你身手盖世，也绝不可能以一己之力，从我西梁这五十万精锐大军里杀出重围！识时务者为俊杰，所以三哥劝你一句，乖乖送死才是明智之举！"

"三哥，恐怕今夜要令你失望了，看来你真的不太了解我。"刘轩薄唇轻抿，目光如炬。

刘渊刚要讥讽他，却听到帐外一片混乱声响起，不知从哪一个人口中先传出的声音，那声音极其恐怖，恐怖到足以瞬间撕裂这塞外静谧的雪夜！

渐渐地，那混乱声越来越多，帐外的人开始奔走，"不好了，粮草被烧了……"顷刻间，西梁军乱作一团。

刘渊气结，他上前，掀开大帐，看到火光漫天，不远处的火光宛如一条巨龙在吐着三昧真火，燃尽无边的黑夜。

"王……王，是南楚的苏子睿率领精锐部队偷烧了我们的粮草。"突然将士满脸通红地来禀报。

"你们这帮废物，那看守粮草的人都在干什么？"刘渊一脚踹向他，那将士瞬间被他踹倒在地。

"王恕罪，不能怪我们啊，是苏子睿诡计多端，他将我们打晕，然后等我们醒来，发现已经火烧漫天了，这才赶着来向大王禀报！"另一名将士跪在帐外，瑟瑟发抖不敢抬头。

"那还不快去灭火？"刘渊的声音亦如滔天的大火，熊熊燃烧。

"王，来不及了，那火势太大，而我军的粮草又是全部堆在一起的，苏子睿明显对我军粮草分布了如指掌，所以今夜才一击必中，几乎将我军粮草烧得精光！"那将士跪地叹气。

"那还要你们这废物干什么？"刘渊听了他的话，早已怒火中烧，看也不看，一剑劈向那将士，那将士即刻血溅当场，惹得众人纷纷侧目。

电光火石间，刘渊瞬间明白了这一切的因果！他转身看向刘轩，字字句句从唇齿间迸出，满腔怒火也随之喷射而出，"刘轩，我可真是小瞧了你，这一切都是你搞的鬼！"

"三哥，是我高估了你！我还以为你三次大败神威大将军苏子睿，你这西梁军真有什么三头六臂，没想到不过一把大火，就烧得军心大乱，看来令我南楚将士闻风丧胆的西梁军也不过如此！"刘轩一如既往地镇定。

火势越来越大，无法控制，一切都在刘轩的预料之内。

他在单枪匹马来西梁帐中之前，就与苏子睿相约。苏子睿会找准机会纵火烧西梁军的粮草，而他则拖住时间，和刘渊周旋。没想到，刘渊真的这么轻而易举地就中了他的计。而苏子睿，也打了最漂亮的一仗。

"刘轩，你太无耻了，竟然使出这样下三滥的手段，偷烧我西梁军的粮草，你这算是什么君子所为？"刘渊拔刀出鞘，直指刘轩。

刘轩看着他，目若寒霜，语调亦如此，"你也配和我提君子所为？当初若不是你听了苏湄雪的话，三番五次要置苏湄若于死地，你又怎么会变成如今这般人不人鬼不鬼的样子？刘渊，今日一切，都是你咎由自取！而真正无耻下作的人，是你！"刘轩也拔出了自己随身携带的离魂剑，指着刘轩。

兄弟二人的剑互相指着彼此，没有任何一个人有退让分毫的意思。

"刘轩，我刘渊费尽心思走到今天，你以为我会就这样轻易放弃吗？你错了！你未免也太小看我了，就算我今夜命丧于此，我也定会让你和我同归于尽！黄泉路上，你我兄弟二人，也好做伴，你说是不是？"

刘渊一说完，就拿着手里的刀砍向刘轩，刀刀致命，没有任何的余地。明眼人看得出，他是铁了心要置刘轩于死地，以泄心头之恨！

可是他，又怎么会是刘轩的对手呢？不过区区十招，刘渊已处了下风，他渐渐无力招架刘轩以柔克刚的剑术。

"刘渊，别垂死挣扎了，你不是我的对手，过去不是，现在依然不是！"刘轩反手一剑，直接削断了他的弯刀。

刘渊难以想象，自己手中这把锋利的弯刀，竟然根本不敌刘轩的离魂剑，不过十招就断成废铁！此时此刻的他像极了一头垂死挣扎的豹子，仿佛被利刃磨钝了所有的爪牙，可却仍然不肯低头，仍然不肯妥协，仍然在伺机待发，寻找最后的机会。

可惜他这一切心思，早被刘轩看穿。他眼前一暗，刘轩已经将离魂剑搁在他的脖子上。只要再加两分力，他就将血溅当场。

刘渊恨恨道："刘轩，当日你为了救苏湄若，孤身闯我岐山王府，也是这样将你的离魂剑搁在我的脖子上，可最后怎么样？你依然没能杀了我，今日也是一样的，你以为我真的穷途末路了吗？你错了！"说完，他从怀中掏出一把匕首，直刺向刘轩！

第八十四章　扭转乾坤

　　然而刘轩却深知刘渊其人，早有防备，看也不看，抬手间就已将他的手腕震飞，而那把匕首，自然脱落，不知飞向了何处。

　　刘轩这一下来得突然，刘渊显然没能料到！眼前之人的身手竟然如此矫健，反应能力更是如此之快！

　　看来，他今日注定要败于他手中！他不再挣扎，仿佛认命一般，仰天长叹一声，"苍天何狠！竟然如此待我，给了我希望却又无情地摧毁！罢了，看来我刘渊今日注定命丧于此！是天要亡我，奈何！"说完，他也不看刘轩，毫不犹豫地将脖子往离魂剑上送去，倏地，鲜血遍地，如泱泱血河。

　　刘轩的手抖了抖，他没想到刘渊竟会以如此决绝的方式来结束他的生命！他走近一看，发现刘渊的眼睛仍然圆睁着，刘渊看着月明星稀的夜空，他支支吾吾地说了一句，"母……母妃，渊儿……终……终于能来陪你了，你放心，黄泉路上，你不会再寂寞……"

　　刘渊此刻的神情像极了一个孩童，虽然他依然戴着面具。可是刘轩分明感受到了那张面具之后的脸，此刻像极了一个孱弱无助的孩童。他蓦地忆起，刘渊的母妃是当年南楚宠冠后宫的佟贵妃。若佟贵妃泉下有知，知道她唯一的宝贝儿子，今夜却落得这般结局，不知会作何感慨。

　　可是，刘渊落得今日这结局，怪不得别人，要怪也只能怪他自己，是他咎由自取！一步错，则步步错，从他决定听苏湄雪的话一次次谋害苏湄若开始，他就已经错了，注定越错越远！

　　刘轩看着他倒地的身体，忽然有些感慨，本来他的人生不该是这样。他作为南楚一人之下、万人之上的岐山王，本可以逍遥自在地过一世，快活如神仙地走完今生！他本可以娇妻美妾潇洒一生，决不该像此刻这样以一副人不人、鬼不鬼的样子死去！

可惜，人活于世，个人皆有个人的命，而那命运的棋局早已写下，没有人可以改变，一切都是冥冥之中注定好的。在世上的每一个人，都有属于自己的路要走，而那结局早就写下，无可更改。

刘轩看着奔走相撞、乱成一团的西梁军，使劲定了定心神，看来今夜是扭转这次四国风云之战的最佳时机！

他走到正中央，清了清嗓子，一字一句沉声开口，"西梁的战士们，你们听着，我，是南楚的清河王刘轩，我此刻代表南楚告诉你们，现在只要你们肯归附于我们南楚，愿意为南楚效力，我们绝对不会亏待你们，绝对不会因你们是西梁军而歧视你们，会让你们和南楚的将士得到一样的尊敬和对待，所以，识时务者为俊杰，你们是想好好活着，还是现在就去死，一切都看你们的决定！"

这句话像是震天锣鼓，众人纷纷怔在了当地，不敢想象敌对的清河王竟然能说出一番话，毕竟这番话在常人看来，根本不可能！

半晌过后，众人大多回过神来，其中有一个胆大的站了出来，看向刘轩的眼神甚是不屑，嘴里直叫嚷道："你是南楚的王爷，我们凭什么相信你，别骗我们了，你怎么可能会那么好心就放过我们？我看这分明就是你的缓兵之计！"

刘轩一步一步朝他走去，用玩味的笑容打量着他，"哦，缓兵之计？本王不屑对你们使用这样的手段，本王不想再重复一遍刚才所说的！本王给你们一炷香的时间考虑，若是一炷香之后，你们还不考虑清楚，那就休怪我无情！"

那士兵啐了一口，一把上前将手中的剑刺向刘轩，大喝道："我呸！你这个虚伪的清河王，我要杀了你，为我们西梁王报仇，看剑……"

结果他话还没说完，这辈子就再也说不出话来了。刘轩将他手中的剑对准了他的胸膛，面容平静，"这是你自找的，怪不得本王。"

那人顷刻间气绝当场，众人俱是心魂俱颤。

刘轩环顾四周，看到一群呆若木鸡的西梁战士们正恐惧地看着他，他微微一笑,"你们看到了,是他要杀我,并非我要杀他,他糊涂,我相信你们不会和他一样这么没脑子吧?你们大可放心,我清河王刘轩向来言出必行,既说了会善待你们,就必定会善待你们,只要你们肯放下成见,肯真心为我南楚效力。本王保证,你们会得到和南楚将士一样公平晋升的权利!"

其中有两个战士率先上前,跪下行礼,"好,我们相信你,我们愿意加入南楚!为清河王鞠躬尽瘁,死而后已!"

刘轩立马上前一把扶住他们二人。

渐渐地,越来越多的人加入了南楚的阵营。刘轩只用了不到一炷香的时间便将整整五十万西梁大军划入了南楚麾下!如此一来,他们双方的兵力已可持平!东秦联合北齐拥有一百五十万大军,而南楚加上这已经归附的西梁军,也有了一百五十万大军。看来这一场战役,鹿死谁手,还未可知!

得知刘轩竟然不费吹灰之力就将西梁五十万大军尽数纳入麾下,苏湄若崇拜得五体投地,她托着腮问道:"王爷你是怎么做到的?你快和我说说!你太厉害了!"

看着苏湄若一脸崇拜的样子,刘轩忍不住捏捏她的鼻子,摇头笑叹,"本王早就告诉过你,莫要小瞧本王!怎么样王妃?现在该佩服了吧!很简单,本王不过提前做好了一切准备,然后杀刘渊个措手不及,只要他一死,西梁五十万大军又如何?照样成了群龙无首的一盘散沙!"

第八十五章　乾坤元魂阵

　　看到苏湄若一副目瞪口呆的样子，刘轩故意叹了一口气，继续道："西梁王一死，剩下的那些人就不足为虑了。这时候本王对他们说一番肺腑之言，并以利诱之，他们自然会依附本王！这世道虽然艰难，可活下去才是最要紧的王道。所以，今夜的状况，只要他们想活着，就一定会被本王说服，为我南楚所用！"

　　苏湄若一脸崇拜地看着刘轩，啧啧赞叹，"王爷，你这招'不入虎穴，焉得虎子'，用得可真是高明啊！"她停了一停，似乎想起了什么，疑惑道："王爷，你是怎么知道那西梁王就是被废的岐山王刘渊的？"

　　刘轩摇头，"其实，我在去之前也没有确定那西梁王就是刘渊，只是猜测是他的可能性比较大，料定了他必是一位故人！所以提前与岳父商量好这个火烧西梁军粮草的计划。"

　　苏湄若颔首，"你能猜到他的身份就已经注定必胜。"

　　刘轩给自己倒了一杯茶，一口饮尽，徐徐开口，"不过湄若，刚才你只说对了一半，本王的确是'不入虎穴，焉得虎子'，可是本王今日之所以能成功将五十万西梁王军纳入麾下，是因为用了一招'不战而屈人之兵'！任何时候，你都要记得，只有'不战而屈人之兵'才是最高的兵法之道！因为它不用消耗你自身的力量，却能帮你达到你想要达到的目的。"

　　苏湄若从小喜爱读古籍，她记得当年读初一时，她从家附近的新华书店买来了《孙子兵法》仔细研究，因为她十分好奇那些古代的兵法是如何在实际作战中反败为胜的。

　　她记得，那时候她在书上看到"不战而屈人之兵"，忍不住掩卷感叹！可是，毕竟那个战国时代离她生活的21世纪太远，所以她也不能切身体会，只是朦朦胧胧地知晓。直到此刻听刘轩这样一分析，亲眼看到刘轩的成果，她才明白，这招"不战而屈人之兵"的力量究竟有多大！

"王爷，你可真是湄若的偶像！湄若今夜怕是要睡不着了。"苏湄若托着腮看着他。

刘轩看她这一脸稚气的模样，情不自禁地捏捏她红润的脸蛋，坏笑道："王妃又在说傻话了，这大半夜不睡觉是准备做神仙不成？不过本王可不想陪你一起做神仙！"

"我要做神仙不都是拜王爷所赐吗？若非你智谋过人，用了'不战而屈人之兵'令我佩服得五体投地，我又怎会兴奋得睡不着？所以，王爷今夜要陪我一起做神仙不睡觉！"苏湄若说完朝他扮了一个鬼脸，一脸的嘚瑟。

刘轩却一把将她打横抱起，往床的方向走去。

他这个动作来得突然，苏湄若完全还沉浸在自己的小嘚瑟之中，等她回过神来，却发现自己已经被他抱在怀里，并且要抱到床上去了！

她娇小的身姿在他怀中不停地挣扎着，"王爷，你怎么又这样耍流氓？你怎么又突然抱我？存心吓我一跳！都说了今夜我不睡，我要做神仙！你快放我下来……"

没等她说完，刘轩已经深情地吻向她，容不得她再说出半个字。

塞外风声大，可却怎么都吹不走二人的浓情蜜意。

刘轩和苏子睿本以为，搞定了西梁军，这一场四国之战，他们一定胜券在握，必定能杀个东秦和西梁措手不及，可他们万万没有想到，去了个棘手的西梁王，又来了一个神秘莫测的绝世高人！

"报！王爷，将军，那东秦和北齐大军在我军驻扎的二十里外结营扎寨，而有一个行踪诡异的人布下了一种阵法。这种阵法属下生平从未见过，实在是一筹莫展，根本想不到御敌之策！"苏子睿的副将宋羽一脸叹气。

"宋副将，你跟随苏将军行军打仗多年，连你都没有看到过的阵法，看来这一次他们是使出必杀技了！现在，你来和本王形容一下你所见的阵法。"刘轩开口，波澜不惊。

"王爷，那阵法足有七七四十九道，盘根错节，合纵连横，令人眼花缭乱！属下根本看不出它的玄机，更别提破解之法了！"宋羽一脸的垂头丧气。

刘轩喃喃自语，"七七四十九道阵法合纵连横，这四国之内能够摆出这种阵法的人，屈指可数，他是谁？"

那宋羽似乎想起了什么，连连道："王爷，属下还想起，摆出那七七四十九道阵法的人每日都会穿一身白衣，然后手里拿着一把羽扇。"

白衣！羽扇！

这四个字，一语道破玄机！

刘轩和苏子睿的脸色同时大变，两人四目相对，彼此眼神交会的刹那，自有难言的默契。

苏子睿忍不住先开口，"王爷可猜到了摆此阵的人是谁？"

刘轩领首，"看岳父这神色，想必也是猜到了。"

苏子睿开口，神色却甚是凝重，"不错，臣的确猜到了，若臣没有猜错，他就是二十年前名动四国的'奇门鬼才'杨如风！"

刘轩亦深深领首，看向苏子睿的眼神中充满了赞叹，"不错，岳父和本王猜的是同一个人。传说这杨如风是天底下少有的奇门天才，以一身变幻莫测的奇门遁甲之术独步四国！传说他来无影去无踪，神龙见首不见尾！他花费了整整二十年的功夫研究出来了一套阵法，有七七四十九道，每道都玄妙绝伦，至今无人能破，这道阵法就是'乾坤元魂阵'！"

苏子睿苦笑，声音有些难掩的沧桑，"王爷，这'乾坤元魂阵'独步天下，传说这二十年来，凡是去挑战此阵的人，最后的结局都只有一个，因为破不了所以发狂而死！看来这一次，是我南楚注定该有此劫啊！"

刘轩冷笑，"这东秦王可真是好本事，手下竟有如此高人为他效力。不过本王不相信，这会是我南楚的一个劫，就算是劫，我们也要安然度过！"

第八十六章　幽若谷

苏子睿忽然闭眼，过了许久，才叹气道："王爷，其实臣与这杨如风颇有渊源，臣也曾与他交过手，此人确实不好对付。"

苏子睿的语气虽然平静，可听在刘轩耳中却一点都不平静，"岳父何出此言？"

苏子睿开口，仿佛无穷无尽的前尘往事，亦跟着他的话语纷至沓来，历历在目，"王爷，二十年前，臣与名动四国的'飞花剑主'柳如烟情投意合，喜结连理，这件事当时轰动了四国。然而，没有几个人知道，柳如烟的同门师兄就是杨如风！而杨如风他一直爱慕师妹如烟，所以，当年他得知如烟要嫁给臣，便来找臣，说是要与臣比武，若是臣输了，就不得娶如烟为妻。最后，他败了，离去之前却告诉臣总有一日会让臣后悔！"

刘轩很震惊，那样一段惊心动魄的往事，此刻却被苏子睿娓娓道来，他的语气极其平静，似乎只是闲话一段故人旧梦罢了。那种平静，犹如浪花归于海里，然而再怎么平静，刘轩都能感受到那份平静之下潜藏的惊涛骇浪！当年他们三人之间的风起云涌，又岂会是这三言两语可以道尽的！

无论是二十年前名动四国的"飞花剑主"柳如烟，还是"奇门鬼才"杨如风，抑或是他眼前的南楚"战神"神威大将军苏子睿，个个都是堪称绝代风流的人物！他怎么都不会想到，原来苏子睿和杨如风竟然还有这样的一段过往！

刘轩不动声色地转移话题，"岳父既与那杨如风交过手，自然了解他的为人，岳父可知，这'乾坤元魂阵'到底该怎样去破？"

苏子睿凝神思索，过了半天才缓缓开口，"这'乾坤元魂阵'虽然难破,可也未必不能破！如今之计，要破此阵，只有一个办法，只是恐怕要做到却难。"

刘轩就知道这阵一定可以破，他连连追问，"岳父快说破解之法，无论有多难，本王都将竭尽全力做到！"

苏子睿面色肃然，"为今之计，只有找到上古兵书《古阵诀》，然后从《古阵诀》上找出破此阵的方法，多半还有一线生机。除此之外，没有任何方法可以破！"

"古阵诀"三字一出，宋羽第一个跳了出来，激动开口，"将军，这《古阵诀》可是上古兵书，要到哪里去找？时间如此紧急，若是我们三日之内破不了那杨如风的'乾坤元魂阵'，我军士气肯定一落千丈，到时候的胜算可就更小了！"

苏子睿无奈地看着这位跟随他多年的副将，"宋羽，你看看你，跟随我这么多年，却还是如此莽莽撞撞。我自然知道这上古兵书《古阵诀》的下落。"说完，他转头看向刘轩，"王爷，这《古阵诀》传说被幽若谷主收藏了，所以只要去幽若谷问那谷主借来这《古阵诀》，我们便有机会大破敌军！"

刘轩追问道："那幽若谷在何处？本王即刻前去！"

宋羽一听到"幽若谷"三个字，吓得浑身一颤，看向刘轩的神情更是难掩震惊，难以相信刚刚那句话，竟是从这个向来被称为"南楚第一闲人"的清河王口中说出的！他连连摆手，"王爷，那幽若谷倒是离此处不远，只在玉门关外的十里处，可是那谷主幽若，性情怪异孤僻，从不与人往来！传闻自她建谷以来，每一个擅闯幽若谷的人都有去无回！所以，这天下虽大，四国之内，却从来没有人敢去幽若谷！王爷，你确定你要去吗？"

刘轩却是朗朗一笑，潇洒一语，"宋副将，本王知道幽若谷是怎样的一处所在，也知晓这么多年去的人有去无回，可是为了我南楚，这一次，本王必须去！这里需要有岳父坐镇，所以，去的人只能是本王！"

宋羽还欲再劝，可却被刘轩挥手打断，"宋副将不必再劝，本王心意已决！"

苏子睿这一刻看向刘轩的眼神充满了敬佩，第一次，他觉得自己的女婿竟然如此令他钦佩，要胆识有胆识，要谋略有谋略，"王爷只管放心前去，这里的一切都交给臣，王爷不必担忧！不过王爷等会见了那幽若谷主，可要万分小心！"

刘轩笑着领首，"岳父放心，本王自从娶了湄若以后，经历过的险境大大小小这一双手怕是都数不过来！"他停下了，似乎想起了什么，"对了，岳父，若是等会湄若醒来问起本王的行踪，你就告诉她本王为她去采花哄她高兴了，千万不能告诉她本王去幽若谷取《古阵诀》了！"

苏子睿摸了摸下巴上的胡须，"王爷大可放心，臣必谨遵王爷所言！"

当刘轩来到幽若谷的时候，他就明白，为什么这么多年，来此地的人都有去无回！谷外设置了重重机关，稍不留神，便会触动机关，然后粉身碎骨！谷外没有竹林，没有桃源，也没有松柏与梅兰，只有一丛丛的蘼芜在疯狂地蔓延着！不知道的人会以为是谷主随意种的，其实不然，这是谷主特意制造的幻象，只要碰到那些蘼芜，必将触动机关！

丛丛蘼芜为这幽若谷平添了几分幽若寒潭之气，清静无人，没有半分人烟。

他刚穿越丛丛蘼芜准备抬脚踏入，却听闻一道女声破空传来，那道女声狂妄，"来者何人？好大的胆子，竟敢擅闯我幽若谷！"

话音落后，刘轩的眼前多了一个飘忽的黑影。

倏忽之间，那黑影仿佛乘风而来，又宛如凌波一汪于碧湖之上，飘飘朝他而行，在他面前站定。刘轩心惊，此人的轻功早已入化境，看来不是一个可以轻易对付的人！

那女人头上戴着面纱，整张脸裹得严严实实，只露出一双眼睛，幽若寒潭，那神色中的冷傲，让人不寒而栗。

第八十七章　古阵诀

"小子，别以为你破了我幽若谷外的'蘅芜阵'，就能进我幽若谷如入无人之境了，我劝你一句，你若识相，赶紧滚蛋，否则的话休怪我不客气！"那黑衣女子冷冷道。

刘轩却是一脸坦荡，他高声问道："敢问阁下，可是幽若谷主？"

那黑衣女子移动身形，弹指间已经来到了刘轩的面前，她看向刘轩的眼神带着轻蔑，反问道："不然你小子以为我是谁？"

刘轩看她不动声色就已来到他的眼前，心下一片骇然，方才她这瞬间移行的功夫叫作"凌波踏浪"，是天下一等一的绝顶武学！可眼前这谷主却能不费吹灰之力使出，难怪这么多年来这幽若谷的人都有去无回，这样的谷主，试问天下有几个人会是她的对手？若非今日亲眼所见，刘轩也绝不会相信，这谷主的功夫如此高深莫测！

他按捺住心头的惊讶，忍不住问道："晚辈斗胆，请问方才谷主所使的可是'凌波踏浪'？"

那谷主仔细打量着眼前这个年轻的男子，只见他穿着一身白袍，衣着虽然简单朴素，可却怎么都掩饰不住身上那种高贵的气度，看来这年轻人绝不是一般人物！她微微颔首，语气比之刚才已和善了许多，"想不到阁下年纪轻轻，眼力倒是过人！不错，方才我使的正是'凌波踏浪'！"

刘轩神色震动，赞叹道："今日一见才知，幽若谷主果真是名不虚传！难怪这么多年来此处的人都有去无回。不过晚辈今日前来实在是有要事，所以如有打扰，还请谷主多多包涵！"

那谷主转身，声音不温不火，"我看你小子倒非俗人，姑且给你个机会，你先说说到底有何要事要来我这幽若谷？"

刘轩知道他离目标又近了一步，忍不住上前两步，"晚辈听闻上古兵书《古阵诀》藏于这幽若谷中，晚辈想向谷主借此书一阅，十日后必将亲手奉还，还望谷主能借我一览。"

刘轩没有想到他刚一说完，那谷主立马抬步，一步步朝他走近，他有些心惊，因为那谷主浑身上下散发出的杀气太强，迫使他不得不后退，她咬牙切齿，"小子，谁告诉你《古阵诀》在我幽若谷中的？而你要这《古阵诀》又做什么？你到底是何人？还不赶快如实报来！"

刘轩不解，为何她完全像变了一个人一样，又为何会有这样激烈的反应，却还是开口告诉了她实情，"实不相瞒，晚辈是南楚的清河王刘轩，而我南楚现在被东秦和北齐双面夹击，腹背受敌，他们请了独步天下的'奇门鬼才'杨如风摆出了'乾坤元魂阵'。破解此阵的方法唯有一个，那就是从上古兵书《古阵诀》上面找答案，只有这样，我南楚才有几分胜算。所以，晚辈才斗胆来向前辈借此书！前辈放心，十日之后，晚辈必将完璧归赵！"

那谷主听完他这番话后，语气和缓了几分，笑道："原来阁下是清河王！你虽年纪轻轻，可这身手却不凡，真是后生可畏！"她停了一停，话锋一转，眼中微露几分锋芒，"不过方才，你还漏了我一个问题，你还没有回答我，究竟是谁告诉你《古阵诀》在我这幽若谷中的？"

刘轩虽然不解她为何一定要知晓那人是谁，却依然说出了那个人的名字，"不瞒谷主，是南楚的'神威大将军'苏子睿告诉我，幽若谷中藏有《古阵诀》。"

那谷主听见这个名字，神情瞬间变得十分复杂，她似乎没听清的样子，追问道："你说是谁？你再说一遍！"

刘轩再次重复，一字一句，清晰坚定，"是南楚的'神威大将军'苏子睿。"

这一次，谷主听清了，她纵声狂笑，声音却凄厉到令人恐怖。刘轩不解为何她在听到苏子睿这个名字后，会有这样激烈的反应，却也并不作声，只是静静地看着她。

幽若谷中极静，静得落针可闻，静得听不见一丝鸟叫声，此刻，整个空旷偌大的幽若谷中,只能听到谷主凄厉又狂放的笑声。不知过了多久,她终于止住了笑,眼神徒然变得凌厉,语调中充满讽刺,"既然那苏子睿知道我这谷中藏有《古阵诀》,他又为何自己不来取,要派你这个毛头小子来取?"

"谷主有所不知,眼下我南楚军情紧急,须得有苏将军坐镇,而军中无人,所以只能晚辈亲自来取。"刘轩的语调波澜不惊。

那谷主的眼神一黯,语调亦如眼神一般犀利,"好啊,既然他让你来取,那我倒要看看你有没有这个本事取到了!若你能在三十招之内打败我,我便将《古阵诀》送与你,十日之后,你也不必来还了!可倘若你输了,那你就给我立刻滚蛋,从此再也不准踏入我幽若谷中一步!怎么样?你敢不敢赌这一把?"

刘轩面不改色,"好,晚辈敢接受这个挑战!若我能在三十招之内打败前辈的话,前辈就履行承诺将《古阵诀》赠予我!一言为定!"

那谷主听他说完,好奇地打量着他,"刘轩,我不得不佩服你小子的胆量!你要知道,从来没有人敢在我这幽若谷主面前说这样的话!我倒要看看你有几斤几两可以和我过这三十招!"

刘轩的语气却如春风拂面一般,他施了一礼,"请前辈赐教!"

不动声色间,两人的战争已经开始。

那谷主身形一飘,飘忽之间,已经停在了刘轩的面前,她猛然出招。

而刘轩已拔出随身携带的离魂剑,无论何时,只要离魂剑在手,他都是无惧的。

那谷主看到他拔出了离魂剑,眸中神色掩盖不住震惊,却也只是一瞬,又恢复如初。

第八十八章　飞花剑主

　　十招过去，两人未分胜负。

　　十五招过去，两人依然旗鼓相当。

　　二十招过去，两人依旧难分伯仲。

　　二十五招过去，两人还是难决高低。

　　然而，风云变幻往往只在瞬息间。

　　那谷主不知为何，竟一改之前的招式，招招都变成夺命之招！不知何时，她的手中竟多了一把剑，那剑并不是银色的，而是天下少见的紫色！那剑，刘轩从未见过，可他认得，是飞花剑！而那样的剑法，刘轩也从来没有见过，不过，他倒是听他的师父说起过。

　　那剑法，是这天下绝顶的武学，是习武之人做梦都想学会的绝杀剑术。

　　飞雨逐花间，万千光芒动地而来，摄人心魄，这是飞花剑法！

　　这天下能够使出飞花剑法的只有一人，那人不是别人，就是二十年前名动四国的"飞花剑主"柳如烟！刘轩心神俱震，他看向眼前这人，一手飞花剑法使得淋漓尽致，不是那柳如烟又是谁？难道她就是南楚"神威大将军"苏子睿的结发妻子柳如烟？

　　刘轩无暇想它，只是觉得自己为了南楚必要赢！他使出了离魂剑法中最极致却也最危险的一招——天地同悲！这一招成功了，威力巨大，可若是失败了，则只有一个惨烈的结局——人去剑亡！

　　那谷主难以相信眼前这个人竟然使出了这样的绝杀，她一失神，手中的飞花剑突然一抖，而那一抖，平时并不会怎样，可此时却大为不同！因为，这是绝顶高手之间的对抗，若是相差分毫，后果也则相差十万八千里！

那飞花剑被这"天地同悲"一冲，难以抵挡！瞬间，漫天的飞雨逐花，仿佛被狂风刮过，突然吹散满地，落花阵阵落了满地萧瑟！

那谷主后退几步，单膝跪地，大喘着气，她看向刘轩的眼神难掩佩服，"天地同悲，是离魂剑法中的绝杀，胜算最大却也最危险！想不到你小小年纪，竟然能将这招使得如此出神入化，胆识也过人！罢了，你赢了。"

刘轩不敢相信自己竟然赢了，他收剑入鞘，拱手笑道："不敢，谷主承让了。今日晚辈有幸得见二十年前名动四国的飞花剑法，是平生之幸了，也算不虚此行！"他停了一停，看向谷主，发现了那谷主眸中神色并未改变，他想了想，还是问出了口，"敢问谷主，可是二十年前名动四国的'飞花剑主'柳如烟？"

那谷主起身，身姿傲立若青松，如翠柏，经年不凋，然而一开口，却满是千帆过尽的沧桑，"不错，我就是柳如烟，二十年前名动四国的'飞花剑主'！"

刘轩没想到，她竟然如此快人快语地承认了，便继续开口，"那前辈可是南楚'神威大将军'苏子睿的结发妻子？"

"没错。"这一次开口，柳如烟的语气却变了，带着无尽的愤愤不平。

刘轩蓦然想起，那时苏湄若被管氏派的杀手婆婆推入缥缈峰，第二日苏子睿前来清河王府，与他们聊起当年往事，苏子睿曾一脸懊悔地对他和苏湄若说，当年他与柳如烟产生分歧，又被管氏挑拨离间，而那柳如烟性子高傲，在生下苏湄若三日之后便远走塞北。事后苏子睿后悔不已，多年来苦心寻觅，却始终没有找到。

他想了想还是决定把苏子睿多年不放弃找她的事情说出来，"听闻这十几年来，苏将军一直在苦心寻找前辈，却始终不得分毫线索。原来，前辈早已化名幽若谷主隐居在这幽若谷中，难怪苏将军怎么也找不到！"

柳如烟却是一脸鄙夷，冷笑出声，"你说苏子睿找了我十多年，此话当真？"

"不错，苏将军确实找了前辈十多年，纵然他找不到，却一直不曾

277

放弃。"

"你小子别诓我了！他这狂妄自大的男人怎么可能会找我？我与他决裂之时，远走塞北之前就告诉他，我柳如烟从此与他恩断义绝，此生不复相见！你说，他还要找我做什么？男人可真是奇怪，拥有的时候从不知珍惜，失去了以后倒开始追悔莫及，真是贱骨头！"柳如烟说完愤然一拂袖。

刘轩听得心里一震，这普天之下，四国之内，恐怕也只有眼前之人敢说南楚鼎鼎大名的"神威大将军"苏子睿是"贱骨头"了！他按捺住心底的震惊，语气尽量平静，"前辈，此事千真万确！"

柳如烟看向他，话锋一转，"不过，今时不同往日，今日你有缘到此处来找《古阵诀》，先是破了从前无一人能破的蘘芜阵，再是以一招'天地同悲'赢了我，既然如此，我便和你一同去会一会苏子睿！不知这么多年过去，他还是不是那副故作清高、令人讨厌的样子！"

刘轩含笑开口，语气和缓，"前辈，我看你与苏将军之间定是有什么误会，当面说清楚便好了，还请前辈与我一同前去。"

柳如烟深深长叹了一口气，语调难掩沧桑，"罢了，该来的总是要来的，该面对的总是要面对的，一切都避不过！何况我也在这幽若谷待得太久了，也该出去重新看看这天下！"她说完停了一停，过了半晌才继续道："你且在此处稍等，我去取《古阵诀》，之后再与你一同去见故人！"

刘轩和柳如烟一同来到南楚帐中的时候，苏子睿难以置信，他使劲揉了揉眼睛，却发现，眼前的人并不是像往常一样，出现在他的梦里，而是真实存在于他的眼前！

纵然眼前的柳如烟穿着黑衣，脸上蒙着黑纱，整张脸裹得严严实实，只露出一双眼睛，可那双眼睛却已足够！他知道那是柳如烟，当年曾和他琴瑟和鸣的柳如烟回来了！

他目光缱绻，语调轻飘飘的，"如烟，是你回来了吗？这些年你去哪里了？叫我找得好苦啊！"

第八十九章　丧心病狂

　　柳如烟却冷冷地瞥了苏子睿一眼，语气甚是不屑，"苏子睿，想不到你我经年之后重逢的第一面，你便是如此的虚情假意！收起你的虚情假意，我柳如烟不需要！"
　　她的声音亦如当年一般冷傲，说话时的神态也和当年一般无二，像一只骄傲的孔雀一样，不会为任何人有所收敛，永远锋芒毕露。苏子睿看着她，确定了此刻站在他眼前的，就是他的结发妻子，就是他苦苦寻觅多年却始终不得的妻子柳如烟！
　　他本能地上前伸手想要抱她，可柳如烟却一脸嫌恶地甩开他的手。他差点摔倒在地！众人大惊，堂堂南楚名声响亮的"神威大将军"苏子睿，此时此刻，却也只是一个望穿秋水终于盼得妻子而归的落寞男人罢了！
　　苏子睿再次打量起柳如烟的穿着，发现她穿了一身黑衣，脸上蒙着黑纱，整张脸裹得严严实实，他带着奇怪的眼神问出，"如烟，你为什么要如此穿着，面戴面纱，你的脸怎么了？"
　　没有人会想到，苏子睿这看似不经意地一问，却一下戳中了柳如烟藏匿心中多年的隐痛。
　　柳如烟的动作快如鬼魅，不过随手轻扬，脸上的面纱便被摘去了，然而面纱褪去的那一瞬，众人皆是瞠目结舌！若非亲眼所见，这天下没有一个人会相信，眼前这个人竟然是"飞花剑主"柳如烟！
　　天下无人不知，二十年前名动四国的"飞花剑主"柳如烟，虽然不是绝色美人，可却也是清艳灵动的美人！可眼前这人，一张本姣好的面容上，此刻却是满是刀疤！右脸上那最长的一条刀疤，更是从额头上直滑到嘴角下方，贯穿了一整张右脸！那些刀疤纵横交错，明显有些年头了，可却没有随着时间褪去半分！足以想象当年下此狠手的人，是费了多大的功夫，那人的刀功，又是何等惊人！那几刀下去，再绝色倾城的脸蛋，也注定丑陋不堪！

众人纷纷侧目，不忍再看。

而苏子睿整个人更是怔在当场，久久难以回神。他不敢想象，他记忆中一直美艳无双的妻子，竟然会成了现在这样这副模样！他上前两步，又莫名感到害怕，退后两步，来来回回后，终究还是立在了原地，他开口，语调沉痛却愤慨，"如烟，是谁？究竟是谁对你下此毒手？你告诉我，我替你报仇！"

柳如烟讽刺地扬起唇角，"报仇？你能替我报仇吗？苏子睿，当年若非是你，我又怎会落得如今这副模样？"

她这话说得让苏子睿不知所云，他目露迷茫，"如烟，你在说什么？我听不明白，你说清楚一点！"

柳如烟冷笑，"那好，我就说得清楚一点，你给我听好了！苏子睿，当年若非你因为一念之差，不肯将管氏那个贱人赶出神威大将军府，她后来又怎么会有机会对我下手？"

可苏子睿却难以相信，他重复问了一遍，"你说什么？是管氏对你下的手？不可能！如烟，她不会武功，而你是身负武林绝学的'飞花剑主'，她又怎么会是你的对手？你又怎么会让她有机会可乘？"

听了他这话，柳如烟更怒了，无比厌恶地看着他，厌恶之余，看他的眼神更像是在看一个陌生人，好像是与自己从未认识的陌生人一样，眸中没有任何的温度，"苏子睿，可笑如你，十多年过去了，你竟然还没有看清管氏那个贱人的真面目！好，我今天就告诉你，让你好好看看她究竟是什么两面三刀的货色！"

她停了一停，环顾周遭，继续道："当年，我在生下苏湄若三天后，因为她的挑拨离间，和你苏子睿产生了分歧，于是我一气之下远走塞北。可是我万万没有想到，我都已经选择远走塞北了，而管氏那贱人还是不肯放过我！"

说到这里,她闭眼,脸上神色颇为痛苦,似乎沉浸在了那段不堪回首的过去中,"管氏她花了黄金万两请出了'听风楼'的'天字第一号'杀手涅槃,一路千里追杀我!我躲过了他两次攻击,却没有躲过第三次!因为刚刚生下苏湄若不久,我实在体力不支,中了他的暗箭才会被他毁容,他用他的追魂刀在我的脸上'唰唰'划了几刀,他一边划一边告诉我是管氏命他这么做的,是管氏让他务必要毁了我的容!苏子睿,你也是习武之人,你该知道涅槃的身手到底如何!他的追魂刀有多锋利?所以我变成如今这般模样,全都是拜管氏所赐!"

柳如烟性情刚毅,只是三言两语便道尽了当年那一幕幕的惊魂往事,可是在众人听来,无不觉得惊心动魄!

宋羽最是急性子,听闻柳如烟的遭遇早已按捺不住,忍不住啐了一口,破口大骂,"他奶奶的!没想到管氏竟是那么两面三刀恩将仇报的一个贱人!将军,你回南楚第一件事,就是务必要好好收拾她,替嫂子报仇!"

另外苏子睿的几个手下副将、参谋也纷纷议论,齐声道:"是啊,将军可千万不能放过管氏,这个女人实在太恶毒了!当年若非嫂子好心救了她,说不定她早被饿死了!她不仅不感恩,反而还这样忘恩负义!如此丧心病狂之人,若不好好惩治,真是天理难容!将军,这一次你可不能心软,一定要替柳嫂子报仇!"

苏子睿手下的几个副将、参谋,当年一直都不喜欢管氏,他们都喜欢柳如烟。毕竟柳如烟和他们的将军苏子睿是情投意合的,可后来就是因为管氏来了,因为这个女人的挑拨离间,才致使夫妻二人越来越离心,以致最后分崩离析,一个独自镇守玉门关,而另一个则远走塞北,硬生生把一对有情人拆成了一对离散鸳鸯!

第九十章 一一清算

　　这一切全都是拜管氏所赐！若不是此刻听柳如烟亲口说出当年的遭遇，他们绝对想不到，管氏竟是这样不堪的人！真是知人知面不知心，也许这世上，很多看上去温良恭俭让的人，会是那种最龌龊不堪、最猥琐奸猾之辈！管氏，就是这样一个角色！

　　众人听到听风楼，脸色已经大变，在听到杀手"涅槃"这个名字时，更加变色！他是"听风楼"自创立以来最厉害的一个杀手，从来没有失手过！传闻他的一套"追魂刀法"更是使得出神入化，从无敌手！没想到柳如烟脸上的伤痕竟然是被他所毁。

　　苏子睿双手握成拳，一字一句从唇齿间迸出，"好个管氏！好个涅槃！如烟，你放心，等我回去，第一件事就是将管氏这个道貌岸然的贱人劈成碎片！至于那听风楼的'天字第一号'杀手涅槃，我也不会放过他，我自会找他算账！你放心，所有伤害你的人，我苏子睿都不会放过，我会替你讨回公道！"

　　柳如烟却摇头，"多谢你的好意，不过我的仇你不必替我报！苏子睿，那杀手涅槃已经被我给杀了。至于管氏那个贱人，也不用你去把她劈成碎片。你只要答应我，把她交给我全权处理就好了。因为，她当年对我做的恶事又岂止派杀手毁我容貌这一件？桩桩件件，我自要慢慢与她清算干净，可不能便宜了她！又怎么能轻易地就让她死呢？"

　　她说这话的时候脸上神情很平静，然而听在众人耳中，却觉得不寒而栗。不过众人都支持她的决定，那管氏实在可恨，就算把她碎尸万段也不为过！

　　唯有一个人此刻思绪却在别处，苏子睿开口，"如烟，我答应你，我不碰管氏，我把她交给你，你想把她怎么样就把她怎么样，我绝不阻拦！"

他停了一停，话锋一转，"你方才说你杀了涅槃？你是何时杀了他的？"

柳如烟重新将面纱戴好，语调不紧不慢，然而那语气中却满是冷傲，和缓的话语从她口中说出，依然掩盖不了她整个人浑身上下充斥着的清冷孤高，"当年我虽中了他的暗箭，又因为体力不支被他毁容，可就在他用'追魂刀'一刀一刀在我脸上刻下伤痕的时候，我趁他不注意，拼尽全力掏出怀中的匕首，出手正中他的心脏，那一剑直接要了他的命。所以，那时他虽毁我容貌，我却也杀了他。涅槃算是死不瞑目，他绝不会料到他这叱咤风云、纵横江湖多年的王牌杀手，最后竟然死在一个被他毁容的女人手上！可这是他自找的，怪不得我！"

众人心神俱震，纷纷在脑海中脑补那样追魂夺魄的生死瞬间。难怪这听风楼这么多年都没有传出杀手涅槃的消息了，天下所有人都以为，当年这位令江湖中人谈之色变的"天字第一号"杀手涅槃，是去云游四方或是归隐东篱，所以才不见足迹！没想到，原来早在十多年前，就已经命丧在同样令江湖中人谈之色变的"飞花剑主"的手中！

过了半晌，柳如烟再次开口，语气已平静如常，"好了，我的这些陈年往事不必再说，眼下的当务之急是要破那杨如风的'乾坤元魂阵'。"说完她看向从头到尾久久不发一言的刘轩，"清河王，那杨如风是我的同门师兄，所以，这世上没有比我更了解他的人。这'乾坤元魂阵'，是他费了二十年的心血和精力打磨而成的一套阵法，一共七七四十九道交错而成，威力无穷。不过纵然此阵冠绝天下，然而要破它，也不是没有办法。"

她此话一出，众人的目光纷纷被她吸引住。这句话，成功地转移了众人的注意力，众人纷纷从同情她当年遭遇中逐渐转移到如何破"乾坤元魂阵"！

苏子睿的这些副将参谋中，宋羽是急性子，听到这位昔日独步天下的"飞花剑主"说有破解的方法，他早就按捺不住，率先开口，"嫂子，你快说，到底用什么办法才能破他这鸟阵？"

柳如烟忍不住打趣道："宋副将，一别经年，你还是这么口无遮拦啊！杨如风若是在此，听到你竟然称他苦心二十年才打磨而成的'乾坤

283

元魂阵'为'鸟阵',他非得将你剥皮抽筋不可!"

众人皆被逗笑,一同应和,"是啊,嫂子说得不错啊,宋羽啊,你可得小心说话,小心隔墙有耳……"

宋羽是性情中人,听了柳如烟和众人的打趣也不生气,挠头不好意思地嘿嘿道:"嫂子和兄弟向来知道我宋某人最是快人快语,况且又是个粗人,不会拐弯抹角地说话。"

柳如烟敛住了几分笑容,一本正经道:"咱们言归正传,杨如风的'乾坤元魂阵'有七七四十九道,道道相连,环环相扣,不过它们看似变幻万端,其实万变不离其宗。这天下除了我恐怕无人知晓,当年他造此阵的目的不过是想凭一己之力,造出一个可以与'壑雷阵'相对的阵罢了!"

"壑雷阵"一出,众人面面相觑,此阵威力巨大,却随着上古兵书《古阵诀》的失传,渐渐不被人知晓!传说此阵,是整本《古阵诀》中威力最大的一阵!

那苏子睿凝眸,摇头,"可是这'壑雷阵'只记载于《古阵诀》一书中,这世上从来没有人可以摆出,也从未有人见过。我们又该如何来摆?"

柳如烟莞尔一笑,"杨如风是我同门,当年他学过的阵法我自然也学过,所以,要摆出'壑雷阵'倒是不难,我可以指挥你们一同摆出。我们最多也不过花费十个时辰便摆好了。只是,操作此阵最大的难处却并非在此!"

第九十一章 壑雷阵

"那是什么？嫂子，你快说吧！再不说，可要急死我宋某人了！"宋羽忍不住连连追问。

柳如烟深深叹了一口气，"要破'乾坤元魂阵'不仅仅要有'壑雷阵'，还需要两个人。"

众人被她说得十分好奇，宋羽紧随其后开口，"哪两个人，是怎么样的两个人？"

柳如烟摇头，脸上神情并不乐观，"需要心意完全相通的两个有情人，一人抚琴，一人吹笛，共奏一曲《凤凰于飞》，然后才能全面启动'壑雷阵'，只有这样，才有希望能破那杨如风苦心二十年造出的七七四十九道'乾坤元魂阵'！"

"心意相通，琴笛合奏？如烟，这倒是不难。"苏子睿抚着胡须，笑吟吟地看着她。

柳如烟反问，语调惊奇，"这怎么会不难？难道军中有这样的有情人？"

苏子睿将柳如烟扶着坐下，笑叹道："如烟，此人远在天边，近在眼前，你猜是谁？"

柳如烟环顾四周，只见众人的表情都是一样的，皆是似笑非笑地看着她，唯独清河王刘轩的表情例外，他格外镇定，脸上波澜不惊。

她纵横江湖多年，这样一扫，自然知晓了答案，"看你们这表情，想必此二人之一就是清河王刘轩了，那另一人是谁？"

苏子睿忽然转头，一本正经地看着她，"如烟，你忘了我们的女儿了？湄若，就是那一人。"

苏子睿的话一说完，柳如烟脸上的神色颇为惊诧，难以置信地开口，"你说，湄若就是能与刘轩琴笛合奏的有情人？"

"不错，岳母，湄若就是能与本王琴笛合奏的那一个有情人。岳母归隐幽若谷多年，自然不晓天下事。湄若如今，可是我南楚的'琴仙'，她的琴艺不仅冠绝南楚，更是名动四国，堪称'琴中国手'。若她抚琴，而我吹笛，定然能大破东秦与北齐的'乾坤元魂阵'！"

柳如烟神色大变，她"唰"地起身，"湄若在哪里？快让她来见我，我要见我的女儿！"

一直在她身旁的苏子睿似乎早已预料到她会如此激动，按住她的双肩再次让她坐下，"如烟，我就知道你一听到这个消息，就会想见我们的女儿。别急，我已经命人去传湄若来了，她即刻就到。"

当苏湄若一进军帐的时候，就发现所有人的目光都集中在她身上，她瞬间成了全场的焦点。而那些人中，有一个女人看向她的目光格外炽烈，她与那女人对视，她这才发现，那女人的穿着在她这个来自21世纪的现代人看来十分怪异！那女人全身黑衣，黑纱蒙面，整张脸裹得严严实实、密不透风，只露出一双眼睛。

不知为何，她看到这样的装扮，本能地感到害怕，但是她分明从那女人的眼神中感受到了慈爱，很快回过神来，镇定地往前走去。她本能地觉得这个女人一定不一般，且一定与原主有着密切相关的联系。

果然如此！

柳如烟一看到她的女儿正一步一步向她走来，整个人再也坐不住了，这位昔日名动四国、身负武林绝学的"飞花剑主"，此时此刻也不过只是一位母亲罢了。

她几乎是抬腿小跑到苏湄若身前，一把抱住她，闭眼呢喃，那神情极其温柔，让苏湄若一下子想到了她21世纪的妈妈，"湄若，对不起……"柳如烟只是叫了一声苏湄若的名字，眼泪已经下来，再也藏不住。她几次想再开口，却不能，泪痕斑驳，湿了苏湄若的天水碧斗篷。

苏湄若却按捺住情绪，尽量平静地开口，"你是……"她还没说完，柳如烟已经慢慢放开了她，只目不转睛地看着她，"好孩子，我是你娘柳如烟啊。"

苏湄若心里咯噔了一下，什么？这个人竟然是原主的娘，竟然是她穿越到这个时代的娘！

她再次好奇地打量着眼前这个神秘的女人，依然是黑衣，脸上也依然蒙着黑纱，只有露出的一双眼睛格外深邃。这双眼睛此刻看着她，宛如在看着一个苦苦寻觅多年终于找到的珍宝，她心中不忍，还是将那声称呼唤出了口，"娘，你来了。"

苏湄若的这声"娘"，让柳如烟难以抑制住自己的情绪，她再次将苏湄若紧紧抱在怀里，她在来的路上还在想该怎么面对这个女儿，她本以为，苏湄若会不认她、会恨她、会骂她、会怨她，可她万万没想到，她们见面后她对自己说的第二句话竟然就是叫她"娘"！

看到此情此景，众人无不慨叹。急性子的宋羽更是又哭又笑，"嫂子啊，我说你们娘俩好不容易见面，快别哭了，你这哭得撕心裂肺的，让我这大老爷们儿都难受！"

他这话逗得柳如烟破涕为笑，她睨了他一眼，"宋副将，多年不见，你这张嘴只要一开口，还是让我想立马把它给撕了！"

苏子睿见到此情此景，万千思绪却化为了一句叹息，他的语气轻飘飘的，"如烟，来日方长，你和湄若有的是机会好好叙旧，当务之急是破了杨如风的'乾坤元魂阵'。"

"子睿，你说得没错，是我太激动了，差点忘记正事了。"柳如烟仿佛从一个梦中刚刚醒来。

"要破那'乾坤元魂阵'，必须要以'錾雷阵'来应对，光摆好'錾雷阵'是远远不够的，必须要由两个心意相通的有情人琴笛合奏一曲《凤凰于飞》，才有大破'乾坤元魂阵'的可能。"柳如烟从往事中怅然醒转，幽幽开口。

然而她这一番话，众人却听得云里雾里。宋羽最是按捺不住，嚷嚷道："嫂子，我不明白，为何一定要合奏《凤凰于飞》？这其中难道是有什么玄机不成？嫂子不妨说得清楚一点，也好让我们长长见识！"

第九十二章　凤凰于飞

柳如烟叹了一口气，闭眼，过了足足半晌才开口，"当年，我与杨如风是同门师兄妹，他痴恋我，非逼我嫁给他，可我不爱他，后来我嫁给了子睿，他便与我决裂。然后他开始废寝忘食，用了二十年的时间创造了'乾坤元魂阵'。那阵是他这一生爱而不得所造的产物，那阵诡谲阴暗，而'鏊雷阵'却与它恰恰相反，'鏊雷阵'讲究有情人的惺惺相惜。而那一曲《凤凰于飞》，就是大破'乾坤元魂阵'的法门所在。只要《凤凰于飞》的琴笛合奏之音一响起，我保证不出一炷香的工夫，那'乾坤元魂阵'内的人都会乱作一团，只要阵内之人一乱，那'乾坤元魂阵'无论威力多大，立刻将不攻自破！"

柳如烟叙述的语气极平静，似乎只是在讲述一件毫不关己的事。若非柳如烟亲口说出，谁能料到，当年名动四国的"飞花剑主"和如今独步天下的"奇门鬼才"杨柳风，还有南楚声名远播的"神威大将军"苏子睿，三人之间竟有这样一段惊鸿过往！

不过，众人再惊诧万分，此时却也不敢开口，只是把目光纷纷投向苏子睿。

然而，苏子睿此刻的神情却很平静，他笑了笑，那笑极洒脱，似乎当年所有惊心动魄的往事都在这一笑中烟消云散，"如烟，若非你今日道明真相，我可真没想到那杨如风一手缔造的威力无比的'乾坤元魂阵'，竟然是源于他爱而不得的心魔。"他停了停，话锋一转，语气中满是沧桑与寥落，"佛说人生七苦：生、老、病、死、怨憎会、爱别离、求不得。看杨如风一人，却将怨憎会、求不得两苦占尽，若是他早日看破，也许今日所有纷争都不会有。"

柳如烟猛地睁眼，她似乎想到了什么极其重要的事，语调肃然，"现在，我要开始摆'壑雷阵'了，子睿、宋羽、何靖，你们三人为我护法。至于刘轩和湄若，你们二人便开始练习琴笛合奏《凤凰于飞》。我摆'壑雷阵'需要十个时辰，这十个时辰，你们二人须勤加练习，必须配合得天衣无缝才行！"她说到这里，把目光投向苏子睿，眸中满是柔情，"子睿，我这布阵的十个时辰至关重要，你们三人须得为我时刻守住，不得有任何人前来打扰，否则后果不堪设想！"

一听她这样说，苏子睿几乎是本能地开口，"如烟，你告诉我，若有不速之客前来打扰，后果会如何？"

柳如烟神色如常，然而她说出的结果却令在场之人瞠目结舌，"若你们守护失利，我必将人亡阵中！"

宋羽、何靖二人上前一步，纷纷抱拳，语调沉毅，"嫂子放心，我二人必定拼尽全力协助将军护你周全，你只管安心布阵！"

苏子睿握紧她的手，语调坚定，眸中神情更是他们重逢以后，第一次对她袒露的柔情，"如烟，你放心，有我在，谁也伤不了你。从此以后，我苏子睿也不会再让人伤你分毫！"

柳如烟的眼中似乎有泪，可她却忍住了，她只是微微颔首示意，任由自己的手被苏子睿紧握着，不曾挪开分毫，似乎只要被他紧紧握着，便知道他依然能像当年初相识一样，任由外界千变万化，他都能替她挡去所有风雨。

过了许久，柳如烟终于开口，语调轻柔如天际流云，此情此景，此人此情，让她觉得恍然如梦，"我信你。"

十几年的怨憎，都在这一句"我信你"中，消散殆尽。

东秦帐中。

东秦王杨逞，北齐的拓跋可汗拓跋翰，二人皆神色大惊，不敢相信眼前之人所说的是真的。

杨逞开口，再次确认，"你方才说的可是真的？"

那黑衣人依然保持着单膝跪地的姿势，语调也坚定如初，"东秦王，属下怎敢欺骗你？属下可以对天发誓，方才所说句句属实，若有一字不实，属下必遭五雷轰顶！"

杨逞一下子从虎皮椅上起身，不怒反笑，"好个苏子睿！好个刘轩！这么多年，我可真是小看了这两个人的本事，尤其是刘轩这个乳臭未干的臭小子，竟然神通广大到凭一己之力请出幽若谷主！"

拓跋翰的神情却和杨逞不同，他紧锁眉头，不解道："东秦王，那幽若谷主是何方神圣？与这苏子睿和刘轩又有什么渊源？"

杨逞闭上了眼睛，摇头，口气甚是无奈，"可汗哪，你到底年轻，也许还没有听过幽若谷主的名声，可是我却知道她是极其难以对付的人。"

拓跋翰甚是好奇，"不知她有什么本事？"

杨逞睁眼，苦笑，"传说自她建谷以来，这十多年来凡是擅闯她幽若谷的人，没有一个能够活着回来，全部有去无回！所以这幽若谷，一直被称为这天下禁地，若非武艺超绝者，根本不敢靠近！言及于此，你应该可以想象她的身手该是何等厉害。可这刘轩竟然能够轻松将她请出幽若谷，傻子都知道，他此举必定是为了对付我们二人，说不定他们的目标就是杨术士的'乾坤元魂阵'！"

拓跋翰这才恍然大悟，心神俱震，他"唰"的一下也从虎皮椅上站起，来回踱步，冷笑道："我真恨当时在北齐没有将刘轩那小子乱箭射杀，若他死了，哪来今日这些事情！再让我碰到他，我若不将他碎尸万段，就对不起我头上的姓氏！"

杨逞走到他身边，拍拍他的肩膀，似笑非笑，"拓跋兄无须自责，你上次之所以没能杀了刘轩，还不是因为你怕会伤到就在他身旁的心爱之人。可这一次情况大不相同。这一次，我们有'奇门鬼才'杨术士相助，你放心，就算刘轩有通天之能，只怕也不是杨术士的对手，这次你一定能得偿所愿抱得美人归！而刘轩那臭小子，就算你不把他杀了，我也绝不会放过他！"

第九十三章　山雨欲来

拓跋翰似乎深深沉浸在往事之中，不知为何，此刻他听到杨逞的这番话，莫名想起了那个令他魂牵梦萦的女子。

他想起，刘轩救走她的那一日，他比武输给了刘轩，按照约定，他是要放她走的。可最后他动摇了，他不甘，他不甘心就这样放她而归！

那一刻，他对刘轩动了杀心，他的忌妒之火，让他情不自禁地举起弓箭，不知不觉就对准了刘轩。

他是北齐的王子，而北齐是在马背上得来的天下，他的血液里流淌着祖宗善骑射的基因，他箭法精准从来不会失手，也从未失手过！

可是那一次，他却失手了！而让他失手的，不是别人，就是让他一直视若珍宝的苏湄若！他怒了，他从来没有那样愤怒过，他拼命忍住想要一剑劈了她或者伸手掐死她的冲动，却仍是不甘，控制不住自己的手，在她的芙蓉脸庞上落下了深深五个指痕！

然而打完之后，恢复理智的他就后悔了。因为他明确地感觉到苏湄若看向他的眼神已经大变，之前至少是不讨厌的，可是那一巴掌之后，他之前为她所做的一切都烟消云散了！她看向他的眼神冰冷，没有一丝温度，宛如在看一个陌生人！

"可汗，看你这神情，可是想起了什么？"杨逞的声音唤醒了深深沉醉在往事中的他。

"没什么，方才只是想到，当初刘轩闯我北齐来救苏湄若的那一日，其实我本有机会杀了他，那一箭即将射出，可最后却被一个人给搅了。"拓跋翰摇头苦笑。

杨逞一语道破他的心思，用打趣的口气调侃道，"哦？这世上有谁敢如此胆大妄为？竟敢在未来的拓跋可汗面前放肆！依我看，这人八成是可汗心头最爱却奈何不得的苏湄若吧！"

"看来果然什么都瞒不过东秦王的眼睛。"拓跋翰的口气甚是无奈。

杨逞忽然想到了什么，话锋一转，眸中神色大变，"可汗，不对！那幽若谷主可不是一般人。她自建谷以来就从未离开过幽若谷半步，可是他刘轩竟然能随意请她出山！这事一定有蹊跷，他们一定是有什么不可告人的秘密！不行，今夜我要亲自去南楚军营中好好看一看，我倒要看看他们到底在搞什么鬼！"

拓跋翰回过神来，神色冷凝，"东秦王说得有道理，如你所说，这幽若谷主绝非一般人，他们费尽心思请出她，必定是为了对付我们！以防万一，东秦王先去探个究竟，也能让我们放心！"

月黑风高。

南楚帐中，南楚的"神威大将军"苏子睿和他的两位得力属下宋羽，何靖，三人一同为阵中的柳如烟护法。

而柳如烟此刻正在阵中，她已经布了整整五个时辰的阵，再过五个时辰，她便能大功告成了！现在是最紧要的关头，不能有半点马虎，否则前功尽弃！

因此，三人盘腿而坐，屏息静气，时刻留意着四周的动静，有任何的风吹草动响起，三人都会格外留意。

不过，三人多虑了，这五个时辰一直风平浪静，未有不速之客前来打扰！然而他们不会想到，该来的不速之客，一定还是会来拜访的。

比如，此时此刻这个从天而降的黑衣蒙面人，全身裹得严严实实，只留了一双眼睛深沉如汪洋碧海，难以看到尽头。

黑衣人如一团黑云，慢慢向三人逼近。

宋羽率先出声，"什么人？"

何靖和苏子睿则静立在原地，打量着来人。

苏子睿和黑衣人双目对视，那四目相对的瞬间，彼此已经认出。

那黑衣人，不是别人，就是东秦的一国之主，杨逞。

苏子睿起身，声音落在这塞外的寒风黑夜中，仍掷地有声，"东秦王，别来无恙，不知你夜闯我南楚军营是何用意？"

杨逞揭下脸上的黑巾，随手一甩，脸色阴沉如这黑夜一般无二，冷笑连连，"苏将军真不愧是南楚鼎鼎大名的战神！方才不过是与我对视一眼就猜出了我的身份，如此眼色真是令人不得不佩服！不过，就算你猜出了，又有什么用呢？苏将军向来在战场上智谋过人，战无不胜，自然猜得出我这般打扮来此是做什么！"

苏思睿仍旧静立原地，不曾因他的话语而动摇分毫，"恐怕要让你失望了，今夜怕是不能如你所愿，真是难为东秦王像个贼一样，夜闯我南楚军营！"

杨逞极轻蔑地看着他们三人，纵声狂笑，"苏子睿，我看你是老糊涂了吧！就你们三个人，况且此刻又要一心一意为这阵中之人护法！而护法最讲究全神贯注，若是你们一心二用，不仅这阵中之人性命难保，就连你们自己也会有生命危险！所以，你以为你能阻止得了我？"

宋羽向来莽撞气盛，此刻被杨逞话语一激，早就按捺不住，想立刻拔剑冲上去，可他刚动一步，已被苏子睿连声喝退，苏子睿咬牙切齿地喝道："宋羽退下，不得妄动！现在正是最关键的时刻，千万不要被此人迷惑，自乱阵脚。你就安心待在原地护法，不要乱动！"

那宋羽性子虽急，却也是明事理识大体的人，听苏子睿这样说，连忙回过神来，不再为杨逞话语所激，权当听不见。

而杨逞见宋羽如此，更是来气，他轻蔑地看着三人，语调嘲讽，"若非亲眼所见，我可真是想不到，南楚的神威大将军苏子睿和他的二位得力属下，竟然有这样为人鱼肉的一天！说吧，你们想怎么死？若是你们三人一死，这场仗也不必再打了，我和拓跋可汗自可班师回朝了，我东秦和北齐的万千子民正等着我们凯旋！"

苏子睿恨恨地瞪着他，一字一句从唇齿间迸出，无限怒意亦随之而出，"杨逞，你做梦！"

杨逞却一步步上前，走到三人中间，看也不看，直接将剑抵在了宋羽的脖子上，然而他的目光却看向苏子睿，他冰冷的声音如碎雪寒冰，冷冷打在人的脸上，让人痛得发麻，"哦，是吗？苏子睿，既然你说我做梦，那今夜我倒让你好好看看，我是不是在做梦，又到底是谁在做梦？"

第九十四章　剑下亡魂

苏子睿此刻极力忍耐，才按捺住心头急火攻心，怒吼一声，"你敢？"

杨逞的嘴角掀起一阵嘲讽，"苏子睿，你放心，你马上就能知道我到底敢不敢了！我要让你好好看看，你的手下是怎么在你眼前慢慢死去的！"说完他剑上加力，他只要再多加一分力，宋羽将人头落地，血溅当场。

苏子睿正在心内盘算该如何救宋羽。

忽然，"嗖"的一声，一支羽箭破空飞来。

射箭之人箭法极准，直接射中了杨逞的剑，"当"的一声，杨逞的剑已跳出他的手腕。四人眼前有黑影闪过，那道黑影极快，倏忽间已飘忽至众人眼前，那人看也不看，一脚踹向杨逞。这一下猝起突然，杨逞跌倒在地。

等他回过神来，却发现他的眼前站着一个熟悉的人影，那人不是别人，就是南楚的清河王刘轩！

刘轩此刻一手拿弓，一手持剑，站在月色下，满地清辉中，飘飘若仙。可他脸上的笑容却极冰冷，"故人许久不见，东秦王别来无恙啊，只是本王不曾想到，今日故人重逢，堂堂的东秦之主，竟是以一副人不人、鬼不鬼的样子出现在此处，可真叫本王失望！"

杨逞看着他这副样子来者不善，知道今夜自己不能按计划行事了，他讪讪地从地上起来，冷哼一声，"刘轩，若非你小子及时赶到，他们三人此刻早就是我杨逞的剑下亡魂了，你有什么可得意的……"

刘轩的身形快如鬼魅，杨逞的话还没说完，他的离魂剑已经直接对准在他的胸膛，刘轩云淡风轻地开口，那语气似乎只是与故人小酌一般，"哦？本王倒是好奇，现在倒不知究竟是谁要成为谁的剑下

295

亡魂？"

杨逞毫不畏惧地看着他，"刘轩，有本事你小子就一剑杀了我，少在这儿废话！不过，我谅你是不敢的！"

刘轩剑上加力，杨逞的胸前有密密麻麻的血珠滚落，刘轩冷笑，"现在你知道了，本王到底敢不敢？"

杨逞笑得更嚣张了，"刘轩，你是聪明人，该明白，你今夜若是一不小心失手杀了我，那可真的是大大激化了南楚与东秦的矛盾！且不说我东秦的将士和北齐的盟友拓跋翰会把你如何，恐怕到时你的皇兄第一个也不会放过你吧？"说完他挑衅地看着刘轩。

宋羽啐了一口，喝道："死到临头竟然还敢瞎嚷嚷！王爷，你千万别听他废话！一剑杀了他得了，一了百了！"

苏子睿却是一脸愁容，"王爷三思，不可！东秦王若是今夜真命丧你手，只怕后患无穷！"

刘轩收回了搁在杨逞胸前的离魂剑，杨逞深深呼出一口气，暗自庆幸，终于逃过此劫。

然而下一秒，他却再也庆幸不了，脸上神色震惊，眉头紧锁成一团，神情痛苦不堪。

因为，刘轩在他的胸口镇定地划了两剑，他剑术高明，那横纵交错的两道剑痕，如两朵最耀眼的彼岸花交错生长在他的胸前！

离魂剑本就是千年寒铁所铸，剑一落下，杨逞的衣衫尽碎，他的胸口顿时鲜血飞溅！

不过，刘轩特意控制了力度，并没有失了分寸。那两道剑痕刚刚好，不能置他于死地，却彻底伤了他的身子，从此，那两道伤痕，将会像烙痕一样，永远被烙在那里，永远都消除不掉！

杨逞怒不可遏，"刘轩，你什么意思？"

刘轩收剑入鞘，动作潇洒漂亮，"本王并没有什么意思，划这两剑不过是想告诉你，每一次自作聪明前最好先掂一掂自己到底有几斤几两，别贸然行事，否则必会付出难以预料的代价！"

杨逞只当恍若未闻，神色鄙夷，"我听不懂你在说什么！"

"听不懂？这一次四国之战，不就是你一手挑起的吗？你以为就凭你和一个拓跋翰，再加我南楚的叛徒汝南王，你们三个人就能成什么事吗？告诉你，不可能！"说完，刘轩话锋一转，神情大变，"怎么东秦王？你还不快滚！难道真的想成为本王的剑下亡魂？若是如此，本王自会成全你求死之心！"

杨逞捂住胸口，那两道伤痕痛得他快失去知觉，若是不尽快回去处理，只怕后果不堪设想！他向来是个善于审时度势的人，他后退几步，指着刘轩，愤愤出声，"刘轩，我真是小瞧你了，算你狠，我们走着瞧！这场戏才刚刚开始，好好看看谁才能笑到最后！"他说完就头也不回地走了。

杨逞一走，宋羽大口喘气，"方才真是好险，多亏王爷及时相救！若非如此，恐怕我此刻真会成为杨逞那无耻之徒的剑下亡魂了！"

刘轩淡淡一笑，"你们三人继续护法，本王就在此处陪你们一起，若是再有不速之客前来打扰，本王也好及时料理！"

苏子睿却好奇刘轩因何知道他们有难，忍不住开口问道："微臣斗胆一问，王爷是如何知晓我等有难，如何能及时赶来？"

刘轩笑道："也不知为什么，本王刚才心神不定，总觉得有什么事要发生，就想着赶来看看。没想到一来就看到了刚才那副场景，杨逞的剑指着宋副将。于是，本王就拉弓射箭，然后人就来了。"

宋羽向来是个心直口快的人，忍不住开口赞道："王爷可真是料事如神啊，刚刚真是太解气了！王爷那两剑，只怕杨逞这十天半个月都起不了床了！这下好了，看他还怎么嚣张，还怎么指挥东秦军来打赢我南楚，这样一来，我们的胜算又多了好几分！"

何靖亦开口附和，"是啊，王爷真是料事如神，今日多亏王爷相救！"

苏子睿却眉头紧锁，"方才惊心动魄，幸好王爷及时赶到，否则后果不堪设想！不过我们也不能再大意了，绝对不能再小瞧这个杨逞，此人的心机、谋虑、胆识都过人，确实是个难得一见的劲敌！"

第九十五章　琴笛破阵

玉门关外，朔风如刀，冰雪未晞。

两军对峙，杀气肃然。

相望间，却俱是杀意蔓延，破碎风中。

东秦北齐军中，忽听到一阵高亢激烈的琴声响起。

那琴声听去随意潇洒，似乎只是随手一拂，然而轻描淡写之间却已带出千军万马之气势。

刘轩和苏湄若不由自主地回头一看，却见东秦北齐军中的敌兵已缓缓布列成行。而那阵，显然有异，不同往常。

在一旁静观其变的柳如烟忽然脸色大变，"不好！杨如风变了阵势！"

刘轩剑眉一扬，右手缓缓举起，"传本王命令，我军即刻准备迎敌！"

苏湄若虽然是来自21世纪的现代人，可她也看得出现在的局势颇为不妙，摇头苦笑，"娘，这下该如何是好？那杨如风明显是以琴御阵，若我们再不按计行事，恐怕此地将变成无人生还的绝域了！"

柳如烟目视前方，似乎想在敌方的千军万马中找到那个熟悉的人影，然而却始终不得，她冷笑，"没想到这杨如风竟然临阵变式以琴御阵！不过，要让他失望了！"她停了一停，退后几步，在刘轩和苏湄若耳边一语，二人微笑颔首。

夜幕降临，冷月如霜，薄雪残冰中，两军皆以琴声来御阵，而这，分明让众人难料。

杨如风的琴声似于山水之间纵横来去，逍遥自在。东秦北齐军中，那高台之上一人青衫落拓不减当年，他闭眼，随手抚琴，而随着他的琴声响起，东秦北齐的大军阵走九宫，顿作铺天盖地的罗网，朝着南楚这边的将士兜头织来。

而苏湄若此刻恍若月下仙人，端然静坐于琴前，从小习琴的她只要一坐到琴前，就会过滤万千心事。她如春葱一般修长柔嫩的手指抚上那把她最熟悉的"猿啸青萝"，倏地，一道铮然的琴音出乎众人所料地响起，瞬间旋绕天地，弦动声响。

这道恍如天籁一般的琴音，让杨如风心下一动，更是疑窦丛生。不过，他手下依然未停，琴声如旧。他不信，这天下会有人敌得过他的琴！

然而，他料不到此刻与他对阵的不是别人，是南楚的"琴仙"，是来自21世纪最高音乐学府中央音乐学院古琴专业的翘楚。

苏湄若的琴声清雅飘逸，看似柔婉清越，可是她向来外柔内刚，琴声乃心声，忽然之间，她琴风大变，指下如生千军万马，又仿佛一名绝顶剑客长剑凌空一扫，直逼得杨如风步步后退，瞬时长流遇阻，翻涌出万千风浪，声声令人骇然……

东秦北齐军中，本来士气满满的将士，却因此莫名生出异样。

杨如风双目睁开，他震惊，回神之后冷笑，右手在琴上不断滚拂，那焦尾琴上霎时拂起一连串长音，似乎要力破苏湄若的琴声。

刹那之间，苏湄若再次改变琴风，她以柔克刚，绕指成柔，左手的走手音不断，指下如生清风万缕，如披月华万千，又如深山邃谷老木寒泉间傲然怒放的一朵冷梅，心随琴走，变幻万千。

那杨如风的琴音越来越激荡，指下如作惊涛骇浪，击石拍岸中横扫西风，几欲冲破云霄而去。

就在此时，互不相让的琴音间，忽然一道极悠扬宛转的笛声破空响起，穿透千军万马，直刺向那高台独坐的杨如风。

  有卷者阿，飘风自南。岂弟君子，来游来歌，以矢其音。
  伴奂尔游矣，优游尔休矣。岂弟君子，俾尔弥尔性，似先公酋矣。
  尔土宇昄章，亦孔之厚矣。岂弟君子，俾尔弥尔性，百神尔主矣。

尔受命长矣，茀禄尔康矣。岂弟君子，俾尔弥尔性，纯嘏尔常矣。

有冯有翼，有孝有德，以引以翼。岂弟君子，四方为则。

颙颙卬卬，如圭如璋，令闻令望。岂弟君子，四方为纲。

凤凰于飞，翙翙其羽，亦集爰止。蔼蔼王多吉士，维君子使，媚于天子。

凤凰于飞，翙翙其羽，亦傅于天。蔼蔼王多吉人，维君子命，媚于庶人。

凤凰鸣矣，于彼高冈。梧桐生矣，于彼朝阳。菶菶萋萋，雍雍喈喈。

君子之车，既庶且多。君子之马，既闲且驰。矢诗不多，维以遂歌。

吹笛的是刘轩，他吹的不是别的，正是一曲《凤凰于飞》。苏湄若与他早就心有灵犀一点通，笛音响起的那一刻，她指下琴声徒然一转，变为一曲《凤凰于飞》！苏湄若衣袂翻飞，琴音行云流水，与那白玉长笛配合得天衣无缝。

凤凰于飞，翙翙其羽。这曲《凤凰于飞》，自是要心意相通的两个人来合奏。

这曲琴笛合奏的《凤凰于飞》声声相和，若凤与凰相偕而飞，在空中交尾，默契非凡。

那杨如风神色大惊，不由失神怅然，一失神，琴中气势自然大减，之前所有努力，他花费二十年功夫苦心所创出的"乾坤元魂阵"瞬间成空。

琴笛合奏声声直入云霄，杨如风听得痴了，怎么可能？这世间竟有人能奏出这样默契的《凤凰于飞》！他抚琴的手难以抑制地开始颤抖，七弦琴音凌乱不堪，早已不成曲，之前仿佛蛟龙入海的琴中气势顿时散尽，被这激荡的塞外朔风一吹，哪里还有半分踪影？

杨如风几乎崩溃,他不愿再听,猛然起身,抬手用力一掀,眼前的绝世焦尾琴自高台坠落,"砰"的一声,瞬间弦断琴裂,摔个粉身碎骨!

站在不远处观战的东秦王杨逞早就坐不住了,他想起身去质问杨如风为何听了一曲琴笛合奏就成了这副样子,然而他一起身,胸前的两道剑伤便痛得发麻,刘轩那两剑几乎要了他半条命!

他看向身旁的拓跋翰,却发现拓跋翰此刻神色迷醉,目视前方,嘴里喃喃呓语,来来去去却只是不断重复叫着一个名字,说着一句话,"湄湄,你来了!"

杨逞只能恨铁不成钢地看着眼前这个早已痴迷不知归路的拓跋翰,摇头叹息。

第九十六章　弦断琴绝

刘轩和苏湄若在一曲《凤凰于飞》中早已忘我，不知今夕何夕。

琴笛合奏间，苏湄若的脑海中铺陈了一幅幅画面，是她在丹麦演出无意间走进"时光隧道"而穿越到南楚，然后与眼前这个男人所有的交集的画面。那些画面犹如莲花开谢，刹那芳华，却美不胜收。

这一刻，她的心头浮上一种前世今生之感，也许与他，前世就已相遇，不然今生她又哪来的奇遇，会和他以这样的方式相遇、相知、相伴、相惜？

而刘轩明显也感觉到了她的心思，他的笛声悠悠一转，更加超拔绝俗，清奇绝伦，吹彻浮生万千不平事……

最后一个音不知何时响起，苏湄若的双手仿佛两只翩翩飞舞的玉蝶，那双玉蝶飞了太久，于是斜倚琴弦，沉醉不知归途。

皓月千山中，琴笛仙音长留此处……

只是二人的合奏虽停下了，可那余音仍旧不绝，久久盘旋于众人耳中，如烟似雾一般荡漾于心，让人欲罢不能。

《凤凰于飞》刚停，"蛰雷阵"便有如神助一般，火力大开。柳如烟此刻一身黑衣，潇潇独立阵中，指挥着千军万马。

南楚和西梁军配合得十分默契，合纵排列，自成包围之势，横扫敌军。

身处"乾坤元魂阵"中的东秦北齐军，早就乱了阵脚，互相推搡着，叫骂着，乱作一团。

这一仗，已经不攻自破。

杨逞站在高台上，怒火攻心，他万万没想到不过一曲琴笛合奏，众人竟会乱成一盘散沙，他咆哮怒吼，"你们在瞎起什么内讧？还不赶快全力去迎敌！"

然而高台之下，阵中之人，却没有一人听他的话！众人身陷"乾坤元魂阵"，纷纷被困，早就懊丧连天，思忖着该如何出阵，又哪里还会听他的话？

只是众人并不知晓，这"乾坤元魂阵"本就是一场非生即死的死局。

要么生，要么死，没有第三条路。

而创阵之人杨如风，从来没有想过他费了整整二十年功夫才创出的"乾坤元魂阵"，竟然会被人用一曲《凤凰于飞》破阵，而且还破得那么彻底，没有一点退路。

一曲《凤凰于飞》听得他早已失去理智，如今的他哪里还有心情再去破阵？

杨逞看他一副无动于衷的样子，忍不住叫骂，"杨如风，枉你自称'奇门鬼才'独步天下，可看看现在，你就没有半分应对之策吗？"

那杨如风却犹在梦中一般，久久不能醒转，就算此刻双方早已在阵中冲起山崩地裂的喊杀声，可他却依然恍若未闻。

过了许久，他才终于反应过来，神色大惊，眸中光亮，眉心如火苗一般不断跳跃，他冲上前，对着南楚军的方向，用尽平生最大的声音，"敢问清河王，此刻可是我杨如风的同门师妹柳如烟在你南楚军中指挥？杨如风请求一见！"

杨如风没有想到，他会以这样的方式和他心心念念的师妹柳如烟重逢。

他本以为，他们的重逢会在江南的烟雨中，或者在漠北的黄沙里，抑或是茫茫雪域间。可他万万没料到，昔日同门相见，竟然会是这样残酷的方式。

昔日同门，今日仇敌。一切，都是上天的手在翻云覆雨！那只手最爱把世人的离别苦、欢乐趣置于手心肆意把玩！

又或许，在她多年前选择嫁给苏子睿的那一刻开始，就已经注定了，两人的人生之路，注定朝着两个方向各自去发展！

杨如风还是一身青衫，气度看似不减当年，但是他整个人却老了，那种老，从他的眼神中就可以看出，其实他并没有比柳如烟大几岁，可此刻二人却相差极大，几乎天壤之别。柳如烟纵然被毁容，可身形依旧窈窕如当年未嫁时，青丝未白，若从背影看去，会让人错以为她是三十许人。

然而杨如风却早已两鬓斑白如霜，风尘满面，二十年的红尘翻转，二十年的世事沧桑，宛如一把最锋利的风刀霜剑，摧得他提前老去！

南楚帐中，柳如烟打量着这个昔日同门，"一别多年，师兄可还好？"

听到那熟悉的声音响起，杨如风此刻觉得自己仍然在做梦，他开口，却如重门深院中萧索满地的落花，无限惆怅，"师妹，真的是你吗？我找了你这么多年，我以为你已经不在这个世上了。"

"哦？你找我？师兄找我做什么？"柳如烟漫不经心地开口，语调嘲讽。

杨如风摇首苦笑，"当年我听闻你与苏子睿决裂，一气之下远走塞北，我便来塞北寻你！可我来来回回将整个塞北翻了个底朝天，也没有找到你，我以为，你已经遭遇不测，不在人世了！"

柳如烟看着他，脸上的笑容却如霜雪一般冰冷，"是吗？可我怎么记得师兄当年与我决裂时，曾对我说的最后一句话是我来日必会后悔，祝我和苏子睿鸳鸯离散！既然如此，师兄又找我做什么？我当年落得如此下场不是正合你意吗？"

杨如风叹息，如海潮久久不绝，"师妹，过了这么多年，何必再提当年的事！当年我年少气盛，心性高傲，那番话不过是气话罢了！在我心里，不管过了多少年，你永远都是那个让我最想呵护的小师妹！"

柳如烟并不作答，对她来说，当年他们二人从决裂那一刻开始，就意味着她这辈子都不会原谅他，再见只能陌路！

杨如风忽然想起了什么，他环视周遭，却并未见到人，"师妹，我有一事想请问你，还望你告知我答案。"

"何事？"柳如烟虽然已经猜到几分，却还是问出了口。

杨如风深深吸一口气，一字一句道："我想问你方才破我'乾坤元魂阵'的二人是谁？若非他们二人心心相印琴笛合奏了一曲《凤凰于飞》，我今日绝不会弦断琴绝，阵毁人亡！"

第九十七章　奉陪到底

　　柳如烟并不答他这话，反问，"师兄，你为何不问他们二人怎么会想到，以一曲《凤凰于飞》来破你的'乾坤元魂阵'？"

　　杨如风似笑非笑地看着她，眉梢一扬，神情冷傲，"这还用问吗？这普天之下，除了师妹你，又还有谁知道我创这'乾坤元魂阵'的来龙去脉，又还有谁知道破解它的唯一法门？"

　　柳如烟淡淡一笑，不紧不慢地说道："不错，师兄，的确是我告诉他们二人该怎样破阵。我刚才发现你改变了阵势竟以琴御阵，所以，我就让苏湄若先与你斗琴对阵！"

　　杨如风神色大惊，"因为你料到我向来自负？"

　　柳如烟却波澜不惊地出声，"是的，我向来知晓师兄的性情，若是你碰到了一个意想不到的劲敌，你自然会心有不甘！然后这个时候，我再让刘轩与她琴笛合奏《凤凰于飞》。而此时，师兄你就会全面崩溃！"她说到这里停住了，不管杨如风此刻的神情有多惊诧，纵声笑道："因为《凤凰于飞》才是真正且唯一能破'乾坤元魂阵'的法门！"

　　杨如风看着他眼前这个小师妹，第一次发现，她心思缜密到了可怕的地步，而且对他了如指掌！这世上，恐怕再也找不出比她更了解他的人了！这一刻，他心下凄然，也许这恍惚半生，他从来都没有看透过这个小师妹！

　　他悠悠开口，似笑非笑道："怪不得当年师妹在十八岁的时候就以一套出神入化的'飞花剑法'，名动武林！当年，我还以为你不过是少年天才罢了，现在看来，师妹二十年前名动四国不是没有道理！一直以来，是师兄太小看你了！"

　　柳如烟的神色并没有多少变化，她纵横江湖多年，见惯大风大浪，早已阅人无数,又何尝听不出她这位昔日同门语气中的讽刺,然而她只当不知,话锋一转,不经意间转变了话题,"师兄,你方才说想见今夜琴笛合奏破你'乾坤元魂阵'的两个人,其实他们也一样想见你。"说完,她拍了三下掌。

随着她的掌声起落,黑色的军帐翻飞一转,帐外走来了两个人,一男一女。

从杨如风所在的角度看去,这两人宛如一对璧人,一样的白衣,男子如芝兰玉树倜傥风流,女子则如月下谪仙清雅绝伦。那一刻,他的脑海中浮现了"比翼齐飞"四个字。他在看到二人的时候,心中所有疑问都解了。如此一对璧人,能合作出心心相印的《凤凰于飞》,破了他的'乾坤元魂阵',又有什么可奇怪的呢?

来人是刘轩和苏湄若。看到杨如风的那一刻,二人心内却大惊,从杨如风的琴声里听去,他应该是一个英姿勃发、羽扇纶巾的智者!可眼前的男子,尘满面,鬓如霜,哪里有琴声中的英姿飒爽?虽然那袭青衫穿在他的身上依旧带着几分落拓之气,可是,那双眼眸之中的沧桑,根本不是一袭青衫所能掩盖的!那是被纷繁世事倾轧所浸染出的无奈与挣扎!

刘轩先回过神来,拱手一笑,"久闻杨前辈乃是'奇门鬼才',二十多年前就凭借一身奇门遁甲之术,独步天下。晚辈久仰多年,今日一见,荣幸之至!"

杨如风却摇头摆手,"惭愧惭愧,这位小兄弟可莫提当年的事了!今日之后,'奇门鬼才'不再!二位年纪轻轻却能用一曲琴笛合奏的《凤凰于飞》,破了我花费二十年功夫才创出的'乾坤元魂阵',两位小辈才叫我真正佩服!"

苏湄若一言不发,只是静静地看着杨如风,此刻她看着他,莫名还有些心悸,方才若不是刘轩的笛声及时响起,恐怕她未必能破眼前之人的琴!

杨如风感受到了苏湄若的目光,打量着刘轩身旁的苏湄若,看她素衣翩跹却气度不凡，料定她就是方才与他斗琴的女子，他眸中神色大亮，上前一步，"敢问这位姑娘，可就是方才与我斗琴之人？"

听到他的声音响起，苏湄若此刻恍若梦醒，她莞尔一笑，"不错，方才正是我与前辈在斗琴。"

杨如风再次仔细地打量着苏湄若，忍不住啧啧赞叹，"真是想不到，姑娘年纪轻轻，却有这样惊人的琴艺！从前我杨如风一直觉得自己此生并无所长，唯独在奇门和琴艺上有所建树，可今日才明白，什么叫作天外有天，人外有人，真是后生可畏！"

苏湄若听了他这话，觉得很不好意思，摇头称赞道："杨前辈谬赞了，今日若非王爷及时以笛声相助，我恐怕并不能赢前辈，今日胜出不过是侥幸罢了。"

"王爷？"杨如风眯起双眼看向苏湄若口中的王爷。

刘轩颔首一笑。

杨如风恍然大悟，拱手一笑，"原来阁下就是南楚鼎鼎大名的清河王刘轩！请恕草民有眼无珠，实在糊涂，没有认出王爷！"

刘轩笑着摆手，极有风度地开口，"杨前辈不必客气。"

杨如风转头看向柳如烟，语气充满了感慨，"师妹，你我之间明人不说暗话，今日你们既已破了我的'乾坤元魂阵'，那我就不会再设阵阻拦，所以，这一仗，南楚必胜！你们无须担忧。"

刘轩抱拳一笑，"当真吗？多谢前辈！本王在此谢过！"

杨如风却摇首苦笑，"不过王爷不要高兴得太早，今日你们虽破了我的阵，可那东秦和北齐却死伤惨重，那杨逞和拓跋翰二人心机深沉，都非善类，以我对他们二人的了解，他们绝不会善罢甘休！恐怕还会另出阴谋诡计，所以，你们还需小心行事！"

刘轩剑眉一扬，"多谢前辈提醒，本王心中有数！那杨逞和拓跋翰不管再出什么阴招，本王都会奉陪到底！"

第九十八章 来空大师

柳如烟万万没想到，她这一向争强好胜的师兄，竟然能说出这样的话！她神色微变，失神良久，怔在当地，久久不能开口。

末了，苏湄若推了推她，唤了她一声"娘"，她才反应过来，开口笑道，"师兄，多谢你今日所言，此恩柳如烟铭记于心，永世不忘！"

然而此时，杨如风却沉浸在刚才那个情景中，那苏湄若竟然叫她"娘"！他看向柳如烟，又看看苏湄若，过了半晌，缓缓问出，"师妹，她叫你娘，她是你的女儿？"

柳如烟一把牵起苏湄若的手，笑意温柔，像极了一个慈母，"不错师兄，她是我的女儿，叫苏湄若，弹得一手好琴，被誉为南楚的'琴仙'。"

杨如风的语气轻飘飘的，眼神也迷离，他喃喃低语着这个名字，反反复复，一遍又一遍，"湄若，湄若，真是好听。眉若远山，眼似秋水，娇艳中自有清丽，远望如谪仙人，真是人如其名，的确当得上'琴仙'这个称号……"

回过神来，杨如风把目光投向柳如烟，他这一生最呵护的小师妹，语气轻柔，"师妹，我走了，今日一别日后怕是不会再见，你多保重，你有你优秀的女儿，你有你的人生，很好。"说完，他也不顾柳如烟的脸色有多惊异，转身朝着刘轩和苏湄若拱手，洒脱一笑，那笑容恍如松石间的清风朗月一般明亮，"清河王，湄若，告辞！我这个江湖老前辈就在此祝你们凤凰于飞，翙翙其羽！"

刘轩还礼，客气一语，"前辈慢走，此去山高水远，当多保重！"

柳如烟知道他这师兄的性格，做事从来都由自己决定，别人的意见左右不了他，却还是问出了一句，"师兄真的要走？"

杨如风并不回头，淡淡一语，如风过无痕来去匆匆，"此处非我所留，自然要走。"

柳如烟也不再阻拦，只是在他转身之后，还是对他说出了心底的那句话，"师兄，保重！但愿我们师兄妹还有寒夜客来茶当酒的那一天，可以举杯邀月，笑谈古今。"

杨如风听到柳如烟的这句"寒夜客来茶当酒"，脚步停住了，脚下似有千斤之重，他再也迈不开一步。他回头，笑容明亮，像极了当年那个和柳如烟在"无忧谷"中拜师学艺的少年，"师妹，但愿如你所盼，能有这一天。"说完他看了一眼柳如烟便轻拂衣袖，头也不回地走了，身姿潇然，若一片出世之云。

"寒夜客来茶当酒，竹炉汤沸火初红。寻常一样窗前月，才有梅花便不同。"苏湄若吟出这首宋代诗人杜耒所写的《寒夜》诗，语气怅然。

她一念完，刘轩便俯身在她耳畔低语，一脸坏笑，"原来王妃不仅精通琴艺，就连诗词也如此擅长啊！告诉本王，你还有多少惊喜是本王不知道的？"

他熟悉的声音和身上独有的杜若香悠悠传来，苏湄若恍如醒转，在刘轩的脸轻轻一拍，刘轩配合她转过去，然而一瞬过后，却又故作恼怒，咬牙切齿，"苏湄若，你真是越来越放肆了！若非岳母在这里，看本王不好好收拾你！"

苏湄若却朝他扮了一个鬼脸，一脸嘚瑟地看着他，踮起脚尖在他耳边说道："王爷不是早就说过吗，妾身是你的小魔妃，是王爷你命中注定的克星！既然是克星，那王爷自然是拿我没有办法的。我看王爷啊，还是乖乖认命吧！"

刘轩摇首，深深叹了一口气，一脸无奈地看着苏湄若，"王妃，本王认输！反正你在本王面前放肆也不是第一回了，还差这一回吗？"

二人的"打情骂俏"，柳如烟没有看到，她一心还沉浸在杨如风刚才离去时最后看向她的那一眼，还有对她说的那番话。

她怔怔地看着杨如风所去的方向，那道背影渐行渐远，渐渐模糊，不见任何踪迹。她心中顿时充满了感慨，与他的那一幕幕往昔，在脑海中不断铺陈开来……

二十多年前，他们二人无忧无虑地在"无忧谷"里拜师学艺，每日追逐打闹。她知道，他一直暗恋自己，可是，她对他却只有兄妹之情。她本想着，若是能一直做着师兄妹也是好的。

可是，这世间事往往便是如此，你越期盼的，越难得到，你越不愿看到的，偏偏如约而至。

柳如烟不止一次想过，若此生没有遇到苏子睿，她与杨如风会在"无忧谷"里无忧地过一生。

可惜，命中注定她会遇到苏子睿，那个她一眼看到就爱上的人。她第一眼看到他，就感觉心跳与呼吸都不是自己的了。

她告诉师父她想要嫁给他，师父十分喜欢苏子睿，称他们二人是天作之合，欣然应允。

她高兴地把要与苏子睿成亲的消息告诉杨如风，可往日对她呵护有加的师兄听到这个消息后却勃然大怒，拂袖离去，扬言道："我去杀了苏子睿！若是他打赢了我，你依旧坚持嫁给他，那你我二人就决裂！"

她以为这不过是他的气话罢了。没想到，后来他果然去找了苏子睿。他败了，败在苏子睿的剑下。他负伤而归，然后师兄妹二人便形同陌路，这一陌路就是二十多年，而这多年后再见却几乎是永诀，又怎能不感慨呢？

后来，这世间没有了昔日独步天下的"奇门鬼才"杨如风，却多了一个布道者——来空大师。

只是，很少有人知道，他就是昔日的奇门圣手杨如风。可最后，他却因为费心二十年所创的"乾坤元魂阵"被破，而彻底看透了他这几十年来苦心钻研的奇门遁甲。

所谓奇门遁甲、五行八卦，那不过都是世人倾心所造的一个幻象罢了。只有看透幻象，放下诸般心魔，才能回到源头，回归生命最初，勘破真正的大自在。

来空大师，做到了。

311

第九十九章　困兽犹斗

东秦帐中，一片肃杀之气，与这塞外的风霜雨雪一样。

空旷的帐中，坐着两个人，东秦王杨逞和北齐的拓跋可汗拓跋翰。

拓跋翰按捺不住，"唰"的一声起身从椅子上站了起来，走到杨逞面前，一字一句问出，"东秦王，难道此战你我就这样坐以待毙，眼睁睁看着刘轩和苏子睿得意？事到如今，你我就只能这样心甘情愿地为人鱼肉，等着看他们春风得意地班师回朝？"

杨逞冷笑，"难道拓跋可汗想出了什么绝世好计，可以扭转乾坤？"

拓跋翰脸上一片阴沉，眸光中的神色冰冷如霜，那道寒冰一般的目光化作一柄利刃，直向南楚军帐刺去，他纵声一笑，"没想到东秦王盖世英雄，如今竟然等在这里坐以待毙！"他停了停，换了一种口气，继续开口，"东秦王，我昨夜一夜未眠，躺在床上思来想去，只有一计兴许还能扭转此战成败，不知你肯不肯与我合作？"

杨逞其实也早已想出一计，不过他还是想听听拓跋翰的计策是什么，遂开口笑道："可汗这话可真是说得让我听不懂了，自从你我合纵连横发起这场战局开始，我们就一直是合作的关系，你我本就是一条绳上的蚂蚱，不分彼此！不知你想出来了什么妙计，只管说来，我必全心全意助你达成所愿！"

拓跋翰在他身旁坐下，"好！有东秦王这句话我就放心了，如今之计我们只有合作唱一出调虎离山，才有扭转此战结果的可能。"

杨逞从椅子上慢慢站起，缓缓开口，"可汗，实不相瞒，你与我想到一处去了。为今之计，还有什么计策会比'调虎离山'更有效呢？"他停了停，饶有兴致地打量着拓跋翰，伸手拍拍他的肩膀，似笑非笑道："可汗，不如我去替你引开刘轩，只要那讨人厌的刘轩一走，苏湄若不就是你的囊中之物了吗？"

拓跋翰虽然被他戳破心事，却没有一丝不好意思，北齐男人骨子里豪爽，他丝毫不扭捏，"多谢东秦王愿意助我一臂之力，但愿这调虎离山之计，能让你我各偿所愿！"

杨逞神色一凛，"择日不如撞日，可汗，不如你我就今夜行事吧。刘轩和苏子睿也得意太久了，该风水轮流转了。"

拓跋翰默契地应和，"不错，月黑风高夜，才好杀人……"

南楚帐中。

宋羽一身浴血，恍若地狱归来，他掀开帐帘进帐的那一刻，吓了帐中所有人一跳，他一进帐就倒地了，不停地摇头，"王爷，将军，不好了……那东秦王杨逞竟然趁我军不备……偷袭我们，杨逞这次带了五十万大军，全是精英，属下们快……抵挡不住了。王爷和将军快……想想办法该如何御敌。"

他这番话断断续续地说出，苏子睿和刘轩脸上的反应却截然不同。

刘轩立即起身，取下悬挂于帐中的离魂剑，拔腿就要走。可苏子睿却阻止了他，疑道："王爷，你不觉得杨逞此次偷袭太过突然吗？他为何突然会率五十万精英大军而来？此事蹊跷，我看他分明就是故意要引你前去，也许这一切都不过是他的阴谋罢了。王爷，你要冷静，千万不要轻易中了他的计！"

刘轩渐渐回过神来，觉得苏子睿说的话也不无几分道理，但是他又看了此刻跪倒在地的宋羽，看他浑身浴血，右肩还受了伤，恐怕这一仗，是必打的了。

宋羽看着苏子睿，语气铿锵有力，"将军，属下也不知为何杨逞会像发了疯一样打进来，但是眼下战况紧急，真的不能再拖了！"

刘轩神色一黯，把目光投向苏子睿，"岳父，这里的一切就交给你了，本王陪宋副将出去迎敌，本王倒要好好看看这个杨逞在搞什么鬼！"

"王爷放心，这里的一切臣自会替王爷看护好，王爷大可放心前去。"

苏子睿自信的声音回荡在大帐中，那话语之中的自信是他戎马半生、浴血奋战换来的。

然而，苏子睿不会想到，自刘轩随着宋羽转身离开的那一刻，他们就已经陷入了一个巨大的圈套。设计这场圈套的人早就料准了苏子睿和刘轩的性格不同，早就算准了他们会有这样的反应。

所以他们，必定中计。

南楚帐外，月黑风高下，响起一阵嗒嗒的马蹄声，那些马蹄声整齐一致，明显就是训练有素的战队。

苏子睿听到动静后立刻拔剑而出，然而他一走出去就不敢相信自己眼前看到的一切是真的。

帐外，拓跋翰一马当先，带着密密麻麻的北齐雄兵进来了。那些北齐军有十五万，而此刻南楚帐外的将士却不足五万，南楚的将士都随刘轩去正面迎敌了。

杨逞前脚来偷袭，拓跋翰后脚就率十万大军而来，苏子睿征战沙场多年，自然明白，这意味着什么。他拔剑对准拓跋翰，怒意如蛟龙出海无穷无尽，"拓跋翰，好一出调虎离山之计！你和东秦王狼狈为奸，无耻程度实在令我苏子睿刮目相看！"

拓跋翰眯起双眼，在马上俯视着他，目光冷凝如满地清霜，"多谢夸奖，苏将军，一别数月，没想到你的反应能力倒还没变。可是，结果怎么样？你不是照常中计了吗？至于刘轩那个傻子，今日恐怕是凶多吉少了，东秦王恨他入骨，怕是不会轻易放过他的！"

拓跋翰这一席话说完，苏子睿只觉得这颗心如坠万丈悬崖之中，整个人若非靠定力站住，恐怕要跌倒。

看来今夜，清河王难逃此劫！

这一刻，他真恨自己不能走开去助清河王，他只能守在这里面对拓跋翰的挑衅！他看着拓跋翰，眸中目光若是可以噬人，拓跋翰此刻恐怕早已死了千百回了，他咬牙切齿地一字一句问出，"拓跋翰，你今夜来此到底想干什么？"

第一百章　调虎离山

拓跋翰下马，一步一步走到苏子睿面前，看向他的目光无比讽刺，"明人不说暗话，苏将军，今夜我来此只有一个目的，就是带走一个人。"

苏子睿一时没有反应过来，目光疑惑，"谁？你要带走何人？"

"那个人不是别人，就是你苏将军的女儿苏湄若。"拓跋翰气定神闲地说着，脸上神态悠然自得，仿佛是在月下闲庭信步一般。

当初，拓跋翰就费尽心思和汝南王里应外合，趁清河王进宫，将苏湄若骗到汝南王府，然后将她带到北齐！后来清河王以一己之力从北齐百万雄兵中救出了苏湄若！苏子睿本以为，这拓跋翰早就死心了，可没想到这个人的脸皮竟然如此之厚！

一想到这里，苏子睿怒不可遏，"拓跋翰，你做梦！不可能！苏湄若早就嫁给清河王，她是南楚的清河王妃，怎么能让你带走？"

拓跋翰听到他这番话也不恼，只是放声大笑。

苏子睿却不明所以，咆哮出声，"拓跋翰，你有什么好笑的？"

他一说完，拓跋翰就猛地止住了笑容，微眯双眼，挑衅道："亏你苏子睿还是南楚的'战神'，还被刘熙封作什么'神威大将军'！本汗看你根本就是个没头没脑的草莽之夫！苏子睿，不妨告诉你，今夜之后，这世间再无清河王！这位南楚诗书琴画样样精通的清河王，即将下地狱！明日你们就等着替他收尸吧，不过也许你们连他的尸首都找不到，因为东秦王恨透他，恐怕连一个全尸都不会赏他。如此一来，估计你们这辈子都找不到他了，因为他将尸骨无存！"

苏子睿怒火攻心，他的剑锋一扬，直指拓跋翰，"拓跋翰，你小子休得狂言！"

苏子睿不知道，拓跋翰之所以费尽口舌说这一番话，不过就是为了出言激怒他，他一直在等他做出这个动作。

等到苏子睿有所察觉反应过来的时候，一切都晚了！当他刚刚将剑锋对准拓跋翰的时候，拓跋翰已经出手将他制住，将苏子睿的那把剑抵在了他的脖子上，拓跋翰狂妄的声音在他耳畔响起，"苏将军，一别数月，本汗的身手是不是大有长进？"

拓跋翰刚才这一连串快如鬼魅的动作，苏子睿难以置信。要知道，不过几个月前，他还是他的手下败将，北齐二王子拓跋翰被他当场所擒，一路押回南楚！

可刚才他的身手，分明……他的语气中满是疑惑，"拓跋翰，你怎么可能会有如今这样的身手？"

拓跋翰却是冷笑，"怎么不可能？苏将军，你要明白这天下广袤，没有什么是不可能做到的，一切不过取决于你想不想做，愿不愿意做而已。"

苏子睿仍旧疑惑地看着他。

拓跋翰说，"苏将军，你是不是疑惑，我这样的身手几个月前为什么会被你当场所擒？"

苏子睿低吼，"一切，都是你的计谋！"

拓跋翰看向苏子睿的眼神带着几分欣赏，"不错，几个月前我之所以被你轻而易举地擒住，是因为我故意要败给你！我拓跋翰不过是故意隐藏了自己的实力，之所以要这么做，那是因为我要去南楚皇都，将你的宝贝女儿苏湄若带到北齐来！现在，你懂了吗？"

拓跋翰说得轻松，可苏子睿却好像听到了一个晴天霹雳，眼前之人年纪轻轻，心机却实在深不可测！他竟然为了得到苏湄若以身犯险，战场上被擒，一路从玉门关押送回南楚，然后在南楚的天牢里受尽一切酷刑！到头来，这一切都是他自己策划的一场戏！

这一刻的苏子睿神情坦荡，啸傲出声，"拓跋翰，我苏子睿一生心高气傲，并不服人，不过你小子却让我今日彻底佩服了一把，年纪轻轻竟有这样的心机谋略！拓跋翰，尽管我不愿承认，可不得不说，你堪称一代枭雄！"

拓跋翰摇头一笑,"能得到苏将军的夸赞,本汗当初所做的一切都值得了!"

苏子睿却话锋一转,眼神徒然变得凌厉,"可那又怎么样?当初你费尽千辛万苦将湄若带到北齐,结果又如何?最后,还不是被清河王以一己之力带回了南楚!这天下如今谁不知道,清河王从你眼皮子底下,从北齐百万雄兵手中救回了他的王妃,不仅如此,他当时还以一人之力连挑你北齐十道关卡,可笑你们北齐却没有一个人能治得了他!所以,在天下人的心目中,清河王永远都比你拓跋翰要好,你连给他提鞋都不配!"苏子睿一口气说完,往拓跋翰身上啐了一口。

这一下,北齐将士纷纷怒了,异口同声道:"可汗,这人如此不知好歹,您可千万不能心软,必须就地格杀,以儆效尤!"

拓跋翰却摆了摆手,一字一句从唇齿间迸出,"苏子睿,若非看在你是苏湄若亲生父亲的分上,你以为你此刻还能在本汗面前放肆吗?本王早就命人将你碎尸万段了!"他手上加力,苏子睿的脖子被划破了一个口子,他继续说道:"苏子睿,识时务者为俊杰,你不想活命不要紧,可南楚的将士难道也都不想活命吗?所以,本汗劝你一句,若是识相,赶快让苏湄若出来见我,乖乖地和本汗走!否则的话,本汗即刻一声令下,此处立马变成一座炼狱场!"

苏子睿向来心气高傲,目光狰狞,咬牙切齿道:"你敢?"

拓跋翰却一脸好笑地看着他,"苏子睿,你若是不信,大可试一试,试了不就知道本汗敢还是不敢?"

第一百零一章　将计就计

"拓跋翰，你放手！你不就是想见我吗？我跟你走就是，立刻放了我父亲！"苏湄若一身素衣，宛如黑夜中的一朵优昙，袅袅而来。

拓跋翰以为看到了月下的仙子，神色迷醉，然而他的剑却依然落在苏子睿的脖子上，没有松开半分，看着眼前这道熟悉又陌生的人影，他难以置信，日日夜夜心心念念的梦中情人，此刻就在他的眼前，他的语调轻飘飘的，"湄湄，真的是你吗？"

苏湄若朝拓跋翰一步一步走去，他的目光直勾勾地看着苏湄若，很明显，今夜她是打扮过的，眉似远山含黛，眸若秋水灵动，唇不点而红，拓跋翰看着她，神情如被勾魂了一般，心中万千情绪早已荡漾开去。

苏湄若的声音清越，如山谷中的泉水，潺潺流过拓跋翰的心间，"一别数月，难道，王子不认识我了吗？"

她这话一说完，拓跋翰手下的一个将士瞬间怒了，他恶狠狠地瞪着苏湄若，大喝道："放肆！此刻在你眼前站着的是北齐之主拓跋可汗……"

然而他还没有说完，拓跋翰已经出手，毫不留情地朝他一掌劈去，他这一掌使尽全力，那将士立刻被劈倒在地。

拓跋翰这一掌猝不及防，不只那将士十分震惊，整个北齐的士兵纷纷感到诧异！他们不解，为何素日冷静镇定的可汗，此刻就因为这一句话完全像变了个人一样。

拓跋翰居高临下地俯视着那被他劈倒在地的将士，冷笑，"呼斯纳，本汗看在你为我苦心效力多年的分上，饶你不死！若你日后再敢对她口出狂言，本汗即刻揭了你的皮！"

呼斯纳跟随拓跋翰多年，是他身边最得势的亲信，此刻却被他当着众人面如此训斥，呼斯纳面上过不去，却也只能愤愤起身，转头而去。

苏湄若眉梢一扬，"当真是士别三日，当刮目相看！不过几月不见，昔日的北齐二王子如今已经摇身一变，成了北齐之主拓跋可汗！可汗，恭喜了。"

这一刻，拓跋翰清清楚楚听到了苏湄若的声音响起在他耳畔，他才彻底反应过来，他魂牵梦萦的女子，此时此刻正站在他的眼前！他按捺不住心底的狂喜，不顾十万北齐大军在此，看向苏湄若的眼光炽热如火，"湄湄，若无你相陪，这北齐纵使江山如画又如何？我拓跋翰一人站在万人之巅俯瞰整个北齐，也不过是高处不胜寒罢了！"

苏湄若自然明白他的话外之音，语气中带着一丝讽刺，"怎么？可汗如今贵为北齐之主，坐拥北齐后宫三千佳丽，难道三千美人中都无人能陪你看北齐的如画江山吗？可汗莫要打趣我！"

拓跋翰饶有兴致的打量着苏湄若，那眼神如同猎人终于费尽心思逮住了心仪许久的猎物，过了半晌，他忽然长叹出声，"湄湄，后宫佳丽三千又如何？那些不过都是些庸脂俗粉，写不了诗，弹不了琴，跳不了舞，各个都只是空长了一副如花皮囊罢了！她们如何能与湄湄相比？"说到这里，他停住了，仔细看着苏湄若，却发现她的目光平静，神色更是如常，未见一丝波澜，他的语气多了几分怅然，"何况在这世上，本汗只想要一人，那人就是湄湄你。若你肯嫁于本汗，本汗即刻为你散尽后宫三千佳丽！从此，我北齐后庭只有你苏湄若一人，再没有旁人！"

那些北齐的将士开始议论纷纷，窃窃私语，他们不明白，素来镇定的可汗今日到底是怎么了？为何一见到这个女子就性情大变？为何会对这南楚的清河王妃说出这样的话来？若是他们的老可汗在世，不知会气成什么样子！

苏子睿平生最重礼法人伦，他听到拓跋翰竟然说出这样的话，他再也听不下去了，忍不住又往拓跋翰脸上啐了一口，嘶吼道："我呸！拓跋翰，你可真是够无耻的！堂堂北齐之主，竟然如此恬不知耻，你简直就是丧心病狂！"

这一次，拓跋翰怒了，他将搁在苏子睿脖子上的剑收了下来，可几乎是同时,他却用另一只手掐住苏子睿的脖子。拓跋翰手上青筋暴露,不断加力,甚至能听到骨头"咯咯"作响的声音,苏子睿渐渐喘不过气来,却仍是一字一句吐出,"拓……拓跋翰,有本事,你……你现在就杀了我!"

　　拓跋翰的目光极冷,他冷笑道:"苏子睿,你还以为自己是那个可以呼风唤雨的'神威大将军'吗?你现在与阶下囚无异,死到临头还敢挑衅本汗!你真以为本汗不敢杀你?既然你如此想死,好,本汗现在就成全你,送你上西天!"

　　苏湄若却上前一步,扬声道,"拓跋翰你住手!我跟你走,放了我爹。"

　　她这句话一出,拓跋翰立刻收了手,放开了苏子睿。他转头看向苏湄若,神色大变,他不敢相信,刚才这句话是从一向骄傲的苏湄若嘴里说出来的,"湄湄,你说什么?你再说一次,你方才所言可是真话?"

　　苏湄若无所畏惧地看着他,一字一句重复,"我说,我愿意跟你走,但是你必须放了我爹,还有南楚所有的将士,不得伤他们任何一人性命!你,能做到吗?"

　　这一次,拓跋翰听清了,他激动地上前,一把将苏湄若抱在怀里,他用尽了全身力气,仿佛在抱着一个失而复得的珍宝一样,他闭眼,喃喃低语,恍如梦呓,"湄湄,我就知道你会跟我走的。你放心,只要你乖乖听话跟我走,我绝对不会为难你爹,也绝不会再伤害任何一个南楚的将士。"

第一百零二章 绝地反击

苏子睿却怎么都不肯相信眼前这一幕是真的。他看着自己的亲生女儿,此刻竟然被敌国的君主抱在怀里,只觉得浑身如被火烧一般,气不打一处来,伸手怒指二人,"湄若,你莫要糊涂!你不能这么做!爹不需要你靠委屈自己来保全我!"

苏湄若看向苏子睿的眼神格外平静,这出乎苏子睿的意料。忽然,她朝苏子睿使了一个眼色,这个眼色拓跋翰并没有看见。可是,这电光火石间,苏子睿却洞悉了一切,他明白接下来该怎么做。末了,他叹了一口气,"湄若啊湄若,既然这是你的选择,为父自然尊重你。"他停了一停,看着拓跋翰,摇头道:"希望拓跋可汗能说到做到,善待我的宝贝女儿,不要让她在你北齐受一丝委屈!"

拓跋翰朗然一笑,"苏将军,不!岳父大人,您大可放心,拓跋翰今日在此起誓,此生只爱苏湄若一人,永远呵护爱惜她,绝不变心!倘若有违此誓,天诛地灭!"

苏子睿轻抚颔下胡须,笑叹道:"希望拓跋可汗能永远记得今日所言……"

悬崖,峭壁。
前去,无路。
后退,亦无路。
这,分明是一场被有心人所策划的死局。
刘轩带着南楚和西梁的大队精英人马,一路乘胜追击,然而追击到"漠谷"时,他发现情况不对,此事有诈!
刘轩环顾四周,发现杨逞和那些来犯的东秦军纷纷不见了踪影!内心生出一个不好的念头：他中计了！

杨逞分明是刻意将他带到此处，这是调虎离山之计！而引开他的人是杨逞，那么，与他同谋的拓跋翰，此刻又会在哪里？

不好！苏湄若！他们的目标是苏湄若！

一想到这里，刘轩心急如焚，即刻掉头，却看到杨逞已经一马当先冲了出来，他的声音充满嘲讽，"果然不愧是清河王，这么快就反应过来了！不过，就算你反应过来了又有什么用？恐怕此刻你的王妃早已被拓跋可汗带走了！"

刘轩毫不犹豫，抽出身侧的离魂剑，剑锋直指杨逞，神色如冰，"果然不出本王所料，你们的目标是苏湄若！杨逞，本王与你的账日后自会慢慢清算，可如今，本王没空再和你多费唇舌！"

杨逞却笑得极为猖狂，"刘轩啊刘轩，不妨告诉你，这一出调虎离山，我与拓跋可汗里应外合的目的，就是让你永远失去你的王妃，这辈子你都别想找回苏湄若了！"

"是吗？东秦王，本王也不妨告诉你，当初本王能从拓跋翰和他北齐百万雄兵手中救走苏湄若，这一次，同样也能做到。东秦王，看来上次那两剑，本王还是将你伤得太轻了，真后悔没有将你送上西天！今日我不想与你过多纠缠，你若还不识相滚开，本王会让你后悔！"刘轩傲然笑道。

杨逞气结，挥鞭直指刘轩，怒骂道："刘轩，你休得猖狂！此处是悬崖峭壁，前后无路，你以为你还走得了吗……"

然而他一语未毕，刘轩已经身形飘动，来到他的面前，等他反应过来，他已经不能动弹！不仅如此，还浑身痛得颤抖！原来刘轩早已一把夺过杨逞的马鞭，看也不看，直向他劈头盖脸狠狠抽去！

火辣辣的疼痛遍布全身，仿佛无边无际没有尽头，杨逞拼命挣扎着想站起，然而，他根本不是刘轩的对手，何况之前被他所伤的那两剑还未痊愈！他虽贵为东秦之主，却生平第一次感受到了坐以待毙的滋味，此刻的他求生不得、求死不能，感觉自己就是那条位于砧板上的鱼肉，任由刘轩揉搓宰割！他恶狠狠地瞪着刘轩，然而他这样的眼神却彻底激怒了刘轩！

刘轩下手更重了，每一鞭，都用尽了全力，鞭子所到之处，杨逞衣衫尽裂，瞬间皮开肉绽，令人不忍直视！"漠谷"的雪常年难化，此刻只见杨逞身下本晶莹的雪却是一片猩红！若不仔细看，还以为是朵朵红梅花瓣落在了雪上……

红色的雪越来越多，红梅花仿佛开得也越来越茂盛，以永不凋零的姿态怒放着！

良久，刘轩停住了手，将那根早就血迹斑斑的马鞭随手一扬，扔到了东秦军中，众人看着那根马鞭，皆骇然失色。普天之下，竟然有人敢如此鞭打他们的东秦王，然而，更令他们大惊失色的还在后面！

刘轩在扔掉马鞭的同时，将离魂剑搁在了杨逞的脖子上，目视四周，大喝道："谁再敢上前一步，谁再胆敢阻挠本王，本王即刻就要了他的命！"

杨逞恨得咬牙切齿，"刘轩，算你狠，你想干什么？"

刘轩却不疾不徐地开口，"本王并不想干什么，刚才那顿鞭子是告诉你不要自作聪明，至于现在，本王只想去救我的王妃。所以，好狗不挡道！东秦王是明白人，自然知道该怎么做！"

杨逞身后东秦的将士虽然虎视眈眈地看着刘轩，然而他们的王此刻正在他的手上，没有一个人敢轻举妄动，他们只能一个个气得大眼瞪小眼！

杨逞见他们竟然还不让路，忍不住怒斥道："你们这帮蠢货还不赶快退下，让清河王走，不得阻拦！"

刘轩收剑入鞘，"识时务者为俊杰，看来东秦王还是识时务的。"说完，他已经一骑红尘而去，漫天冰雪间，再也不见踪影。

而本紧随刘轩而来的南楚西梁的精英人马，也在这一刻同时撤退，跟随刘轩而去，整齐有素，让人叹服。

刘轩一走，便立刻有将士来扶杨逞起身，杨逞却将他一把推开，冷哼一声,"滚开!"说完,他看着刘轩所走的那个方向,无尽鄙夷,"刘轩,今日之辱,他日必将十倍奉还于你!你赶回去又能怎么样?拓跋翰早已得手,失去苏湄若,足以让你痛不欲生,足以摧毁你所有的斗志!所以,这场仗你终究还是败给了我们!"

第一百零三章　美人计

当刘轩马不停蹄地赶回时，发现帐中除了苏子睿以外，空空如也，再也没有那道熟悉的人影。

刘轩紧闭双眼，双手握成拳，控制不住地颤抖着，一字一句问出："岳父，湄若去了哪里？"

苏子睿摇头叹息，"王爷，你来迟了一步。湄若，已经被拓跋翰带走了。但是王爷请放心，湄若她一定不会有事的。"

刘轩睁眼，转身冷笑，"岳父，湄若落在了对她不怀好意的拓跋翰手里，你让本王如何放心？"

苏子睿上前一步，低语，"王爷，湄若被拓跋翰带走前，曾给臣使了一个眼色，那个眼色是想要告诉臣，她此去一定会平安无事……"

"不错，王爷大可放心，湄若此去必会平安归来，因为她等着王爷去救她。"苏子睿还未说完，已被一道女声打断，那道女声不是别人，正是苏湄若的生母柳如烟。

柳如烟依旧一身黑衣，手里拿着一方锦帕。这方锦帕，刘轩认得，他不由侧目，语气惊诧，"岳母，这方锦帕，你是从何而来的？"

柳如烟将那方锦帕双手递给刘轩，"这方锦帕是湄若走之前亲手交给我的。王爷是聪明人，自然明白今夜这场调虎离山之计，是杨逞和拓跋翰联手策划的。杨逞心思歹毒，他的目的就是引你离去，而拓跋翰的目的就是趁你不在带走湄若。"

刘轩接过锦帕，长叹一声，"岳母说得不错，这场调虎离山，他们自是筹谋已久。"

柳如烟继续开口，"王爷不知，当时拓跋翰带了十万北齐大军而来，子睿被他挟持，几乎命悬一线，这个时候湄若告诉我，她必须用自己去交换她父亲。她留给我这方锦帕，说只要把这方锦帕交给王爷，她就有救了。"

刘轩摊开那方锦帕，仔细打量着，发现那方锦帕上写着四个字——子时，赏月。他喜上眉梢，"我明白了！湄若的意思是让我子时去救她！"

可苏子睿却充满疑惑，"可是王爷，湄若在这锦帕上写的'赏月'二字又是何意？"

刘轩剑眉一扬，"岳父，湄若是告诉本王，子时她将引出拓跋翰赏月，所以子时，是救她的最佳时机。"

苏子睿这才了然，柳如烟则静静在一旁听着，感慨万分，"王爷与湄若真是心有灵犀之人，湄若情急之下不过写了四个字，王爷却能立刻读懂她的意思……"

刘轩摆了摆手，"岳母过誉了，本王不过是向来知晓湄若的性情罢了。"

苏子睿感到愧疚，摇头叹息，"都怪臣太过大意，小看了拓跋翰那臭小子的身手，所以才让他有机可乘！若臣当时没有被他挟持，臣与如烟二人拼死一搏，湄若也定不会被他带走！还请王爷恕罪！"说完，苏思睿就要下跪。

刘轩一把扶住了他，"岳父这是做什么？此事并不能怪你，今夜他们有备而来，注定必有此劫！要怪也只能怪杨逞心思歹毒，那拓跋翰更是无耻至极。今夜子时，本王与拓跋翰必有一战，今夜，本王自会和他来个痛快的了结！"说完，刘轩转身走了。

北齐帐中。

拓跋翰觉得自己此刻正在做梦，他又梦到了那个心心念念的女子。他静静地看着苏湄若，神色迷醉。

苏湄若被他看得不好意思，别过头去，低低道："可汗一直看着我做什么？"

拓跋翰一把抓起苏湄若的手，放在他的掌心。

苏湄若向来畏冷，而此刻拓跋翰的掌心却恍如火烧一般，瞬间暖了她。可纵然如此，依然改变不了她早就做好的决定。

拓跋翰的声音响起，亦如他掌心的温度一般热烈，"湄湄，我觉得我此刻在做梦一样，不敢相信你竟然真的就坐在我身旁，我竟然还能这样握着你的手，将它们放在我的掌心。湄湄，你知道吗？我多想这一刻，时间能定住，我们二人就这样一直到天荒地老，不离不弃……"

拓跋翰说的肉麻话听在苏湄若的耳朵里，感觉浑身都起满了鸡皮疙瘩，她内心十分崩溃。没想到十五六岁时在小说里看到的那些肉麻情话，此刻这个北齐之主竟然对她说出了口！她皮笑肉不笑，"可汗可真会说笑。"

拓跋翰神色一凛，脸上笑容敛住几分，"湄湄，难道你不信我？到现在，你竟还不相信我对你的心思？"

苏湄若摇头，莞尔一笑，语调轻柔，"不，我怎么会不相信可汗呢？我若是不信你，又怎会心甘情愿和你来这里呢？"她停了一停，若有所思地看向帐外，"可汗，我看今夜的月色甚好，不知可汗能否陪我去赏月？"

拓跋翰眉心微微一皱，不解道："湄湄，现在可已经是子时了，阴气最重，何况今日你也累了，我也累了，我看我们还是早点休息吧，这月，还是明日再赏吧。"

他刚一说完，苏湄若便扭过头去，冷哼一声，"可汗真是太不解风情了，此时赏月才是最佳时机！可汗总说多么多么喜欢我，却连赏个月都推三阻四，不肯陪我！果然男人都是一样的，甜言蜜语一说完就全部都忘了……"

苏湄若还没说完，拓跋翰已经告饶，牵起她的手转身向帐外行去，柔声哄道："好了好了，都是拓跋翰的不是，惹得湄湄不高兴了，湄湄不要生气了。本汗保证，从今以后，本汗什么都听你的，所有事情你说了算，你让本汗往东，本汗绝不往西，好不好？"

苏湄若知道拓跋翰此人吃软不吃硬，他果然中计了！心里正暗自为自己的诡计得逞而得意，然而脸上却不曾显露半分，她嘟了嘟嘴，娇嗔道："这还差不多。"

拓跋翰看着苏湄若对他一脸撒娇的样子，早已心旌荡漾，失去了以往的理智，他一脸宠溺，神色迷醉地望着苏湄若。

却懵然不知，这场美人计有多危险。

第一百零四章　针锋相对

　　拓跋翰掀起军帐，和苏湄若走到空旷之处，发现那里正站着一个不速之客。

　　那不速之客身形欣长，依然穿着他最爱的白袍。虽然背对着拓跋翰，可拓跋翰却一眼认出了他，因为，他那手中的剑已经出卖了他的身份！那是天下只此一柄的离魂剑，而这离魂剑的主人，自然是南楚鼎鼎大名的清河王刘轩。

　　拓跋翰冷笑，"刘轩，真是想不到，你竟如此神通广大！东秦王那样算计你，你竟然逃过此劫，还能以一己之力闯进我这北齐帐中，不得不说，你刘轩的确是个人物！"

　　刘轩转身，看向拓跋翰的神色无比讽刺，嗤之以鼻道："拓跋翰啊拓跋翰，你和东秦王怎么一个德性，一贯自作聪明！不妨告诉你，东秦王今天不仅没有伤本王分毫，相反，他还被本王狠狠鞭打了一顿！所以，你们这出调虎离山，终究还是失败了！"

　　虽然刘轩的话犹如晴天霹雳，然而拓跋翰的脸上却不肯表露出分毫，"就算东秦王被你所伤，但是本汗可没有输！不然你看，你的女人此刻怎么会在我的怀里？"说完，拓跋翰将苏湄若紧紧抱在怀里，一如数月前，刘轩单枪匹马去救苏湄若时一样，一样的动作，一样的人。

　　此情此景，让刘轩怒火中烧，他右手一扬，剑锋直指拓跋翰，语调沉沉，一片肃杀之气，令人窒息，"拓跋翰，放了她。本王今夜并不想杀人，所以，劝你识相点，把我的王妃还给我。"

　　拓跋翰听他说完，倒是一把将苏湄若放开了，却转身取来了一把剑，他的剑锋同样对准了刘轩，语气轻蔑，"刘轩，本汗与你相反，今夜本汗特别想杀人，而那个人就是你，看剑！"

拓跋翰的身形犹如蛟龙入海，朝刘轩扫去。

而刘轩似乎早就料到他的身手，并不马虎。

两人第二次交战。这一次，苏湄若觉得惊心动魄。她不敢相信眼前拓跋翰的身手，不过数月不见，他的身手却明显比上次进步了很多。上一次他们二人交手，不出三十招，他就已经输给了刘轩！

可是这一次，两人已经打了五十多招，却还没任何分出胜负的迹象。两把剑犹如两条毒蛇一样，互相缠绕，却互相不肯让步！而这两把剑的主人，更像两头猛虎一般，谁也不肯退让分毫，在无尽地撕咬着……

苏湄若为刘轩捏了一把冷汗，她知道刘轩会摆脱杨逯及时在子时赶来救她！可是，出乎她意料的是，拓跋翰的身手竟然如此之强！

然而，接下来的一幕，证明她的担忧是不必要的，她还是低估了刘轩的实力。一道剑光划过，拓跋翰不敌，"喇"的一下，倏忽之间，拓跋翰手中的剑变成了断剑，一如上次他北齐王室祖传的圆月弯刀一样，在刘轩的离魂剑下成了断裂的破铜烂铁！

而那道光芒倾覆之下，刘轩内力激荡如风卷残云，直逼得拓跋翰退后三步，他跪倒在地，唇边有温热的液体流了出来，他不敢相信自己就这样输了，他站起来，用袖子擦了擦唇角的血迹，难以置信地看着刘轩，"不可能刘轩！你怎么会有这样雄厚的内力，我为什么会输给你？"

刘轩却淡然地收剑入鞘，冷冷望着他，"拓跋翰，这天下没有什么事是不可能的！就像你今夜觉得我必定命丧杨逯之手，可结果呢？我照常出现在了你面前！不仅如此，我还再次打败了你，你自然难以相信这一切！可事实如此，你再怎么难以置信，这都是铁板钉钉的事实，你改变不了。"

这一刻的拓跋翰心乱如麻，他不明白事情为何会变成如今这副样子！他今夜明明和杨逯配合默契，合唱了一出"调虎离山"，也成功了。杨逯将刘轩引入绝境"漠谷"，而他则趁刘轩不在带走苏湄若！这桩桩件件，明明是天衣无缝的，一切都在计划之内，可为什么会出这样的差错？

忽然，他明白过来了！他转头看向一直待在原地不发一言的苏湄若，他仔细盯着她，发现她的神情异常平静，果然！果然如此！

这一次，他看向苏湄若的眼神冰冷，再也没有了往日的柔情，"苏湄若，一切都是你设计好的对不对？你故意对本汗投怀送抱，假意跟随我而来，目的不过就是放松我的警惕罢了！我本来还在想，你今夜怎会如此听话，就这样乖乖地跟我来了？原来你早就算计好了这一切，你料到刘轩会冲破杨逞的阻碍，所以你在离去之前就已经做好了一切准备！今夜子时，你让本汗陪你看月亮，你料定本汗对你的心思一定会答应你，所以你费尽心思将本汗引出营帐，而刘轩正好子时赶到来救你！苏湄若，是不是这样？"

拓跋翰说的一字不差，苏湄若目光冰冷，语气亦是淡漠到没有温度，"不错，可汗分析得全部正确，我在跟你走之前，就已经安排好了一切！"

拓跋翰有生以来第一次感到被人背叛的痛苦，他摇头，仰天长啸，"好一个美人计！好一个苏湄若！原来我拓跋翰也有今天！苏湄若，我真是小看你了！"

刘轩冷笑，"不！拓跋翰，你知道你为什么会输吗？今日你输给我们夫妻二人，并不是因为你小看了湄若抑或是本王，而是因为你一直高估了自己！"

拓跋翰恶狠狠地瞪着刘轩，咬牙切齿，"刘轩，无论我怎么惨败，也轮不到你来教训我！"他停住了，把目光投向苏湄若，神情狠戾，犹如一头豺狼要将她吃了一样，"苏湄若，看来是我对你太好了。"

第一百零五章　弑父夺位

　　苏湄若看着此刻的拓跋翰，感到阵阵后怕，却依旧镇定地说，"拓跋翰，你今日输给刘轩，并非你真的不敌他，而是你败给了自己的心魔！你，从一开始就错了。所以，今日的结局是注定好的。"

　　拓跋翰语气嘲讽，"心魔？苏湄若，你倒是说说，我拓跋翰有什么心魔？为何我自己不知道，还要你来提醒？"

　　苏湄若一步一步走近他，刘轩伸手拦住，她却摆了摆手，看向刘轩的眼神坚定，"王爷放心，湄若自有分寸。"

　　听到她这么说，刘轩只好放开拦住她的手。

　　苏湄若的神色如满地清霜一般，"拓跋翰，你喜欢我，是不是？"

　　她这句话让拓跋翰心神一震，他怎么都没有想到，苏湄若竟然会问出这句话！半晌，他才出声，语气轻飘飘的，目光中更是透着一股深不见底的哀伤，那种哀伤让苏湄若不忍与之直视，"湄湄，你问错了。我拓跋翰，并不是喜欢你，而是深深地爱着你！至于，究竟爱你爱到什么程度？湄湄你无法想象，你永远都无法想象我为你做了多少疯狂的事！"

　　拓跋翰的话让苏湄若觉得大有文章，她没有想到拓跋翰竟然会这样回答她！此时此刻，她却也只能深深叹一口气，"拓跋翰，你不该爱我，你从一开始就不该爱上我！尤其是在我已经嫁给清河王以后，你更不应该把我掳到北齐，更不应该在王爷已经将我成功救出后，还心有不甘，竟然和杨逞合作，搅得天下大乱，发动这场四国之战！所以我才会说，你从一开始就已经错了，错得何其离谱！"

　　拓跋翰似乎并没有听到苏湄若说的这番话，他依旧沉浸在自己的情绪里，他闭眼将那些风起云涌的暗沉往事一件件道来，令苏湄若和刘轩瞠目结舌，"湄湄，你可知世人都以为我的父亲拓跋可汗是暴毙而死的，可是，除了我以外，没人知道，他究竟是怎么死的。他是被我拓跋翰亲手送向黄泉的。"

刘轩和苏湄若惊诧到了极点，异口同声地问出，"所以是你杀了拓跋可汗？"

拓跋翰睁眼，起身，一步一步走到两人的面前，突然放纵大笑，"不错，正是我亲手给我的父汗下毒，送他上了西天。"

苏湄若早就惊得说不出话来，用手捂住嘴巴，整个人摇摇欲坠，刘轩一把扶住她，震惊道："拓跋翰，你疯了，你为什么这么做？整个天下都知道，在你和你的兄长二人之间，你父汗一定会选择你做北齐未来的继承人，你又何必多此一举？"

"是啊，我父汗是对我不薄，我也知道他会选择我做北齐之主，可是，我恨他！当初，我费尽心思，不惜以身犯险来到南楚，将苏湄若带到北齐。我求他让他同意我和湄湄的婚事，可他怎么都不肯同意！他冥顽不灵，顽固地认为我的王妃一定要出自北齐贵族，绝不能娶一个南楚的女人！"拓跋翰的语气充满了嫌恶。

"所以，这就是你要杀你父汗的理由？"苏湄若一字一句问出。

拓跋翰看着苏湄若，神色极其复杂，目光中有不甘，有痛苦，有绝望，有心碎，更多的则是仇恨，看得苏湄若头皮发麻，别过头去，"不错，湄湄，就是因为他不同意我娶你，所以，我一定要杀了他！所以湄湄，我是为了你才杀了他的，我为了你，不惜弑父夺位，可到最后，却落得今日这般下场！"说到这里，拓跋翰似乎再也控制不住了，他所有的情绪都泛滥了，如潮水一般久久不息。他仰首看天，双臂大展，神情陷入癫狂，语调亦作癫狂状，"苍天何狠！我到底做错了什么？为何要对如此对我拓跋翰？"

苏湄若再次捂住嘴巴，没想到，这世上竟真的有人能做出这样的事！她颤抖着开口，"拓跋翰，你简直就是个疯子！"

拓跋翰不怒反笑，"不错，湄湄，我的确疯了，为了你，我才会变得如此疯狂！若不是你，我又怎么会弑父夺位？若不是你，我又怎么会和杨逞联手，搅乱天下？我的目的从来只有一个，我只要你乖乖跟我回北齐，然后听话待在我的身边，可是你为什么不肯？你为什么要反抗？我对你一片痴心，你为什么要拒绝我？"

苏湄若只觉得眼前这人已完全失去理智，与疯子无异！刘轩将她抱在怀里，紧紧握住她不住颤抖的手，她手心的冰冷才渐渐好转。任何时候，只有身边的这个人，才能给她带来温暖，也只有他，能替她挡去万千风雨！

刘轩冷笑，沉声开口，"让我来替湄湄回答这个问题。拓跋翰，你太自负了，你口口声声说你爱湄若，可是你的爱在我看来，一文不值！"

拓跋翰眯起双眼怒视着刘轩，目光怨毒，"你说什么？我对湄湄的爱一文不值？"

刘轩剑眉一扬，"不错，一文不值！因为你只不过是自私地想占有她，她既然已经嫁给本王，你为何还要来打扰她？再说她和本王琴瑟和鸣，你若是真爱她就该放手，因为她很幸福！可是你一次又一次地打乱我们的生活，你哪里是爱她，分明是在害她！即便如此，事到如今，你竟然还打着爱她的旗号做尽伤害她的事，拓跋翰，你是不是太虚伪了？"

刘轩的话就像一把把尖刀，直接扎在拓跋翰的心头，他歇斯底里地怒吼咆哮，宛如一头被拔去所有爪牙的猛兽，仍在困兽犹斗，"刘轩，你有什么资格来教训我！虚伪的是你，明明五年前，是我先认识湄湄的！若非你捷足先登，她又怎会成为你的清河王妃？"

第一百零六章　来生再见

"拓跋翰，你真是个不可理喻的疯子！"刘轩无尽鄙夷地看着眼前这个发狂的男人。

拓跋翰突然环顾四周，却发现没有半点动静！怎么可能？他那些北齐的将士都去了哪里？刘轩来此放肆，为何会如入无人之境一般轻松？生平第一次，他扯着嗓子叫骂，"来人，快来人……"

刘轩对他做了一个"嘘"的手势，语调波澜不惊，"别白费力气了！拓跋翰，你是聪明人，难道还不明白，既然我今夜能单枪匹马来，那一定是做好了所有准备！你别叫了，没有人会来的，你身后偌大的北齐军帐，此刻却只有我们三人在此！"

拓跋翰彻底反应过来此刻一切反常，仰天长啸，"天要亡我，非战之罪！刘轩，你真是好手段，拓跋翰拜服！"

刘轩目光幽深若寒潭，语气却甚是平静，"可汗过誉了！本王不过就使了一些雕虫小技，没想到，可汗的北齐将士如此掉以轻心，竟这样中了计！"

拓跋翰冷笑，看向刘轩的眼神充满讽刺，"清河王惯会巧舌如簧，满肚子如意算盘，又何必为自己开脱？既然做了，可莫要做不敢当的缩头乌龟！"

他说到这里，似乎想起了什么，停住了，看向苏湄若。

这一次，拓跋翰的目光不再疯狂，不再绝望，不再心碎，也不再痛苦，而是一种回到生命最初的清澈和透明，就像来来去去的浪花终于回归海里，平静不起波澜，"湄湄，自从遇到你以后，拓跋翰就好像一直在做梦，如今这场梦终于醒了，只是梦醒，你我还是各奔天涯。这辈子我们没有缘分在一起，若有来生，希望你选择的那个人是我，而不是刘轩！湄湄，我们来生再见！"说完他最后看了苏湄若一眼，那一眼，不再有怨恨，有的只是深深的眷恋。

只是，还没等到苏湄若回答他，拓跋翰就已经做出了一个让刘轩和苏湄若都心神俱震的举动，拓跋翰拿起不远处的那截断剑，在脖子上看似毫不加力地一划，却顷刻间血溅当场！

苏湄若怎么都不会料到他竟然会做出这样的举动，而刘轩却并不诧异，他抚着苏湄若双肩的手止不住地颤抖，"湄若，我了解拓跋翰，他为人自负，今日他惨败于我，自然心有不甘！也许自尽，对他来说是最好的归宿！我们走吧，再不走，等到那些被我引开的北齐大军赶回来，我们就走不了了。"

苏湄若的神情有些恍惚，她瞪着拓跋翰脖子上不断溢出的血，心有余悸，那些鲜血，仿佛一朵一朵曼珠沙花，蔓延在这无尽黑夜！那些曼珠沙华似乎永远都不会停止一般，以烈火般的速度在怒放！

谁能料到，堂堂北齐的一国之主，竟然会用这样惨烈的方式来告别世界。苏湄若不胜唏嘘，在心里为他深深默哀了一分钟，便跟随刘轩回去了。只是，上马离去的那一刻，苏湄若还是本能地回头，她看着倒在血泊里的拓跋翰，久久不能平静。

拓跋翰，如果有来生，希望你我不再有交集，希望你不再被心魔所困，平安喜乐地过一生。苏湄若在心里为他默念。

刘轩将苏湄若平安带回南楚帐中后，他发现苏湄若闷闷不乐，完全不见了往常的活泼，他知道她是对拓跋翰的死不能释怀，他为了缓解气氛，便心生一计，故意清了清嗓子，"王妃，你可知罪？"

苏湄若似乎还未回过神来，只是本能地脱口而出，"什么罪？我犯了什么罪？"

刘轩怒道："你自作主张，以身犯险，就是大罪！你难道没有想过，若是本王不能及时醒悟这是场调虎离山之计，不能及时摆脱杨逞，不能及时赶去救你，那后果会是怎么样？"

苏湄若终于回神，嘟嘴道："王爷不是及时赶来了吗？又还要教训我

335

做什么？"

苏湄若这副丝毫不知悔改的态度，刘轩更怒了，他随手拿起马鞭，高高举起，一字一句咬牙切齿，从薄唇间迸出，"苏湄若，若是你下次再敢背着本王自作主张做出这样的事，看我不把你……"

"那王爷会把我怎样？"苏湄若挑衅地看着刘轩手上那根始终落不下来的马鞭。

"罢了罢了，苏湄若，你真是本王的克星！老天怎么送了你这么一个女人给本王，真是一个让人头疼的小妖精，打也不是，骂也不是！"刘轩无可奈何地摇头，随手一扬，那根马鞭被他一挥扔了老远。

苏湄若被刘轩这话给逗笑了，她莞尔道："王爷，若是今夜你来迟了一步，拓跋翰将我带去了北齐，你会怎么样？你还会和上次一样，单枪匹马来北齐救我吗？"

刘轩看到苏湄若喜笑颜开，又恢复往常神态，心里感到很安慰，面上却并不透露，他出其不意地在苏湄若的额头上重重敲了一下，一脸坏笑，"王妃，这还用说吗？本王当然会和上次一样，单枪匹马将你救出！"

苏湄若扶住额头，忍不住"哎哟"一声叫了出来，她突然想到了什么，伸手拉拉刘轩的衣袖，一脸认真地看着他，"王爷，不如哪天你有空教我武功吧，好不好？"

刘轩一脸不解地看着她，疑惑道："王妃方才说什么？让本王教你武功？"他停了一停，拉下脸沉声斥道："好好的女儿家学什么武功？不准学！"

苏湄若却冷哼一声，别过头去，"如果王爷能将这一身好武功传授给我的话，那我就不用每次遇难，都需要王爷来救了呀！"

刘轩这才反应过来，伸手捏捏她的脸蛋，"本王真是好奇，王妃这小脑袋里都想的是什么，拓跋翰已经死了，你放心，这世上再没有人敢将你从本王身边抓走！从此以后，王妃会与本王紧紧相依，再不分离！王妃无须担忧！"

第一百零七章　拼死一搏

当杨逞拖着一瘸一拐的身子，一步一步来到北齐帐中的时候，却怔在了当场，脚下似有千斤之力，再也挪动不了一步！

这是他从来没有预料到的场景。

这帐中的主人，堂堂北齐之主却倒在地上，脖子上鲜血淋漓，不堪入目。很明显他是自尽而亡！

杨逞挣扎着一步一步走近，不可置信地将手放在拓跋翰的鼻尖上，他刚放下，就像被毒蛇咬了一样，猛地缩回！

不！不可能！拓跋翰这样好胜骄傲的人，怎么可能会自尽而死？到底发生了什么？他转头看着四周，原本应该驻扎在此的北齐将士，此刻却没有看到一人！这一切太诡异！

突然，他的耳畔响起阵阵马蹄声，整齐有素，他转身一看，只见那些北齐将士此刻纷纷回来了，他忍不住怒喝，"你们去了哪里？看看你们的可汗，他竟然自尽而亡！"

拓跋翰的亲信都不敢相信，然而此时此刻，面对这样的事实，却又不得不信！他们上前，在拓跋翰身侧跪倒在地，纷纷难以置信地摇头，落下了草原男儿的泪水，"可汗！可汗！到底发生了什么，你为什么要自尽而死？"

其中有一名亲信反应过来了，他看着杨逞，目光犹疑，"东秦王，你怎么会来？为何一身狼狈？你这满身的伤又是怎么回事？"

那亲信不是别人，正是拓跋翰生前第一亲信，却因为对苏湄若出言不逊，而被拓跋翰大声斥责的呼斯纳！

北齐将士听呼斯纳这样一说，纷纷扭头看向杨逞，发现此刻的东秦王极为狼狈，满身鞭痕，一道道纵横交错，衣衫尽裂，历历刺目！

天底下，有谁有这样的胆识和魄力，竟然敢鞭打堂堂东秦的一国之主！

杨逞见众人纷纷注目于他身上的鞭痕，不悦地开口，"刘轩此人阴险狡诈，我这满身鞭痕，我此刻这番狼狈之状，皆是拜此人所赐！我堂堂东秦王，若是不报今日之仇，誓不罢休！"

呼斯纳一听到刘轩两个字，顿时怒不可遏，"嚯"的一下起身，他看着身后的北齐将士，清了清嗓，肃然开口，"北齐的兄弟们，我知道了！一定是刘轩这个卑鄙无耻的小人，故意以身犯险引开我们，然后中途又来到可汗的帐中，可汗的死一定与此人有关！我们决不能善罢甘休，要为可汗报仇！"

那些北齐将士被他的情绪所煽动，纷纷咆哮，"报仇，报仇……"

杨逞却低头思索呼斯纳所说的，目露疑惑，"呼斯纳，你说，是刘轩将你们引开，所以当时只剩了可汗一人在帐中，是吗？"

呼斯纳长叹出声，"不错，东秦王，当时刘轩孤身一人将我们引开，我们明白他是可汗一生最恨之人，所以我们想要抓住他！于是我就瞒着可汗带头出动了所有人马，可没想到，他将我们引至'雁门谷'便再也没有了踪迹！"

"雁门谷"三个字一出，杨逞已经明白了一切，他语调沉痛，"'雁门谷'地处偏僻，最能够藏人，所以，你们中计了？"

呼斯纳恨恨道："不错！但是我们兄弟几个不甘心，开始分头去找刘轩的踪迹，找了足足一个时辰都没找到！后来我们才反应过来，也许这一切都是他的计谋，他的目的是可汗！然后我们就马不停蹄地赶回来，却看到了可汗已经倒地惨死！"

"刘轩此人身手矫健，心计又深，你们的可汗不是他的对手，可汗的死一定跟他有关！你们愿不愿意和我一起合作，为你们的可汗报仇！"杨逞环视众人。

呼斯纳率先上前表态，"我等愿追随东秦王，铲除刘轩，为可汗报仇，以告慰可汗在天之灵！"

杨逞一展战袍，猎猎飞扬，"北齐的将士们，你们听着，我东秦王在此起誓，必将把你们与我东秦军视同己出！我东秦王杨逞与你们的北齐可汗拓跋翰是多年的生死之交，我早已将他视作亲兄弟！如今他死了，我这个做哥哥的必将为他报仇，所以你们放心，我必不会放过刘轩！"

众人的情绪全被他带起来了，尤其是北齐的将士，恨不得此刻就能追随他一同杀入南楚帐中，生擒刘轩，将他一刀毙命，为他们的可汗报仇！众人纷纷异口同声道："谨遵东秦王之命，属下必将鞠躬尽瘁，死而后已，不杀刘轩誓不北归！"

杨逞心内早已一片风云激荡，他高声道："我已经想好该怎么对付刘轩了，只要你们按我的计划行事，这次一定能成功……"

杨逞他对这个即将展开的计划信心十足，他不相信，他会输给一个人三次！第一次，刘轩和苏湄若联手，破了他费尽心思请出的"奇门鬼才"杨如风的"乾坤元魂阵"！第二次，刘轩今夜破了他和拓跋翰联手施展的调虎离山计！

可他绝不相信，这一次，刘轩还能应付！

玉门关下了多日的雪，今日终于停了，日头出来，玉门关的风，终于不再吹得那么凛冽。

刘轩和苏子睿在帐内对弈，一局又一局。

刘轩开口，目光在棋局上游走，"岳父，今日我看这大雪初霁，看来这多日的战局，终于该停了。"

苏子睿笑着抚了一把胡须，目光平静，手上的黑子稳稳地落下，"不错，这场大雪下了太久，也该停了，塞外的风也吹得够了，这一切都该停了。"

刘轩却剑眉一扬，缓缓摇头，不动声色道："岳父以为，依杨逞此人的性格，他肯罢休吗？"

苏子睿抬眼，与他对视，目光疑惑，"难道在众目睽睽之下他被你鞭打了一顿还不肯罢手，他还想要继续折腾？"

刘轩没有说话，手中的白子稳稳落在棋局上，半晌过后，才叹了一口气，"本王不知道，不过，依本王对他的了解，恐怕此战还未结束。"

第一百零八章　穷途末路

苏子睿右手擎了一颗棋子，似笑非笑道："不管此战还有没有结束，不管他肯不肯罢休，行军打仗一如下棋对弈，就算他与拓跋翰合纵连横天衣无缝，我们也已经破了他们的大半棋局。"

刘轩笑着应声，"岳父所言极是，排兵布阵自然与对弈无差。"

忽然，三道人影如风一样闯了进来，打碎了这一切平静！

第一个进来的是苏子睿的得意手下宋羽，在他之后的两道人影则是刘轩的贴身护卫风驰、电掣。

宋羽性子如火，早已按捺不住，急匆匆地进帐，上气不接下气道："不……不好了，王爷……将军，有探子来报，那东秦王正整装待发，朝我们攻来！看来……他是誓不罢休啊……"

风驰、电掣亦随声附和，"宋副将所言不错，那东秦王看来是要与我们来个鱼死网破了！"

刘轩和苏子睿抬头，相视一笑。

苏子睿看着刘轩的眼神满是佩服，"没想到真如王爷所料，这东秦王果然是不肯罢休啊。"

刘轩手上的棋子依然淡定地落下，似乎这一切都在他意料之中，他淡定地开口，"无论杨逞想怎样打，我刘轩都奉陪到底！"

天有不测风云，人有旦夕祸福。

一炷香前，天光已大好，连日来的飞雪终于停了，可不过一炷香时间，竟又是黑云压城。

黑云压城的并不仅仅是难测的天气，战场之上亦是如此。东秦王杨逞带着东秦和北齐仅剩的几十万大军直向南楚军营攻来！

他的一身黑衣战袍在风中猎猎飞扬，身后是几十万大军，众人士气高涨，似乎能立马灭了南楚军。

　　而杨逞的对面，站着一黑一白两道身影！那黑影便是南楚的"神威大将军"苏子睿，那白色的人影则是南楚的清河王，传说只会听琴赏曲、舞文弄墨的富贵王爷！然而，却出人意料，正是这样的富贵闲人，竟然曾经以一己之力从百万雄兵手中救出他的王妃！自此，清河王三个字，令人发抖战栗！

　　他们二人的身后，是南楚和西梁的大军，众人整装待发。

　　刘轩似笑非笑地望着不远处的杨逞，声音却如洪钟一般响亮，"东秦王，别来无恙？看来是身上的那些伤都好了，所以此刻又精神抖擞，可以带兵打仗了！"

　　杨逞闻言色变，恨得咬牙切齿，以同样的音量回敬，"多谢清河王记挂，我身上的伤不管好与不好，今日之战早已注定，你我都免不了！"

　　刘轩挑眉一笑，"既然如此，看来此战注定不可免，那么出招吧，东秦王！"

　　杨逞等这一刻等了太久，立马手持大刀，骑马向他奔来。

　　刘轩看也不看便迎了上去。

　　此时此刻，两边观战的大军，明显比二人要激动多了！因为这是第一次双方的主帅，当着众人的面亲自对阵！双方的叫喊声此起彼伏，可无论东秦北齐的叫喊声如何激烈，都影响不了这最终的结局！

　　东秦王负了一身的伤，又怎么可能会是清河王的对手。不过三十招，杨逞就已经渐渐撑不住了！他手上所持的那柄大刀，渐渐地逃脱他的控制，刘轩看也不看，手中的离魂剑不过随意一挑，杨逞的大刀就像失去了方向一样，猝然坠地！

　　"当"的一声，众人哗然一片。

　　杨逞抵挡不住刘轩的剑气，跌落于地，他大口地喘气，一点一点从地上挣扎着站起来，难以置信地摇头，"怎么可能，我怎么会输？这一场仗，我与拓跋翰合纵连横，筹谋了那么久！我们每一步的计划都堪称天衣无缝，可到头来，为什么会输？我带了东秦一百万大军而来，拓跋翰带了五十万北齐大军，西梁王也带了五十万大军，我们总共两百万大军！而你和苏子睿二人只带了一百万大军，一百万对两百万如何能敌得过？可为什么我们会输给你们！刘轩，你告诉我这一切到底是为什么？！"

刘轩收剑入鞘，一步步走到杨逞的面前，居高临下地看着他，淡然一语，"那好，让本王来告诉你为什么！没错，你和拓跋翰合纵连横，费心筹谋的一切计划都没有算错，一步一步引得我们上钩，成功发起了这一场四国之战！你的计划本来是天衣无缝的，与拓跋翰、西梁王合作，按道理此战你们必胜，可是你并不了解自己的盟友，更不了解这至关重要的盟友到底想要的是什么！"

杨逞回过神来，环视着南楚军中的西梁军，忽然明白了什么，刘轩方才所言分明是意有所指，"你指的盟友是谁？"

刘轩淡淡吐出三个字，"西梁王。"

杨逞冷笑，"西梁王难道不是被你刘轩所杀？他手下的那些懦夫叛徒，不就是因为惧怕你，所以都归顺于你吗？"

刘轩看着他，一脸悲悯，"你错了！西梁王，你以为他真是从前的西梁王吗？事已至此，不妨告诉你，此次与你合作共犯我南楚的西梁王，真实身份是我南楚被废的岐山王刘渊！而他也并非本王所杀，他是自尽而死，和拓跋翰一样！至于他手下的西梁军，那是他们识时务！你们为了一己私欲搅得天下大乱，又为何要让这些无辜的人为你们陪葬？西梁军都是聪明人，在看清真相后自然会依附于本王。东秦王，你御军多年，难道不知道不战而屈人之兵，才是最高的兵法之道吗？"

刘轩这番话如同夏日的焦雷，自杨逞耳畔轰隆隆滚过，他起身，不敢相信地摇头，"刘轩，你骗我！不可能！堂堂的西梁王怎么可能会是南楚被废的岐山王刘渊！这绝不可能！刘轩，你真是太会讲故事了！你以为我会轻易被你蒙骗吗？"

第一百零九章　天要亡我

刘轩依旧静立在原地，负手而立，似笑非笑道："东秦王，方才本王所言，没有一句假话。本王可以对天发誓，如果有一字欺瞒，此生不得善终！怎么样？这下你总该相信了吧。"

刘轩的话语犹如一把匕首，又仿佛一阵密密麻麻的箭雨，朝杨逞射来，他立刻被射得万箭穿心！杨逞气急攻心，跪倒在地，几次想站起来，却怎么都站不起来！听到刘轩发誓，他彻底相信了，发出了凄厉如鬼魅一样的笑声，久久不停！那笑声太凄厉，惹得众人纷纷捂住耳朵，侧目注视于他。

刘轩和苏子睿却依旧镇定，刘轩上前一步，瞟了他一眼，"东秦王，我早就说过，你一直是在自作聪明！就连自己的盟友到底是何身份，是何目的，都搞不清楚，你说，你这仗怎么能打赢？就算你和拓跋翰合纵连横，所带的人马远胜于我南楚，可是，你也注定会输！因为战场之上，只有知己知彼，才能百战不殆，这么简单的道理，你作为东秦的一国之君却不懂！"

杨逞闻言以手撑着地面，用尽全力起身，顿时收住了那凄厉的笑声，"刘轩，你莫要得意！若非你收服了西梁的五十万大军，你以为你真的能赢我吗？"他停住了，看向刘轩的目光变得十分怨毒，"刘轩啊刘轩，你自诩智谋过人，难道你就没想过我今天来的目的到底是什么？你武功盖世，我自然不是你的对手，不过其他人可就没这么好的运气了，你说是不是？"

刘轩的脸色变得很难看，阴沉如墨色，右手紧握成拳，满腔满壁的怒气从唇齿间喷薄而出，"你说什么？你对苏湄若做了什么？"

杨逞又上前了一步，语气得意，"果然不愧是清河王！我不过这么一说便猜出来了。不错，实话告诉你，你的王妃此刻早已被我的人劫持了！你以为这一次，你还能像之前去拓跋翰手中救她一样吗？拓跋翰痴恋你那王妃，自然舍不得伤害她一分，可是我就不同了！若非这个女人，拓跋翰怎么会死？倘若拓跋翰今日还在，你以为这一场仗，我们就一定会输吗？不会的，一切都是因为这个女人……"

他还没说完，刘轩已经将离魂剑搁到了他的脖子上，刘轩的身形飘忽如鬼魅一般，众人纷纷目眩。

刘轩剑上加力，不过眨眼间的工夫，杨逞的脖子上已经渗出了密密麻麻的血珠，刘轩一字一句用力道："杨逞，你给我听好了，若是苏湄若有半分损伤，本王必在你身上十倍讨回！你若敢动她一根指头，本王保证会废了你这双手！"

"清河王放心，湄若平安无事。"一道女声破空遥遥传来。

而随着那道女声而来的，是一黑一白两道人影。

月色朦胧，满地清辉下，那两道人影仿佛随着月华流照而来，停在了两军之间。

众人纷纷看得心惊。

那黑衣女人脸上蒙着黑面纱，整张脸裹得严严实实，只露出一双眼睛不怒自威，令人观之骇然，而那白衣女子则姿态雅清，纵然粗服乱头，亦难掩国色也，令人望之可亲。

东秦军中早就乱作一团，众人开始窃窃私语："那不是清河王妃吗？"

"她怎么还没死？"

"是啊，东秦王不是早就派人将她解决了吗？她为什么平安无事？"

……

而杨逞此刻早就心乱如麻，他不敢相信眼前的景象。他目瞪口呆地看着那黑衣人，摇头，"这是'凌波踏浪'！是早就失传的武林绝学，她怎么会？"

刘轩的手上仍在不停加力，语气亦如手上的力道一般，"东秦王自诩博学，难道没有听说过二十年前名动四国的'飞花剑主'柳如烟吗？"

杨逞终于回神，他再次看着眼前这个黑衣人，看了半晌又看看黑衣人身边的苏湄若，见她毫发无伤，他摇头苦笑，"我明白了！这黑衣女人就是二十年前名动四国的'飞花剑主'柳如烟！而我忘了，这苏湄若的生母就是柳如烟！没想到，我竟然会犯这样可笑的错误！"

柳如烟冷笑，看向杨逞的眼神充满了鄙夷，"你的确可笑，就那么几个虾兵蟹将也想从我柳如烟的眼皮子底下劫走我唯一的女儿！"

杨逞退后一步，闭眼，深深叹了一口气，这一口气似乎把他这一生所经历的都叹了出来，"这是天意，是天意如此！是天要亡我，怪不得别人！"

刘轩猛的收剑入鞘，"不错，是天要亡你！不过，在天要亡你之前，本王还是想问你一句，当初本王与湄若在出游时发现你中了蛇毒，而那时你却仅凭一颗'九华丸'就猜出了我的身份，事后本王仔细回想，那一场蛇毒，根本就是你自己演的一场戏，是不是？"

杨逞看向刘轩的眼神中充满了惊讶，然而短短一瞬又恢复如初，"是，那就是我演的一场戏！清河王，若没有那一场苦肉计做开场，又哪来后面这些精彩的戏？"

刘轩冷笑，"所以那一场苦肉计后，你故意用报答我救命之恩为由送了本王三样礼物，而最后一样礼物——那幅画中美人才是你的目的所在！之后你又以愿出黄金百万两，只为听'琴仙'苏湄若为你弹一曲为由，联手拓跋翰发动了这一场四国之战！这场四国之战，一切都是拜你所赐！我猜，你发动此战根本就是想吞并我南楚江山！"

"刘轩，你说的一点都不错。不过我杨逞并非狼子野心，而是不甘一直屈居于你南楚之下！我东秦有哪一点比不上你南楚？凭什么要一直屈居人下？这么多年，你南楚称霸天下也够久了，该风水轮流转了！我只是不甘心，不甘心罢了！"杨逞的声音渐渐变得疯狂，他的身体也难以抑制地颤抖着。

第一百一十章　败也萧何

刘轩虽然早就猜到了这一切因果是非，然而此刻听他一字一句说出来，仍然觉得惊诧万分，"杨逞，果然从你中蛇毒开始，从头到尾都是你精心策划的骗局！不要再为你的狼子野心开脱了！你为了一己私欲，不惜让数以万计的百姓流离失所！你这样的人，怎么能一统四国？若真让你阴谋得逞，那真是天亡我南楚！"

杨逞纵声狂笑，"刘轩，听听你这话，真是可笑至极！别把你自己说得那么高尚！还有你那道貌岸然的皇兄，刘轩啊刘轩，你可真是聪明一世，糊涂一时啊！今日我是输给了你，可是，你也没有见得赢到哪里去。你也输了，和我一样输得彻底！"

刘轩不怒反笑，"本王倒不知道自己哪里输了？"

杨逞瞬间敛住了放肆狂妄的笑容，肃然道："刘轩，你以为你战功赫赫地回去，你那多疑的皇兄会放过你吗？以我对他的了解，恐怕你班师回朝第一日，他就会为你摆一场鸿门宴！"

刘轩内心震动，面上却不肯露出分毫，镇定如初，"摆不摆鸿门宴，那是皇兄的事，本王去不去这场鸿门宴，也是本王一人之事！不劳东秦王你费心，现在你该担心的是你自己。不管怎么样，这场你费尽心思筹谋多时的局中局，到了最后你终究还是输了，而且输得一败涂地。"

杨逞从他的手下手中取出了一把剑，他用手轻轻拂拭着那把剑，目光深邃而又迷离，"刘轩你记清楚了，今日我败给你，并非是我真的不如你，而是天意弄人，是天要亡我！我等着看你惨死的那一日，到了那时，你我二人的账，黄泉路上慢慢再算！"说完，他看也不看，直接将剑对准了自己的脖子，用力一划，"腾"的一声倒地了。

"不！不要！东秦王……"

东秦和北齐军中响起一阵惊天动地的声响。可那些声响再怎么惊天动地，都已经来不及了，唤不回已经死去的东秦王！有时候摧毁一个男人其实很简单，只要让他的信仰破灭，让他感受不到任何希望，他的世界就会崩塌。而这个世界一旦崩塌，只有两个结局，要么破茧成蝶重生，要么渡劫失败毁灭。

大部分人，会选择毁灭。

呼斯纳见此情景，早已忍不住，他本以为，按照东秦王的手段和谋略，一定能让刘轩惨败！没想到，结局竟然如此令人大跌眼睛！

他一马当先手持大刀冲上前去，怒喝，"刘轩狗贼，你害死了我北齐可汗还不够，如今又害死了东秦王，看我不把你碎尸万段……"

刘轩眼睛也没眨一下，身形未动分毫，仿佛正在等他上前来。

那呼斯纳见他无动于衷，唯恐他出阴招，停下来愣在了那里，不过只是一转眼的工夫，刘轩已经出剑，手上的离魂剑直接精准无误地刺向他的胸膛，他淡然一语，"如今他们二人刚死，你就迫不及待地想为他们陪葬？既然如此，那好，本王成全你！"

离魂剑乃天下罕见的绝世神兵，不过弹指间，呼斯纳已经倒地，而他手上的大刀更是顺势直接刺向了自己的身侧。

东秦和北齐军中一片人心惶惶，众人骇然，皆是又恨又怕地看着刘轩。

刘轩毫不畏惧地提步走到东秦和北齐的大军面前，声音宛若泰山岿然不动，"东秦北齐的将士，你们听好了，此刻，若你们肯就此收手，我刘轩可以不计前嫌，绝不为难你们！你们可以安全地回到东秦和北齐，去拥护你们新的继承人！"

此言一出，众人哗然，东秦和北齐军中议论纷纷。

刘轩又上前一步，继续道："但是，倘若你们执意要为你们的王报仇，我刘轩自然也奉陪到底！只不过，你们也看到了，连你们的王都不是我的对手，所以你们觉得只凭你们真能为他们报仇吗？识时务者为俊杰，本王劝你们还是早些回到东秦北齐才是明智之举，莫要以卵击石！不过，倘若你们不肯收手，非要再战，本王也来者不拒，只不过是本王的手上再多几条人命罢了，所以你们是要生，还是要和呼斯纳一样选择死，你们务必考虑清楚！"

众人不敢相信，东秦军中杨逞的亲信张彻上前，目光无惧，与刘轩对视着，冷哼道："清河王，我们怎么能知道你此言究竟是真是假？倘若我们答应你就此收手，可若你只是表面上答应我们平安归去，背地里却派人一路追杀，敢问清河王，那时我们又该如何自处？"

张彻的话一说完，几个胆大的将士纷纷上前，各个声如洪钟，气势如火，"没错，张副将说得对，要是你清河王此刻不过是假意答应放我们离去，到时又当面一套背后一套，派人追杀我们，那我们又该找谁去？绝不能如此轻易地相信你！"

"是啊！清河王不过是在花言巧语，我们大家可不能上了他的当！"

"对！我们绝不能中计！"

"我们一定要为死去的东秦王和拓跋可汗报仇！"

……

一时间，东秦和北齐军中人声鼎沸。

刘轩摆了摆手，笑声朗朗，"方才你们也听到了，本王说过这场四国之战，不过是你们的东秦王杨逞为了一己之私，想吞并天下，而如今他自尽死了，这场仗自然没有再打下去的必要！所以你们大可放心，本王在此以整个南楚江山起誓，倘若不放你们平安归去，倘若在路上做出任何对你们不利之事，便叫我南楚江山风雨飘摇，而我南楚皇室中人皆不得善终！怎么样？本王以整个南楚江山起誓，你们不该再怀疑本王的诚意！"

第一百一十一章 百年平安

那张彻听了，眉头紧锁，过了半晌，他的眉头舒展了，对刘轩拱手行礼，"既然清河王不计前嫌，能以整个南楚江山起誓，我们自然没有理由再怀疑清河王的诚意！既然如此，我东秦军愿意就此罢手，不再与南楚为敌！"

张彻乃是东秦王杨逞的第一心腹，如今见他这样开口，东秦军中其他人自是不敢再有疑问，众人纷纷行礼，齐声道："我等愿就此罢手，不再与南楚，与清河王为敌！"

而北齐军中，纵然人人都恨他们的可汗因为刘轩而死，可是此时此刻，众人眼见呼斯纳血溅当场，无人再敢上前指摘刘轩的不是，也只好和东秦军一样，选择同样的说辞，"我北齐军也愿就此罢手，不再与南楚，与清河王为敌！"

刘轩摆了摆手，"大家放心，本王既然答应放你们平安离去，自会说到做到，现在你们即刻回到各自军帐，各自启程，返回东秦和北齐。"

张彻上前一步，看向刘轩的眼神充满欣赏，"清河王乃人中龙凤，我等万万没有想到，清河王竟会如此大度，居然肯放我们平安离去！实不相瞒，方才东秦王一死，我东秦军已做好了和你南楚鱼死网破的准备！可清河王愿以整个南楚江山起誓放我们返回东秦，既如此，清河王大可放心，有生之年我东秦绝不与南楚为敌，绝不挑起战事！此战我东秦伤亡惨重，带来的一百万大军，如今已寥寥无几，也的确需要好好休养生息。青山不改，绿水长流，清河王，告辞！"

张彻说完以后便转身，挥了挥手，随着他的落下之后，那东秦军便训练有素地往后撤退了。

见东秦军如此，北齐军也和他们一样，训练有素地离开了。

看着浩浩荡荡的东秦和北齐两军离去的烟尘，刘轩摇头叹了一口气。

苏子睿上前一步，不解道："王爷为何要放他们离去？难道不怕这样会放虎归山吗？"

宋羽早已按捺不住，上前走到刘轩面前，"是啊，将军说得对，王爷，你怎么能这样放他们走呢？"

刘轩转身，似笑非笑地看着宋羽，"哦？那依宋副将之见，本王该如何处置他们？"

宋羽冷哼一声，"依属下看来，应该把他们一网打尽。"

刘轩摇头，上前几步，拍了拍宋羽的肩膀，"宋副将啊宋副将，这打仗如同拉弓，须得张弛有度，如今你们且细想想，东秦王带着一百万大军，拓跋可汗带着五十万大军联手而来，可是今日呢，他们两军所剩的兵力都不到六十万。"

宋羽低头沉思，"王爷说得是不错，可那又如何？"

刘轩语气肃然，负手而立，"倘若本王方才不放他们离去，而是像你所说将他们一网打尽，那反而不妙！因为这样一来，必会让他们使尽浑身解数来打这一仗！可是本王放他们走，他们自然会感恩戴德，有生之年绝不会再轻易与我南楚起战端！"

宋羽一脸恍然大悟的神情，忍不住赞叹道："王爷，这招真是太高明了！妙！太妙了！属下没想到这一层面……"

刘轩笑而不语。

苏子睿亦是赞不绝口，"王爷这一招才是真正的高招，不费一兵一卒就轻易地保住了我南楚百年的平安！臣苏子睿，替南楚万千百姓，谢过清河王大恩！"说完，他就要跪下行礼。

刘轩已一把扶住他，"岳父这是做什么？本王身为南楚天子的胞弟，自当为皇兄分忧，为我南楚百年江山筹划！这是本王的分内职责，又何足言谢？"

苏子睿深深叹了一口气，"我苏子睿纵横沙场多年，人人都说我是南楚的'战神'，皇上又封我为'神威大将军'，所以臣一向是心高气傲之人，可是这一仗，臣却对王爷佩服之至！"

刘轩奇道："岳父乃我南楚第一'战神'，对本王有什么可佩服的？"

苏子睿笑道："王爷先是独闯西梁军中，将自己'置之死地而后生'，然后又以'不战而屈人之兵'的高妙战术，轻易收服了西梁五十万大军，现在又不费一兵一卒将东秦和北齐六十万大军劝退，让他们不战而败，而同时又保住了我南楚百年平安！就凭这三招，王爷堪称天纵奇才，所以还请王爷受臣这一拜！"说完，他毫不犹豫地拜了下去。

这一次，刘轩并没有扶起他，神情潇洒，"既然苏将军一定要拜，本王也只能受了你这一拜。"

刘轩说完便不自觉地走到了苏湄若的身前。他细细打量着苏湄若，发现她虽然鬓发有些散乱，然而整个人却和之前一样，并没有受到一丝伤害。

看他这番模样，柳如烟忍不住笑道："王爷放心，你的王妃好着呢！有我这个母亲在，必不会让她受到任何伤害！"

苏湄若早已羞得低下了头，声音若蚊虫一般，"娘说得对，王爷可别看我了，我没事。"

刘轩却不顾众人在场，一把将苏湄若抱在了怀里，他紧闭双眼，语调悠悠而又难掩怅惘，"湄若，你知道吗？方才我听到杨逞告诉我，他此番的目的在于你时，我握离魂剑的手一直在颤抖，我怕你真的会出什么意外！那一刻我在想，若是你真的出了什么事，我该怎么办，幸好，幸好你没事，没事就好……"

刘轩的怀抱很紧，紧得让苏湄若几乎透不过气来，可她却很享受此刻的拥抱！因为，这样的拥抱，给她带来前所未有的安全感！自从遇到刘轩以后，她就觉得她身边这个人能够替她挡掉所有的风雨！

午夜梦回的时候，她总会想起从前大学谈的恋爱，那个男朋友虽然是她刻骨铭心的初恋，可是他却从来没有带给她这样的安全感！他带给她的，只有无穷无尽的悲伤、痛苦、心碎和深不见底的绝望……

第一百一十二章　情深似海

直到苏湄若遇到刘轩以后，她才真正感受到了爱情本身应有的甜蜜和踏实。

此刻，苏湄若心里有万千情绪在翻涌，这一刻她仿佛置身于21世纪的电影院中，她与刘轩自相识以来的一幕幕，犹如一部漫长的电影，在眼前，在脑海，在心田，不停回放，来来去去，循环往复。

过去的一幕幕往事纷至沓来，琐碎而清晰。

这一刻，她想说千言万语，可话到嘴边，却化作了一句娇嗔，"王爷，这么多人都在呢，你快放开我，好不好？"

刘轩却恍若未闻，他的双手没有松开半分力道，不依不饶道："旁人在又如何？这天下人都知晓本王对你的情意，所以王妃不必在意！本王方才只是在想，若是今日本王胜了，赢了杨逞、赢了天下，可是输了你，那又有何用？"

赢了天下可是输了你，那又有何用？这句话，宛如杭城钱塘八月最猛烈、最汹涌、最澎湃的潮水，瞬间在苏湄若的心底掀起一片巨浪！这一刻，她想要时光定格，和刘轩就这样到天荒地老……这一刻，她觉得周遭一切都已不再，整个茫茫天地间，只剩她与刘轩二人……

其实，刘轩说这句话的语气很平淡，并未过分加力，可是听在苏湄若的耳中却觉得那样震撼。

她的眼中不知为何竟然泪意泛滥，那些怎么也藏不住的泪水，如同三月江南不停息的春雨一样，绵绵落在刘轩的衣襟上，刘轩感到她眼角温热的液体在不断流下，他猛地睁眼，掏出怀中的锦帕，为她一点一点仔细擦去脸上的泪水，忍不住轻声斥道："小傻瓜，你好好的哭什么？"

苏湄若嘟了嘟嘴，"还不是王爷惯会花言巧语，总说这些肉麻的话，然后它们就变成了一粒粒沙子，飞进我的眼睛里……"

苏湄若还未说完，刘轩已经再次紧紧抱住她，打断了她接下来的话，"是是是，王妃说得不错，都是本王不好！"他停住了，一脸坏笑，"既然王妃不喜欢本王说这些花言巧语，那本王就用实际行动来证明！"说完他不给苏湄若反应的机会，直接将她打横抱起，只留下一句，"岳父这里都交给你了，本王先带王妃回去了。"说完他便抱着苏湄若离开了。

苏湄若在他怀里不断挣扎，没好气道："王爷，你这是做什么？刘轩，你这个臭流氓，你怎么总是占我便宜？"

刘轩忍俊不禁，装作没听到的样子，"王妃刚才说什么？本王是臭流氓？王妃，这普天之下，恐怕就只有你这个磨人的小妖精敢这样称呼本王！不过王妃要明白，你我二人早已喝下了合卺之酒，你又早就和本王结发为夫妻，恩爱两不疑了，你早就是本王的人了，本王不占你便宜占谁便宜？"

苏湄若早已羞红了脸，将脸深深埋在他的胸前，撇了撇嘴，"世人谁不知晓清河王风流倜傥，玉树临风，估计爱慕王爷的女子多得可以从清河王府排到皇宫内院，难道王爷还会缺美人对你投怀送抱？"

刘轩忽然停下了脚步，俯身吻住了苏湄若的脸颊。

这吻来得突然，苏湄若目瞪口呆，说不出话来，只是傻傻地睁着一双杏仁大眼看着他。

过了许久，刘轩才一脸坏笑地注视着她，"虽然本王长得英俊潇洒，爱慕本王的人确实数不胜数，只不过王妃要明白，本王可不想理会那些庸脂俗粉！本王并不贪心，有美万千，却只想取一瓢饮，只想要王妃一人对本王投怀送抱！难道王妃忘了，本王可早就为你散尽府中姬妾了？"

苏湄若忍不住伸手用力捶了捶刘轩的胸口，嘟囔道："王爷惯会甜言蜜语，我可不吃你这一套！"

苏湄若身材娇小玲珑，她就算使尽浑身力气去捶刘轩的胸口，刘轩却依然觉得像挠痒痒一样，他居高临下地俯视着她，那神情犹如在打量一只撒娇的小花猫一样，啧啧笑道："王妃这小拳头打在本王胸前，本王只觉得是在给我挠痒痒，所以，王妃还是省些力气吧。"

苏湄若似乎想起了什么，睁大双眼瞪着他，"王爷可别嘚瑟，今日若不是娘救了我，说不定我此刻早就命丧黄泉了呢！"

刘轩脸色骤然一沉，"方才到底发生了什么，你且仔细与本王说来！"

苏湄若摇头，深深叹了一口气，"唉，方才我在帐中被两个武功高强的黑衣人劫持了……"

第一百一十三章　江山不如你

刘轩一听到苏湄若说有两个黑衣人将她劫持了，眉头紧锁，连呼吸都变得紧张了许多，一字一句沉声开口，"然后呢？"

苏湄若的手一直放在刘轩的心头，她感受到他的呼吸变得急促，她看到他的眉头一点一点在不断紧锁，脸色也逐渐变得阴沉，可她的内心是喜悦的，因为只有真的在乎一个人，真的爱一个人，才会有这样的神情吧。

因为喜悦，所以她继续讲述这段惊心动魄的经历时，语气也缓和了很多，"后来，那两个黑衣人将我劫走，我大叫，可他们为了不让我叫出声，往我的嘴里塞了一团白布，就在他们刚要提剑杀我的时候，娘赶到了，杀了他们二人，救下了我。然后娘便带我来到你们面前，目的有两个，第一是为了震慑杨逞，告诉他他的诡计并没有得逞；第二个则是告诉你我一切无事，已平安归来，你大可放心，千万不要因为我而乱了阵脚！"

刘轩一把抱住苏湄若，他闭眼，喃喃低语，语气轻柔，像梦呓一般，"湄若，你回来就好。刚才杨逞告诉本王他的人正在暗算你的时候，那时本王才明白，对本王来说最重要的是什么！"

苏湄若虽然心知肚明，却还是瞟了他一眼，忍不住问出，"哦？敢问王爷对您来说最重要的是什么呀？"

刘轩睁眼，看到苏湄若正一脸揶揄地看着他，伸手轻轻刮了刮她的鼻子，又摸摸她的耳垂，"王妃向来聪慧，简直是本王肚子里的蛔虫，难道不知道本王心里在想什么？"

苏湄若一脸得意地看着刘轩，故作长叹，"我自然知道王爷的答案是什么，只不过想听王爷亲口说。"

刘轩低头，俯身在她的耳畔，轻轻一语，"既然王妃想听本王对你说，那本王便如你所愿，经过今夜的事，本王才看清自己的心，对本王来说最重要的，就是王妃你！若无你相陪，纵使这南楚江山如画，亦不过是美景良辰虚设罢了！因为，对本王来说，再美的江山都比不上红颜一笑！"

刘轩这段话，如同仲春时节江南苏堤春晓旁，最暖的那缕春风，就那么轻轻一吹，轻易间破开了寒冰万丈。此刻，苏湄若的心里只觉得比蜜还甜！她不自觉地低头，自然而然地将头埋在刘轩的心口，伸出双手环绕住他，"王爷，我宣布，你是这世界上最会说情话的男人！"

刘轩伸手抬起她的下巴，看向她的眼神炽热浓烈，似乎是在看着万里江山，"多谢王妃的夸赞，本王甚感荣幸！"

这场四国之战，南楚反败为胜，震惊天下。

在这场四国之战中，清河王刘轩和他的王妃苏湄若夫妻二人，心心相印，以琴笛合奏的一曲《凤凰于飞》大破"奇门鬼才"杨如风的"乾坤元魂阵"，这一奇事传遍了四国，尤其在南楚，更是无人不为之沸腾、欢呼，纷纷赞扬二人的功绩。

这，自然也传到了南楚天子刘熙的耳中。

刘轩和苏子睿班师回朝的第一日，刘熙便宣了二人进宫。

柳如烟和苏湄若一道回神威大将军府，去见一见她睽违多年的故人，管氏。

苏子睿去打仗之前已下令将管氏终身囚禁于府内后院的一间屋子里。因为柳如烟的到来，注定不再平静，这间屋子注定掀起万重浪。

管氏难以相信，她眼前这全身黑衣装束，黑纱蒙面，只露出一双眼睛的女子，竟然是柳如烟！她神情惊诧，根本不敢与之对视，她步步后退，大声尖叫，"你不要过来！你是谁？你到底是谁？你为何会在这里出现？"

柳如烟却向她步步靠近，"故人多年不见，管氏别来无恙？我已经告诉你了，我是柳如烟啊。怎么？难道你不记得柳如烟是谁了吗？若没有柳如烟，你还能平安活在这里，享受着锦衣玉食？"

"柳如烟"这三个字，对管氏来说是她这一生最大的噩耗！她控制不住地摇头，仍在步步后退，终于，她退无可退，只能死死抵住墙角，双手抱膝，"你不要过来！不！不可能！柳如烟早就死了，她怎么可能还活着？"

柳如烟故意问道，"为什么你说柳如烟早就死了？"

管氏中了她的计，站起来笑得疯狂，"因为我当年花了万两黄金，才请出了'听风楼'最绝顶的'天字第一号'杀手涅槃千里追踪去杀她！那时柳如烟才生下苏湄若三天，就中了我的'离间计'，她和苏子睿离心，一怒之下，远走塞北，她体力不支，自然不是涅槃的对手！而涅槃自踏入江湖以来，从未失过手！所以，柳如烟一定早就成了他的剑下亡魂了！"

柳如烟一步一步向前，站在她的面前，一边开口，一边将脸上的面纱放下，"恐怕要令你失望了！管氏，我不得不告诉你这个事实，涅槃当年千里追踪刺杀于我，我虽体力不支，他却也不是我的对手，最终我还是将他杀了！所以你搞错了，是他涅槃成了我柳如烟的剑下亡魂！"

面纱揭开的那一刻，管氏犹如看到了鬼一样，那张脸伤痕遍布，明显是被人毁了容，哪里还有故人的半分风采！她又往后退了一步，结果直接撞到了墙上，她不停地挣扎着，神色惊慌，"不！不可能！柳如烟美艳绝伦，可是你这张脸丑陋不堪，你怎么可能会是她？"

第一百一十四章　报应不爽

柳如烟出手一把掐住管氏的脖子，看着她的眼神如同火山爆发，"原来你也知道当年的柳如烟美艳绝伦，可现在我这张脸丑陋不堪，你可知晓原因？全部拜你所赐！当年你请出涅槃一路追杀我，当时我体力不支不敌他，一时大意被他毁了容，不过最后他也没占到便宜，他毁了我的容貌，我直接要了他的命！而你，才是真正的罪魁祸首！所以，因果循环，报应不爽！管氏，这么多年，你也逍遥够了，你当年造下的孽，欠下的债，也该连本带利还清了！"

柳如烟说话的时候，手上一点点加力，管氏渐渐被她掐得喘不过气来，如一条脱水的鱼在岸上拼命挣扎，"你……你快放开我！柳如烟，你……你究竟想干什么？"

柳如烟冷笑，一把放开她，她猛然摔倒在地，大口喘气，柳如烟居高临下地蔑视着她，"我想要的很简单，当年涅槃毁了我的容貌，自然我也要毁了你的容貌！"她故意停顿，忽然俯身，抬起管氏的脸，啧啧叹道："管氏，你也知道，我当年可是名动四国的'飞花剑主'，若是我出手的话，你这张脸恐怕会毁得不成样子！不如这样，我给你两条选择，第一，让我来毁你的脸；第二，你自己毁了你自己的脸。这两条，你任选一条。"

管氏拼了命地摇头，"不！我一条都不会选的！你凭什么毁我的脸……"

她还没说完，脸上已经重重挨了两个巴掌，柳如烟出手迅疾如鬼魅，"你居然还有脸问我为什么！天下没有这样的道理！你可以派杀手来刺我的脸，我便不能替自己讨回公道毁你的脸吗？我告诉你管氏，苏子睿早已彻底厌恶你，他早已知道你做的一切恶事，你以为他还会像当年一样被你使计迷惑，一心护着你不惜跟我起争执吗？"

管氏拼命站起来想往外跑去，大喊大叫，"来人啊，救命啊……"

还没等她跑出门口，柳如烟已将她抓了回来，拔出了早就准备好的剑，一把搁在她的脖子上，咬牙切齿，"你可真是不见棺材不落泪！既然你敬酒不吃吃罚酒，那可怪不得我了！刚才我已经给过你机会了，若是你肯毁你自己的脸，我或许可以考虑饶你一命，可是现在，你已经没有这条选择了！"说完她看也不看，直接在管氏的脸上"唰唰唰"几下，左脸三剑，右脸三剑，额头一剑，下巴一剑，总共划了八剑！

柳如烟神情潇洒，恍如只是在落花的小院里练剑一样，又仿佛踏浪而行，剑锋过处，划破千层浪……刚才那八剑，她感到了前所未有的畅快。

然而管氏却如杀猪一样号叫了起来，可却没有用，偌大的神威大将军府，此刻却没有一个人敢上前来管这样的闲事！

管氏脸上早已血泪模糊，令人不忍侧目。她全身发抖，面目狰狞，双眸中更是犹如喷火一般，"柳如烟，我这一生最恨的人是你，而最后悔的事就是当日在苏湄若出嫁前没有毒死她！我费尽心思花了黄金千两，从西域买来奇毒'曼陀罗花'，可是她却有如神助，我竟然没能将她毒死！如果她死了，今日一切都不会再有，我又怎么可能落得如今这般田地！都是她，都是她害得我！"

管氏的话如同晴天霹雳在柳如烟耳边不停炸裂，她看着眼前这个人，无法想象，她竟然丧心病狂到这样的地步！苏湄若却从未对她提起，看来她不在的这么多年，此人就没有好好对待过苏湄若！

柳如烟再次上前，走到她的面前，"管氏，我真是想不到，你竟如此丧心病狂！普天之下竟有你这样的蛇蝎毒妇！连我的女儿出嫁都不肯放过，对待你这样的人根本不能有任何的怜悯之心！如今你的容貌已经毁了，这双手、这双脚也不必再要了！反正你早已是废人一个，而在这世界上，没有人会在乎你这废人的死活！"说完，她使出飞花剑法中最绝妙的一招"漫天花雨"，娴熟地将管氏的手筋脚筋纷纷挑断！

管氏的双手、双脚上鲜血不断，她这一辈子，再也站不起来，此时此刻的她,成了一个真正的废人。她不敢相信刚才在自己身上所发生的一切,摇头大哭,"柳如烟,你这个疯子……"

没等她说完,柳如烟已经上前,一把抓住她的头发,用力一扯,语气亦如扯头发的力道,"管氏,你给我听清楚,我柳如烟这一生最后悔的事就是当年因为一时心善,救了你这不仁不义、恩将仇报的贱人!从此以后,你我二人数十年恩怨两清!不过今后,倘若你再敢兴风作浪的话,我保证,一定会送你去下十八层地狱!像你这样恶事做尽的贱人,纵然下了地狱,也是投胎不了的!所以,你若识相,最好给我夹起尾巴做人!"

管氏想站起来,却怎么也站不起来,试了几次后她放弃了,她纵声大笑了起来,不停地摇头,"柳如烟,求你给我个痛快吧!与其这样不人不鬼地活着,还不如你一剑杀了我!"

柳如烟却一脸好笑地打量着她,"管氏,我不过只是废了你的手脚,毁了你的容貌,仅仅如此你就觉得不人不鬼?比起你当年对我所做的,实在是小巫见大巫!你趁早死了这条心吧,我是不会杀了你的,我怎么能让你这么痛快地死呢?"

第一百一十五章　鸿门宴

"管氏，你也不要想着自尽，我会派人看着你，一日三餐依旧会给你好吃好喝的送来。不过，你这后半生只能像个蛀虫一样，在这暗无天日的屋子里一直待着，一步都不能迈出去，直到老，直到死为止，你记住！"柳如烟最后一句话说完，便仰天大笑着离开了。半生爱恨情仇，今日终于得报，她的心头浮起了一阵快感。

而管氏无穷无尽的叫骂声哭天喊地，久久不息，可整个神威大将军府，却没有一个人敢上前理会她。

南楚皇宫，金銮殿中。

身着华服、头戴冠冕坐在龙椅上的刘熙，看着从千里之外平安归来的刘轩和苏子睿，心里翻江倒海，然而他面上却不露出分毫，依旧一步一步稳重地下了台阶，将跪拜在地的二人扶起，面色和悦，"清河王和神威大将军辛苦了。此战全靠你二人合力，方能大破东秦、北齐和西梁的两百万大军，保住了我南楚江山百年平安，你二人是我南楚的第一功臣！"

苏子睿笑道："皇上有所不知，此次交战中，那东秦王杨逞请出了二十年前以一身奇门遁甲之术冠绝四国的'奇门鬼才'杨如风，他摆出了费心二十年所创的'乾坤元魂阵'，此阵威力巨大，全靠清河王和王妃二人琴笛合奏了一曲《凤凰于飞》，才破了此阵！否则恐怕此时我南楚将士还被此阵所困，此战也必不会如此顺利，所以，真正的第一功臣是清河王，而非臣！"

刘熙这才把目光投在他的胞弟身上，他的双手搭在了刘轩的肩膀上，只是手上的力道也不自觉地加了几分，刘轩自然感受到了，刘熙不紧不慢地开口，"清河王原来不仅是我'南楚第一雅客'，文韬武略亦如此令人惊艳，此战之后，清河王名动四国，可真叫人拍案叹服！朕何其有幸，拥有这样一个不可多得的好弟弟！"

刘轩语调平静，坦然与他对视，"皇兄过誉了，臣弟自幼受皇兄百般照拂，皇兄对臣弟也一直圣眷优渥，臣弟自然要为皇兄分忧！"

刘熙闻言放开了搭在他肩膀上的手，换了一种口气悠悠道："你二人辛苦了，朕已在九州清晏为你二人布下了酒宴，替你二人接风，快随朕一同去吧！"

九州清晏可不是一般的地方，是南楚皇室的一处禁地，只能由皇帝本人，带着令他信服的忠臣前去赴宴，只不过此处，看似皇恩浩荡，却也是危机四伏！自南楚建国以来，凡是去了赴宴去九州清晏的臣子，大多有去无回！

刘轩和苏子睿对视了一眼，两人心下已明白了几分。九州清晏，看来这是一场鸿门宴！只不过如今，二人也只能兵来将挡，水来土掩，如此想来，倒也无惧。

九州清晏东临太液湖，西面上林苑，风景甚好。此时已是初春时节，上林苑中垂柳依依，桃花初绽，而太液湖上则碧波如画，远山含黛！春风拂过，吹皱一池春水。九州清晏位于两处之间，可望山、可观水、可赏花，妙不可言！

而刘熙，显然早已为他们准备好了这场酒宴。待二人到的时候，就发现那一桌的酒菜皆已备好。

三人一落座，刘熙拿出早已准备好的酒，命人在二人的杯中倒满，然后在自己的杯中也倒了一杯，他举起酒杯，面朝二人道，"来，皇弟和苏将军辛苦了，这杯酒朕敬你们二人！"

刘轩和苏子睿同时举起酒杯，笑道："臣弟（臣）愧不敢当！"说完，二人也不犹豫，一口饮尽了杯中酒。

这一举动，让刘熙感到意外，他没有想到，二人会如此痛快地喝下这杯酒，他的手指在石桌上轻叩，一下一下，忍不住打趣道："清河王与苏将军如此爽快饮尽这杯中酒，难道就不怕朕在这酒中做了什么手脚？"

苏子睿摇头，"皇上可真会说笑！皇上乃是明君，又怎会在这酒中做手脚？臣等自然相信皇上。"

刘熙笑而不语，转头看向不发一言的刘轩，他不紧不慢地开口，"皇弟，你说呢？"

刘轩起身，一字一句道："皇兄是明君，臣弟自然信任皇兄！只是臣弟，有一言却不得不说！"

刘熙奇道："清河王但说无妨。"

刘轩面色波澜不惊，可他的话语却与面容截然相反，"敢问皇兄是否想过，挑起这场四国之战的幕后黑手究竟是谁？"

刘熙一口饮尽杯中酒，将杯子重重地搁在石桌上，"难道掀起这场四国之战的幕后黑手不是杨逞吗？"

"不！皇兄此言差矣！皇兄有所不知，真正的幕后黑手根本不是杨逞，而另有其人！此人不在别处，就潜伏在我南楚皇室中，居心叵测！"刘轩拱手肃然一语。

刘熙闻言骇然，"唰"地起身，伸手指他，手指不住颤抖，"皇弟，你告诉朕，此人是谁？竟有如此大的胆子潜伏在我南楚皇室？"

刘轩似笑非笑道："此人不是别人，正是我南楚的汝南王刘衡！"

刘轩此言如同无风海面上突起一阵惊涛骇浪，而刘熙在那海面上独自乘舟，踏浪而行，一个不小心便被海浪所击倒，倾覆于茫茫海面上，过了半晌，他才一字一句问出，"你……你可有证据？"

刘轩上前，一步一步走到刘熙的面前，从怀中掏出了两封书信，双手呈给刘熙，声如洪钟，语气坚定，"臣弟自然有证据，皇兄知道臣弟为人，从来不会妄言，这样的大事，若无证据，臣弟如何敢乱说？这两封信，便是铁证，皇兄一看便知！"

那两封信，是汝南王刘衡的亲笔信，更是他和北齐的拓跋可汗拓跋翰来往的密信！他在信中提到，他们二人联合东秦王杨逞以及西梁王，一同发起这场四国之战！

第一百一十六章　始作俑者

时间一分一秒在流逝，刘熙的脸色也变得越来越难看，先是铁青，再是一点一点变得阴沉，最后涨红一片，看完信上的最后一个字后，他"啪"的一声将两封信件放在桌上，高声喝道："来人，立刻派人去宣汝南王刘衡进宫面圣，一刻不得耽误！若他敢推三阻四不肯前来，即刻将他绑了来见朕！"

众人纷纷被他吓住了，他们从来没有见过皇上如此暴怒过，闻言立刻转身去汝南王府。

等汝南王刘衡到达九州清宴的时候已经是一炷香以后了，他一进来，神色如常，依旧是一副谦谦君子温润如玉的样子！只不过，他在看到刘轩和苏子睿的那一刻，神色有了变动。

他看向刘熙，目光平静，"不知皇兄此刻急召臣弟前来，有何要事？"

刘熙并不开口，依旧铁青着脸，冷哼了一声。

刘衡有些摸不着头脑，然而他却转头看向刘轩，笑道："七哥可真是好身手，就连东秦、北齐和西梁三国联手出动了两百万大军，也奈何不得七哥！恭喜七哥平安归来！"

刘轩如何听不出他的讽刺之意，"恐怕本王平安归来扫了汝南王的兴致，汝南王此刻定是疑窦丛生吧。"

刘衡却摆了摆手，神情激动，"七哥可是喝醉了？竟是满口胡言！你平安归来，我岂有不高兴之理？"

还没等刘轩回答他，刘熙已经按捺不住，起身一步步走到他的身前，将那两封书信劈头盖脸朝他脸上扔去，他一字一句咬牙切齿，满身的怒气亦随之喷薄而出，"好个温良恭俭让的汝南王！刘衡啊刘衡，时至今日你还要装吗？你还准备骗朕骗到什么时候？"

刘衡镇定地拿起那两封打在他脸上的信件，然而他在拿起信件的那一瞬，脸色大变，再也不能镇定，跌倒在地。他不停地摇头，难以相信眼前这一切是真的！怎么可能？眼前这两封信，明明被他小心地放在密室里，怎么可能会出现在这里？他喃喃自语，"不！你们怎么可能会得了这两封信？"

刘轩起身来到了他的身旁，"九弟，若要人不知，除非己莫为，这么简单的道理，难道你不懂吗？事已至此，你也没什么可以为自己辩驳的了！本王奉劝你一句，若是你此刻从实招来，也许皇兄还能宽恕你，可倘若你再要为自己辩解，那皇兄天子之怒下，可真会杀了你！"

刘衡回过神来，像听到了什么笑话一样，他慢慢站了起来，看着刘轩，又看看刘熙，最后把目光投在了苏子睿身上，"皇兄，七哥，你们二人有什么资格来指责我？我刘衡不过是为了自己拼一把，难道这也有错吗？凭什么你们一生下来就因为你们的母后出身高贵，父皇便对你们百般重视？我就因为生母是身份低微的洛贵人，所以父皇他从来都没有正眼看过我一眼！凭什么？凭什么！我们身上流着一样的血，我们都是父皇的儿子，可是你们一出生就花团锦簇，万般宠爱，而我却只能一次又一次地看着我的母亲受辱，却救她不得！天下间没有这样的道理，所以我当然要为自己搏一把！"

刘熙退后一步，他不可置信地看着眼前这个素来温良的汝南王，这一刻，他觉得眼前之人令他太陌生，他摇头，声音嘶哑，"所以，就因为你觉得父皇待你不公，你便心怀怨恨，一心要亡了我们这南楚江山，与杨逞和拓跋翰两个贼人联手，处心积虑地发起这场四国之战是吗？"

刘衡大笑，笑了半天后，他突然猛地收住了笑容，将右手食指放在自己的唇畔，做了一个"嘘"的手势，"皇兄，你太可笑了！我刘衡是南楚皇室中人，我身上流着南楚皇室高贵的血液，我自然要保住南楚的江山，我怎么可能会亡了它呢？我只不过是想要自己坐上你这个位子罢了！凭什么你一生下来就能被立为太子，坐拥这南楚大好江山，可是你刘熙又为南楚做过什么？"

刘轩上前一步，怒斥，"刘衡，你放肆！不得对皇兄无礼！"

刘熙却不怒反笑，他拦住了刘轩，"不！清河王，让他说，朕倒要好好听听，他还能说出什么惊世骇俗的肺腑之言！"

刘衡讽刺道："不妨告诉你们，自从我的母亲惨死在我面前，我就发誓，总有一天，我要坐到南楚权力最顶峰的那个位置上，我要俯瞰众生，我要让所有那些欺辱我母亲、欺负我的人，通通不得好死！"

忽然，他停下了，他看到刘轩和刘熙的脸上都是一片疑惑之色。他冷笑，"皇兄，七哥，你们是不是在疑惑，我的母亲洛贵人是谁，而她又是怎么死的，我的母亲是被那当年宠冠后宫的佟贵妃命人以藤为鞭活活抽打死的！"

刘熙似乎想起了什么，眉心一跳，脱口而出，"不可能！整个后宫都知道，洛贵人当年是失足落水而死，怎么可能如你所说，被佟贵妃折磨而死，这根本不可能！"

刘轩亦附和，"皇兄说的不错，当年后宫中无人不知洛贵人是自己不小心失足落水而死……"

他还没说完，已经被刘衡出声打断，"难道我刘衡连自己的母亲到底因何而死都不知道？当年是我亲眼所见，那日我本在母亲处吃她为我做的点心，可是母亲一听闻佟贵妃带人怒气冲冲而来，她便连忙让人将我带走，还告诉我千万不要回来！"

刘衡闭眼，似乎陷入了沉重而又痛苦的回忆，这么多年，他总会在夜深人静时，梦到母亲满身是血、遍体鳞伤的样子，在梦中，母亲一遍遍对他说一定要替她报仇，因为她死得太惨……

第一百一十七章 冤冤相报

过了半晌,刘衡继续开口,"我听了母亲的话走了,可是我一路上觉得不对,又半途折回,结果一到母亲所居住的'兰芝苑',我就看到佟贵妃命人拿着藤条一下一下死命地往我母亲身上抽去!我不知道他们到底打了多久,我只记得,母亲渐渐喊不出痛,渐渐没有了呼吸,浑身上下只剩下一片伤痕,触目惊心!那时我想冲出去,然而……"

"然而你又怎样?"刘轩竭力忍住心头的震惊,将心头的疑惑问出。

刘衡摇头,"然而一直保护着我的两个贴身侍卫告诉我,母亲命他们一定要拼命保护我,绝对不能让我有事,所以我只能躲在暗处,我只能眼睁睁看着我的母亲在我眼前惨死!你们明白这种痛苦吗?不!你们不会明白!"

刘衡的话太震惊,在场三人——刘熙、刘轩、苏子睿皆目瞪口呆,他们无法相信刘衡说的都是真的!因为他们无法想象,当年那人前美艳绝伦、宠冠后宫的佟贵妃,背后竟然会是如此心狠手辣的人。

尤其是刘熙,怎么都不肯相信。自他记事以来,佟贵妃一直将他视如己出,在他当上太子以后,那佟贵妃对他也一直关怀备至,从来没有为难过他。佟贵妃爱做点心,每次做好,第一时间都会命人给他送来!何况,佟贵妃与他的母后一直交好,二人姐妹情深,一同携手相伴在后宫。而且,佟贵妃长得那样美,美到惊为天人,他怎么都想不出那漂亮的佟贵妃,背地竟会做出如此残忍的事!

刘熙从回忆中跳出,忍不住开口,"不可能!刘衡,朕不信!佟贵妃虽然有时仗着父皇宠爱会嚣张跋扈一些,可她本性善良,绝不可能是如此残忍之人!倘若真如你所说,那也一定是你的母亲洛贵人做了什么让她不能忍受之事,所以她才会在神志失常下做出这样疯狂的举动……"

367

刘衡眦目欲裂，望向刘熙的眼神好像能喷出火来一样，他大喝，"刘熙，你给我闭嘴！你这无知蠢货被那蛇蝎贱人的美艳皮囊迷惑，知道什么！那佟贵妃对你和刘轩的确是不错，那是因为你们的生母是正宫皇后，她当然不敢把你们两个怎么样！她为了讨好皇后，自然会像哈巴狗一样地讨好你们！可是我呢，她从来都没有正眼看过我！"

听到他提起"生母"二字，刘轩似乎想起了什么，"我想起来了，你的生母洛贵人生前可是佟贵妃的贴身侍女洛霖？"

刘轩此言，仿佛一语点醒了梦中人刘熙，他颔首叹道："朕想起来了，佟贵妃生前有一位最得力的侍女，那侍女也是她所有侍女中长得最美的，那人不是别人，就是洛霖！她因为被父皇偶然宠幸，所以被封为洛贵人。"

刘衡冷笑，"原来你们还记得我的母亲。不错，她原本是佟贵妃的贴身侍女，可有一次，父皇酒喝醉了在偏殿歇息，我的母亲奉命前去伺候，父皇宠幸了她，第二日就封她做了洛贵人。可那佟贵妃最是善妒，她怎么可能会放过我的母亲？她经常趁父皇不在，对我的母亲随意打骂。而我母亲她人微言轻，就算受尽了苦楚和羞辱，她又能对谁去说，对你们的母后吗？还是对父皇？她无人可说！"

这一次，刘熙和刘轩并不答话。因为，刘衡说的是实话，在这后宫从来都拜高踩低，他们的父皇向来薄幸，对洛贵人不过是一时新鲜罢了，宠幸过几回便将其抛诸脑后了！就算洛贵人长得再美，又如何？这后宫，最不缺的就是如花似玉的美人！美人来来去去，就如同此刻上林苑中开了一波又一波的春花一样，从来不会谢，也从来不会败！

刘衡坐到了石凳上，似乎陷入了久久的回忆，语气亦是飘渺如同此刻太液湖上吹来的微风一般，"那时我常去看母亲，每一次去，都能发现她身上青一块紫一块。我问她是何人所为，她紧咬牙关不肯告诉我，总说是她自己不小心摔着了，可是我不相信，硬要追问，她还是不说。最后她身边的侍女云翘实在看不下去了，便告诉我是佟贵妃打的！"

刘衡说到这里停住了，他闭眼，仿佛眼前又出来一个人影，那道人影他再熟悉不过，浑身是伤，满眼含泪，"衡儿，娘死得太惨，你一定要为娘报仇啊……"

他睁眼，眼神变得疯狂，"我本以为，佟贵妃只会偶尔拿母亲出出气，可没想到，她竟然丧心病狂到要用这样的方式将我的母亲活活打死！从我眼睁睁看着我的母亲在我眼前死去的那一刻开始，我就发誓，总有一日，我要坐到南楚那个最高的位置上，我要亲手杀了佟贵妃，我要让那些所有欺负我和我母亲的人通通不得好死！"

刘轩很快反应过来，"所以，当年佟贵妃突然暴毙，是你所为，是不是？"

刘衡笑得疯癫，"不错，那贱人就是我杀的。我安排好了一切，闯进她的寝宫，一点一点地将她掐死，让她求生不得，求死不能，然后再用鞭子狠狠地抽了她一顿，她生前自负生得容颜倾国睥睨后宫，所以我第一个毁的就是她那张让人讨厌的脸！我母亲泉下有知，也能瞑目了……"

刘轩听不下去了，忍不住挥手打断，"刘衡，你简直就是个疯子，你说佟贵妃丧心病狂，你又何尝不是如此！"

刘衡大笑，"不错，我是疯了！从我亲眼看到我的母亲惨死在我面前那一刻开始，我就已经疯了！我这一生注定只为报仇而活！所以在那时我就开始筹划，我刻意接近那个没脑子的刘渊，做他的心腹，然后在中秋夜宴上临阵倒戈，毁了与他本来约定的计划，让他原形毕露，成功让他被废！"

刘轩冷笑，"所以在那之后，你又展开新的计划，是不是？"

第一百一十八章 命中注定

刘衡起身，走到刘轩面前，目光如冰，"不错，然后我又和拓跋翰、杨逞三人联手发动这场四国之战！我们三人，各有各的目的。除了搅乱天下时局之外，当时我们三人约定事成之后，我取代刘熙成为南楚的江山之主，拓跋翰将苏湄若带回北齐，而那杨逞则胃口最大，他要我割下南楚十座城池送他，可我为了报仇，自然也无二话，答应了他……"

听刘衡将这些说出来，刘熙气得伸手甩了两个耳光在他脸上，毫不留情，"朕真恨自己瞎了眼，竟被你这狗贼迷惑了多年！若非朕的好弟弟清河王今日给朕看了证据，朕还不知道要被你蒙蔽到什么时候！你今日事破败落，是老天开眼！若真叫你这贼人达成所愿，那才真是天要亡我南楚！"

刘衡拂袖擦去脸颊上的血迹，语调深沉，"刘熙，自古成王败寇，我也没有什么好说的！只是，你没有资格得意，若非清河王破了这场四国之战，你以为此刻你还能在这里对我指手画脚吗？你早就成了我的阶下囚，被我慢慢活剐了！"

刘熙气得发抖，他往后退了几步，直捂胸口，环顾四周，大声喝道："来人，将这乱臣贼子拿下！即刻押入天牢，三日后行凌迟之刑！到时候命皇室中人与世家子弟全部都去观看，看看谁还敢图谋不轨，妄想搅乱朕的江山！"

此言一出，震惊所有在场之人。南楚自建国以来，从未执行过凌迟这样的酷刑！看来，这一次，刘熙是真的怒了！

他话音一落，立刻有御林军上前，一左一右架住了刘衡，然而他们刚一碰到刘衡，刘衡已经使尽全身力气挣脱他们的手，"放开本王，本王没死之前，依旧是南楚一人之下，万人之上的汝南王！你们算是什么东西，也配这样拉扯本王！本王自己会走，用不着麻烦你们这些狗奴才！"说完他便转身走了，一路疯癫怒骂着。

天牢。

刘衡坐在一堆衰草里，面朝墙壁，眼神空洞，手上一下一下地拨弄着几缕杂草。

直到一个人进来，他才停止了手上动作。

他看也不看来人，冷笑道："刘轩，我就知道，这个时候也只有你会来。"

"刘衡，你不是也一直在等我来为你解惑吗？"刘轩缓步进来，姿态依旧优雅，仿佛他走进的是自家王府后院，只是在月下闲庭信步一般。

"我明日便要被凌迟处死了，所以，你能否满足我这将死之人唯一的心愿？"刘衡起身，目光平静。

刘轩接口，"我知道，你不就是想要我告诉你，我怎么会得到你那两封和拓跋翰往来的信吗？"

刘衡挑眉，"不错，它们明明被我放在我王府的密室里，而那密室非亲近之人不得进入！可我身边的五个亲信都死心塌地跟随了我多年，他们绝不可能背叛我！所以，我实在想不到究竟是谁，竟有如此通天本领，能在我眼皮子底下偷出这两封信，把它们交给你！"

"背叛你的人，的确就在你的眼皮子底下！她就是你最宠爱的歌姬何青青。"刘轩的嘴角弯起了一抹讽刺的弧度。

听到"何青青"这三个字，刘衡起身，却又立刻跟跄着摔倒，他将头深深埋在那堆衰草中，闭眼，"不可能！我对青青百般呵护，万般宠爱，她……她为何要背叛我？"

刘轩走到他面前蹲下，用打量一只过街老鼠一样的神情打量着他，"汝南王聪明一世，可这临死之前，脑子怎么就变笨了呢？难道你还没有猜到那何青青，从头到尾都是本王的人？是本王一直将她安插在你的身边，监视你的一举一动，她是本王扳倒你最重要的一枚棋子！"

刘衡睁眼，伸手想要掐住刘轩，可刘轩早就料到他的反应，不过轻轻退后一步，他便抓了个空，头重重地摔在了地上。他恨得咬牙切齿，"不！不可能，青青她怎么会是你的人？"

刘轩冷笑，"怎么不可能？实话告诉你，自从你设计令岐山王被废后，本王便觉得你不一般，恐怕居心叵测，所以本王费尽心思终于找来了你唯一的软肋何青青，将她安插在你身边，为本王所用！"他停一停，俯下身在刘衡的耳畔轻轻道："本王知道你一定会宠爱她，因为，她像极了你的母亲洛贵人是不是？"

刘轩的语气冷静如古井，并不起波澜，可此刻听在刘衡的耳中，却觉得整个脑中混乱成一团！

原来如此！难怪他今日会输得这么彻底！原来从一开始他就已经掉进了刘轩设置的圈套中了！

他这一生永远都不会忘记，初次见到青青时的惊艳与惊讶。

那日长安郊外云淡风轻，碧波如画，他泛舟散心，碧湖深处，突然响起一阵摄人心魄的歌声，他循声而去，却发现一个绝色美人正纵声而歌！

看到她的那一刻，他惊到无以复加！她竟然像极了他的母亲！

那种温婉，那种柔媚，那含羞垂首的神态，那娇娇低语的样子，无一不像！他以为，是他的母亲舍不得他一人在红尘孤苦，所以回来了！

日后他无数次端详她那张脸，仔细看去，青青与他的母亲在面貌上其实并没有多少相似！可却是"未若柳絮因风起"的神似，只要青青一站在那里，他就会想到他的母亲洛贵人仿佛重返人间！他母亲，似乎又重新回到了他的身边，在无微不至地照顾着他……

想到这里，他忽然纵声大笑，"刘轩，我刘衡一生从未服过人，可我却不得不承认，你是我这辈子佩服的第一人，也是最后一人！好手段，好心计！我今日败给你，是命中注定！"

第一百一十九章　绝杀局

刘轩看着眼前这个人，不知为何，眼前莫名闪现出了另一个人影，另一个与他们身上流着相同的血，却惨死在这场四国之战中的人！若不是眼前之人，若不是刘衡费尽心机挑唆，那人又怎么会走上那样一条不归路。

想到这里，刘轩冷笑，"刘衡，事已至此，不妨告诉你，你今日败给我不是没有原因的。自从你出卖刘渊让他被皇兄废为庶人，永世不得回南楚开始，我就明白你绝非表面上那么简单！我开始留意你，而就在那个时候，我将何青青送到了你身边，她是我的眼睛，替我监视着你的一举一动！"

刘轩的话几乎让刘衡失去理智，他一下子从衰草堆上坐起，起身走到刘轩面前，一把拽住刘轩的衣领，难以置信地摇头，怒吼道："你！你说什么？原来这场局，你从一开始就布下了！今日的一切，都是你一步一步算计好的，是不是？"

刘轩看也不看，只是轻飘飘地一抬手，刘衡已被他伸手一拽摔倒在地，他负手而立，"不错，今日这场绝杀局，本王从你害得刘渊被废开始就已经布下！说来，你也真该感谢我！若没有我，你以为，刘渊会放过你吗？恐怕你会落得比今日下场更惨烈千百倍的结局！"

刘衡反应过来，"你这话什么意思？刘轩，你给我说清楚！"

刘轩挑眉，"难道你不知道和你一起合作的西梁王的真实身份吗？你简直可笑，西梁王不是别人，就是我南楚被废的岐山王刘渊！"

此言如晴天霹雳，炸得刘衡猛地跌倒在那衰草堆上，他不停摇头，喃喃自语，"不可能！人人都知道西梁王年过半百，怎么可能会是刘渊？而他被废，又如何能坐上西梁王的位置？难道刘渊那个废物有通天本领不成？刘轩，你一定是在骗我！"

刘轩看着眼前之人，突然觉得他很可怜，然而可怜之人必有可恨之处，他落得今日这般地步，一切都是他咎由自取！因为他始终放不下他母亲的死，才一步错步步错，终于一发不可收拾，走到今日的地步！今日，天上地下，没有一个人可以帮他！

刘轩叹了一口气，似乎要将那些过往全部叹出，"你觉得事已至此，我还有必要骗你吗？刘衡啊刘衡，我只是想让你死得明白一些，不要不清不楚地下地狱！他刘渊历尽千般磨难，到达了西梁，一步步策划翻云覆雨，终于坐上了西梁王的位置，却终日以面具示人！"

刘轩这话如一记闷雷，"轰隆隆"炸醒了刘衡！他想起来了！他之前为了这场四国之战，乔装改扮，远走西梁。他在西梁皇宫中见到的西梁王的确戴着面具，而那西梁王看向他的眼神也格外冷酷，如同千年寒冰一样！当时他就纳闷，为何初次相见的西梁王会用这样的眼神看他，如今想来，刘轩说的不无道理！原来如此！原来一切皆有前因，而今日这果，是他亲手种下，怪不得别人！

"在这场四国大战中，我与他交手了。他告诉我，他必然不会放过你。可惜，他接受不了成为我手下败将的结果，所以自尽了！你说，是不是便宜你了？若他在的话，你以为他会放过你吗？皇兄只不过让你受凌迟之刑，可刘渊却恨你入骨，必会让你求生不得，求死不能！刘衡，你说你是不是该感谢我？"刘轩掸了掸身上的灰尘，将这一切前尘娓娓道来，似乎在讲述一件事不关己的事情。

刘衡闭眼，颓然跌坐在衰草堆上，语调无力，似一个垂暮老人，"这一切看来是天意！可笑如我，费尽心思筹谋十几年为母亲报仇，可到头来我又得到了什么？"说完，他从怀中掏出一把随身携带的匕首，对准胸口，就要往胸口刺去！

刘轩的双眼早已看到，他出手一掌击中了那把匕首，手起掌落之间，那匕首早已如落花随风，飘得无影无踪！

这一下惊动了门外的看守，侍从纷纷赶来，"清河王，这是发生什么事了？"

刘轩摆摆手，清了清嗓，"你们给本王听好了，汝南王想要畏罪自尽，可皇兄有令，命他明日受凌迟之刑！所以，今夜若是你们没有看住让他自尽了，你们也吃不了兜着走，恐怕明日受凌迟之刑的就会是你们了！现在你们明白该怎么做了吗？"

两人听到"凌迟之刑"，早已吓得双腿发软，唯唯诺诺道："王爷放心，属下必会竭尽全力看守罪犯，绝不会让他自尽！"

刘衡自尽不成，咬牙切齿道，"刘轩，你好狠！为什么不让我自尽……"

他还没有说完，已被刘轩一把打断，"为什么？当初你挑唆刘渊给苏湄若下毒的时候，当初你和拓跋翰、杨逞合作的时候，你就该想到，一旦事情败露，必会有今日之罪要受！当初你们为了一己之私，丧心病狂地发动了这场四国之战，令天下无数百姓流离失所，令玉门关外血流成河，你对得起这些枉死之人吗？苍天有眼，如今拓跋翰、杨逞和刘渊三人皆已伏诛，只剩你一人了，你注定要受这凌迟之刑，注定这辈子千刀万剐而死，这是天意，是天命，不可违！"

刘衡"唰"地起身，伸手往刘轩扑去，可还没等他上前，他早已被侍从一左一右架住，死死按在衰草堆上。

一个侍从看向刘轩满脸讨好之色，"王爷，您方才没事吧？"

刘轩摇了摇头，"本王没事。"

刘衡仍在衰草堆上不停挣扎，另一个侍从早已按捺不住，掏出怀中的鞭子，向他劈头盖脸狠狠抽去，一边打一边喝骂，"都是死到临头的罪犯，还猖狂什么？你以为你还是那个高高在上的汝南王？"

没多久，刘衡身上已衣衫尽裂，血迹斑斑，刘轩看不下去，"好了好了不要打了，你们今夜看住他，别让他自尽才是最重要的！"

第一百二十章　阴阳酒壶

那侍从猛地收了手，赔笑道："王爷说得是！"

"刘轩，用不着你假惺惺在此可怜我！你此战名动四国，自诩英雄盖世，却不知杀机已至！"刘衡目光怨毒。

刘轩俯身，语调平静，"愿闻其详。"

刘衡笑得放肆，"刘轩，你以为你那一母同胞的皇兄会放过你吗？说不定，你的下场比我还惨！你有什么可得意的？我不过比你早去了些时日而已！你记着，我在黄泉等你！"

刘轩看着他，面容波澜不惊，"本王的事情自己会处理，何须你这将死之人挂心？刘衡，你好好地去吧！"

汝南王刘衡被凌迟处死的消息震惊了整个南楚。

因为在南楚子民的心里，汝南王刘衡一直是一位温良恭俭的贤德之王。他们怎么也想不通，这样一个人竟会谋反，竟会通敌，竟然会联合东秦王、拓跋可汗和西梁王一起发动这场四国之战！看来真是应了那句老话，知人知面不知心！

九州清晏。

碧波如画，春风浩荡，群芳争艳。

"来，七弟，朕敬你一杯！这杯酒，三日前朕就该敬你了，只是半路出了刘衡的事，今日朕才得空，宣你进宫与你一道共享这好酒'千杯醉'！"刘熙为刘轩倒了一杯酒。

"千杯醉"是南楚的第一好酒，据说要绝顶的酒匠花费十年心血才能酿成一坛，这酒中酿了何物，除了酿酒之人以外，天下没有任何人知晓！

刘轩举杯，看着这夜光杯中的美酒，挑眉一笑，"皇兄的'千杯醉'价值千金，这一杯若是喝下，可真叫臣弟惶恐！"

"七弟可莫要这样说，你我兄弟二人何必客气！你我一母同胞，难道这'千杯醉'朕喝得，你便喝不得吗？"刘熙一口饮尽杯中酒，将夜光杯重重搁在桌上。

刘轩知道刘熙的心思，他不再犹豫，一口饮尽，旋即起身，从怀中掏出虎符，双手恭敬地呈上，"皇兄，臣弟已平安归来，这虎符自然要归还于皇兄，还请皇兄收下！"

刘熙没有想到刘轩会如此痛快地交出虎符，他伸手一把扶起刘轩，却又不动声色地将虎符收入袖中，拍拍刘轩的肩膀，"七弟快快请起。从前朕只有一个'神威大将军'苏子睿可以依靠，如今可不同了，还多了七弟这一神将，从此纵然东秦北齐西梁三国再次联手犯我南楚，朕，又有何惧？"

"谢皇兄抬爱，臣弟愧不敢当！"刘轩起身。

刘熙似乎想到了什么，"七弟，朕听说，此战若非你的王妃苏湄若和你齐心协力，以一曲琴笛合奏的《凤凰于飞》大破杨如风的'乾坤元魂阵'，恐怕此战我南楚并没有获胜的把握！如此说来，朕对你的这位王妃十分佩服，不知今日是否有缘一见？"

刘轩暗道不好，来者不善！然而对于天子的要求，他又不能明摆着拒绝，只能长叹出声，"皇兄有所不知，臣弟这位王妃，脾气大得很，向来刁蛮任性，臣弟拿她都没有办法，况且她是臣弟的'克星'，又被臣弟宠坏了，并不懂规矩！恐怕她进宫也只会扫了皇兄的兴，所以，皇兄还是别见了吧！"

"哦，是吗？七弟，不瞒你说，对于千依百顺的女人，朕早就见惯了，因为后宫从来不缺！可如七弟所说，你的这位王妃倒让朕十分有兴趣，所以今日必要让她进宫与朕喝一杯！"说完，刘熙也不等刘轩反应，继续道："德胜你还愣着干什么，还不赶快去清河王府把清河王妃给朕好好地请来！"

等到苏湄若赶到九州清宴的时候，已经是半个时辰之后的事了。

苏湄若在来的路上心就一直怦怦直跳，她蓦然想起刘轩进宫时对她的叮嘱，他告诉她，今日进宫不同往日，凶险万分，他的皇兄恐怕是摆了鸿门宴在等他，他不在府中，她自己务必要小心！

可她仍然放心不下，听了刘熙贴身太监德胜的话与他一同进了宫。当她赶到九州清宴的时候，她看到刘轩的脸色就明白了一切。

看来今日的确是场鸿门宴，而刘熙，这南楚的皇帝，他的目标，显然，并不仅仅只有刘轩一个人，她苏湄若，同样是他的目标！

"清河王妃来了，来人，赐座！"刘熙起身，停了一停继续道："朕记得上次见王妃还是在中秋夜宴上，几个月不见，王妃出落得越发清艳动人了！能拥王妃这样的佳人在怀，七弟可真是艳福不浅！"刘熙看向苏湄若的那一刻，眼神中迸发出了前所未有的光亮，而这一切都被刘轩看在眼里。

苏湄若按规矩行礼，并不多言，坐到了刘轩身边。

"王妃来了，这'千杯醉'酒性太烈，王妃恐怕不适应！朕已命人准备了'芙蓉清露'，王妃可别小瞧此酒，此酒是取六百朵开得最盛的芙蓉花和荷叶上的露珠，花费六年浸泡而成，所以名叫'芙蓉清露'！王妃本就是出水芙蓉一样的美人，饮用此酒再合适不过！来人，还不快将'芙蓉清露'呈上！"

装着"芙蓉清露"的酒壶看上去很寻常，可是刘轩却一眼看出了它的不同！这个酒壶与那装着"千杯醉"的酒壶明显不一样，因为，它是阴阳酒壶！

这把酒壶是和田白玉莲瓣酒壶，那白中透青的酒水仿似一池芙蓉花开，碧波绿叶白花清雅，甘甜醉人的荷花香拂面而来！而那壶上精致的盖帽，以两瓣和田白玉合在一起，肉眼看去，几乎不可分辨！很少有人能看出，其实，那并不是完整的一块！

刘轩一把接过德胜递来的酒壶,右手食指和中指不停在两个盖帽上轻扣,他不动声色地开口,"皇兄,臣弟与你自幼一起长大,共同生长在深宫中,难道皇兄真以为臣弟醉心诗书玩乐,却连阴阳酒壶都懵然不知吗?"

第一百二十一章　生死一瞬

刘熙看着眼前和他从小一起长大的弟弟，忽然觉得他很陌生，虽然他容颜未改分毫。可也许，这么多年，他从来都没有真正地了解过他！

这十几年来，刘轩一直都在伪作浪荡公子，他几乎被他刻意一手制造出的假象迷惑住了！他差点以为，他真的就和表面一样整日只知舞文弄墨，听琴看舞，沉溺声色……

若非苏湄若的出现乱了刘轩的心智，他自己怕到现在还被他蒙在鼓里！

刘轩的手指仍在一下一下轻叩着那阴阳酒壶上的两个盖帽，节奏分明，一下下敲醒了刘熙无边蔓延开去的思绪。他回过神来，似笑非笑，"果然不愧是清河王啊，一眼就识破了它是只阴阳酒壶。看来，这么多年，的确是朕小瞧了你！不过，你识破又怎样？朕的用意，难道你还不明白吗？"

果然！果然如此！刘轩按捺住心底的愤慨，冷笑，"皇兄的用意再明确不过，是司马昭之心昭然若揭！臣弟又岂会不知？"

刘熙慢慢饮尽这杯中的"千杯醉"，不疾不徐地说道："这是阴阳酒壶，也就是说这盖帽一侧的酒是好酒，是'芙蓉清露'，而另一侧则是一口毙命的鸩酒，不过，朕也不知到底哪一侧是好酒哪一侧是鸩酒，你们二人，今日只能有一人平安离开！"

刘轩讽刺道："皇兄真是好手段，臣弟也一直小看了皇兄，不是吗？"

刘熙打量着刘轩，这一次的眼光却是冰冷的，没有任何温度，似乎他看着的并不是与他从小一起长大、一母同胞的弟弟，而是一个陌生人，"七弟，明人不说暗话，朕告诉你，今日，要么你死，要么就是你的王妃死！而你们二人究竟谁死，一切都要看天意了。"

一人生，一人死，是棘手的选择，也是天意弄人！

苏湄若起身，看向刘熙的眼神无惧，一字一句语调铿锵有力，不容置疑，"皇上，您不能这么做，刘轩是您亲弟弟，何况他身负军功并无过错，倘若他今日被你所害，南楚的子民该如何看待你？皇上此举定会令南楚万千子民寒心，以后没有人再敢为你效力，也没有人再敢为南楚冲锋军前，置自己的生死于不顾……"

刘轩挥了挥手，打断了她，"湄若，你不必再说了，自我打胜这场四国之战班师回朝的那一日起，皇兄就已经在龙椅上坐立不安了，皇兄杀我之心早已起，我早就不能逃脱了！"

刘熙起身，看着眼前二人，目光如千年玄冰，令人望之生寒。

而刘轩和苏湄若亦起身，毫无畏惧地与他对视着。

刘熙按捺不住，打破了沉默，"七弟，不要再耗费时间了，朕已说过，今日你和苏湄若，只有一人可以活着从九州清晏离开！身为皇室中人，你该知道九州清晏到底是怎样的一处所在，一般从不开宴，一旦开宴，必定要有人死在这里，这是老祖宗传下来的规矩，总不能到了朕这里就荒废吧。七弟，你说是不是？"

刘轩把目光看向苏湄若，语调轻飘飘的，如这太液湖上被微风吹起的涟漪一般，圈圈层层荡漾在苏湄若的心扉，"湄儿，你先选择，我怕若是我先选而又选到了'芙蓉清露'，那你该如何是好？你先选，活着的概率自然更大！"

这声"湄儿"如同微风乍起，吹皱了这满池太液湖的春水，又宛如三月江南的垂柳，摇曳了一整个江南的风情。

苏湄若不敢相信，刘轩刚刚竟然唤她"湄儿"，她似乎没有听清，抬眼问道："王爷，你方才叫我什么？我没听清楚，王爷……王爷能再叫一遍吗？"

听到她这样孩子气的问话，刘轩忍不住笑了，这一笑，风清月朗，令苏湄若觉得整个天地似乎都在他这一笑中变色了！

刘轩将苏湄若一把拥入怀中，附在她耳畔，姿势亲昵，语调亦是缱绻,"本王方才唤你'湄儿',你喜欢吗?其实这声'湄儿',本王早该唤出的,只是不想在今日诀别之时才叫出,也是天意弄人!湄儿,嫁给本王,你可曾后悔?"

苏湄若这才听清,方才刘轩唤她的确是"湄儿"!在北齐,拓跋翰叫她"湄湄",而刘轩叫她"湄儿",这两个男人是她穿越到古代最奇妙的两段遇见!

不知为何,刘轩的这声"湄儿",让她眼中猛然有了泪意。她垂首,如一朵菡萏初开,绽放在刘轩的怀里,无限娇娆,"王爷刚才问的什么傻话?湄儿当然不后悔!嫁给王爷,是湄儿这辈子做过最正确的决定,也是最幸福的事!"她故意说得很大声,为的就是要让刘熙清清楚楚一字不落地听见!

眼前这个男人实在太过虚伪,竟然就因为害怕他的弟弟功高震主,就要杀了他,就要使计拆散他们!既然如此,他们二人都要诀别了,又还有什么可怕的呢?所有的心里话都要说出,如果再不说,那真的没有机会了!

刘熙将这一切都看在眼里,原来他们二人早已你侬我侬到这般地步!他的心里不知为何,竟然怒火中烧,他控制不住地双拳紧握,喝道:"够了,你们二人做出这般姿态是给朕看吗?别再消磨朕的耐心了,也别再拖延时间了,你们二人到底谁先喝了这酒?"

第一百二十二章　虚惊一场

然而，刘轩和苏湄若二人对刘熙的问话却置若罔闻。二人依然紧紧相拥，仿佛整个天地间都静极了，再没有旁人，只有太液湖上的碧波荡漾，只有上林苑中的春花绵绵开无期……

不知过了多久，刘轩先松开了她，笑意清淡若雪后初霁，"湄儿，听话，你先喝。"

刘轩此话像夏日的焦雷，像钱塘八月的潮水，朝着苏湄若铺天盖地席卷而来，而她终于回过神来，却是大梦初醒，她本能地摇头，退后一步，"不！我不喝！你先喝，我不要你死！你早早选择，便多了一分安全……"

刘轩上前一步，吻住了苏湄若接下去要说的话，过了半响，他的唇才离开，语调坚定不容拒绝，"湄儿，你嫁给本王这么久了，该了解我刘轩的性格，本王既说让你先喝，那就是你先喝，不必再推脱！"

方才那一吻，让苏湄若觉得在做梦，她不停地摇头，撒娇道："不！我不喝！我不喝！我就不喝！王爷先喝！"

……

两人就这样互相推让着，看到最后，刘熙实在忍无可忍，他大怒，一挥袖，"当"的一声，便将那壶酒拂到了地上，只见那壶中白里透青的酒水全部倒了出来，而那两边的酒水看上去是一样的，并无什么区别！

难道……刘轩心中大惊，不可置信地看着刘熙，"皇兄，你……你这是何意？"

刘熙深深叹了一口气，旋即恢复常态，笑道："七弟啊七弟，你可是朕一母同胞的亲弟弟，就算你真的功高震主，朕又怎会用如此下三滥的手段来毒害你，还要迫使你二人鸳鸯离散？方才，朕不过是想试试你二人罢了！好了，如今戏演完了，我们三人也该走出来了，好好话话家常吃完这顿饭才是最要紧的事！"

苏湄若这才反应过来，原来刚才这一切都是虚惊一场，方才是一场戏！而她和刘轩都坠入他一手布下的陷阱，竟然还傻乎乎地陪他将这场生离死别的戏演了这么久！

若非亲身经历，她真是难以想象，这天下竟有这样的人，这皇帝真是想一出是一出！

这一刻，她感觉像在做梦，用力掐了掐自己的脸，还没掐完，已经"哎哟"一声大叫了出来！

刘熙看她这样笑得合不拢嘴，而刘轩则是气不打一处来，忍不住在她额头上弹了一下，低声呵斥，"看看你这样子，傻乎乎的，竟然掐自己的脸！你大可以掐本王的脸，本王皮糙肉厚不怕你掐，可你这张天仙一样的脸若是掐肿了、掐坏了，那可如何是好？"

听了刘轩这话，苏湄若凑到刘轩眼前，一脸坏笑："这可是王爷说的，王爷可别后悔！"说完她也不等刘轩反应，直接伸手在他的右脸上用力掐了一下，边掐边一本正经地感叹，"看来这是真的，我并不是在做梦，那我就放心了！"

刘轩瞪了她一眼，"越发没规矩了，皇兄面前也如此放肆，等下回府，本看王怎么收拾你！"

见此情景，刘熙笑叹道："朕看你们二人是故意欺负朕孤家寡人一个！"

刘轩忍俊不景，"皇兄这是在打趣臣弟，皇兄有后宫三千佳丽，又怎么会是孤家寡人？"他停了一停，看向苏湄若的眼神甚是无奈，摇头道："让皇兄见笑了，都是因为臣弟疏于管教，宠得王妃她不知天高地厚，所以，她才这般无礼，还请皇兄恕罪！"

苏湄若却不以为意地朝刘轩扮了一个鬼脸。

刘轩见状，忍不住高举右手，愤愤道："苏湄若，你再敢这样无礼，信不信我……我……"

然而刘轩口中却一直"我"不出个所以然来，苏湄若哈哈大笑，一脸嘚瑟，"我若再这样无礼，王爷便如何呀？"

刘轩无奈地放下右手，长叹出声，"皇兄看看，这可真是应了那句老话——唯女子与小人难养也！"

刘熙刚要作答，然而却见一个小太监行色匆匆地赶来，他目光骤然一沉，黑了脸斥道："你是何人？何事如此惊慌？扰了朕的贵客，你可知罪？"

那小太监连忙跪下，不停地磕头，"皇上饶命啊！奴才是……是拓跋贵妃宫里的小权子，贵妃命奴才来传清河王妃，不得有违，所以奴才这才不得不到这九州清晏来请王妃，否则奴才小命不保啊，还请皇上明察！"

拓跋贵妃？那小权子说的一句"拓跋贵妃"，令刘熙和刘轩陷入了回忆，只不过，二人的回忆千差万别。

刘熙闭上眼，神情恍惚，想起那个在他后庭最与众不同，最遗世独立的人。

毋庸置疑，拓跋盈是极美的一个女子，她的那种美，不是南楚美人的那种柔美，那种温婉在她身上根本看不到，也不是东秦佳人的那种艳丽，更不是西梁丽人的那种小家碧玉。她的美，是冷艳高贵的美，她身上由内而外散发出的冷艳高贵，是因为她出生于北齐皇室吧！

刘熙一直都知道，她是已故的拓跋威用来安插在他身边的棋子，所以他一次次告诉自己，这只是一场政治联姻，千万不能对她动情，可最后他还是动了！整个后宫，他一直最放纵的就是她！

可到头来，他看清了，原来她的心，从来没有在他身上过！看清的那一刻，他便对她死心了！

这么多年，他一直控制住自己不去她那里，于是，当年南楚后庭宠冠六宫的拓跋贵妃渐渐变得无人问津，只是空留着贵妃的头衔罢了！

然而，整个南楚后宫都知道，没有任何人可以欺负这失宠多年的拓跋贵妃！因为，天子刘熙一直在暗中护着她！

第一百二十三章　一波又起

不过，刘轩脑海中的回忆却与刘熙截然不同。

在他印象中，拓跋盈一直都是一个蛇蝎美人，不过空有一副好皮囊罢了，她心思歹毒，手段阴狠，实在令人胆战心惊！

他想起，几个月前，若非她费尽心思说动刘熙，将自己困在她的漪澜殿中，苏湄若又怎么可能会被拓跋翰带到北齐去？他们夫妇二人又怎么会分别了那么久才得以相见？

苏湄若听到"拓跋贵妃"这四个字，口中的桃花糕吃得差点噎住，她忍不住抚了抚胸口，刘轩见状，回过神来，连忙倒了一杯茶递给她，斥道："怎么如此不小心，又没人跟你抢！"

苏湄若接过连连喝下才有所好转，她摆摆手，笑道："不妨事的，王爷不必担心。"

见这三人无动于衷，那小权子早已急得直跺脚，哭天喊地道："皇上，王爷，快让清河王妃随奴才去贵妃宫里吧，否则奴才小命不保啊！贵妃说了，若是奴才此番请不动清河王妃，就将奴才乱棍打死！这拓跋贵妃向来说得出做得到，奴才实在是怕啊！久闻王妃心慈目善，还请王妃发发慈悲，这就和奴才去吧！"

见苏湄若一直不发一言，那小权子急得团团转，他狠了狠心，一路跪行到苏湄若的跟前，止不住地磕头，那一声声都用尽了全身的力，没过多久他的头都磕破了，额头上冒出了一片血珠，那些血珠"嘀嗒嘀嗒"落在地面，开出了一朵朵血花，令人不忍侧目。

苏湄若见状，实在不忍，硬着头皮道："好了好了，小权子你别磕头了，我跟你去就是了。必不会让拓跋贵妃为难你，你大可放心！"

然而她这话刚说完，刘轩和刘熙两兄弟十分默契，斩钉截铁地摇头，

"不行,不能去!"

刘轩起身,居高临下地看着小权子,一脸鄙夷道:"小权子,你现在就回去替本王传话给拓跋贵妃,不要忘了当初本王的王妃是如何被她的弟弟拓跋翰掳到北齐去的!一切全拜她拓跋盈所赐!今日本王在此,她休想动王妃一根汗毛!她若识相,就趁早给本王死了这条心!"

那小权子听了,脸色大变,一路跪行到刘轩跟前,不停地磕头,"王爷,奴才……哪有这个胆子敢去和贵妃回这样的话啊!按照贵妃的脾气,她不将奴才剥皮抽筋才怪呢!还请王爷发发慈悲,就让王妃和奴才走这一遭吧!王爷放心,贵妃不会把王妃怎么样的!她只不过是想见一见王妃罢了!"

听了他这样解释,刘轩更是气不打一处来,冷笑道:"拓跋盈想见王妃?别以为本王不知道她葫芦里卖的是什么药!她怕是想替她的弟弟报仇吧!不行,本王说过了,绝不会让王妃跟你去涉险,所以,你不必再废话!"

小权子听到刘轩这样说,脸色大变,心已凉了半截,整个人控制不住地发抖,紧握拂尘的手更是不停地发抖,唯独他的眼神,从头到尾没有离开苏湄若分毫!

苏湄若与他对视着,看来,这拓跋贵妃真是个狠角色!今日她若不随小权子去,恐怕他必定要遭殃了!唉,何必为难一个奴才呢!

苏湄若转头看向刘轩,牵了牵他的衣袖,撒娇道:"王爷放心,有你和皇上在此,拓跋贵妃必定不会把我怎么样的!你就让我去吧,不要为难这个小权子了。你看看他浑身发抖的样子,都吓成这样了,若我执意不肯前去,他回去必定会遭殃的!"

刘轩无奈地摇头,忍不住伸手刮刮苏湄若的鼻子,"你呀,就是太善良了。谁知道那拓跋贵妃布下了什么天罗地网等你去跳!"

刘熙凝眸思索了半天,缓缓道:"七弟,今日朕与你都在此,想必盈儿虽然任性,却也不敢将王妃怎么样的!她也许就真的只是想见一见你的王妃罢了!不如就让王妃和小权子去吧!不过你放心,朕给她一炷香的时间，若是一炷香之后，王妃还没有回来，那朕和你一同亲自去她的漪澜殿向她要人，你以为如何？"

刘轩看着这三人，知道此刻他就是不答应也不行了，毕竟连他的皇兄都已经开口了，他若再不答应，成何体统？他拂袖叹道："罢了罢了，就听皇兄的吧，今日臣弟与皇兄皆在此，谅那拓跋贵妃也不敢放肆妄为！"说完他停了停，走到小权子面前，冷声道："小权子，你可给本王听好了！一炷香之后，若是本王的王妃还没有毫发无损地回来，本王会去向拓跋贵妃要人！若到了那时，本王可不能保证自己会做出什么事！"

那小权子本以为此番定是请不动清河王妃了，本打算一死了之，也好过回去受尽拓跋贵妃折磨，没想到，山重水复疑无路，柳暗花明又一村！兜兜转转之后，这清河王竟然同意了！

一炷香，足够了，足够贵妃对付苏湄若了。

他起身，笑道："多谢王爷，皇上和王爷大可放心，奴才一定将话带到，用不了一炷香的时间，清河王妃自会平安归来，无须劳烦皇上和王爷去漪澜殿要人！清河王妃，这就随奴才去吧。"

刘轩走到苏湄若面前，俯身在她耳畔，用只能他们二人听见的声音说道："湄儿，以我对拓跋盈的了解，你此去她一定会对你下手，不过你大可放心，本王自会去救你……"

第一百二十四章　再入虎口

当苏湄若跟随小权子来到漪澜殿的时候，她就感到了一股杀气。那股杀气，并不是男儿征战沙场面临刀剑无眼的杀气，而是女性天生敏锐的第六感所感受到的。

而那股杀气的源头不是别人，就是此刻在漪澜殿深处坐着的主人，拓跋贵妃所发出来的。

这是苏湄若第一次见到大名鼎鼎的拓跋贵妃，南楚后宫真正的一朵奇葩！南楚的美人，大多是温婉如水的，是柔媚的，是婀娜的。

可是，眼前这人却不是，她的美是艳的，是冷的，是烈的，一下子让她想到了红蔷薇这种花，艳丽夺目却又浑身带着刺，令人不敢轻易靠近！

此刻拓跋盈穿着一身牡丹宫装，她整个人亦如裙裾上所绣满的牡丹一样，雍容华贵，一双手更是涂满了艳丽的朱红色蔻丹。

不知为何，她那一双涂满蔻丹的手，看得久了，让苏湄若觉得有些头晕目眩，而她一进来，就闻到了一股从未闻过的香气！那香气很好闻，好闻到让她心惊，因为，那香气令她沉溺，好像闻了，就再也不想离开一样！

难道……

然而，没等她继续往里想，拓跋盈的声音已经冷冷传来，"原来这就是名动四国的'琴仙'清河王妃苏湄若。"

拓跋盈说完，一步一步下了白玉台阶，走到她面前驻足，仔细端详着她，过了半晌，拊掌赞叹，"果然是美若天仙啊，这张仙子一样的脸蛋别说是清河王和我那傻弟弟拓跋翰会为你神魂颠倒了，就连同样作为女人的我，也要为你倾倒。"

一听到"拓跋翰"这三个字，苏湄若明白了一切，果然如刘轩所料，这拓跋盈今日找她前来，是别有用心！难道，她真的是为了替她弟弟报仇而唤她前来？

苏湄若依旧镇定，目光无惧地与她对视着，"久闻拓跋贵妃容颜绝丽，凤仪万千，今日湄若有幸得见，果然名不虚传！"

拓跋盈似笑非笑地看着她，"清河王妃不但长了一张恍如月下谪仙一般的脸，就连这张樱桃小嘴也生得这么甜。真是可惜，我拓跋盈竟错生成了女儿身，若是男儿身，此刻我必定拥你入怀！"

苏湄若如何听不出她此话中的讽刺之意，却依旧波澜不惊道："贵妃过誉，湄若愧不敢当！湄若不过是萤火之光，如何敢与贵妃娘娘这日月争辉？"

苏湄若没有想到，她这句话似乎触怒了拓跋贵妃，她猛地一挥袖，冷笑道："萤火之光？苏湄若，你可当真是巧舌如簧！不要装了，睁大眼睛看清楚，站在你眼前的是拓跋盈，可不是我那傻弟弟拓跋翰，他会被你迷惑，可我却不会！我们北齐人向来爽快，我也不屑与你兜圈子，今日我叫你来就是为了替我那傻弟弟报仇！他不是迷恋你这张脸吗？既然如此，那我就毁了你这张脸替他报仇，以告慰他在天之灵！"

一切都比苏湄若想象的要快。

她没想到，那拓跋盈刚一说完，原本站在她身后十步开外的侍女，此刻纷纷上前，将她团团围住，她如一条脱水的鱼，被众人拖拽至沙滩上，仿佛在等死！

拓跋盈居高临下地看着他，似乎在看着一条砧板上的鱼，任人宰割，"你们还在等什么？还不将她绑了？"

"是。"众人纷纷点头，向苏湄若靠近。

苏湄若急中生智，从怀中掏出一把刘轩送给她的匕首，看也不看就将那把匕首抵在自己的脖子上，神色如冰，"你们都不要过来！若是你们再敢靠近，我就即刻自尽而死！若我一旦死了，你们以为，清河王和皇上会放过你们吗？别说你们了，就算你们这大殿的主人，拓跋贵妃想必也没有好果子吃！"

苏湄若说完停住，把目光投向拓跋盈，她此刻花容失色，正难以置信地看着她！

拓跋盈怎么都不会料到，眼前这个身材娇小的女子，竟然有勇气能做出这样的举动，实在令她佩服！这也是她拓跋盈有生以来第一次，这样佩服一个南楚的女人！难怪！难怪她的弟弟拓跋翰会被她迷惑至此！

拓跋盈伸手怒指着她，一字一句从唇齿间迸出，"苏湄若你想干什么？赶快放下你的匕首！我拓跋盈平生最恨被人威胁，所以你不要挑战我的底线！我劝你赶快束手就擒，这样也能少受些苦！"

苏湄若却纵声大笑，而她抵在脖子上紧握匕首的那只手却没有松开分毫，"是吗？可是，这一切都是你逼我的！拓跋贵妃，你是聪明人，何况你又是皇上的宠妃，你何必和我这个清河王妃过不去呢？你今日若杀了我，来日你赴黄泉，又有何面目去见拓跋翰？"

拓跋盈不解其意，咬牙切齿道："苏湄若，你这话什么意思？你给我说清楚！"

苏湄若嗤之以鼻，"人人都说拓跋贵妃聪慧过人，可今日一看，才知这传言不过空穴来风罢了！贵妃，拓跋翰泉下有知，若是知道他向来敬重的姐姐亲手杀了他这一生最爱的人，你说他能不怒吗？"

苏湄若的这句话让拓跋盈彻底失去了理智，她上前一把掐住苏湄若的脖子，恶狠狠道："你这妖女给我住口！苏湄若，事到如今，你竟然还敢提起我弟弟！若不是你这妖女，他又怎么会被你迷惑至此，以至于色令智昏，竟然和杨逞联手，陷入了这场杀局，落得这样的下场！你再敢提他一个字，你信不信我现在就掐死你？"说完，她手上一分分加力。

苏湄若渐渐被她掐得喘不过气来，却仍然倔强无惧地与她对视，"拓跋盈，你弟弟拓跋翰此刻正在天上看着你！他看着他的好姐姐，竟然对他最爱的人痛下杀手，你以为他会放过你吗？不！他做鬼都不会放过你！"

"苏湄若,这是你自找的,怪不得我了!"说完,拓跋盈一手夺过苏湄若的匕首,就要往她心口扎去!

苏湄若却镇定依旧,面容未改分毫。

第一百二十五章　由爱故生怖

"哐当"一声巨响雷霆万钧，震惊了整个漪澜殿中的人。"轰然"一声后，漪澜殿本紧锁的大门被撞开了。而伴随着那声巨响而来的，是两个人影。

这两个人不是别人，正是南楚皇室，拥有最高权力的两个男人！一个是天子刘熙，另一个则是一人之下，万人之上的清河王刘轩。

拓跋盈看着来人，目光惊诧万分，她不敢相信眼前这一切都是真的，她这么多年来朝思暮想的那个男人，此刻竟然就出现在她的眼前！

她紧紧盯着刘轩，脸上神情惊到无以复加，掐在苏湄若脖子上的手不觉松了几分。

刘轩破门而入，看到她正掐着他最爱的人时，满腔怒火化为手上的一掌，他毫不犹豫、毫不留情地朝着拓跋盈打去，从唇齿间迸出四个字："蛇蝎毒妇！"

那一掌，他拼尽了全力，拓跋盈瞬间被他打飞，跌倒在地。这一下太过突然，一切都发生在电光火石之间！若非拓跋盈被刘轩这拼尽全力的一掌打得吐血，恐怕她一时半会儿都难以回过神来。

刘熙见状，本能地上前将拓跋盈扶起，他正要柔声问她伤着哪里了，可不料，拓跋盈一把推开了他，这一举动，震惊了漪澜殿满殿的宫娥！在她们的记忆和认知中，从来没有一个人敢这样对南楚的天子！这拓跋盈是第一人，恐怕也是唯一的一人！

刘熙看着眼前这个神志不清、举止失常的女人，长叹了一口气，用力忍住了即将爆发的帝王之怒，来回踱步，拂袖道："盈儿，你这是做什么？"

然而拓跋盈却冷冷瞪了他一眼，口气和目光一样冰冷，"臣妾要做什么，与皇上又有何干？臣妾的事，自是无须皇上费心！"

刘熙气得脸色发青，然而此时此刻还是竭力忍住了。也罢，他总有发作的时候，何必急于这一时呢？

拓跋盈转而看向刘轩，她起身，一步步走到刘轩面前。

然而她每走一步，都觉得心如刀割，因为，她拓跋盈这辈子最爱的男人，对他一见钟情的男人，她朝思暮想的那个男人，此刻竟然紧紧抱着另一个女人！

他将苏湄若小心翼翼地抱在怀里，那副模样，仿佛是在抱着一个绝世珍宝一般，令她怒火中烧！

没有人知道，此时此刻，她有多想和苏湄若交换身份，若她是苏湄若，该有多好！刘轩永远都不会知道，她有多想被他抱在怀里，哪怕时光就此停止，哪怕天地鸿蒙回到最初，哪怕巨浪滔天，哪怕红尘万丈，她迷失深渊，又有何惧？

可这一切，终究不过是她的奢望罢了。

忽然，拓跋盈生出了一种恍惚的错觉，她觉得她每一步，都是走在刀刃上，仿佛有无数把无形的尖刀隐隐约约埋伏在漫漫金砖上！她每走一步就会被刺痛一下，终于，她恍若踏遍千山万水后，走到了刘轩的眼前！可是，这一场漫漫凌迟，似乎永远都不会停止！

她看着刘轩，捂着自己的胸口，面容凄楚，一字一句道："刘轩，为什么这么多年你从来都没有正眼看过我？我拓跋盈是'北齐第一美人'，自幼便有无数北齐好男儿爱慕我，可是为什么偏偏你，却从来都不会多看我一眼？"

刘轩像是听到了天地间最好笑的笑话，他看向拓跋盈的目光冰冷，而语调亦是格外森冷，"贵妃见谅，请恕本王愚钝！实在听不懂贵妃方才所言。不知贵妃可是得了什么不治之症，竟然能说出这样可笑的话来！"他停了下来，忽然话锋一转，"更何况，你方才差点掐死本王的王妃，像贵妃这样的蛇蝎毒妇，本王永远都不会正眼看你一眼！"

刘轩的一字一句化为无数把利箭朝拓跋盈铺天盖地射来，她瞬间怔在当地,捂着胸口,可是却怎么也挡不住心头传来的阵阵心痛。她不甘地摇头,面目狰狞,"刘轩,我是蛇蝎毒妇,那苏湄若又是什么?他把你和我的傻弟弟拓跋翰迷得神魂颠倒,她才是妖女!你为什么不晚来一步呢?你若晚来一步,她此刻早就不在人间,我早就送她下地狱了!我拓跋盈是为民除害,为了不让更多的人被她这张脸所迷惑……"

苏湄若刚才险些被掐得透不过气来,良久后才渐渐好转,她看着刘轩,以为这一切是在做梦!她不敢相信,伸手想摸刘轩的脸,可还没伸一半,刘轩已经紧紧握住她的手,笑容和语调都一样让人如沐春风,"湄儿,你醒了,你放心,有本王在此,拓跋盈那个毒妇伤不了你的,任何人都伤不了你!"

拓跋盈猛得想起了什么,放肆大笑,那笑声如同鬼魅一般凄厉,她语调讽刺,幽幽开口,"刘轩啊刘轩,你以为你真的救下苏湄若了吗?我告诉你,苏湄若她今日自踏入我这漪澜殿开始,这条命就注定已经不是她的了,她已经陷入我布下的死局。"

刘轩闻言抬眼,一字一句冷冷开口:"拓跋盈,你这毒妇到底对苏湄若做了什么?"

拓跋盈看到刘轩因为紧张苏湄若而发怒,不知为何,她竟感到了一种前所未有的快感,她的笑容像极了一朵罂粟花,妖娆万千中又带着无限的恶毒,"人的命数自有天定,你的王妃要何时死又岂是你我说了算的?更何况,刘轩,我既然要害她,又怎会把对她所做的告诉你?我深居后宫多年,竟不知清河王是从何时开始变得如此愚钝?"

刘轩气结,打横抱起苏湄若,看向拓跋盈的目光如能噬人,"拓跋盈,若是苏湄若有半分损伤,本王必在你身上千百倍讨回!"说完他看向刘熙,"皇兄,臣弟实在不放心,此刻必须带湄儿去见何院判!臣弟告退。"

刘熙面不改色:"清河王请便。"

第一百二十六章 非死不得出

拓跋盈怎么都想不到，苏湄若在他心目中，已经重要到这样的地步！若非她今日亲眼所见，她真的不敢相信刘轩已经对她着迷到这样的程度！

而她，这么多年在刘轩身上花的心思，今日全部要付之东流？

不！她不甘！

她望着刘轩不断远去的背影，骤然感到害怕，她控制不住自己，大喊道："刘轩你回来，你快回来！你不能这样对我，我爱慕了你整整六年，你怎么能如此对我？你快回来……"

然而无论她的叫喊声多么令人震惊、心碎，刘轩依旧没有为她回头，甚至，都没有为她停下过脚步。

时间如细沙，渐渐流逝于掌心，就如同刘轩的背影消失在重重殿宇间，再也不见。

看到刘轩渐行渐远而去，拓跋盈颓然跪倒在地，心如死灰。

她闭眼，然而闭眼的那一刻，无数往事朝她排山倒海而来。

她与刘轩的初见。她告诉刘轩，她爱他，她对他遥遥一见便倾心，她愿意做他的妻子，可刘轩却坚定地拒绝了她！他告诉她，她并不是他心中所想的那个人！她心碎，她哭闹，她绝望，然而，始终换不来他一顾！无论是当年，还是今时今日，他从来都不屑一顾！

后来，他的父汗不愿意她再为刘轩这个人费心伤神，父汗告诉她，他为她另择了一门好亲事——嫁给刘轩的哥哥刘熙，去做他的宠妃，去成为她父汗的一双眼睛……

刘熙先打破了沉默，他面容阴沉，语气一如面容一般令人胆战心惊，他一字一句问出口："贵妃，方才你对清河王说的那些话，是否要给朕一个合理的解释？"

听到熟悉的声音响起，拓跋盈渐渐回过神来，她睁眼，拂袖擦去了脸上的泪，起身笑道："不知皇上想让臣妾解释什么？"

刘熙紧握住双手，竭力忍住此刻想要挥拳痛打她一顿的冲动，冷笑道："贵妃，朕的耐心是有限度的！你不要仗着朕宠爱你，就一次又一次挑战朕的底线！朕是南楚的帝王，却也是一个男人！方才你的所作所为，试问天底下有哪一个男人，可以接受自己的女人竟然对别的男人心存情意？"

拓跋盈听他说得如此一本正经，笑得讽刺："皇上，您对臣妾是宠，可却没有爱！臣妾有自知之明，臣妾不过是你和父汗互相博弈的一枚棋子罢了。需要时，自然百般宠爱万般呵护，不需要时，即刻弃如敝屣不再过问！这么多年过去了，臣妾早已看透这一切，皇上何必再惺惺作态！"

刘熙一把上前，伸手抬住她的下巴，手上不断加力，渐渐地，拓跋盈本来费心保养多年如白玉凝脂一般的肌肤上，红了一片。

然而，刘熙并不怜香惜玉，依旧没有停下手上的动作，他眉梢一扬，质问道："拓跋盈，你有没有良心？这么多年，你以为朕对你的忍耐还不够吗？你以为朕不知道你那野心勃勃的父汗当初送你来此的目的是什么吗？他不过就是想让你做他的眼睛罢了！这么多年，你背着朕做的那些事，朕一直都睁一只眼，闭一只眼，从不过问！可今日，你实在太令朕失望，你竟然对朕的亲弟弟存了这样的心思！你告诉朕，朕该把你如何？"

拓跋盈无惧地与他对视，一双丹凤眼中满是讽刺，笑意如五月盛放的红蔷薇一般，"皇上，你说的不错，臣妾的确是爱慕你的弟弟。事已至此，不妨告诉皇上，当年若非他执意拒绝了臣妾，臣妾此时又怎会在这不见天日的去处？在臣妾心里，臣妾早就是清河王妃了，与清河王他琴瑟和鸣、凤凰于飞……"

听到这里，刘熙实在忍无可忍，他伸手"啪"的两声，在拓跋盈的脸颊两侧都留下了五道鲜红的手掌印！他瞪眼怒斥道："你这不知羞耻的贱人还不快给朕住口！朕现在就杀了你，省得你再玷污朕的颜面！"说完，他暴喝一声，"来人！"

本在殿外守着的德胜闻言，立马进殿。

他一进殿，就感觉到此刻漪澜殿中的气氛不同于往常，格外诡异。那殿中主人拓跋贵妃此时竟蜷缩于地，而她的脸颊两侧鲜红一片，嘴角不时还有鲜血流出。他在南楚宫廷沉浮数十载，眼力又向来过人，自然知晓刚刚发生了何事。他上前一步，战战兢兢道："不知皇上有何吩咐？"

刘熙拂袖，怒指地上的拓跋盈，"快！快给朕把她……"

然而，刘熙的话说到一半，却怎么也说不下去了，因为拓跋盈脸上的神情刺痛了他，那是一副视死如归的神情！

德胜忍不住开口提醒，"皇上，您方才话还没说完，要把贵妃怎么样？"

刘熙回过神来，改变了本来的决定，"传朕旨意，拓跋贵妃言行无状，行迹疯迷，即日起，幽闭漪澜殿，任何人不得与她相见，非死不得出！"

"非死不得出"这五个字，如同晴天霹雳，瞬间炸醒了拓跋盈，她起身，扑到刘熙身上，难以置信地摇头，哭泣道："皇上不要！若是臣妾此生'非死不得出'，那你还不如一条白绫赐死臣妾呢！"

"白绫赐死你？"刘熙伸手抚摸她肿胀的面颊，语调冰冷彻骨，看向她的眼神如同在看一个陌生人，"爱妃，你可知长安白绫价贵？况且，朕又如何忍心让那白绫勒死你这美丽的脖子？"

拓跋盈突然纵声大笑，"皇上，你以为臣妾会如你的意，安静听话地在此等死吗？不！绝不！你做梦！"

刘熙听出她话里有话，警惕道："你还想干什么？朕警告你，若再敢惹事，朕一定会让你求生不得，求死不能！"

第一百二十七章　凤舞九天

漪澜殿。

殿外月明星稀，殿内形单影只。

拓跋盈的贴身侍女蓉儿看着眼前一动未动的饮食，深深叹了一口气，道："贵妃娘娘，你没有进午膳，这晚膳怎么也要用一点。皇上虽将你禁足，可他吩咐你的饮食和用度一切如未禁足时一样，可见他心里还是有你的。"

拓跋盈环顾四周，不知怎的，忽然想起汉人诗句"寂寞空庭春欲晚，梨花满地不开门"，笑意凄凄，亦如离枝落花，"蓉儿，今时今日怎么会和从前一样呢？从前，我纵然失宠，可到底是个自由之身，可如今呢，非死不得出，在这座冰冷的囚宫里，现在的我和一个死人有何区别？"

蓉儿是从小服侍拓跋盈的侍女，陪伴她一起长大，陪着她从北齐一路远嫁到南楚，自然十分了解她。听她这样说，心里早就一片翻涌，她止不住地摇头，"不！公主不能这么想，皇上是因为一时气愤，也是因为要给清河王一个交代，所以才下了这样的命令，日后皇上气消了，他必定会下令解除公主的禁足令，他日自会还公主一个自由之身！"

蓉儿的这一声声"公主"，似乎让拓跋盈产生了恍惚的错觉。

她以为，她回到了从前在北齐的时光。那时她是草原上的天之骄女，无忧无虑，那时的她怎么都不会料到，日后竟然会因为一念之差，被永困于南楚后庭，日日只能见到那巴掌大的天，还有那连绵不断，仿佛永远永远都看不到尽头的宫墙……

而这道宫墙，锁尽她一生的希望和欢欣，断送她一生的痴念和自由，她是宫墙中最孤寂的灵魂，深深辗转却不能回头。

今夜，她忽然倦了，也许，所有的一切都该有个了断了吧。

蓉儿故意唤她"公主",她希冀自己这一声声"公主",能让公主想到美好无忧的往日时光。

拓跋盈如何不知晓她的意思,她俯首,在她的耳畔低语,"蓉儿,你替我做一件事,现在就去请皇上过来,就说……"

拓跋盈一说完,蓉儿却早已吓得花容失色,她颤颤开口,"公主,真的要这么说吗?按照皇上的脾气,他恐怕不会如公主所愿……"

"你放心,以我对他的了解,只有这样说他才会来。你只管去就是了,我在这里等你。"还没等她说完,拓跋盈已经出声笑着打断。

刘熙来到漪澜殿,是一炷香后的事。

刘熙没有想到,他一入殿就看到了这样的拓跋盈。

拓跋盈盛装打扮,那身鲜红的舞衣如烈火扬扬,令他倾刻间回忆起与她的初见。

他控制住自己不要去想,冷声开口,"贵妃,好好的你又胡闹什么?"

拓跋盈却笑了,那一笑,是女儿家的风韵,她仿佛回到了未出嫁时的静好年华,"臣妾知道,皇上一定会来,皇上果然没令臣妾失望。不知皇上可还记得,臣妾与你初见时穿的正是这件舞衣。那时你来北齐,父汗命我为你跳舞,我便这般打扮,为你跳了北齐最迷人的舞——《凤舞九天》。这么多年过去了,皇上,你想不想再看一次?"

刘熙自踏入漪澜殿的那刻起就感觉到了拓跋盈的古怪,可他又说不出哪里古怪。此刻,听到她说"凤舞九天"这四个字,他的目光瞬间变得温柔了很多,他优雅地落座,拿起汝窑茶盏自斟自饮,摆了摆手道:"多年不曾见你跳舞,今日难得你有雅兴,朕自然乐意一观。"

拓跋盈缓缓走到他的面前,落定,看了看她的贴身侍女蓉儿,蓉儿会意,吹起了笙箫。

笙箫这个乐器,本就是北齐土生土长的乐器。只是,世人并不知晓,它其实也是《凤舞九天》这个舞最原本的伴奏乐器。

世人总以为,《凤舞九天》这样震撼的舞蹈,一定要用所有吹拉弹唱的乐器来伴奏。然而事实并非如此，筚篥才是与《凤舞九天》最配的乐器。因为，最简单的往往才是最相配的。

乐起，拓跋盈亦翩然而起。

隰桑有阿，其叶有难，既见君子，其乐如何。

隰桑有阿，其叶有沃，既见君子，云何不乐。

隰桑有阿，其叶有幽，既见君子，德音孔胶。

心乎爱矣，遐不谓矣，中心藏之，何日忘之。

蓉儿吹的是《诗经》中的《隰桑》，是女子的爱情自白。

中心藏之，何日忘之？

拓跋盈的这支《凤舞九天》，最初本是为了清河王而跳，可是她无论跳得多好，清河王始终都恍若未见。

她蓦地想起，那一年，也是这样月明星稀的时分，她蒙着面纱，跳着她最擅长的《凤舞九天》，火红的舞衣一如她这个人一般，热烈、张扬，沸腾了满殿。她看到刘轩与刘熙的反应截然不同。

刘轩不为所动，只是喝着夜光杯中的葡萄美酒。

可刘熙的眼神，却从头到尾没有离开过她。

她以为这么多年过去，她已经忘了刘熙与她初见时的眼神，可这一刻，所有的往事排山倒海朝她滚滚而来。

凉风初起，吹得她整个人翩翩如风，竟要就此归去！广袖被风带起，飘飘欲仙，她随性舞了起来，依稀还是当年的绰约风姿，所舞的，依旧还是那支《凤舞九天》。玉臂轻舒，裙衣斜曳，双袖飘举如游鱼摆尾，身姿飘摇若转蓬飞絮。时而恍如轻云蔽月，时而仿若流风回雪，时而皎若朝霞初绽，时而又灼若芙蕖出渌波。左旋右转不知疲，千匝万周无已时……

此刻并无鼓声伴奏，只有蓉儿的筚篥声来为她伴奏，她也没有像当年第一次跳时那样精心准备，不过她更喜欢自己此刻所跳的，她这一生——所有的欢欣、痛苦、泪水……尽付其中了。舞，本就应为自己而跳。随心而起，随心而舞，才是舞之本意。

可惜世人，大多曲解了舞之本意。

第一百二十八章　焚心似火

拓跋盈在跳到高潮的时候，她看到刘熙的眼神亦如当年那样迷醉。

原来多年以后，他还会用这样的眼神来看她。

这一刻，她多想时光倒流，如果可以，她愿倾尽所能回到最初。如果她最初，先遇到的那个人是刘熙，先爱上的那个人是他，那该有多好，也许她这一生，完全不是今日的结局。

如果她没有先遇见刘轩，那该多好……

突然，她因为深陷往事的泥沼之中，脚步一滑，整个人竟然向后摔去，蓉儿看到大惊，连忙放下手中的竽篥，朝她奔来。

可有一人比她更快，刘熙反应过来，将她稳稳地抱住，忍不住斥道："为何如此不当心？若朕此刻不在，你可知后果是什么？"

拓跋盈两手一勾，自然而然地环住了刘熙的脖子，撒娇道："皇上不知，臣妾乃北齐的'舞中国手'，从小练习《凤舞九天》之舞，曾用心研习过不下千遍，刚才失误是因为臣妾想到了往事。臣妾在想，若是最初遇到的那个人是你，也许臣妾这一生就不一样了。"

刘熙将她抱在怀里，语调迷离又温柔，"盈儿，你多想了。朕将你终身禁足，是为了给清河王一个交代，毕竟他是朕一母同胞的亲弟弟，你伤了他的王妃，朕自然不得不处置你。"

"皇上不要说这些。其实臣妾方才突然想通了，也许臣妾这一生，都不过是活在自己的梦里，从来没有醒过，也从未愿意醒来！这个梦做了太久，如今，也该醒了，也该回到属于我的地方去了。"拓跋盈笑得恍惚，如一朵在他怀中绽放的昙花一般，瞬间开放却又瞬间凋零，再也无踪无迹。

刘熙将她抱得更紧了，闭眼道："盈儿，你要回哪里去？这里就是你的家。"

拓跋盈摇首："皇上放心，臣妾不会想不开的，臣妾只是要回该回的地方去，从来处来，自然要回到归处去。"她停了一停，在刘熙脸上落下一吻，这是她有生以来第一次主动吻他，"皇上，今生是盈儿对不起你，若有来生，盈儿愿意，好好地与你在一起，好好地做你的妻子。时间不早了，盈儿累了，皇上，你也回去好好休息吧。"

刘熙不敢相信刚刚发生的一切是真的，他心爱的人竟然主动吻了他！这是他曾经在梦中梦过无数次的景象，没想到这次却成真了，所以他没有格外留意拓跋盈说的话，他激动地将她打横抱起，直奔内殿，将她放在床上，笑得像个孩子，"那你好好休息，朕明日下了朝就来看你，你再为朕跳《凤舞九天》好不好？"

拓跋盈绽放出了绝美的笑靥，是最后一次对他笑了吧，那就笑到最美吧，她的语调温柔，"好，皇上记得说话算话，臣妾等你来。"

刘熙在她脸颊落了深情一吻，便走了。

"吱呀"一声，刘熙走后，朱红色的大门关上了，隔绝了她与外人的世界。

已是掌灯时分了。一切该结束了。

拓跋盈的声音如烟似雾，"蓉儿，我想吃芙蓉酥，你去御膳房拿一点来。"

蓉儿虽然疑惑，却并未多想，转身就往御膳房奔去。

蓉儿一走，拓跋盈便随手拿起一盏宫灯，没有多想，点燃了鲛绡帐。火，迅速蔓延，以极快的速度，将她吞噬其中。

熊熊烈火中，她笑了，烈火焚烧，亦焚不尽她的绝世容光，她如骄傲的凤凰，翱翔九天！生命的最后，她依然骄傲，依然穿着最爱的红衣，依然如火猎猎飞扬。她的目光渐渐涣散，目光的尽头，是她无尽向往却再也回不去的北齐大草原……

若有来生，她只愿做草原上的骏马或是雄鹰，可以自由驰骋抑或是飞翔于天地间，不愿再为人，更不愿再为情所困！这一世，已然太苦，活过这一生，够了，那一人，只愿来生莫要再有任何交集！

这寂寂深夜中，这熊熊烈火里，她似乎听见了千万种声音，奏响了她一生的悲欢离合，是什么声音呢？她不知了。

昨日还是红艳凝香，今朝却已零落成泥；昨日还是红颜绝色，今朝却已破碎火中……

等到蓉儿拿着芙蓉酥回到漪澜殿的时候，却发现火光漫天，似乎要燃尽整座宫殿！

她知道晚了，一切都晚了！这一切都是公主拓跋盈早就算好的！

从她被刘熙下令此生"非死不得出"永远禁足的那一刻开始，她就有了今日所有的打算，她就已经想好了这一步！

她看到漪澜殿中的宫娥在拼命地泼水救火，可根本无济于事！公主这场用生命精心策划而出的大火，又岂是三五人力可以扑灭的？

她心痛到无以复加，从小侍奉公主，从小和她一起长大，公主虽然刁蛮任性，可对她却是极好，从来都没有呵骂过她，从未将她当作一个奴才来对待，反而一直对她胜似姐妹！

如今，她选择独自一人离开这个世界，她会孤单的吧，那她就来陪她！

她根本没有多想，毫不犹豫地冲进了熊熊烈火燃烧的漪澜殿！她无惧这滔天大火，她在这世上无父无母，她从小被公主收养，公主就是她此生唯一的亲人！

而此刻，公主已去，她还活在这个世界上做什么呢？

不如归去，不如与公主一同归去吧，黄泉路上，也好有个伴！

"公主放心，蓉儿来了，我们黄泉路上一路相陪，也不孤单，还记得蓉儿曾经和公主说的吗？我们这辈子要时时刻刻不分开，如今，公主又怎可抛下蓉儿独自而去呢……"蓉儿笑着奔赴烈火中，脸上却洋溢着幸福的笑容，仿佛她此去，只是去春日踏青，夏日观荷，秋日赏菊，冬日看雪，而不是消失在这世间，从此再也不见，如尘沙湮灭无迹……

第一百二十九章　死局

清河王府。

刘轩难以置信地问："何院判，你……你方才说什么？本王没有听清，你再说一遍！"

那何院判甚是无奈地抚了一把胡须，不断地摇头，叹息道："王爷，微臣方才说王妃中了一种名叫'凌和香'的奇毒，能解此毒的唯一解药是天山雪莲，三日之内服下可解此毒。只是那天山离我南楚远隔千里，恐怕难矣！"

刘轩手握成拳，"王妃方才是从拓跋贵妃的漪澜殿内出来，本王将她带回府，她就成了这样。拓跋盈，一定是她搞的鬼！"

何院判似乎想起了什么，转头望向此刻躺在床上全身无力的苏湄若，问道："不知王妃方才在拓跋贵妃的漪澜殿中都发生了什么？"

苏湄若回忆起了方才一进漪澜殿中就闻到的那股摄人心魄的香，有那拓跋盈手上鲜红的蔻丹，更让她惊心，她一五一十地说出，"何院判，实不相瞒，方才我一进拓跋贵妃的漪澜殿，就闻到了一股特别浓郁的香味，然后我便觉得有些头晕，可是很奇怪，那香味似乎有一种魔力，让人闻了还想再闻，不能离开！你说我中了'凌和香'的奇毒，不知可是她宫中这香？"

何院判听着苏湄若的描述，脸色越来越难看，听她说完，神色大变，"依王妃方才所言，微臣可以断定，此香浓郁刺鼻，却又摄人心魄，让人闻了还想再闻，必是那'凌和香'无疑！"

苏湄若不知为何，突然感觉眼前出现了一双涂满蔻丹的手，那手不是别人的，正是拓跋盈的手！她使劲晃了晃眼，可那双手却仿佛一直在眼前，从未离开，也不愿离开！她忍不住大声叫了起来！

刘轩紧紧地抱住她，哄道："湄儿，我在这里，你别怕！告诉我，你这是怎么了？"

苏湄若的心口突然跳得奇快，她摇头，"我想起来了，方才我进漪澜殿，那拓跋盈手上涂满鲜红的蔻丹，那颜色让人看了心惊，直到现在，她那双鲜红欲滴涂满蔻丹的手还在我的脑海里不停出现！"

何院判起身，闭了闭眼，语调沉痛："微臣知道了，是拓跋贵妃！她心思歹毒，不仅下了'凌和香'，还在手上涂了'朱鹤'的蔻丹！习医者都知道，这'凌和香'和'朱鹤'最为相冲，一旦混合在一起，则会变成天下奇毒！而这'凌和香'和'朱鹤'都是西域剧毒，拓跋贵妃出身北齐，她自然能下这样的毒！"

刘轩想起来了，方才他闯进漪澜殿救下苏湄若后，拓跋盈对他说的话——刘轩啊刘轩，你以为你真的救下苏湄若了吗？我告诉你，苏湄若她今日自踏入我这漪澜殿开始，这条命就注定已经不是她的了，她已经陷入我布下的死局！

原来如此！

原来，这"凌和香"与"朱鹤"，便是她拓跋盈精心策划而布下的死局！

想到这里，刘轩忍不住喝骂道："好一个拓跋盈！本王从前可真是小看她了！都说北齐女子性烈如火，宁折不弯，本王看她却是个奇葩，诡计多端，手段阴狠毒辣，简直可恶！"他停了一停，看向何院判的脸色有些好转，"何院判，王妃这毒，可能解？"

何院判叹了一口气，叹出无尽失望，"微臣不敢欺瞒王爷，若是单单只有一个'凌和香'，以臣的医术，若是三日之内能得到天山雪莲，臣定能让王妃药到病除！可是多了这'朱鹤'，恐怕这三日时间要缩短成一日了！若是明日此时，王妃还没有服下解药，恐怕王妃就会……"说到这里，他停住了，他把目光投向苏湄若，他实在难以说出接下来的话！他怎么都不能想象，若是没有解药，眼前这绝色的美人，这清河王妃，南楚的"琴仙"，明日此时便会全身化脓而死！

苏湄若定了定神，笑容明媚，像孩子一般，亦用孩子一样的口气问出，"何院判，你但说无妨！我撑得住，此刻正洗耳恭听呢！"

何院判看着眼前这明媚的女子，突然想到了家中的女儿，眼中的老泪难以克制，终是落了下来，"事已至此，既然王妃执意要知晓，那微臣就如实相告，若是明日此时，王妃还没有服下唯一的解药天山雪莲，恐怕王妃将会全身化脓而死！"

这一刻，苏湄若的内心起伏万千！她想，自己应该是穿越到古代最惨的王妃吧！

穿越到这南楚第三天，就被原主的亲妹妹苏湄雪和刘轩的侧妃阮玉蝶合谋下毒，中了"竹叶青"，也是天下奇毒！

后来的中秋夜宴上，她又被苏湄雪和刘渊合谋毒害，中了"花非花"的西域奇毒！

此刻，又中了拓跋盈精心布下的圈套——"凌和香"与"朱鹤"混合而成的天下奇毒！

她真是不明白，这些人到底和这个原主有多大的仇、多大的恨？竟然一次一次不肯放过她！

想到这里，苏湄若第一次感到人生的心酸，不过脸上却不肯露出分毫，她紧紧抱住刘轩，撒娇道："王爷，湄儿一次次化险为夷，这一次也定不会例外！王爷说是不是？"说完她深情地看着刘轩。

刘轩此刻心内却如被针扎、如被刀割，他又怎会不明白？她是故意做出这样的动作，也是故意说出这样一番话，为的就是让他放心！可他又如何忍心？他将她抱得更紧了，语调坚定，仿若泰山不崩，"湄儿放心，本王自然不会让你有事的。你是本王的'克星'，更是本王的'小魔妃'，老天怎么可能轻易地将你从本王身边夺走呢？"

苏湄若听到刘轩这声"小魔妃"，忍不住笑出声，这一笑，令刘轩神迷，令他情醉，因为这一笑，胜似上林苑中万千花木盛放，不经意间令三春失色……

过了许久，苏湄若才开口，"王爷说得不错，老天必不会如此残忍，所以湄儿是有救的！"

第一百三十章　王府闹鬼

何院判长叹出声，"可是王爷，这天山雪莲，世人皆知只有天山才有，况且这天山与我南楚远隔千里，王爷就算此刻赶去，明日也根本无法回来，所以……"他停住了，怎么也不忍再说下去了。

刘轩的贴身侍从风驰、电掣二人似乎想起了什么，齐声道："王爷，王妃有救了！"

刘轩眼中神色大亮，"你二人此话何意？"

风驰笑道："王爷难道忘了吗？之前那东秦王杨逞不是送给王爷三样礼物吗？其中一样就是天山雪莲！如今它正放在咱们王府的聚宝阁中，也许那朵天山雪莲正可以解王妃此毒！"

刘轩听了喜不自胜，"本王真是糊涂了！快！你二人速去将那天山雪莲拿来！"

二人不再多言，立马转身往那聚宝阁方向去。

一炷香后，二人回来了。

风驰手捧一个精致雕花的檀香盒子，而那天山雪莲正平静地躺在里面。

刘轩伸手，将它接过，递给何院判，"以防万一，何院判，东秦王送给本王的天山雪莲，还需你过目，否则本王不放心！"

那何院判听到"东秦王杨逞"这五个字，神色大惊！毕竟"杨逞"这个名字，对四国的人来说都是一场劫难！

"何院判，你怎么还不接过？"刘轩焦急的声音传来。

何院判回过神来，伸手接过，打开盒子，只见那朵天山雪莲通体全白，一下子让人想到了天山上那瑰丽的奇景！他将它置于掌中，仔细端详后，笑道："王爷放心，微臣可以确定，此物正是天山雪莲！恰恰能解王妃此毒！"

刘轩大喜，"快！何院判快去研药！"说完，他一把将苏湄若抱在怀里，语调悠悠而起，"湄儿，本王第一次知晓什么是因祸得福！倘若，不是那杨逞意图挑起四国之战，将这天山雪莲赠予本王，今日又如何能救你呢？可见这世事错落，皆是因果循环，早已注定！"

苏湄若此刻好像还没回过神来。她感觉刚刚像做了一场梦一样，像是回到21世纪，坐过山车一样惊险刺激！

她记得刚刚分明被何院判宣布了死刑，可现在却又因为杨逞当日别有居心送来的天山雪莲而得救了！

这真是一出精彩的大戏，让人啼笑皆非！她觉得，她已经越来越适应古代的生活，因为，她的生活从来不缺戏剧性的情节，屡屡徘徊生死边缘，却又屡屡峰回路转、柳暗花明！

如果有一天，她真的重新回到21世纪，她还能适应吗？不！她想她是不能适应的！那么，就让她永远地留在这里吧！每天和刘轩在一起，一同抚琴、吟诗、望月、品茶、听雨、赏梅、寻幽……执子之手、与子偕老，快快乐乐地过完这一生，足矣！

人生百年，看似路很长，其实不过弹指挥袖间，刹那尘烟罢了。

苏湄若服下天山雪莲后便好转了。她和刘轩又像从前一样，过着神仙眷侣般的生活。

然而好景不长，清河王府不知从何时开始，每夜子时，后院中都会出现两个女鬼！那两个女鬼，白衣飘飘，脸上浓墨重彩，长发凌乱不堪，吓坏了府中之人，弄得整个王府的人，皆无精打采，成日惊惶失措，心神恍惚。

"王爷，再这样下去，恐怕咱们王府人人都要疯魔了！这两个女鬼还需尽快抓住！"风驰、电掣忧心道。

刘轩冷笑，"这世上哪会有真的鬼？不过是有心人存心装神弄鬼罢了！既然如此，那本王则去好好会会这两个女鬼，风驰、电掣，你二人听好,今夜子时……"

子时。

月黑风高。

那两个女鬼一如往常一样出现在了王府后院,嘴里反反复复念叨着一句话,"刘轩,苏湄若,你们二人的死期快到了,别再躲了!"

这句话一直飘荡在整个王府,令人不寒而栗!那两个女鬼声音凄厉,行踪飘忽,自以为智计无双,能像往日一样奸计得逞,却不料今日她们一出现,就被早已埋伏在后院的风驰、电掣逮了个正着!

几乎是同一瞬,火把照亮了整个王府后院,刘轩和苏湄若相携而出。

那两个女鬼看到刘轩出来,反应迥异。

那个子高挑的女鬼拼命将头低下,似乎不想让刘轩认出她是谁,而另一个身材矮小的女鬼则恰恰相反,她仰头无惧地瞪着他!

虽然两人都化了浓妆,可是刘轩和苏湄若,还是一眼认出,这个身材矮小的女鬼不是别人,就是苏湄若同父异母的妹妹,之前被刘熙下令废为庶人、永世不得回南楚的岐山王侧妃苏湄雪!

而那高挑的女鬼,苏湄若并没有认出,可刘轩却认出了!他一把走到她面前,抬起她的下巴,迫使她对着他,她抬眼的那一瞬,刘轩冷笑,"果然是你!玉蝶,本王就知道是你搞的鬼!看来你上次毒害王妃,是本王给你的惩罚太轻了,所以才不长记性!本王真是后悔,当时就应该废了你!"

阮玉蝶被刘轩一眼认出,神情有些凄然,"若非王爷狠心下令将我终身禁足'无妄阁',我又怎会同流合污,出此下策?所以导致今日这一切的不是别人,是王爷你!"

苏湄雪听到她说"同流合污"这四个字,怒不可遏,往她身上啐了一口,"阮玉蝶,你可真是不要脸!当初你与我合作可并不是这么说的,如今倒好,被抓住了便用'同流合污'这样可笑的说辞来为自己开脱!我苏湄雪真是瞎了眼,找了你这样的人来合作!"

刘轩呵斥,"苏湄雪,你给本王闭嘴!你一次又一次地害湄若,本王之前都饶了你,可没想到,你还是贼心不死,既然如此,今日可怪不得本王了!"

第一百三十一章　死得其所

苏湄雪忽然挣脱了钳制住她的侍从，飞奔到苏湄若身前，以近乎鬼魅一般的速度掏出了怀中的匕首，就要往她的胸口刺去！

刘轩看到后早已飞身来到苏湄若的身前，他没有丝毫犹豫，准备替她挡下这致命的一击。

苏湄雪看到刘轩不顾自身安危，拼死为苏湄若挡下她这一剑，心头如被万千蝼蚁噬咬，心口钻心裂肺地疼！

然而，一切并没有如苏湄雪所想的那样发生。

因为，有一人挡在了刘轩的身前。千钧一发之刻，阮玉蝶的呼声震天动地，"王爷……"

苏湄雪那致命的一剑，狠狠地刺进了阮玉蝶的心口，瞬间鲜血飞溅，阮玉蝶如一只死去的蝶，翩然坠地。

苏湄雪难以置信地睁大双眼，她拼命摇头，一副恨铁不成钢的神情，"阮玉蝶，你疯了是不是？你为什么要替刘轩挡这一剑？他根本就不爱你，你又何必枉送了自己的性命？"

阮玉蝶却伸手握住扎在心口的匕首，奋力将它拔出，"唰"的一声，扔到苏湄雪的身上，她咯咯笑道，看向苏湄雪的眼神无比讽刺，"苏湄雪，同样是爱刘轩，我阮玉蝶却愿意为了他而死，可你呢？从头到尾，你因为始终得不到他，你因为他不爱你，而费尽心思想要杀了他最心爱的人！你苏湄雪这一生何其可悲，一生都活在痛苦里，一生都未学会怎样去爱一个人！"

这一切变故都在电光火石间，一切都来得太快，快到苏湄若难以置信，眼前这一切竟然是真实发生并已经存在的事实！

她捂住嘴，眼泪却止不住地"滴答滴答"落在手背上。

412

同样不敢相信的还有刘轩。他怎么都不会料到,阮玉蝶竟然会做出这样的举动!他伸手,毫不犹豫地将阮玉蝶抱在了怀里,他看向她的眼神十分复杂,末了,他重重地叹了一口气,"玉蝶,你为什么这么傻?为什么要去替本王挡这一剑?嫁给本王这么多年,你不会不知道,以本王的身手定不会有事,可你为什么还要这么做?"

阮玉蝶笑了,那一笑,是她生命最后的绝艳,她笑得温柔,语调亦如此,"王爷,玉蝶自十四岁嫁于你做你的侧妃,如今三年过去,你纵然磐石已转移,可我始终蒲草韧如丝,从未变过,也永远都不会变。"

刘轩摇头,"玉蝶,你真傻,你明明知道本王的心思早已不在你身上,可你却还愿意为了本王付出性命。也罢,本王今生欠你的这条命,来生还你。"

阮玉蝶笑得凄艳,她伸手抚上刘轩的眉眼与双颊,语调悠悠如天际浮云来来去去、聚聚离离,"王爷,你可知,我为何要答应苏湄雪和她一起来演这场闹鬼的闹剧?"

刘轩虽已猜出原因,却还是如她所愿问了出口,"为何?"

阮玉蝶神情沉醉,眼神与语调一般飘渺,"是因为,我不甘心,我不情愿,就这样听话地走完你为我安排的人生!我不愿就这样被你囚禁在'无妄阁'直到老,所以我要拼死一搏!与其被你囚禁终生而死,倒不如为你而死,这样我也算死得其所,这样王爷是不是会记得我?那玉蝶此生,也不枉了……"说完,她的右手无声无息地垂落。

刘轩看着倒在他怀里的阮玉蝶,她面容安静,笑着离开世界,没有悲伤,似乎又回到了初嫁给他时的静好年华。

这一刻,他在脑海中思索他初见玉蝶时的场景。

那时长安三月,陌上花开,风轻云淡,南楚所有的世家公子都出席了一场名叫"松风"的雅集。

而他作为南楚最精通吃喝玩乐的富贵王爷,自然到场。他玩得闷了,便泛舟而去,忽然在水上听到了一阵极为动人的歌声。

他按捺不住地循声而去,兜兜转转后终于找到了歌者。

那歌者着了一身天青色的齐胸襦裙，整个人也像极了翠色青青的江南三月。他问她姓甚名谁，她以白玉蝴蝶的团扇掩面，却又暗送秋波，怯生生道："妾姓阮，小名玉蝶。"

阮玉蝶，阮玉蝶，他当时念了好久，他在想，这个名字怎么如此好听，让人叫了就不肯停下来。

这，是他与玉蝶的初见。

此刻，仿佛时光倒流，又回到了他们的初见，回到了那个长安三月，又见陌上花开，只可惜那次是美如画的初遇，而今日，却是人死如灯灭的天人永隔！

他想起，玉蝶初嫁给他时，两人也度过了一段琴瑟和鸣的日子。只是后来，他遇到了苏湄若，移情别恋。玉蝶虽好，可却不是他心中最想要的那个人！

所以，自从他娶了苏湄若为王妃以后，他就再也没有去过玉蝶那里。玉蝶那时一定是心有不甘，所以一时头昏才会被苏湄雪挑拨，才会与刘渊和苏湄雪合作，在他最心爱的琴上下毒，导致苏湄若中了西域奇毒"竹叶青"，性命危在旦夕！

他一怒之下便下令，将她囚于"无妄阁"中，直到老，直到死，不得出！

后来，午夜梦回的时候，他也曾后悔，可是，他看玉蝶一直没有反应，他也就作罢了。

然而世事多难料，绝不会尽如人意。

若时光可以倒流，他宁愿这辈子不要遇到玉蝶！如此，她这一生，也许能活得更逍遥，能过得更快乐，她会遇到一个真正爱她的男子与她举案齐眉、白首到老……

第一百三十二章　阴魂不散

刘轩从往事中怅然醒转，他轻轻抚摸玉蝶的脸，柔声细语，"玉蝶，你这一生被苏湄雪给毁了！若不是她，你现在还是本王的侧妃，本王待你，还会和从前一样，纵然没有爱了，却还是会眷顾于你，也好过你今日这般了断。不过你放心，本王自会为你讨回公道，本王会为你报仇的，你安心地去吧！"说完他转身看向贴身侍从，"风驰、电掣，你二人好好地将本王的侧妃葬了，将她的后事妥善安排好，即刻就去。"

风驰、电掣两人立刻上前，领命而去。

二人一去，刘轩便转身来到了苏湄雪的身前。

他看着她，毫不怜香惜玉，以闪电般的速度出手，在她脸上狠狠打了三个巴掌，边打边吼，声声歇斯底里，"苏湄雪，你给本王听好了，今日本王打你的三个巴掌不是没有原因的！第一个是为了湄儿，因为有你这样心如蛇蝎的妹妹，她才会一次又一次陷入险境！第二个为的是我那可怜的三哥，他受了你的蛊惑，所以才会被皇兄下令废为庶人，永世不得回南楚。他走投无路之下去了西梁，受尽千般苦万般折磨，最后却不得善终！这第三个则是为死去的玉蝶而打！若不是你，她怎么会被本王禁足？若非你从中作梗，她又怎会再次鬼迷心窍，误入歧途，走上了这条不归路？"

刘轩的这三个巴掌，每一个，都拼尽了全力，声声响彻云霄，声声撕裂黑夜！

苏湄雪被他打得口中的鲜血不断往外流，她想要站起，却始终站不起来，如此反反复复挣扎几次后，她也放弃了，哭天喊地道："刘轩，你有什么资格打我？若不是你，我苏湄雪又怎么会变成如今这副人不人鬼不鬼的模样？我成了如今这个样子，一切都拜你所赐，你才是导致这一切悲剧的罪魁祸首！"

刘轩上前几步，居高临下地看着她，那眼神仿佛在看一只蝼蚁，"苏湄雪，本王愚钝，竟不知你成了今日这般模样原来是拜本王所赐！难道是本王指使你一次又一次地加害苏湄若？还是本王指使你去迷惑刘渊和玉蝶？"

苏湄雪突然静了下来，面容凄楚，她脸上所化的浓妆也被泪水冲淡了很多，"你自是没有指使我，可若不是我爱上了你，又怎么会一步错步步错，做出这些事情来？你当日所娶的那个人若是我而不是苏湄若，我又怎么会步步沦陷？所以，我这一生终是被你刘轩给毁了！"

刘轩冷冷地说："毁了你自己这一生的根本不是别人，是你自己！苏湄雪，你是我南楚'神威大将军'之女，你本来会拥有一个幸福美满的人生。可是你，因为爱而不得，一步错步步错，终于一发不可收拾，酿成了今日所有苦果！所以，你的悲剧，是你自己一手造成的！"他停了一停，不可思议道："况且，在那日的中秋夜宴上，你与刘渊毒害湄儿之事被揭穿，皇兄一怒之下，将你二人废为庶人，并且永世不得回南楚，你为何还要回来送死？本王真是百思不得其解！"

刘轩这番话似乎深深刺痛了苏湄雪，她挣扎着站起，一步一步朝刘轩面前走去，仰天长笑道："原来清河王还记得我被你那皇兄下令废为庶人，永世不得回南楚！不错，我自然明白一旦回南楚被发现就是死路一条，可我宁愿回来死在南楚，也不愿待在北齐，被拓跋翰折磨得生不如死！"

听到"拓跋翰"三个字，刘轩和苏湄若相对一视。

刘轩似乎想起了什么，看向苏湄雪的眼神更加凌厉，"苏湄雪，你不说本王倒忘了！湄儿当初被拓跋翰掳去北齐，而你费尽心思做了他哥哥拓跋琮的侧妃，你差点伤了湄儿，这笔账，本王一直还没跟你算……"

刘轩还未说完，已经被苏湄雪冷声打断，"恐怕要叫清河王失望了！这笔账不用你跟我算，那拓跋翰早已与我算清！"

她这话说得让刘轩和苏湄若觉得有些莫名奇妙，她自然看出了，继续开口,"拓跋翰他为了苏湄若弑父夺位,不仅如此,还杀了他的哥哥拓跋琮,他对苏湄若一往情深,又怎么可能会放过我?"说完她纵声狂笑,笑容凄厉,让人不忍听闻。

刘轩冷笑,"拓跋翰如何与你算账了?你如今不是好好地站在这里放肆吗?"

苏湄雪突然止住了笑容,咬牙切齿道:"就是因为当日我差点伤了苏湄若,所以他费尽心思折磨我,他登上北齐可汗之位后迫不及待地将我囚禁,命人日日掌我的嘴,这还不够,还派人日日鞭打我……"说到这里她骤然停住了,闭了闭眼,脑海中那些不堪回首的记忆却始终挥之不去。

她倏地睁眼,将袖子撩开,只见那双玉臂上满是鞭痕,一道道纵横交错,煞是可怖!

刘轩和苏湄若两人又一同注视她的脸颊,发现虽然她化着浓妆,可这浓妆早已被泪水冲淡,浓妆之下,那道道肿胀被掌掴的红痕,却怎么都掩盖不住,此时此刻被月光一照,则更明显了。

刘轩摇头,叹了口气,"苏湄雪,这一切你可怪不得拓跋翰,一切都是你咎由自取!他没要你的性命已经算是便宜你了,像你这样心思歹毒、坏事做尽的毒妇,早该下十八层地狱了!"

苏湄雪听到刘轩这句话,似乎被万箭穿心了一般,她忍不住退后了几步,难以相信,此时此刻,眼前这个男人竟然还对她说出如此无情的话!

她摇首苦笑,"毒妇?为什么?我遭遇了这么多非人的折磨,你刘轩不仅不安慰我,还对我这般恶语相向?你的心是石头做的吗?若今时今日站在你眼前的是苏湄若,敢问清河王还能如此淡定吗?"

第一百三十三章　咎由自取

刘轩笑得笃定，"你所说的根本没有可能发生！湄儿心地善良，是非分明，你又怎可与她相提并论？本王说了，你今日一切全是自己咎由自取，怪不得别人！"

苏湄雪再次听到刘轩说出"咎由自取"这四个字，感觉内心的某一处正在慢慢破碎，一点一点，她仿佛在受一场"凌迟之刑"，无尽的煎熬在等着她，永远都没有尽头。

她面目狰狞，"刘轩，我苏湄雪今日落到如此地步，并非是我咎由自取，而是因为天命不公！若我与苏湄若互换身份，若我是'神威大将军'苏子睿的嫡出之女，今日站在你身后的又怎会是她苏湄若？我早就名正言顺地嫁给你了！"

刘轩听了直摇头，他忍不住上前几步，细细打量着眼前的女子。只见她全身上下止不住地颤抖，脸上妆容早已花，那双本灵动的双眼早已遍布风霜，令人很难想象，这是一双二十芳华还不到的女子的眼。

春寒料峭，夜风吹来，吹得她满头的发丝一片凌乱。不知道是不是他的错觉，他看到那满头的青丝中，竟然有那么几缕已经花白。

刘轩闭眼，蓦然想起初次见她时，她还是明媚的娇俏女子。怎么时光之箭如此残忍，不过弹指几年，那个他记忆中的娇俏少女已经完全不在了，竟变成如此不堪的蛇蝎毒妇？

南楚世人皆晓，苏湄雪与苏湄若虽非一母所出，可是，她们的父亲苏子睿年轻时却为南楚名号响亮的美男子，气度翩翩，冠绝南楚！他所生的两个女儿，自然都是冰雪之姿。

虽然苏湄雪的气韵不及苏湄若，可她却也是个难得的美人。只是，如今再看她，又还有几人能认出，这是当年名动南楚的苏家二小姐？没人会相信,当年楚楚动人的苏湄雪,已经蜕变成眼前这个衣着凌乱不堪、面容惨淡一片的女鬼!

可见世事弄人,末了,刘轩长叹了一口气,"苏湄雪,既然你心不死,既然你始终认为天命不公,那本王今日就明明白白告诉你,就算你是'神威大将军'苏子睿的嫡女,就算你与苏湄若身份互换,本王也断不会娶你!因为,本王永远都不会爱上你这心思歹毒的蛇蝎妇人!"

"心思歹毒的蛇蝎妇人?"苏湄雪喃喃自语,一遍遍重复着刘轩对她的评价,她不敢相信她痴心爱了这么多年的男人,竟然对她的评价是这般不堪!她崩溃了,"刘轩,若没有你,我又怎么会变成今日这心思歹毒的蛇蝎妇人?"说完,她再也控制不住自己,做出了疯狂的举动,掏出怀中所藏的另一把匕首,直刺向刘轩。

"王爷小心!"苏湄若和风驰、电掣同时喊道。

可刘轩早就料到她会有此举,他看也不看,抬手一掌将她打倒在地。

这一掌,刘轩用尽了全力,苏湄雪被这一掌所震,她倒在地上,再也爬不起来,口中鲜血像极了一朵又一朵的曼珠沙华盛放在这夜空下。

苏湄雪苦笑,那笑容让人看了觉得心碎而绝望,亦如她的语调,暮色沉沉,"刘轩,如果有来生,我苏湄雪绝不愿再遇见你,我们永远永远都不要再见……"说完,她抬眼望了望天空,似乎在寻找什么。可今夜并无星光,她终是没有找到她想要的光亮,一如她这一生,所想的所求的,终是没有得到,直到生命最后,直到临死,她始终梦境成空。

想到这里,她不再犹豫,将那把匕首直接刺向自己的心口。她如一朵萧瑟秋风中的落花,终究还是离了枝头,被风摧残,消失得无影无踪,就如同这一生,似乎并没有来过一般……

这一切发生的太过突然。

苏湄若看到苏湄雪自尽而死的那一刻,她闭上了眼,不忍再看。

在她穿越到这个陌生的时空,苏湄雪和管氏,是她最先见到的两个人。可是这两个人却与原主有着深仇大恨,这对母女始终不肯放过她,一次又一次置她于险境。

可是，纵然苏湄雪的确作恶多端，然而看她就这样惨死，她的心却也是凄然一片。

刘轩自然看出她的心思，将她紧紧抱在怀中，温柔低语，"湄儿，你别怕，今日这一切与你我二人无关，不过是苏湄雪她自作自受罢了，湄儿用不着为她伤神。"

漪澜殿外，刘熙看着眼前这座被烧得通红的宫殿，思绪万千。

他不敢相信，那里面的主人已经化为灰烬。他好几次想要冲进去，可都被贴身护卫给拦了下来，拦到最后他也放弃了，静静地待在原地不动，像个木偶一般。

他按捺不住心痛，他这辈子最爱的女人此刻葬身火海，而他只能眼睁睁看着她在熊熊烈火中告别今生，他始终救不了她！

他想不通，为什么她明明答应他，她会为他再跳一次《凤舞九天》！

言犹在耳，可为什么她转身就食言了？今生今世，她都不能再为他跳《凤舞九天》了！

"盈儿，难道你真的对这个世间没有任何眷顾了吗？还是你怨朕对你下了'非死不得出'的禁令？你选择离朕而去，是在报复朕吗……"刘熙的叹息声如海潮不息。

见他这般，刘熙的贴身太监德胜忍不住上前一步，"皇上，夜风凉了，您当心着凉，还是快些回去就寝吧。拓跋贵妃若是泉下有知，一定不愿看到皇上您为她如此神伤！"

"德胜，你说贵妃她为何如此想不开？朕待她不好吗？"刘熙惆怅的叹息声被夜风吹散。

"皇上，这个问题奴才回答不了，只是奴才和这宫中上下，都亲眼见到皇上对拓跋贵妃那可是掏心掏肺的好啊，所以皇上无须自责。"德胜思忖良久，方小心作答。

第一百三十四章 峰回路转

刘熙并未听进德胜的回答，只是沉浸在拓跋盈临死前对他所说的一切。

他明白了！

拓跋盈自尽不是没有原因的。他想起她对他说她与刘轩的种种过往，也许是因为刘轩的原因，所以她才丧失了生的意志！

如此想来，一切都通了，刘轩才是真正害死她的罪魁祸首！一想通此处，他感觉整个人的心口风云激荡，他看着眼前被漫天大火烧得通红的漪澜殿，神情肃然，"盈儿，你放心，朕会替你报仇的。"

他转身看向德胜，语调深沉，"德胜，你即刻命人到清河王府传朕口谕，明日午时让清河王带着他的王妃一同来前来用膳。"

翌日，午时。

"清河王，你可知朕今日为何要你和王妃一同进宫来用膳？"刘轩和苏湄若刚一落座，刘熙便已开口。

"臣弟愚钝并不知，还望皇兄明白示下！"刘轩的语调波澜不惊。

"愚钝？你清河王何曾是愚钝之人？怕是一直在装疯卖傻！也罢，朕直接告诉你，今日宣你二人进宫，是因为朕的爱妃拓跋贵妃去了，朕心哀痛，才让朕的好弟弟和好弟媳一同进宫来宽慰朕！"

刘轩和苏湄若相对看了一眼，果然，今日进宫并没有那么简单！

刘轩开口，语调惊奇，"可是皇兄，那拓跋贵妃昨日不是还好好的吗？怎么今日就没了呢？"

刘熙闭眼，"是啊，清河王也知道朕的拓跋贵妃昨日还好好的，可谁知她昨夜在漪澜殿中引火自焚而死，朕连爱妃的尸骨都未找到！她就这样一把火将自己烧成了灰烬！"

刘熙的话震惊了刘轩和苏湄若，他们二人怎么都不会料到，这拓跋盈竟是这样的烈性女子，居然会选择这样惨烈的方式来结束自己这一生！

可是仔细想想，这也并没有让人出乎意料！因为那拓跋盈的身上流着北齐人的血，北齐人向来性烈如火，拓跋盈从小便被她父汗捧在手心上，进宫后也是享尽刘熙的万般宠爱！可突然之间，她却被刘熙下令"非死不得出"，她如何能忍受？所以，她宁可选择这样惨烈的方式来告别这个世界！

刘轩起身，拱手叹道："逝者已矣，皇兄切莫哀伤过度，龙体要紧。"

刘熙却剑眉一扬，似笑非笑道："七弟放心，朕不会伤心过度，因为朕还要替盈儿报仇，你说是不是？"

刘轩何等机警之人，他自然听出他这话中意，这明显是醉翁之意不在酒！可他面上却依旧镇定，"不知皇兄此话何意？"

刘熙拍案而起，"腾"的一声，桌上杯盏碗筷皆倾落于地，他恨恨道："你当真不知吗？昨日在漪澜殿中发生的一切，也是昨日盈儿她才向朕坦白，原来她最初倾心的那个人是你。只不过因为你不肯娶她，所以她便被她那野心勃勃的父汗嫁与朕，话已经说到这个分上了，清河王是聪明人，自然不用朕再多说了。所以你敢说，盈儿火焚自尽，当真与你刘轩没有半分关系吗？"

看到刘熙这副盛怒的神情，刘轩明白了一切。原来，这才是刘熙叫他们二人前来的真正目的！他冷笑，"原来皇兄今日宣臣弟和湄儿进宫是醉翁之意不在酒，名为用膳，实则是兴师问罪！既然皇兄已经把话说到这个分上了，那臣弟也不妨告诉皇兄。臣弟从未对拓跋盈怀有任何不轨之心，臣弟也从来没有喜欢过她，天地可鉴，日月可表！"

刘熙笑而不语，却是暴风雨来临前的最后宁静。

刘轩继续道："况且拓跋盈此人心思狠毒，昨日她在漪澜殿中对湄儿下了西域奇毒'凌和香'与'朱鹤',害得湄儿差点全身化脓而死。若非她拓跋盈如今已不在人世,臣弟绝不会与她善罢甘休,必要好好地与她理论一番,为湄儿讨回公道!"

刘熙看着刘轩旁边的苏湄若,看她毫发无损,容颜未改分毫,怒道:"清河王,你说盈儿要害你的王妃,可朕看你的王妃好着呢!刘轩,你确定不是在血口喷人?"

听到"血口喷人"这四个字,刘轩怒了,他的语调和眼神都是冰冷的,没有任何温度!这是他有生以来第一次,用这样冰冷的语调和他从小敬重的皇兄说话,"皇兄,倘若臣弟方才所言有一字不实,臣弟立刻天诛地灭!皇兄若还不信,大可宣何院判前来,一问便知臣弟说的究竟是真还是假!臣弟知道皇兄疑惑为何湄儿现在还好好地站在你的面前,那是因为幸好当日杨逞送了'天山雪莲'给臣弟,而这'天上雪莲'就是化解'凌和香'与'朱鹤'的唯一解药!若非他送的'天山雪莲',臣弟的王妃此刻早已不在人间!"

听到刘轩将其中缘由清楚道来,刘熙面色缓和,语调也缓和了几分,"如今你的王妃是没有事,可朕的爱妃却回不来了。"话至此处,他猛地停下来,饶有兴趣地打量着苏湄若,他看她如月风华,冰肌玉肤,恍若庄子笔下的"姑射神人",忽然一个想法冒出。

过了半晌,他开口长叹,不过看向苏湄若的眼神却一直没有收回,"七弟,不管你怎样解释,盈儿的死都与你有脱不了的关系。朕今日叫你来,不过是想告诉你,你害得朕失去了最爱的女人,所以,朕也要向你讨一个人来。"

刘熙的眼神让苏湄若觉得很恐怖,他用这样的眼神看她绝不是什么好事。

刘轩挑眉一笑,"不知皇兄所求何人?"

刘熙收回看向苏湄若的眼神,负手而立,"此人不是别人,此刻就远在天边,近在眼前,就是你的王妃苏湄若!"

刘轩的脸色阴沉如黑云压城，浑身上下都充满杀气，他一字一句咬牙切齿道："皇兄怕是因为拓跋贵妃的离世而神志不清了，堂堂南楚天子，竟然说出这样的荒谬之言！若是传出去，皇兄还有何颜面面对天下人？"

第一百三十五章　狼子野心

刘轩说完一脸惊诧地看着眼前这个男人，只见他面容未改分毫，依然是他记忆中的皇兄。可他却觉得眼前之人十分陌生，他实在没有想到，从小敬重的皇兄竟然能说出这样可笑的话来。苏湄若是他此生最爱的人，是他的心头肉，是他的掌中宝，他又怎么可能会答应他这可笑的要求？更何况，他是南楚万人之上的天子，他有后宫佳丽三千，又何必单恋他的一枝花？

刘熙的语调如夏日的雷，忽然"轰隆隆"而起，炸裂他的思绪，"看来，七弟这是动怒了。难得啊，朕从小看你长大，印象中你动怒的次数绝不超过三次。第一次，朕记得还是很小的时候，你与刘衡在狩猎时一起看中了一头鹿，而你的箭术在他之上，这头鹿本来是你的囊中之物，可那刘衡却让人将那头鹿半路射杀，你怒了，当场将弓箭对准他，若非父皇拦着，那刘衡恐怕早就人头落地了！"

刘轩似乎忆起那久远的往事，面色柔和了几分，用颇为感慨的语气悠悠叹道："皇兄真是好记性！这种陈芝麻烂谷子的旧事，竟还记得！若非皇兄今日提起，臣弟早已将它忘到九霄云外去了！"

刘熙摇了摇头，不以为然道："朕不像你，可以任性地做我南楚最逍遥自在的头号闲人。"他忽然停住，把目光落到苏湄若身上，"你第二次动怒，是不久前那杨逞在大殿之上送上了一幅苏湄若的画像，当时你的眼神，瞒得了别人，却怎么也不能瞒过朕！那眼神如能杀人，恐怕杨逞早就被你杀了千万次了！"

苏湄若听到刘熙提到了她的名字，她十分好奇，正想开口问出，然而她看了看身旁刘轩的脸色，便放弃了！

刘轩的脸色从来没有这么差过，整个人浑身上下似乎散发着一种杀气，令人不敢靠近，令身旁之人觉得有些窒息。

刘轩的声音冷酷，一如冰雪般的目光，"臣弟当时已经言明，那幅画像不过是长得与湄儿有几分相似罢了，况且大殿之上无一人反驳。早已盖棺定论的事，皇兄今日还颠倒是非故意重提，不知是何用意？"

刘熙的语调亦如冰雪一般，"那画中美人究竟是谁，七弟自然比朕清楚，无须多言。七弟这第三次动怒就是方才。"突然，他停下了，用一种玩味的笑容打量着刘轩，语调戏谑，"七弟啊七弟，你这三次动怒，两次都是因为苏湄若。朕不得不感到好奇，你这王妃究竟有何过人之处，能引得你如此为她不管不顾？"

苏湄若做梦都没有想到，这刘轩的亲哥哥，南楚万人之上的天子刚才竟然会说出这样可笑的话来，他说他想要她？要她做什么？她除了会弹琴以外，并没有什么过人之处啊。她不自觉地将目光投向身边的男人，只见刘轩的脸色正一点一点变青。

与他相处多时，她自然明白，这是他即将发怒的征兆。她没有多想，仿佛是出自本能，她伸手轻轻地去触碰刘轩的手。

刘轩回过神来，朝她展露笑颜，似乎在告诉她没事，他心中有数。

刘轩顺势紧握住苏湄若的手，拉着她一同上前一步，毫无惧色地与刘熙对视着，眼神中一片坦荡清明，"皇兄，臣弟的王妃并没有什么过人之处，只不过她与臣弟格外心意相通罢了，所以她才能在刚过去不久的四国之战中，与臣弟心心相印琴笛合奏了一曲《凤凰于飞》，大破'奇门鬼才'杨如风的'乾坤元魂阵'。若无她，皇兄以为，你今日还能稳坐南楚江山，在这里与臣弟说这样的笑话吗？"

刘熙亦不可置信地看着眼前这个他一手带大的亲弟弟，他摇头冷笑，"七弟，看来苏湄若这个女人真的不一般，竟然能让你为了她说出这样的话来质疑朕！是谁给你的胆子让你对朕如此不敬？你以为，若无你二人琴笛合奏《凤凰于飞》，朕就没有其他办法可以破'乾坤元魂阵'吗？你别忘了，当初这场四国之战到底是因何而引起的，还不是因为你拒绝了那杨逞所求——愿出黄金百万两只为听你的王妃为他弹一曲，所以他一

426

怒之下才联合了拓跋翰突然发动了这场四国之战！而那拓跋翰肯听他的话，还不是拜你这王妃所赐！"

听到刘熙说得如此义愤填膺，苏湄若在心底直翻白眼。

曾几何时，她苏湄若变成了如此重要的人物，竟然能轻易间引发天下变动？她何德何能，能打乱这天下局势？

她今日才知道，原来当初杨逞和拓跋翰突然联手起兵，发动这场四国之战，搅乱这天下局势，是与她有关！可方才刘熙所说种种，为何刘轩从未对她有过只言片语？她忍不住转头看向身边之人。

刘轩却只是伸手，轻轻抚了抚她如瀑布般的青丝，语调温柔，"湄儿，你别听皇兄所言。这一切都与你没有关系，这一切风云不过是因为男人的野心在作祟罢了，与本王的湄儿又有何干？"

不知为何，刘熙看到刘轩对苏湄若做如此亲昵的动作，心里忽然升起无数把熊熊烈火不断燃烧，这是他从未有过的感觉。

他，到底是怎么了？难道，他真的看上这个苏湄若了吗？

他定了定神，克制住自己，冷静下来。他拿起酒壶，在刘轩和苏湄若的酒杯中，各倒了一杯，然后又在自己的杯中倒了一杯酒，笑道："七弟，你和湄王妃站着做什么？今日是家宴，朕宣你们进宫，与朕同享美味佳肴才是正事。来来来，快喝喝这'桂花醉'如何？"

刘轩拿起夜光杯，渐渐恢复常态，"皇兄知道臣弟从小快人快语，向来最不喜欢惺惺作态、扭扭捏捏！所以，皇兄有事直说便是，不必如此顾左右而言他！皇兄的'桂花醉'虽好，可是皇兄若不把话说清楚，臣弟又如何有心情来品这美酒佳肴？"

第一百三十六章 宁死不从

"七弟，朕自然知晓你的性情，你是朕一手带大的亲弟弟。那好，朕就再次跟你重复一遍。"说到这里，刘熙忽然停住，把目光看向苏湄若，这道目光中藏着无尽的深情，"朕方才说，朕的爱妃拓跋盈因为你而死，所以朕想要你的王妃苏湄若进宫来做朕的'湄妃'，七弟你可舍得割爱？"

刘轩霍然起身，将手中的夜光杯重重地往桌上一搁，顿时杯中的酒水洒了出来，他语气中的满腔怒火亦如洒了满桌的酒水，无尽蔓延，"皇兄，臣弟不妨告诉你，臣弟一生所爱是苏湄若，她是臣弟的心头肉、掌中宝，臣弟绝不会让她受任何委屈，也会拼尽全力去保护她，直到臣弟离开这个世界为止！"

心头肉、掌中宝，一直保护她直到离开这个世界为止！刘轩的这句话让苏湄若听了想要流泪，她一直以为，在这个世界上，除了她的爸爸妈妈会这样对她以外，没有人会对她如此。没想到，她穿越到这个陌生的时代所遇到的第一个男人，所嫁的那个人便肯这样待她。

可听了刘轩这话，刘熙却怒不可遏，"刘轩，你也知道，你的王妃是你的心头肉、掌中宝，那你在害死盈儿的时候有没有替朕想过？盈儿她一样是朕的心头肉，是朕的掌中宝！可她却选择火焚而死，你让朕如何能接受得了？"一口气说到这里，他猛地停住了，"腾"地起身，将夜光杯毫不犹豫地摔在地上。"当"的一声，碎了一地。

"臣弟以为，皇兄是明白人，却不料皇兄被那拓跋贵妃蒙蔽了双眼。皇兄难道看不出，那拓跋贵妃之所以选择自尽，与臣弟和湄若都无关！她不过是圣宠多年，一时无法接受被皇兄下令'非死不得出'，所以她才一时想不通自尽了……"

刘轩还没说完，刘熙已拂袖连声打断，"够了刘轩，不要再说了。若不是你的王妃，朕又如何会因为要给你一个交代，而对盈儿下这样的禁足令？不必再与朕解释，盈儿的死与你二人有不可推脱的责任！"

刘轩看着眼前这个皇兄，突然觉得他很陌生。也许真的被刘衡说中了，他此次大捷归来，打赢了这场四国之战，又不费一兵一卒为南楚保住了百年平安，也许，他的皇兄，的确是容不下他的吧！他忘了，自古帝王并无不同，最怕功高震主，他的皇兄，自然不能免俗！

他冷笑，语调却悲凉，"皇兄是欲加之罪，何患无辞！既然皇兄一定要这样说，那臣弟也无可辩驳！只是天日昭昭，公道自在人心，拓跋盈之死与臣弟，与湄儿并无半分关系！"

"你向来巧舌如簧，朕又怎会是你的对手？随你说得天花乱坠，也改变不了盈儿已死这个铁板铮铮的事实！所以，朕不再跟你兜圈子了，朕现在明明白白地告诉你。今日，你只有两条选择，要么留下苏湄若，让她乖乖做朕的'湄妃'，你回府继续做你的清河王；要么朕即刻赐死她，也算替盈儿报仇，想来盈儿在天之灵也能安息。清河王，你是聪明人，自然知道该如何决断！"

刘轩的笑容满含讽刺，"皇兄，你终于说出心里话了。事已至此，皇兄何必再隐藏心中那份对臣弟早已起的杀心？皇兄今日，分明是醉翁之意不在酒，故意拿湄儿开刀，意在敲醒臣弟吧！臣弟想起当日去天牢探望刘衡，他告诉臣弟，以皇兄的个性必定不会放过臣弟！当时臣弟不以为意，如今想来，刘衡的确是个人物，竟能如此未卜先知！皇兄是怕臣弟功高震主，所以才一心想要除臣弟而后快！臣弟在此次四国之战中大胜归来，名动天下，皇兄怕是早就坐立不安了吧？敢问皇兄，你想要的真是苏湄若吗？怕是臣弟的命吧！"

刘熙仰天长笑，"清河王是聪明人，难道会这样轻易听信刘衡的鬼话吗？你可千万别被这个小人迷惑，让他挑拨了我们兄弟多年的感情。朕已经说了，朕今日给你两个选择，要么让苏湄若进宫做朕的'湄妃'，七弟你大可放心，苏湄若如月瑰人，朕自会替你好好照顾她、呵护她。你若不肯的话，那朕只好忍住万般心痛，斩了她这个不可多得的世间尤物了！她与死去的盈儿黄泉路上好做伴，这也不算辱没她了。"

苏湄若听到这里，实在忍无可忍，她走到刘熙的面前，冷笑道："皇上，湄若不愿意，且不说皇上你是王爷的兄长，就算你不是他的兄长，就算湄若没有嫁给王爷，湄若也不愿进宫做你的'湄妃'！所以，我劝皇上还是趁早死了这条心吧！湄若宁愿死，也不愿意做你的什么'湄妃'！"

苏湄若的声音如碧涧流泉，空谷回音，却让刘熙和刘轩两人都久久未回过神来。

过了半晌，刘熙才回过神来，他睥睨着苏湄若，不可思议地打量着眼前这个娇小的女人，"想不到清河王妃如此有骨气，只是朕百思不得其解，难道你不知道这南楚所有的女人都想要嫁给朕吗？哪一个南楚的女人不想要入朕的后宫？怎么你苏湄若偏偏就能免俗，难道朕在你眼中，就如此不堪吗？"

苏湄若看着眼前这个南楚最高的统治者，他虽长得修长挺拔，可是，他眼神中那种怎么都挥之不去的猥琐却令她看了恶心，她闭眼，忍耐住心头的窝火，"皇上，这男女情爱之事，最是勉强不得！湄若已经说了，永远都不会喜欢皇上的，所以皇上又何必毁人姻缘惹人仇恨呢？"

刘熙上前几步，冷冷地看着苏湄若，"苏湄若，不要以为你长了一张天仙样的脸，就能无法无天对朕言语无状了！"

第一百三十七章　尘埃落定

　　面对天子的质问，苏湄若恍若未闻，她淡然落座，拿起酒壶，镇定地往自己面前的夜光杯中倒了一杯"桂花醉"，她放在鼻尖闻了闻，若有所思道："皇上，我来打个比方吧，就比如说你今日为我们准备的这'桂花醉'，喜欢的人自然觉得它香醇回甘，是难得的天下佳酿，可我苏湄若却偏偏不喜欢！"说完她重重地将夜光杯搁在了桌上。

　　刘熙反问，目光扑朔迷离，"这天下竟然还有不喜欢'桂花醉'的人，朕还是第一次见到！"

　　"并非'桂花醉'不好，只是它再好，我也不喜欢，就算这天下所有人都喜欢，都对之前仆后继，我苏湄若一样不喜欢。如此简单的道理，皇上是聪明人，自然明白。"苏湄若坦然一语，澹澹若出世之云。

　　不知为何，听到她这番话，刘熙感觉心内某一处碎裂了一般，这是他有生之年，第二次感受到这样心痛的感觉。

　　第一次是昨夜，当他赶到漪澜殿外，看到殿内漫天大火猎猎飞扬，得知他此生最爱的人已经葬身火海的时候，他的心无可抑制地痛了起来。第二次则是这一刻。苏湄若以"桂花醉"来比喻，无所畏惧地告诉他，就算全天下所有女人都对他前仆后继，她也依然不喜欢。

　　他看向苏湄若的眼神像冬夜被风吹过的烛光，明明灭灭起伏不定，"就算全天下所有人都对朕前仆后继，可你苏湄若依然不为所动！好！好！好！"说到这里，他停住了，用一种前所未有的目光打量着她，"苏湄若，今日你真是让朕大开眼界！朕登基为帝多年，从来没有一个女人敢对朕说这样的话！你是第一人，恐怕也是最后一人，因为，你是唯一。"

　　苏湄若莞尔一笑，"我就知道，皇上是通情达理之人，自然能明白湄若心中所想，绝不勉强于我。"

"别给朕戴高帽子，朕可没你说的那么伟大！"刘熙深深叹了一口气，看向苏湄若的眼神带着无尽的失望和无奈，"罢了罢了，朕不勉强你。看来你与七弟的确是世人口中相传的那样，你们的确是神仙眷侣，朕又如何能做这横刀夺爱的第三者，朕不过是试探你二人罢了！"

刘轩拱手，不断摇首笑道："皇兄，您可真是想起一出是一出，方才真是吓坏臣弟了……"

他还没说完，已被刘熙连连挥手打断，"不过朕突然有一个疑惑，七弟，不知你是否愿意为了苏湄若，放弃王位？"

刘轩却镇定依旧，语调波澜不惊，"皇兄，臣弟愿意为了湄若放弃一切。莫说是清河王这个虚名，就算有朝一日要臣弟以命换命，臣弟也绝无二话！"

苏湄若听到刘轩这句"以命换命，绝无二话"，她的心头浮上了一种前所未有的感觉。

在苏湄若原先生活的时代，她觉得世风日下、人心不古，她觉得这世上根本没有人会愿意以命换命！可她因为机缘巧合，来到这陌生的时空，却遇到了亲口对她说出这句话的人。

能有这样一个男人守在她的身旁，替她遮风挡雨，她这一生，还有何遗憾呢？

"好一个以命换命！七弟，朕从来没有想到有一天你竟然会对朕说出这样的话来。朕本以为，你不是个长情的人，没想到，苏湄若就是上天派来专治你的克星。"刘熙的声音忽然响起，被这湖上的微风吹起，显得格外悠长。

"皇兄，那不过是因为之前臣弟，没有遇见让自己真正心动的人罢了，湄儿的确是臣弟一生所爱。所以，臣弟自然愿意为她做任何事。"刘轩的声音不卑不亢地响起。

刘熙扬了扬右手，德胜立刻命人送来了一套新的夜光杯，在三人面前挨个放好。

刘熙起身，在二人的夜光杯中倒上了"桂花醉"，最后才往他自己的酒杯里倒上，他举杯对着刘轩，似笑非笑道："七弟可知，方才你这番话，若是让我南楚长安城中爱慕你的那些女子听见，她们可会哭得梨花带雨，气得肝肠寸断。"

刘轩连连摆手，咳嗽个不停，"皇兄可真会说笑，害得臣弟差点被这'桂花醉'给呛死！"

看到他这反应，刘熙哈哈大笑，"好了好了，朕不逗你了，你们快吃菜，再不吃这些菜都要凉了。这些菜可是朕精心为你们准备的，每一样都是你们爱吃的……"

苏湄若看着眼前这场景，只觉得哭笑不得。

她与刘轩在鬼门关上走了一遭，刚才这兄弟二人还是剑拔弩张，此刻却开始谈笑风生了。

可见，要想在皇家生存，若没有过硬的心理素质，真不能久待。

回王府的马车上，刘轩将苏湄若紧紧抱在怀里。

忽然，他开口打破了沉默，"湄儿，明日本王带你去游山玩水，如何？"

苏湄若本已在刘轩怀中迷迷糊糊地睡着，可听到他的声音便醒了，她揉揉惺忪的双眼，蒙蒙眬眬地问道："王爷方才说什么，要带湄儿去游山玩水？真的吗？湄儿不是在做梦？"

听到她如此孩子气的问话，看到她这般楚楚动人的模样，刘轩情不自禁地将她抱得更紧了，"真是个小傻瓜！本王何时骗过湄儿？方才所言，自然是真的。"他停一停，刻意打趣道："不过呢，王妃若是不想去，本王自是不会勉强你，那本王便独自一人去。"

大结局　沧海一声笑

听到这里，苏湄若的睡意早就消失得无影无踪，她"腾"地一下从他怀中站起，像个孩子似的拼命摇头，"不行！刘轩你刚刚明明就说要带我去的，自然不能骗我！我不管，湄儿要像狗皮膏药一样黏着王爷！"

"好了好了，真是个傻丫头，本王不过逗你一笑罢了，自然是要带你去的！再说了，若无你相陪，再美的风光在本王眼中都索然无味。"

整辆马车，都随之春光无限，一片温柔旖旎……

西湖。

一叶轻舟独自摇曳天地间，无限悠然。

波上寒烟翠，青山隐隐水迢迢。

刘轩带苏湄若开启这场游山玩水之旅的第一站就是西湖，这让苏湄若欣喜万分。

西湖春色正大好，风光曼妙，垂柳依依随风荡漾，桃花十里灼灼其华，杏花粉白，樱花飞舞，到处都是铺天盖地的春光。

苏湄若看着眼前这些既熟悉又陌生的景象，觉得十分恍惚。

她从小生长在杭州，自幼常去西湖，可眼前这西湖分明与她在21世纪常去的有很大的差别。可为何，她又觉得它如此熟悉呢？这一刻，所有她在21世纪经历的事纷至沓来，然而不过短短一瞬过后，又全部在脑海中消失不见。

那些过往，太过悠久，久到让她觉得已是渺渺前世了。而现在她所经历的一切，是她的今生，只是到底，这前世今生，哪一个才是她所经历的呢？

算了，不去想这些事了，还是好好赏美景才最重要。

她与刘轩独坐小舟，随性飘摇在西湖烟波之上。刘轩的手里把玩着一支白玉笛，他青袍广袖，随风翩翩，神情惬意。而苏湄若则坐在他的身边，一身白衣如月风华，又如一朵出尘之云，不染世俗。

苏湄若垂眸，信手弄弦，"铮"的一声，那清音便从刘轩最爱的名琴"猿啸青萝"上流泻出来了。苏湄若的指尖，如同一只只白玉蝴蝶翩翩飞舞，游荡于西湖烟波之上。

苏湄若十分享受这一刻的时光。此生能有这一刻，与最爱之人泛舟同游，与一生的归宿七弦瑶琴相伴，她已经觉得自己圆满。她这一生，太过幸运，她觉得每一天都是上天对她的恩赐。

泠泠琴音如空谷幽兰，又如雪中寒梅，在刘轩的心底开遍。他再也按捺不住，再也不能只是静静地聆听，薄唇一扬，回眸与苏湄若两两相望，没有任何犹豫，他修长的手指，抚上了那支白玉笛。

于是，那清亮入云天的笛音，便肆意飘飘，逍遥而出，与那琴声遥遥相和，与那漫天云影、湖光山色亦是相和，一切都刚刚好。

春水初生，春风十里，却始终不如你在身旁。

苏湄若听到他的笛声，觉得十分欣慰，仿佛又回到了那日琴笛合奏，大破"乾坤元魂阵"时的场景。

当日，二人为破阵，合了一曲《凤凰于飞》，而今日，面对此情此景，她更想抚一曲《沧海一声笑》。

于是，她扬手一挥，琴音一转，如蛟龙出海，直往云霄而去，又如一个江湖青衣侠客凌波踏浪而来，一琴一笛笑走江湖……

苏湄若的琴声一如清风徐来，飘飘悠转间笑看烟雨苍茫。而刘轩的笛声则是高远，无论世事如何翻涌，他都始终能笑对沧海浮尘。

也只有心有灵犀的人，也只有真正心心相印的人才能奏出这样的妙音吧。

琴音与笛声渐渐淡入云天，伴随着最后一抹余音袅袅，苏湄若按捺不住心底的震惊，"王爷你可真厉害，竟然从来没有听过这首曲子，却还能与湄儿配合得如此天衣无缝！"

刘轩的目光中甚是得意，一如语调，"王妃难道今日才知晓本王的厉害吗？湄儿可是我南楚的'琴仙'，本王作为'琴仙'的夫君，又怎能不善音律？"

苏湄若闻言，起身，在他身畔坐下，自然而然地跌入他温暖如旧的怀抱。她巧笑倩兮美目盼兮，"是啊，这世间男子万千，可却也只有王爷能与湄儿相配了，这一生一世，你我二人，再不离分。"

"湄儿，你便是本王的生生世世……"刘轩将她抱得更紧了一些，语调中满是缱绻。

两人共立船头，看湖光山色潋滟一片，听风过无声，共醉江南春色。

两人衣衫飘飘，而那轻舟飘荡，渐渐荡入云烟深处，再也不见踪影。

从此沧海桑田，不知二人所往，天高地阔渺渺，不知二人何处。

只剩，南楚清河王夫妇的传说在四国不停流传。

拓跋翰番外　心口的朱砂痣（一）

我是拓跋翰。

我是北齐可汗最宠爱的嫡子，也是北齐人人景仰的二王子拓跋翰。

我从十岁开始，和父汗一同征战，一生从未打过败仗，除了两次。

而那两次都是因为一个叫作"苏湄若"的女人。

若没有苏湄若，也许我这一生，会是另一个结局，也许我现在依然是高高在上的北齐可汗，也许我不会因为她一气之下，杀了从小待我恩重如山的父汗。

可这世间从来都没有"如果"二字可以转圜。

我初次见到苏湄若的时候，还是在我北齐的元丰三年。

那日我在玉门关外散心，看到一个白衣女子正被一头雪狼所困。我看到她浑身发抖的样子心中充满了怜惜，这种感觉从未有过。

我没有多想一箭射死了那头雪狼，救下了她。

看到她容貌的时候，我深深震惊了。因为，我第一次知道，一个女人可以美到这样的地步。虽然她穿着简单，头上更无半点珠翠，只斜斜插了一枝梅花步摇，可依然难掩国色。

我第一次见到这么美的女子，那种美，不同于我们北齐丽人的美，北齐的美人，大多高挑、强健，肤色大多是古铜色。可眼前这女子，分明不是我们北齐人，她娇小玲珑，冰肌玉肤，瓜子脸，柳叶眉，杏仁眼，樱桃嘴。不过，最吸引我的是她的那种气质，那种我见犹怜、楚楚动人的气质，实在太美了。

看到她的第一眼，我就本能地想到了我们北齐传说中的"月神"！因为，她远望如月下仙，近观更是如月瑰人，难道她真的是传说中的"月神"转世吗？

我几乎是语无伦次地问出，"你……你是谁？"这是我有生以来第一次如此失态。

她娇怯怯地看了我一眼，又垂首不语，过了半响才缓缓吐出一句，"我……我姓苏，叫……"

然而还没等她说完，我的第一亲信呼斯纳已经找到我，在我的耳边低低一语，我必须马上赶回去。所以我只能转身对她说声抱歉，并告诉她我们来日定会再见，保重。

那日回去之后，我每日都会梦到她。

梦中的她依旧穿着那身白衣，依旧是那样我见犹怜、楚楚动人，可是，我竟然不知道她叫什么名字！我只知道她姓苏，却不知道她是哪里的人！这天地辽阔，人海茫茫，我又该去哪里寻她呢？

直到兜兜转转五年之后，我才终于知道她的身份，可是我知道的时候已经晚了，因为她已嫁作人妇。

原来她是南楚鼎鼎大名"神威大将军"苏子睿的嫡女苏湄若，不过虽是嫡女，却一直不受宠。然而，她却嫁给了南楚一人之下，万人之上，与天子刘熙一母同胞的亲弟弟清河王刘轩。

南楚世人皆传，清河王对他的王妃苏湄若宠爱有加，因为苏湄若生得如月风华恍若谪仙人，又弹得一手好琴，所以清河王便给她起了一个"琴仙"的雅号。

我知道的时候是崩溃的。

因为我这五年来从来没有放弃寻找她，可是天意弄人，我找了整整五年都没有找到，直到有一次机缘巧合之下我才得知，那五年前让我心心念念、一见钟情的女子，就是南楚的"琴仙"——清河王妃苏湄若。

当我得知她真实身份的时候，我几乎崩溃到发狂。那日我一人一剑一马，驰骋在我北齐的大草原上。我发泄心中的情绪，发泄到最后发现，我根本不能放下她！

这五年，日日月月，年年岁岁，几乎每一个深夜，我都会梦到她，而她也像说好了一样，几乎每夜都会准时入我梦中。每夜的梦几乎都一样，她仿佛是庄子笔下的"姑射神人"凌波踏浪，御风而来，并不与我说话，只是嫣然而笑，然后在一片飞雨逐花中，浅笑离去。

不！我不甘心！我不甘心这一生就只能这样与她错过！

于是，我开始精心布局，和我多年的至交——南楚的汝南王刘衡，一同密谋。

在这场局中，我以自身为诱饵，刻意打了我人生中第一场败仗，刻意败在我这"未来的岳父"——南楚神威大将军苏子睿的手上，刻意被他抓回南楚！

我不是不知道，就此被他抓回南楚的代价是什么！可我依然忍受那撕心裂肺的酷刑，只是为了这场局中目标，为了得到苏湄若，为了让她一生一世都待在我的身边，无论我要为此付出怎样的代价，都是值得的！

为此，我还说服了我的姐姐拓跋盈来帮我。她是南楚皇帝刘熙的宠妃，我知道姐姐对刘轩的情意，所以她帮我在宫中拖住刘轩，而刘衡则帮我将苏湄若骗到他的汝南王府！

而还在那之前，刘衡已费尽心思将我从南楚的天牢中救出。为了避人耳目，他还找了一个与我身形相似的替死鬼塞进去。

当我在汝南王府，第二次看到苏湄若的时候。我发现她整个人变了，她比从前更美了，从前她的美还是有一些胆怯的，可是，如今她的气韵更夺目、更耀眼了，也更加让我爱不释手了！

我霸道地告诉她，因为我拓跋翰喜欢她，所以要将她带回北齐！

奇怪，她看到我的时候，似乎像是一副完全不认识的模样！她是刻意为之，恼怒我毁了她幸福的生活，还是真的已将我拓跋翰忘得一干二净？

不过，无论怎样，都没关系！反正，她苏湄若这一辈子都会是我的了，她今日认不出我又有什么关系？来日方长，我们有一辈子的时间可以认识，可以消磨，又何必急在这一时呢？

我将她带回北齐后，对她万般宠爱，纵然她对我冷淡，她不爱搭理我，可我觉得没关系，精诚所至，金石为开，总有一日，她会看到我对她的一片真心，她会被我感动，然后爱上我。

所以，即使那天我喝酒喝醉了，我让她为我弹琴，她弹了《胡笳十八拍》，自比蔡文姬，刻意讽刺我，我依然没有对她做什么！

拓跋翰番外　心口的朱砂痣（二）

若换了别人，我早就将她碎尸万段了，可对于苏湄若，我却舍不得动她一根手指头。

我只是将她禁足。

然而，好景不长，过了没多久，我北齐上下人心惶惶。

因为有一个黑衣人，凭借一人之力接连十日，连挑了我北齐十道关卡，却没有任何人能将他捉住。

这一举动，四国哗然，我北齐上下更是如此。我北齐自立国以来，第一次出现了这样的情况，这个人到底是谁？

那些时日，我和父汗及王兄，我们三人讨论究竟是谁有如此能力。讨论之下，发现能有这样的实力做出此举的，普天之下绝不会超过五人，而那几人，早已归隐的归隐，下落不明的下落不明。

所以，我们实在想不到，会有谁能做出这样的事来。

后来，王兄的侧妃苏湄雪想到了一个答案，她说此人就是南楚的清河王刘轩。

知道答案的时候，我是第一个不相信的。我不信刘轩会有这样的实力！他不是向来以"南楚头号闲人"的身份自居吗？他不是平日里只会舞文弄墨，吟诗听曲的吗？这样的富贵王爷，怎么可能会有这样惊人的武艺呢？

根本不可能！

可这世间事往往就是如此令人难测！你越想不到的，答案偏偏就是如此。

刘轩就是这样。当他单枪匹马来救苏湄若的时候，我就明白，苏湄雪的推测并没有错。刘轩,就是那个以一人之力连挑我北齐十道关卡的人!

我第一次见到刘轩,平心而论,我是佩服他的。因为,这世上没有几个男子会有这样的勇气,敢单枪匹马到我北齐来,就是为了救他心爱的女人,更没有几人有这样的勇气,会冒着得罪整个北齐的危险,对我北齐做出连挑十道关卡这样的事!

可是刘轩他为了苏湄若,做到了。

不过,纵然如此,就算我再佩服他,我也不能让他如愿!他说他要和我比试,我自然答应。我早就想和他好好打一架,我对于自己的功夫十分有信心,从小习武,父汗更是为我请遍北齐名师。

对战刘轩那日,我更是用了我北齐王室祖传的圆月弯刀。有老祖宗的神器在手,自然能助我打败他!

可惜,这一切只是我的幻想!我实在大大低估了刘轩的实力,他那一套"离魂剑法"早已使得出神入化!莫说是我拓跋翰,怕是二十年前名动四国的"飞花剑主"柳如烟,也不会是他的对手!

看来,他真的如苏湄雪所说,他刘轩刻意给世人制造出一副醉心吃喝玩乐、只会风花雪月的假象,这十几年来,他根本是在伪作浪荡公子,故意隐藏自己的实力来躲避他皇兄的猜忌!

只是这次为了救苏湄若,他不得不使出全力罢了。

刘轩赢了,按照我们之前的约定,他可以将苏湄若带回北齐,我不得阻拦。

可当我看到苏湄若眼中那份燃起的熊熊光亮时,我便后悔了!因为我忌妒到发狂,我忌妒到崩溃!我拓跋翰远赴南楚,不惜以自身为诱饵,受尽磨难才将她带回北齐,费尽心思为她所做的一切,都是因为刘轩的出现,因为我败给了刘轩,这一切便化为泡影!

我忍耐心底的火气,我一遍遍告诉自己,我要遵守承诺,放他和苏湄若走!可是心底另一个声音不断告诉自己,如果我就这么轻易放他们走了,我这一生都将后悔!

于是那一刻，我的理智被压垮，忌妒之火将我毁灭！

我在刘轩的背后搭起了箭，而我身旁的苏湄若看到了，她没有丝毫犹豫，直接上前咬住了我的右手。

她用尽了全力，我右手吃痛，所射的那一箭，自然走偏了！

而刘轩也反应过来，我错失了这辈子也许唯一一个可以将他彻底铲除的机会！我怒不可遏，控制不住自己狠狠地在她脸上打了一个巴掌，但是打完以后我就后悔了。因为在这一巴掌以后，我与湄湄的缘分，真的断了。

我这些天为她所做的一切，我这些天对她所有的好，全部付诸东流，一去不返。而她，也真的永远都不会留在我的身边了。

果然，湄湄看我的眼神完全变了，就像在看一个陌生人。那样的眼神让我害怕，那一刻，我知道，我真的再也留不住她了。

这一巴掌，仿佛一宵冷雨葬名花，葬送了我与她之间所有的可能。那一刻，我心乱如麻，却也只能忍痛放她和刘轩离去。

湄湄走后，我日日醉酒，想要举杯消愁，却忘了，举杯消愁的后果，从来只是愁更愁。

那一个个深夜后，我把酒问月，我一遍遍问自己，为什么湄湄在我身边待了大半个月，我竟然没有娶她做我的王妃？我为什么一定要等父王的同意？也许，湄湄真的嫁给我以后，这一切都会不一样，这一切都是拜父汗所赐！

想通这一点后，我失去了所有的理智。我将湄湄的离去，全部归咎到父汗的头上。

于是，我开始密谋策划。我一定要坐上北齐可汗之位，下一次与湄湄见面的时候，我要以北齐一国之主的身份来夺回她！

我亲手下了鸩毒送到父汗的手上。

我告诉父汗，我为他寻到了他一直心心念念的天下佳酿"桃源渡"。他痴迷此酒已经好几十年，可他却一直都未能如愿找到！而我却忽然间得到了，他欣喜若狂，自然没有任何怀疑便喝下了。

一杯，两杯，他还想喝第三杯，却再无力气举杯，他渐渐没了呼吸，不可置信地看着我，"翰儿，是你……是你下的毒！"

我笑得怨毒，一字一句恨得咬牙切齿，"父汗，若不是你非要让我娶什么北齐宗室之女，我早就让苏湄若做我的王妃了！若是她真的嫁给了我，她又怎么会轻易地离开我？这一切拜你所赐，是你让我拓跋翰痛失了这辈子最爱的女人，所以我自然要弑父夺位！"

拓跋翰番外　心口的朱砂痣（三）

我永远都忘不了父汗的眼神，那是真正的哀莫大于心死，他再也说不出任何话来，只是不断摇头挣扎，过了许久才终于说出一句，"你……你好狠啊！"

我看着父汗说完这句话，就慢慢倒在我的面前，我笑得放肆，"父汗真是谬赞了，比起父汗不费吹灰之力便让儿臣永失所爱，儿臣觉得甘拜下风！这点狠毒比起父皇所为，实在是小巫见大巫！"

"你这个逆子，朕要杀了你，来人……"父汗他暴跳如雷，想要起身掐住我。

"来人？父汗别白费力气了！外面全是儿臣的人，父汗就算喊破喉咙，也不会有一个进来帮您的！"我停了一停，继续悠悠开口，"父汗放心，你就好好地去吧，儿臣自会替你好好打理这北齐江山！之前父汗没有达成的一统四国的愿望，儿臣必当竭尽全力替您达成！"

"你这个逆子，你会有报应的！"说完，父汗就永远消失在了这个世界。

父汗一死，我自然就坐上了北齐可汗这个位置。

我登基之后做的第一件事就是将素来与我有积怨的王兄除去，第二件事，则是将他最爱的侧妃苏湄雪抓来。

因为这苏湄雪虽然是湄湄同父异母的妹妹，可她却屡屡要置湄湄于死地！

当日在南楚的时候，她就因为和岐山王刘渊联手毒害湄湄结果被识破，所以她和刘渊二人才会被刘熙一怒之下贬为庶人，并下令永世不得回南楚！

不得不说，这苏湄雪的确是神通广大！纵然被贬为庶人，她依然能将我那有勇无谋的兄长迷得团团转！兄长为她不惜与父王翻脸，也要立她为侧妃，大婚后更是对她百般宠爱、言听计从。

可江山易改，本性难移，这苏湄雪即使到了我北齐，却依然贼心不改！

在她得知湄湄被我带回北齐的时候，居然趁我离府对湄湄痛下毒手，若非我及时赶回，后果真是不堪设想！当时我没有多想，直接用她手中对准湄湄的匕首，在她右脸上狠狠划了两道！我知道天下女子皆爱惜自己的容貌，可她既然敢对湄湄做出这样的事，那她被我毁容也不过是她咎由自取罢了！

我是北齐的一国之主，要除去这样一个女人，实在是如同捏死一只蚂蚁一样简单！我命人将她囚禁起来严加看管，我还派人日日去掌她的嘴，日日去鞭打她，我把她折磨得求生不得求死不能。因为只有这样，我才觉得我替湄湄彻底地报了仇！

我登基之后，我所做的第三件事就是筹划该如何夺回湄湄！

于是，我再次精心布局，与上次不同，这次的局，是以天下苍生为诱饵！

这次我的合作对象，不仅有我多年的至交——南楚的汝南王刘衡，还有东秦的一国之君杨逞和西梁王！总之，这次我们胜券在握，每个人都能得偿所愿。

这场合作中，东秦王杨逞的野心最大，他想要半个南楚，而刘衡答应了他。刘衡承诺，只要他如愿坐上了南楚之君的位置，他就一定兑现承诺。

这场交易中，刘衡的目标是除去刘熙，成功代替他成为南楚之君！而我的目标最简单，不过就是要将我的湄湄夺回来。至于西梁王，他的目标更简单，就是抓住刘轩，然后将他碎尸万段。

那时我与杨逞、刘衡，我们三人皆不明白，为何西梁王会对南楚的清河王刘轩有如此大的敌意，不过我们也不问缘由，因为刘轩是我们共同的敌人,此人一死,整个南楚皇室还有何惧?

于是,我们发动了这场四国之战。

而这场大戏的开场,则是由杨逞亲赴南楚去打开的。

他堪称一代枭雄,以自身为诱饵,不顾安危,故意自导自演了一场苦肉计。

毫无疑问,刘轩上当了。

第二步,杨逞就以刘轩救了深中蛇毒的自己为由,向刘轩送了三样绝世礼物。

而那第三样礼物,就是湄湄的画像。

刘轩那么爱面子的人,当然不会承认那画中美人就是他最爱的王妃苏湄若!

可这一切,早在我们的掌控之中。

所以,杨逞开启了第三步。

这一步迈出,意味着这场大戏才真正开始。

这一步,他直奔主题,提出他愿意出黄金百万两,只为求听南楚的"琴仙"清河王妃苏湄若为他弹一曲!

可刘轩怎么可能会答应?

刘轩的反应,自然在我们的意料之中。

于是,我们自然而然地开启了第四步。

杨逞以刘轩拒绝他的要求为由,出兵一百万,我北齐出兵五十万,而西梁也出兵五十万,三国强强联手,总共出兵两百万,直向南楚逼来!

我们清楚地知道南楚的实力,到底如何。刘衡作为最大的间谍,他明确地告知我们,南楚实际可用的兵充其量不过一百万!

而我们的大军数,是他们的两倍,所以这场仗,我们绝对不会输!我和杨逞皆已飘飘然,各自沉浸在旗开得胜之后的欢乐中,却忘了战场如同天象一样,时有不测风云发生,一样变数很深。

这场四国之战,我们原本必赢。

可最终,我们却输了,并且输得一败涂地!这一切,全都是拜刘轩和湄湄所赐！

　　杨逞为了确保此战大胜，他费尽财力、物力，兜兜转转终于请出了二十年前名动四国的"奇门鬼才"杨如风。

　　天下皆知，杨如风醉心奇门一道，他耗费了整整二十年时间研究出来的威力无穷的"乾坤元魂阵"，无人可破。

　　然而，谁也没料到，这无人可破的阵法，却被刘轩和湄湄破了！

　　他们二人，也不知从何处得来的破阵秘诀，竟然琴笛合奏了一曲《凤凰于飞》，大破了"乾坤元魂阵"！

　　此阵一破，我们的胜算自然就小了很多。

　　后来，西梁王莫名其妙自尽而死，而那西梁的五十万大军，则被刘轩给带走了。

拓跋翰番外　心口的朱砂痣（四）

　　我不敢相信也不能接受这个根本不可能出现的结果。
　　所以，我和杨逞最后准备放手一搏。
　　我们二人，联手展开了一场调虎离山之计。
　　计谋成功了。
　　他成功地让刘轩中计。而我则带着北齐的五十万大军，直奔南楚帐中。
　　那时的南楚帐中，刘轩早已带着大部队人马去和杨逞拼命，所剩的不过是些老弱病残之辈。
　　我以苏子睿相要挟，湄湄主动提出愿意跟我走。她第一次这么听话，我太高兴了，高兴到失去了最基本的判断能力。我根本没有想过，这是湄湄的一个缓兵之计。可我居然就这样中计了。
　　我拓跋翰一世英名，最后却毁在这个女人手上，不过我并不后悔。
　　后来湄湄跟我走后，不过半个时辰，刘轩就来了。可是让我惊奇的，并不是刘轩能逃脱杨逞为他设下的重重埋伏平安杀出重围，而是我北齐军中的那些将士都不知去了哪里。
　　直到我的生命最后，我都不知道我北齐五十万大军到底去了何处。
　　不过，就算我不知道，却也能猜出几分，自然是刘轩使诈，将他们纷纷引了出去。
　　不知为何，那夜刘轩，一人一剑一马闯我北齐大帐，伟岸挺拔的身影在冷月下如雪中青松不倒，无端端让我想到他当初也是这样，从我北齐的百万雄兵手中救出湄湄。
　　我看到他和湄湄对视的眼神，那一瞬间我就明白了这一切原委。

原来，这不过就是湄湄的缓兵之计罢了。她之所以肯乖乖地跟我走，不过是在为刘轩拖延时间。原来，我一直都小看了湄湄。她看似身姿娇弱，实则倔强坚韧！不仅如此，她还胆识过人，远非一般男儿可及！这一次，她以自己为诱饵来引我上当！

都说英雄难过美人关，果然不假。虽然我拓跋翰并非英雄，却也一样难过她这一关！

那一刻，我虽然怒火中烧，却依然奈何不得，我能怎么样呢？难道要我将湄湄杀了吗？

不！我舍不得杀她！就算我拓跋翰杀尽天下人，也绝不会杀她！

我只能把滔天怒意都撒在刘轩的身上！我们再一次对抗，这一次，我本以为，我一定能杀了他。

可我还是高估了自己，低估了刘轩。他再一次将我打败，我再一次成为刘轩的手下败将！

在心爱的女人面前，我再一次，输得那么彻底，我整个人崩溃了，选择自尽。

不过自尽之前，我还是忍不住对湄湄说出了所有，我为她做的那些疯狂的事。

我告诉她，我为了她，不惜弑父夺位，不惜杀了唯一的兄长，然后坐上了北齐之主的位置。而我之所以这么做，都是为了她苏湄若！我想有朝一日将她风风光光地带回北齐，然后让她做我的王后，陪我度过人生百年，一同俯瞰北齐江山如画……

我说得激动难耐，可湄湄却拼命地摇头，她步步后退，看向我的眼神也宛如在看一个地狱修罗一般，我知道她鄙视我的所作所为。更或许，她可能根本不敢相信，我拓跋翰竟然会为了她做出这样疯狂的事来！

可这些都是事实，为了她，我拓跋翰还有什么事是做不出来的？

从我遇见她开始，便注定我这辈子不可能只为我自己而活！

也是到生命最后，我才意识到，也许人生在世，人各有命。每个人的命数都是注定好的，我们所做的不过是在一步步走向命运早已为我们写好的结局罢了！而这个结局，这个过程，谁也改变不了！

就像我与刘轩二人，明明是我先遇到湄湄的，可最后湄湄却偏偏嫁给了他，还与他情投意合，而我无论做什么，湄湄都不会感动，都不会多看我一眼，甚至还会对我无尽的厌恶！

也许这大概就是人常说的命吧，我本以为我命由我不由天！可到生命最后，我才发现我不过是徒劳！

不过，就算我拓跋翰输给了刘轩，我也绝不会让他来宰割我的生命，我的人生从来只能我自己做主，绝不会有交给他人来操纵的一天！

我宁可自己了断一切，也决不允许别人来染指我半分！我的这份骄傲，是因为我出自北齐王室，我的身上留着拓跋一氏高贵的血液！

就算要去黄泉，我也要亲手断送自己的性命，去和他们团聚，也绝不会让别人来左右我的命！

我最后看了看湄湄，我对她说——湄湄，我们来生再见！

令我欣喜的是，湄湄的神色似乎有一些触动，也许我在湄湄心里还是有一些位置的吧。只不过因为刘轩比我快了一步，他将湄湄娶到了手。

若我先娶了湄湄为妻，也许我与湄湄，才会是这世上最令人艳羡的神仙眷侣吧。

我想，也许春天的时候我会带湄湄去看江南美景，看柔蓝烟绿、疏雨桃花；夏天的时候，我会带她去泛舟采莲，看接天莲叶无穷碧，映日荷花别样红；秋天的时候，我会与她同酿桂花酒，看庭前花开花落、观天上云卷云舒；冬天的时候，我则会与她静静地待在北齐，共看我北齐雪域一片苍茫……

可这一切都不过是我的幻想！如果有来生，我希望湄湄能嫁给我，如果有来生，我希望湄湄不要再遇到刘轩！

我希望，她的整个生命中只遇到我一个人。

记得从前父汗曾经不只一次地质问我，"拓跋翰啊拓跋翰，朕看你是被那个苏湄若迷昏头了！她到底有什么好的值得你如此心心念念？你放着我北齐这么多爱慕你的美人不管不顾，偏偏去喜欢那样一个从没把你放在眼里的人！"

当时，我气得转身离去，并没有回答父汗这个问题。

可到生命最后，我却想通了。

也许湄湄她从上辈子开始，就一直是我拓跋翰心头的朱砂痣吧，所以我这辈子才会如此迷恋她，我只求下辈子能如愿以偿，我与她之间再不要有旁人！

我的意识渐渐昏迷，再也不能动弹了，只是我这一生最心心念念的那个人影，直到生命最后，也还在我的眼前，仿佛从来没有离开过。

拓跋盈番外　明日落红应满径（一）

我是拓跋盈。

我是北齐之主拓跋可汗的掌上明珠。

父汗告诉我，我从小生得很美，被称为"北齐第一美人"。

父汗也告诉我，待我长大，他定要为我找一个才貌都举世无双的夫婿，因为只有这样的一个男子，才配得上我。

我也一直是这么想的，所以我眼高于顶。

我从小就像一朵开得最美的牡丹花，盛放在北齐一望无际的草原上。容颜殊丽，绝色倾城，风华万千。

直到，我遇到那个人，我的生命轨迹开始改变。

那个人叫刘轩，是南楚的清河王，也是南楚最负盛名的"头号闲人"，更是南楚一人之下、万人之上，与天子刘熙一母同胞的亲弟弟。

其实我到生命最后，到我离开世界的那一刻，我都没有想通，我怎么就莫名其妙地爱上了刘轩这个人。

不过有一点我很明白，自从我看到他的第一眼，我就对他一见钟情，我就知道这个男人是我拓跋盈此生最爱的人，也许这就是命中注定的吧！

天意要我对他遥遥一见倾心。天意如此，人力怎能扭转乾坤？

不过到了生命最后，我也在问我自己，如果人生可以重来，我还会这样选择吗？

我的答案是不。

如果我的人生可以重来，我宁愿这辈子不要遇见刘轩。

我遇见他的那一日，是雪后初霁的冬夜。

他仿佛御风踏月而来，当我看到他的第一眼，便觉得天地星辰、日月清辉，与他相比，都失了几分颜色。

我开口，声音亦如这满地的月下清辉，"公子是何人？为何出现于此？"

他淡然一笑，星辰失色，"本王是南楚的清河王刘轩，睡不着所以到处逛逛，没想到惊扰了公主，实在抱歉。"

原来他是清河王。

刘轩。从那以后，我记住了他的这个名字。我更记住了他这个人，他面容清俊，气宇轩昂，玉树临风。从此，我的世界里不再有别人。

我知道，那时他随他的皇兄来我北齐做客。

后来我趁机偷偷与他见面，我对他表明心意，我告诉他我爱他，我对他一见钟情，我想要嫁给他，我想要跟他去南楚做他的清河王妃……

可是还没等我说完，他就一下打断我，他生气了，怒道："公主真是胡闹！婚姻大事绝非儿戏，况且本王也有心仪之人了，所以公主还是不要再说出这样的话了，于你我二人，都无好处……"

我不记得之后刘轩他说了什么，我只记得听到这里自己的心好像碎了一般，这也是我有生以来第一次感到崩溃！

我质问他为什么不爱我，是我的身份配不上他吗？

他摇头道："公主虽好，却不是本王心仪之人，所以对于公主的情意，本王只能说抱歉了！"说完他转身就走，再也没有回头。

不！我不甘心！从小父汗便对我百般宠爱，他一直将我捧在手心上，我是他的心头肉、掌中宝，这世上也从来没有我拓跋盈得不到的东西！

他为什么不爱我呢？我想，大概是因为刘轩他没有看到我的好吧。

我决定，要为他使出我的拿手绝招，为他跳一曲《凤舞九天》，让他看到我的美，然后改变心意爱上我！

我自以为是地准备了起来。

三日后，在他们即将离开北齐回南楚的晚宴上，我为他们跳了一曲《凤舞九天》。在跳的时候，我的目光一直都没有离开过刘轩，可让我懊恼的是,他从头到尾都没有正眼看过我,他只是在喝杯中的美酒,若有所思地看着殿外。

相反,他的皇兄刘熙却一直把目光紧紧锁在我的身上,那眼神中的光芒让我大惊。

跳完后,刘熙鼓掌鼓个不停,"好!好一个'凤舞九天'!拓跋可汗教女有方,朕今日才明白了什么叫作真正的舞蹈!盈公主真是世间尤物啊!日后也不知谁有这么大的福气,能将盈公主娶回家,日日赏这绝妙之舞啊……"

我不以为然地看着他,却不发一言。

后来他们兄弟二人离开以后,父汗告诉我,他知道我对刘轩的情意。可是刚刚那场舞,他们兄弟二人的反应已经很明显了,那刘轩对我丝毫不在意,可刘熙却不一样,他看向我的眼神已经说明了一切。

说到最后,父汗轻轻叹了口气,"盈儿,父汗想让你嫁给刘熙,你此去南楚做父汗的眼睛,替父汗监视南楚的风吹草动,好吗?"

我哭闹,崩溃,"不!父汗,你该知道女儿只喜欢刘轩一人!你怎么能将女儿嫁给自己根本不喜欢的人呢?"

父汗的语气第一次让我觉得如此无力,他深深地叹了口气,"盈儿啊,你该长大了,该学会为父汗分忧了,刘熙有什么不好,他是南楚的天子,你嫁给他,他定然会封你为贵妃!看他方才对你的那副神情,父汗是过来人,自然能看出他对你的情意。所以,傻女儿,你为何要去选择一个根本不爱你,从来没把你放在眼里的男人,而不选择另一个爱你的男人呢?"

后来,我妥协了。

我听了父汗的话,远赴南楚,嫁给了刘熙。

果然如父汗所料,刘熙封了我做贵妃,入住漪澜殿。

而这漪澜殿,向来是南楚最得宠的嫔妃所居住的。

只不过,很少有人知道,这漪澜殿看似荣宠万千,实则暗藏杀机。

因为自南楚开国以来,凡是在漪澜殿居住过的宠妃,最终的结局都不好。要么被赐死，三尺白绫结束了绝代美人的一生，要么被赐鸩酒，要么失足落水，要么被打入冷宫，要么得了什么不治之症香消玉殒……

总之，皆不得善终。

我总以为，我拓跋盈会是个例外，可最后依然逃不过命运的齿轮，只不过我所选择的命运，是我自己选择的结果，并不是刘熙赐予我的。

拓跋盈番外　明日落红应满径（二）

平心而论，自我进宫以后，刘熙对我确实特别好，并没有什么可挑剔的。

天下的奇珍异宝，每日都会像流水一样，源源不断地送进我的漪澜殿。

也正因如此，我成了众矢之的。

我的那些"情敌"们，他的那些妃子们恨我入骨，尤其是那董贵妃更是将我视作眼中钉、肉中刺，恨不能除之而后快。

可有刘熙百般护着，她们不能动我分毫。我依旧像一朵奇葩一样盛放在他的后庭里，我独来独往，不与任何人交好，面对她们对我发出的什么赏花宴、听琴宴，我通通拒绝！至于她们送来的礼物，什么新奇的糕点，什么流行的胭脂，我也吩咐侍女，在她们这些虚伪的人走后，将它们通通扔掉，眼不见为净！

所以，她们也拿我没有办法，她们以为我会中毒，可我偏偏不会轻易遂了她们的愿，绝不叫她们如愿以偿！

可是我没想到，有一天我突然毫无征兆地失宠了。

从那之后的好几年，刘熙都没有来过我的漪澜殿。然而，下人们却不敢怠慢我分毫，其他嫔妃们也不敢刁难于我，似乎总有人在背后默默保护着我一样。

对于这突然的失宠，我倒也不计较，因为刘熙本来就不是我爱的人，所以他无论对我怎样，我都无所谓。

我拓跋盈此生心心念念的，始终都是他的弟弟，是清河王刘轩。

后来，我得知，刘轩的心仪之人是南楚"神威大将军"苏子睿的嫡女苏湄若。

对此，我百思不得其解，我想破脑袋都想不通为何刘轩会看上苏湄若，南楚世人皆知，那苏湄若虽是苏子睿的嫡女，可是她一点都不受宠，而且传说胆小怕事、懦弱无能，不过空长了一张绝色脸蛋罢了。

像刘轩这样高品位、高格局的男人，为何会看上她？

更令我想不通的还在后面。传说那苏湄若自从嫁给他以后，自从入了他的清河王府以后，刘轩对她百般宠爱，将她当作掌中宝来呵护，凡是她的要求都无条件满足！

这苏湄若到底是何方神圣？竟然会有如此大的魅力！然而，更让我万万没有想到的是我的弟弟，和我一母同胞的弟弟，北齐人人敬仰、雄才伟略的二王子拓跋翰，竟然也对苏湄若情有独钟！

呵！我这傻弟弟，为了苏湄若，不惜以身犯险，不惜让自己陷入绝境，故意侵犯玉门关，故意与苏子睿大动干戈，也故意败在他手下，被他抓回南楚天牢受尽酷刑！

他所做的这一切，都是为了苏湄若！

他托人捎信给我，让我助他一臂之力，成功将苏湄若带回北齐！他让我做的事很简单，只要将刘轩请来我的漪澜殿，拖住他就好。作为他的亲姐姐，我自然要帮他！

虽然我着实不喜欢苏湄若，可是既然我的亲弟弟对她如此痴情，我怎么样也要帮他实现心中所想！

更何况，我宁愿让我的弟弟拓跋翰将苏湄若那妖女带回北齐，我也不愿意刘轩与她每日恩恩爱爱、卿卿我我，传得南楚人人皆知！

这种感觉太痛了，如被针扎，如被万千蚂蚁啃噬心头，我不愿意再承受这种痛苦。

我费尽心思地将刘轩骗到我的漪澜殿里。

我让刘熙下令，命他来我的漪澜殿，皇命难违，纵然他再不愿意看见我，也不能违抗。

我为他倒了一杯又一杯的酒，喝到最后，他反应过来，他起身，"拓跋贵妃今日将本王拖于此处，究竟是何目的？"

我装作无辜地反问，"我能有什么目的？不过是想与王爷你这个故人，好好叙叙旧罢了！"

他冷笑，"本王看贵妃是醉翁之意不在酒吧，是行了一计'调虎离山'，刻意将本王骗到你的漪澜殿，怕是暗中要对王妃下手吧！"

我没有想到，刘轩他竟有这样的智慧。看来，他平日里不过是在伪作浪荡公子罢了！

他愤而离身，我自然拦不住他。

不过他赶回清河王府，也无济于事！因为我的弟弟拓跋翰早已带走了他最爱的苏湄若，我等这个可以狠狠报复刘轩的机会，等了整整五年！幸好，有生之年，终于让我等到了！

我本来以为，按照拓跋翰的手段，自然能将苏湄若永远留在北齐，一定不会让刘轩找到！

可世事难料，这世间事大多事与愿违。

他为了苏湄若，甘冒大不韪！他冒着不惜得罪我整个北齐王室的风险去救下苏湄若！他刘轩为了苏湄若真是疯了，他为了她，不惜以一人之力，连挑我北齐十道最重要的关卡，他这举动摆明了是在与我整个北齐王室叫板，更在变相地挑衅我们，告诉我们他从未将我北齐放在眼里！

更离谱的是，拓跋翰带了我北齐百万雄兵，竟然都挡不住他一人！

他为了苏湄若，一剑曾挡百万师！

当我得知苏湄若随他平安回到南楚的时候，我整个人濒临崩溃。我没想到我的弟弟，竟然如此无用！

后来，拓跋翰写信告诉我，他将联合东秦王杨逞、西梁王和南楚的奸细汝南王刘衡，四人合纵连横一同对付刘轩，一同对付南楚的江山，让我早早做好准备。

他告诉我，他将再次布局。而这局，必赢，绝对不会再输！

我当然信了。因为他们四人，都不是等闲之辈，南楚的国力就算再强，刘轩的身手就算再绝世，也注定逃脱不了他们的双重夹击！

可谁知，就算他们四人合纵连横，共同出动了两百万大军来攻南楚，甚至，杨逞还请出了二十年前名动天下的"奇门鬼才"杨如风，摆出了他呕心沥血花费二十年才研究出的"乾坤元魂阵"，刘轩和苏湄若依然凭借一首琴笛合奏的《凤凰于飞》，赢了他们。

当我得知东秦王、西梁王和我的弟弟拓跋翰相继自尽的时候，我闭了闭眼。

也许，这就是天意吧，在天意面前，任何人都奈何不得。

就算这一切是天意，可拓跋翰毕竟是父汗去后，我在这世上唯一的亲人，只有他的身上还和我流着一样的血。他如此惨死，我自然要为他报仇。

于是，这一次，我开始布局。

在刘熙宣刘轩和苏湄若进宫的时候，我特地派人去请苏湄若来我的漪澜殿。

我知道刘熙心里还是有我的，他自然不忍心拂我的意。纵然刘轩拼命阻止苏湄若前来，可他依然会让苏湄若来我的漪澜殿。

果然，苏湄若来了，而我也已经布下了一场局。

这场局的名字，叫作死局！因为只要她来了，她就注定必死无疑！

我在殿内的香炉中布下了来自西域的天下奇毒"凌和香"，还在我的朱红色蔻丹上下了另一种奇毒"朱鹤"，这种毒，同样来自西域！

只要苏湄若一进殿，她必然会闻到香炉中传出的"凌和香"，同样她也一定会看到我手上鲜红夺目的蔻丹！

只要她一闻到，她就必死无疑！

因为这两种天下奇毒加在一起，无论什么人中了这样的毒，都非死不可！

除非一日之内能够找到天山雪莲，可是天山离南楚十万八千里，纵是刘轩神功盖世，也不可能在一日之内得到天山雪莲！更何况那天山雪莲几乎百年才开一次花，所以这次苏湄若必死无疑！

当我第一眼看到苏湄若的时候，我还是被她惊艳了！

不得不赞叹，她比我想象中还要美！南楚世人传她胆小懦弱，可她对我说出的话、做出的举动，绝非一个胆小如鼠的人能做出的！看来只有一种可能，那就是她和刘轩一样，一直在装模作样！这二人可真是相配，堪称天造地设！

十年来，刘轩伪作浪荡公子，成天风花雪月、吟诗听曲，而苏湄若则伪装成一副懦弱怕事的样子！这二人实则一个武艺惊世，另一个胆识卓绝，都非泛泛之辈！

可笑世人总会轻易被假象所蒙蔽，只相信自己看到的，却根本不会去思考看到的到底是什么。

虽然苏湄若一进殿就意味必死无疑，可我一想到我的弟弟拓跋翰，还是想为他痛快地报仇！

所以我掏出怀中早就准备好的匕首，我要毁了她这张脸！

就是因为她这张脸，所以才会让刘轩和拓跋翰二人为她神魂颠倒！

可没想到，就在我快得手的时候，刘轩和刘熙赶来了。

刘轩一把打飞我的匕首，我看到他盛怒的样子，心里却感到一阵痛快！伤害他最爱的人比伤害他要让他感到痛苦多了。

可也就在那一刻，我感到前所未有的崩溃！这么多年心心念念的人，却自始至终都没有多看过我一眼！我几近疯狂，说出了所有的真相。

刘轩将苏湄若打横抱起，离去之前说了一句话，也是那句话叫我心如死灰——拓跋盈，我刘轩永远都不会爱上你这样的蛇蝎毒妇！

可笑如他，从来没想过我之所以变成他口中的蛇蝎毒妇，是因为他对我的所作所为让我寒心！

他走后，刘熙质问我与刘轩的过往。

我一五一十地告诉了他。

他怒了，毫不犹豫地挥手打了我一个巴掌，那巴掌很痛，可是我却不觉得痛，因为我的心更痛。还有什么会比从刘轩口中听到"蛇蝎毒妇"这四个字还要痛呢？

刘熙拂袖而去，下令我这一生都不得踏出一步，他让我"非死不得出"！

　　真是可笑！

　　他以为我会甘愿这样做他控制的囚鸟？他太不了解我了，我拓跋盈生来就是草原上的雄鹰，纵然是女儿身，也还是草原上的雄鹰，而雄鹰的翅膀，怎么能被别人轻易折断！要断，也只能是我自己亲手折断！

　　所以，我毫不犹豫地选择了那个我命中注定的结局。就像我最爱跳的舞《凤舞九天》一样，我像骄傲的凤凰一样离开世界。我选择在熊熊烈火中告别今生，哪怕被火活活烧死，也好过一生"非死不得出"！也好过一生望穿秋水却始终不得见！

　　若有来生，我绝对不愿再遇见刘轩此人，我不愿意再和他有任何交集，我宁愿做草原上的雄鹰，或是烈马，可以自由驰骋在天地间，绝不愿再为人。

　　今世太苦，来生唯愿自由常伴天地间。

　　若有来生，愿我只是我。